VELEIROS AO MAR

Da autora:

Alta sociedade

A vida é uma festa

Um amor de detetive

Veleiros ao mar

VELEIROS AO MAR

Sarah Mason

Tradução
Ana Beatriz Manier

Copyright © Sarah Mason 2007

Título original: *Sea Fever*

Capa: Carolina Vaz
Ilustração de capa: Ronnie Hughes

Editoração: FA Studio

Texto revisado segundo o novo
Acordo Ortográfico da Língua Portuguesa

2013
Impresso no Brasil
Printed in Brazil

CIP-Brasil. Catalogação na fonte
Sindicato Nacional dos Editores de Livros – RJ

M368v	Mason, Sarah
	Veleiros ao mar / Sarah Mason ; tradução Ana Beatriz Manier – Rio de Janeiro : Bertrand Brasil, 2013.
	756p. : 23 cm
	Tradução de: Sea fever
	ISBN 978-85-286-1630-9
	1. Romance inglês. I. Manier, Ana Beatriz. II. Título.
12-6943	CDD: 823
	CDU: 821.111-3

Todos os direitos reservados pela:
EDITORA BERTRAND BRASIL LTDA.
Rua Argentina, 171 – 2º andar – São Cristóvão
20921-380 – Rio de Janeiro – RJ
Tel.: (0xx21) 2585-2070 – Fax: (0xx21) 2585-2087

Não é permitida a reprodução total ou parcial desta obra, por quaisquer meios, sem a prévia autorização por escrito da Editora.

Atendimento e venda direta ao leitor:
mdireto@record.com.br ou (0xx21) 2585-2002

Para Toby

AGRADECIMENTOS

Veleiros ao mar foi um livro longo e difícil de escrever, o que me deixou com um débito enorme de agradecimentos. Como os velejadores da America's Cup formam uma comunidade muito fechada, meu muito obrigada àqueles que me ajudaram a ter acesso a eles e a seu mundo. Todas as pessoas que menciono abaixo merecem meu agradecimento, no entanto, há aqueles que ainda se esforçaram além do normal para me ajudar.

Um agradecimento especial a Bob Fisher, mais do que generoso com o seu tempo e seus conselhos. Sem sombra de dúvidas, Bob é uma autoridade no assunto, o que me obriga a afirmar que quaisquer erros aqui presentes não são de responsabilidade sua, mas minha, que me limitei a seguir seus conselhos apenas na medida em que se encaixavam em minha trama. Minha ficção não tem como base Bob nem sua competência.

Agradeço também a Tom Schnackenburg, que foi extremamente simpático e jamais se incomodou em atender minhas ligações, mesmo enquanto muitas outras coisas aconteciam juntas em sua vida. A Matt

Sheahan, que conversou descontraidamente comigo durante horas a fio; a Ben Ainslie, que foi muito prestativo e ainda conseguiu encontrar tempo para me levar para velejar (algo pelo que também devo agradecer imensamente a Team Volvo for Life) e me aturar tagarelando meia hora sobre meus novos sapatos Sebago, de velejadora.

Tenho também a agradecer a: David Atkinson, Barbara de Shosaloza, Christine Belanger, Vanessa Bellamy, Mark Beretta, Andrew Biggs, Amy Bradley-Watson, Peter De Savary, Mike Desmond, Louise Dier, Guillermo Garcia Román, Andy Green, Mo Griffiths, Julian Hocken, Bob Holt, Alice l'Anson Widdows, John Longley, Margaret de Villa Rothsay, Antony Matusch, Daphne Morgan Barnicoat, Hayley Pattison, Sarah Ress do Team Volvo for Life, Robin Richardson, Dawn Riley, Nick Rogers, Peter Rusch, Leslie Ryan, Jenny e Greg Searle, Katie Strachan, Peta Stuart-Hunt, Bruno Troublé e Ian Walker.

No plano pessoal, muitas foram as pessoas que me ajudaram a lidar com a pressão constante de tempo e de cronogramas que um livro como este exige, principalmente quando se tem um filho pequeno e uma gravidez. Preciso agradecer à minha mãe por sua ajuda incondicional no que diz respeito a cuidar de criança. Também a Sue e Brian, Tasha e Laurence, Christopher e Katie Cornwell e Lisa King por terem feito minha vida familiar tão confortável e pródiga para os meus como se fossem seus também. Como agradeço a ajuda de vocês.

O maior agradecimento, no entanto, vai para meu marido, que jamais reclamou (algumas vezes apenas ergueu os olhos para o céu) das tarefas domésticas que sobraram para ele. Acima de tudo, ele foi minha maior fonte de apoio emocional: sempre leal e acreditando em mim. Foi encorajador quando as coisas estavam indo bem e acalentador quando elas estavam indo mal. Posso dizer, honestamente, que este livro não teria sido escrito sem ele.

Tenho a agradecer também a Gina Smith, minha esplêndida RP; eu não teria conseguido dar conta de tudo sem seu carinho e bom humor. Hoje ela está aposentada e vive em Cyprus. Sinto muitas saudades. Agradeço também a Ele Stronge, enfermeira e pessoa agradável de se ter por perto que, certamente, foi além de suas obrigações quando precisei enfrentar grande volume de trabalho logo após o nascimento de meu segundo filho. Obrigada.

Agradeço a todos da Little, Brown que trabalharam arduamente para produzir este livro em tão pouco tempo e, principalmente, à minha editora, Jo Dickinson, que defendeu minha causa do início ao fim, mesmo quando o livro se encontrava terrivelmente atrasado. Ela trabalhou com muitíssimo afinco e deu inúmeras sugestões tanto para a trama quanto para os personagens. Tenho também a agradecer a Alison Lindsay por sua dedicação e pelo trabalho de ir forçosamente a Valência para ver como era toda aquela agitação. A Louise Davies e Richenda Todd por terem sido editoras tão maravilhosas e simpáticas, a ponto de aceitarem encarar todas as dificuldades do livro enquanto Jo se encontrava em licença maternidade, e também a Kerry Chapple e Emma Stonex por terem ajudado com parte da pesquisa. Obrigada também a Tara Lawrence por ter aberto mão de seu tempo livre e por ter sido tanto uma fonte inestimável de opinião quanto de amizade.

A Grã-Bretanha participou realmente do desafio na America's Cup de 2003, sediada em Auckland (embora não o tenha feito em 2007, em Valência), sendo este seu primeiro desafio em mais de vinte e cinco anos. No entanto, preciso enfatizar aqui que *Veleiros ao mar* é um trabalho inteiramente de ficção e que nenhum de meus personagens almeja assemelhar-se a qualquer outro da equipe inglesa ou de qualquer outra equipe ou organização relacionada à America's Cup.

Com um passado histórico tão colorido, várias são as histórias e experiências pessoais em torno de tamanho evento, no entanto, nenhum incidente ou parte de diálogos mencionados por quaisquer personagens deste livro tem intenção de retratar fatos reais. Todos os nomes de barcos também são fictícios. A maioria das sequências de atos foi tirada de eventos da vida real, mas, mais uma vez, não tem intenção de retratar nada que tenha ocorrido com a equipe em si.

A caminho da gráfica, ouvi que a Grã-Bretanha está planejando competir na America's Cup de 2009/2011 e desejo a eles a maior sorte do mundo.

LISTA DE PERSONAGENS

Fabian Beaufort   Velejador jovem e problemático relegado ao ostracismo.
David Beaufort   Pai desaparecido de Fabian.
Elizabeth Beaufort   Mãe esnobe de Fabian.
Rosie Beaufort   Filhinha de Fabian e Milly.
Franco Berlini   Proprietário do sindicato italiano.
Jason Bryant   Chefe de equipe, homem arrogante e que gosta de vencer.
Beatrice Burman   Tia de Rafe. Também conhecida como *Bee*. Cinquenta e poucos anos, porém uma deusa, segundo os padrões de todos. Ama a vida e a aproveita ao máximo.
Carla   Espanhola residente em Valência, que prepara a comida para o sindicato e acredita piamente na tripulação e nos poderes revigorantes dos pãezinhos e do café.

Corposant	Iate suntuoso de Henry Luter, no qual vive junto com Saffron durante a Copa. Fica ancorado na marina da America's Cup.
Consuela	Empregada de Saffron Luter.
Milly Dantry	Garçonete educada que trabalha na ilha de Wight durante a Cowes Week.
Bill Dantry	Seu pai gentil.
Griff Dow	Fabricante de velas e apaixonado pela America's Cup.
Excalibur	Barco impressionante do desafio britânico.
Marco Fraternelli	Timoneiro do sindicato italiano.
Hattie Frobisher	RP delicada e encarregada de todo o trabalho de relações públicas do sindicato britânico.
Jane	Assistente pessoal de índole duvidosa de Henry Luter. Tão magra quanto má.
Tim Jenkins	Chefe de equipe que fica na marina, funcionário eficiente e capaz do sindicato britânico.
Laura	Meteorologista do sindicato britânico. Seu estado nervoso e sua inexatidão renderam-lhe o apelido de Fog.
Rafe Louvel	Jovem solitário e enigmático que reluta em competir.
Tom Louvel	Pai de Rafe e também um velejador sem rumo certo.
Daisy Louvel	Mãe de Rafe, morta há bastante tempo.

Henry Luter	Bilionário inescrupuloso, determinado a vencer a America's Cup a qualquer custo.
Saffron Luter	Sua bela esposa muito mais jovem.
Sir Edward Lamb	Veterano aposentado persuadido a voltar à Copa, como treinador. Ligeiramente hipocondríaco.
John MacGregor	Também conhecido como Mack. Um dos velejadores mais celebrados de sua geração. Altamente respeitado até a America's Cup de 2003, a partir de quando suas habilidades ficam na sombra.
Josie MacGregor	Ex-esposa de Mack.
Colin Montague	Principal patrocinador de Mack e, por conseguinte, do desafio britânico. Industrial rico e bom camarada.
Ava Montague	Filha rebelde e boêmia de Colin. Artista talentosa por mérito próprio, mas sempre vivendo sob a sombra do nome do pai.
Luca Morenzo	Proeiro da equipe italiana. Belo também.
Mucky Ducky	Barco VIP do sindicato britânico, que também se desdobra como barco de treino e reboque.
Neville	Jovem aprendiz, arquiteto naval, do grupo de projetistas do *Excalibur*. Normalmente relacionado ao seu projeto.
Erica Pencarrow	Conhecida por todos como Inky. Velejadora muito talentosa e à frente de seu tempo, em luta constante pelo sucesso.

James Pencarrow	Pai extremamente competitivo de Inky, que não acredita na filha nem em suas ambições.
Mary Pencarrow	Mãe tranquila de Inky.
Piggin	Cachorro de Custard. Um setter ruivo.
Sr. e sra. Rochester e Alicia Rochester	Amigos desagradáveis de Elizabeth Beaufort. Hospedam Fabian em seu iate durante a Cowes Week.
Salty	Cachorro chato de Bee. Conhecido por seu amor à comida e à encrenca.
Slayer	Barco reserva do desafio britânico, tripulado pela segunda equipe.
Will Stanmore	Também conhecido como Custard. Velejador simpático, bem-respeitado no circuito do *match race*. Amigo íntimo de Inky.
Rob Thornton	Amigo de Fabian, morto enquanto velejavam juntos.

Este é o prêmio mundial mais antigo do esporte.
Durante seus cento e cinquenta e quatro anos de história,
a Grã-Bretanha nunca foi vencedora da America's Cup.

PRÓLOGO

Inky foi a primeira a rodear a marca do circuito improvisado da competição, ignorando os berros dos irmãos no barco atrás do seu, alheia à beleza do cenário ao seu redor. As areias douradas e firmes da praia, o azul sombrio e acinzentado do mar misturavam-se levemente com o branco das ondas e com a promessa do oceano que ficava ali, logo depois da boca da baía. Tudo o que lhe importava agora era vencer os irmãos.

— IÇAR BALÃO! — gritou para o padrinho, sempre paciente, que, por acaso, era também um dos mais famosos *match racers* do planeta. Escocês alto, agressivo, de cabelos escuros, era conhecido por todos como um talento esplendoroso em quaisquer águas. Tinha a boca larga, sensual, porém expressiva, que tanto podia rir instantaneamente quanto curvar-se numa careta terrível.

— PAU DO BALÃO! — gritou em resposta, assim que o mastro da vela balão encaixou-se no lugar. A bela vela branca apareceu como uma nuvem na frente deles. O padrinho pulou para o outro lado do convés, para perto de sua afilhada de onze anos, e sorriu, querendo ouvi-la. — E agora?

— Eh... — Inky olhou ao redor, tentando avaliar o progresso dos irmãos atrás deles. — Eles vão tentar bloquear o meu vento? — perguntou, hesitante. Inky tinha água salgada no sangue. Ela e os três irmãos mais velhos eram da costa norte e tempestuosa da Cornualha.

— Exatamente — disse o padrinho. — Eles vão tentar bloquear o seu vento e nos ultrapassar. — Inky não havia se enganado com relação ao caráter competitivo da brincadeira fraterna e já podia ouvir o sacolejo revelador das bordas da própria vela, quando o outro barco começou a persegui-los. Ignorando os berros típicos dos índios mohawk, que vinham do outro barco, o padrinho continuou: — Você precisa tirá-los de trás de nós.

— Então damos um jibe?

Ele concordou:

— Você é que manda. — Pulou mais uma vez por cima dos rolos de cabos até a proa. A arte do *match race* era ainda relativamente nova para Inky, principalmente porque sua família era de velejadores de mar aberto, mas John MacGregor — seu respeitado padrinho — estava lhe apresentando lentamente o assunto. Inky percebia que ficava cada vez mais ansiosa pelas visitas de Mack, caso isso ainda fosse possível

— JIBE! — gritou ela. Mack abaixou a vela com cuidado, reencaixou o mastro do balão e impulsionou o barco para uma nova posição, quando Inky o virou na direção do vento. Ansiosa, ela olhou para trás, observando os irmãos seguirem-na sem o menor esforço, dando um jibe perfeito. Mas Inky sabia que a indiferença deles tinha um propósito, uma vez que estavam desesperados por chamar a atenção de seu padrinho. Eles não pareciam ter perdido nem um pouco de tempo na manobra e estavam tão perto da popa do barco de Inky quanto antes. — JIBE! — gritou Inky, mais uma vez. Mas, a despeito de quantas vezes fizesse a manobra, simplesmente não conseguia livrar-se deles até que, por fim, os rapazes lhe bloquearam o vento e passaram a todo vapor por ela, cruzando a linha de chegada.

Duas vezes mais competitiva sempre que os irmãos estavam em cena, Inky Pencarrow ficava furiosa quando era derrotada, principalmente na frente de Mack — embora seus irmãos somente se dessem ao trabalho de velejar com ela quando o padrinho os visitava. Mais do que tudo, Inky não queria que Mack achasse que ela não servia para nada; seu velejar já atraía muito pouca atenção em casa. Seus três irmãos haviam saído para estudar fora e se sobressaíam na proeminente equipe de vela da escola. Eles haviam tido oportunidades com as quais Inky podia apenas sonhar. Ela ficara na Cornualha, onde nascera, feliz da vida na escola de lá, pois, durante o verão, tão logo ouvia o repicar do sino, saía correndo, saltava para sua bicicleta e ia direto para Rock Village, onde podia pegar um pequeno barco laser e navegar até o estuário do rio Camel. Seu maior medo era que o pai levasse adiante a ameaça frequente de mandá-la para uma escola sem recursos para que velejasse. Eram apenas os seus pedidos e os de sua mãe que, até agora, mantinham-na em casa.

— Não se preocupe, baixinha — disseram os irmãos, dando tapinhas em sua cabeça, depois que todos eles já haviam atracado no píer. — Tenha mais sorte da próxima vez.

— Podemos competir de novo amanhã? — perguntou Inky, ávida por saber.

— Mack não estará a bordo amanhã. Não sei muito bem se vale a pena competir só com você. Além do mais, *match race* não é bem a nossa praia.

— Deixa eu tentar! — implorou Inky.

— Esses barcos são extremamente arcaicos.

— Ou então me deixa velejar com vocês?

— Você não tem peso suficiente. Um golpe de vento te poria para fora.

— Tenho peso suficiente para o *match race*! — insistiu ela, indignada, agitando os cabelos negro-azulados que haviam inspirado seu apelido. — É muito mais difícil do que vocês imaginam. — Inky achava sua introdução recente a esse estilo mais agressivo de velejar extremamente viciante. A concepção era simples. Dois barcos e uma linha de chegada. Mas as técnicas exigiam muita engenhosidade e desenvoltura, reflexos perfeitos, noção de tempo que não podia estar errada nem em milésimos de segundo e habilidade de pensar um passo à frente. Nunca era uma questão de competir só para cruzar a linha de chegada, que o barco mais veloz vencia. Era necessário colocar-se entre a linha de chegada e o oponente e fazer qualquer coisa para se manter ali. Mais ou menos parecido com aquela brincadeira, *British Bulldog*, a não ser pelo fato de, ao mesmo tempo, se estar correndo para cruzar a linha.

— Continue praticando, baixinha. — Eles transferiram a atenção para Mack, que acabara de aparecer atrás de Inky: — Nós temos esses barcos fantásticos na escola, Mack. Charlie vai cruzar o Canal com um deles. Gostaria de vê-los um dia?

Mack sorriu, mas pareceu recusar-se a ter a atenção desviada de Inky.

— Eu acho que vocês deviam levar Inky para velejar de novo amanhã. É melhor tentarem controlá-la, caso contrário, um dia ela derrotará todos vocês.

Os irmãos de Inky queriam ser velejadores profissionais, em grande parte para alimentar o orgulho inflado do pai, timoneiro altamente respeitável, embora agora aposentado. Inky também queria ser velejadora profissional, mas isso era uma ambição secreta, pois sabia que o pai queria que seguisse uma profissão mais tradicional, mais *feminina*.

Os rapazes tiveram a atenção desviada para a mãe, que chegava lentamente ao píer com uma cesta de piquenique. Como estavam sempre famintos feito cães labradores, saíram correndo atrás da comida.

— Quer almoçar no meu barco? — Mack perguntou a Inky.

— Ai, quero, e como! — respondeu a menina, aliviada. Sempre que estava com Mack em um local público, as pessoas o paravam para pedir autógrafo ou conversar sobre barcos. Percebera também, com certa malícia, que as mulheres, em particular, gostavam de balançar os cabelos e sorrir muito quando o viam. Pelo menos, se eles almoçassem em seu barco, ela o teria só para si por um pouco mais de tempo. Depois que voltassem para casa, o pai de Inky, James, iria reivindicar sua atenção e ela não poderia mais lhe fazer todas as perguntas que vinha acumulando havia meses.

John MacGregor era o amigo mais antigo de seu pai. Eles se conheciam desde os dias que haviam passado juntos na equipe britânica juvenil. Enquanto James Pencarrow ganhava uma respeitável medalha de bronze na classe laser, nos jogos olímpicos de 1976, John MacGregor voltava para casa levando a medalha de ouro e, mais uma vez (apenas para mostrar que não fora golpe de sorte), repetiria a façanha quatro anos mais tarde. Depois, experimentou velejar em mar aberto e também o *match race* e, por um bom tempo, seus críticos (e ele tinha alguns, pois seu estilo direto e brusco de falar, que não tolerava tolos com facilidade, havia incomodado muita gente ao longo dos anos), muito prazerosamente, previram sua queda. Mas Mack sempre acabava provando que eles estavam errados, batendo um recorde ou ganhando uma regata, até que não tivessem outra opção a não ser se calarem. Com frequência, Inky se perguntava se, caso o pai tivesse previsto a ascensão quase meteórica de Mack ao status de ícone, ainda assim, o teria escolhido para seu padrinho. Mas James sempre ressaltou, sem muito tato, que ela nasceu durante o único período em que Mack estava no país.

Mack observou a mãe de Inky, Mary, voltando do píer.

— O que você está olhando, Mack? — perguntou Inky, já mordendo uma banana.

— Sua mãe.

Inky focou-se naquela pessoa normalmente invisível aos seus olhos de onze anos.

— É — respondeu criticamente. — Ela não devia estar usando aqueles sapatos. A gente vive dizendo isso para ela.

Mack riu.

— Eu estava pensando em como a sua mãe mudou pouco desde que a conheci, todos esses anos atrás.

— O quê? A mamãe?

— Ela era *a socialite*, entende o que estou dizendo? Admirada onde quer que fosse.

Mas Inky já havia pulado com avidez para a lancha que os levaria ao barco de Mack.

— Que barco lindo! — suspirou ela, na curta jornada até o ancoradouro, sem conseguir tirar os olhos dele. Para Inky, parecia que *Wild Thing* havia sido amarrado em seu ancoradouro para que nunca fosse embora dali. Eles agradeceram ao piloto da lancha, antes de pularem a bordo e prepararem o almoço. — Por que você parou de velejar o *Wild Thing*? — perguntou, desembrulhando o sanduíche de manteiga de amendoim com banana, as maçãs e os pãezinhos de agrião.

— Você sabe que vou ficar fora por um tempo.

— Para participar da America's Cup — emendou Inky. — Eu queria ir a América para te ver, mas o papai disse que você não pode ter nenhuma distração.

Mack sorriu.

— Bem, achei que talvez você quisesse usar o barco durante o verão. — Ela iria precisar de ajuda, mas Mack deixaria bem claro para quem o estava emprestando.

Inky ficou boquiaberta.

— Eu? Velejar o *Wild Thing*? — Sua mente acelerou de tanto prazer ao pensar no que os irmãos diriam. — Mas por quê? — foi tudo o que conseguiu dizer.

— Não preciso te ver vencer para saber o quanto você é boa.

A menina abriu um sorriso radiante.

— Acha que serei boa um dia?

— Acho.

— Eu gostaria que você dissesse isso ao papai.

— Eu digo. Com frequência.

— Ele está sempre dizendo que vai me mandar para uma escola fora daqui. Ele acha que preciso de uma educação melhor.

— O que *você* acha?

— Que eu morreria. A mamãe também quer que eu fique aqui, mas não por causa do lance de velejar, mas porque ela não quer ficar sozinha. — Inky ficou pensando se devia ter falado tal coisa, mas Mack não pareceu nem um pouco chocado.

— Talvez você devesse pensar em entrar para a equipe nacional juvenil.

— Eu iria adorar! — exclamou ela, os olhos brilhando. — Mas o papai e a mamãe teriam que me levar de carro a vários lugares.

— Vou conversar com o seu pai.

Inky achou que iria morrer de tanta felicidade. A perspectiva de velejar *Wild Thing* durante todo o verão e entrar para a equipe nacional juvenil parecia simplesmente demais para ela.

— Conte-me de novo sobre a America's Cup. Peguei um livro na biblioteca sobre os barcos. — Os barcos da America's Cup pelos quais Mack era tão apaixonado não eram barquinhos pequenos. Mastros de mais de trinta metros de altura arranhavam o céu e pesavam quase vinte e cinco toneladas. Mas não passavam de estatísticas impressas nas páginas de um livro, pois, quando Inky conversava com Mack, os barcos ganhavam vida como máquinas de guerra elegantes e ferozes, barcos perfeitos, de tecnologia de ponta, ainda assim, tão específicos, que não tinham utilidade para qualquer outro fim, a não ser a regata para a qual haviam nascido para competir. — Eu adoraria competir um dia na America's Cup — suspirou. — É o melhor *match race* de todos, não é?

— Acho que sim, e é uma obsessão para algumas das figuras mais ricas, mais poderosas e mais excêntricas do mundo — admitiu Mack. — Mas, infelizmente, não há mulheres na Copa. Talvez venha a ter quando você crescer — acrescentou em seguida.

— Você vai ganhar muito dinheiro se ganhar a Copa? — perguntou Inky.

— Nada. Nem um centavo. Nada além da Copa propriamente dita e do direito de estabelecer as regras e o lugar para a próxima. É meio bizarro. É como ceder os direitos dos Jogos Olímpicos ao país que ganha a maioria das medalhas. Mas uma das coisas que você precisa entender é que esta Copa não é feita para ser uma competição justa. Qualquer um que a ganhe pode estabelecer as regras.

Inky absorveu as informações por um segundo. Sua próxima pergunta tinha um tom mais pessoal.

— E a tia Josie irá com você para a América? — Josie era esposa de Mack. Eram casados há cerca de cinco anos, e ela era extremamente glamorosa — ou assim achava Inky. Sua mãe devia achar o mesmo, pois vivia lhe perguntando sobre suas roupas e sobre as cidades que havia visitado. Inky sabia que alguma coisa esquisita estava acontecendo com Mack e Josie, pois ouvira os pais comentando.

— Não, ela não irá — disse Mack, com poucas palavras. — Não sei o que os seus pais lhe disseram, Inky, mas infelizmente sua tia Josie e eu não...

— Não estão mais casados?

— Bem, acho que é exatamente isso. Ou não estaremos mais em breve.

— Por que não?

Mack fez uma pausa momentânea e largou o sanduíche.

— Sabe o que você falou sobre achar que morreria se o seu pai te mandasse para uma escola fora daqui, para longe da água? — Inky concordou. — Bem, é assim que também me sinto com relação a velejar. E sua tia Josie quer que eu me sinta diferente.

— Como assim, diferente?

— Acho que ela queria que eu gostasse um pouco menos de velejar e um pouco mais dela.

— Mas você não pode deixar de sentir o que sente! — exclamou Inky, indignada.

— Não, não posso. Mas quando se ama alguma coisa como nós amamos, Inky, isso às vezes tem um custo muito alto. Talvez seja disso que o seu pai esteja tentando te proteger. Mas nós dois sabemos muito bem que não há nada que se possa fazer... Parar de fazer alguma coisa que se ama seria tão estranho quanto cortar o braço fora.

Mack aguardou Inky ir para a cama naquela noite para abordar o assunto com seu pai sobre ela velejar. Ele observou silenciosamente a bela mãe de Inky, com seu avental caprichosamente amarrado com um laço às costas, temperar o pernil de porco com mais alecrim colhido de sua adorada horta. Mary Pencarrow estava sempre do lado de fora, lutando contra os elementos naturais e também contra o mar propriamente dito, enquanto tentava introduzir plantas e bulbos que, repetidas vezes, não conseguiam sobreviver ao vento ou à constante penetração do sal. Desde o início, Mack surpreendera-se como Mary parecia deslocada na costa acidentada da Cornualha, longe de Londres, sua amada cidade natal. Era o mesmo que ver um puro-sangue numa estrebaria cheia de pôneis, muito embora já tivessem se passado dezoito anos desde que o pai de Inky surpreendera a todos ao se casar com ela, meses após tê-la conhecido numa festa elegante em Londres, do tipo que ele normalmente evitava com tanta determinação. Embora a atração que sentiram um pelo outro tenha sido inegável, muitos familiares e amigos acharam que o casamento teria vida curta, uma vez que James logo a levara para a casa remota na costa norte da Cornualha, que herdara pouco tempo depois, após a morte do pai. No entanto, o amor de Mary pelo novo marido superara seu amor pela antiga vida cosmopolita da cidade. Pelo menos até o momento.

Ela tivera quatro filhos em sequência e ficara extasiada quando seu quarto bebê fora a tão esperada menina. Vestia-a insistentemente com tecidos xadrez, babados e motivos florais em tons clarinhos, esperando, ansiosa, pelo dia em que poderiam conversar sobre moda, chás, esmaltes de unha e livros de culinária. Isso tudo para logo descobrir que sua garotinha passaria cada vez mais tempo nos barcos, na companhia dos irmãos e do pai. Tão logo Inky conseguiu expressar vontade própria, pediu para se vestir com o mesmo tipo de roupas dos irmãos e, quando a mãe se recusava a fazê-lo, segurando pacientemente lindas calças bordadas, no estilo pescador, a menina saía correndo pelas dunas, só de calcinhas.

Mary Pencarrow há muito tempo já havia se acostumado com isso e, embora tivesse orgulho de sobra da filha, desejava só um pouquinho mais de feminilidade dela, pelo menos o suficiente para dar às duas um pouco sobre o que conversar. Somente ela ainda chamava a filha de Erica, embora Inky (nanquim, em inglês) se adaptasse melhor, por causa de seus cabelos negro-azulados e da pele pálida, que tanto faziam lembrar nanquim fresco sobre um pergaminho claro.

Mack levantou-se para ajudar assim que Mary começou a pôr a mesa para o jantar.

— Mack, sente-se. Eu faço isso. Fique conversando com James. — Ela inclinou a cabeça para o marido, como se lendo os pensamentos do amigo. Ele lhe sorriu ligeiramente. Como alguém prestes a se divorciar, era ultrassensível à infelicidade alheia, no entanto, Mary era uma mulher tão reservada que tudo o que podia fazer era agir com cautela na sua frente. Ficou observando-a por um momento, imaginando o quanto ela se envolvera com aquele mundo obsessivo de barcos, marés e vento, com linguajar e hábitos próprios — como se um bando de bruxas tivesse aprisionado um unicórnio. Balançou a cabeça e tentou se concentrar em Inky.

— Acho que Inky devia pensar em aderir à equipe juvenil — disse a James, que estava sentado na poltrona perto do fogão, tentando encontrar um artigo para Mack em uma de suas revistas de iatismo. Mary não reagiu; continuou arrumando lentamente a mesa.

James suspirou e baixou a revista.

— Sem essa conversa de novo, Mack.

— Ela tem talento — insistiu.

— Sem chance. E não quero que você fique alimentando essas esperanças, só para ela vê-las destruídas. Inky acha que pode fazer tudo o que os meninos fazem. Lembre-se da bobagem que fez na semana passada. — Na maré mais alta da estação, os meninos costumavam amarrar cordas às boias salva-vidas e esquiar atrás delas. James proibira veementemente Inky de imitá-los, mas ela o ignorou mesmo assim, sendo logo derrubada e levada pelo mar. Foi preciso um barco salva-vidas ir pegá-la. — Nós quase morremos de preocupação. Ela não devia tentar travessuras tolas como essa.

— Mas você não puniu os meninos por terem feito o mesmo.

— Eles não foram puxados pelo mar. Já passou da hora de Inky perceber que não é como eles e que não pode fazer tudo o que quer.

— Como assim?

— Talvez isso tenha fugido à sua percepção, Mack, mas Inky é uma menina. E tem suas limitações.

— Mas não acho que sejam limitações dela. Sei que não estou por perto tanto quanto gostaria, mas Inky é o que tenho de mais próximo de uma filha, James...

— Sei disso e acho maravilhoso que você leve suas responsabilidades tão a sério, mas Inky não será uma grande velejadora. Mulheres e iatismo são incompatíveis. Quanto mais cedo ela perceber isso, menos decepcionante será para ela. Inky deve gastar o seu tempo com coisas mais construtivas. Deus sabe como a mãe dela gostaria que...

— James gesticulou com a cabeça para Mary, que não lhe retribuiu o olhar.

— Construtivas? Como assim, construtivas?

— Sei lá! Fazendo coisas mais femininas! Coisas que lhe serão úteis mais tarde. Você só a está encorajando, ao lhe emprestar o barco para o verão.

— Você acha que eu deveria tê-lo emprestado a um dos meninos — murmurou.

— Eles irão seguir carreira no iatismo, enquanto Inky...

— Enquanto Inky o quê?

— Só estou tentando protegê-la, Mack. Quero que ela tenha outras opções.

— Estamos em 1995, James. Não 1895. Por que você não pode...?

Inky, no patamar da escada, não ouviu o que Mack iria dizer, pois um dos irmãos saiu do quarto. Ela se escondeu numa parte escura até ele passar e depois foi correndo para a cama, com as palavras do pai ainda ecoando em seus ouvidos. Puxando as cobertas para cima da cabeça, pensou no que tinha acabado de ouvir. Podia ter apenas onze anos, mas já era velha o suficiente para perceber que a mãe não morria de felicidade, embora jovem demais para saber o motivo. Esta busca por coisas mais femininas (e a mãe era a mulher mais feminina que ela conhecia) não parecia tê-la feito muito feliz. Era como se seu próprio sexo a tivesse traído. Inky queria desesperadamente velejar como os irmãos. Queira a mesma liberdade. E conseguiria, custasse o que custasse, independente do que o pai dissesse.

"Devo voltar mais uma vez para o mar..."
John Masefield, "Sea Fever"

PRIMEIRA PARTE

CAPÍTULO 1

Oito anos depois.

O barco espanhol, *Guerrero*, avançou vindo do outro lado do gate de largada, rosnando agressivamente. Eles eram arrogantes e insistentes — uma equipe no nono círculo da perfeição. Como se apertando o pé num acelerador, Mack virou seu barco, o *Firebird*, para o vento e se pôs em rumo de colisão com eles. Os dois respectivos capitães, alheios ao mau tempo, entraram e saíram de vista um do outro enquanto calculavam a distância entre si. O tiro de cinco minutos já havia sido disparado, indicando o tempo que faltava para o início da regata. Mack e seu concorrente enfrentariam a batalha vital da pré-largada. Era um jogo elaborado de gato e rato no qual, alternadamente, se era caça e caçador.

Os iates estavam virados para a frente. Por todo o dinheiro já gasto, o *Firebird* era um barco difícil de controlar. Mesmo depois das incontáveis horas de treino e competição, Mack ainda não conseguia ter domínio completo sobre ele. Era como pilotar um avião utilizando somente os instrumentos de navegação. Os dois barcos avançavam a poucos centímetros um do outro, até que Mack virou por davante. *Guerrero* equiparou-se a ele com uma manobra simultânea e os dois ficaram circulando, esperando que o outro cometesse uma falta. A equipe mal conseguia pensar acima dos berros ansiosos do timoneiro, dos lamentos das ondas tortuosas e do panejar das velas quando a retranca balançou com força no convés, para a frente e para trás.

Repetidas vezes, os barcos navegaram na direção de um e outro, lutando por supremacia até a água virar uma massa borbulhante e fervente. Repetidas vezes, a melhor capacidade de manobra do barco espanhol forçou Mack para fora, aparentemente apertando-o pelo pescoço — no entanto, todas as vezes, ele conseguiu se livrar. Na sua última virada por davante, Mack voltou em espiral na direção do *Guerrero* e os dois avançaram, cerca de poucos centímetros um do outro.

— Meu Deus! — exclamou rispidamente o projetista do barco, que observava de uma das lanchas de suporte. — Isso foi mesmo necessário? Eles estão batendo pega com barcos de três milhões de libras!

Pela primeira vez, os timoneiros estavam perto o suficiente para verem um ao outro. Mack olhou com atenção para o timoneiro espanhol, em seguida, aproveitou a oportunidade de vir com direito de passagem, amurado a boreste. Praticamente tocou-lhe a popa forçando-os para fora da linha. Mas, de repente:

— Ele está na nossa popa, Mack! Tire-o de perto de nós! — gritou o tático e, virando o timão, Mack viu que o *Guerrero* havia feito uma curva acentuada e aparecido repentinamente atrás deles. Como se numa briga de cães, quem quer que esteja à popa do barco concorrente pode controlá-lo. Mack mergulhou na direção dos barcos VIPs, tentando desesperadamente desvencilhar-se de *Guerrero*. Vendo uma ínfima oportunidade de livrar-se dele, agiu como se estivesse para cambar e, no último momento, virou para o lado oposto, contornando o barco VIP numa manobra tão fechada e inesperada que pôde ver o branco dos olhos de seu oponente assustado. *Guerrero*, felizmente, não fez o mesmo.

O navegador de Mack começou a contagem regressiva para a partida de fato.

— Sessenta... cinquenta, quarenta e nove, quarenta e oito...

Como se pensando dez lances à frente num jogo de xadrez, Mack olhou à volta e começou a tomar o rumo da linha, crendo em seu julgamento instintivo de tempo e distância.

— Você não vai conseguir, Mack! — Henry Luter gritou rispidamente, vendo o que ele tentava fazer, pois *Guerrero* havia virado subitamente e se aproximava da linha pelo lado oposto. O problema era que as opiniões de Henry Luter nunca eram confiáveis, uma falha séria para um estrategista. Como agravante, ele não tinha nenhuma noção de tempo e distância. Os números ecoavam ao fundo: Trinta... vinte e nove... vinte e oito...

— Se vou! PRECISO DE MAIS VELOCIDADE!

— Eles estão tentando cruzar a nossa proa! Essa vai ser perto, Mack! — gritou o proeiro, pelo microfone. Ele estava de pé, na proa, para observar a distância.

— Puta que pariu! — resmungou Mack. Por instinto, ergueu os olhos para a vela mestra, para se certificar de que ela estava esticada o suficiente e que eles velejariam o mais rápido possível.

A contagem continuou: Dezenove... dezoito... dezessete... dezesseis... A equipe o encarou, querendo que ele detivesse o outro barco em seu rumo e, em seguida, voltou-se para o proeiro, que era o único ali que tinha uma boa visão.

— Talvez eles consigam — murmurou o proeiro. Mas nos últimos segundos, o timoneiro do *Guerrero* chegou à conclusão óbvia de que não conseguiriam, e sua proa, literalmente, passou sibilando pela popa do *Firebird*, quando este desviou. A equipe de Mack voltou a respirar. O tiro foi disparado e eles chegaram rapidamente à linha, na frente da equipe espanhola.

Inky Pencarrow detestava ficar no banco reserva. Estava assistindo à equipe britânica competir com a poderosa equipe espanhola durante a trigésima primeira America's Cup. Eles estavam perdendo de 3-1, numa série de melhor de sete e, cada vez mais, parecia que seu lendário timoneiro, John "Mack" MacGregor, não poderia salvá-los. Ela estava no iate suntuoso de Henry Luter, que também insistira em assumir a posição de estrategista do *Firebird*. Luter era o milionário que financiava o sindicato do desafio britânico e seu barco, *Corposant*, era de longe o maior e mais pomposo na flotilha de barcos VIPs. O tempo estava horroroso e os convidados estavam apreciando (o máximo que podiam) um almoço à base de ostras servidas em copos longos, próprios para Bloody Mary, casquinhas de siri e salada, tudo acompanhado de champanhe — Henry Luter só era generoso quando podia colocar todas as despesas na conta do sindicato. O helicóptero da corporação, que deixava mais convidados na plataforma molhada do iate, abafou momentaneamente a voz do comentarista a bordo, que se esforçava para explicar algumas das regras mais complicadas da America's Cup.

No momento, ele explicava a pré-largada:

— Depois do primeiro disparo, contam-se regressivamente cinco minutos para a largada oficial, os barcos chegam por lados opostos e brigam pela posição mais favorável, mas ai de quem já tiver ultrapassado a linha quando o tiro de largada oficial for mesmo disparado! Terá que dar a volta e recomeçar. O que vocês acabaram de ver foi uma demonstração impressionante de avaliação de tempo e distância feita pelo nosso lendário timoneiro, John MacGregor. Ele precisa saber quanto tempo o barco levará para chegar à linha de largada, com a atual velocidade do vento, direção e corrente marítima. Alguns dos mais talentosos velejadores de *match race* do mundo inteiro ainda se atrapalham nessa tarefa e aí então segue-se um desastre. A pré-largada é a maior briga de gato e rato de todas, senhoras e senhores, e, certamente, garantirá ou não a regata... — dizia o comentarista.

Inky suspirou e ficou olhando para os dois barcos da America's Cup. Não se pareciam com nenhum outro que já havia visto. Eles eram monstruosos, assustadoramente estreitos, praticamente desprovidos de espaço para a equipe musculosa de dezessete velejadores se mover, mas com um mastro que ultrapassava trinta metros na direção do céu. Os barcos levavam cargas tão poderosas que ofereciam um risco equivalente ao de se estar dentro de uma máquina industrial; além do mais, eram fabricados para serem extremamente leves, o que queria dizer que quebravam com frequência. Eles eram as coisas mais lindas que Inky já havia visto.

O melhor amigo de Inky, Will Stanmore, mais conhecido como Custard, apareceu ao seu lado. Ele sempre a fazia lembrar-se de um labrador, com sua juba loira e comportamento amoroso e exuberante. Na verdade, tinha uma aparência bastante comum, mas, além de exalar personalidade por cada poro, tinha também um sorriso estonteante e sincero que podia exercer sua mágica no mais carrancudo oficial de regata.

— Olha você aí! Estou há dez minutos esperando do lado de fora do banheiro feminino.

— Você poderia ter usado o masculino, Custard. Ninguém teria se importado.

— Estava te esperando, sua boba.

— Foi uma boa largada — suspirou Inky, inclinando a cabeça na direção dos barcos. *Corposant* aqueceu os motores e se preparou para seguir os barcos.

— Eu sei. Eu estava assistindo pelo telão. Mas acho que nem mesmo Mack vai conseguir sair dessa. — Custard olhou nervoso por cima do ombro, para ver se a assistente pessoal maldosa e onipresente de Henry Luter, Jane, podia ouvi-lo. Abaixou a voz: — Primeira participação da Grã-Bretanha na Copa, em mais de quinze anos, e Henry Luter é o presidente do sindicato. Que azar! Por que não conseguimos arrumar outro bilionário? — brincou ele.

— Ele administra o sindicato como se fosse uma de suas empresas — resmungou Inky.

— Você ouviu o que estão dizendo do pobre Joe? Ele ficou sabendo que estava demitido por causa de uma passagem de avião que enfiaram debaixo da porta dele na noite passada. Meu Deus, isso está até parecendo a dança das cadeiras! — O entra e sai do sindicato divertia a fraternidade da America's Cup, que já estava mais do que acostumada com o comportamento de bilionários excêntricos, por todo o verão.

— É, ouvi. Sorte a sua manter o seu quarto na maior bagunça. Assim não perceberia se alguém enfiasse uma passagem aérea por baixo da porta.

— Eu sei — respondeu Custard, achando graça. — Vai ver já fui demitido umas seis vezes e eles não conseguem descobrir por que continuo aparecendo.

— Luter gastaria melhor os seus milhões contratando um bom RP em vez de um barco tão sofisticado que ninguém consegue velejar. — Na verdade, Luter tinha usado mais tecnologia informatizada no projeto do barco do que se usava para decifrar o genoma humano.

— Às vezes fico pensando por que o Mack não saiu fora.

Inky encolheu os ombros.

— Não sei. Acho que pelo mesmo motivo que você.

— Salário regular e bolinhos de kiwi?

— Não, seu bobo. Mack diz que esta é a primeira chance que a maioria de nós já teve de velejar pelo próprio país na Copa.

— Inky, nós estamos na segunda equipe. Não vamos ter chance de velejar pelo nosso país.

— Pelo menos você sabe que está aqui porque um dos amiguinhos de Luter está no seu lugar. A America's Cup é, definitivamente, arcaica. Não sei por que me importo tanto — resmungou ela, pensando no pioneirismo de Tracy Edward e Ellen MacArthur na navegação em alto-mar, o que muito surpreendia seu pai.

Custar a abraçou.

— Sempre haverá uma próxima vez.

— Desde que Luter não esteja no comando.

— Então você não vai participar do próximo desafio?

— Não no de Henry Luter, não mesmo.

— Ele não vai parar até colocar as mãos na Taça. Nós podemos nos filiar a outro sindicato também.

— Maravilha. Assim vou poder ficar na segunda equipe deles — resmungou Inky. Mulheres eram raridade na America's Cup. Eram como patinhos no meio de crocodilos. Mas o fato é que Inky não sabia bem se tinham sido suas habilidades ou seus seios que a fizeram ficar de fora do primeiro barco.

— Vamos entrar e conversar sobre possíveis presidentes de sindicatos para a próxima Copa. Em como tentar persuadi-los de que uma ninharia de cinquenta milhões por um desafio seria uma maneira inteligente de pagar menos impostos.

— É tão barato que não sei como mais gente não faz isso! — disse Inky, imitando a piada favorita de Luter. Custard riu.

A assistente pessoal de Henry Luter, moça pálida e magra que aparentava mais do que seus vinte e cinco anos, prendendo os cabelos e negando-se a usar maquiagem em seu rosto anguloso, surpreendeu-os chegando por trás.

— O que vocês dois estão fazendo aqui? — perguntou Jane, com a voz aguda. — Pagamos vocês para entreter os convidados, não para fofocar. — É claro que eles estavam lá para entreter os convidados; Custard pelo fato de ser agradável e Inky porque Luter gostava de mostrar o quanto era maravilhoso ao dar oportunidades iguais para todos.

— Está uma regata e tanto! — protestou Custard, que, na verdade, não havia tirado os olhos dos dois barcos à frente. — Olha lá, Mack está começando um duelo de cambadas.

Lá nos barcos, a conversa era escassa. Após ter largado atrás, *Guerrero* havia velejado para o lado esquerdo do circuito, na esperança de encontrar alguma brisa que Mack houvesse perdido. Mack, sabendo que o desempenho de sua equipe era pior do que o da equipe do *Guerrero*, fora também para o lado esquerdo. Se era para os espanhóis ultrapassarem, pelo menos Mack poderia fazer sombra colocando seu barco entre o deles e o vento. Eles seriam forçados a usar o vento com muita interferência. Era como receber o resto de combustível do tanque de outro carro numa corrida de Fórmula 1. O barco espanhol se aproximara bastante para tentar ultrapassar o *Firebird*, mas, cada vez que eles tentavam acelerar e ultrapassar, Mack dava uma guinada repentina e os bloqueava. A única forma de passar seria cambando consecutivas vezes até o *Firebird* cometer uma falta. Isso era conhecido como duelo de cambadas.

— CAMBAR! — gritou Mack, assim que o *Guerrero* deu ainda outra cambada na direção deles. Cada vez que um barco dá uma cambada, ou vira por davante, isso gera um tremendo esforço não apenas no barco, mas também na equipe. Ele está querendo que ou o barco ou a equipe não aguentem, pensou Mack, relanceando para o timoneiro espanhol, assim que a vela mestra pesada do *Firebird* balançou mais uma vez pelo convés. Pela primeira vez nas séries, ele ficou nervoso. Os controladores das catracas, ou grinders, do *Firebird* estavam curvados sobre seus pedestais no meio do barco, prontos para mais uma cambada. Mas eles pareciam em desacordo com o tom vibrante de abóbora do uniforme que estavam usando. Pareciam cansados e seus olhos já tinham aquele olhar assustado de derrota. Todas as ameaças gritadas de Henry Luter, na água e fora dela, em nada os motivaram. Era como se eles estivessem assistindo ao próprio funeral.

— Mack, eles estão chegando perto! — gritou Luter, irritado. — Porra! Faça alguma coisa! Não fique simplesmente aí parado, deixando eles ferrarem com a gente!

Mack o ignorou. Não dava mais tempo de explicar para Luter como uma equipe funcionava.

— CAMBAR! — gritou Mack, quando o *Guerrero* deu outra virada por davante. É claro que o timoneiro espanhol havia percebido o cansaço de seus grinders, pois ele mal lhes dava tempo para respirar, obrigando-os a dar uma cambada atrás da outra.

O mar estava revolto e, junto com a marulhada dos barcos VIPs, tornava-se difícil controlar o veleiro, como se ele fosse uma criança particularmente agitada aprendendo a andar. O barulho no barco ficava ensurdecedor quando as ondas batiam de todos os lados.

Mack olhou desconfiado para a primeira marca do circuito à frente. Ia ser difícil mantê-los sob controle até lá. Mesmo que o *Guerrero* estivesse navegando mal no vento com interferência, ele ainda era mais rápido e Mack estava tendo dificuldades para detê-lo. Entretanto, enquanto tinha tais pensamentos, ouviu-se um grito que significava derrota quase certa numa regata da America's Cup.

— HOMEM AO MAR!

— Meu Deus, onde? — murmurou Mack, olhando desesperado à sua volta, à procura de uma cabeça balançando entre as ondas. Olhou para a equipe, aguardando um relatório imediato de quem quer que tivesse testemunhado a queda e gritado, mas como se sentindo coletivamente culpados, os homens desviaram o olhar.

Um apito do barco de árbitros da regata e a apresentação da bandeira identificadora do *Firebird* indicaram a falta.

— Quem foi? — perguntou Henry Luter.

— O proeiro — murmurou Mack, vendo a posição vazia lá na frente. Isso não era nenhuma surpresa. O proeiro é o membro mais exposto de toda a tripulação num barco em que não há um mínimo de espaço para se trabalhar e nenhuma grade de segurança. Num mar como aquele, era o mesmo que se estivesse montando um cavalo selvagem. Ainda assim, era raro um proeiro cair no mar.

Mack deixou Luter resmungando ameaças mortais, quando girou o timão para fazer a volta obrigatória de 270 graus, como penalidade.

Gostaria de saber exatamente o que havia acontecido, mas o berro de homem ao mar foi tão repentino e inesperado que ele nem sequer teve como identificar quem havia gritado.

No entanto, nada disso importava agora. Uma das lanchas de apoio do *Firebird* pegava o proeiro, enquanto Mack levava o barco para sua volta de penalidade e o *Guerrero* passava velozmente por eles, rumo à marca. Eles já estavam fazendo a volta e armando o balão, quando Mack retornava ao circuito com o proeiro constrangido de volta a bordo.

— VAMOS LÁ! — gritou Mack para a equipe. — QUERO UMA MANOBRA PERFEITA! NÓS AINDA PODEMOS DERROTÁ-LOS!

A equipe pôs-se a trabalhar a todo vapor, preparando-se para rodear a marca.

— CÓDIGO SEIS, VELA BALÃO! — gritou o tático de Mack. O segundo proeiro puxou a vela do depósito para o convés. A genoa estava ficando pronta para ser baixada e substituída pela vela balão, que os trimmers transformariam num aerofólio perfeito. E tudo isso teria de acontecer em oito segundos.

— *Guerrero* tem seis barcos de vantagem sobre nós — anunciou o tático de Mack. — Vamos tentar alcançá-los fazendo sombra. — Uma vez que os barcos tenham circulado a marca e estejam indo a sota-vento, o barco que está atrás pode ir devagar e bloquear o vento da vela balão do barco que está na frente.

— Fique pronto para dar uma cambada — murmurou Mack. — CAMBAR!

Mack dava um jeito de extrair raros momentos de brilhantismo mesmo da mais desanimada das equipes. Eles rodearam a marca com perfeição e em menos de oito segundos. A vela balão branca e imensa inflou-se e abriu as asas gigantes à sua frente. Mas o vento ainda estava muito forte e Mack franziu o cenho.

— A vela balão está inflada demais — disse ao tático. — Tem certeza de que devemos...

Mack não conseguiu terminar a frase. No momento seguinte, o *Firebird* chocou-se com uma grande onda e mergulhou fundo nas costas de outra. O mastro não conseguiu suportar as toneladas extras de pressão, todo o estaiamento se partiu e o mastro, junto com quaisquer últimas esperanças da America's Cup, veio abaixo.

A festa da vela, como era chamada de forma tão eufemística, certamente tinha uma atmosfera fúnebre. Ela estava acontecendo no hangar amplo utilizado para abrigar os iates; o *Firebird*, solitário e infeliz sob uma capa de lona impermeabilizada, encontrava-se ali, em seu berço enorme.

Mack estava perto da porta, conversando com alguns membros da equipe. Pessoas que já haviam lido sobre suas façanhas e aventuras normalmente as desprezavam como exageros: somente depois que se ficava na presença dele e que se sentia a força de sua personalidade é que se percebia, na mesma hora, que todas aquelas coisas deviam ser verdade. Aos quarenta e tantos anos, ele não tinha aquela beleza padrão, mas era extremamente atraente, com traços fortes e marcantes. Como uma jornalista certa vez comentara oportunamente: "Se você está com algum problema, com a sorte lhe virando as costas, este é o único homem que deveria ter a seu lado."

Seu jeito simpático e a forma como dava atenção a todos mascaravam completamente qualquer vestígio da briga séria que acabara de ter com Henry Luter. Luter se esforçara para controlar seu temperamento após a regata, até chegarem à costa e à base.

E então:

— Que porra foi aquilo? — perguntara, furioso. Tinha acabado de colocar os pés no escritório. — Como você pôde ferrar com tudo dessa maneira? Por que é que eu te pago tanto dinheiro?

Mack não lhe explicara de quem fora a falta. Não trabalhava assim. Jamais iria dividir a culpa. Uma equipe trabalhava em conjunto e, se um deles cometesse um erro, então cabia a todos os outros se responsabilizarem por ele. Essa era apenas uma das filosofias das quais ele e Henry Luter discordavam.

— Você me paga para treinar a sua equipe.

— Treinar a minha equipe? Do que você está falando? Eu te pago para timonear a porra daquele barco. Nada mais, nada menos do que isso.

— Uma coisa não acontece sem a outra. Equipes não trabalham de forma independente. Não conseguem. Todos confiam um no outro. Todos confiam um no outro em nome da própria segurança e até mesmo da própria vida. Todos naquele barco estavam se odiando tanto que acho que não teriam levantado um dedo para salvar um ao outro. Você os deixou num estado tão grande de estresse que tudo o que eles querem é não levar a culpa.

— *Eu* os deixei neste estado? Eu? — perguntara Henry, furioso.

— Sim, por tê-los trocado tanto de posição. Por fazê-los assumir responsabilidades pelos *seus* erros. Por criar políticas tão corruptas que fariam qualquer golpe de Estado de um país africano parecer bom. Por normalmente tratar as pessoas como se elas fossem lixo.

Mack dera as costas e fora embora.

— Não vá achando que irei te chamar para timonear o barco no desafio da próxima Copa! — gritara Henry, enquanto Mack se retirava.

— Nada me convenceria a aceitar! — resmungara Mack, educadamente.

Mas nada disso aparecia agora em seu rosto enquanto conversava com Custard.

— Má sorte, hoje — disse Custard.

— Mesmo se a gente não tivesse ficado sem o mastro, acho que os espanhóis ainda teriam ganhado.

— Perder o mastro sempre tende a reduzir um pouco a velocidade do barco.

— É, eu percebi.

— Luter me pediu para ficar para o próximo desafio em 2007 — disse Custard. — Não sei se vou querer, duvido que eu entre no primeiro barco. E você?

— Duvido que eu também entre no primeiro barco — disse Mack, com a expressão fechada. — Não, não vou ficar.

— Então, definitivamente, eu também não. Só Deus sabe como ele vai ficar louco para timonear o barco.

— O que Henry Luter não sabe é que a America's Cup é feita de pessoas. E quando não se sabe disso, já se perdeu. O que você vai fazer depois?

— Não sei. Acho que voltar para o World Match Race Tour com Inky. E você?

— Não sei. Talvez alguma coisa diferente.

Custard olhou-o com curiosidade.

— Mas vai voltar para o *match race*, não vai? Você é um aficionado!

— Mas não sou incurável — respondeu Mack, em tom de brincadeira. Estava pensando nas recentes manchetes negativas que o haviam responsabilizado pelo desempenho medíocre da equipe britânica. Talvez estivesse há tempo demais nesse jogo. Encontrava-se cansado e achava que estava na hora de dar um tempo.

— Talvez fosse melhor arrumar uma esposa, se vai ficar fora um tempo. É por isso que está sem mulher, não é? — Custard cutucou-o.

— Nem todos nós, Custard, temos energia para sair com uma mulher à noite e depois navegar o dia inteiro.

— Mas você gostaria de ter uma, não gostaria? — insistiu ele.

— Por que está tão desesperado para me casar, Custard?

— Mack, só estou pensando na sua felicidade — respondeu ele, penalizado. — Nisso e no fato de que Inky e eu achamos que poderíamos ganhar muito mais dinheiro no circuito do *match race* sem você por perto.

— Eu já tentei e não deu muito certo. As mulheres foram embora e a vela não. Teria de ser uma mulher de outro mundo para eu tentar de novo.

— Eu poderia te apresentar algumas. Umas das minhas tietes estão desesperadas para te conhecer. Elas falam aos suspiros do seu maxilar forte e da sua aparência aristocrática. — Mack estava muito bem para a idade. Aliás, ele era um daqueles homens que ficava mais bonito com o passar do tempo. — Chegam a ser irritantes.

— Obrigado, Custard, mas vou deixar passar.

— Vou sentir falta das poucas vezes em que velejamos juntos. Apesar desse seu temperamento desagradável. Deve ser por isso que faz tanto sucesso. O mar simplesmente se abre à sua frente.

— Eu só gritei com você naquela única vez, porque você assumiu o barco por cinco minutos e bateu com tanta força no barco da comissão de regatas que eles tiveram que passar a noite inteira se revezando para baldear água.

— É por isso que não sou timoneiro.

— Custard, você pode ser um perfeito idiota, mas eu também vou sentir falta de velejar com você.

Eles sorriram um para o outro e depois pararam por um momento, os olhos seguindo Henry Luter à medida que ele andava pela sala.

— Ali vai um homem que ainda usa o método do coelho, do buraco e da árvore para dar um nó de laço — ironizou Custard.

CAPÍTULO 2

Fabian Beaufort conheceu Milly Dantry na idade avançada de vinte e quatro anos, na largada da Skandia Cowes Week 2004, próximo ao final de um belo verão.

Ainda era cedo quando Fabian deixou o barco da família Rochester naquela manhã. Não dormira bem na noite anterior: sonhos com Rob o haviam assombrado. Acordou suando e estendeu o braço para o abajur na mesa de cabeceira, aguardando que os objetos à sua volta se fixassem no lugar: a foto do pai afixada no espelho, a pilha de moedas e os programas das regatas. Após alguns minutos, levantou-se e encontrou um cigarro solto. Considerou escrever outra carta para os pais de Rob, mas sabia que seria em vão. Em vez disso, subiu ao deque, respirou o ar frio da noite e pensou no pai.

Embora o sol houvesse nascido há menos de uma hora, a tripulação já estava no convés, separando e consertando os equipamentos. Fabian andou por um dos píeres, procurando um barco chamado *Moonshine*. Um colega lhe telefonara e dera a dica sobre uma vaga na equipe. Fabian estava desesperado para deixar o barco dos Rochester.

A família Rochester era conhecida de sua mãe e, depois que ele beijara Alicia, filha deles, em uma festa em Londres, ela lhe enviara o convite para a Cowes Week. Isso lhe parecera uma oferta muito atraente na hora, mas, agora, refletindo com calma, Alicia era uma pretendente muito sem graça que, como um animal no cio, vivia tentando levá-lo para a cama. Ele precisava fingir que tinha o sono profundo e que não ouvia as batidas suaves na porta de sua cabine, durante a noite. Tempos antes, ele teria simplesmente transado com ela, mas, no momento, tinha outras coisas em mente.

O sol recém-nascido já refletia na água e a brisa fria do mar batia nos barcos, causando uma sequência furiosa de tinidos altos quando as adriças e os mastros colidiam. Fabian adorava aquela hora do dia. Ela o fazia lembrar-se de quando dormia no iate da família, durante as muitas saídas para pescar com o pai.

Ele gritou para uma pessoa que se encontrava em um dos deques e ela lhe apontou a direção do *Moonshine*. Fabian encontrou o barco no final do píer. Apesar do nome dos patrocinadores impresso ao longo do casco, era um belo barco, imaculado, o que lhe causou uma onda de excitação. Que linhas! Como adoraria conhecer aquele barco.

— Olá? — chamou. Mais uma vez: — Olá? — Podia ver que as pessoas já haviam levantado. Havia várias tarefas inacabadas ao longo do convés.

Uma cabeça surgiu e então alguém saiu de dentro da cabine. Na hora em que a pessoa apareceu na frente dele, todas as suas esperanças morreram.

— Ora, ora, ora. Vejam só se não é Fabian Beaufort.

A voz pertencia a Jason Bryant, um velejador de cabelos fartos e boa aparência, com olhos azul-claros, cuja intensidade fria disfarçava a própria ambição. Eles haviam concorrido em barcos rivais na Volvo Round the World Race. Jason Bryant era tanto talentoso quanto desagradável. Fabian não gostava nem um pouco dele.

— Jason. Como vai? — murmurou Fabian.

— Que diabo você está fazendo aqui, Beaufort?

— Vim ver um amigo. Só isso — disse ele, afastando-se.

— Ouvi dizer que não tem muitos amigos hoje em dia. Alguém neste barco?

— Talvez. Volto mais tarde.

Fabian deu as costas, mesmo assim, praticamente sentiu o leve sorriso que surgia no rosto de Jason.

— Veio aqui porque ficou sabendo que estamos precisando de alguém para compor a equipe, não é, Beaufort? Má sorte a nossa, não? Ouvi dizer que o seu pai também saiu correndo daqui! — gritou ele, enquanto Fabian se afastava. — Você seria a última pessoa que nós escolheríamos. A maioria do nosso pessoal quer *viver*!

Milly Dantry não era velejadora. Era garçonete. Todos os anos, ela se planejava para tirar suas férias no emprego em Whitstable de forma a viajar para Cowes, por duas semanas, para trabalhar na regata Round the Island e também na Fastnet, ganhando quase três vezes mais do que recebia onde morava, o que era uma sorte, pois trabalhar para o sr. Sawman, no Crabclaw Café, não era das coisas mais divertidas. Ele exigia que todas as funcionárias usassem minissaias pretas, depois, as colocava para trabalhar tanto que até mesmo um mineiro que usasse pôneis para descer às minas de carvão ergueria as sobrancelhas, de tão espantado. Mesmo assim, Milly estava tentando desesperadamente economizar dinheiro para a faculdade de moda, e todo trocado que entrava contava. O dinheiro também era apertado em casa e, embora o emprego de garçonete não fosse escolha sua, pelo menos, pagava as contas.

O restaurante abria bem cedo para o café da manhã. Como o circuito da regata não era estabelecido até a manhã da competição, quando a velocidade do vento e sua direção podiam ser medidas, alguns dos velejadores mais compenetrados gostavam de reunir suas equipes durante o café para discutir suas táticas. Outros velejadores, que haviam ficado acordados até altas horas da madrugada, bebendo e dançando nas festas dos iates, no porto, e despencando mortos em seus beliches quase caindo para fora do barco, prefeririam pedir baguetes com bacon da Tiffins. Depois, é claro, tinham que tentar manter a comida no estômago.

Milly chegou atrasada e, pedindo milhões de desculpas, apressou-se para guardar a bolsa no vestiário dos funcionários e colocar seu avental horroroso. Apesar de ainda ser muito cedo, o pequeno restaurante estava movimentado e o aroma de bacon, ovos e pão fresco preenchia o ar. Embora frutas, granola e iogurte fizessem parte do cardápio, havia uma crença masculina arraigada de que as equipes vencedoras nunca iam para o mar ingerindo isso. A conversa era a regata do dia anterior.

— Meu Deus, que tempo! Quatro barcos perderam o mastro e muitos bateram.

— Você soube que um dos timoneiros perdeu o polegar? Levaram o cara para o hospital, mas ele se recusou a ser operado, porque não queria perder o resto da regata.

— Eu quase esbarrei com o Rei da Espanha e com Aga Khan, ontem — gabou-se alguém.

Milly anotava um pedido usual de frituras matinais enquanto ouvia parte da conversa da equipe na mesa nove.

— Pedi a Fabian Beaufort para ser nosso proeiro — anunciou um homem que parecia ser o timoneiro. A cafeteira espirrou água fervente nos saquinhos de chá, no balcão.

— Beaufort? Por que diabo você o chamou? Não estamos tão desesperados assim.

— Beaufort é um velejador pra lá de talentoso e teremos sorte de tê-lo conosco.

Outro homem franziu o nariz.

— Só porque nenhuma outra equipe profissional lhe dará emprego. Ele também deve estar precisando de dinheiro.

— Por quê?

— O dinheiro da família acabou. O pai dele sumiu.

— O velho Beaufort desapareceu?

— Meu Deus, por onde você tem andado? Todo mundo está falando nisso! Ele faliu. Ninguém sabe onde está. Simplesmente saiu numa noite e deixou a família sem nem um centavo. Dizem por aí que as dificuldades que Fabian vem passando o fizeram perder a cabeça.

— Meu Deus, que horror. Ele era um cara gente boa. Pena que a mãe não desapareceu também.

— Bem, agora Fabian está completamente duro. Vendeu o Porsche dele para conseguir manter o iate da família, mas até isso se foi também.

— Êta onda de azar.

Outro homem bufou.

— Isso não tem nada a ver com sorte ou azar. Como pode saber se ele não anda se drogando?

— Ouvi dizer que foi preciso chamar quatro homens para tirá-lo do baile do Royal Corinthian e que agora não querem mais deixá-lo entrar lá — acrescentou mais alguém.

— Ele vai ficar bem — rebateu o timoneiro. — E é a nossa melhor chance de derrotar o *Gipsy*.

— Bem, vamos torcer para que ele não apareça bêbado e nos afogue a todos.

— Ou, pior do que isso, nos faça perder a droga da regata.

— Quieto. Ele está aqui.

Milly estava lhes servindo o chá e olhou ao redor, interessada em ver quem era esse tal de Fabian. Ele surgiu do emaranhado de gente, e ela fez o possível para não ficar boquiaberta na frente dele. Dirigiu-se rapidamente ao balcão e começou a lhe lançar olhares rápidos, sempre que possível. Em sua opinião, jamais vira um homem tão atraente em toda a sua vida. A simples imagem dele deixou uma marca em sua mente como uma cicatriz. Estava desanimado e apertou a mão de todos à mesa quando se levantaram para cumprimentá-lo. Estivera claramente navegando em um clima mais ameno, pois se encontrava bronzeado. Não no tom suave de café com leite do continente, mas no bege refinado de uma xícara de chá inglês. Tinha cabelos num tom de louro-escuro com reflexos dourados, esbranquiçados pelo sol, e lábios rosados e macios num maxilar quadrado. Apesar de só lhe restar ser chamado de maravilhoso em vez de lindo, não havia como negar o olhar levemente predatório de seus olhos azuis.

Milly aproximou-se constrangida e pigarreou:

— Eh, posso lhe oferecer alguma coisa? Para comer ou beber? — acrescentou rapidamente, quando aqueles olhos distraídos viraram-se para ela. Milly sorveu seu aroma de pele fresca, recém-lavada, e de um leve rastro de loção pós-barba. Seus braços musculosos apoiaram-se sobre a mesa, desprovidos de relógio e de qualquer outro adorno, apenas os pelos curtos esbranquiçados por causa do sol.

— Não sei se vocês têm o que costumo beber, mas será que poderia me trazer um sanduíche de bacon e um expresso? Obrigado. — Seus olhos sustentaram os dela por um momento.

Quando Milly saiu apressada com o pedido, ele a seguiu brevemente com o olhar. Fabian gostou da gentileza que viu em seus olhos. Tinha-a visto no dia anterior sendo igualmente gentil com um senhor que derramara seu chá. Ela limpara tudo com paciência e ainda o ouvira resmungar sobre a Cowes Week, enquanto o proprietário do café a excomungava nos fundos do restaurante. Embora isso fosse algo que ele nunca tivesse apreciado antes, na verdade, algo que nunca tivesse precisado antes, gentileza, com certeza, era artigo escasso para ele no momento. Tinha ciência dos comentários sussurrados e dos olhares fofoqueiros tão em desacordo com as olhadelas de admiração que sua aparência e talento normalmente despertavam, e a experiência de ter que sair por aí, atrás de uma vaga de velejador amador, enquanto seus colegas tomavam café da manhã numa das tendas da corporação era mesmo humilhante. Imaginou rapidamente se aquela garçonete ainda lhe seria gentil se soubesse alguma coisa sobre ele. Voltou sua atenção para o que se comentava sobre a regata.

Milly levantou-se cedo na manhã seguinte para tentar transformar sua cabeleira lisa e reluzente em algo que se assemelhasse a um cabelo bem-arrumado. Tinha uma bela pele azeitonada e aveludada e cabelos castanho-avermelhados, da cor de melaço, pelos quais agradecia todos os dias à fada da beleza. Seus traços retos e serenos lhe davam certo frescor, e seus olhos da cor de chocolate, assim como seu sorriso largo, sincero e mágico faziam até mesmo o mais grosseiro dos fregueses se derreter. Quando dividiam a gorjeta no final do expediente, Milly sempre ficava com a maior parte. Distinguia-se dentre as outras garçonetes por estar sempre usando algo diferente. A velha máquina de costura que tinha em casa trabalhava sem parar à medida que transformava a última moda das ruas em alta costura. Apesar do orçamento apertado, sempre se apresentava com elegância e usava as bijuterias mais baratas com um estilo invejável. Não era exageradamente vaidosa, mas tinha uma necessidade instintiva de apresentar-se o mais bonita possível, e a possibilidade de voltar a ver Fabian Beaufort a fez sentir vontade de se esforçar ainda mais. Pensou nele, lembrando-se como o restaurante ficara mais animado quando chegou, com as pessoas apontando furtivamente para o velejador, para seus colegas. Milly não sabia o motivo. Aquela equipe tinha mesmo dito que ele era um drogado? Com certeza, não o queriam no barco. Encolheu os ombros. Nem sequer sabia por que estava pensando nele, que era a encarnação de todos aqueles rapazes mimados de Londres, que não se dariam ao trabalho de cumprimentá-lo.

As coisas foram logo morro abaixo quando ela chegou ao trabalho. Milly caiu em lágrimas por causa do sr. Sawman quando, acidentalmente, derramou água quente em uma garçonete. Depois, quase na hora de servir o café da manhã, pegou um prato que estava bem mais quente do que esperava, tentou devolvê-lo ao balcão, mas errou e o deixou cair. Abaixou-se para catar os cacos de vidro e os pedaços de bacon, enquanto chupava o dedo queimado.

— Milly, que diabo está acontecendo? — ecoou uma voz aguda em seu ouvido. Ela se levantou e viu o sr. Sawman a encarando furioso.

— Des... Desculpe. Estava muito quente e deixei...

— Isso aqui é uma cafeteria, Milly. As coisas são quentes. Isso faz parte do seu trabalho. — Ele tentava manter a voz controlada e baixa, mas Milly podia ver em seus olhos que queria mesmo era soltar os cachorros em cima dela. — O que foi que te deu hoje? Está sonhando com rapazes?

— Estava muito quente mesmo. Desculpe.

— Limpe essa bagunça agora mesmo! E vou abater toda essa despesa do seu salário. E também pode esquecer a gorjeta por hoje.

Milly ficou atônita quando uma voz arrastada o interrompeu.

— Isso não me parece muito justo.

Milly, que já estava pra lá de vermelha, ficou completamente roxa quando viu quem era o dono da voz.

— Está tudo bem, de verdade — disse ela, gaguejando.

— Não, não está nada bem — rebateu Fabian. — Ela não teve a menor culpa. O senhor é que tem sido grosseiro com todos aqui a semana inteira. Nem sequer perguntou se ela se machucou.

— Não venha me dizer como tratar os meus empregados. Além do mais, sei muito bem quem você é e não o quero aqui — rebateu o sr. Sawman, com um sorriso de deboche.

— Fabian! — gritou alguém da porta. — Estamos indo!

— Pegue suas coisas — disse Fabian, olhando para Milly.

— Há? — perguntou Milly, boquiaberta. Sabia que esta não era a resposta mais apropriada, mas não conseguiu se conter.

— O barco em que estou hospedado precisa de uma cozinheira e eles irão te pagar mais do que te pagam aqui. Pegue suas coisas.

A cabeça de Milly foi a mil. Não queria exatamente abandonar o emprego, mas ficara empolgada com o gesto e achou que não poderia deixá-lo mal na frente de todas aquelas pessoas. Foi mais ou menos como receber uma proposta de casamento na TV, ou algo parecido. Simplesmente não podia dizer não. Sem dizer nem uma palavra, foi apressadamente ao vestiário, pegou a bolsa e voltou correndo.

Ninguém havia se movido. Fabian segurou-a pela mão e a puxou para fora de lá. Não sabia muito bem por que havia feito aquilo. Tudo o que sabia é que estava cansado de ser pisado pelos outros e não suportou ver isso acontecer também com sua garçonete gentil.

— Você se machucou? — perguntou, enquanto desviavam das pessoas ali presentes.

— Não — disse Milly, sabendo que, para um velejador, seria preciso perder um dedo para se considerar machucado.

— Você sabe cozinhar?

— Bem, o básico. Bolo de batata com carne, esse tipo de coisa.

Ele assentiu rapidamente. Dúzias de barcos já se dirigiam lentamente para o mar, aprontando-se para um dia de regata.

— Vá até a plataforma do Royal Yacht Squadron e espere lá, vou pedir a alguém para ir te pegar. — Em seguida, pulou para a proa do barco. — Qual o seu nome? — perguntou.

— Milly.

Somente quando andou em torno do Royal Yacht Squadron (pelo caminho mais longo, de forma que não tivesse que voltar a passar pelo restaurante) e debruçou-se no gradil ao lado do embarcadouro imponente de pedra, foi que Milly começou a pensar no que havia acabado de fazer. Tinha abandonado um ótimo emprego e deixado um monte de gente na mão, pois os outros funcionários teriam que dar conta de sua ausência. Mordeu o lábio ansiosamente e olhou para a água. E tudo isso por quê? Porque estava atraída por alguém. Vai ver esse tal de Fabian nem tinha emprego nenhum para lhe arrumar. Caminhou desesperançada pela área de embarque, o tempo todo de olho para ver se algo parecido com um barco aparecia para pegá-la. A sede cheia de torres da Royal Yacht Squadron, parcialmente coberta por hera verde-garrafa, impunha-se à sua frente. Um jovem a olhava com suspeita, da guarita logo na entrada; ela sentia que, a qualquer momento, ouviria uma voz grossa e naval querendo saber o que estava fazendo ali. Pegou uma edição antiga da *Vogue* de dentro da bolsa e tentou se concentrar, mas as imagens ficaram embaçadas; sendo assim, acabou andando para um lado e outro até avistar uma bela lancha azul-marinho desviando gentilmente dos iates parados na água. Definitivamente, estava indo para a área de embarque. Ela caminhou rapidamente para os portões de ferro assim que o barco atracou.

— Você é Milly? — perguntou um homem alto, de cabelos escuros, com voz classuda. Pronunciou seu nome como Mill-ay. Um garotinho saltou para a plataforma de pedra, assim que eles encostaram, segurando uma corda que ele mesmo desenrolou.

— Sim! — Milly gritou atrás dos portões, o alívio lhe correndo pelas veias.

— Fabian disse que nos arrumou uma nova cozinheira.

— Sou eu mesma! — respondeu alegremente. Continuaria a ganhar dinheiro pelo resto da semana e Fabian não a havia deixado na mão.

— Estou morrendo de fome — disse o garotinho.

— John! Abra a droga desses portões! — gritou o homem. O jovem que ficava na guarita saiu correndo, segurando as chaves e murmurando pedidos de desculpas.

— Que bom que Fabian encontrou alguém. — Milly passou pelos portões, assim que eles foram abertos e subiu a bordo com cuidado. — A propósito, sou Philip Rochester e este é o Tom.

— Prazer em conhecer. Sou Milly Dantry. — Não sabia se os cumprimentava com um aperto de mão ou não, mas nenhuma mão lhe fora estendida.

— Você poderia preparar ovos com bacon para mim quando voltarmos? — perguntou o garoto. — Vou competir daqui a uma hora.

— Claro — respondeu Milly. Naquele momento, ela teria preparado ovos com bacon e pão torrado para toda a flotilha.

CAPÍTULO 3

Na manhã seguinte, Milly estava em pânico na cozinha da família Rochester. O tempo estava um pouco mais ventoso e o iate balançava no ancoradouro, mas ela estava começando a se acostumar com as leves ondulações. Ainda não havia visto Fabian — pelo que ouvira na mesa do café da manhã, ele havia saído cedo em busca de outro barco de cuja tripulação queria fazer parte.

Embora o sr. Rochester lhe tivesse oferecido muito mais dinheiro do que ela possivelmente ganharia no café pelo resto da semana, eles estavam sendo bem negligentes com relação a horário. Milly estava preocupada em perder o último ônibus naquela noite, para voltar à pensão onde alugava um quarto, pois eles estavam oferecendo um coquetel no iate e, em sequência, ofereceriam um jantarzinho para poucas pessoas. A sra. Rochester queria que ela preparasse alguns canapés, o que a deixou desesperada. Era óbvio que Fabian não lhe contara que Milly não era cozinheira de verdade. Será que batatas fritas passariam como canapés?

Mas seu dia foi ficando cada vez mais difícil. Alicia, a bela filha do casal Rochester, levantou-se da cama e pediu ovos quentes; em seguida, o sr. Rochester convidou novamente vários amigos para conversar sobre estratégias de regata e Milly teve de preparar almoço para todos, com duas latas de salmão que encontrou no armário da cozinha e a salada de batatas que havia preparado para o jantar. Teve também de preparar algo para o resto da tripulação, o que a pegou de surpresa, mas que foi gentilmente justificado por eles, que lhe disseram não ter pedido no dia anterior por ter sido seu primeiro dia de trabalho. Em seguida, a sra. Rochester e suas amigas quiseram tomar chá no convés enquanto assistiam ao retorno das equipes das regatas, e Alicia e suas colegas desceram para o quarto dela, para experimentar vestidos para o coquetel daquela noite, chamando Milly para lhes servir chá. Na verdade, Milly ainda não havia ido às cabines — elas ficavam na proa do barco — e alguém da tripulação teve que lhe mostrar o caminho.

Ela equilibrou a segunda bandeja de chá no quadril e bateu na porta.

— Entre!

Milly pisou no cockpit e entrou na cabine espaçosa. Uma cama de casal ocupava o meio do quarto, mas o foco principal era um armário enorme que tomava todo o espaço de uma parede. Com todas as portas abertas, o armário cuspia seu conteúdo para a cama e para as poltronas. Uma moça estava de frente para um espelho de corpo inteiro, com um belo vestido frente-única todo coberto de gotas prateadas. Milly daria qualquer coisa para passar apenas uma hora naquele quarto com aquele guarda-roupa, mas o pensamento logo a abandonou assim que as quatro moças pararam o que faziam para olhá-la. Milly sentiu o rubor lhe subir pelo pescoço.

— Onde posso colocar a bandeja? — perguntou baixinho.

— Aqui na cama. — Alicia levantou-se. Estava muito bonita, vestindo algo parecido com um baby-doll. Milly imaginou que, como Fabian claramente não tinha nenhum parentesco com a família Rochester, deveria então estar saindo com a filha deles. Sortuda, sortuda Alicia. Milly foi colocar a bandeja onde a moça estivera sentada, que era o único espaço livre, uma vez que havia roupas espalhadas pelo resto da cama.

— Cuidado! Olha os meus vestidos! — gritou ela, rispidamente. — Eles custam uma fortuna.

Milly colocou a bandeja na cama, com toda a gentileza possível, o tempo todo percebendo olhares maliciosos trocados entre as moças às suas costas.

— Ouvi dizer que Fabian te encontrou num café, é verdade? — perguntou Alicia, assim que Milly virou-se para sair.

— É isso mesmo.

— Espertinho, esse Fabian.

Milly virou-se novamente para sair.

— Quando Fabian voltar, você pediria a ele para vir diretamente aqui? — Alicia pediu, quando Milly virou as costas, em meio a risadinhas.

— Sim. Claro. — Fechou a porta para uma vida com a qual poderia apenas sonhar. As roupas eram o que lhe causavam inveja. Quisera muito fazer um curso de moda em Londres, mas, quando a mãe morreu num acidente de carro pouco antes de Milly concluir o último ano do ensino médio, tudo mudara de repente. Ela precisou deixar a escola mais cedo, sem prestar todos os exames tão importantes, para ajudar o pai que, de tão afundado em sofrimento, estava incapacitado de trabalhar. Na época, Milly achou que seu coração se partiria. Adorava a mãe, que era doce e gentil, exatamente como ela própria. Sentia falta das conversas fluidas, de comprarem roupas juntas, do simples prazer que sentiam com o noivado ou promoção de alguém. Ela passava os verões atendendo adolescentes mal-educados em Londres, que conversavam aos berros sobre suas férias internacionais, enquanto deixavam gorjetas minguadas. Via os amigos mais íntimos irem empolgados para a faculdade, dando-lhe abraços apertados e prometendo escrever, enquanto ela estudava para as provas nos intervalos do trabalho como garçonete. No entanto, finalmente conseguira uma vaga numa faculdade de Londres, que começaria em setembro. Embora estivesse triste por deixar o pai, que era louco por ela, mal podia esperar que setembro chegasse. Ganhar o próprio sustento, cercada por roupas e alta-costura, era o seu grande sonho.

Quando retornou à cozinha e analisou a bagunça, Milly começou a sentir-se menos agradecida com relação a Fabian. Muito bom para ele, pensou, ao bater a porta da geladeira. Bancou o cavaleiro na armadura cintilante, mas a havia tirado de um emprego muito bom e a jogado no meio de uma família má. Ela era a Cinderela às avessas. Certamente ele já havia se esquecido totalmente dela agora. Que diabo ofereceria como canapés naquela noite para quarenta convidados? Isso sem falar no jantar que viria depois. Olhou para o relógio. Eram quatro e meia, e uma onda de pânico a dominou. Jamais conseguiria.

— Milly? — chamou-a Tom, aparecendo na soleira da porta. — Temos alguma coisa para comer?

— Não sei, Tom. Acha que alguns biscoitos de maisena darão para o gasto? — Nem sabia ao certo se os tinha. Não lembrava se servira todos os biscoitos às amigas da sra. Rochester.

— Mas estou morrendo de fome. Velejei o dia inteiro!

Lágrimas começaram a brotar em seus olhos e ela deixou-se cair no banco. O restaurante não a aceitaria de volta agora e ela não sabia o que iria fazer depois que a demitissem dali.

— Você está bem, Milly? — perguntou Tom, nervoso.

Foi a gota d'água. As lágrimas começaram a rolar por sua face. Tom aproximou-se e ficou imóvel ao seu lado, estendendo-lhe um pano de prato, com a expressão séria.

— Por favor, não chore, Milly. Gosto de biscoitos de maisena. Gosto mesmo. Gosto de você também.

Ela sorriu e assoou o nariz sobre uma ilustração de um nó quadrado, no pano de prato. Seu rímel manchou de preto o pano que antes fora branco.

— Não é nada com você, Tom. Só que..

— Tom, você andou fazendo Milly chorar? — perguntou uma voz, da soleira da porta.

Milly e Tom se assustaram, ergueram os olhos e viram Fabian encostado na porta, os óculos Oakley no topo da cabeça.

— Não, Fabian. Eu gosto de biscoitos de maisena e Milly acha que não.

Fabian franziu a testa.

— Milly está chorando porque você não gosta de biscoitos de maisena? O que está fazendo aqui embaixo, Tom?

— Eu estava velejando. Estou com fome...

Na mesma hora, Fabian correu para a geladeira.

— Bem, vamos pegar alguma coisa para você comer então. Que tal cream-crackers com queijo?

Milly resmungou por dentro. Por que não pensou em cream crackers com queijo? Fabian iria achar que ela era uma inútil.

Depois que Fabian pegou um grande naco de queijo Cheddar da geladeira e encontrou alguns cream crackers no armário, despachou um Tom mais alegre e aliviado e puxou um banco para sentar-se perto de Milly.

— O que está acontecendo? — foi tudo o que perguntou.

Milly torceu o pano de prato entre os dedos.

— Terá um coquetel esta noite e não sei preparar nenhum canapé. Fiz uma salada de batatas para o jantar, mas a sra. Rochester a serviu no almoço. Não sei o que fazer porque não sou cozinheira de verdade, você sabe disso. Sou garçonete.

Fabian a analisou sem nada dizer. Ela enxugou os olhos e levantou-se, encabulada. Precisava mesmo dar um jeito. Alguém da tripulação teria que levá-la para a costa.

— Ah, a propósito, Alicia disse para você descer em seguida para a cabine dela.

Ele se aproximou da porta.

— Você vem? — perguntou Fabian.

— Ver Alicia? — perguntou ela, confusa.

— Não, fazer compras — respondeu, diante da surpresa de Milly. — Vamos.

Andar na lancha com Fabian foi mais do que empolgante. Todos os tripulantes dos barcos olhavam e apontavam para eles, à medida que iam navegando devagar. Fabian não ficava se exibindo com ziguezagues elaborados ou andando a toda velocidade, e Milly chegou a ficar arrepiada quando percebeu que, talvez, ele não precisasse provar sua virilidade dessa forma. Percebeu também que algumas mulheres que tomavam banho de sol sorriam e acenavam e que os homens apenas olhavam e murmuravam alguma coisa. Um homem gritou agressivamente:

— Vá para casa, Beaufort! Você não é bem-vindo aqui! — Milly olhou para Fabian com curiosidade, imaginando se ele iria reagir. Mesmo que permanecesse impassível e olhasse diretamente para a frente, um tique nervoso apareceu em sua face. Ela refletiu mais uma vez sobre aquela antipatia constante contra ele e como ele conseguia aguentar.

— Como foi o seu dia? — perguntou Milly, tentando puxar conversa.

— Horrível. A porra do timoneiro era um inútil. — Ele não tirava os olhos da água.

— Você foi proeiro? — Ruborizou, ao lembrar-se da primeira vez que o vira.

— Fui. — Reduziu mais ainda a velocidade do barco, assim que se aproximaram de uma confusão de veleiros. Em contraste com o tamanho e peso do iate da família Rochester, pareciam barquinhos de brinquedo. — Você veleja? — perguntou Fabian.

— Um pouquinho de vela laser. Como esses aí. — Ela apontou para os laser. — Mas não tenho velejado mais. Meu pai tinha um barco. Antes de minha mãe morrer.

Fabian olhou-a sem parecer constrangido ou mudar subitamente de assunto.

— Quando ela morreu?

— Seis anos atrás.

— Sinto muito. Deve sentir falta dela.

Milly teve que morder o lábio, olhando para a pequena extensão de terra do Solent, para que seus olhos não se enchessem de lágrimas novamente. *Pare com isso*, pensou, *pelo amor de Deus, pare com isso. Ele vai achar que só o que você sabe fazer é chorar.*

— Você é parente da família Rochester? — perguntou em seguida.

Fabian deu um sorriso forçado.

— Não.

Devia ser como ela pensava, Fabian estava saindo com Alicia. Milly teve um sobressalto, assim que um tiro foi disparado para indicar o começo da regata.

— Teve um ano em que alguém, por acidente, deixou cair o bastão de disparo e incendiou a vela mestra do barco de um pobre coitado — disse Fabian, gesticulando na direção dos canhões próximos. — Em um minuto, você está aguardando começar uma regata, no minuto seguinte, seu barco está pegando fogo, com um buraco na vela.

Milly deu uma risadinha. Olhou à sua volta.

— Você tem permissão de ancorar aqui?

— Não — disse ele, amarrando a lancha.

Eles não se falaram novamente até Fabian pegar um carrinho no supermercado.

— Quantas pessoas teremos lá, hoje à noite?

— Humm, umas quarenta para beber e umas quinze para jantar.

Fabian começou a jogar aleatoriamente produtos para dentro do carrinho. Foram vários pacotes de salmão defumado, alguns ovos de codorna, blinis, caviar, creme de leite, um pouco de patê, molho chutney e torradas melba, camarão pitu do tamanho de ovos de galinha e molho de pimenta.

— Não acredito que você terá tempo para preparar coisas complicadas.

— O que acha de algumas batatas assadas? — Milly pegou dois sacos, jogou-os rapidamente no carrinho e voltou correndo para a seção de frios para pegar um pouco de bacon e queijo para recheá-las. Quando retornou, Fabian estava comprando frango empanado no balcão de frios. Ela pagou com a pilha de dinheiro que o sr. Rochester lhe deixara pela manhã e guardou a nota para lhe apresentar depois.

Com quatro bolsas pesadas cada um, eles retornaram, desviando da grande quantidade de pessoas.

— Obrigada — disse Milly, sem graça. — Obrigada por me ajudar, Fabian. — Falou timidamente o nome dele, quase como se fosse um carinho.

Ele encolheu os ombros.

— Sei que você teria se virado, mas acho que eu te devia essa.

— A maioria dos homens não teria ideia de como alimentar as pessoas.

— Completei a Whitbread Round the World Race... bem, é a Volvo agora. Faz a gente pensar um pouco mais sobre comida. — Olhou para ela e sorriu. — Não que a gente comesse ovos de codorna e salmão defumado. Longe disso. Perdi quase seis quilos e meio.

No fundo, Milly achou que aquilo se parecia mais com uma dieta excelente.

— Como foi?

— Aprendi bastante. Meu timoneiro era muito bom. Fiz isso só para aprender com ele. Ele sabia como conseguir tudo o que queria do barco e da tripulação. Teve uma parte na regata, quando estávamos velejando a mais de trinta nós e o barco estava literalmente partindo o oceano, em que nunca senti tanto medo.

Como Fabian estava rindo prazerosamente, Milly achou que ficar apavorado era algo de que ele realmente gostava.

Era uma bela noite. Os iates ancorados zumbiam com vida. As pessoas, de vestidos de baile e black tie, estavam sentadas nos deques, bebendo coquetéis; sons de Billie Holiday fluíam junto com a água e colidiam com a batida do R&B. As lanchas a motor, tão persistentes quanto vespas, moviam-se para dentro e para fora do ancoradouro, deixando pessoas glamorosas nos iate clubes na costa e gente mais glamorosa ainda no iate da família Rochester.

Embora Milly estivesse tentando manter-se concentrada no trabalho naquela noite, viu-se constantemente procurando por Fabian quando circulava com a comida. A todo instante seus olhos eram atraídos para ele. Observou-o conversando com um ar cauteloso em contraste com sua frieza anterior. Percebeu que ele evitava os convidados mais velhos (que cochichavam às suas costas) e falava com os mais jovens (que ficavam claramente fascinados por ele).

Alheia, Milly ofereceu a bandeja para um grupo de três mulheres com roupas cintilantes e excesso de maquiagem, todas parecidas com Ivana Trump. Elas se cutucavam e olhavam para Fabian, pareciam um bando de urubus.

— Alicia Rochester mais ou menos me disse que estava saindo com Fabian Beaufort, aquela sortuda.

— Não dou a mínima para o que dizem, ele é simplesmente delicioso. Eu o teria no café da manhã, no almoço e no jantar.

Pegaram os canapés de Milly com mãos manchadas e envelhecidas de mulheres velhas e chatas, nem sequer fizeram uma pausa para olhar para ela. Milly chegou à conclusão de que se pareciam com as três bruxas de *Macbeth*.

— Você conhece o antigo provérbio "A tripulação nunca pode?". Bem, pois o Fabian pode sempre. Sempre quis que ele me passasse uma cantada.

Milly afastou-se e foi confrontada por Alicia no meio de um grupo de pessoas jovens, glamorosas e que riam alto.

— Fabian? — Alicia fez biquinho. Claramente havia bebido um pouco demais. — Fabian! — chamou-o novamente, quando ele não lhe deu atenção.

— Sim? — respondeu. Milly percebeu que ele não parecia muito entusiasmado para conversar com a moça.

— Você acha que eu deveria pôr silicone nos seios? — Pressionou o peito no rosto dele.

— Bem, não sei. — Olhou para os seios dela.

— Acha que eles são muito pequenos? — Tinha as mãos nos quadris e exibia o peito como se fosse um galo extremamente ansioso. Meu Deus, a qualquer minuto ela tiraria a roupa, pensou Milly.

— Bem... — disse Fabian, prolongando as sílabas, os olhos ainda fixos nos seios dela. — Por que você não os aumenta e vê como se sente? — perguntou, ouvindo gargalhadas de todo o grupo.

Ele olhou para onde estava Milly, mas ela já havia descido as escadas antes que alguém visse que estava rindo também. No entanto, uma vez de volta à habitual cozinha, viu de relance sua imagem distorcida na porta de alumínio da geladeira e o sorriso foi se desfazendo. Apesar das risadas, Alicia ainda tinha acesso ilimitado a Fabian, enquanto ela ficava presa àquele uniforme de garçonete. Não parecia estar numa posição justa para lutar por ele. Sabia que estava ficando fascinada pelo velejador. Era como se tudo se centrasse em sua figura. Ele ficou parado, enquanto tudo e todos se moviam à sua volta.

Lentamente, Milly foi mordendo o lábio e pensou em como ele parecera na defensiva naquela noite, como se o tempo todo estivesse esperando pela linha de ataque, sem saber ao certo de qual direção ela viria. Preocupava-a o fato de que Fabian tivesse tanta energia negativa direcionada para si. Perguntou-se que coisas tão terríveis ele poderia ter feito para que toda a comunidade praticamente o ignorasse. Perguntou-se também se era verdade que ele andava duro e havia perdido todo o seu dinheiro. Mas, acima de tudo, imaginou o que poderia fazer para ajudá-lo.

CAPÍTULO 4

Na manhã seguinte, Milly encontrou-se com uma amiga do restaurante, Amy, para tomar uma xícara de chá no ancoradouro do iate. Amy lhe enviava mensagens de texto desde sua partida.

— Conte-me tudo! — pediu Amy, empolgada. — O sr. Sawman ficou furioso quando você saiu daquela maneira! Absolutamente furioso! Achei que ele ia ter um infarto! Foi incrível! A ponto de valer a pena ficar atendendo as suas mesas até o final da década, sua cretina. Agora, me conte sobre este Fabian Beaufort. Ele é maravilhoso. Sr. Sawman recebeu uns vinte formulários de emprego logo que você foi embora, todos de mulheres de olhos verdes, que tinham esperança de que o sr. Beaufort pudesse vir resgatá-las de uma vida de labuta.

— Ele é um amor — suspirou Milly. — Simplesmente um amor.

Ela sorriu com ar onírico para a amiga, que agora a olhava cheia de dúvidas.

— Milly, por favor, diga-me que você não está mesmo *gostando* dele. Ele não tem a melhor das reputações. Ele vai te comer e te dar um chute no traseiro.

— O que você ouviu por aí?

— Muita fofoca. Se não estão falando de regatas ou de velas, estão falando de Fabian Beaufort. A maioria das mulheres parece secretamente feliz por tê-lo por perto e fala do seu belo traseiro, mas os homens parecem odiá-lo... nem sequer falam com ele.

— Que tipo de fofoca?

— Dizem que ele é seriamente envolvido com álcool e drogas. Que já transou com todas as louras bonitinhas em cada canto do planeta. E que estava tão embriagado uma vez que deixou alguém morrer no Caribe.

— É isso?

— Não é suficiente? Alguém *morreu*. Ele deixou *morrer*.

As palavras foram se assentando aos poucos na consciência de Milly, que percebeu, chocada, estar tão ansiosa para apagar quaisquer falhas de Fabian que poderia ter desprezado completamente essas informações, sem chegar a prestar atenção nelas. Mas elas não podiam ser desprezadas. Com certeza a maioria da comunidade da vela sabia que não podiam. Fabian era responsável pela morte de alguém.

— Você sabe o que aconteceu?

— Faz diferença?

— Talvez.

— Não sei como até você consegue ver algo de bom neste cara.

Milly ficou em silêncio por um momento.

— Você sabe de mais alguma coisa?

— Não muito. Aconteceu alguma coisa com a família dele. Não sei o quê. Dizem que ele está saindo com uma moça do barco em que está hospedado.

— Alicia — resmungou Milly.

— Além disso, ele é um velejador profissional. Você sabe o que isso significa.

Milly sabia o que isso significava. Já frequentava a Cowes Week há tempo suficiente. Isso queria dizer que ele tinha um só amor: o mar. E o mar era um amor egoísta e exigente. Nunca sobrava espaço para mais ninguém. Milly pareceu tão desapontada que Amy estendeu a mão para tocá-la.

— Você é boa demais para esse Fabian. Mas, se quer mesmo dormir com ele, e acho que só se quiser *mesmo*, por favor, faça com que ele use preservativo, depois vá embora e não olhe para trás.

Milly deixou a amiga desejando que tudo o que ela havia dito pudesse ter posto um fim ao seu desejo por Fabian. Mas, mesmo depois de tudo o que ouvira sobre ele, por mais insensato que fosse, ela ainda o queria. Talvez pudesse apenas dormir com ele e depois ir embora. Será que isso satisfaria seu desejo e colocaria um fim na questão? Milly sacudiu-se, aflita. O que a fizera acreditar que Fabian iria querer dormir com ela? Eles vinham de mundos muito diferentes. O dele, de escolas caras — podia dizer pela sua forma de falar —, esqui nas férias e garotas com guarda-roupas do tamanho de um quarto. O dela, de ir à praia com as amigas e ficar remexendo o fundo do sofá para ver se achava dinheiro para comprar uma garrafa de sidra. De repente, Milly desejou estar de volta com Amy atendendo mesas no café. Gostaria de nunca ter posto os olhos em Fabian Beaufort. O sol foi para trás das nuvens e ela tremeu levemente.

Meia hora depois, estava ocupada fritando ovos para todos no convés. Na verdade, estava fritando ovos para apenas duas pessoas, porque Alicia queria uma omelete branca (Milly nunca havia feito uma assim antes. Esperava que a receita fosse tão óbvia quanto o nome) e a sra. Rochester queria ovos *poché*. Graças a Deus, agradar aos homens era fácil. Encontrara um ovo com duas gemas e o estava fritando cuidadosamente para Tom, pois sabia que ele ficaria empolgadíssimo. Ficou surpresa em ver Alicia de pé, mas, ao que parecia, ela também iria velejar e estava meticulosamente vestida com shorts minúsculos e uma camiseta sem mangas com um blusão Henri Lloyd de navegador amarrado casualmente na cintura.

Uma sombra recaiu sobre o fogão e quando ela ergueu os olhos e viu Fabian logo se esqueceu de seu desejo de nunca tê-lo encontrado. Não achava justo que seus cabelos tivessem tantos reflexos dourados e que ele parecesse se importar tão pouco com isso.

— Olá — cumprimentou-a simplesmente.

— Olá.

— Duas gemas. — Ele ficou olhando. De início, Milly achou que poderia ser algum termo técnico de vela, mas ele acenou com a cabeça na direção do ovo na frigideira. — Significa sorte.

Ela sorriu.

— Estou guardando para o Tom.

— Ele vai gostar. Quer velejar comigo hoje?

Milly olhou-o um tanto confusa.

— Não vai competir? — perguntou, para ganhar um pouco de tempo. — Com Alicia? — amaldiçoou-se. Não queria mencionar o seu nome.

— Deus do céu, não! — disse, achando graça. — Ela irá bater com a cabeça no mastro, perder os óculos de sol e ficar reclamando o tempo todo que a vela está fazendo sombra nas pernas dela. Não, não vou competir hoje, nem com nem sem Alicia.

— Mas eu preciso trabalhar.

— Não esta noite. Todos irão para o baile no Royal Yacht Squadron.

— Está bem — disse por fim. — Contanto que a família não precise de mim.

— Eu te pego às seis.

E após isso ele foi embora, sentindo-se discretamente satisfeito por ela ter aceitado. Não que tivesse achado que fosse recusar.

Filho de uma mãe excepcionalmente bonita e um pai empresário, Fabian havia herdado a aparência de um e o talento para velejar do outro. Mas, apesar das vantagens como filho único, fora muito solitário. A mãe o adorava, o que era diferente de um amor sincero, e dependia dele para lhe dar tudo o que faltava em sua vida, estando seu pai quase sempre ausente da vida familiar e sempre focado em construir sua vasta fortuna. A única coisa que aproximava Fabian do pai era a vela e, desde tenra idade, Fabian adorava escapar da presença possessiva e perfumada da mãe dedicada. Ele e o pai deixavam Londres juntos, numa sexta-feira à noite, e iam para a casa deles em Hamble, onde o iate da família, *Ragamuffin,* ficava ancorado. Elizabeth sempre se recusava a acompanhá-los e, no fundo, eles preferiam que fosse assim. Sem ninguém para lhes dizer para não comerem sanduíches de Nutella no almoço ou aborrecê-los com relação a modos à mesa, David Beaufort deixava para trás seu trabalho exaustivo e tornava-se propriedade exclusiva de Fabian. O resto do mundo deixava de existir. As melhores lembranças que tinha do pai eram as de ficar ao lado dele com um anzol na mão, pescando cavalinha, na popa do barco, o vento acariciando a pele deles, os dois a sós no oceano e felizes no silêncio da companhia um do outro.

Fabian jamais encontrara este tipo de paz em qualquer outro lugar — até recentemente. Para sua surpresa, encontrou-a na presença de Milly.

Depois que foi embora de Harrow, Fabian nada mais quisera além de se estabelecer como velejador. Candidatou-se para fazer parte da tripulação da Volvo Ocean Race, a famosa regata que começara como aposta num bar do iate clube, e era agora a maior regata oceânica do mundo. A maior atração de lá, para ele, era o timoneiro de um dos barcos, que era uma verdadeira lenda da vela.

Após alguns dias exaustivos de circuito com obstáculos e exercícios em grupo, começaram as entrevistas. Assim que Fabian entrou na sala, o timoneiro pensou: *Esse rapaz não vai aguentar o circuito inteiro. Ele não tem nenhuma experiência de quando as coisas dão errado. Tudo sempre dá certo para ele.*

— Por que você quer participar dessa regata? — perguntara-lhe.

— Quero ganhar. Quero ser campeão da Volvo.

— E o que acontece quando nós não ganhamos? O que acontece quando somos os últimos da flotilha?

— Aí tentamos chegar na frente.

O timoneiro tentou uma tática diferente.

— E se um dos membros da sua equipe não se esforçar tanto quanto você? Se não puder dar conta do recado?

— Então ele não deveria estar no barco — respondera Fabian, incisivo.

— Mas, e se estiver? — insistira.

— Então eu irei pressioná-lo.

— Ou ajudá-lo? — sugerira o timoneiro.

Fabian olhara-o com curiosidade.

— O que der resultado.

O timoneiro hesitou e, em seguida, riscou-o mentalmente de sua lista. Fez mais algumas poucas perguntas antes de terminar a entrevista. Fabian agradeceu, mas quando se levantou para sair, sentindo que não havia causado a melhor impressão, virou-se:

— No início, você me perguntou por que eu queria participar dessa regata. Eu quero mesmo participar dela porque nunca fui pressionado de verdade antes. Eu quero conhecer os meus limites e acho que o único lugar onde posso descobrir é no mar.

— E se você chegar aos seus limites?

— Aí eu irei ultrapassá-los, porque não terei escolha. Essa é a beleza do oceano, não é? A única vitória é ter que sair vivo. Quero saber como é se sentir assim.

Seu novo timoneiro o analisou por alguns segundos.

— A propósito, pode me chamar de Mack. — A boca de John MacGregor se esticou num sorriso. — Bem-vindo a bordo.

Eles chegaram em segundo lugar na competição. A imprensa nomeou Fabian como *alguém* de quem ainda se ouviria falar, e ele parecia pronto para uma carreira longa e de sucesso. Fabian decidiu que tiraria umas pequenas férias e que velejaria o *Mandarin*, um presente de seu pai, até o Caribe, onde se encontraria com alguns colegas e se divertiria um pouco. No entanto, intoxicado por seu estilo de vida hedonista, poucas semanas se transformaram num longo verão de festas alucinantes na praia, sexo e drogas. Tranquilizado pelo filho de que ele participaria de regatas no Caribe para dar continuidade à carreira de velejador, seu pai, preocupado, continuou a lhe mandar dinheiro. Nunca deixando de considerar o dia seguinte, o que dirá a semana seguinte, Fabian competiu na Antigua Race Week, brincou carnaval em Trinidad e fumou charutos em Havana. Embora cumprisse com sua palavra, o que seu pai não sabia era que, à medida que sua notoriedade crescia, os organizadores da regata começaram a lhe negar permissão para competir uma vez que, invariavelmente, ele aparecia bêbado ou drogado, ou ambos.

Então Rob Thornton morreu.

Eram seis e meia quando Fabian foi à cozinha pegar Milly, que ficara matutando durante os últimos quarenta minutos sobre o que, exatamente, "eu te pego às seis" queria dizer. Seria mesmo um encontro ou ele, simplesmente, precisava de companhia para velejar? E, caso fosse um encontro, será que ela iria mesmo sair com ele? Com toda a fofoca que corria, ele não parecia ser o tipo de pessoa que estivesse à procura de um relacionamento. Então percebeu que também não podia suportar a ideia de não sair com ele. Decidiu levar tudo da forma mais discreta possível, pois tinha um pressentimento desagradável de que Alicia não aceitaria aquilo com muita boa vontade.

Por sorte, havia levado um suéter leve naquele dia, portanto, enquanto o resto da família se preparava para o baile, ela tirou a camisa floral de dentro da saia, abriu os botões até onde ousou e vestiu o suéter cinza por cima. Não sabia muito bem se sua saia preta era própria para velejar, mas, pelo menos, estava com seus melhores chinelos, do verão passado, no qual aplicara botões pretos e brancos. Deu uma olhada rápida para o decote da blusa e sentiu-se extremamente presunçosa. Aquilo nem era um encontro oficial. Mas, graças a Deus, estava usando seu belo sutiã preto com lacinho pink. É claro que não tinha intenção de dormir com ele.

— Está pronta? — perguntou Fabian, aparecendo subitamente atrás dela.

O alívio percorreu o corpo de Milly e ela logo soltou as mãos ao lado do corpo.

— Eh, estou. Estou bem assim? Quer dizer, para velejar?

— Vou tentar não me meter.

Eles foram juntos para a popa do barco.

— Tive que trazer o barco para cá porque eles vão usar a lancha mais tarde — disse ele.

— Nossa! É seu? — exclamou Milly quando a vela laser surgiu à vista, amarrada ao iate maior com uma única corda, e balançando na água. Parecia um cisne jovem seguindo a mãe gigante.

— Não. Peguei emprestado de um amigo. Ainda tenho alguns amigos por aí — disse, fazendo careta. — Você disse que havia velejado barcos leves antes.

Milly olhou-o, alarmada.

— Já faz um tempo.

— Você vai se lembrar. A gente nunca se esquece. — Entregou-lhe um colete salva-vidas.

Ela desceu a escada que dava para a pequena área de chegada do barco. Sabendo instintivamente que Fabian desprezaria mulheres que fizessem um escândalo, puxou o barco para perto e pulou.

— Você vem também? — perguntou ela, fazendo graça.

Ele abriu um sorriso, soltou a corda e pulou rapidamente.

Havia alguns barcos ao redor, aproveitando os últimos resquícios do ar salgado e quente, mas eles logo se tornaram cabeças de alfinetes no horizonte. O calor causticante do sol fora substituído por um calor mais ameno. Fabian pôs Milly no comando do leme e ela ficou ali, alegremente, aproveitando grandes lufadas de vento, observando, dando voltas e adernando à medida que a retranca balançava para a frente e para trás e Fabian dava uma cambada. Ele se inclinou por baixo da retranca, levantou e abaixou a bolina, inclinou-se sobre a água com a mesma facilidade e despreocupação que um designer de moda dobraria o tecido sobre o corpo de um modelo e, aos poucos, eles foram dando cambadas em amplos ziguezagues, na direção do belo farol listrado de vermelho e branco, ali colocado como um presságio em frente a rochedos pontiagudos de calcário, que despontavam da água como dentes de algum monstro abandonado do mar.

Quando o farol Needles finalmente assomou na frente deles como uma lua imensa, Fabian decidiu virar o barco na direção do vento e lançar âncora. Após alguns minutos para checar que não correriam risco de sair à deriva, ele pareceu mais relaxado e virou-se para Milly. Não havia muito espaço no barco, mal havia espaço bastante para duas pessoas ficarem confortavelmente, mas, com o equilíbrio restabelecido, eles se colocaram de frente um para o outro. Sem nada falar, Fabian inclinou-se para a proa do barco e, debaixo de uma esteira de piquenique, puxou uma garrafa de champanhe.

O gesto clichê, que fez Milly imaginar rapidamente quantas vezes ele teria feito aquilo, foi agradavelmente temperado pela frase de Fabian:

— Eu a roubei da adega do velho Rochester. Ele não vai sentir falta.

— Por que você não vai ao baile hoje à noite? — perguntou Milly. Não lhe passou despercebido que Fabian não fora a lugar algum naquela semana, e a Cowes Week estava repleta de eventos sociais: bailes, coquetéis, festas, shows e recepções.

— Eu não seria exatamente bem-vindo. A Royal Yacht Squadron me colocou na lista negra deles — disse, retirando com habilidade o lacre laminado e a capa aramada. — Todas as pessoas importantes irão — disse, fazendo troça e tirando a rolha com um estouro abafado.

— Por que você não seria bem-vindo? — Milly perguntou baixinho, prendendo a respiração.

Ele aguardou um momento enquanto servia um pouco de champanhe nas taças, e os dois observaram as bolhas desaparecerem. Milly lhe devolveu a taça depois que ele encaixou a garrafa entre os pés, mas nenhum dos dois bebeu.

— Abandonei uma pessoa — murmurou. — Abandonei uma pessoa quando não devia ter abandonado. Não estou com muita vontade de falar sobre isso. Com certeza você não iria querer me conhecer.

— Duvido — Milly acabou dizendo. Precisava saber o que havia acontecido. Não poderiam prosseguir até ele lhe contar. Podia sentir a batalha que se travava em seu interior, mas, mesmo com o pouco que sabia dele, tinha certeza de que seria honesto. Não tinha medo de que não gostassem dele. — Foi um acidente?

Fabian olhou-a pela primeira vez, desde o início da conversa.

— O que você ouviu?

— Que alguém morreu.

Fabian concordou.

— Sim — disse, devagar. — Alguém morreu.

Ele olhou para dentro d'água pelo que pareceu um bom tempo, refletindo se lhe contava ou não o ocorrido. Ela era independente e não parte de sua vida insular, na qual todos pareciam já ter suas opiniões formadas. Sentia também como se Milly fosse o tipo de pessoa para quem poderia contar qualquer coisa, que ela procuraria o lado bom. No momento, ele precisava de todo o conforto que pudesse conseguir e Milly era só doçura.

— Olha só — disse, por fim. — Vou te contar só porque talvez você venha a ouvir uma versão ainda pior de outra pessoa, ou talvez já tenha ouvido. — Fez uma pausa. — Eu estava velejando com um colega. Rob Thornton. Nós estávamos nas ilhas Grenadines, no

Caribe, os dois muito doidos. Tínhamos bebido muito e cheirado coca numa festa no iate de alguém, e depois todos nós decidimos fazer uma regata até outra ilha, no meio da noite. Rob não queria ir de jeito nenhum, mas eu o convenci. Então foram quatro barcos. Rob e eu fomos no barco dele, e eu fui para a proa, para checar a direção do vento. Acho que fiquei lá por uns cinco minutos e, quando voltei, Rob tinha desaparecido. Ele tinha caído na água, deve ter tropeçado ou algo parecido. Nós não estávamos usando coletes salva-vidas e ele se afogou. O corpo dele foi encontrado numa praia, poucos dias depois. — Fabian ficou com o olhar parado num iate distante.

— Sinto muito — murmurou Milly. — Que coisa horrível.

Ele mal registrou as palavras dela; estava revivendo todo aquele horror e toda aquela sensação de responsabilidade que sempre lhe torcia o estômago.

— Tentei voltar para salvá-lo. Dei um jeito de dar uma volta e rastrear a água, mas o barco não havia sido projetado para uma pessoa só. Com certeza eu teria conseguido se estivesse sóbrio. Também não consegui colocar o rádio para funcionar. Estava enguiçado e o Rob não tinha mandado consertar. — Desta vez, Fabian olhou para ela, para ver sua reação, seu veredito. Seus olhos azuis caídos eram de alguém que fora chutado repetidas vezes pelos outros. Tudo o que pôde ver em Milly foi gentileza e solidariedade. Fabian continuou, as lembranças voltando com força, ansioso para que ela ficasse sabendo do pior. — No inquérito, eles deram o veredito de morte acidental, mas o juiz pegou pesado comigo. Falou que, por ele, iríamos todos para a cadeia, que éramos só uns caras riquinhos e mimados brincando com fogo. É claro que os jornais se fixaram nisso e as notícias chegaram à Inglaterra. — Ele encolheu ligeiramente os ombros, tentando recuperar a calma. Por um instante, ficou feliz por estarem em um barco e Milly não poder ir embora.

Mas Milly estendeu a mão para tocá-lo.

— Fabian, não me parece que tenha sido mesmo culpa sua.

— Você não está entendendo, Milly. O Rob não queria ir de jeito nenhum. Eu o chamei de veado e o puxei da cadeira. Ele sabia que não estava em condições. Eu o forcei. É culpa minha que esteja morto. Todos sabem que eu o forcei a ir.

— Para mim, parece um acidente terrível — disse Milly, determinada.

— Então eu descobri que meu pai havia falido e desaparecido. Algumas pessoas acham que o meu julgamento, de alguma forma, foi responsável pela falência e, como fofoca alimenta fofoca, quase todos acham que sou a encarnação do diabo.

— E você acabou perdendo o seu pai também — murmurou ela.

— Não sou nenhum santo — Fabian rebateu de repente. Queria que ela soubesse a verdade, mas não queria a piedade dela, pois não seria merecida. Sentia-se extremamente envergonhado por ter ido para o Caribe, contribuído para a falência do pai, enquanto ele ficara trabalhando na Inglaterra.

— Parece que há tanta gente falando de você... — Milly hesitou. — É muita coragem sua vir para a Cowes.

Fabian encolheu os ombros. Claro que se sentia tentado a desaparecer da vista de todos, mas tinha seu orgulho.

— Eu preferia que as pessoas falassem na minha cara. Além do mais, ficar por aqui faz com que elas, pelo menos, parem de fofocar abertamente. — Não queria mencionar o que andavam dizendo de seu pai no momento, mas não lhe passara despercebido que o pai fora embora para não ter de enfrentar *seus* agressores.

— As pessoas julgam com muita facilidade.

Fabian encolheu os ombros novamente.

— Os pais de Rob são velejadores de sucesso. Todos sentem muita solidariedade por eles e acho que se sentem melhor tendo alguém para culpar. Acho que o mínimo que posso fazer é aceitar a culpa.

— Isso não te incomoda? A hostilidade? Acho que eu não aguentaria se fosse comigo. Acho que eu simplesmente voltaria para casa.

— Aqui *é* a minha casa. Além disso, nunca me importei muito com a opinião das outras pessoas. — Isso era verdade. Mas Fabian ficara chocado com a extensão da energia negativa que lhe era dirigida. E a causa não era apenas a solidariedade pelos pais de Rob: ele não havia percebido quantas pessoas havia irritado no caminho do sucesso. Estavam agora gostando de vê-lo em sua derrocada: mulheres traídas, homens de quem havia ganhado as competições ou roubado as namoradas. Havia poucas pessoas na comunidade da vela que ele não houvesse incomodado de uma forma ou de outra. Isso o fazia se sentir rebaixado: uma sensação da qual ele não estava gostando nem um pouco.

Os dois ficaram em silêncio por um segundo e então beberam da champanhe sem nenhum dos costumeiros brindes. Era bizarro, pensou, depois de tudo o que havia acontecido, ele se sentir mais confortável na companhia de sua garçonete (era assim que pensava nela) do que na companhia de seus amigos. Simplesmente não conseguiria conversar assim com nenhum deles, o que o deixava confuso. Extraía muito mais conforto e prazer de uma garota que mal conhecia e que, literalmente, encontrara num café, do que com as pessoas com quem ele crescera e passara seus dias. E, além do mais, ela era linda.

— Quer voltar? — perguntou ele, por precaução. — Você tem que acordar cedo amanhã — disse, sentindo-se estranhamente responsável por ela.

— Não.

— Está ficando com frio? — perguntou ele, percebendo que Milly estava tremendo com o ar frio da noite.

— Um pouco.

Ele puxou a toalha de piquenique da proa e entregou para ela, que a usou para cobrir os ombros.

— Quando você começou a velejar? — perguntou Milly.

— Desde que tive idade suficiente para puxar a vela genoa. Acho que lá pelos cinco anos. Meu pai e eu costumávamos sair o tempo todo, independente do tempo. Acho que isso deixava minha mãe pra lá de irritada. E você?

— Velejadores de tardes de domingo. Isso é praticamente obrigatório em Whitstable. Mas tivemos que vender o barco depois que minha mãe morreu e aí o meu pai perdeu um pouco o interesse.

— Você só está trabalhando aqui na Cowes Week?

— É um bom dinheiro. Foi uma amiga que me indicou. Já faço isso há três anos e este é o meu último ano. Já economizei o suficiente para ir para a faculdade em setembro.

Ele encheu a taça dela.

— O que quer cursar?

— Moda. Não me visto sempre assim — disse, na defensiva. — Essas são minhas roupas de trabalho.

— Você parece ótima. Original.

Milly lhe sorriu, agradecendo sem palavras.

— Como ficou conhecendo a família Rochester?

— Amigos em comum. Por parte da minha mãe. Esta é a única razão pela qual eles estão me engolindo. Isso e o fato de fazerem qualquer coisa que a querida Alicia deles peça. Eles são bem insuportáveis, mas fico a maior parte do tempo na água e, pelo menos, tenho onde morar. Como a sua mãe faleceu? — perguntou, de repente.

— Acidente de carro. Um motorista bêbado ultrapassou o sinal. Eu estava começando a fazer as provas para a faculdade. É por isso que estou tão atrasada. Não passei em nenhuma delas. — Deu um sorriso tímido.

— Não é fácil.

— Não, não é.

— Tem namorado em Whitstable, Milly? — perguntou, de repente.

— Às vezes sim, às vezes não. Mais não do que sim.

Fabian assentiu lentamente com a cabeça.

— E você? E quanto a Alicia? — perguntou ela.

— Alicia? Foi o que você pensou? — Riu, fazendo careta. — Não há nada entre mim e Alicia, mas preciso entregar um barco na semana que vem. — Seus olhos se encontraram num entendimento tácito. Esperava que ela entendesse que ele era casado com o trabalho. A paixão que tinha pela água era difícil de explicar para qualquer um que não partilhasse dela — embora, no momento, parecesse ser a única coisa que tinha em comum com os outros velejadores. Ele achava difícil explicar por que algo tão desconfortável e punitivo, que também podia ser perigoso e estressante, podia ser tão viciante. Depois que se experimentava o verdadeiro prazer de velejar, era difícil voltar para qualquer outro estilo de vida.

— Preciso levar um barco a Malta como favor para um amigo e, depois disso, não sei o que farei... — Encolheu os ombros. — Como se não bastasse, ninguém está particularmente interessado em me pagar para fazer parte da equipe de vela. Tentei ingressar na Fastnet.

— Já fez isso antes? — Até mesmo Milly tinha ouvido falar da Rolex Fastnet. Era uma competição épica de mais de novecentos quilômetros em alto-mar, quase sempre descrita no iatismo como o equivalente a escalar o Everest.

— Algumas vezes, com o meu pai. Ele também participou da competição de 1979. Aquela, com todo aquele mau tempo.

— Muita gente morreu naquele ano. Não foi?

— É. Minha mãe estava grávida de mim e meu pai sempre me disse que durante aquela tempestade tudo o que ele pensou foi em voltar seguro para casa. Ele adorava aquela regata. Dizia que a vista mais bonita de todo o mundo era a vista do farol de Fastnet Rock. — Mas Fabian não queria mais falar do pai, inclinou-se rapidamente para a frente e beijou-a. Milly sentiu gosto de sal e champanhe. O calor de sua boca foi delicioso em contraste com o tempo. Milly desejou que pudesse ficar ali, beijando-o para sempre.

Mais tarde, Fabian concordou que o sutiã de Milly era mesmo lindo.

CAPÍTULO 5

Na manhã seguinte, enquanto Milly dançava numa nuvem de euforia, Fabian estava calado, pensativo e reticente. Chegou à conclusão de que derrotar alguém na água era a única cura para os seus males; sendo assim, saiu em seguida, sem dar adeus, em busca de um barco amador no qual pudesse ingressar. Embora esse não fosse o padrão profissional ao qual estava acostumado, velejar um pouco seria melhor do que não velejar nada.

A noite anterior, com Milly, fora a primeira vez, em algum tempo, que falara sobre o pai, e agora era como se as comportas tivessem sido abertas e ele não conseguisse pensar em mais nada.

Após a morte de Rob, Fabian teve esperança de ter notícias do pai ou de que ele pegasse um avião para o inquérito, mas, para seu espanto, não recebeu nenhum apoio por parte dos pais.

Então, um dia, não muito tempo depois, Fabian apareceu em Bridgetown, em Barbados, para pegar sua transferência bancária, e viu que ela não havia chegado. No dia seguinte, não havia chegado também. Nem no outro. Então telefonou para casa (algo que vinha evitando há algum tempo por causa das longas críticas e sermões) e soube, por intermédio de sua mãe soluçante e que há semanas tentava se comunicar com ele, que não apenas seu pai havia falido e os deixado sem nem um centavo sequer, como havia desaparecido da face da Terra. Após tentar levantar algum dinheiro com seus supostos amigos, que, de repente, pareceram muito relutantes em pôr as mãos no bolso, Fabian vendeu o *Mandarim* para comprar uma passagem de avião para voltar para casa.

Agora, andava a passos pesados pela marina, pela primeira vez sem perceber as cutucadas e os cochichos, assim como os pensamentos indesejáveis que se acumulavam em sua mente. Sentia que devia ter decepcionado terrivelmente o pai para ele desaparecer daquela forma, e isso lhe pesava. Encolheu-se quando pensou em alguns de seus excessos. Se pelo menos ele, Fabian, estivesse na Inglaterra e pudesse tê-lo ajudado de alguma forma. Especulou também sobre a vida secreta do pai. O que ele não dissera a Milly era que a polícia estava tentando localizá-lo, insinuando que ele estava envolvido em algum tipo de fraude. Na primeira vez que retornara à sua casa, Fabian estava totalmente convencido de que o pai tentaria entrar em contato com eles. Reduziu o passo ao se aproximar do final da marina, alheio a todos os barcos à sua frente. Estivera tão convencido de que o pai faria contato que deixara de contar os meses de silêncio. O pensamento terrível que lhe vinha era que, talvez, o pai estivesse morto.

De repente, sentiu-se totalmente desorientado. Não tinha dinheiro; ninguém queria saber dele ou de lhe dar um emprego. Não conseguia se lembrar em que sua antiga vida fora baseada, mas sabia muito bem o que queria fazer. Velejar profissionalmente e encontrar o pai. Agarrou-se a essas duas coisas como um homem que se afogava.

• • •

Retornou na hora do chá, com um humor muito melhor, com a devida dose do remédio poderoso que era o sol, a água e uma boa vitória. Chegou lentamente por trás de Milly enquanto ela arrumava a bandeja com o chá e, em silêncio, passou os braços por sua cintura. Ela fechou os olhos e se permitiu usufruir por um momento daquela deliciosa sensação de respirar o seu cheiro e se derreter em seus braços. Sentiu-se leve de tanto alívio.

— O que teremos para o chá? — sussurrou ele, aspirando o aroma de seus cabelos. Suavidade e delicadeza misturadas com algo que assava ao forno e uma fragrância de baunilha. Ela era mesmo uma delícia com aquele seu sorriso largo e sem crítica. Para sua surpresa, Fabian flagrou-se rindo naquele dia quando pensou nela.

Milly sorriu.

— Bolinhos de aveia. Como foi a regata?

— Maravilhosa. Sinto-me melhor. Quer sair hoje à noite?

— Acho que terei que trabalhar. A sra. Rochester vai receber alguns amigos para o jantar.

— Deus do céu, vai? Então terei que sair. Acho que não vou conseguir aguentar todos os pormenores da noite com as estrelas no baile do Royal Yacht Squadron.

Milly riu. Era bom ser excluída com companhia. Talvez eles não fossem tão diferentes, afinal de contas.

— Você terá que parar de trabalhar em algum momento. Venha e passe a noite comigo.

— Onde?

— Um colega me disse que vai passar o tempo todo dele com uma aeromoça americana. O barco dele está livre. É pequeno e não muito confortável, mas é todo nosso, se quisermos.

— Não sei. — Milly voltou a arrumar os bolinhos na bandeja. Fabian beijou-lhe a nuca e ela se derreteu por dentro.

— Não temos muito tempo para ficar juntos — sussurrou ele, sendo persuasivo.

Ele tinha razão, pensou Milly, lutando contra seus instintos, pois, no fundo, sabia que era só um passatempo. A noite anterior fora a mais gostosa de sua vida e devia usufruir o máximo que pudesse daquele caso.

— Está bem — respondeu.

O nome do barco era *Coweslip*.

— É pequenininho — disse Fabian, abaixando a cabeça para passar por baixo do teto da cabine.

— É perfeito — murmurou Milly, olhando ao redor para o beliche pequeno, para o fogareiro de uma boca só e para a chaleira. — Como uma casinha de bonecas.

— É nosso pelo resto da semana.

Milly largou a bolsa no beliche.

— A sra. Rochester disse que o príncipe Philip da Suécia esteve aqui durante a semana — conteve-se, fazendo cara de moleque —, mas, infelizmente, não pôde ir almoçar no iate Rochester. Eu quase desmaiei de alívio.

— Você faz sanduíches deliciosos de atum no pão árabe. Ele teria ficado maravilhado — disse ele, sério. Em seguida, começou a falar sobre o novo desafio britânico para a America's Cup. — Eu gostaria de poder participar — disse, com nostalgia. — Meu antigo timoneiro na Volvo, John MacGregor, participou da última America's Cup.

— Ele está aqui para a Cowes Week?

— Não, não está. Perdemos um pouco o contato, e acho que ele decidiu parar com as regatas por um tempo. Talvez até se aposentar, segundo ouvi dizer.

— Quem é que está liderando o sindicato, Henry...?

— Luter.

— Isso, Luter. A família Rochester estava falando dele. Parece que o conhecem.

— Isso não me surpreende, pois ele é um tremendo puxa-saco, como todos dizem — comentou Fabian, um pouco mais animado. — Você sabia que a America's Cup começou exatamente aqui, em Cowes? Na verdade, nessas águas. Entre um barco ianque, *America*, e alguns barcos britânicos. Eles velejaram em volta da ilha, como no outro dia. Desnecessário dizer que nós perdemos. Por isso é chamada de *America*'s Cup.

— Ah! Eu sempre pensei que ela havia começado na América. — Milly sorriu diante da animação que iluminou o rosto de Fabian, e sentiu os joelhos bambos de tanto querê-lo. Perguntou-se por que ele a afetava tanto. Talvez porque ele fosse como uma barra de chocolate após uma dieta de salada. Fabian era de um mundo diferente. Para ser honesta, ela simplesmente não tinha forças para fazer mais nada: a beleza dele a encantara. E ela também vira sua gentileza com Tom. Ele não era todo mau. — Acha que iremos ganhar essa?

— Não sei. Luter ferrou com tudo da última vez, mas deve ter aprendido alguma coisa. Meu Deus, eu me lembro da primeira vez que a Copa foi ganha pelos Estados Unidos, após mais de um século. Era 1983. Meu pai ficou tão empolgado que me acordou no meio da noite para assistir à última regata.

Milly podia dizer, pela forma como falava do pai, que Fabian o adorava. Mas incomodava-a o fato de ele falar do pai da mesma forma que ela falava da mãe. Como se ele estivesse morto. Sentia vontade de perguntar mais sobre ele, mas não queria chateá-lo. Queria saber se ele sentia falta do pai tanto quanto ela sentia da mãe. Ela ainda guardava uma das blusas de lã da mãe, na esperança de sentir um leve perfume de jasmim, de sabonete de baunilha e de sua pele aquecida, sempre que enfiava a cabeça nas dobras da blusa. Imaginou se Fabian teria guardado alguma roupa do pai. Foi para onde estava sua bolsa, para pegar algumas coisas. Fabian chegou por trás e, tirando lentamente seu suéter de lã, deu um beijo demorado em seu ombro nu.

— Você está usando aquele mesmo sutiã de ontem? — murmurou ele.

— Estou.

— Acho que preciso ver se ele é tão bonito quanto me lembro.

Suas mãos quentes desceram pelos ombros de Milly e puxaram sua camiseta pela cabeça. Fabian virou-a para si.

— Ah, sim, é — disse, em tom solene.

Milly riu e Fabian a fez parar, beijando-a com ardor, passando os braços por suas costas. Num movimento rápido, ele a soltou um instante e arrancou a própria camisa. Milly não esbanjava experiência; tivera apenas dois namorados em Whitstable e, de repente, percebeu o corpo lindo que ele tinha. Um peito largo e musculoso, bem-definido em razão de tanto velejar.

Seus troncos nus se encontravam agora; o coração de Milly batia tão forte que ela ficou surpresa por Fabian não senti-lo saindo de seu peito. Fabian beijou-a repetidas vezes até ela achar que desmaiaria de tanto desejo. Sentiu a ereção dele em contato com sua barriga quando ele a puxou para si.

— Milly? — perguntou ele, minutos depois. — Não estou querendo pressionar, mas será que podemos ir para a cama? Acho que se eu me inclinar mais um pouco vou quebrar o pescoço.

Milly riu e o empurrou para o beliche estreito.

Jason Bryant caminhava alegremente pelo píer, sentindo-se no topo do mundo. Seus óculos Oakley estavam no alto da cabeça e suas botas Dubarry batiam no meio da canela de suas pernas muito, muito compridas; usava shorts de combate da moda: baixos nos quadris, como se fosse um atirador; e estava ciente dos olhares de admiração das garotas, onde quer que fosse.

Mas, a despeito de sua aparência relaxada, Jason Bryant nada mais era do que um homem violento, cujo lema era "ganhar a qualquer custo". Tinha uma natureza extremamente agressiva e que normalmente se satisfazia ao destruir seus concorrentes na água, durante o dia, e roubar a mulher deles, à noite. Perder qualquer coisa provocava nele uma fúria imensa.

Naquele dia, tinha todos os motivos do mundo para estar alegre. Já havia obtido três vitórias consideráveis na Cowes Week, e as coisas pareciam que ainda iriam melhorar. Havia sido chamado para uma reunião com Henry Luter, para falar sobre uma vaga na equipe da America's Cup de 2007.

Na base de Luter, onde a equipe britânica do novo desafio para a America's Cup seria escolhida, Bryant flertava descontraído com a recepcionista. Ela passava a maior parte do tempo sendo abordada por velejadores ambiciosos e deixando todas as luzes de sua mesa telefônica acesas, o que enfurecia o gerente da base, mas desta vez ela não se importou. Por aquele velejador em particular valia a pena arriscar qualquer aborrecimento.

Ele se conteve assim que viu Henry Luter sair de uma das salas de reunião para a recepção. A assistente pessoal de Luter gesticulou para Jason segui-los e Bryant acabou em um escritório que dava vista para o estreito de Solent, carregado de tráfego náutico. Henry Luter estava sentado a uma vasta mesa de trabalho; Jason não era nenhum *expert*, mas sabia que as obras de arte penduradas na parede atrás dele não tinham preço e que a exibição ostensiva de troféus de iatismo dentro de um armário era sinal de um homem que gostava de ganhar — exatamente como ele. Outra parede do escritório estava toda ocupada por fotos de Luter encontrando-se com ricos e famosos. Uma em especial retratava-o apertando a mão da rainha; e outra, a mão de Aga Khan.

Luter percebeu que Bryant olhava para a foto.

— Velejamos juntos — disse, referindo-se a um passeio. Luter vinha de uma família de baixa renda e contatos com ricos e famosos eram importantes para ele. Muito inteligente e, ainda assim, não muito bom em contatos sociais, começou consertando placas de computador na garagem dos pais, na idade de quinze anos, em vez de levar uma vida social. Aos vinte a quatro, era o diretor-geral de uma empresa de softwares especializada em programas de antivírus. O mais inescrupuloso de seus rivais sugeriu que Henry criava vírus simplesmente para vender seus programas, acusação que Luter negou com excesso de determinação. Aos trinta e poucos anos, era o melhor em jogos eletrônicos desde Bill Gates e já havia conquistado toda a Europa.

Gesticulou com a mão na direção da janela.

— Comprei este pedaço de terra de uma falida oficina de barcos. Hoje vale o dobro do que paguei. — Não conseguia resistir à tentação de gabar-se. — O que acha da vista?

— Linda.

— Sente-se — disse mais em tom de comando do que de oferecimento. Um funcionário entrou com uma bandeja de café para Luter, mas nada foi oferecido a Jason.

Luter analisou cuidadosamente a bandeja antes de falar.

— Você tem estado no topo durante esses últimos anos.

— Apenas fazendo o que posso.

— Como se sente com relação à America's Cup?

— Maior competição a vela do mundo.

— Sim, é. E irei vencê-la. Você pilotou o segundo barco para o sindicato sueco na última Copa, não foi?

— Foi. E aprendi muito. Mas desta vez o único barco que eu gostaria de timonear seria o primeiro.

Seguiu-se uma pausa assim que Henry Luter levantou-se e rodeou a mesa para ficar olhando pela janela. Jason pensou se teria exagerado na dose.

— Bem, sr. Bryant — disse Luter, por fim. — Talvez o senhor tenha a chance de fazer exatamente isso. No entanto, há algumas regras básicas que nós precisamos estabelecer primeiro. Eu assumo a posição de estrategista e tenho a última palavra sobre a equipe. O projeto do barco é uma decisão unicamente minha e eu sou o porta-voz e o chefe da equipe. Não sou um desses proprietários de sindicato cujo trabalho é simplesmente manter o talão de cheques seco.

Jason conteve-se. O iatismo estava cheio de homens como Luter. Executivos ricos que haviam começado a velejar para escapar da pressão do trabalho, mas que, naturalmente competitivos, haviam se tornado viciados em ganhar. No entanto, Henry Luter tinha também o traço de um assassino cruel. Um homem que fazia de tudo para vencer. A America's Cup era considerada o cálice sagrado do iatismo e este era o motivo pelo qual Luter a queria tanto. Esta era uma das coisas que fazia da America's Cup uma competição tão fascinante; ela era disputada por grupos de homens que nunca perdiam, embora, desta vez, todos, exceto um deles, fossem perder.

Jason pensou na proposta. O timoneiro normalmente escolhe a própria equipe e exerce alguma influência no projeto do barco. Mas ele achou que conseguiria lidar com Henry Luter. Seu lado ambicioso levou a melhor: timoneiro do primeiro barco numa America's Cup! Já podia imaginar as manchetes.

— Tudo bem — disse, sem demora. — Qual será o pagamento?

— Cento e vinte mil dólares por ano, mais um bônus cada vez que você vencer durante a Copa.

Jason gostava da perspectiva de um bônus. Isso fazia as equipes ficarem superagressivas.

— É claro que iremos pagar todas as suas despesas enquanto você estiver na Espanha. Seu contrato começa no próximo ano, em Valência. — A Copa seria disputada lá, uma vez que a disputa de 2003 fora vencida em nome do Royal Valencia Yacht Club. — Também quero uma carta de demissão sua, adiantada, a qual poderei utilizar se achar necessário.

Jason já havia ouvido falar dessa exigência de Luter, por parte de outros velejadores. Isso queria dizer que ele sempre fazia as coisas do jeito dele — poderia simplesmente esfregar a carta em seu nariz, caso se opusesse a algo — e a carta também afastaria a possibilidade de ele ser processado por uma demissão indevida, mas Jason Bryant não estava com medo.

— Tudo bem. Então todos os boatos e notícias de jornal estão falando mesmo a verdade? John MacGregor não estará no barco?

— O sr. MacGregor e eu decidimos nos separar na última Copa.

— Mas a experiência dele poderia ser útil. Numa posição diferente, é claro. — Deus do céu, como ele gostaria disso. Tirar a chefia da mão de John MacGregor e, ainda assim, tê-lo na equipe, obedecendo a suas ordens.

Luter também havia pensado claramente nos benefícios de ter Mack a bordo.

— Não acredito que ele iria aceitar outra posição que não fosse de timoneiro. É um filho da puta arrogante. Está quase fora. Perdeu completamente o controle. Não tem condição de competir com competência, desde que saímos de Auckland. Está à frente de um trabalho medíocre de caridade. Ouvi dizer que ele foi seu professor.

— Quando eu estava na equipe juvenil — respondeu logo. — Alguns anos atrás. Não há nada entre nós. Ele está ficando velho e precisa se aposentar.

— Ele me custou a Copa no ano passado. Espero que isso não aconteça de novo. — Luter levantou-se repentinamente, sinalizando que a entrevista chegara ao fim. — Você precisa vir aqui, na próxima semana, para assinar uns contratos de confidencialidade; no entanto, vamos deixar o contrato em si para depois de alguns testes no barco, no ano que vem, quando então faremos uma declaração à imprensa. A propósito, vi você conversando com a nossa recepcionista, antes de entrar. — Jason fungou, esperando um sermão. — Não temos muitas mulheres na base na Espanha. O que acha disso?

— É como eu gosto. — Bryant fez uma pausa, imaginando se poderia arriscar o próximo comentário. Decidiu que arriscaria. — As mulheres são boas em apenas duas coisas, nenhuma delas é o iatismo.

— Eu não poderia estar mais de acordo. — Luter apertou repentinamente o botão do interfone e falou: — Mande chamar a minha esposa — disse rispidamente à voz que atendeu.

Eles aguardaram em silêncio. Luter não o havia dispensado, portanto, Bryant ficou onde estava. De qualquer forma, estava curioso para conhecer a nova esposa. Luter havia recentemente chocado as páginas de fofocas ao terminar com a esposa com quem vivia há onze anos (e cuja obsessão pela ascensão social o levara ao iatismo — pelo que se apaixonara instantaneamente) e se casado com uma *socialite* jovem e sem dinheiro, e Bryant teve a impressão de que ele queria lhe mostrar um troféu. Luter não queria que dormissem com ele por achá-lo atraente (o que ele não era); queria que dormissem com ele por ele ser rico e poderoso. Para ele, isso era simplesmente uma medida de aonde havia chegado.

Em alguns segundos, a porta se abriu, deixando entrar uma bela mulher tão bem-vestida e perfumada que Bryant ficou com os sentidos abalados. Ela parecia uma orquídea dentro de uma caixa. Nem sequer chegou a olhar para Bryant, dirigindo-se imediatamente a Luter, que, agora, estava à janela. Ele era um pouco mais baixo do que ela, mesmo ela usando saltos baixos. Ele a acariciou.

Foi um momento surreal. Jason Bryant praticamente se sentiu um voyeur, ainda que achasse que era exatamente isso que Luter queria.

— Te vejo lá fora, Bryant — disse ele.

CAPÍTULO 6

Os dias seguintes foram os mais felizes de que Milly podia se lembrar. Tudo simplesmente perfeito. O tempo estava maravilhoso. Tirara suas coisas do lugar onde morava e acordava todas as manhãs nos braços de Fabian, passando a maior parte da noite acordada e conversando, depois que faziam amor. Essas eram as horas de que Milly mais gostava — ficar deitada nos braços dele, nas primeiras horas da manhã, conversando intimamente sobre tudo e qualquer coisa: os sinais dela e as cicatrizes dele, bichos de estimação de infância, doces prediletos, testes de direção e barcos que Fabian adorava, até que o sono os vencia e eles adormeciam ainda envoltos um no outro. Às vezes, Milly desejava que o barco se soltasse do ancoradouro no meio da noite e, simplesmente, flutuassem juntos para o oceano. Enganava a si mesma achando que poderia levar o que sentia como um mero flerte, mas dispensava as dúvidas e aproveitava o relacionamento enquanto podia.

Era de surpreender que a família Rochester não desconfiasse de nada. Fabian quase nunca estava a bordo, mas, quando estava, Milly tomava o cuidado de nem sequer olhar para ele. Não porque Alicia o olhasse cheia de desejo, mas porque sabia que, se lhe lançasse um olhar, o mundo inteiro seria capaz de ver como se sentia. Ela estava completamente apaixonada.

Um dia, ao tirar a mesa após uma refeição, propositadamente ignorando Fabian, Milly sentiu uma mão quente subir por sua saia enquanto ele conversava inocentemente sobre as condições do vento. A mão acariciava o interior de sua coxa enquanto ela, desesperada, colocava a louça na bandeja. Seu único consolo foi que Fabian não pôde se levantar durante os dez minutos seguintes.

O único pequeno deslize seu foi no dia em que viu Fabian competindo. Como parte de um almoço festivo, o iate da família Rochester zarpou para ver todos os homens velejando numa competição no Solent. Milly não teve problemas ao avistar o brilho dos cabelos de Fabian na proa do barco. O difícil foi não ficar olhando boquiaberta para ele — não fazia ideia de que velejar fosse tão difícil ou, francamente, tão perigoso. Ventava muito e parecia que ele estava montando um cavalo selvagem, com as ondas se jogando por cima do barco e ele lutando para encaixar os mastros da vela balão e baixar outras velas. Cada vez que o barco mergulhava em uma onda, Milly prendia a respiração, certa de que ele emergiria sem Fabian a bordo. Obviamente, passara tempo demais olhando para o barco, pois Alicia, agora, começava a observá-*la* com desconfiança.

— Aquele rapaz Beaufort ainda está aqui com vocês? — perguntou um convidado, um ex-major, com uma afetação insuportável, quando Milly voltou ao convés com a sobremesa. — Más notícias com relação ao pai dele.

— David Beaufort era um bom homem.

— Foi o que todos nós pensávamos. Dizem que os problemas com Fabian e com o pobre Rob Thornton devem tê-lo feito perder as estribeiras. Vão processar Fabian por consumo de drogas?

Milly colocou a torta de noz-pecã em câmera lenta sobre a mesa.

— Deixa que eu corto, mãe — disse Alicia, ríspida. — Pode ir, Milly.

— Hoje, na hora do almoço, eles estavam falando sobre o seu pai, como se ele estivesse morto — comentou Milly, tão logo eles ficaram a sós naquela noite.

Fabian sentou-se num rompante e jogou as pernas para a lateral do beliche. Ficou com o olhar sério nas tábuas de madeira do chão.

— É o que todos acham.

— Por quê?

— Não sei onde ele está — rebateu Fabian. — Ninguém sabe. Eu ainda estava no Caribe quando ele desapareceu. A primeira notícia que tive foi quando minha mãe me disse que ele tinha ido embora e que não havia mais dinheiro. Voltei e vi a polícia vasculhando a casa toda, os negócios de meu pai e falando sobre fraude. Mas ele não está morto. Não pode estar.

— Ai, Fabian — murmurou Milly. — Que coisa mais triste.

Fabian recostou-se subitamente.

— Deixo o meu celular o tempo todo ligado, mas ele não telefona. Não sei onde está, nem por onde começar a procurar. Sinto falta dele — disse apenas. — Nunca senti falta dele enquanto estive fora, mas, quando a gente sabe que talvez nunca mais veja a pessoa, é totalmente diferente. — Sorriu para Milly. — Você sabe como é.

Milly sabia que Fabian se lamentava pelo pai. A diferença era que ele estava sofrendo sem cartões com palavras encorajadoras, sem expressões de condolências ou um funeral. Ela aquiesceu com a cabeça e esperou que ele continuasse.

— Ele é a outra razão pela qual preciso continuar velejando. Pelo menos, saberá onde me encontrar.

— Tenho certeza de que ele virá e te encontrará. Talvez esteja só esperando as coisas se acalmarem um pouco. São muito sérias? As acusações de fraudes? — perguntou, hesitante.

— Não sei. Não sei mesmo. Um de seus sócios disse que ele andava movimentando muito dinheiro para cobrir os prejuízos de uma das empresas. Acho que esperava conseguir devolver o dinheiro sem que ninguém ficasse sabendo. Não consigo chegar à conclusão se ele estava mesmo sendo desonesto ou se só estava desesperado e agindo como um tolo. Eu só gostaria de ter estado aqui do lado dele. Certamente ele seria preso se voltasse. Todos dizem que eu tinha problemas com ele.

— E o dinheiro?

— Foi-se todo. — Fabian balançou a cabeça com tristeza. — Todas as casas estão à venda. Os carros já foram liquidados e o *Ragamuffin* foi vendido na semana passada. Não dou a mínima para o dinheiro, mas é engraçado como você acha que tem tudo quando tem grana. Sempre achei que eu poderia escolher que tipo de iatismo gostaria de praticar, e quando quisesse praticar. Agora, estou dependendo disso e ninguém me quer no barco. Também não sei como tornar toda essa situação mais fácil para minha mãe.

Milly o abraçou e recostou a cabeça em suas costas. Fabian lhe tocou o braço.

— Graças a Deus você está comigo esta semana, Milly. Você é a única coisa que tem me mantido são. Se as circunstâncias tivessem sido diferentes... — Ele deixou a frase pela metade.

Milly sorriu, mas nada disse. Sabia muito bem que se as circunstâncias tivessem sido diferentes Fabian não teria olhado duas vezes para a cozinheira do iate.

Milly não pôde deixar de abrir um sorriso diante da cena que se desenrolava à sua frente. Desembarcara para fazer algumas compras e encontrou a cidade especialmente lotada, uma vez que a maioria das equipes de regata ficara chupando o dedo, sem sentir nem sombra de vento, e decidira então abrir mão de um dia ruim de trabalho para ir à costa em busca de uma diversão mais tradicional, isso sem mencionar as grandes guerras de pistolas de água.

Aquele era o último dia da Cowes Week. Ela e Fabian tinham passado uma semana maravilhosa juntos. Ela mal podia acreditar que tanta coisa havia acontecido. Seus dias estavam simplesmente preenchidos com a presença de Fabian e parecia inacreditável que logo não haveria mais nada, a não ser um vazio. No dia seguinte, Fabian voltaria para Southampton, onde assumiria o comando de um iate que precisava levar até Malta. Milly gostaria que ele lhe pedisse para ir junto. Para ela, não fazia a menor diferença que ele estivesse sem dinheiro e fosse desprezado pelos outros, tampouco que tivesse uma história tão terrível. Sabia o que era ter o próprio mundo virado de ponta-cabeça. Mas Fabian não tecera nenhum comentário sobre o que aconteceria após o final da Cowes Week. Milly tinha a impressão de que a família Rochester lhe pediria para continuar cozinhando para eles, uma vez que estavam planejando levar o iate até o Canal da Mancha e visitar alguns amigos em Falmouth e na Cornualha. Ouvira a sra. Rochester sussurrando irritada para Alicia, naquela manhã: "Você vai querer cozinhar, sua tola?" As duas se calaram em seguida, quando ela se aproximou.

Milly não tinha ideia do que iria fazer. Após uma semana tão gloriosa ali, estava relutante em voltar para Whitstable. A ideia de voltar para casa e fingir que todo aquele romance nunca havia acontecido era deprimente demais. Isso era o mais longe que se permitia admitir o quanto estava apaixonada por Fabian. Decidiu que se a família Rochester lhe oferecesse mais trabalho, aceitaria. Pelo menos assim ela poderia ganhar mais um pouco de dinheiro e Fabian saberia onde encontrá-la.

Fabian e Milly ficaram acordados até bem tarde em sua última noite juntos, sem querer que o sono ocupasse suas últimas horas. Milly observou os minutos se passarem com uma intensidade estranha e pensou em como nunca fora tão feliz nem tão desgraçada em toda a sua vida.

Fabian também se sentia estranhamente sem esperanças. Até então, só estava acostumado com os mais temporários dos relacionamentos amorosos; Milly estava longe do seu estereótipo de mulher, mas sua natureza gentil e doçura descomplicada eram como um tônico para sua alma. Tão reconfortante quanto um banho quente após uma tempestade. Seria difícil deixá-la.

Na manhã seguinte, ela acordou e viu Fabian arrumando a bolsa. O *Coweslip* já parecia estranhamente deserto. Ela se sentou no beliche.

— Leve-me com você — falou sem pensar e logo mordeu o lábio. Não tivera a intenção de pedir, mas precisava tentar.

Fabian não parou de arrumar a bolsa. Meu Deus, isso era tão tentador: só ele e Milly zarpando para qualquer lugar. Mas, aos poucos, a realidade voltou com força total. Precisava arrumar um emprego e precisava encontrar o pai. Era *ele* quem precisava arrumar um pouso.

— Não posso — disse por fim, depois que acabou. — Não posso mesmo. — Aproximou-se para sentar-se ao lado dela. Ficaram em silêncio por um instante. — No momento sou encrenca, Milly.

— Não me importo.

— Mas eu me importo. Está tudo uma tremenda bagunça. Eu estou uma bagunça. Preciso voltar a velejar e preciso encontrar o meu pai. O resto não importa. Não pode vir comigo, Milly, porque se eu passar outra semana com você não terei força para te deixar. E não seria justo fazer isso. Você merece alguém que possa tomar conta de você. — Estava sendo sincero. Não havia feito muita coisa na vida de que pudesse se orgulhar e, pela primeira vez, estava tentando não ser egoísta.

— Posso tomar conta de mim mesma. Quero ficar com você. E quero ajudar.

Fabian balançou lentamente a cabeça, beijou-a e disse adeus. Depois que saiu, Milly voltou para a cama e chorou até achar que seu coração iria se partir.

CAPÍTULO 7

Poucas semanas depois, Milly olhava completamente incrédula para a pequena linha azul que tinha à sua frente. Simplesmente não podia acreditar. Lá estava ela, exatamente do mesmo jeito que aparecera mais cedo naquela manhã: desafiadora.

Uma batida determinada à porta trouxe-a imediatamente de volta à realidade. Um dos membros da equipe queria entrar, então ela recolheu a tira de papel, a caixa, as partes plásticas e, pedindo desculpas, desconcertada, saiu correndo para sua cabine minúscula. Estava tremendo, a mente cheia de pensamentos confusos. Tinha de voltar e preparar o jantar para a família, mas não conseguia se mexer.

O iate da família Rochester estava ancorado perto da costa de Falmouth. Amigos deles tinham uma mansão enorme, que dava vista para o rio, e uma lancha a motor parecia trabalhar incessantemente entre os dois pontos, transportando Alicia e hordas de amigos glamorosos do sr. e da sra. Rochester para vários coquetéis. Milly não conseguira parar de pensar em Fabian. Repetidas vezes procurara o atlas do iate para ver onde ficava Malta. Cruzava o rio em várias viagens de barca e ficava imaginando o que ele estaria fazendo. Mas isso foi antes daquela linha azul fininha. Um anúncio tão inofensivo do começo de uma vida.

No final do dia decidira que, a despeito do que resolvesse fazer, Fabian, pelo menos, devia ficar sabendo. Só que queria tomar uma decisão antes de falar com ele. Ficou boa parte da noite acordada. Sempre sonhara ter filhos, mas seus sonhos não incluíam ser mãe solteira na idade de vinte e dois anos. Cada vez que pensava em ter a criança, perguntava-se como conseguiria se sustentar ou ocupar a vaga na faculdade. Por outro lado, cada vez que aventava a possibilidade de tirar o bebê, sabia que não conseguiria. Aquela criança era filha de Fabian, homem por quem agora admitia estar desesperadamente apaixonada, e um pedacinho dele crescia dentro de si.

Após algumas noites insones, Milly tomou sua decisão. Teria o bebê. Estava acostumada aos reveses da vida e daria um jeito. Simplesmente adiaria sua ida para a faculdade de moda e iria numa outra época. No entanto, prometeu a si mesma, *iria*.

Acordou às seis na manhã seguinte e telefonou para o celular de Fabian. Não sabia se ele já teria retornado de Malta, quando uma voz sonolenta atendeu.

— Fabian?

— Sim?

— É Milly. Milly, de Cowes.

Seguiu-se uma pausa, enquanto Fabian se esforçava para recuperar a consciência.

— Milly?

— Sinto muito telefonar para você, Fabian. Sei que é cedo, mas tenho uma notícia para te dar.

A mente de Fabian voltou-se imediatamente para o pai.

— O que aconteceu?

— Estou grávida.

Desta vez, a pausa foi tão longa que Milly achou que a linha havia caído.

— Fabian? Você ainda está aí?

— Sim, estou — respondeu, com uma voz estranha. — Como pode ser? Nós usamos camisinha. Tem certeza?

— Tenho, tenho certeza.

— Não, quer dizer, tem certeza de que é meu? Desculpe, não estou querendo ser rude, mas houve alguém antes…?

Milly mordeu o lábio. No mínimo, era justo que ele perguntasse.

— Sim, tenho certeza de que é seu. Não sei como foi acontecer.

— O que vai fazer?

— Quero ter o bebê.

— Tem certeza?

— Tenho — disse, com firmeza. — Estou telefonando só para te contar. Não quero nada de você, mas seria muito bom se decidisse cumprir o seu papel na vida do bebê. — Seguiu-se mais uma pausa. — Escuta, você precisa se acostumar com a ideia; por que não conversamos de novo amanhã?

— Sim — concordou Fabian. — Eu te telefono. — E desligou.

Milly passou o resto do dia em pânico total, totalmente convencida de que havia dito todas as coisas erradas, de que Fabian logo mudaria o número de seu celular e que ela nunca mais ouviria falar dele de novo.

Sem afastar os olhos azuis maldosos do rosto de Milly, Alicia percebera que alguma coisa estava errada e lhe dera trabalho extra naquele dia, devolvendo os pratos por achar que estavam frios. Milly ficou aliviada quando Fabian a acordou às seis e trinta da manhã seguinte, dizendo que iria aparecer para eles discutirem o assunto. Ela concordou em encontrar-se com ele no dia seguinte, no Museu Marítimo Nacional, em Falmouth.

Na manhã seguinte, Milly chegou cedo à cafeteria do museu e procurou avidamente por Fabian. Ele pedia um café no balcão, e ela, toda nervosa, foi atrás dele.

— Fabian? — chamou-o, baixinho.

Ele se virou e sorriu, fazendo seu estômago pesar. Simplesmente havia se esquecido de como ele era bonito. A imagem que tinha em sua mente vinha se desvanecendo como um negativo exposto ao sol.

— Quer um café?

Ela torceu o nariz involuntariamente,

— Eh... não, obrigada, mas um chá seria bom. — Fabian pagou pelos pedidos e, silenciosamente, levou a bandeja para a mesa mais próxima.

— Como foi sua viagem? — perguntou ela, nervosa. Parecia-lhe estranho e formal sentar-se com ele do outro lado da mesa, após o tempo que passaram juntos em Cowel.

— Foi bom. Deu-me bastante tempo para pensar. Eu tinha acabado de voltar, quando você telefonou.

— A família Rochester sabe que você está aqui?

— Pelo amor de Deus, não! Espero evitá-los completamente. Com anda o seu trabalho? Fiquei surpreso ao saber que permaneceu com eles.

— Achei que o dinheiro viria em boa hora... — Seguiu-se uma pausa.

— Então... — continuou ele. — Você quer ter o bebê?

— Quero.

— Está bem — disse, por fim. — A decisão é sua e vou ajudar financeiramente.

Milly abriu a boca para lhe agradecer, profundamente aliviada ao saber que não estava prestes a ser abandonada. Andara se lembrando demais de todas as histórias que ouvira de Fabian, em vez da experiência que tivera com ele. Desde o momento em que abandonara o café onde trabalhara a pedido seu, ele parecera ter assumido um tipo de responsabilidade por ela. Mas então foi invadida por uma terrível decepção por ele não ter oferecido mais. Tentou manter controle sobre as emoções... e sobre a realidade. Estava mesmo esperando que ele a pedisse em casamento? Não, casamento não, respondeu uma voz fraca e interior, mas, com certeza, algo mais...

— Por favor, não se preocupe com dinheiro agora. Quer dizer, certamente irei precisar de um pouco no futuro, mas decidi que irei para a faculdade depois e tenho todo o dinheiro que economizei para me manter durante um período. É claro que vou tentar trabalhar até o bebê nascer...

— Vai conseguir arrumar emprego? Terá que dizer que está grávida.

Milly franziu o cenho.

— Bem, não sei direito como funciona esse negócio de licença maternidade, mas vou descobrir. Deve dar para eu ficar com a família Rochester.

— Com certeza o sr. Rochester não irá te pagar nenhuma licença maternidade.

— Darei um jeito — disse Milly, com vivacidade, tentando não deixar os problemas a dominarem.

• • •

Fabian decidiu ficar alguns dias em Falmouth e fez reserva no albergue da juventude. Por sorte, a família Rochester andava jantando fora com bastante frequência e Milly teve muitas noites de folga; como estavam os dois com pouco dinheiro, se viraram com peixes e batatas fritas. Decorridos dois dias, Milly tomou coragem para comprar ácido fólico e um livro sobre gravidez, na livraria da cidade.

No terceiro dia, eles combinaram de se encontrar perto do cais principal em Falmouth e Milly atrasou-se. Fabian passou o tempo vendo um pai e seu filhinho pequeno correr de um lado a outro do cais, o garotinho gritando de alegria cada vez que o pai ameaçava pegá-lo.

— Ai, meu Deus, desculpe! Tudo bem? — disse Milly, correndo com a bolsa pendurada no ombro. — Aonde iremos e o que faremos? Imaginei que se a gente pegasse a barca...

— Milly, preciso falar com você.

Ela sentiu o coração ficar pesado.

— Está bem — acabou dizendo, sentando-se no banco, o coração acelerado como um pistão.

Fabian sentou-se ao seu lado. Não queria olhar diretamente para ela.

— Preciso partir hoje. O camarada, dono do barco que eu levei para Malta, quer que eu faça outro trabalho para ele. Será algo demorado desta vez.

— Mas isso é ótimo! Quer dizer, sinto muito por você ter que ir, mas...

— Milly, não é só isso. Tenho pensado em você e no bebê... As coisas mudaram muito para mim nos últimos meses... É que filhos nunca tiveram lugar nos meus planos. Com o trabalho que tenho, nunca estou em um lugar por muito tempo. Não planejei isso. Não planejei uma criança.

— Nem eu.

— Filhos representam um compromisso muito sério — murmurou. — Não posso me envolver a esse ponto. Tenho muitos problemas pessoais no momento. Olha, quero mesmo contribuir financeiramente no que e quando eu puder, mas não posso assumir nada além disso. Não poderei ver o bebê com frequência, portanto seria melhor se eu não me envolvesse de forma alguma. Tenho que voltar para Southampton. Esse amigo quer que eu viaje amanhã, se o tempo estiver bom. Ficarei fora por um tempo. — Fabian levantou-se. — Telefonarei para você.

— Telefonará para mim? É isso? Você telefonará para mim? — desabafou ela, com raiva. — Está indo embora da mesma forma que o seu pai. Simplesmente não pode assumir a responsabilidade, não é? E eu não posso ir embora, Fabian! Já pensou nisso?

— Há outras opções — murmurou ele.

— Claro, sempre há o caminho mais fácil. Mas essa será a diferença entre mim e você.

O rosto de Fabian ficou abatido, mas ele ainda evitava os olhos de Milly.

— Sinto muito.

O que poderia dizer para que ele mudasse de ideia? Não sabia... estava chocada. Furiosa também. Ele havia feito uma promessa, firmara um compromisso com ela e com o bebê. O que dava a ele o direito de ir embora, quando ela não podia fazer o mesmo?

Sem dar mais nem uma palavra, Fabian pôs a mão no ombro de Milly e virou-se para ir embora.

• • •

Milly não conseguia se lembrar da viagem de volta ao barco da família Rochester, mas, de alguma forma, voltou a sua cabine. Estava confusa. Como iria se virar? Poderia trabalhar? Deveria ir morar com o pai? Começou a entrar em pânico. Simplesmente não sabia o que faria a seguir. Quando Fabian esteve com ela pareceu-lhe que eles poderiam encontrar as respostas juntos; agora, simplesmente, sentia-se perdida. Decidiu que não podia mais manter a novidade só para si.

Telefonou para Amy e abriu seu coração para a amiga. Estava conversando há uns vinte minutos, quando uma batida à porta e uma voz impessoal lhe informaram que a família a chamava no convés. Disse a Amy que ligaria de volta, secou os olhos e subiu.

O sr. Rochester logo se aproximou.

— Você está grávida — sussurrou com rispidez, aproximando o rosto arroxeado do dela a ponto de fazê-la recuar.

Como ele havia descoberto? Olhou ao redor e viu o olhar de Alicia, que baixou os olhos inocentemente, mas não antes de Milly perceber um brilho de vitória. Devia ter ouvido sua conversa pela porta. Milly virou-se para o sr. Rochester.

— Sim, estou grávida, mas não vejo o que isso tem a ver com o senhor — disse calmamente.

— Tem tudo a ver comigo, garota, se isso acontece com você aqui no meu barco. E eu NÃO admito membros de minha tripulação dormindo uns com os outros. Então, quem é o pai? Quem? Ou nem você mesma sabe?

— Sei perfeitamente quem é, obrigada — respondeu, calmamente.

Seguiu-se um silêncio.

— Está bem, se você não vai me dizer quem é, então vamos chamar todos os membros masculinos da tripulação e ficar aqui até que um deles confesse.

— Não é ninguém da tripulação.

— O quê? É alguém da cidade? Não ficamos tempo suficiente aqui para ninguém trepar com ninguém.

Milly franziu o rosto diante de sua grosseria.

— Não, também não é ninguém da cidade. Posso ir agora?

— Se não vai me dizer quem é, então pode ir. Pode ir, arrumar suas coisas e nunca mais voltar.

— Acho que o senhor não pode me demitir por eu estar grávida — rebateu ela, bravamente.

Sr. Rochester abriu a boca para esbravejar mais alguma coisa, mas a esposa o fez calar-se colocando a mão em seu braço, como se para avisá-lo de algo.

— Beaufort! — Sr. Rochester gritou efusivamente, num rompante, olhando para alguém por cima do ombro de Milly. — Que grata surpresa!

Milly virou-se e viu Fabian, que havia aparecido silenciosamente no convés durante aquela exibição.

— O que está havendo? — perguntou ele, delicadamente.

— Só uma discussão doméstica com um dos membros da tripulação. O que você está fazendo aqui em Falmouth, meu caro Fabian? Como vai sua querida mãe?

— Que tipo de discussão?

— Uma gravidez indesejada, infelizmente. Não podemos ter esse tipo de coisa acontecendo aqui entre a tripulação. Pode ir agora — disse, agressivamente, virando-se para Milly. — Nós te pagaremos até o final do mês, quando então você terá de ir embora. — Sr.

Rochester aproximou-se de Fabian para cumprimentá-lo, mas ele o fez parar no meio do caminho.

— Sou eu o pai do filho de Milly — anunciou com a clareza do repicar de um sino.

Seguiu-se um silêncio aterrador. Sr. Rochester ficou totalmente chocado, os braços caídos ao lado do corpo. Os olhos de sua esposa desviaram de rosto a rosto, como se estivesse acompanhando uma partida empolgante de tênis, e Alicia ficou olhando para Milly com uma fúria mal disfarçada. Milly, por sua vez, sentiu uma necessidade urgente e quase histérica de rir.

— Mas achei que você e Alicia... — retrucou, confuso.

— A sua filha é uma garota chata e mimada. Ela é a última pessoa com quem eu sairia.

Fabian aproximou-se de Milly.

— Olha, sei que já te falei isso antes e sei que não agi muito bem, mas... — Encolheu os ombros e olhou-a nos olhos. — Vá pegar suas coisas.

CAPÍTULO 8

No verão do ano seguinte, enquanto Fabian e Milly estavam às voltas com as exigências assustadoras de um recém-nascido, Inky Pencarrow viajava da baía de Daymer para Falmouth, para buscar uma vela nova para o barco da família. Estava mais do que empolgada por estar em casa, na Cornualha. O mar se infiltrava lentamente em cada canto e fenda da vida de lá, a terra era posse sua e o passado de ambos estava inextricavelmente ligado. Até mesmo a religião baixava respeitosamente a cabeça em deferência à prima mais anciã. Sereias haviam sido esculpidas nos bancos das igrejas, e orações diziam "poupe nossos homens". Inky adorava a Cornualha e se sentia em casa ali como em nenhum outro lugar.

No estaleiro que a família usava para adquirir todos os componentes do barco, o velho Dan ficou satisfeito em vê-la. A família Pencarrow era uma família tradicional na região, cujo nome apareceu nos anais do iatismo e da história das regatas e, por isso, para ele, eles eram como membros da realeza.

— Voltou para casa, Inky? — cumprimentou-a.

— Voltei, Dan. — Ela saiu da parte reservada a Volvo (mais espaço para as velas). — Como vai?

— Vou indo, vou indo. Vento a sudeste hoje — disse ele, olhando para o céu. — Dez nós, se estivermos com sorte. Seu pai disse que você anda competindo.

— Nas Bermudas. Na King Edward Golden Cup. — Inky andara competindo no circuito do World Match Race Tour, que atravessava o mundo inteiro, competindo com outros profissionais e ainda dando um bom prêmio em dinheiro para o campeão. Competira no Danish Open em Copenhagen, perdera o proeiro que caíra no mar na Regata de St. Moritz na Suíça (quando seus companheiros solidários de equipe se reuniram ao lado do barco, gritando: "Nada, Beano, nada!"), brigou com os italianos na Sailing Cup, no Brasil, em Angra dos Reis, e ganhou a Toscana Elba Cup, na Itália.

— E como você se saiu?

— Cheguei em terceiro lugar. — A indiferença de Inky camuflou seu aborrecimento por ter chegado em terceiro. Fora uma semifinal difícil, e ela perdera para ninguém menos que Jason Bryant, um velejador com quem tinha um bocado de história e um rival nada simpático. Ela treinara com afinco nos últimos dois anos, desde o fim da America's Cup, em Auckland, chegando ainda mais perto de seus adversários masculinos. Mesmo que uma mulher no World Match Race Tour não seja nenhuma anomalia, é, certamente, uma raridade, e alguns timoneiros levavam para o lado pessoal quando ela os derrotava. Entretanto, estava achando difícil bater Jason Bryant; ele estava em excelente forma no momento. — Sorte a minha que Mack tirou um tempo de férias para cuidar daquele programa de iatismo juvenil. Caso contrário, eu teria chegado em quarto!

— John MacGregor? É isso o que ele está fazendo agora? Acho que faz um tempo que não o vejo por essas bandas de cá. Achei que havia se aposentado, já que também não o tenho visto nas manchetes dos jornais.

— Mack? Aposentado? Nunca! — respondeu Inky, leal ao amigo. Desde que perdera em Auckland, Mack decidira tirar uma folga do *match race* e tentar resgatar um pouco do esporte, ensinando jovens menos privilegiados num projeto de iatismo para a juventude. A crítica dissera que sua derrota em Auckland finalmente o havia tirado da grande liga. Seus fãs diziam que ele estava simplesmente dando um tempo, depois de todo o estresse a que fora submetido.

— Ainda assim, espero que a terceira colocação tenha te rendido um bom prêmio em dinheiro!

Inky abriu um sorriso diante da curiosidade inata de Dan.

— O suficiente para me manter um período longe das ruas.

— E participou da America's Cup. Está no seu auge agora, é isso aí, garota. Daqui a pouco não estará mais falando com gente como nós.

— Eu só estava na segunda equipe, Dan.

— O que é de maior importância. Treinamento na prática. Tem que ter alguém com quem competir durante todos esses longos dias de treino, o que não aconteceria se você não fosse mesmo boa. Ouvi dizer que seus irmãos também estão indo bem. Seu pai não deve estar aguentando de tanta emoção. — O OSTAR, a Fastnet, a Volvo, a Vendée. Com certeza os rapazes estavam se cobrindo de glória. E Inky estava feliz por eles, estava mesmo.

— Eles estão indo bem — reconheceu ela.

— Mas foi você que participou da America's Cup. — Eles começaram a se dirigir lentamente ao galpão das velas.

— Eu gosto do *match race*, Dan. Os rapazes preferem velejar em alto-mar. Mesmo assim, não vou participar do novo desafio de Henry Luter.

— Uma pena ele ser tão babaca. Essa Copa é o mundo inteiro, é isso o que é. — Dan balançou a cabeça, maravilhado. — Mas você nos deixou orgulhosos, Inky.

Eu gostaria que o meu pai achasse o mesmo, pensou Inky. O sucesso exibicionista de Jason Bryant já era muito ruim. No píer, depois da regata, eles tiveram que dar uma demonstração de espírito esportivo. Uma grande multidão se reunira para vê-los chegar. Bryant já havia entrado com sua equipe e, quando Inky chegou, ele já estava sem camisa.

— Parabéns — cumprimentara-o com os lábios apertados. — Sempre poderá começar uma nova carreira dirigindo carrinhos de bate-bate.

— Só se você estiver no carro ao meu lado.

Eles apertaram as mãos com sorrisos forçados, e Jason puxou Inky para si.

— Por mais que você tente, nunca irá me vencer — sussurrou em seu ouvido. — Agora, vá para casa como uma boa menina, que tenho certeza de que o seu papai vai te dar um beijo para você se sentir melhor.

O papai, na verdade, ficou furioso.

— Foram erros forçados! — gritara ao telefone após ter ficado a maior parte da noite de pé, para assistir à regata na tevê a cabo. Inky estava deitada na cama do hotel. Sentia-se tão infeliz que havia comido as castanhas e os chocolates absurdamente caros do minibar.

— O vento mudou.

— Vocês deviam ter visto! O infeliz do Bryant já é insuportável sem ganhar; correm boatos de que Luter o chamou para participar de seu próximo desafio. Sugiro que você pense em fazer o mesmo, é a sua única chance de participar da America's Cup.

— Mesmo se Luter me chamasse de novo, ele não me colocaria no primeiro barco. Eles só me colocariam no segundo. E, se for verdade o que estão falando sobre Jason Bryant, aí então é que ele não me chamará mesmo para o primeiro barco.

— Mas nenhum outro sindicato te chamou para participar do desafio, chamou? Talvez essa seja a sua única chance e, se for no segundo barco, que seja. Talvez seja o melhor que você consiga fazer.

— Não vou participar do desafio deles, porque quero ficar no primeiro barco e Henry Luter nunca terá uma mulher no primeiro barco — dissera ela, com mau humor.

— E ao perder esta semifinal você acabou de entregar de bandeja a desculpa perfeita para eles. — Com esta, bateu o telefone em sua cara.

Quando Inky chegou em casa, a mãe estava ocupada, tirando um ensopado do forno. Quando Mary Pencarrow mudou-se para a Cornualha, tentou cozinhar comidas sofisticadas para seu James, imaginando que os dois se sentariam à mesa, todas as noites, e teriam conversas agradáveis. No entanto, há muito tempo abrira mão deste ideal uma vez que tudo o que os homens de sua vida pareciam desejar era uma comida quente e substanciosa que pudessem engolir às pressas, antes de voltarem para lixar um barco ou discutir algum artigo sobre iatismo. Mary era uma mulher adoravelmente delicada, de pele clara e fina e cabelos escuros e volumosos — duas características que Inky herdara dela. Um de seus primeiros pretendentes, que a cortejara ardentemente antes de ela deixar Londres, comparara-a a uma flor extremamente rara e bela, que pereceria sem calor e cuidados constantes. Na época, achara as palavras dele de um sentimentalismo exacerbado, mas, agora, imaginava se ele não teria razão.

Era ainda uma bela mulher. Pouquíssimas rugas marcavam seus olhos e, embora usasse roupas ligeiramente mais sóbrias desde que deixara Londres, era também muito elegante.

— O que manda, mãe? Vai à ópera? — Os meninos costumavam brincar quando ela aparecia pela manhã. — Vai visitar a rainha, no Palácio de Buckingham?

Mary precisou desenvolver técnicas próprias de sobrevivência e seu jardim transformou-se numa paixão particular. Sendo assim, colocava um chapéu de abas largas (amarrado firmemente no rosto com um lenço Hermès, para fazer frente à brisa persistente) e ia para o jardim, onde lutava contra o mau tempo e o sal. As palavras de seu antigo pretendente tornaram-se seu mantra, quando ia proteger as plantas do mar e da corrosão constante do sal, que não podia ser vista nem sentida, apenas detectada por causa dos problemas que causavam. Às vezes, quando Mary ficava acordada ouvindo as ondas baterem do lado de fora, soando como se estivessem tentando entrar em casa, ela sentia vontade de chorar. O mar já havia levado seu marido e todos os seus filhos para a escravidão, o que mais queria?

Ninguém de sua família sabia como de fato se sentia, e ela vivia assustada demais para deixá-los saber. Assustada, porque tinha dúvidas se algum deles de fato se importaria, e os amava tanto que temia descobrir a verdade. Simplesmente, não conseguiria suportar.

— Erica, minha querida. Pegue aqui — ofereceu com gentileza, fechando delicadamente a porta do forno. — Quer um pouco? Achei que talvez não tivesse almoçado hoje.

— Obrigada, mamãe, mas não estou com fome. Comi um sanduíche em Falmouth.

— Não tem problema — respondeu rapidamente. — Sobrará bastante para Mack, quando ele chegar.

— Que horas ele disse que chegaria?

— Acho que lá pelas nove.

— Pelo menos eu o verei antes de viajar. — Inky estava de partida para a Malásia no dia seguinte, para um evento da World Match Race Tour. — Como ele te pareceu? — Apesar de sua lealdade explícita por Mack, Inky temia que todo o estresse da última America's Cup, em Auckland, tivesse mesmo deixado sua marca nele.

— Bem — respondeu Mary, com firmeza. Mas velho, acrescentou silenciosamente. Ela também estava preocupada com ele.

— Onde está o papai? — Inky perguntou avidamente.

— Dando uma olhada no website da Volvo. Acho que ele quer saber onde está o seu irmão, Charlie. — Mary estava desesperada para que James aparecesse logo para falar com Inky.

Inky deixou-se cair na poltrona que ficava perto do fogão e acariciou o labrador preto, Nelson, com o pé. Não passava despercebido por sua mãe que, nos últimos anos, Inky tentara se tornar uma pessoa completamente assexuada, como se, ao negar os atributos que lhe faziam mulher, ela pudesse fingir que não havia diferença. Dizia à mãe que seus cabelos longos, pretos e azulados atrapalhavam e por isso adotara um corte curto. Dizia também que não podia usar maquiagem porque o rímel escorria na água. No mais, não fazia muita diferença, porque nada, nada poderia esconder suas longas pernas e seu rubor natural. Movia-se com certa fluidez, agilidade e sinuosidade; cada movimento seu dotado de graça e elegância, e infinitamente mais atraente do que a beleza fabricada e artificial das tietes do iatismo, que tanto tentavam imitar seus trejeitos.

Mary percebera essas mudanças em Inky desde seu retorno de Auckland e desejava desesperadamente que a filha conversasse com ela. Mas, apesar das inúmeras tentativas, Inky simplesmente se fechava. Sentiu-se muito triste no dia em que a filha cortou os cabelos bem curtos.

— Onde está Charlie? — perguntou Inky, assim que o pai entrou.

— Completou mais cento e cinco milhas desde ontem! — exclamou alegremente. — A esta hora, amanhã, estarão rodeando Cape Horn se o tempo continuar bom! Mandou um e-mail de três linhas, dizendo que iriam tomar sorvete hoje à noite para comemorar o aniversário de alguém e que ele havia acabado de negociar sua última lâmina de barbear por uma barra de chocolate. Meu Deus, quem dera eu estivesse com ele! Você vai tentar estar aqui na volta deles, Inky?

— Vou tentar, mas não sei onde estarei no *match tour*. Achei que talvez você e a mamãe pudessem aparecer a um dos eventos — murmurou Inky, concentrando-se nas orelhas de Nelson.

— Humm, vamos ver. Vai depender do que seus irmãos quiserem fazer.

Mary olhou impacientemente para James. Ele ainda estava punindo a filha por ter chegado em terceiro lugar na Bermuda Gold Cup. Mary sentia um orgulho muito grande de todos os filhos e, mesmo querendo que Inky passasse mais tempo em casa, sempre a apoiaria em qualquer coisa que escolhesse fazer.

— Eu adoraria comparecer a esses eventos de que você participa, querida — disse-lhe.

— Sério? — Inky olhou avidamente para um e outro, e Mary percebeu que a ideia seria interessante apenas se James a acompanhasse.

— Mary, você detesta assistir a competições de vela — comentou James.

— Gosto de ver Erica.

Mary reparou na filha estirada na poltrona, fazendo o possível para disfarçar sua decepção, e, em seguida, olhou para o marido, examinando o globo terrestre no canto da sala.

— Erica, você poderia levar Nelson para seu passeio noturno? — perguntou, determinada a dar uma boa bronca no marido.

Inky levou o cachorro para as dunas e depois para a praia. Estava escurecendo, mas ela e Nelson conheciam cada pedra, cada rocha e cada lagoa daquele lugar. Sírius, a estrela do Cão, estava lá, esperando pacientemente por ela, e Inky imaginou para quais outras estrelas estaria olhando no dia seguinte. Era uma noite clara e a lua brilhava com intensidade na torre da Igreja de St. Enodoc, um pequeno oásis enterrado nas dunas e acessível apenas a pé. Deixando Nelson livre para dar uma farejada por ali, Inky deitou-se no topo da duna e olhou o céu.

Aquele estuário fora o lugar onde ela e os irmãos haviam competido em seus barcos durante o verão, onde haviam pescado cavalas e ficado observando os golfinhos. Fora o lugar onde o pai normalmente favorecera os irmãos em detrimento dela, tornando-a ainda mais determinada a vencer. Lembranças passaram rapidamente por sua cabeça, como peixes prateados cintilando sob a luz do sol. Lembrou-se de velejar com Mack, tendo os irmãos atrás dela, e de esquiar atrás das boias na maré. Lembrou-se de ter morrido de ciúmes dos irmãos quando o pai, seguindo a tradição familiar, deu a cada um dos filhos uma nota de vinte libras no décimo sexto aniversário deles, instruindo-os a pegarem o barco e não retornarem nas três semanas das férias de verão. Lembrou-se também de esperar ansiosa pelo seu aniversário de dezesseis anos, excitadíssima pela aventura e cheia de planos sobre para onde iria, apenas para ficar sabendo que isso era perigoso demais para uma menina. Os irmãos lhe deram batidinhas na cabeça e riram dela. Esta não fora nem a primeira nem a última vez que desejara ter nascido menino. O melhor verão de sua vida foi quando Mack lhe emprestou o *Wild Thing*.

— Inky! — Seu nome estava sendo chamado com suavidade. Ela se sentou de repente e franziu os olhos, para olhar ao redor. Pôde apenas vislumbrar a silhueta do corpo de um homem se aproximando, mas logo o reconheceu.

— Mack! — gritou, encantada

— Não se levante! — gritou ele, em resposta. — Irei até você.

Ligeiramente ofegante por causa do esforço de caminhar sobre a areia fofa das dunas, Mack sentou-se, soltando todo o peso ao lado dela, e deu-lhe um beijo no rosto.

— Quando você chegou?

— Acabei de chegar. Sua mãe disse que você estava dando uma volta com Nelson e achei que seria bom pegar um pouco de ar, depois de todo o tempo que fiquei dentro do carro.

— Como está?

— Bem. Melhor agora que estou falando com você. Como foi nas Bermudas?

— Cheguei em terceiro. Bryant chegou na minha frente.

— Ele está em boa forma.

— Você ensinou a ele tudo o que sabe — Inky acrescentou em seguida, pensando nos boatos de que Mack havia perdido a forma.

Tudo o que podia fazer era rezar para que isso fosse temporário. Não queria nem pensar no assunto, seria como ver um leão privado de juba e dentes.

— Por falar em Bryant, ouvi no rádio, quando estava vindo para cá, que Henry Luter o nomeou timoneiro para o novo desafio em 2007.

— O quê?

— Você não sabia?

— Não ouvi o noticiário hoje e meu celular não funciona aqui. — Seus colegas de equipe haviam passado o dia inteiro tentando falar com ela para comentar as novidades. Inky ficou olhando horrorizada para Mack. — Jason Bryant? Timoneiro da America's Cup? Droga. — Bateu com as mãos na areia, enterrando-as profundamente; em seguida, levantando-se, começou a andar. — Merda! Já estava rolando um boato, não é de admirar que estivesse tão arrogante nas Bermudas. Ele já sabia. Fiquei imaginando o porquê de ficar me olhando daquele jeito esquisito. — Inky cuspiu as palavras com raiva.

— Ele sempre teve as mesmas ambições que você. Mesmo quando estavam os dois na equipe juvenil. Vocês dois eram excelentes na época. Não havia nada de diferente entre os dois em termos de talento.

— Ainda assim, ele vai timonear um barco da America's Cup.

— Ele tem um patrocinador melhor, uma equipe melhor, barcos melhores. Isso não tem nada a ver com talento.

— O que aconteceu, Mack? Dois anos atrás, nós estávamos em Auckland, participando da America's Cup, e, agora, nenhum de nós dois está fazendo nada. — Mack encolheu-se, mas ela estava chateada demais para perceber. Inky ficou em silêncio e enterrou um dos pés na areia. Queria refletir.

Mack, sempre sensível às suas necessidades, levantou-se.

— Estou faminto — disse, com gentileza. — Acho que vou entrar e comer um pouco daquele jantar que a sua mãe preparou.

Enquanto Mack voltava pelas dunas, Inky pensava em Jason Bryant. Estava morrendo de inveja por ele ter uma oportunidade como aquela. Nos anos subsequentes à saída deles da equipe juvenil, Inky vira Jason passar acelerado à sua frente. Antes de chegar a época em que a World Match Race Tour pagaria todas as suas despesas, Inky fizera o possível para montar a própria equipe. Por fim, tentou aceitar o inevitável, afinal de contas, havia séculos de história social por trás de tudo isso. Mas, mesmo assim, era frustrante. Bryant havia passado para o primeiro grupo e participado de dois eventos que ofereciam prêmio em dinheiro, enquanto ela ainda tentava firmar os pés.

Ele aproveitava cada oportunidade para esfregar seu sucesso no nariz dela. E sentia certo prazer em lhe exibir sua sexualidade. Inky nunca soube muito bem por quê; achava que talvez fosse algum tipo de exibição de virilidade masculina. Não era por acaso que Jason Bryant era conhecido como o garanhão do sul — com seus quadris atraentes e cabelos curtos e louros, arrancava suspiros de tietes de todos os tipos, todas as noites. Com frequência, Inky aparecia no treino das regatas e ouvia Bryant se vangloriando, bem perto de seus ouvidos, sobre sua última conquista. Uma vez, Inky chegou a se levantar para ir embora sem nem sequer se dar ao trabalho de tomar café.

— Qual o problema, Pencarrow? — chamara-a quando ela saiu. — Ainda virgem, é?

Inky não era nenhuma virgem, mas sempre mantivera seus casos amorosos longe do circuito da vela, por medo de adquirir uma má reputação e ter uma distração adicional. Mas os casos eram sempre curtos, porque ela nunca ficava no mesmo lugar por tempo suficiente para que eles significassem alguma coisa.

A parte em que ela superava mesmo Bryant era na linha de largada. Inky estava logo se tornando uma das melhores naquela dança maluca conhecida como pré-largada. Conseguia se impor a seus oponentes com dez manobras e encurralá-los até que decidisse de que lado do circuito gostaria de ficar. Ficava encantada cada vez que empurrava Jason Bryant para o mais longe possível e sentia imensa satisfação sempre que sentia que ele ficava confuso e assustado, quando dava voltas e mais voltas no gate, seus movimentos ficando cada vez mais audazes. No entanto, Jason Bryant usava seu grande preparo físico em vantagem própria e quase sempre revertia o prejuízo que a partida superior de Inky lhe causava, ganhando a regata.

Por fim, ela conseguiu se profissionalizar e foi convidada a participar da World Match Race Tour apenas um ano depois de Bryant, o que não só fora prova de seu talento, como também de seu esforço.

Mas agora Bryant estava mais uma vez à sua frente. Iria timonear o barco da America's Cup. Inky teria que conviver um pouco mais de tempo com ele na dianteira.

Após Inky ter partido para a Malásia no dia seguinte, Mack decidiu ficar por mais uma noite. Mack e James Pencarrow estavam sentados na cozinha após terem terminado uma refeição saborosa de bife com molho de cerveja e purê de batatas amanteigado.

— Mary, o jantar estava maravilhoso — elogiou ele, recostando-se na cadeira. — Estou plenamente satisfeito.

Mary sorriu e levantou-se para recolher os pratos, dizendo em seguida que iria levar o cachorro para seu usual passeio noturno. Assim que saiu, Mack voltou a conversa para o iatismo.

— Acho que desde que chegaram as notícias de Bryant assumindo a direção do barco para Henry Luter no novo desafio da próxima Copa, Inky, definitivamente, não irá participar.

— Ela acha que acabará no segundo barco de novo. Mais ainda, disse que se você não participasse então ela, definitivamente, também não participaria. Disse que seria insuportável.

Mack ficou em silêncio. Não precisava expressar seus sentimentos já bem conhecidos com relação a Henry Luter.

— Então ela está agora de volta ao circuito do World Match Race e talvez mais coisas continuem do jeito que estão.

— Bem, ela sempre poderá vir trabalhar comigo, se quiser se afastar por um tempo. Meu novo patrocinador não tem nada a ver com Henry Luter.

— Não queremos te dar trabalho, Mack.

— Me dar trabalho? — rebateu Mack, genuinamente surpreso. — Inky é uma das melhores velejadoras que conheço. Você sabe como tenho consideração pelo talento dela.

— Agora você só está sendo gentil — murmurou James. — Como está o ... eh... o trabalho social?

— Gratificante. Qualquer dia desses, uma dessas crianças estará ganhando de todo mundo.

— Tem planos de voltar às regatas? — perguntou James, com certa hesitação.

— No momento não. Por que a pergunta? — quis saber Mack, malicioso. Estava bem consciente do que as pessoas e os jornais falavam dele. — Henry Luter me pôs para fora do *match race* por um tempo.

— Talvez fosse bom voltar à cena.

— E silenciar as críticas?

— Só estou dizendo que você não iria querer perder suas habilidades ficando tempo demais longe do jogo. Neste ritmo, você vai perder a próxima America's Cup.

— Isso seria tão terrível assim?

Para James, era como se fosse a pior coisa do mundo, mas ele murmurou:

— Não... não. Nem um pouco.

Ele acha que perdi o ritmo, pensou Mack. Apesar disso, continuou:

— Acho que você não percebeu como as coisas ficaram ruins em Auckland.

— Mack, eu sei. Sei mesmo. Mas neste jogo você não pode dar um tempo porque perdeu o ritmo e...

— Não estou falando de mim, seu tolo. Estou falando da Inky. Ela passou por momentos muito difíceis em Auckland, você deve saber. Luter não a queria no barco. Disse que as mulheres davam azar. A coisa mais estúpida que já ouvi. — Inclinou-se para a frente. — Ela era a única mulher na equipe, mas nunca a ouvi reclamar nem uma só vez. Nem sequer falou para alguém que eu era o padrinho dela. No primeiro dia, quando chegou, não a deixaram entrar na sala dos velejadores porque acharam que ela era namorada de um deles. Ela teve que suportar muito machismo, comentários depreciativos, piadas. Meu Deus, Luter nem lhe ofereceu um vestiário feminino. Ela tinha que trocar de roupa no escritório do gerente, em terra firme. Inky teria conseguido com um pouco mais de apoio.

— Ela já está acostumada com todas essas coisas agora — respondeu James, sem dar muita atenção e logo mudando de assunto. — A propósito, você deveria ir conosco ao clube amanhã, Mack.

— Ao clube?

— Em Rock.

— Ah, não sei não, James. Você sabe que não gosto dessa coisa de clube. Levantar a bandeira e ficar bebendo hot whisky toddy às seis horas da tarde.

— Rock não é assim — protestou James Pencarrow. — Além do mais, não quero que volte para o clube, propriamente dito, você só iria incomodar os sócios. Quero que venha e veja alguém.

— Quem? — perguntou Mack, desconfiado.

— Alguém especial.

— Com necessidades especiais?

— Não, só especial.

— Preciso voltar a Londres para falar com meu patrocinador.

— Prometo que valerá o seu tempo.

James Pencarrow observou a mudança de expressão no rosto de Mack. Seus olhos se abriram um pouco mais e logo ficaram mais interessados. Então, finalmente, revelaram um encantamento de cair o queixo. Eles haviam saído do estuário com o barco inflável de James, para observar um veleiro que passava em grande velocidade pela costa íngreme e pedregosa.

— Ele é um dos instrutores — disse James. — Eu o vi pela primeira vez, duas semanas atrás. A escola de vela o contratou para o verão.

— Quem é ele? De que iate clube ele é?

James encolheu os ombros.

— Ninguém sabe. O nome dele é Rafe, mas ninguém sabe de onde é. Ele tem levado as pessoas para velejar em seus barcos, durante a semana. Tentei agendar uma aula com ele, para bater um papo, mas ele está com os horários tomados. À noite, treina os mais jovens. — Voltou para o assento do motorista, puxou a corda para dar a partida e começou a seguir o barco, que acompanhava a costa a toda velocidade. Andorinhas mergulhavam em busca de peixes, papagaios do mar faziam seus ninhos nos afloramentos rochosos, havia até mesmo um lago de golfinhos que podia ser visto, caso se fosse vigilante, mas Mack não tinha olhos para mais nada a não ser o rastro que o barco deixava à sua frente.

Jamais vira tanto talento natural. O homem sabia exatamente de onde vinha a brisa e qual o melhor rumo a tomar para conseguir o máximo de velocidade. Fez pequenos ajustes no ângulo da vela, para manter a potência do barco na condição mais favorável. Estava no limiar entre o máximo que o barco poderia chegar e um desastre, mas a embarcação parecia ganhar vida com o seu toque, dançava, acariciando a água até um frenesi. Era uma alegria observar aquele homem.

— Vamos embora — murmurou Mack. — Já vi o suficiente.

Mack sentiu uma pontada de inveja quase insuportável, mas era a primeira vez que, no fundo, se sentia empolgado com alguma coisa desde Auckland. Ficou observando quando o rapaz bronzeado saiu de trás do timão e o passou para outra pessoa, que Mack presumiu ser o dono do barco. Logo em seguida, o barco diminuiu de velocidade e seu brilho reduziu junto com o novo timoneiro.

Eles esperaram que o homem voltasse de sua aula. Mack ficou andando por ali, com as mãos nos bolsos e a cabeça baixa, tentando não ser reconhecido durante boa parte de uma hora, e imaginou quem seria o jovem que acabara de ver.

Finalmente, o barco retornou.

— Rafe? — chamou James, aproximando-se quando o rapaz pisou no píer. — Não nos conhecemos, mas eu gostaria muito de te apresentar a uma pessoa...

— Meu Deus! — interrompeu o dono do barco, intrometendo-se. — Você não era John MacGregor?

James Pencarrow chegou educadamente perto do homem e lhe tomou o braço, imaginando flashes da época em que Mack era praticamente cercado por uma multidão.

— Sabe de uma coisa, Stuart, você nunca me falou onde mastreou seu barco e estou mesmo muito interessado... — Arrastou-o para fora do píer.

Mack ofereceu a mão. O jovem à sua frente tinha pele azeitonada, traços bem-definidos e olhos negros e fundos que davam a ilusão de poços noturnos. Tinha cabelos negros e brilhantes umedecidos por causa das ondas. Parecia um animal de pelo macio: seu traço mais marcante era a forma como andava, completamente à vontade. Usava bermudas bege, camiseta e sapatos de velejador sem meias: marca registrada de um verdadeiro velejador, uma vez que a água salgada reage em contato com a lã.

— Meu nome é John MacGregor.

— Rafe. Rafe Louvel. — Apertaram as mãos.

— Você teria um momento?

— Tenho. É minha hora de almoço.

— Posso te pagar um sanduíche?

O jovem ficou olhando tranquilamente para ele, Mack teve a breve sensação de um estrangeiro tentando traduzir o que ouvia, mas, talvez, estivesse apenas o avaliando.

— Sim, claro. Obrigado.

Minutos depois, já sentados no Blue Tomato Café, Rafe pediu um filé na ciabatta e uma garrafa de cerveja, e Mack pediu o mesmo.

— Você navega? — perguntou Rafe, educadamente.

Foi o mesmo que perguntar a Ellen MacArthur se ela já havia colocado os pés em um barco.

— De certa forma sim — disse Mack, com um sorriso. — Na verdade, era isso o que eu queria falar com você.

— Por quê? Está precisando de aulas?

— Não, mas alguns membros da equipe com quem eu velejo talvez. Fale-me um pouco da sua experiência, Rafe. De onde você é?

— De onde? Na verdade de lugar nenhum.

— Está bem, então onde você cresceu?

— No mar. Meu pai e eu morávamos num barco.

Mack inclinou-se para a frente, com o interesse aguçado.

— Num barco? E a sua mãe?

— Ela morreu.

— Sinto muito.

Rafe deu um gole da garrafa de cerveja.

— Nós vivíamos mudando; portanto, não sou mesmo de lugar nenhum. Embora britânico, por nascença.

Mack mordeu o lábio. Havia tantas coisas que queria perguntar. Como fora educado? Quando sua mãe morrera? Para onde, exatamente, eles se mudaram?

— Seu pai é britânico?

Rafe logo assentiu com a cabeça.

— Esta é a primeira vez que volto para cá desde que nós deixamos... — Aquilo serviria de explicação, pensou Mack, por ele ter ficado tão fora do alcance das notícias sobre o iatismo. Rafe começou a olhar com certo incômodo para as mesas à sua volta, então Mack prosseguiu com a explicação de seu trabalho social em Hamble e de seus planos futuros de dar a jovens desamparados a chance de se tornarem iatistas de sucesso, embora Rafe não estivesse reagindo da forma como esperara.

— Então fiquei te observando na água e me pareceu que você tem algum talento. Quem sabe não gostaria de ir à nossa base e velejar um pouco?

— Onde fica a sua base?

Mack olhou surpreso para ele. Ninguém nunca lhe perguntara onde ficava sua base. Se a base de John MacGregor ficasse nas Hébridas Exteriores, qualquer equipe ansiosa simplesmente entraria em um barco a remo e se poria a remar. Se não tivesse tanta certeza de que a atitude *blasé* do rapaz era inconsciente, teria saído de lá aborrecido.

— Em Hamble.

— Onde fica?

— Na costa sul.

— Fica perto de... — Rafe inclinou-se para o lado e tirou uma carteira de náilon com as pontas dobradas do bolso traseiro das calças — ... Lymington? — Ele pronunciou Lie-mington.

— Eh, não fica muito longe. Cerca de meia hora.

— Então está bem. Irei velejar com você. Minha tia mora em Lymington e acho que eu gostaria de vê-la.

Uma vez do lado de fora, Rafe olhou para o sol e achou que talvez estivesse um pouco atrasado para o começo do turno da tarde. Em todo caso, não tinha muito problema, pois a maioria de seus alunos parecia querer passar a primeira hora da tarde andando por aí, fumando, conversando alto sobre quem eles haviam conseguido bater no RNL1 da noite anterior. Ignorava que, na verdade, eles estavam apenas tentando impressionar seu instrutor jovem e esquisito, que, na opinião deles, era o exemplo da frieza.

Fora uma decisão difícil para Rafe retornar à Inglaterra, decisão que ele postergara por muitos anos, uma vez que estava feliz na companhia do pai, no barco, velejando pelo mundo, ficando em um porto apenas tempo suficiente para arrumar trabalho antes de continuar a viagem. Mas as coisas estavam começando a mudar a bordo. Rafe tinha ciência de seu próprio desejo de voltar ao seu país de nascença, enquanto o pai nem consideraria fazê-lo. "Frio demais", Tom Louvel comentava e se arrepiava. Rafe suspeitava que ele não conseguisse lidar bem com todas as suas lembranças, mas eram lembranças do pai, não suas. Então a tensão começou a se acumular, fazendo com que o barco ficasse desconfortável e pequeno para os dois, até que Rafe resolveu tirar umas férias na Inglaterra e voltar, quem sabe, no inverno. Tom o deixara na França. Despediram-se com um aperto de mão e deram-se adeus alegremente, no entanto, os dois sabiam que as coisas haviam mudado irrevogavelmente.

Não fizera nenhum plano de parar na Cornualha, mas acabara pegando carona da França para Falmouth, onde conseguira trabalho num barco pesqueiro por alguns meses. Um dia, resgataram um velejador inexperiente e à deriva, que havia se afastado muito do estuário e da escola de iatismo. Rafe levou o barco de volta para ele, que seguiu trêmulo no barco de pesca. A escola de iatismo, ao enviar um barco para resgatar o novato, encontrou-o pilotando o veleiro com a mesma facilidade que um golfinho cortava a água e o fisgou para si. Após prestar os exames necessários para poder se tornar instrutor, o que fora tão fácil quanto respirar, Rafe decidira ir para o norte e preencher a vaga em Rock.

Como instrutor principal, esperava que o trabalho lhe trouxesse um sentimento de satisfação, no entanto, sentia-se cada vez mais aborrecido com os adolescentes que sacudiam e amassavam os barcos, sem perceber que suas técnicas se assemelhavam à de levar um carro ao máximo de velocidade na primeira marcha. A maioria de seus alunos estava passando férias na casa de veraneio da família e era de lugares como Hertfordshire e Gloucestershire, que lhe soavam como algum dialeto local exótico. Alguns eram ótimos adolescentes com um verdadeiro amor pela água, mas a maioria era inacreditavelmente mimada. Armados com a indumentária mais moderna (sapatos de velejador Sebago com cadarços amarrados em espiral, segundo a moda, shorts Airwalk, moletons White Stuff e óculos de sol Oakley — alguns poucos haviam percebido os sapatos esfarrapados de Rafe, da Ripcurl e trocado de marca, mas sem conhecimento de que Rafe apenas os usava porque um americano de oitenta anos os havia esquecido na escola de navegação), andavam de peito inflado, de festa em festa durante a noite, e de barco em barco, durante o dia, tratando tanto o mar quanto a sociedade com desrespeito. Rafe os desprezava também, pois sabia que tamanha arrogância na água era um perigo não somente para eles mesmos como para qualquer um com quem navegassem. O mar gostava de explorar fraquezas.

O turno da tarde passou sem incidentes e, depois, o dono da escola o chamou:

— Rafe! — gritou. — Quer jantar comigo amanhã à noite? Missus, a patroa, me fez prometer que te chamaria.

O rapaz sorriu. Gostava muito de visitar lares de verdade. Eles o fascinavam e atraíam na mesma medida.

— Adoraria, Bob. Você sabe o que iremos comer para eu ir preparado, desta vez?

— Sim, eu deveria ter te avisado que "sapo no buraco" não é exatamente um sapo, mas linguiças assadas na massa. Vou te avisar antes. Minha esposa acha que é obrigação dela te apresentar à culinária britânica.

A esposa de Bob adorava receber Rafe para jantar. Ele era muito educado. Não era só uma questão de educação. Ele tinha uma admiração profunda pelas mulheres, que representavam todas as coisas boas para ele: comida saborosa, roupas perfumadas e uma lembrança da mãe.

— Como você está se saindo no *Love Monkey*? — Rafe estava hospedado no barco de Bob.

— É um ótimo barco. Fiz alguns consertos, se não se importar. A propósito, será que eu poderia tirar uns dias de folga mais à frente? Um camarada me convidou para velejar com ele e eu queria aproveitar e visitar a minha tia.

— Claro, você tem mesmo direito a férias.

Quando Bob estava indo embora, ocorreu-lhe, repentinamente, que todos estavam comentando ter visto John MacGregor ali no clube naquele dia, e que ele devia ser o "camarada" a quem Rafe se referia. Riu sozinho. Os dois juntos formariam uma boa dupla.

Rafe ignorou os acenos agitados de mãos ansiosas vindas do bar, cujos ocupantes jovens haviam saído para o asfalto, guinchando e gritando para as pessoas nas sacadas, logo acima deles. As meninas usavam minissaias de brim que cobriam apenas a virilha e camisetas regata de cores variadas; pelo menos metade delas estava falando em seus celulares. Todos agiram como se uma raposa tivesse entrado no galinheiro, assim que Rafe apareceu.

Em vez de ficar ali, ele comprou um pastelão de carne e levou para o barco. Deitou-se na cabine com o pastel, um copo de Bourbon e ficou observando o céu manchado de vermelho e roxo. Imaginou o que o pai estaria fazendo naquele momento e para quais estrelas estaria olhando. Sentia falta dele, mas sabia que havia chegado a hora de mudar. Afinal de contas, não poderiam ficar morando para sempre naquele barco. Se algum dia tivesse o próprio barco, talvez pudessem se encontrar e velejar juntos. A noite — aveludada e tingida de um toque de gelo — avançava à medida que ele começou a pensar e suas antigas amigas estrelas, Sírius, Leo e as Plêiades, foram aparecendo uma a uma. Sorriu para elas, cumprimentando-as. Ao longe, podia ouvir a melodia da música do bar que se espalhava e acelerava pela água.

Rafe Louvel tinha três anos quando a mãe, Daisy, faleceu. Em questão de meses, ele saiu de um lar cheio de afeto para um de um sofrimento desorientador, assim que a doença voraz entrou em cena. Depois de sua morte, o pai não suportou ficar em Londres, sempre associando a cidade a jalecos brancos, ao cheiro de desinfetante e a falsas esperanças. Sendo assim, vendeu tudo o que tinha, comprou um barco maior e ele e Rafe saíram, numa manhã, pelo Canal da Mancha.

As pessoas o achavam burro por ele não ter familiaridade com o país e por sua educação ter sido fragmentada, mas ele estava longe disso. O pai insistira em vários instrutores para educá-lo. Sabia falar seis idiomas e, através das diversas paixões de seus professores, sabia tudo sobre os impressionistas, sobre a Inquisição italiana e sobre Mussolini. Seu conhecimento da vida marítima era maior do que a de qualquer outra pessoa. Mas sua primeira língua não era exatamente a das palavras. O termo Mãe Natureza tinha um significado antigo: fora uma mãe para ele quando ele tanto precisara de uma. As marés eram o seu relógio, os golfinhos e os pelicanos, seus colegas, e as estrelas, seu cobertor. Agora, aos vinte e dois anos, seus talentos estavam tão aguçados e seus instintos tão ritmados com o mar que achava extremamente desorientador estar em qualquer outro lugar. Após tempo demais em terra firme, sentia um grito e uma inquietação interior que apenas se acalmavam quando voltava a levantar âncora.

Também sabia dizer exatamente quando começaria a brisa e em qual direção sopraria, a julgar pelo comportamento dos pássaros, pelo aroma do ar, pela cor do céu, pela pressão que sentia nas juntas e pelo estado dos mares. Conseguia prever tempestades com precisão. Este dom não era algo que Rafe negligenciasse ou ignorasse; alimentava-o o mais que podia ao aprender a interpretar todos os sinais que lhe eram oferecidos. Afinal de contas, a vida dele e a do pai quase sempre dependiam disso. Não era de admirar que, quando pisou na Inglaterra, sentiu-se como se tivesse sido jogado em um lugar onde ninguém falava sua língua.

De repente, seguiu-se um barulho na água e uma batida na extremidade do barco. Rafe espichou a cabeça para fora e franziu os olhos no escuro.

— Gabby? — Era a filha de Bob. — O que você está fazendo aqui? — Rafe subiu e segurou a corda do pequeno barco a remo. — Está tudo bem?

— Pensei em dar uma passada por aqui — disse, ligeiramente ofegante, jogando uma perna por cima da popa e pulando a bordo. Era muito atraente com seus cabelos castanhos fartos descendo em ondas pelas costas. — Queria saber se você estava bem. O papai disse que você dormia aqui todas as noites.

Rafe encolheu os ombros e amarrou a corda.

— Parece que não consigo me acostumar com uma cama de verdade.

— Eu trouxe algumas cervejas para você. — Inclinou-se sobre seu barco de madeira e pegou duas garrafas.

— Eh, obrigado — agradeceu Rafe quando ela lhe entregou uma garrafa. — Seus pais sabem que você está aqui?

— Não.

— Acho que não ficariam muito contentes.

Gabby jogou os cabelos para trás e cruzou as pernas.

— Sou livre para fazer o que quiser. Tenho dezesseis anos. Passei da idade de pedir consentimento.

Rafe sorriu com discrição e abriu a garrafa, usando uma das maçanetas de metal. Estava preparado para ouvi-la por um tempo.

— As pessoas dizem que você sempre viveu no mar. Foi à escola?

— Não.

— Não foi à escola? — gritou ela, encantada.

— Tive professores particulares. — Ele tremeu um pouco.

— Está com frio.

— Um pouco. Acredito que esteja sendo um verão ruim para vocês.

Gabby pareceu surpresa.

— Este é o melhor verão de que nos lembramos há décadas.

— Ah. Acredito que talvez seja uma questão de aprender a gostar do clima da Inglaterra. Estou acostumado a um pouco mais de calor. — Ele olhou para o horizonte. — Se eu fosse você, não demoraria aqui. O vento vai ficar mais forte e talvez você não consiga voltar.

— Como sabe?

Rafe olhou espantado para ela; achava que isso era óbvio para qualquer um.

— Consigo sentir. Você tem cerca de trinta e cinco minutos.

Gabby olhou confusa para o relógio.

— O que está achando da Cornualha?

— Bonita. Mas o mar é diferente.

Ela pareceu não entender.

— Diferente como?

Se Gabby fosse um pouco mais velha, ele talvez tivesse lhe explicado com certa hesitação que o Mediterrâneo era como uma mulher enamorada; seus ataques de raiva eram rápidos e agressivos, mas logo se sentia culpada por causa deles. O Atlântico era mais masculino. Seu temperamento demorava a se mostrar, mas, quando vinha, era como se fosse Deus em pessoa. Mas as palavras nem sempre lhe vinham com facilidade, portanto, ele apenas sorriu e disse:

— Apenas diferente. Seu pai disse que você irá viajar no fim de semana. Para onde?

— Londres.

— Sério? É a capital, não é? Nunca fui lá.

Gabby ficou boquiaberta.

— Você nunca foi a Londres? — perguntou, espantada. — Isso não te incomoda?

— Deveria?

— Eh, bem... — Ela hesitou um pouco. — Não sei. Então você não conhece nada de Londres? Onde passou todo o seu tempo?

— No Mediterrâneo, no Caribe, às vezes no México. Na costa africana. Na verdade, em todos os lugares. Acho que é no Mediterrâneo onde me sinto mais em casa.

Gabby mordeu o lábio. Londres não estava mais parecendo a quintessência do requinte. Para esconder seu constrangimento, ela enfiou a cabeça na cabine, esticou o braço e pegou um caderno com capa de couro.

— O que é isso?

— Uma preciosidade — disse ele, bruscamente. Cruzou o convés com uma só passada e tirou o caderno da mão dela. — Era da minha mãe — murmurou. — Ela me deixou um diário.

Gabby inclinou-se, desajeitada, como se fosse beijá-lo. Cheirava maravilhosamente bem, e Rafe percebeu seus sentidos aguçarem. Seria tão fácil! Ele desviou a cabeça.

— Acho que você deveria voltar para a costa agora, Gabby. O vento vai acelerar logo e seus pais vão ficar imaginando por onde você andará.

CAPÍTULO 9

Rafe marcou de visitar Mack e a tia que não via fazia muito tempo, na mesma viagem, duas semanas mais tarde. Estava nervoso por causa do encontro com sua tia Beatrice. Ela era sua única parente viva e seu endereço já estava queimando em seu bolso desde que ele havia chegado. Sua desculpa para não ir vê-la (e também para não lhe dizer que estava na Inglaterra) é que queria fazer tudo, dando um passo de cada vez. Mas a verdade era que estava com medo de não gostar dela; de que a imagem mental que tinha da tia, construída através de cartas e fotografias e, ocasionalmente, das lembranças dolorosas de seu pai, não se encaixaria com a realidade. E se ele não gostasse da irmã de sua mãe? O que isso iria dizer sobre sua própria mãe? Seria ela igual à irmã? Como poderia saber? Fora somente a insistência de Mack que o forçara a agir. Rafe nunca encontrara ninguém tão obstinado quanto Mack. Ele fora várias vezes chamado ao telefone do iate clube para receber ligações suas. (Nenhum dos funcionários do clube tinha coragem de dizer àquele grande homem para ligar mais tarde; uma vez, chegaram até mesmo a mandar um barco inflável atrás de um veleiro, com um empregado segurando um telefone celular.) A determinação de Mack o cansou e, após muita discussão, Rafe concordou em fazer a visita.

— Você sabe dirigir? — Mack perguntou a Rafe, em uma de suas ligações quase diárias.

— Não.

— Bem, encontro você na casa de sua tia então.

— Posso pegar um táxi.

— Não seja tolo. Além do mais, assim, poderemos conversar pelo caminho. Me dê o endereço.

Então já estava tudo acertado e não havia como voltar atrás. Rafe tinha algumas fotos de sua tia Beatrice e da mãe, mas elas haviam sido tiradas vinte anos antes; portanto, ele não tinha ideia de como ela era. Seu pai era terrível para manter contatos, mas, sempre que o fazia, telefonava dizendo onde eles estavam e logo chegava uma carta junto com um pacote. O pacote sempre trazia mimos pouco usuais: livros e jujubas, favos de mel e chocolates de uma loja estranha chamada Rococo.

Depois de ter pagado o táxi que o apanhara na estação, Rafe apertou a campainha apreensivo. A porta foi aberta em seguida.

— Eu estava de ouvidos em pé esperando você! — A mulher suspirou e acolheu-o num grande abraço. — Rafe! Que maravilha te ver! — Afastou-se de repente. — Deixe-me olhar para você! — Os olhos dela se encheram de lágrimas. — Você tem os olhos dela. Os olhos de Daisy.

Se Rafe estivesse esperando encontrar uma mulher com roupas de lã largas e chinelos, ele teria ficado profundamente desapontado, porque a mulher na frente dele só podia ser descrita como uma deusa. Vestia uma blusa com decote cavado através do qual se podia ter um vislumbre de um sutiã rendado, saia envelope e sapatos altos fabulosos. Ainda assim, não eram apenas as suas roupas que a faziam se destacar. Não era linda e estava alguns quilinhos acima do peso (porque adorava comida tanto quanto adorava a vida), mas, simplesmente, havia algo de mágico em relação a ela. Atração tem a ver com energia, com uma subcorrente de vitalidade, e Bee, obviamente, tinha as duas coisas de sobra. Até mesmo o motorista de táxi demorou mais tempo do que precisava para ir embora, olhando boquiaberto para ela da janela do carro.

Um cachorro começou a pular em volta dele, ignorando por completo as broncas para que "ficasse quieto". Rafe sorriu hesitante e colocou a bolsa no corredor. A tia não havia envelhecido muito, a julgar pelas fotos que ele tinha. Ela dizia ter cinquenta e poucos anos; a vagueza não se dava por vaidade, mas simplesmente porque ela não conseguia se lembrar direito.

— Entre. Por favor.

Poucos minutos depois, ele estava sentado em sua sala de estar. O calor de sua presença já o fazia se sentir mais à vontade. A sala era confortável e aconchegante. Luminárias orientais enormes ocupavam o chão e um belo relógio carrilhão marcava as horas, com firmeza. Uma parede cheia de livros continha clássicos como Henry James e D.H. Lawrence. Ele se levantou, aproximou-se de uma mesa e pegou um porta-retrato com a fotografia de sua mãe. Era uma que ele nunca havia visto antes e ficou olhando um bom tempo para ela.

— Como devo te chamar? — perguntou ele, colocando o porta-retrato no lugar, quando ela retornou com dois copos de chá gelado. Sentaram-se.

— Como quiser. Todos me chamam de Bee.

— Bee então. Você não disse nas cartas que tinha um cachorro. — Ele acariciou a cabeça do animal.

— Não o tenho há muito tempo. Um dia saí para comprar um saco de gelo e voltei com Salty. Ele é extremamente malcomportado e sempre se mete em briga com labradores bonzinhos, cujos donos os chamam por apitos enquanto eu tenho que sair correndo e suando atrás dele.

— Gosto dele.

— Ele tem personalidade.

Exatamente como você, pensou Rafe, olhando em seus olhos delineados e perceptivos.

— Você lê bastante? — gesticulou para os livros, seu coração pesando um pouco diante de uma literata.

— Leio um pouco. Esses livros eram do Arthur. — Bee ficara arrasada quando perdera seu adorado marido, poucos anos antes, mas acreditava firmemente que a vida era para ser vivida e que Arthur não gostaria nada se ela andasse triste por aí. — Os maiores são ótimos para servir de calço de mesas.

Rafe abriu um sorriso. Que alívio. Iria gostar dessa tia Bee. Sua alegria, contudo, foi inundada por uma grande tristeza quando percebeu, de repente, que se sua tia Bee era tão perfeita como ele teria gostado da mãe também. Como se ele tivesse escorregado na beira de um abismo e visto o chão sumir sob seus pés, sentiu uma brecha enorme se abrir em seu interior. Como era possível sentir tanta falta de alguém que nem sequer havia conhecido?

Depois do chá, Bee apareceu com um álbum enorme de fotos. Era a primeira vez que Rafe via uma foto sua ainda bebê. Virou a página e viu uma foto da mãe segurando-o nos braços e sorrindo alegremente para a câmera. Ficou olhando demoradamente para a foto e Bee sentiu os olhos se encherem de lágrimas.

— Aqui sou eu e ela — disse ele, ainda olhando para a foto. Não era uma pergunta, mas uma afirmação da realidade.

Avançando no álbum, viu páginas e mais páginas com fotos de família, como se fossem a arca do tesouro, e ficou encantado em conhecer os avós e os primos. Surpreendeu-o saber que tinha tido todo um passado ali na Inglaterra, sem exatamente ter estado ali. Logo Bee estava rindo das roupas que as duas irmãs estavam vestindo nas fotos e contando histórias hilariantes à medida que as imagens lhe despertavam a memória.

— Depois dessa festa, ficamos as duas do lado de fora sem chave. Já passava da meia-noite quando chegamos em casa e achamos que o papai ia ficar furioso. Então nós passamos por cima da parte achatada do telhado, onde sempre deixávamos uma janela aberta para o nosso gato, mas só uma parte, por medo de que entrassem bandidos. A sua mãe era mais magra do que eu e entrou sem problemas, mas eu fiquei entalada, balançando as pernas e o bumbum no lado de fora, igual a uma maluca! A sua mãe teve que voltar lá para fora e me empurrar!

Rafe sorriu, apreciando cada palavra. Era tão maravilhoso ouvir alguém falar de sua mãe! O pai dividira tão pouco de suas lembranças com ele que, às vezes, parecia que ele era a única evidência de que ela havia mesmo existido.

— Seu pai costuma falar muito da Daisy? — perguntou a tia, tocando exatamente no assunto em que ele estava pensando. Ela estava recostada no sofá, sentindo-se exausta de tanta emoção.

— Não muito. Acho que às vezes é bem dolorido para ele lembrar-se dela. Além do mais, não há muitas coisas que nos sirvam de lembrança, nossa vida hoje não se parece em nada com a vida que você descreveu.

É claro que não. Bee ficara tentando adivinhar por que razão ele se sentira tão desconectado de todos eles. Era porque ele não conseguia se reconhecer em nada do que ela havia lhe contado.

— Sinto saudade de todos vocês — disse apenas. Não podia contar a Rafe o baque enorme que fora, após perder a estimada irmã, perder também a ele e ao cunhado. O sofrimento foi se esvaindo ao longo do tempo, principalmente depois de seu casamento e da chegada de seus desejados filhos, que eram adultos agora e viviam longe, no entanto, ainda se sentia triste por todo o tempo que não haviam passado juntos. Imaginou como aquele jovem estranhamente desconectado, sentado à sua frente, teria sido uma pessoa diferente se tivesse ficado na Inglaterra. — Como está o seu pai? — perguntou.

— Está bem. Saindo com uma bela senhora chamada Loulou. — Rafe franziu o cenho. — Pelo menos acho que sim, talvez já tenham terminado agora.

— Ele não ficou tentado a vir para casa também?

— Nós vivemos assim agora. É difícil, para nós, ficar muito tempo num mesmo lugar.

Bee sempre suspeitara que o amor do pai de Rafe por sua irmã fora a única coisa que o mantivera em terra firma. Assim que a doença fora diagnosticada, chegou a achar que ele levaria Rafe embora antes que o pior acontecesse. Entendia as razões dele e talvez até admirasse sua forma de viver, mas a aborrecia o fato de saber que Rafe jamais assara marshmallows, brincara de anjo na neve ou fizera qualquer uma das outras centenas de coisas típicas de crianças que vão à escola. Sempre procurava se lembrar dessas coisas quando arrumava os pacotes que lhe enviava pelo correio.

Rafe deve ter percebido uma pontinha de tristeza em seu rosto.

— Por favor, não sinta pena de mim. Passei a vida num lugar que adoro.

— Tão perigoso — resmungou Bee. — Sempre me preocupei com você. Principalmente por atravessar tantas vezes o Atlântico. Mas acho também que se você tirar a parte de atravessar os oceanos e escalar as montanhas, então domou a humanidade. E o Tom nunca foi homem de se deixar domar. Quanto tempo vai ficar? — perguntou, hesitante.

— Por um tempo, espero. Ficarei na Escola de iatismo em Rock, durante o verão.

— Virá me visitar?

— Claro. — Rafe levaria o diário da mãe, da próxima vez.

— Acha que consegue um emprego com John MacGregor? Foi ele que você veio ver, não foi?

— Foi. Não sei. Nada sei sobre ele.

— Ele é muito famoso. Um supervelejador, segundo todos dizem. Não pode morar em Lymington e não saber dos acontecimentos do mundo da vela. Ele foi timoneiro do último desafio britânico da America's Cup. Não teve um colapso nervoso ou coisa parecida?

Quando Mack apareceu um dia depois no endereço que Rafe lhe dera, imaginou que tipo de mulher seria a tia dele, quando correu os olhos pela sala de estar extravagante e viu um isqueiro na forma de um miniabacaxi.

Seguiu Rafe até a cozinha, onde preparava um suco para os dois. Dentro da geladeira, teve a rápida visão de uma pilha de cremes para o rosto, alguns morangos e um pouco de homus. Rafe entregou-lhe um copo com suco.

— Onde está sua tia?

— Humm, acho que ela disse que iria à aula de ioga.

Mack franziu a testa. Aquilo estava muito parecido com o padrão de vida de sua ex-esposa; não tinha muita certeza se iria gostar da tia do rapaz.

— Você está pronto? Então vamos lá.

Foram andando até o carro extremamente confortável de Mack. Uma Mercedes conversível.

— Eu a ganhei alguns anos atrás em uma regata — disse a Rafe, quase num pedido de desculpas, como uma explicação por achar que o carro lhe fazia parecer um cafetão.

— Pode colocar o cinto, por favor? — pediu, assim que o carro sinalizou. — Toda hora essas porcarias me avisam que estou fazendo alguma coisa errada. Enfim, como está a sua tia? É a primeira vez que você a encontra?

— Sim, desde que fui embora da Inglaterra. Ela costumava nos enviar cartas quando aportávamos. Elas eram sempre como o capítulo seguinte de um livro... de um livro muito bacana, eu adorava. — O carro começou a apitar novamente. — O que está errado agora? — perguntou Rafe.

— Estamos com pouco combustível.

— O que é meio problemático, não é?

— Terrível. Fico sempre esperando que o carro produza lenços de papel cada vez que espirro. Está pensando em ficar um tempo na Inglaterra?

— Ainda não fiz planos nem para o sim nem para o não. Vou dar um tempo e ver o que acontece. Sempre surge alguma coisa.

— Talvez o clima te assuste um pouco.

— É o que eu tenho ouvido falar. Ao que parece, isso é um bom verão. A gente costumava encontrar centenas de ingleses nos portos, e eles estavam sempre reclamando do tempo.

— Logo, logo você vai começar a reclamar também.

Rafe abriu um sorriso:

— Espero que sim. Não me sinto muito inglês no momento. Sua base fica perto daqui?

— Não fica muito longe.

— O que gostaria de fazer neste fim de semana?

— Ah, te apresentar a algumas pessoas, velejar um pouco. Esse tipo de coisa.

Quaisquer dúvidas remanescentes que Mack pudesse ter com relação às habilidades de Rafe foram logo deixadas de lado, quando eles navegaram juntos. Eles pegaram um dos barcos do programa de caridade. O barco era sólido e robusto, fabricado para enfrentar as forças do Atlântico, mas Rafe o velejou como se fosse de papel. Estava extremamente tranquilo: quando estão de fato velejando, o comportamento de muitos velejadores se modifica por causa do estresse, mas Rafe ficava muito relaxado no mar.

— Todos temos de ir a um grande baile beneficente, esta noite. Traje a rigor. Coisa de patrocinador — disse Mack, durante um almoço bem tardio.

— Quem é o patrocinador?

— Um homem chamado Colin Montague. Um industrial rico... mas consciente. Nós nos conhecemos há anos. Mas nunca contei com um patrocinador de verdade antes. Costumava contar com apoio de vários comerciantes de produtos menores e prêmios em dinheiro.

— E o que te fez mudar de ideia?

Mack olhou-o com desaprovação, imaginando o que teria ouvido por aí.

— Achei que estava na hora de dar um tempo. Eu tinha acabado de sair da America's Cup em Auckland e...

— E?

— Então Colin veio falar comigo sobre essa ideia de um programa de caridade. Gostei da ideia de dar um pouco em troca. Alguns desses meninos têm mesmo talento.

— Sente saudades de competir?

Mack fez uma pausa por um momento longo demais.

— Não. Não mesmo. Quer vir comigo hoje à noite? Conhecer as pessoas um pouco melhor?

— Não tenho nada para vestir — respondeu Rafe, devorando um sanduíche de queijo em duas mordidas.

— Ah, tem sim, Cinderela. Aluguei um terno para você ontem, em Londres, junto com outro para mim.

— Isso foi presunção sua.

— Foi mesmo, não foi? Conte-me sobre sua infância. Já viveu fora do barco? Viajou por terra?

— Nunca fiquei longe da água. Costumávamos ficar um tempo nos portos, arrumar um trabalho ou outro e depois, simplesmente, seguir viagem. Dependia de quem o meu pai estava namorando.

Mack deu outra mordida no sanduíche, mas sem tirar os olhos do rosto de Rafe.

— E para onde vocês costumavam ir?

— Normalmente para o Caribe, no inverno, e de volta ao Mediterrâneo no verão.

— Quantas vezes já atravessou o Atlântico?

— Não sei. Vinte ou trinta.

— Que rota pegou?

— Normalmente a 165. — O número referia-se à latitude, parecia uma autoestrada, por ser muito movimentada.

— Já participou de alguma competição a vela?

— Quando precisávamos de dinheiro, eu costumava participar das competições locais.

Havia tantas coisas mais que Mack gostaria de perguntar, mas Rafe o interrompeu de repente.

— Mack, posso fazer uma pergunta?

— Claro! — Mack esperava que ele tivesse se interessado pelo trabalho que eles faziam ali.

Rafe inclinou-se para a frente e tirou uma carta cheia de orelhas do bolso traseiro da calça.

— Essa Receita... é...

— Federal — completou Mack, percebendo o emblema da carta.

— Isso. Isso mesmo. Por que acha que querem me ver? O iate clube queria o número do meu seguro social, aí eu preenchi alguns formulários.

Mack pegou a carta e leu-a rapidamente.

— Rafe, você colocou como endereço: *Love Monkey*, ancorado em Rock.

— É o nome do barco onde estou hospedado.

— Hummm. Acho que a Receita Federal não vê isso com muita frequência.

Quando estavam todos vestidos e engomados — cinco ao todo: dois outros que velejavam com Mack e o gerente da base —, o que parecia ter levado séculos, pois Mack teve de dar nó na gravata de um por um, todos ficaram orgulhosamente belos, com exceção de Mack, que estava deprimentemente belo, pois odiava esses exageros de black-tie. Tanto velejadores já tarimbados lhe apresentavam seus filhos, dizendo-lhe que eles velejavam desde os três anos, quanto apresentavam a si próprios mostrando o quanto o achavam corajoso. Qualquer que fosse o motivo, aquilo era sua ideia de inferno.

— Agora me diga, o que acontece nesses eventos? — perguntou Rafe, subindo no carro.

— Todos ficamos completamente bêbados — disse um dos velejadores que estava no banco de trás.

— Ah, acho que consigo fazer isso! — exclamou Rafe, entusiasmado.

— Não, não fazemos nada disso. — Mack lançou-lhe um olhar pelo espelho retrovisor. — Conversamos educadamente com nossos patrocinadores e com qualquer outra pessoa que eles queiram que puxemos o saco, e depois participamos de uma rifa.

— Não vou participar de nenhuma rifa — disse o outro velejador. — Ainda não me recuperei da vez em que aquela velhota tirou a camiseta e gritou: "Você me ganhou, Mack!" Os seios dela eram totalmente enrugados.

— É o preço da fama.

— O que é uma rifa? — perguntou Rafe.

— Você paga por cupons e ganha prêmios pelos quais jamais pagaria.

— Grandeza também traz cinismo?

— Não, isso vem com a idade.

O baile estava acontecendo no salão de um hotel imenso e impessoal. Dizendo que voltariam em seguida, Mack e sua tripulação logo se envolveram com suas obrigações e deixaram Rafe no bar junto com o gerente da base.

— Quer um coquetel? — ofereceu.

— Cerveja, por favor — respondeu Rafe, em seguida. Virou as costas para o bar e, recostando-se nele, observou o salão. As costas dos convidados, revestidas de preto, causaram-lhe nervosismo junto com flashes dos vestidos de baile em tons de vermelho e azul, como se fossem pássaros reluzentes do paraíso. O barulho estava ensurdecedor e fez Rafe lembrar-se de um bando de gaivotas ruidosas. De um lado, mesas aguardavam para serem ocupadas, com talheres cintilantes e bisnagas de pão colocadas cuidadosamente em pratinhos.

Rafe tinha aproveitado muito o dia que passara velejando, mas não conseguia parar de pensar na razão de ter concordado em ir àquele evento. Relacionava-se bem com as pessoas, mas não via a hora de ficar sozinho de novo, contando apenas com sua própria companhia. Além do mais, ainda não havia pensado seriamente na ideia de fazer parte do projeto de Mack.

Viu uma mulher entre os inúmeros ternos e ficou ligeiramente atordoado. A palidez de sua pele em forte contraste com aqueles à sua volta, sua cor clara e quase anêmica em contraste com um fundo de tons sintéticos em cor de abóbora. Usava um vestido num tom tão delicado de bege e dourado que parecia que o próprio Rumpelstiltskin o havia tecido; o vestido misturava-se à sua pele clara. Tinha um corte na altura da cintura e, nela, um broche no formato de uma serpente dourada enroscada numa posição defensiva em volta do botão, na altura do estômago. Movia-se com a graça de uma gata por entre as pessoas, sorrindo e gesticulando com a cabeça. Não usava nenhum tipo de joia; calçava sandálias de uma tira só.

— Quem é aquela ali? — Inclinou-se e perguntou ao gerente.

Ele levantou os olhos.

— Aquela ali? É Ava Montague, filha de Colin Montague. Ele é o nosso principal patrocinador, portanto, eu ficaria longe se fosse você. Uma hora sai com estrelas do rock, noutra hora com escritores importantes. Não dá a mínima para convenções. É bem imprevisível. Um dia está em todos os jornais e depois desaparece da face da Terra, só para voltar, triunfal. Mesmo assim, ouvi dizer que é talentosa. Que tem chances de se tornar uma grande artista. — O gerente ficou esperando uma resposta, mas Rafe estava encantado demais para falar. Então encolheu os ombros e virou-se novamente para o bar.

Rafe continuou olhando, completamente absorvido por ela. Era como se tivesse passado um tempo em jejum, mas só tivesse se dado conta disso naquele momento. Não foi apenas sua beleza que o fascinou, mas sua graciosidade, o que, ao mesmo tempo, o fez lembrar-se de alguém com pesar, como se o rastro de um perfume tivesse passado por seu nariz. Seu modo de andar era estudado e medido e, ainda assim, ela vibrava de tanta vivacidade. Para Rafe, era como se ela fosse o único ponto de referência no salão. Todos os ponteiros apontavam para o norte. Como se atraída por seu desejo, ela relanceou em sua direção e, ainda assim, Rafe continuou olhando. Caso tivesse sido apropriadamente educado na vida em sociedade, teria desviado o olhar. Também teria reconhecido uma encrenca quando ficasse cara a cara com uma.

Ela parou para conversar com um grupo pequeno de pessoas, olhando ocasionalmente para Rafe, que, tendo recebido sua cerveja, não se deu ao trabalho de desviar os olhos dela. Franzindo levemente a testa, a moça pediu licença e se afastou.

— Nós nos conhecemos? — Ela era ainda mais estonteante de perto. As mangas de seu vestido cobriam pulsos delicados. Tinha um belo rosto de formato triangular, com maxilares proeminentes, realçados por um blush rosado e suave. Os cabelos louros estavam presos num coque frouxo, estilo anos 1940.

— Não.

— Você estava me olhando.

— Sinto muito, é que você é muito bonita.

Ela se mostrou ligeiramente surpresa e um sorriso percorreu seus lábios.

— Então acho que está perdoado. Belo terno.

Era a primeira vez que Rafe usava black-tie e a roupa lhe caíra bem. No entanto, não compreendia por que todos os outros homens vestiam-se da mesma forma.

— Obrigado.

— É um Armani?

— Não sei quem me emprestou. O Mack o pegou em Londres.

Ele não sabia quem era Armani, e ela abriu um sorriso ao ouvir a estranha resposta.

— Não reconheço você.

— Não sou daqui.

— Mas, pelo que sei, veio com John MacGregor. Meu pai é seu ilustre patrocinador. Você é velejador?

— Mais ou menos. — Navegar era algo tão natural para Rafe que ele não pensava em si como velejador.

— Posso beber alguma coisa?

— Claro! — Rafe virou-se para o bar e buscou a carteira. — O que você gostaria de beber?

— Champanhe, por favor. É de graça, não precisa pagar.

— Qual o seu nome? — perguntou ele.

— Ava. Meu pai adorava Ava Gardner. E o seu?

— Rafe.

— Forma reduzida de Rafael? De um modo meio estranho, você parece mesmo angelical.

— Forma reduzida de nada.

— Então, me diga, por que está aqui com John MacGregor? Ele não costuma se interessar por muitas pessoas. — Rafe entregou-lhe uma taça de champanhe e pegou outra garrafa gelada de cerveja para si.

— Ele gostaria que eu velejasse com ele.

Ava olhou-o atentamente e tomou um gole de sua taça.

— Você deve ser talentoso.

Rafe encolheu os ombros.

— Uma vida inteira no mar.

— Pelo que sei, pode-se passar a vida inteira no mar e, ainda assim, não ter talento. Sinto muito por não saber velejar, mas me saio muito bem ficando deitada de biquíni no convés.

Ava tinha um jeito muito atraente de olhá-lo de lado e de falar, sorrindo levemente, como se fosse uma gata brincando com um ratinho delicado. Rafe precisou cruzar deliberadamente os braços para não ceder ao impulso de tocá-la. Queria possuí-la naquele momento.

— Que bom — disse, lentamente. — Além do mais, já ouvi muita conversa sobre vela por um dia. Achei que iatismo fosse uma atividade física. Para pessoas que velejam como profissão, elas, com certeza, falam um bocado.

Quando Mack voltou para ver como estava seu jovem convidado, viu que ele estava sendo muito bem tratado.

— Boa-noite, Ava. Como está?

— John, que bom te ver. — Claramente não estava sendo sincera. — Estou bem. — Uma leve antipatia permeava o ar, e Rafe imaginou por que razão isso acontecia.

— Rafe, meu caro, sinto muito por ter te deixado sozinho por tanto tempo.

— Estou me divertindo, Mack.

— Estou vendo. Quero te apresentar aos meus patrocinadores.

— Eu o apresentarei ao meu pai mais tarde, John — interrompeu Ava. — Não se preocupe, sei que você tem obrigações profissionais.

Parecia que Mack preferia fazer qualquer outra coisa a deixá-los a sós, mas simplesmente não teve outra opção.

Durante o jantar, Ava certificou-se de que eles ficassem sentados juntos, ao rearrumar os nomes nas mesas, o que deixou a esposa do comodoro do Iate Clube muito irritada uma vez que, agora, ela ficaria sentada perto dos membros chatos do clube. Ava virou sua cadeira de frente para a de Rafe e ignorou a pessoa sentada ao seu lado. Rafe ainda não conseguia desviar o olhar do dela. Os olhos azuis de Ava estavam maquiados com um delineador preto e uma sombra leve e esfumaçada; seus lábios, no entanto, estavam ao natural. Ela era irresistível em seus contrastes e contradições.

— Então, se você não veleja, o que faz? — perguntou Rafe, pegando um pedaço de pão, passando manteiga e o entregando a ela.

— Obrigada. Crio confusão. É o que o meu pai me diz. Na verdade, eu pinto.

— Pinta?

— Isso. Quadros. Retratos, em sua maioria.

— É boa no que faz?

— Meus professores parecem gostar do que faço. Você daria um modelo maravilhoso; posaria para mim?

— Quem sabe? O que o seu pai faz?

— O papai? Ah, ele fabrica algumas coisas.

— Coisas?

— Ah, carros, fósforos, ração para cachorro.

— E sua mãe?

— Vários trabalhos sociais, pelo que sabemos. Um atrás do outro. Não a vejo muito. Nossos horários costumam se chocar. E quanto aos seus pais?

— Minha mãe morreu e meu pai partiu de novo.

— Partiu de novo?

— Sim. Acho que voltou para o Mediterrâneo. Nós dois temos telefones celulares agora... — Todo orgulhoso, Rafe tirou o aparelho do bolso. Observou-o e brincou com ele. — Espero que me telefone assim que chegar ao porto. — Ava ficou encantada com seu deslumbramento diante da novidade. Ele era tão adorável e interessante em comparação a todas as pessoas que ela conhecera até então!

— Então, quando você disse que passou a vida inteira na água...

— Morávamos em um barco. Navegávamos por aí.

— E quanto aos amigos?

— Eu tinha alguns amigos nas nossas paradas regulares, e é surpreendente como a gente acaba encontrando outras pessoas que vivem em barcos.

— Namoradas? Uma em cada porto?

Rafe tomou um gole da cerveja.

— Mais ou menos isso.

— O que o fez decidir voltar para a Inglaterra?

— Não sei muito bem. Apenas achei que estava na hora. Além do mais, o barco ia ficar meio cheio com a namorada do meu pai e com qualquer outra garota com que eu estivesse saindo. A gente costumava ter o hábito de deixar um sapato do lado de fora do deque, para mostrar que o barco estava ocupado, mas aí a gente tinha que sair correndo de onde quer que estivesse para chegar primeiro.

Ava riu.

— Você sempre chegava primeiro?

— Acho que minhas namoradas tinham mais preparo físico. — Rafe abriu um sorriso.

— Seu pai teve muitas namoradas?

— Algumas.

— Isso te incomodava? Ver o seu pai com outra mulher?

— Foi um alívio vê-lo sorrir de novo. — Rafe chegou para o lado para permitir que a garçonete retirasse os pratinhos intocados do *couvert*. — E quanto a você? Namorados?

— Muitos, mas nenhum em especial.

— Alguém no momento?

— Não.

— Ótimo.

— Bem, fora as namoradas, o que você fazia para se divertir? Acho que não via televisão, via?

— Sem televisão. Eu costumava jogar cartas.

— Sério?

— Principalmente pôquer. Eu poderia te deixar sem nada em três rodadas. — Rafe correu os olhos pelo vestido dela.

— Em uma só, se não levar em consideração os meus sapatos.

Eles acabaram comendo um pouco da refeição principal e levantaram-se assim que a música começou a tocar. Apesar de serem as únicas pessoas na pista de dança, nem pareceram notar. A falta de preocupação de ambos e o olhar que trocavam logo incitaram as más-línguas.

Ava observou o gingado natural dos quadris de Rafe. Desejou-o. Sentia uma atração instintiva por pessoas diferentes, como alguém que encontra algo de valioso numa loja de bugigangas.

— Podemos ir? — cochichou ela, em seus ouvidos.

— Quem é ele? — perguntou Colin Montague, ao ver Rafe e a filha caçula dançando.

— Isso é o que todos nós gostaríamos de saber — respondeu Mack, com uma expressão séria. Decerto aquela não era a hora de apresentar Rafe a seu principal patrocinador.

Ava estava levando o jovem pela mão na direção da chapeleira e da saída.

— Droga. Ela me prometeu que ficaria longe de confusão hoje à noite. — Colin deu um soco na mesa. — Onde foi que eu errei com ela, Mack? Minhas outras duas filhas estão felizes da vida, trabalhando há anos na empresa, mas Ava não, e como não! — Ava era a mais nova das três e, enquanto o restante da família vivia pacatamente no interior, Ava morava no apartamento da família em Knightsbridge e raras vezes se mantinha fora das páginas de fofocas.

— É a sua predileta, não é? — perguntou Mack, em voz baixa.

— Eu jamais admitiria isso para qualquer outra pessoa senão você, mas sim, é. Deus nem sempre é justo. Ela tem mais talento e beleza do que todo o resto da família junta.

— Bonita e audaciosa — murmurou Mack, pensando numa noite como aquela em que Ava, embriagada, insistira para que ele a acompanhasse até sua casa. — Uma combinação fatal.

— Ela é como um cuco que encontrou o caminho até o nosso ninho. Não consigo domá-la.

— Gostaria de domá-la?

Colin levou as mãos à cabeça.

— Às vezes acho que sim. O problema com a Ava é que ela é dessas pessoas para quem a vida corre com facilidade. Acha que todo mundo leva a vida muito a sério. Estou falando isso porque nunca tive uma vida fácil.

— Ela sabe ser atraente, e as pessoas, sem perceber, acabam fazendo o que ela quer. Além do mais, gosta das pessoas que a desafiam.

— Acho que, inconscientemente, ela busca pessoas que alimentem seu talento. Depois delas, passa por um período de explosão criativa.

Mack olhou para Ava e Rafe.

— Bem, acho que ela acabou de encontrar uma dessas pessoas.

Ava pediu o carro ao manobrista: um Bentley novo e fabuloso que, para Rafe, era igual ao carro de Mack.

— É seu? — perguntou ele.

— Não. É do papai. Ele pega um táxi depois.

— Mack pediu para eu me encontrar com ele. Não seria bom nos despedirmos?

— Meu Deus, não. Mack vai ficar furioso — respondeu ela, alegremente.

— Para onde estamos indo?

— Temos uma casa aqui. Nossa casa-barco, é assim que a chamamos.

— Seu pai voltará mais tarde?

— Ele ainda ficará aqui por algumas horas. Precisa falar de negócios. Literalmente.

Eles ficaram em silêncio durante o trajeto. Ava não tirou os olhos da autoestrada enquanto dirigia velozmente, ultrapassando carros pela direita e depois pegando as estradas menores, que davam para o interior e que ficavam para trás como um borrão. Rafe não tirava os olhos dela. Ava sentiu a mão dele mover-se com delicadeza por sua perna, chegando à fenda de seu vestido e subindo lenta e habilmente, centímetro por centímetro, até sua virilha, a ponto de ela achar que gritaria de tanta excitação. Então ele parou de repente e começou a passar os dedos em círculos sobre suas costas, tudo em perfeito silêncio.

Ela chegou a uma entrada de cascalho.

— Essa é a sua casa-barco? — perguntou encantado, como se os vinte minutos anteriores não tivessem existido.

Ava ergueu o olhar.

— É.

Rafe espiou pela janela do carro. Uma casa branca e esplêndida, sobre pilotis, avultava-se à sua frente.

— É maravilhosa.

Ava pôs as mãos em torno do rosto de Rafe e o puxou para si.

— Chega de conversa — disse ela. — Como alguém que veleja profissionalmente, você não devia falar tanto.

Rafe estava determinado a tomá-la pela mão e procurar o quarto mais próximo, mas nem isso conseguiu fazer. Avançou sobre ela no banco do motorista e começou a beijá-la, sua língua procurando a dela com urgência. Excitada, Ava levantou o vestido e abriu as pernas para recebê-lo. Vendo-a nua em poucos segundos, Rafe não teve como controlar-se; atrapalhou-se um pouco com o zíper da calça e penetrou-a.

Não se segurou por muito tempo.

— Meu deus, desculpe — murmurou, beijando-lhe os olhos e as faces. — Você é tão linda!

— Desse jeito, você vai conseguir gozar muitas vezes — disse, meio na brincadeira.

— Vamos para a cama.

Poucas horas depois, Ava chegou à conclusão de que, a despeito das falhas na educação que Rafe havia recebido, ela estava, sem sombra de dúvidas, nas mãos de um especialista.

Rafe só queria saber como ele poderia algum dia deixá-la ir.

CAPÍTULO 10

Quando levantou na manhã seguinte, Ava encontrou o pai aguardando por ela, a expressão sisuda, tomando café na cozinha e lendo o jornal.

Ela amarrou o roupão de seda chinesa com mais força em torno do corpo, como se tivesse achado que estaria sozinha.

— Bom-dia, pai — cumprimentou-o tranquilamente, percebendo a tensão no ar, mas sabendo que seria melhor mostrar-se confiante.

— Bom-dia. — Seguiu-se uma pausa quando ela virou as costas e começou a preparar uma xícara de chá verde. — Divertiu-se ontem à noite?

— Muito.

— Ele ainda está aqui? — perguntou, com a voz baixa.

Ela ainda estava de costas, mas parou o que fazia.

— Não. Já foi para casa.

— Onde fica a casa dele?

— Não sei. Falou sobre uma tia ou algo parecido.

— Algo parecido?

Ava virou-se e olhou-o sem hesitar.

— Aonde quer chegar?

— Você não o conhece! — gritou Colin, descontrolando-se repentinamente.

— É claro que o conheço. Passei a conhecê-lo a partir do momento em que pousei os olhos nele.

— Não seja debochada! — rebateu ele, sem entender o que ela dizia. — Conhecer alguém três horas antes de trazê-lo para casa e dormir com ele não acrescenta muita coisa.

— Não dormi com ele depois de três horas — retrucou Ava, com frieza na voz. O coração do pai aliviou-se um pouco. — Demoramos, pelo menos, umas quatro horas até fazermos amor e, mesmo assim, não transamos dentro de casa. — Ava saiu a passos pesados, deixando aquela pequena adaga envenenada ainda no coração do pai.

Diferentemente de Ava, Rafe sentiu certo incômodo por causa de sua escapada. Telefonou para Mack para desculpar-se e agradecer pelo dia.

— Ela é a filha do meu patrocinador.

— Eu não teria ligado nem se ela fosse filha do comodoro — respondeu simplesmente. — Ainda assim, teríamos ido para a casa dela juntos.

Mack suspirou. Rafe mal podia ser responsabilizado por sua conduta inadequada; velejadores eram bem vorazes no que dizia respeito ao sexo oposto, mas esperava-se que se comportassem quando o assunto era o patrocinador.

— Se vier trabalhar comigo, não vai poder ficar pegando qualquer garota nos eventos dos patrocinadores.

— Ava está longe de ser qualquer garota, e eu ainda não decidi se virei trabalhar com você.

Ava não se preocupou em dormir na noite seguinte; pintou até o amanhecer entrar delicadamente pelas janelas, mudando a luz na qual estivera trabalhando, o que a fascinou por mais uma hora. Havia terminado uma natureza-morta que estava parada há dias e depois passou para uma pintura abstrata nos tons de cinza, branco e preto e um par de olhos escuros. Uma sensação rara de satisfação — tão pouco frequente na vida de um artista — dominou-a por inteiro. Sorrindo, pensou em como seu novo caso devia tê-la inspirado e no quanto gostaria de vê-lo de novo.

Dormiu algumas horas e, em seguida, solicitou o jatinho da empresa. Dizendo ao pai que iria a Paris para ver um negociante de obras de arte, o que não o convenceu nem por um segundo, ela voou para o aeroporto de Newquay e de lá pegou um táxi para Rock. Nunca estivera na Cornualha antes e perguntou-se onde estariam todas as lojas. Para ela, o lugar era um tanto deprimente.

— Como você consegue? — perguntou a Rafe, quando ele chegou de uma aula de vela e a encontrou esperando no píer, uma visão agradavelmente estranha e empolgante, num vestido Alberta Ferretti, com um chapéu de abas largas caído sobre um olho, batom escuro vibrante e sapatos plataforma. Não era de admirar que estivesse atraindo alguns olhares de fascinação. Tudo o que Ava via, no entanto, eram roupas Boden e sapatos de velejadores.

— Consigo o quê?

— Viver num lugar como este.

Os dois estavam alheios ao burburinho apressado dos donos de barcos ali em volta, que ouviam sua conversa.

— Passei a vida inteira em lugares como este — disse Rafe, francamente, com um encolher de ombros. — A primeira vez que entrei num trem foi há alguns dias.

— Bem, viajará somente de avião de agora em diante. Não venha me dizer que nunca andou de avião — exclamou ela, em resposta à hesitação de Rafe. Ele negou com a cabeça e ela deu uma risada prazerosa. Era de surpreender que tivesse viajado para tão longe sem nunca ter colocado os pés num avião.

Como não teria outra aula para dar nas próximas horas, Rafe levou-a para um bar e pediu duas canecas de cerveja. Encontraram duas cadeiras, sentaram-se e, apoiando os cotovelos nos joelhos, Rafe pegou a mão dela, para beijá-la.

— Não estou conseguindo andar direito, de tão dolorida que fiquei entre as pernas — sussurrou ela.

— Sorte a sua. Não estou conseguindo velejar direito de tão doloridos que estão os músculos do meu bumbum. — Ava riu. — Seu pai ficou zangado?

— Ficou. Alguma repercussão do seu lado?

Rafe encolheu os ombros e recostou-se na cadeira, sem soltar a mão de Ava.

— Mack não ficou muito satisfeito.

No fundo, Ava estava encantada. Adorava provocar reações.

— Sério? O que ele disse?

— Que eu não deveria dormir com a filha do patrocinador.

Ava não estava interessada em nenhuma referência ao pai.

— Ah, Mack pode ser certinho demais às vezes. Você vai trabalhar para ele?

— Talvez. Ainda não decidi. Por quanto tempo terei você?

— Até amanhã de manhã. — Ava tremeu de prazer; os olhos de Rafe tinham aquela aparência embriagada e enevoada de desejo. E diante do som dos corações partidos que ressoavam por toda Rock Village, uma vez que seu fã-clube feminino parecia abandonado, ele repôs as bebidas na mesa e inclinou-se para beijá-la.

Rafe deu aulas de vela até tarde e, quando retornou, tirou *Love Monkey* de seu ancoradouro e levou-o para o estuário. Era mais fácil para Ava ficar no leme, enquanto ele ajustava as velas. Ainda estava claro ao anoitecer daqueles dias longos de verão, nos quais o tempo parecia não interferir. Ava, que reclamara que a Cornualha parecia o pano de fundo de uma paisagem sombria, passou a ter uma ideia um pouco mais positiva do cenário. O vento os acariciava dentro dos limites próximos da costa e, à medida que iam se aproximando do mar aberto, ia ficando mais agressivo, forçando Ava a tirar o chapéu e vestir um dos suéteres de Rafe.

— Eu *gostaria* de pintar esta paisagem — suspirou ela, olhando para o mar que batia nas rochas pontiagudas e jogava borrifos de água no ar.

— Não temos muito tempo por causa da maré — disse Rafe, pulando para a cabina do piloto. — O vento também logo vai mudar de posição.

— Como sabe?

— Você conseguirá ver, caso se disponha a prestar atenção. — Aproximou-se, sentou-se ao lado dela e apontou para o que parecia a sombra de uma nuvem escura, perseguindo a água. — Isso significa mudança de vento. Nossa velocidade irá aumentar assim que o vento bater nas velas. Preste atenção... Cinco... quatro...três...dois...um...

— O pequeno barco acelerou repentinamente pela água. — Preste atenção também no momento em que as ondas se aproximarem. — Rafe apontou para o lado direito. Era mais difícil para Ava perceber. — Fica fácil nessas condições. O vento é invisível e imaterial, mas é tudo o que o velejador tem.

Estava escuro assim que eles voltaram para o estuário e, quando ancoraram, fizeram amor no convés, sob as estrelas. Quando terminaram, a lua estava bem alta no céu. Ava saiu de cima de Rafe e acomodou-se ao seu lado, dentro da pequena cabine, dando um suspiro e levantando as pernas para o lado, de forma que, qualquer transeunte, caso pudesse haver algum ali, veria quatro pés enfileirados e não muito mais do que isso. Após alguns instantes, ela se inclinou e pegou a champanhe que estava gelando dentro da água. Rafe a abriu.

— Obrigada por ter trazido a champanhe.

— De nada. — Ava entrou na cabine para pegar as taças, completamente alheia à sua nudez, e reapareceu momentos depois, com dois copos de plástico de cores diferentes.

Aninhou-se mais uma vez no braço de Rafe.

— As estrelas estão cintilantes hoje.

— Aquela ali é Sírius, a estrela mais brilhante da constelação do Cão Maior. A bem brilhante, quase azul. Os romanos acreditavam que o calor da estrela se somava ao calor do Sol. É por isso que nos dias muito quentes dizemos que está fazendo um calor do cão.

— Você sabe de algumas coisas peculiares, não é?

— Sei lá, sei?

— Quer nadar?

— Claro.

Rafe ficou observando Ava levantar-se, com a lua se refletindo em seu corpo claro, tornando sua aparência ainda mais etérea. Ainda havia pessoas na praia fazendo churrasco em volta de fogueiras, o murmúrio de suas vozes chegando a eles através da água, mas Ava nem sequer parou para olhar. Foi para a lateral do barco e mergulhou na piscina formada pela luz da lua, deslocando o mínimo de água. Rafe sorriu e foi para o lado do barco, para vê-la subir à superfície.

— Está maravilhosa! — gritou, alisando os cabelos para trás.

— Não está fria demais?

— Venha ver você mesmo.

Bem mais tarde, eles estavam na cama de Rafe, debaixo do convés, cada um para um lado numa confusão de braços e pernas, uma vez que Ava estava acocorada no lado dos pés da cama, tentando desenhar Rafe em seu bloco de desenho sem o qual jamais saía. Seus cabelos, agora embaraçados pelo vento, estavam soltos, e uma camada fininha de sal havia secado em torno de sua testa e embaixo de seus olhos. Para Rafe, não existia ninguém tão desejável, e sentiu o estômago torcer de tanto desejo.

Sentindo que Rafe a observava, Ava ergueu os olhos e perguntou:

— O que pensou assim que me viu?

— Que eu não sabia o que era apetite antes. E você?

Ava refletiu por um momento.

— Senti uma vontade enorme de te desenhar, mas acho que não teria captado o seu olhar. Achei que era meio selvagem, mas agora não sei mais. Fez uma pausa ao olhá-lo, em seguida, com o interesse repentinamente aguçado, disse: — Ouvi um de seus alunos falando com você sobre o Oasis esta tarde e você não sabia quem eles são. Isso te incomoda?

— Quem? Oasis?

— Não! Não saber de coisas que as outras pessoas sabem.

Rafe encolheu os ombros e sentou-se.

— Não necessariamente. Dificulta um pouco o contato com as pessoas, mas eu não trocaria minha infância por nada.

— Nem pela sua mãe? — Ava perguntou com cautela.

— Talvez por ela.

— Este barco é seu? — perguntou, alheia. Colocou a língua para fora, num esforço de captar a semelhança entre desenho e modelo.

— Não. Não é meu. É do dono do iate clube. Meu pai saiu com o nosso barco. Mas acho que o dele também não é meu.

— Já trouxe muitas mulheres para cá?

— Algumas. Já foi a muitos bailes com o seu pai?

— Alguns — reconheceu.

— Como o seu pai reagiu antes?

— Não muito mal. Mas acho que nunca fiz nada tão ostensivo e acho também que ele não foi muito com a sua cara.

— Isso é verdade. Se eu fosse o seu pai, também não iria com a minha cara.

— Eu vou.

— Onde você conseguiu o vestido que usou naquela noite?

Ava largou o bloco e olhou para Rafe de uma forma diferente do que há dez minutos. Ele não era mais um modelo a ser retratado.

— Gucci.

— Não o vista de novo — disse, sério. — Não havia um só homem no salão que não tenha te desejado.

Ela se aproximou, esfregou o corpo no dele e olhou bem dentro de seus olhos.

— Até mesmo Mack? — perguntou, encantada.

— Até mesmo Mack.

— Então não o usarei de novo — prometeu que não usaria um vestido de seis mil dólares, que havia usado apenas uma vez.

Eles ficaram parados e sorriram brevemente um para o outro.

— Acho que já vi Gucci — disse Rafe. — Em Capri. Uma lojinha diferente.

— Me conte por onde andou.

— Por muitas ilhas.

— Gosta de suas ilhas?

— Todos os homens do mar gostam de suas ilhas. Elas fazem com que a gente consiga controlar os sentimentos. Acho que é porque nossos barcos, na verdade, são como pequenas ilhas, e é com isso que estamos acostumados.

— Me fale de suas ilhas.

Então ele lhe contou sobre Elba e Minorca, Sicília e Malta. Falou de vulcões e de plantações de oliveiras, barcos de pesca e de vilas com casas caiadas, que cintilavam sob o sol.

O pobre coitado do piloto da companhia de jato Montague andava mesmo ocupado naquele verão. Se não estava levando Colin Montague por toda a Europa, então estava em Newquay, uma vez que Ava viajava para baixo e para cima, para visitar Rafe, surpreendendo os moradores de Rock, que se julgavam muito cosmopolitas ao vê-la desfilar de Moschino e Miu Miu. As meninas com suas minissaias e chinelos jogavam os cabelos para trás e resmungavam, percebendo estarem fora da moda.

Os que observavam estavam surpresos com o tempo que o caso deles estava durando. Talvez fosse porque Rafe se recusasse a correr atrás dela, ou talvez porque ela estivesse encantada por seu novo modelo, que lhe dava tanta inspiração. Os observadores cochichavam, aguardando uma rachadura que afetasse a fundação. Com certeza, Ava iria querer que seus caprichos fossem atendidos. Ou Rafe iria se cansar de seu humor tempestivo. Na verdade, eles não o incomodavam. Rafe estava acostumado com as mulheres mediterrâneas, que eram tanto impetuosas quando delicadas. Estava acostumado também com temperamentos agressivos e paixões sucessivas, acompanhadas de sexo ardente. Portanto, os observadores aguardavam em vão que cada encontro fosse o último e, um a um, foram ficando em silêncio. O casal temporário parecia mais apaixonado do que nunca. Talvez dessa vez desse certo...

CAPÍTULO 11

Em uma noite escura de outono, para o final de 2005, com os ecos de fogos de artifício reverberando pelas ruas de Londres, Fabian Beaufort, finalmente, reuniu coragem de buscar os pertences de seu pai no Royal Ocean Racing Club. Postergara a tarefa por muito tempo por ela ser mais uma forma de admitir que seu pai, simplesmente, não voltaria. O que tornou tudo ainda mais doloroso foi o fato de aquele clube ser o lugar onde David Beaufort mais se sentira em casa. Ficava escondido em uma rua sem saída, com casas do período regencial, em St. James, a poucos metros do tráfego alvoroçado da Picadilly e a uma curta distância da delicatessen Fortnum&Mason (onde o pai insistia para que Fabian comprasse Patum Peperium, pasta de anchova, e a levasse para o clube, por dizer que a de lá tinha um sabor melhor). Fabian tinha muitas lembranças de uma noite de sexta-feira em que bebera, dançara, depois saíra da cama de uma garota desconhecida, fora para o clube e então encontrara o pai escondido atrás das folhas enormes de um jornal, numa das poltronas de couro gasto cercado de painéis de madeira, livros de iatismo e ecos de grandes aventuras.

Fabian tinha certeza de que se o pai voltasse para a Inglaterra, seria para aquele clube que voltaria e, por isso, mantinha as prestações em dia, assim como todos os dados para contato.

Após receber o sexto telefonema da secretária do clube, ele não pôde mais postergar a visita. Eram quase cinco da tarde quando chegou lá. A secretária se ocupara em reunir uma pilha com os pertences de seu pai e ele ficou desconfortavelmente sentado nos primeiros degraus da escada, fingindo ler um artigo que detalhava a breve campanha da America's Cup de 2007 a ser lançada por Henry Luter, em Valência.

— Fabian Beaufort? — chamou uma voz forte, vinda do topo da escada.

Fabian olhou rispidamente para cima. O clube estava repleto de velhos fantasmas e ele se sentiu pego de surpresa.

— Mack...? Mack, é você? — perguntou incrédulo, a voz começando a se encher de alegria ao ver o velho timoneiro da Volvo Ocean Race. Suas últimas lembranças daquele homem eram dele com barba e cabelos compridos e desalinhados, colados no rosto por causa da chuva, um pouco em desacordo com os homens barbeados, de calça e paletó, à sua frente.

— Prazer em te ver, Fabian. — Os dois trocaram um aperto de mão caloroso.

A secretária do clube colocou os pertences de David Beaufort dentro de uma sacola da Fortnum. Sorriu para Mack ao entregá-la a Fabian.

— Coloquei também uma foto que ele adorava. — Fabian baixou os olhos e viu uma foto emoldurada por cima da sacola. — É da Fastnet Race de 1981. David com o resto da equipe.

— Obrigado, é muita gentileza sua.

— Vamos tomar um drinque — disse Mack.

— Não sei... — Fabian olhou para o topo da escada. A fraternidade da vela ainda o fazia se sentir malvisto.

— Você está comigo — respondeu Mack, com firmeza na voz, indicando o caminho até o bar.

As bebidas deles foram de graça, pois, como achara Fabian, Mack estava ali para administrar um seminário sobre a regata Fastnet, que era organizada pelo clube. Eles se acomodaram em duas cadeiras confortáveis, à janela.

— A que horas é a sua palestra? — perguntou Fabian.

— Não antes de uma hora. Mas como acabei de chegar esta tarde de uma travessia pelo Atlântico e não durmo desde então, achei que era melhor vir direto para cá. Pelo menos aqui, se eu cair no sono, alguém me dá uma cutucada. O sotaque escocês ficou mais acentuado com a fadiga de sua voz bela e sonolenta.

— Como foi a travessia?

— Um pouco difícil. O que foi bom, pois foi um exercício para a minha equipe juvenil. Uma coisa é ficar na base e pedir a eles para tomarem decisões, outra coisa bem diferente é quando o mar parece uma máquina de lavar roupas programada para água fria e centrifugação. A equipe tem talento, o que é bom de ver, me faz lembrar de você, na primeira vez que velejamos juntos. Mas me diga como está indo, com quem está velejando agora? Não tenho ouvido nada de você desde aquele acidente com Rob Thornton.

— Infelizmente não estou mais velejando profissionalmente. Faço parte de algumas equipes amadoras, mas nada que renda dinheiro.

Mack franziu a testa.

— Como assim?

— Bem, parece que não há muita gente na comunidade da vela que eu não tenha incomodado de uma forma ou de outra. Tentei trabalhar em vários lugares, mas a resposta é sempre a mesma. O clube nem sequer me deixa lecionar para os mais jovens.

— Meu caro rapaz, eu não tinha percebido que as coisas ficaram tão ruins assim — comentou Mack, preocupado. — Acho que andei meio afastado desde Auckland.

— Ouviu falar do meu pai? — Mack fez que sim com a cabeça. — Bem, parece que as pessoas acharam que o processo judicial que se seguiu à morte de Rob o levou à falência e parece que elas atribuem isso a mim também. — Fabian olhou para as próprias mãos. — Não importa. Quer dizer, também acabei achando que foi minha culpa. Eu devia estar por aqui em vez de vagabundeando do outro lado do mundo. — Conteve-se. — Estou vivendo com uma mulher. Temos uma filha — acrescentou em seguida, como se para mostrar a seriedade do relacionamento. Não mencionou seus sentimentos ambíguos com relação a isso, nem que a única coisa da qual tinha certeza era do amor que sentia quando sua filhinha olhava para ele com seus belos olhos azuis.

— Sério? — perguntou Mack, incrédulo, e com um sentimento de choque desproporcional. — Como está se saindo com a paternidade?

Fabian abriu um sorriso.

— Ela está crescendo em mim.

— Onde está morando?

— Nos arredores de Hamble.

— E o que está fazendo para ganhar a vida?

— Trabalhando em alguns bares na cidade. E em estaleiros, quando consigo arrumar alguma coisa.

— Está apertado de dinheiro?

— É, dá para dizer que sim. A produção caseira de vinho de Milly nos sustentou na semana passada. Não sei se fiquei feliz ou triste com isso — brincou ele. Por causa de tudo pelo que Fabian passara, não havia muito lugar para autocomiseração em sua personalidade.

— Tem bebido muito?

— Não. Quase não bebo desde que Rob morreu. Nem tenho usado drogas, acho que nunca mais volto a usá-las — continuou, para que Mack soubesse que havia parado completamente com os vícios. — Também, nem tenho mais dinheiro.

— Uma virada e tanto. Por que não me telefonou?

Fabian desviou o olhar, constrangido.

— Pensei em telefonar, mas você estava fora, velejando. Procurei por você na Cowes Week, no ano passado e...

— As coisas começaram a piorar?

— Mais ou menos isso — resmungou Fabian. — Fiquei constrangido. — Achei que não me daria atenção.

— Ouvi alguns boatos com relação a você, mas não dei atenção. Afinal de contas, não dá para participar da Volvo com uma pessoa sem conhecer o melhor e o pior dela. Com certeza você tem seus defeitos, mas muito do que disseram não parece coisa sua. Sinto muito. Não achei que a fofoca fosse ganhar tanta força.

Mack lembrou-se da época em que estiveram juntos no barco, na Volvo Ocean Race. Um incidente em especial, durante uma perna do Southern Ocean, ficou lhe martelando a cabeça. Ele e Fabian estavam juntos de plantão, à noite, e o navegador havia acabado de lhes sinalizar que um iceberg se aproximava a estibordo. Eles estavam prestes a ignorar a informação, quando foram novamente informados de que havia outro iceberg a bombordo. Numa fração de segundo, os dois olharam ao mesmo tempo para a vela balão, perceberam como estavam velejando rápido demais e voltaram a se entreolhar.

— Pelo meio? — perguntara Fabian.

— Pelo meio — repetira Mack.

— E se...? — Mas Fabian não concluiu a frase. Na verdade, não precisava traduzir em palavras o temor que o navegador sentira ao ver um iceberg. Um bem grande.

Mack balançara a cabeça. Nenhum dos dois disse nem uma palavra sequer. Ambos sabiam que poderiam levar seus colegas adormecidos de equipe para uma morte certeira. Mas o que Mack se lembrava mais com relação ao incidente fora que Fabian nunca dissera uma só palavra sobre o assunto para o resto da tripulação. Mack falara a verdade quando dissera que conhecia o melhor e o pior de Fabian. Quando se veleja mundo afora com uma pessoa em condições como aquela, é como se a relação ficasse gravada na pedra.

Um dos atendentes do bar trouxe um prato com sanduíches. Mack ofereceu os sanduíches a Fabian e pegou um para si.

— Tão bom comer comida de verdade. Nas últimas semanas comi mais barras de cereal com nutrientes balanceados e ricos em proteínas do que podia suportar. Por que não vem trabalhar comigo? — acrescentou, em tom casual.

— Trabalhar com você?

— Poderíamos aproveitar alguém com o seu talento. Você seria de grande ajuda para a equipe. É um trabalho gratificante, e o nosso patrocinador, Colin Montague, é uma pessoa maravilhosa. O que acha?

Mack não precisava ouvir a resposta. O sorriso enorme que se espalhou pelo rosto de Fabian já dizia tudo.

...

A simplicidade da resposta que dera para Mack não reduziu suas dúvidas quanto a permanecer com Milly. Estava cercado por elas. Pouco mais de um ano se passara desde que ele a deixara no porto de Falmouth. Estava determinado a ir embora, convencido de que tomara a decisão correta. Gostava de Milly, mas não havia como abandonar a vida que levava em nome de um romance de tão pouco tempo. No entanto, a cada passo seu, a imagem do pai lhe vinha com mais força, até que se viu em um ponto de ônibus, com os olhos fixos num copo de isopor com chá, enquanto os ônibus iam e vinham, sem que percebesse. Pensou no fato de não vir a conhecer a própria filha, de ser apenas uma presença fictícia na vida dela e ela na sua. Se tivesse sido um perfeito desconhecido para o próprio pai teria sido intolerável. Imaginou o que ele diria. Certamente acharia que não deveria abandonar Milly. Fabian também pensava nela. Como devia ser aterrorizante a perspectiva de ser mãe solteira, principalmente sem dinheiro e apoio. Não podia ir embora. Não conseguiria viver com essa decisão.

Quando ele e Milly deixaram o barco da família Rochester, foram pernoitar em uma pensão.

— Está percebendo — brincou Fabian — o péssimo negócio que está fazendo? Já deve estar começando a pensar em voltar para a família Rochester.

Por fim, o único lugar em que conseguiu pensar para levar Milly foi para a casa da mãe. Sabiamente, ele levou o celular para longe de Milly e telefonou para ela. Lembrava-se muito bem da ligação.

— Onde conheceu essa moça? — perguntou ela, histérica. — Quem são os pais dela?

— Nós nos conhecemos no iate da família Rochester. — Fabian hesitou por um segundo. — Ela era a cozinheira de lá.

— Cozinheira? COZINHEIRA? Quer dizer, empregada? Pelo amor de Deus, Fabian. Claro que ela te viu chegando. Certamente planejou tudo.

— Não tenho nada de parecido com o bom partido que você acha que sou, mãe — respondeu Fabian, secamente.

— Bem, vou telefonar para Philip Rochester e perguntar que tipo de gente anda empregando.

— Pouco me importa. Duvido que venham a querer se envolver conosco.

— Fabian, preciso desesperadamente de todos os meus amigos por causa da minha *situação* atual. Nem por um momento você parou para pensar em mim nesta confusão toda?

— Não, não parei.

— Bem, sei o que acha da sua mãe agora. A tolinha dessa moça não estava usando nenhum contraceptivo? Será que não foi esse o plano dela?

— *Nós* estávamos usando camisinha, nem sempre isso funciona — respondeu ele, sabendo que o uso notório da palavra "camisinha" iria chocá-la.

— Como sabe que o bebê é seu?

— Porque Milly me disse.

— E está acreditando na palavra dela? — perguntou, furiosa pelo filho se prender àquela moça. — Ela deve ter dormido com metade da tripulação.

Seguiu-se um silêncio do outro lado da linha. Fabian não queria brigar; precisava apenas de um lugar para ter como casa.

— Mãe, quero levá-la para casa.

— Muito bem — respondeu, após uma pausa. Afinal de contas, poderia administrar melhor a situação se ele estivesse debaixo de seu teto.

O primeiro encontro entre Milly e Elizabeth Beaufort não foi um sucesso. Após fazer várias perguntas sobre seus pais e sobre sua criação, perguntou se eles haviam considerado todas as opções.

— Que opções são essas, mãe? — perguntara Fabian, com voz comedida.

Elizabeth não contara com a necessidade de ter de explicar.

— Vocês dois são muito jovens. Você mal completou vinte e quatro anos, Fabian. Pensaram se querem mesmo este filho?

Fabian estendeu a mão para tocar Milly. Era vital uma demonstração de solidariedade, caso contrário, a mãe poderia perceber suas dúvidas e explorá-las.

— Queremos este filho — disse ele, com firmeza. Milly nada disse, mas pareceu completamente petrificada.

— Bem, vocês estão percebendo que a sorte não está, exatamente, do nosso lado — rebateu Elizabeth. Não tinha intenção de se descontrolar, mas eles estavam sendo irritantes. — Vocês mal se conhecem e são jovens demais para ter um bebê. Não têm dinheiro, planos, nem mesmo onde morar. Vocês simplesmente não irão suportar a distância. — Colocou-se rapidamente de pé, sem lhes dar tempo para responder. — Vou te mostrar o quarto de Fabian, Milly, pois acho que é tarde demais para pensar em um quarto de solteiro. A sra. Bradshaw já trocou todos os lençóis.

Não foi a primeira nem a última vez que Fabian sentiu vontade de entrar num barco e zarpar. Lera algumas partes dos livros de Milly sobre gravidez, que avisavam sobre o risco de aborto nas primeiras doze semanas, e sentiu-se envergonhado por estar rezando por isso.

O encontro com o pai de Milly correu um pouco melhor. Elizabeth não ofereceu seu carro, então Milly e Fabian pegaram o carro da governanta emprestado (que Elizabeth ainda mantinha, apesar dos pedidos assustadores de falência) e foram visitá-lo, em Whitstable. Milly achou que seria uma boa ideia ir na frente e explicar a situação ao pai, para depois Fabian aparecer. Sendo assim, ele ficou caminhando pela costa e, como uma agulha sempre virada para o norte, saiu direto no iate clube. Foi lá que Milly e o pai o encontraram, quarenta e cinco minutos depois, conversando com um dos sócios mais antigos sobre as maravilhas das quilhas móveis. Tão logo viu Milly caminhando pelo passeio de tábuas com um homem mais velho, ligeiramente curvado e calvo, Fabian levantou-se constrangido, sentindo que havia perdido a noção de tempo. Tinha um suéter quadriculado de lã em volta do corpo. Fabian aproximou-se para se encontrar com eles e, quando trocou um aperto de mão com aquele homem calado e gentil, viu que seus olhos estavam cheios de lágrimas.

— Olá, Fabian. Prazer em te conhecer — cumprimentou-o com gentileza.

— O prazer é meu, sr. Dantry — respondeu Fabian.

— Por favor, me chame de Bill.

— Bill, então. — Soltaram as mãos e saíram em fila, andando lentamente pela costa. Bill Dantry passou afetuosamente o braço pela filha, não sendo possível dizer se o fazia com instinto protetor ou como um último gesto de posse.

— Então, Fabian, Milly me disse que é velejador. — A abordagem não saiu do jeito acusatório e direto o qual Fabian havia esperado, mas de um jeito mais conversacional.

— Sim, mas estou pensando em encontrar um trabalho em que eu fique mais em terra firme até o bebê nascer.

— Isso é bom. Onde estão planejando morar?

— Onde eu conseguir encontrar trabalho. Certamente em Lymington ou Southampton.

— Não muito longe. Ainda poderei viajar por uns dias para ver meu neto. — Apertou suavemente os ombros de Milly e ela sorriu em agradecimento. — Vamos voltar para a oficina. Devo ter uma garrafa de champanhe lá dentro — disse o sr. Dantry. — Acho que a situação permite que eu feche a oficina mais cedo, não acham?

Fabian sentiu-se infinitamente aliviado com a recepção que teve e igualmente pesaroso por causa do tratamento de sua mãe para com Milly. Ele jamais perguntaria a Milly o que ela havia dito ao pai, para ajudar em sua aceitação. Na verdade, dissera muitas coisas a ele, mas, para Bill Dantry, apenas uma das coisas que lhe dissera importara de fato: ela o amava.

Eles logo encontraram um lugar para viver. Uma casinha azul com o nome de Bramble Cottage, a vinte minutos da costa, com um pequeno jardim para o bebê e uma garagem para abrigar um futuro barco, durante o inverno. Estava num preço em conta porque o pai do proprietário que vivera lá não gastara nada em termos de decoração; a sala de estar ainda tinha papéis de parede verdes, com desenhos abstratos dos anos de 1960, mas Milly achou que se divertiria pintando-os. Também era perfeito por ter apenas dois quartos, o que afastava qualquer preocupação de que Elizabeth fosse morar com eles quando a casa da família fosse vendida.

Com os trabalhos temporários de Milly e os turnos de Fabian no bar, eles ganhavam dinheiro suficiente para ficar em Bramble

Cottage. O primeiro inverno foi um cavalo de batalha. Fabian ainda estava procurando trabalho como velejador, mas, nos intervalos, pegava qualquer coisa que aparecesse. Milly lembrava-se da primeira vez que ele chegou em casa com o pagamento do bar. Ela estava no alto da escada, retirando o papel de parede.

— Não tem problema você estar aí em cima? — perguntou, assim que entrou.

— Foi o único jeito que encontrei para me aquecer — respondeu Milly, que vestia todos os moletons que eles tinham. — Já terminei todas as partes que consegui alcançar. Quanto você recebeu? — perguntou empolgada, começando a descer da escada. Talvez pudessem gastar um pouco em roupas para grávida, depois que pagassem as contas.

— Cento e cinquenta pratas — respondeu ele, desapontado.

Milly acalmou-se e desceu com cuidado do último degrau até o chão.

— Mas você estava esperando muito mais, não estava?

— Parece que tenho que pagar imposto e seguro social.

Milly encarou-o, surpresa.

— Você não sabia?

— É o meu primeiro emprego. Como poderia saber?

— Tudo bem — respondeu em seguida, vendo as roupas de grávida voarem pela janela. Teriam sorte se conseguissem pagar as contas. — Na verdade, está ótimo. Cento e cinquenta pratas! Uma verdadeira fortuna!

Fabian podia ser difícil de conviver. Era extremamente orgulhoso e, apesar de viver cheio de receios quanto a Rob e o pai, jamais duvidou de seu próprio talento, de forma que as frustrações, na situação em que se encontrava, vinham à tona com frequência. Nunca antes tivera que contar com a boa vontade dos outros e se importar com opiniões alheias. No entanto, tinha plena consciência de suas responsabilidades e não fugia de nenhum trabalho que aparecesse pela frente. Cortava madeira no inverno, colhia cebolas e limpava latrinas. O que não conseguia era se acostumar a viver sem dinheiro.

Quando o assunto era dinheiro, Milly, ao contrário, era extremamente criativa. Transformara-se numa especialista em lojas de roupas usadas, catando roupas tanto para si quanto para o bebê. Trouxera também a antiga máquina de costura de Whitstable e, noite após noite, botava-a para funcionar à medida que remodelava as roupas e adicionava a elas barras de crochê ou debruados de fita. Pregava laçarotes nos chapeuzinhos do bebê e aplicava margaridas nas próprias saias. Fabian negava-se totalmente a usar qualquer coisa vinda de lojas de roupas de segunda mão e permanecia leal às suas roupas de grife, que, pouco a pouco, estavam ficando gastas. Nos natais e aniversários, Milly preparava alegremente cartões artesanais e vasos com mudinhas de plantas na estufa decadente da casa, enquanto Fabian ficava fulo da vida por ter que ficar vasculhando o carro à procura de trocados para comprar leite.

Quando uma mulher está para ter um filho, sente imensa necessidade de ter a mãe por perto. Milly nunca sentiu tanta falta da sua quanto naquelas longas noites, sozinha em casa. Havia centenas de coisas que ela, de repente, queria lhe perguntar sobre sua gravidez e sobre seu próprio nascimento, que ela nunca antes pensara em perguntar. De certa forma, Elizabeth Beaufort poderia ter suprido este vazio, mas era uma pessoa tão preocupada com as coisas que não estavam certas e que achava que lhes causavam problemas, que já fora surpreendente perceber que Milly estava grávida. Ao passo que Bill Dantry os visitava com frequência e dera a eles um carro usado como presente pela mudança, Elizabeth limitou-se a comentar que as janelas da casa nova estavam precisando de limpeza e que era uma pena serem janelas tão pequenas. Uma coisa boa foi que, quando os oficiais de justiça retiraram itens de valor da casa da família Beaufort acabaram deixando coisas aparentemente inúteis, como talheres e espremedores de batatas, e que serviram de empréstimo temporário para Fabian e Milly.

Em sua última visita antes do nascimento do bebê, Elizabeth aparecera com um suporte de papel higiênico de porcelana para o banheiro, pois eles não tinham um, nem dez libras para comprá-lo. Quando Fabian entrou no carro para levá-la à estação de trem e ela murmurara "Estofamento de tecido, que coisa mais antiquada", ele não aguentou. Continuou a dirigir por alguns minutos até tomar coragem de falar.

— Olha aqui, mãe, talvez você não tenha notado, mas temos nossos próprios problemas aqui — disse, com firmeza. — Sinto muito por papai ter ido embora. Sinto muito também por você não ter dinheiro. Mas você já parou um momento para pensar se não tem também uma pontinha de responsabilidade? Acha que o papai teria simplesmente desaparecido como fez, se você fosse um tipo de mulher que ouvisse os problemas dele? Que lhe oferecesse um ombro amigo? Por que acha que ele te deixou? Imagino que ele teria ficado aqui e lutado se achasse, por um só segundo que fosse, que o que ficava aqui valia a pena.

— Seu pai era um ladrão e uma fraude.

— Acho que ele estava com problemas e precisava de ajuda.

— Bem, e onde você estava quando ele precisou de você? Gastando o dinheiro dele com cocaína e mulheres, era aí que você estava.

— Não precisa me lembrar — respondera entre dentes. — Penso nisso todos os dias.

— Eu também.

— Por que não consegue ver o lado bom das coisas?

— Porque não há lado bom.

— Você tem um neto a caminho.

— Acha mesmo que isso é bom?

— Sim, acho.

— Vamos ver o que você irá me dizer quando ela fugir com o leiteiro e você estiver morando numa pensão barata, tendo que pagar pensão alimentícia todos os meses.

— Se você acha mesmo que Milly é assim, então nós estamos perdendo o nosso tempo. Você não será mais bem-vinda na nossa casa até mudar de opinião. Pelo menos com relação a Milly e ao bebê.

— Que diabo vê nessa garota?

— Na Milly? Ela é divertida e nunca reclama. Ao contrário de certas pessoas.

— Não consigo entender por que você está tão determinado a seguir este caminho ridículo.

— Está se esquecendo de que o papai não ficou ao seu lado. Gostaria que eu fizesse o mesmo com Milly?

Eles chegaram à estação e, sem nem uma palavra a mais, Elizabeth saiu do carro com a bolsa de viagem e bateu a porta com força.

Fabian afundou-se no banco do carro e segurou a cabeça com as duas mãos. Aquilo estava ficando cada vez mais difícil. Não sabia por que o caminho correto parecia gozar de tão boa repercussão na mídia. Nada havia de bom nele. Apesar das palavras que dirigira à mãe, nunca deixou de ter suas dúvidas quanto à sua decisão de ficar com Milly. Ela era uma pessoa fácil de lidar, mas ele não tinha certeza se a amava. Se ao menos pudesse ter tomado sua própria decisão sem a complicação adicional de um bebê! Mas sabia qual teria sido ela. Todos os dias, Fabian procurava uma razão para ficar e uma razão para partir. Um dia, chegou ao extremo de fazer a mala, mas, quando deu de cara com a cópia do ultrassom de vinte semanas de gravidez de Milly, presa na moldura do espelho da penteadeira, e lembrou-se novamente que o pai havia ido embora quando não devia ter ido, aos poucos, voltou com tudo para o lugar.

Também não ajudava o fato óbvio de a mãe achar que Milly e seu pai fossem socialmente inferiores. Embora não acreditasse em nada disso, não podia deixar de se sentir influenciado. Passara a observar Milly em busca das mínimas imperfeições em sua personalidade. Em vez de admirar a forma como ela conversava com o carteiro ou preparava sopa para um vizinho doente, ficava irritado. Um dia, chegara até a lhe chamar a atenção por uma gafe em etiqueta, mas, logo em seguida, odiou-se por isso.

Foi preciso um táxi enfiar a mão na buzina atrás dele para ele sair de seu transe.

Milly, sempre na esperança de algum tipo de reconciliação, escrevia regularmente para Elizabeth e enviou-lhe uma imagem de sua última ultrassonografia. De vez em quando, Fabian ainda escrevia para os pais de Rob Thornton. Nenhum dos dois recebia resposta.

— Pelo menos assim, economizamos em presentes — dizia ele, tentando fazer piada.

Em maio do ano seguinte, Milly deu à luz uma menininha. Nos meses que se aproximavam da hora do parto, Fabian fora ficando cada vez mais preocupado (principalmente quando precisaram comprar acessórios para bebê, tão caros a ponto de Fabian achar que eles também se converteriam em uma pequena nave espacial). Tinha certeza de que odiaria o bebê e seria um péssimo pai. Terrivelmente envolvido numa situação assustadora, esteve presente na hora do nascimento e, tão logo Rosie Molly Beaufort abriu seus belos olhos azuis, sentiu-se encantado. Ficou boquiaberto por ele e Milly terem gerado algo tão perfeito. Numa total inversão de papéis, era ele agora que se debruçava sobre os livros para monitorar os diferentes estágios de Rosie. Com uma paciência infinita, trocava fraldas, limpava vômito e brincava com ela. O encantamento foi crescendo dia após dia até ela começar a se comunicar mais. Seu primeiro sorriso foi para ele, que tinha certeza de que sua primeira palavra seria "papa".

Quando deixou Mack no clube naquela noite, Fabian correu para pegar o primeiro trem para casa na esperança de que Rosie não estivesse dormindo quando ele chegasse. Optara por não ligar para Milly para dar a notícia, porque queria lhe contar pessoalmente a novidade.

Ao pegar seu velho Volkswagen Polo no estacionamento da estação e resistir à tentação de ultrapassar todos os sinais vermelhos (precisava se lembrar de que era um pai adulto e de que também não tinha mais um Porsche), parou por impulso para comprar filé de peixe empanado com batatas fritas para todo mundo. Uma vez em casa com os braços cheios de comida e com os pertences do pai, não conseguiu pegar as chaves, fazendo pressão na campainha. Milly abriu a porta com Rosie nos braços.

— Oi, amor! Graças a Deus você voltou! Está tudo bem? Eu estava começando a ficar preocupada.

— Está tudo bem — respondeu ele, sorridente.

Os três foram para a cozinha enquanto Fabian contava as novidades.

Os olhos de Milly logo se encheram de lágrimas.

— Que maravilha! Um trabalho de verdade! Mal posso acreditar! — Colocou Rosie no bebê-conforto e abraçou Fabian com força.

Fabian também pegou Rosie no colo.

— O papai vai velejar de novo — sussurrou em seu ouvido.

Milly ficou acordada naquela noite. Sorria sozinha no escuro. Fabian estava voltando para algo que adorava fazer. Fora muito difícil vê-lo lutar contra sua paixão; foi como ver um animal selvagem enjaulado. Às vezes, quase percebia passos no quarto, durante a noite, enquanto ele dormia. Passos, passos e mais passos.

Mas seu sorriso desapareceu quando imaginou o que este trabalho com John MacGregor significaria para sua vida familiar. Sempre sentira que tinha Fabian em caráter temporário. Ele nunca falara em casamento nem em futuro. Milly temia muito estragar tudo, tocando no assunto. Sentia-se como se houvesse feito um pacto com o diabo e apenas as coisas ruins que aconteceram com Fabian o mantinham ligado a ela. Agora, tudo aquilo poderia mudar.

Na semana posterior a que começou a trabalhar com Mack, Fabian foi ao antigo estaleiro frequentado por seu pai, lugar que havia evitado desde que voltara do Caribe. Fora orgulhoso demais para ir lá procurar emprego, mas agora estava pensando em comprar um pequeno barco a vela de segunda mão, no qual pudesse ensinar a Rosie os rudimentos do iatismo, quando ela fosse mais crescida (ele também estava empolgado demais com a ideia a ponto de ter de esperar), e não conseguiu pensar em lugar melhor para ir. Os mecânicos de lá cuidaram de todos os barcos que haviam pertencido à família Beaufort, e Fabian sabia que o pai sempre confiara na habilidade do proprietário. O dono do estaleiro estava trabalhando em um veleiro e, tão logo reconheceu Fabian, foi cumprimentá-lo com um aperto de mão. Depois de trocarem palavras amistosas, perguntou-lhe como estavam as coisas em casa.

— Deixei algumas mensagens para você, para lhe dizer o quanto eu sentia por tudo o que havia acontecido. Fiquei com o coração partido ao vender *Ragamuffin*. Era um belo barco. Vendi pelo melhor preço que consegui. Ainda penso em seu pai. Tem notícias dele?

Fabian negou lentamente, com um movimento de cabeça.

— Nada de nada. Ninguém tem ideia de onde ele esteja.

Continuaram a conversar sobre um barco, possivelmente um Mirror que Fabian pudesse comprar, e, depois que o assunto fora concluído, foram juntos ao carro de Fabian. Seguiu-se um breve silêncio. O dono do estaleiro parecia lutar contra algum conflito quando Fabian tirou a chave do carro de dentro do bolso.

— Escute, Fabian, o seu pai veio aqui algumas semanas antes de... de desaparecer. Queria saber se havia algum barco à venda. É claro que fiquei curioso porque, na época, ele ainda tinha o *Ragamuffin*. Ele disse que queria um veleiro para navegar em *alto-mar*. — Olhou com o semblante sério para Fabian. — Eu o indiquei a uma pessoa.

Fabian ficou olhando para o homem.

— Um veleiro para navegar em alto-mar?

— Capaz de cruzar oceanos.

— Cruzar oceanos? — As coisas demoraram um minuto para fazer sentido. — Por que não me contou?

— Ele me fez jurar que não contaria a ninguém. Nós nos conhecíamos há anos. Além do mais, eu não queria atrair atenção para mim. Deixei algumas mensagens para você, mas não sabia o que mais fazer. Não queria ninguém me fazendo perguntas, está entendendo?

Assim, eu poderia fingir que ele nunca me pediu nada. De mais a mais, eu não sabia se ele queria que você ou a sua mãe ficassem sabendo.

— Quem você lhe indicou?

O proprietário do estaleiro hesitou.

— Vou escrever nome e endereço para você, Fabian, mas cuidado. Não queremos gente de fora enfiando o nariz por aqui. Esse homem não sabia quem era o seu pai. Decerto, comprou o barco em dinheiro.

O proprietário atravessou o estaleiro, rumo ao escritório, e Fabian ficou andando em volta do carro, sentindo o coração prestes a saltar do peito. Seu pai havia comprado um barco. Um barco que cruzasse oceanos. Isso deveria querer dizer que ele estava vivo. Sua mente se encheu de perguntas ao imaginar o pai fazendo planos. Chegara a pensar nisso, mas, quando viu *Ragamuffin* sendo vendido, tirou o pensamento da cabeça. Por que não lhe ocorrera essa ideia? Se queria fugir, é claro que David Beaufort usaria um barco. Um pedaço de papel foi enfiado em sua mão e ele o observou, incrédulo. Aquele poderia ser o primeiro passo para descobrir o paradeiro do pai.

CAPÍTULO 12

Jane, assistente pessoal de Henry Luter, observou a expressão facial do chefe enquanto, lentamente, lhe dava as notícias.

— Quantas pessoas sabem disso? — perguntou, quando ela terminou o relato.

— Não irão publicar a notícia até a semana que vem.

— Bom trabalho, Jane. — Ele devia estar satisfeito. Elogio era coisa rara. Estavam os dois no escritório de Henry Luter, que dava vista para o Solent. Duas bolas avermelhadas em sua face mostravam como ele estava empolgado. — A questão é... — comentou pausadamente — será que assim terei mais chances de pôr as mãos na taça?

Não era coincidência alguma que a paixão de Henry Luter pelo iatismo andasse de mãos dadas com sua ascensão em dez colocações na lista dos mais ricos. Valendo mais do que dez bilhões de libras, ele estava começando a achar sem graça as batalhas travadas nas salas de reuniões da diretoria e olhava ao redor em busca de uma nova arena na qual pudesse exercitar os músculos. Disputas de iatismo eram, por natureza, extremamente competitivas, a lista de homens no desafio da America's Cup lhe parecia poderosa. Pelo menos aquela era uma arena na qual sua agressividade inata podia ser celebrada, e não camuflada sob apertos de mão e sorrisos falsos. *Não há outro Deus a não ser o dinheiro...* — certa vez comentara um homem sobre os bilionários da America's Cup.

A ambição de Henry Luter marcava uma insegurança básica. Oito milhões de libras não era dinheiro suficiente para ele, portanto, precisaria ganhar mais. Sua esposa não eram suficientemente bonita, portanto, teria de arrumar uma ainda mais bela. Ganhar competições normais de iatismo não fazia dele o melhor, portanto, queria ganhar a America's Cup. E quanto mais jogava aquele jogo, mais desesperado ficava por vencer. Ingressar na America's Cup era o mesmo que ingressar em um clube exclusivo. Henry Luter estava mais do que viciado.

— O único problema seria... — disse Jane, lentamente — como a imprensa receberia a notícia.

— São umas sanguessugas! Faço tudo o que posso para este país ganhar a America's Cup — gesticulou virtuosamente pelo escritório — e tudo o que fazem é me criticar. — Luter era quase cego e surdo com relação à sua declarada hipocrisia. — Eles vão ver o que é bom.

— O lançamento oficial da nossa campanha não acontecerá até o próximo mês. Se nos antecipássemos, não soaria tão mal. Como acha que a comunidade da America's Cup se sentiria?

— Ela não daria a mínima de tão indelicada que é. É quase como briga de rua, as regras da rua se aplicam muito bem e é por isso que homens agressivos como eu gostam dela. Nós a entendemos.

— E quanto aos membros do sindicato?

— Eu, com certeza, levaria Jason Bryant comigo. Ele faria qualquer coisa para chegar mais perto de ganhar a Copa. — Cruzou as mãos atrás do corpo e olhou para o Solent. De repente, pareceu tomar sua decisão: — Tome todas as providências, Jane.

A tia Bee de Rafe era uma figura comum na costa próxima a Lymington. Todas as manhãs, ela e Salty pegavam seu pequeno barco a motor e puf-puf, navegavam pouco mais de um quilômetro para comprar pão e leite na padaria da cidade. É claro que podiam simplesmente pegar o carro para a compra matinal, mas Bee gostava de fazer da forma como fazia. No inverno, vestia-se a caráter, com calça azul-marinho, suéter volumoso na cor creme, chapéu de lona amarelo, colete salva-vidas e o que mais o clima pedisse (embora nunca saísse quando o vento estivesse acima de 10 ms), com Salty debruçando-se o mais que podia sobre a proa e espantando as gaivotas, mandando-as seguir seu caminho rumo à sobrevivência.

Quando a escola de iatismo fechou as portas durante o inverno, Rafe concordou (sob muita pressão) em mudar-se temporariamente para o apartamento de Ava. Mas não se adaptara a Londres. O sistema viário de metrô estava além de seu entendimento e ele sempre se perdia. Não conseguia entender como as pessoas podiam viver tão próximas umas das outras e, ainda por cima, ficar entrincheiradas atrás dos vidros duplos de carros com aquecimento central, que as mantinham afastadas dos elementos da natureza. Também nunca lhe ocorrera que sentiria tanta falta do mar, como, por exemplo, só perceber a existência do oxigênio quando se esforçava para respirar. Sendo assim, para grande decepção de Ava, que gostava de tê-lo por perto, ele decidiu aceitar o emprego com Mack e morar com sua tia Bee.

Seu relacionamento com Ava acabou se provando um relacionamento padrão, embora um padrão tempestuoso. Ava desde então voltara para a escola de artes, o que a tornou muito mais tempestuosa.

Tinha ataques terríveis de raiva se um quadro não saía bem ou se um professor lhe aplicava uma crítica injusta. Parecia desafiá-los: sua energia criativa se multiplicava por dois. Atirava objetos na parede: frascos de perfume, vasos. Uma vez, chegou a atirar uma garrafa fechada de uísque. Rafe ora encolhia os ombros e saía da frente, ora tentava dissuadi-la, dizendo que seu comportamento não fazia sentido, recolhendo, furioso, os objetos atirados. Outra vez, chegou até a tomar um gole da garrafa de uísque quando Ava tentou jogá-la novamente na parede (o que a fizera cair na risada). No entanto, a despeito do que ela fizesse, nada afetava as posturas e atitudes dele. Rafe nunca se comprometia. Ava achava que isso se devia à forma como ele fora educado; simplesmente via as coisas nos termos do branco e preto. No entanto, por ironia, essa era uma das coisas que Ava admirava nele: gostava das pessoas que faziam o que ela queria, mas sentia-se atraída por aquelas que não faziam.

Outro fator que possivelmente dava mais impulso ao caso deles era o total desprezo de Colin Montague por seu namoro, o que Ava secretamente apreciava. Ele não queria ver a filha saindo com ninguém que trabalhasse sob seu patrocínio. Ponto. E Rafe, uma vez que agora trabalhava com Mack, estava sob o patrocínio do pai de Ava. Isso apenas confirmava a desaprovação que sentira desde a noite em que os dois se encontraram. Contudo, se Rafe não conseguia impressionar Colin Montague, decerto impressionava os colegas velejadores.

Naquela manhã sombria de inverno, Bee voltava de suas compras matinais quando encontrou Rafe levantando-se da cama.

— Meu querido! Já levantou! — Estava empolgadíssima por ter o sobrinho de volta, após todos aqueles anos, e por ter mais alguém em casa agora que seus dois filhos viviam felizes em Londres. Também estava gostando de conhecê-lo melhor. — O que posso preparar para o café da manhã? Ovos? Ava também está aqui? — Bee aceitava Ava por causa de Rafe, mas tinha suas reservas. Achava que a moça era delicada com ela apenas por ser tia de Rafe e não por gostar mesmo dela.

Rafe adiantou-se para pegar as sacolas de compras de Bee e colocá-las cuidadosamente sobre a mesa.

— Não, ela tinha que se encontrar com um professor hoje e voltou para Londres.

Bee adorava a forma como ele falava "Londres". Como um estrangeiro lutando com consoantes estranhas.

— Uma pena. A que horas você precisa começar a trabalhar?

Rafe bocejou.

— Tarde, hoje. Não antes das dez. Mack quer fazer todos os treinos à noite. Preciso encontrar aquele relógio que ele me deu. Ele vive me perguntando a hora.

Bee pôs alguns ovos para cozinhar. Rafe sabia que não devia falar com ela durante esse período vital, porque a única forma que ela tinha de marcar o tempo de cozimento dos ovos era cantando três estrofes de *Onward Christians Soldiers* (o que a fazia se sentir muito melhor, dissera-lhe, já que não ia à missa todos os domingos). Rafe começou a preparar torradas.

— Mack marcou algumas entrevistas com o pessoal da revista de iatismo da cidade — comentou Rafe, logo após o final do último verso.

— É mesmo? — perguntou Bee, interessada. — Meu Deus, que bom! Vou me tornar quase uma celebridade como tia de um famoso velejador!

— Quem, eu? — perguntou Rafe, na dúvida.

— Ava ficará satisfeita.

— Por que está dizendo isso?

— Bem... — respondeu Bee, preferindo não ter falado de forma tão impulsiva. — Me parece que Ava acha você muito talentoso. Quer dizer, todo mundo no seu trabalho diz isso, não diz? Acho que ela gostaria que você fosse mais reconhecido, só isso. Sente-se, os ovos estão esfriando.

— Mack virá me pegar hoje — disse, quando os ovos já estavam firmes em seus potinhos. — Você disse que gostaria de conhecê-lo; estará por aqui?

Rafe estava trabalhando com Mack havia mais de um mês e Bee ainda não o conhecia.

— Estarei! — exclamou. — Que bom!

Rafe passou brevemente os olhos pela indumentária da tia. Tão logo chegara em casa, Bee havia se trocado para sua forma habitual de vestir: algo infinitamente pouco prático: vestido floral transpassado, casaquinho de lã, num tom de verde-musgo, pantufas e pulseiras que chacoalhavam, anunciando sua chegada como uma carrocinha de sorvete. Ele não fazia ideia de como ela se entenderia com o todo certinho Mack.

A campainha soou meia hora depois. Bee convidou Mack para entrar e tomar café, achando que ele não se parecia muito com as fotografias. Sua presença era muito mais impressionante.

— Prazer enorme em te conhecer — disse ela. — Mack olhou-a desconfiado. Não tolerava mulheres puxa-saco. — Rafe fala muito de você — pôs-se a falar, enquanto se ocupava em preparar o café. — Com certeza sou uma perfeita tola no que diz respeito a iatismo.

Salty e eu temos um barquinho, mas não sabemos mais nada com relação a velejar. Ontem à noite, fiquei uns dez minutos conversando com Rafe sobre gérberas. São flores estranhas para se ter em barcos, então fiquei imaginando potinhos de flores em todos os lugares até eu descobrir que gérber é o nome de uma marca de facas. Que coisa mais estranha.

Mack não sabia o que dizer. Detestava pessoas que faziam pouco do iatismo, mesmo sem ter noção do que falavam, como Bee. Rafe suspirou e perguntou-se por que, alguma vez, achou que seria uma boa ideia apresentá-los um ao outro. Bee não facilitou as coisas, perguntando-lhe como, exatamente, trabalhava um velejador e se ele conseguia pensar em alguma analogia com secadores de cabelos, pois isso poderia ajudar.

CAPÍTULO 13

Se a família e os amigos de Ava estavam surpresos com a longevidade de seu relacionamento com Rafe, os amigos dele, então, estavam muito mais. Logo começou a correr a notícia de que Rafe não era apenas um homem dono de habilidades velejadoras surpreendentes, como também era o homem que conseguira domar Ava Montague.

De volta à base, ele estava ocupado trabalhando em um dos barcos. Um dos jovens do programa, chamado Jack, observava-o enquanto lixava o casco. Mack insistia num esquema rígido de manutenção; dizia que, se os velejadores sentiam prazer em navegar, então também deveriam assumir a responsabilidade de cuidar do barco.

— Para que lixar o barco? — perguntou Jack, hesitante. Estavam todos encantados com Rafe. Alguns deles mal conseguiam formular uma frase na frente dele sem gaguejar.

— Faz o barco ir mais rápido na água.

— Você sabe consertar tudo? — perguntou.

— Tive que aprender. Meu pai e eu nunca tivemos muito dinheiro. Não podíamos pagar os outros para trabalharem por nós.

— Rafe abriu um sorriso. — O problema é que não conheço muita coisa sobre as novas tecnologias. Mack vai me matricular num curso de eletrônica.

— Foi demais hoje de manhã! Quando a vela ficou presa — murmurou Jack. Rafe havia escalado o mastro, sem nenhum aparato de segurança, para liberar a vela agarrada.

— Mack não ficou muito satisfeito. Disse que eu devia ter usado cabos de segurança. Já fiz isso um milhão de vezes antes — acrescentou rapidamente, só por precaução, caso Jack enfiasse na cabeça que poderia escalar os mastros sem proteção.

— Você nunca usa sapatos? — perguntou o rapaz. Estava louco para lhe fazer esta pergunta, desde que chegara à base.

— Não quando estou num barco. Força do hábito. Minha tia Bee vai comprar uma dessas meias antiderrapantes. Deve estar fazendo frio bastante para nevar.

— Nevar?

— É, está fazendo um frio danado, não está?

— Eh... não exatamente — respondeu Jack, hesitante. Sem saber ao certo se deveria discordar dele e repensar sua posição sobre se era bom ou não viver com uma tia.

Rafe era querido por todos. Respeitado pelos outros velejadores por causa de seu talento inquestionável e pelo manejo de barcos, era querido também pelos jovens do programa, por tratar a todos exatamente do mesmo jeito e por ser modesto. Um dia, eles estavam viajando em más condições, o vento sacudia o barco e todos tinham de gritar para serem ouvidos acima do barulho.

— Qual a velocidade do vento? — gritou um dos velejadores. — Vinte e três, vinte e sete ms?

— Não sei — respondeu Rafe. — Está ventando muito hoje!

Mack também ficou extremamente aliviado ao ver sua ausência de flexibilidade aplicada ao trabalho, uma vez que sua aparente falta de motivação fora objeto de preocupação. Mas quando o rapaz se comprometia a fazer alguma coisa, ficava completamente absorvido pelo assunto e nada o tirava de seu caminho.

Muito para seu descontentamento (uma vez que Mack não gostava de distrações para seus velejadores), Ava era presença habitual na base. Ela era chegada a crises de ciúme e gostava de aparecer sem aviso prévio, para o caso de Rafe e uma de suas colegas de trabalho estarem se aproximando mais do que o devido.

— Não sei por que ela se preocupa tanto — murmurou o gerente da base, para quem o comportamento dela não passara despercebido. — Nunca vi um homem tão apaixonado!

Ava aparecera naquela tarde, pouco antes da entrevista de Rafe, que fora marcada com a revista sobre iatismo. Jack e ele ainda estavam trabalhando em um dos barcos.

Ela chamou seu nome baixinho, à porta do enorme hangar, e Jack ficou olhando, quando ele foi encontrá-la. Ava usava uma túnica transpassada, pintada à mão com motivos de penas de pavão, sobre calça jeans colante e brincos enormes, volumosos, nos mesmos tons de verde e azul das penas. Tinha os cabelos presos e pintara os olhos com um tom forte de verde. Parecia uma *femme fatale*. Rafe beijou-a logo acima do queixo, inspirando seu perfume Shalimar, que era quase uma assinatura sua.

— Esqueci alguma coisa? — perguntou ele. — Acabamos de nos ver hoje de manhã.

— Eu sei. Senti saudades. — Na verdade, ela acabara de levantar. Achava difícil acompanhar a disposição incrível de Rafe. Após uma vida inteira no mar, onde algumas vezes ele não dormia por cinco dias seguidos, não achava nada de mais ficar com Ava até as cinco da manhã e depois dirigir até a base, na primeira luz do dia.

— Seu perfume ainda está na minha pele. Estou o dia inteiro sentindo o seu cheiro. — Rafe sorriu, encantado novamente por sua beleza e pelo quanto a amava.

Ela lhe apertou a mão.

— Você não tem uma entrevista com uma jornalista?

— Tenho, acho que ela já chegou.

— Acha que eu posso ouvir a entrevista?

Ele pareceu surpreso.

— Se quiser. Ela está esperando na recepção.

— Você não vai trocar de roupa?

Rafe olhou para suas bermudas três-quartos, para as camisetas e para os pés descalços (que estavam bem gelados).

— Não.

Qualquer decepção que a jornalista possa ter sentido diante do estranho que se sentava para ser entrevistado foi logo posta de lado quando percebeu para quem estava olhando.

— Ava Montague! — exclamou ela, encantada. — Eu ia perguntar a Rafe sobre você. Dizem por aí que vocês estão juntos.

Ava sorriu e concordou.

— Você se importa se eu ficar aqui? Não vou interromper.

— Claro que não!

Ava era cumpridora de sua palavra. Não se intrometeu nem uma vez sequer durante toda a entrevista.

Quando terminaram, Rafe levou a jornalista para uma volta pela base. Enquanto andavam, a moça analisou seu rosto moreno e impassível e, sentindo-se atraída por ele, tentou não olhar para Ava. A química entre eles era tanta que ficava difícil ver os dois juntos e não imaginá-los na cama.

— Você já pensou em participar dos jogos olímpicos ou da America's Cup? — perguntou.

— Deus me livre! — exclamou Ava, prolongando as vogais ao correr o dedo pelo casco branco de um barco em seu suporte. — Rafe não tem o menor interesse em nada que seja competitivo, tem, querido?

Rafe nem sequer olhou para ela.

— Não estou há tempo suficiente na Inglaterra para pensar em qualquer coisa parecida.

— Mas tem nacionalidade britânica? Poderia competir pelo seu país, se quisesses?

— Sim, sou britânico de nascença, mas nunca senti necessidade de competir. — Tinha a voz em tom baixo e pousou os olhos profundos na jornalista, que ficou ligeiramente arrepiada. — Não sinto necessidade de provar nada. Estou gostando de trabalhar com Mack e certamente vou ficar um tempo fazendo isso.

Eles continuaram andando até um dos deques. Ao longe, puderam ver Mack na água, com outros dois barcos.

— Em *off*, você acha que Mack um dia voltará a competir? Ele perdeu mesmo o jeito depois da America's Cup em Auckland?

— Eu não conhecia Mack antes, mas me parece que seria preciso algo muito sério para ele perder o jeito — respondeu, com segurança.

— Como ele é no trabalho?

— Insuportavelmente autoritário — respondeu Ava.

— Ele é ótimo — respondeu Rafe, com firmeza. — Muito inspirador. Poderia conduzir toda a equipe para o inferno e, ainda assim, ela o seguiria.

— Meu pai o adora — comentou Ava. — Às vezes, acho até que o adora meio demais.

— Ava! — repreendeu-a Rafe. Ava ergueu as sobrancelhas.

— Estamos conversando em *off*, querido. Isso quer dizer que não sairá daqui. — Fez uma cara simpática para a jornalista. Claramente, estava querendo comprar briga.

Rafe foi logo encerrando a visita e acompanhando a jornalista de volta ao carro. A moça observou-o, cheia de desejo, e imaginou quanto tempo ele e Ava Montague ficariam juntos. Pela forma como ele apertara o cotovelo de Ava, estava na cara que eles teriam uma discussão séria. Com um pouco de sorte, ele logo voltaria ao mercado, pensou, esperançosa, e ligou o carro.

Rafe estava furioso com Ava. Ela estava sendo escancaradamente provocativa.

— Por que você não mencionou o fato de ter atravessado o Atlântico inúmeras vezes? — saiu-se com essa, antes que ele pudesse dizer qualquer coisa.

— Ela não perguntou.

— E você disse que não tinha nenhum plano — rebateu.

— Por que está tão aborrecida? Não tenho planos mesmo.

— Por que não participa da America's Cup? Há uma série de notícias na mídia falando do novo desafio de Henry Luter. Por que não toma parte?

Rafe tentou conter sua impaciência. Ava estava preocupada demais com a mídia.

— Para que você possa se exibir para todos?

— Porque ela é extremamente glamorosa.

— E competitiva.

— Gosto de um pouco de competição. Tenho uma amiga que saía com Jason Bryant, o timoneiro. Ele é um sucesso fenomenal.

— Não gosto de competir.

— As pessoas irão achar que você não tem ambição.

— Por que a opinião das outras pessoas é tão importante para você? Quem se importa com o que as pessoas pensam? Só aceitei responder à entrevista porque Mack pediu.

Mas Ava estava só começando.

— Foi a mesma coisa quando jantamos com os meus pais. Disse a eles que não tinha ideia do que iria fazer no futuro. Precisa entender que todos na minha família são atuantes. Não se impressionam com falta de objetivos.

— Terão que me aceitar do jeito que sou. Por que essa conversa?

— Por nada. Por tudo — respondeu, confusa. — Meu pai acha que você não se foca.

— Em quê? Em dinheiro?

— Você tem muito talento, Rafe! Todo mundo diz isso. Detesto te ver jogando esse talento fora.

— Quem disse que estou jogando meu talento fora? Só porque não apareço escancarado na mídia? Reconheço o meu talento e, mais ainda, eu o uso. E o uso em algo de que gosto. Isso não quer dizer jogar fora.

Ava sentiu-se culpada de repente.

— Desculpe. Estou sendo grosseira. Estou cercada de gente que acha isso importante e estou me deixando influenciar.

Rafe a abraçou.

— Não faça isso — sussurrou, em contato com seus cabelos. — Todos parecem desesperados para nos separar. Não deixe isso acontecer. Não lhes mostre nenhuma fraqueza.

Era impressionante, pensou Ava ao ir embora, com toda a sua falta de experiência de vida em sociedade, como Rafe, às vezes, tinha bons *insights*.

• • •

Poucos dias depois, Rafe decidiu fazer uma rara visita a Londres, para surpreender Ava. Eles não se viam desde a última discussão e o clima ao telefone andava muito frio desde então. Nos últimos dias, era como se o mundo exterior estivesse começando a destruir o amor deles. A despeito do quanto se preservassem, sempre chegava um telefonema ou alguém tocava a campainha. Era só Ava estar em Hamble com ele que aparecia um amigo com notícias de uma nova galeria fabulosa que seria inaugurada, contando com a presença de todos, ou surgia uma fofoca das panelinhas as quais Ava costumava frequentar. Tudo isso sempre a deixava inquieta.

Para matar o tempo dentro do trem, Rafe leu um jornal deixado ali que, por ironia, continha um artigo sobre o novo desafio britânico de Henry Luter para a America's Cup. Mais ou menos às quatro da tarde, saltou na estação de metrô de Knightsbridge (mas o encanto da rua lhe passou despercebido), entrou na cafeteria Baker&Spice, a caminho do apartamento de Ava, para comprar alguns doces que sabia que ela adorava, e, com muita alegria, viu a parte traseira de sua cabeça tão logo passou pela porta. Estava sentada sozinha a uma mesa com restos de chá. Ele estava prestes a se aproximar e fazer uma surpresa quando achou que seria mais divertido telefonar para o seu celular e então aparecer na frente dela enquanto estivessem conversando. Saiu da cafeteria e ficou espiando Ava pela vitrine ao mesmo tempo que tirava o celular da bolsa.

Rafe sorria enquanto discava, mas o sorriso desapareceu de seus lábios tão logo viu um homem sair do banheiro e voltar para a mesa na qual ela estava. A caminho da cadeira de frente para a dela, o homem passou a mão por seus ombros, mão que ela segurou e beijou. Continuaram de mãos dadas quando ele se sentou.

Rafe viu a mão livre de Ava abrir a bolsa e pegar o telefone. Ela parecia mover-se em câmera lenta.

— Alô? — ecoou a voz. Olhando para as mãos, Rafe percebeu que devia ter pressionado a tecla *call*, sem querer.

Lentamente, levou o telefone ao ouvido e falou:

— Alô?

— Rafe? — disse ela, soando pouco natural.

— Onde você está? — perguntou ele.

Seguiu-se uma breve pausa.

— No apartamento. Pintando a mais monótona das naturezas-mortas. Ainda vamos nos encontrar hoje à noite?

— Claro. — Sua voz parecia desvinculada do corpo.

— Está tudo bem? Você está estranho.

— Estou bem. Preciso ir. Mack está me chamando. A gente se vê mais tarde.

Ficara virado de costas para a vitrine enquanto conversavam, sem suportar vê-la mentir, depois virou novamente e os viu pagando a conta e reunindo seus pertences. Manteve-se distante, dando tempo suficiente para que eles se despedissem com um beijo e saíssem cada um para um lado. Momentos depois, seguiu Ava de volta ao apartamento. Estava confuso, sua mente, uma mistura de emoções. Ava estava saindo com outra pessoa. Sentou-se na escada, tentando tirar algum sentido do que acabara de ver. Tentando descobrir quando as coisas haviam mudado para ela. Entretanto, se olhasse para trás, analisasse seu comportamento recente, estava na cara que as coisas *haviam* mudado.

Ele entrou utilizando a própria chave e parou por alguns segundos para correr os olhos pelo apartamento, tentando desesperadamente ver se havia algo de diferente, se por acaso havia alguma prova física do incidente. Conseguiu ter a visão da imensa sala de estar, cheia de luz, com o cavalete próximo à janela, e de uma fileira de telas iniciadas, encostadas na parede. Viu-a andando pela sala. Estivera pintando, pelo menos, refletiu ele. Seu velho avental de pintura, que ela havia acabado de vestir novamente, estava cheio de manchas frescas de tinta. Aproximou-se da soleira da porta.

Ava ficou claramente chocada ao vê-lo.

— Rafe! Que diabo está fazendo aqui? Acabei de falar com você por telefone.

— Vim te fazer uma surpresa — disse lentamente. — Mas fui eu quem acabou surpreendido. Eu te vi, Ava. Quem é ele?

Ava ficou visivelmente pálida, mas perguntou com brandura.

— Quem?

— O homem que estava com você na cafeteria. Você se despediu dele com um beijo? Quem é ele?

Ava baixou os olhos e ocupou-se em preparar os pincéis.

— Não era ninguém — disse, sem se estender muito.

Rafe aproximou-se do cavalete. Seu último quadro com algumas maçãs e uma caveira estava ali, inacabado. O que restou de mim, pensou ele.

— Você dormiu com ele?

Ela mordeu o lábio e começou a misturar um pouco de tinta.

— Você dormiu com ele? — insistiu, a voz começando a aumentar de volume.

— Dormi. Não. Sei lá.

— Como assim? Ou dormiu ou não dormiu. Qual é a resposta?

— Por favor, deixa eu explicar.
— Sim ou não?
— Dormi com ele. Mas não era minha intenção — disse, num fio de voz. — Tenho como explicar.
— Como assim não era sua intenção dormir com ele? Não se dorme acidentalmente com ninguém.

Ava aproximou-se, tentou tocar-lhe a mão, mas Rafe retirou-a bruscamente. Nem parecia que era a mão dela. Sentiu-se como se estivesse completamente desconectado, como se eles estivessem discutindo alguma obra de ficção ou ensaiando os diálogos de uma peça de teatro.

— Era tarde. Eu estava bêbada. Era para você estar aqui, mas ficou preso com Mack. Era para eu tê-lo despachado, mas ele foi insistente e acabei dormindo com ele. Acho que fui seduzida...
— Seduzida? Quando?
— Semana passada.
— Depois da nossa discussão — afirmou, resignado.
— Foi só uma vez e era para você estar aqui! — gritou, histérica.
— Quem é ele?
— Jason Bryant.
— Jason Bryant? O timoneiro da America's Cup? O sr. Sucesso Absoluto? Você só pode estar brincando! Você é tão previsível! Foi mais de uma vez, não foi?

Ava fixou o olhar nos quadros. Seu silêncio dizia mil palavras.

— Por que ele? POR QUE ELE? Diga! E é melhor explicar direito, porque estou querendo muito entender.

Ava empinou o queixo, desafiadora.

— Você é medroso demais para competir como ele.

— Medroso? — Encarou-a, incrédulo. — Você acha que a razão de eu não competir é medo?

— O que mais pode ser? Você tem todo o talento de que falam, mas se nega a mostrá-lo.

— Não entro em competições porque não preciso.

— Isso é bobagem. Jason diz que, se você tem talento, a única forma de validá-lo é mostrando ao mundo que o tem.

— Eu não fui longe o bastante para você, não é? Eu jamais conseguiria colocar uma foto sua na página de uma revista. Não como faria um timoneiro da America's Cup.

— Olha aqui, Rafe. Não é nada fácil ser filha de Colin Montague. Sou mais do que isso, mas tudo que as pessoas veem é ele. Olham para mim e veem meu pai.

— O que você acha que Jason Bryant viu em você? O seu verdadeiro eu ou uma transa rápida?

— CALE A BOCA, RAFE! — gritou, repentinamente perdendo o controle. — A vida é tão simples para você, não é? Não conhece as regras.

— Você costumava gostar disso em mim. E eu olhava para você e via só você.

— As pessoas estão dizendo que estou saindo de cena. Eu costumava ir aos lugares. *Você* está me fazendo sumir de cena.

— Ouvindo o que os outros dizem de novo? Você precisa mesmo se decidir. Está sacrificando tudo o que temos pelo quê?

— Você pode não querer fazer sucesso, mas eu quero, porque mereço. E me recuso a deixar que me arraste para baixo junto com você.

— Ah, eu não vou te arrastar para lugar nenhum — disse Rafe, sem perder a calma e pondo-se a andar, quando Ava, de repente, foi atrás dele.

Agarrou-se às costas dele e começou a chorar.

— Eu estou confusa — soluçou. — Simplesmente não sei o que quero. Não sei a quem dar ouvidos. — Por um segundo, Rafe ficou sem saber o que fazer. Não sabia lidar com lágrimas e justificativas. Mas então ela disse uma coisa que o fez decidir-se.

— Me perdoe.

— Te perdoar? — A voz de Rafe saiu incrédula. — Ava, você não está vendo que tudo mudou? Isso não tem nada a ver com perdão. Alguma coisa se partiu.

— Não, por favor, não. Podemos dar um jeito. Sei que podemos — implorou. Lágrimas desciam de seus olhos agora.

— Jamais seria como foi antes. Não mesmo. — A voz dele traía indiferença.

Ava soltou-o, para olhá-lo no rosto. Não havia nenhuma suavidade, nenhuma marca. Soube na mesma hora que uma das coisas que de fato mais adorava nele, sua intransigência com relação aos seus princípios, iria separá-los.

Rafe virou-se para ir embora e ela o segurou pelo braço.

— Por favor, não vá — implorou. — Eu te amo de verdade. De verdade.

E ele também a amava. Amava-a mais do que havia amado qualquer outra mulher. Mas Ava tinha razão quando lhe dissera que havia sido seduzida. Não somente por Jason Bryant, mas por tudo o que ele representava.

CAPÍTULO 14

Bilionário deixa o desafio britânico da America's Cup, gritava a manchete. Mack parou de repente, refez o caminho e comprou o jornal. Voltou apressado para o Royal Ocean Racing Club, a manchete ainda fervilhando na cabeça. Simplesmente não fazia sentido. Sentou-se na biblioteca do clube para ler o artigo.

> Henry Luter, bilionário da área de softwares e telecomunicações, expressou desculpas sentidas por não poder mais continuar a patrocinar o desafio britânico na America's Cup de 2007, programado para ocorrer em Valência. Em seu pronunciamento de hoje, disse: "Eu, minha família e os membros do sindicato sofremos terrivelmente nas mãos da imprensa durante a Copa de 2003, em Auckland. Embora quisesse muito patrocinar o desafio britânico para a Copa, não me sinto no direito de submeter minha família ou o sindicato a tais níveis de crítica novamente."

Mack abaixou o jornal e olhou ao redor, incrédulo. A mesma manchete estava espalhada pela sala. Parecia que cada membro do clube tinha sua própria cópia. Pensou na equipe de jovens velejadores que não teria a oportunidade de participar da maior competição de vela do mundo. O santo graal do iatismo.

— Terrível, não? — comentou o homem ao seu lado.

— É — murmurou Mack.

— Não sei o que está acontecendo, mas há boatos de que o sindicato espanhol também está passando por muitas dificuldades financeiras. — Os espanhóis eram os detentores da Copa e, até então, estavam sediando todo o evento. — Como estão cheios de problemas, não sabem nem se será possível levar adiante o evento. Vai ver foi esta a outra razão pela qual Luter decidiu pular fora. Fico chateado pelas pessoas que ele deixou na mão. Pobres coitados. Esperei a vida inteira para ver meu país velejar na America's Cup. Esta seria a segunda chance de competir em mais de dezoito anos e, agora, foi tirada do alcance deles.

— Ainda não — disse Mack. — Não exatamente.

Mack fez a primeira ligação para Colin Montague. A secretária dele os pôs em contato.

— Mack! Não está ligando para cancelar o jantar de hoje à noite, está?

— Não, não. Só estava imaginando se você teria lido as manchetes de hoje. Sobre a America's Cup.

— Sim. Terrível.

— Já pensou em patrocinar o desafio? — perguntou Mack, casualmente.

Seguiu-se uma longa pausa do outro lado da linha.

— Patrocino pessoas, Mack, não causas. Foi assim que nos envolvemos um com o outro, lembra? Porque acreditei em *você*, não especificamente no que você estava fazendo.

— Talvez isso fosse algo a se pensar.

— A America's Cup? Está maluco? Ainda não se cansou da America's Cup?

— Pessoalmente, não gosto muito da política que gira em torno do evento. Não gosto do glamour, da fofoca sobre dinheiro e de todo o resto de merda, mas, depois que se releva tudo isso, então ainda temos a maior competição de vela do mundo.

— Eu sabia que isso não iria demorar muito — murmurou Colin.

— Como assim?

— Eu sabia que você não conseguiria ficar muito tempo longe das competições. Senti que estava começando a querer mais.

— Vamos lá, Colin? Isso não te deixa furioso? Ver Henry Luter deixar o desafio no último minuto? Ver o sonho de competir de todas essas pessoas indo por água abaixo?

— Você não consegue resistir, não é? Ama uma briga e, se não tiver um obstáculo para transpor, andará quilômetros de distância até descobrir um.

Mack abriu um sorriso e disse a Colin que tinha outras ligações para fazer, talvez pudessem discutir o assunto mais tarde, durante o jantar.

Mack e Colin jantaram na churrascaria em Savoy. Colin pediu um Château Margaux maravilhoso. Mack não sabia se considerava isso um bom ou mau presságio.

— Então, o que será necessário para te convencer? — Foi a introdução ao assunto utilizada por Mack.

— Por que está assim tão convencido de que o assunto me interessa?

— Porque acho que pode ser feito, por isso. É claro que eu não conseguiria trabalhar sob orientação de Henry Luter, mas você é assunto completamente diferente.

— Obrigado — agradeceu Colin, com certa ironia.

— Nunca sentiu vontade de fazer isso?

— A questão não é essa, Mack — suspirou Colin. — É claro que isso já me passou pela cabeça! Mas nunca tive vontade de ser mais nada além de um milionário antiquado. Administrar a campanha de uma Copa normalmente é coisa para bilionários. Não tenho dinheiro suficiente para um desafio da America's Cup.

— Acho que poderíamos dar conta de tudo com menos de trinta milhões.

— Como?

— Henry Luter abandonou a base inglesa em Valência. Poderíamos usá-la?

— Não, ele não nos deixaria utilizar nada. E quanto aos funcionários?

— Eu conseguiria reunir um número suficiente de pessoas para satisfazer até mesmo você.

— Qual iate clube nós utilizaríamos?

— O mesmo que Luter usava. Eles estão putos. Receberemos bastante apoio deles.

— E quanto ao projeto dos barcos?

De tão empolgado, Mack bateu no ombro de Colin.

— Você tem contatos de sobra!

— Temos tempo suficiente?

— O prazo de inscrições começa dentro de um mês. Sua empresa consideraria colocar dinheiro? Como investimento?

— Talvez os diretores aceitem, não sei. Certamente ficará barato se pensarmos na visibilidade que eles irão receber ao ajudar o esforço britânico, isso sem falar na visibilidade internacional. Mas também é público e notório que a experiência tem muita importância na Copa. Só com muita experiência será possível dizer onde economizar. Caso contrário, você não parará de enfiar dinheiro no negócio. Não ganharemos num primeiro momento.

— Muitos da equipe que tenho em mente estavam em Auckland em 2003. Eles têm experiência.

— Por que Luter deixou o desafio? Não acredito nem por um segundo nessa conversa de muita crítica por parte da imprensa.

Mack hesitou.

— Ouvi boatos de que o sindicato espanhol possa estar em dificuldades financeiras. Dei alguns telefonemas e parece que é verdade. O governo espanhol está desesperado, à procura de uma pessoa física que financie a campanha se o proprietário do atual sindicato não conseguir saldar as dívidas. Os bilionários são poucos hoje em dia, e acho que Henry Luter deu um passo à frente para ajudar. É óbvio que isso é muito atraente para Luter, já que o detentor da Copa tem a grande vantagem de competir em poucas regatas: nas finais. Eles não têm que passar por todas as séries nem por todos os desafiantes. Seria um constrangimento enorme para os espanhóis se eles tivessem que cancelar a Copa até conseguirem um novo patrocinador, mas eles disseram a Luter que é preciso um esforço nacional. Será anunciado na imprensa mais para o fim da semana.

— E estas são as pessoas contra as quais estaríamos competindo? — comentou Colin, preocupado. — E quanto aos nossos planos?

— O trabalho social pode se sustentar sem mim durante um tempo. Estamos falando da America's Cup, Colin! Na minha época de *match race*, eu não conseguia pensar em outra coisa.

— Acredito que você seria o homem para liderar o desafio. É maravilhoso te ver tão entusiasmado. Mas por que não podemos ver isso com mais cuidado e então fazemos uma proposta para 2009? Por que isso é tão importante para você?

— Por causa de todos esses jovens velejadores que talvez nunca mais tenham a chance de velejar por seu país de novo na America's Cup, porque Luter é um merda que precisa ser substituído, porque alguém precisa levantar a bandeira... e porque todo mundo fica me dizendo que isso não pode ser feito.

— É isso, não é? Sua cabeça de mula. É porque te dizem que isso não pode ser feito e ninguém pode dizer isso a John MacGregor. — Colin riu, sacudindo a cabeça. Então pensou por um momento, ficando mais sério. — Também odeio quando as pessoas me dizem isso. E quanto à equipe?

— Tenho algumas ideias.

— Mack, você me dê uma equipe que eu aprove e eu exponho a sua ideia à diretoria. Fechado?

— Fechado.

Mack não conseguiu pensar em outra coisa durante as vinte e quatro horas seguintes. Colin Montague tinha razão quando dissera que ele já estava começando a precisar de desafios. Mack não havia percebido o quanto andava ansioso até começar a pensar no assunto. Os padrões dos barcos da America's Cup eram altíssimos. Há barcos que são quase impossíveis de se manejar, as equipes precisam agir em centésimos de segundo e há formatos de velas quase do tamanho das asas de um Boeing 747.

A primeira pessoa que ele tentou encontrar foi Inky. Ela estava na casa dos pais para passar alguns dias. Ela mesma atendeu ao telefone.

— Inky? É Mack.

— Mack! Como está? Você leu a merda que Luter fez? Graças a Deus não faço parte do desafio dele.

— Na verdade, essa é a razão de eu estar telefonando — interrompeu ele. — Colin Montague talvez assuma o desafio britânico. Eu seria o timoneiro... — fez uma pausa. — E gostaria que você me acompanhasse como tática.

Seguiu-se um breve silêncio antes de Inky dar um grito de alegria. Mack precisou afastar o telefone do ouvido.

— O que está acontecendo? — Mack conseguiu ouvir a voz da mãe de Inky ao fundo.

— O Mack quer que eu trabalhe como tática no novo desafio britânico da America's Cup! Onde está o papai? Preciso contar para ele! — Inky saiu correndo, alheia ao fato de que havia deixado Mack do outro lado da linha. Droga. Ele ia lhe perguntar onde conseguiria encontrar Custard.

James Pencarrow pegou o telefone.

— Mack? Isso é verdade?

— Verdade verdadeira.

— Que maravilha! — Abaixou a voz de repente. — Você não está fazendo isso só porque é o padrinho dela, está?

— Acha mesmo que eu colocaria a Inky dentro de um barco multimilionário, para enfrentar um *match race*, com o mundo inteiro de olho nela, só porque sou padrinho dela?

Fabian tinha acabado de voltar da base em Hamble. Estava há pouco mais de um mês trabalhando com Mack e adorando cada segundo. Dava o jantar para sua garotinha, enquanto Milly preenchia alguns formulários, quando recebeu o telefonema de Mack. Milly ficou um bom tempo sem conseguir entender o que ele dizia.

— A America's Cup — ficou repetindo. — A America's Cup. Não posso acreditar. A America's Cup. Meu Deus. Quem dera o meu pai estivesse aqui para ouvir isso. — Por fim, conseguiu contar tudo o que estava se passando e, antes de dar um beijo eufórico em Milly, ela o ouviu sair dançando para a cozinha e dizendo para Rosie: — Talvez a gente vá passar um tempo morando na Espanha! — Milly baixou os olhos para os formulários do curso de moda que começaria em setembro. — Milly! Como se fala barco em espanhol?

Mack decidiu telefonar e marcar de se encontrar pessoalmente com Rafe, uma vez que ele seria a pessoa mais difícil de recrutar. Desde o término de seu relacionamento com Ava, nem ele nem outros membros de sua equipe estavam conseguindo convencê-lo a voltar a trabalhar. Seu compromisso com o trabalho havia desaparecido diante da depressão que nele se instalou.

Rafe não deu a mínima quando soube dos problemas do desafio britânico na America's Cup. Sua tia Bee conversara com ele sobre o assunto, tentando encorajá-lo a interessar-se por alguma coisa, mas não adiantou. Nada poderia tê-lo preparado para a forma como se sentiria após o rompimento de seu namoro com Ava. Estava chocado por doer tanto. Jamais sofrera com tanta intensidade.

Se ao menos, pensou a tia, houvesse um jeito. Ele se recusara a atender todas as ligações de Ava, a vê-la, e, por fim, ela acabou desistindo. Bee observava-o andar de um lado a outro como um urso com dor de dentes, ou deitar-se no sofá e ficar olhando as moscas baterem exaustivamente contra o vidro da janela. Se ao menos pudesse passar uma pomada contra dor em seu coração!

— Com ele está? — Mack perguntou a Bee quando ela atendeu à porta.

— A mesma coisa desde a última vez que você o viu — disse ela, impaciente. Bee e Mack tinham ideias um pouco diferentes com relação a Rafe. Bee achava que ele devia ficar sozinho e demorar o tempo que fosse preciso para se curar, enquanto Mack achava que a única cura seria voltar para a água e para o que mais amava na vida. Bee desconfiava que sua forma de pensar fosse muito autoconveniente. Da última vez que o visitara, Mack levara também a má notícia de que Ava e Jason Bryant estavam namorando oficialmente. A notícia estava estampada em todas as colunas de fofoca do país.

— Vai sair? — perguntou Mack, esperançoso, olhando para seu vestido e seus sapatos de salto, o que, na verdade, nada queria dizer, uma vez que eram sua indumentária do dia a dia.

— Sim. Vou sair daqui a pouco.

Mack foi à sala de estar. Rafe estava com uma aparência terrível, com círculos negros sob os olhos; Mack percebeu que ele havia emagrecido.

— Rafe, quero falar com você sobre um novo projeto.

— Que maravilha! — disse Bee, seguindo-o até a sala. — Qual é o projeto? — perguntou, já que Rafe não parecia muito interessado.

— A America's Cup. Talvez tenhamos chance de participar dela. A empresa de Colin Montague está considerando assumir o novo desafio britânico.

— Colin Montague quer que eu participe?

— Não sei — respondeu, após uma pausa. — Preciso montar uma equipe para sua aprovação. Mas não acho que se oporá. Ninguém tem dúvida do seu trabalho, Rafe.

Rafe olhou-o fixamente.

— E o que isso quer dizer?

— Que iremos para Valência, na Espanha, morar lá e treinar. A Copa acontecerá dentro de dezoito meses. Quero você entre nós, não só porque é um ótimo velejador, mas também porque conhece o Mediterrâneo. Conhecimento do local será muito importante.

Seguiu-se um silêncio e Rafe baixou os olhos para as mãos.

— Você irá competir contra equipes de todo o mundo. O *creme de la creme* do mundo do *match race*. Talvez venha a competir com Jason Bryant.

Rafe ergueu bruscamente os olhos.

— Jason Bryant?

— Os defensores da Copa precisam de ajuda financeira. Achamos que Henry Luter irá ajudar, fazendo o trabalho de alguém. É provável que Jason Bryant seja o timoneiro dele. Portanto, Ava estará lá. Vendo você. — Era psicologia barata, mas Mack não estava nem aí.

— Vou pensar no assunto.

— Me telefone amanhã.

Tia Bee não ficou nada encantada.

— Que coisa horrorosa — cochichou, quando ficaram os dois na soleira da porta. — Você o está usando. Usando para seu próprio benefício. Já parou para pensar no que pode ser melhor para Rafe e não para esse seu desafio idiota?

— Acho que ele precisa voltar a velejar.

— O que é muito conveniente para você.

— A America's Cup é o melhor lugar para voltar a velejar.

— Acha mesmo? Toda essa situação desagradável encenada para o mundo inteiro? E o que vai acontecer se ele não derrotar esse Jason Bryant?

— Acho que não precisamos pensar tão longe.

— Acho que o que você prefere é não pensar — rebateu.

Pode ser, refletiu Mack, sentindo-se um pouco envergonhado. *Já estou começando a deixar a America's Cup me afetar. Estou agindo como se nada mais importasse.* Essa é uma das razões pela qual eu a estava evitando. Esse egoísmo fanático. Por ironia, era também dessa ideia fixa que ele estava gostando. Não se dera conta do quanto estava sentindo falta da excitação que era reunir uma equipe e ver a possibilidade de vencer junto com ela. Era como arrumar uma nova amante. A America's Cup ainda o enfeitiçava após todo aquele tempo.

Rafe saiu para dar uma caminhada depois que Mack foi embora. Apesar da chuva, caminhou por horas a fio pensando em Ava e em Jason Bryant, em Mack e na America's Cup. Apesar de sua recusa em falar com ela, achava que não conseguiria suportar a ideia de *não* vê-la de novo — por ironia, ela era a razão principal por ele estar parado no momento —, mas desprezava a ideia de ceder a algo que se recusara tanto a fazer. As coisas haviam mudado demais para que pudesse voltar para sua antiga vida e, além do mais, estava odiando seu estado atual de apatia. Pelo menos, alguma coisa poderia mudar se ele aceitasse a proposta de Mack, pois, para uma pessoa como Rafe, ficar estático era algo insuportável. A possibilidade de ficar cara a cara com Jason Bryant, a quem começara a odiar, decidira o assunto, e ele foi ao telefone público mais próximo, ligar para Mack. Chovia forte agora, as gotas de chuva caíam com força no topo da cabine telefônica. Ligou para o celular de Mack, que atendeu no terceiro toque.

— Alô?

— Mack, é Rafe. Estou ligando para te dizer que vou aceitar aquela vaga na America's Cup.

— Meu garoto! Isso é maravilhoso...

Mas Rafe desligou lentamente o telefone e foi ao bar mais próximo, embebedar-se sozinho. As pessoas olhavam com interesse para o belo rapaz que sofria tão claramente. No final do expediente, o funcionário do bar aproximou-se e lhe perguntou se alguém havia morrido.

Rafe deu um jeito de responder:

— Só eu mesmo.

Esvaziou os bolsos para pagar a conta e foi embora.

Mack estava mais do que feliz por Inky e Rafe estarem a bordo, mas sabia que sua escolha por eles como retaguarda, os cérebros do barco, era tremendamente provocativa — sendo assim, procurou o mais respeitado velejador que conhecia para treinar a equipe. Tinha uma medalha de ouro olímpica, era tricampeão mundial do Match Race Champion e veterano da campanha da Copa de 1983. Além disso, era cavalheiro do reino por ter inventado uma nova quilha. O único problema era que Sir Edward Lamb estava aposentado. Mas se havia alguém com lábia suficiente para trazê-lo de volta ao combate, essa pessoa era o próprio Mack. A perspectiva dos dias ensolarados e da bebida valenciana o fez aceitar.

Mack começou a reunião com o iate clube da ilha de Wight, na qual Colin seria interrogado com relação à notícia de ter apontado Sir Edward como treinador da equipe.

— Ele concordou? — perguntou Richard Foss-Morgan, comodoro do iate clube, velho antiquado e dominado por tradições antigas, que tivera enorme repercussão quando Henry Luter desistira do desafio, resmungando sobre os perigos de deixar entrar membros "que não eram honrados". — Mas isso é esplêndido!

— Henry Luter já havia lhe oferecido a mesma posição em seu sindicato e Sir Edward não aceitou. — Na verdade, Sir Edward fora um pouco mais direto: "Aquele verme presunçoso. Ele devia ser processado por traição", foi uma das expressões mais delicadas que usara para se referir a Luter.

— E Colin Montague concordou em patrocinar o sindicato?

— Concordou. O corpo executivo aprovou vinte e cinco milhões. Estava aguardando eu escolher a equipe. Colin Montague entrou oficialmente para a Copa e a documentação do desafio foi aceita pelos espanhóis.

— E a equipe é...?

Mack lhe falou da equipe. O velho antiquado ficou tão ruborizado, que Mack achou que ele estava tendo um ataque do coração. Quase o tirou da cadeira para dar início aos procedimentos de recuperação.

Um bom tempo se passou até o velho Morgan recuperar a capacidade de falar.

— Você está chamando uma mulher, um ex-drogado, e um rapaz de quem ninguém nunca ouviu falar para representar o nosso país na busca pelo troféu mais desejado do iatismo? Mais do que o World Match Race Championship, mais do que as Olimpíadas? Somos conhecidos como uma das equipes mais talentosas do mundo! — exaltou-se.

— E nunca ganhamos a America's Cup — comentou Mack, com a voz branda.

— Isso já está virando um tipo de pantomima. Seremos motivo de risos. Acho que você não está agindo com seriedade. A America's Cup depende totalmente da equipe. Se a escolha não for correta, irá corroer-se de dentro para fora.

Mack debruçou-se sobre a mesa.

— Podem acreditar em mim, cavalheiros, estou agindo com o máximo de seriedade. Vocês têm minha palavra de honra. Mas preciso fazer as coisas do meu jeito. — Mack não estava mentindo com relação ao seu comprometimento. Não pensava em mais nada que não fosse a America's Cup, desde que se sentara na biblioteca da escola de iatismo e lera o artigo do jornal. Sabia que pegava o telefone no meio da noite, querendo que as pessoas atendessem, apesar de jamais ter sonhado fazer isso com ninguém de sua equipe. Sabia também o quanto havia sentido falta do desafio das regatas e da pura adrenalina da America's Cup.

— Fabian Beaufort é velho demais para ser proeiro — interrompeu alguém. A posição de proeiro em um barco da America's Cup era a fisicamente mais estressante. Era preciso ter o equilíbrio de um dançarino de balé, a agilidade de um ginasta e a força de um alpinista.

— Velho demais — concordou outra voz. — Quantos anos ele tem? Vinte e quatro?

— Fabian tem vinte e cinco anos.

— E ninguém vai querer velejar com ele.

— Ele é meu proeiro. Ele vem comigo.

— Erica Pencarrow — disse o diretor. — Acho que o nome de família ultrapassa suas habilidades. Ela é sua afilhada, não é?

Mack ignorou a insinuação.

— Inky é extremamente talentosa. Seu histórico no *match race* é exemplar.

— Não é este o problema. Ela poderia ser a reencarnação de Dennis Connor; o problema é como o resto da equipe irá lidar com ela. Ter uma mulher a bordo altera o equilíbrio. A equipe não interage da mesma forma.

— Eles irão aprender — disse Mack, impaciente. — Além do mais, ela tem uma experiência valiosa de Copa. Esteve na última campanha de Henry Luter.

— E quanto a esse tal de Ralph?

— Rafe. O velejador mais talentoso que conheço. Tenho trabalhado com ele.

— Por que nunca ouvimos falar dele?

— Estava no exterior.

— Competindo?

Mack fez uma pausa e negou com a cabeça.

— Então, excetuando você, não temos grandes nomes no barco. — O velho Morgan planejara questionar Mack quanto à sua própria motivação, uma vez que estivera tanto tempo afastado do *match race*, mas agora que estava cara a cara com aquele escocês de queixo de aço e olhos expressivos, não tinha dúvidas quanto à sua paixão ou dedicação. Era como se Mack não pudesse encontrar nenhum desafio na terra que se equiparasse a ele e, por isso, tivesse escolhido o mar.

— Pela minha experiência, os velejadores-estrela, como são tão eufemisticamente considerados, mais criam problemas do que valem a pena. Se há muitas celebridades no barco, elas discutem, são rudes e nunca trabalham em equipe. Preciso fazer isso do meu jeito e com minha escolha de equipe. — Mack prosseguiu falando sobre o time que trabalharia na base e o quanto todos estariam envolvidos no processo de vencer essa batalha. — É como levar um exército em peso para a linha de frente. Estão todos envolvidos no sucesso do desafio. Para o fabricante de velas, a luta está em cada centímetro de cada vela que ele fabrica. Para quem é da manutenção, a luta está em cada acessório que chega e em cada parafuso que aperta. Para o meteorologista, está em cada momento que passa verificando o tempo. O envolvimento se expande até os cozinheiros e faxineiros. É preciso despertar o orgulho em cada um e em todos eles. O papel deles na busca pela vitória na Copa é tão vital quanto o meu.

Aos poucos, Mack foi convencendo um por um. Seu entusiasmo falava por si só. Ao final da reunião, todos na sala estavam tão entusiasmados quanto o próprio Mack. Se a filosofia de Henry Luter era gritar e ameaçar seu sindicato até obter resultados, a de Mack era encorajar a equipe até cada membro querer dar a vida por ele. Talvez, apenas talvez, isso fosse possível.

Poucos dias depois, foi de conhecimento de todos que Henry Luter fora ao socorro do anfitrião, o Valencia Yatch Club, e da America's Cup. Desde a falência dramática do chefe de seu sindicato (junto com algumas acusações de desonestidade, para completar), o iate clube ficara tremendamente constrangido e a totalidade da comunidade da America's Cup exasperada diante da possibilidade de a Copa não acontecer. Afinal de contas, adiantamentos já haviam sido pagos (e, se pensarmos nos milhões de euros por sindicato, isso não era pouco dinheiro), e milhões e mais milhões de libras gastas em desafios. Todos ficaram aliviados por Henry Luter dar um passo à frente e financiar a defesa da Copa. Porém, havia algumas condições. Queria o direito de escolher a própria equipe, e Phoenix — nome de sua corporação — seria o nome e a principal patrocinadora do barco. Os espanhóis agradeceram felizes da vida.

Mack leu a reportagem no jornal e fez uma careta. Henry Luter devia estar muito satisfeito consigo mesmo. Por trás de toda a empolgação nos planos de Mack, havia um motivo principal que ele não havia contado para ninguém. Queria apagar aquele sorriso do rosto de Henry Luter. E quando ficasse cara a cara com ele no circuito da regata, teria um prazer enorme em fazer exatamente isso.

Era bom estar de volta.

SEGUNDA PARTE

CAPÍTULO 15

Mack apressou-se para a reunião que fora marcada às sete da manhã com a equipe. Apesar de cedo e do fato de estarem em janeiro, o clima se encontrava ameno em Valência, o que, em parte, compensava o fato de a equipe ter que se levantar às cinco, todas as manhãs para se exercitar. Estavam ali há apenas uma semana e ainda tinham quinze meses pela frente até a America's Cup. E não havia a menor chance, pensou Mack, de eles atingirem o máximo em um curto espaço de tempo.

Sua última contratação, Laura, estava ocupada tentando passar informações à equipe sobre as condições climáticas do dia. A maioria dos outros meteorologistas já estava lá há seis meses analisando o clima na parte de água mais estudada do planeta. Mack esperava que Laura estivesse preparada para tanto.

No momento, ela tentava falar acima do burburinho da conversa, dos aviõezinhos de papel que lhe eram atirados, dos estranhos assobios e das gracinhas que lhe eram dirigidas. Sir Edward, que tinha uma forma de liderança muito menos combativa do que a de Mack, tentava calá-los sem muito sucesso. O dia anterior fora o terceiro dia consecutivo que ela havia feito uma previsão errada e os moradores locais já estavam ficando inquietos. Mack esperava que fosse apenas um nervosismo inicial, típico de um emprego novo. Enquanto os meteorologistas da Nova Zelândia eram apelidados de "Nuvens", sua equipe apelidara Laura de "Névoa".

— ESTÁ BEM! — gritara Mack acima do barulho. — CHEGA!

O barulho diminuiu e Mack fez sinal para que Laura continuasse.

— E... e a umidade permanece a mesma de ontem a uma taxa de quarenta e cinco por cento. Pelo que parece, o vento deverá... deverá permanecer estável a doze nós...

— Por que você não leva todas as velas para o barco da próxima vez, Laura? — gritou uma voz lá dos fundos. Mack deu uma olhada por cima do ombro.

Laura levantou ligeiramente a voz.

— Mas haverá, eh... uma rajada de vento de não mais do que quinze nós. Eh... bem, isso é tudo.

— O que diz a sua bola de cristal, Rafe? — Gritou alguém. Dizem que você é o deus dos ventos. Diga-nos.

Rafe olhou-o com seus olhos escuros e lânguidos e não se levantou.

Uma vez na água, quando a gritaria aumentou e todos se aproximavam do circuito do treinamento, Ho, segundo proeiro, mandou a equipe sair de cima de sua pilha de velas. Estavam todos deitados em cima dela, descansando, até a hora de começar a navegar. O barco era sempre rebocado para a área de regata porque, ou obviamente porque, não havia motor.

— Vamos lá, pessoal! — gritou. — Saiam de cima das minhas velas! Quero começar a separá-las. — Ho era um gigante com pescoço grosso e braços agitados; Mack quase chegou a pensar que ele roçaria os nós dos dedos no deque. Acabou ganhando o apelido de Ho, por causa de seu histórico naval e de sua voz clara e retumbante que exclamava: *Ho, como é que é?*

Inky levantou-se ainda sorrindo por causa de alguma bobagem que Custard lhe dissera e foi saudada pela expressão séria de Golly, um dos grinders que levantavam pesos de cento e vinte quilos na academia e passavam a vida hasteando velas enormes. Mulheres eram consideradas azarentas nos barcos, mesmo num barco da America's Cup, o máximo em tecnologia, e Golly ressentia-se de sua presença ali. Bananas também eram consideradas azarentas. Inky imaginou se alguns homens cairiam duros no chão caso, algum dia, ela ousasse comer uma banana a bordo.

— Vocês dois estão transando ou alguma coisa parecida?

— Não, mas você não gostaria, se pudesse? — respondeu Custard, pondo o braço sobre os ombros de Inky e os apertando com força. Inky poderia ter lhe dado um beijo. — É que nós já velejamos muito juntos.

— Bem, eu não — rebateu Golly, o que se poderia muito bem ser traduzido por "Não confio em você".

— Já velejei com Inky — confirmou Dougie, um dos trimmers. — Ela irá te surpreender.

— Duvido — retrucou Golly. — Seu mau humor se devia muito ao estado de seus nervos. Todos à flor da pele. A empolgação e o privilégio de terem sido escolhidos para velejar na America's Cup deram lugar ao puro pânico, desde sua chegada a Valência, quando perceberam contra quem competiriam. Era fácil imaginar aquela taça prateada no frio ameno da Inglaterra, mas agora que estavam mesmo ali e podiam ver as outras bases com suas equipes e barcos de aparência profissional, aqueles sonhos foram logo morrendo e dando lugar à esperança cega de que talvez o máximo que conseguiriam seria entrar no barco e completar o circuito.

Os velejadores estavam divididos em alojamentos de acordo com quem havia velejado junto antes. Golly, Flipper e Rump, os três grinders, haviam velejado juntos num barco Volvo. Rafe e Fabian tinham velejado juntos por um breve período no desafio juvenil, embora Fabian fosse muito mais conhecido de todos (Custard, por exemplo, perdeu inúmeras garotas para ele). Mack havia velejado com Sammy, o navegador e ex-piloto da Força Aérea Britânica, em Auckland. Sammy recusara-se a se unir a Henry Luter de novo, pois como dissera: "Eu já tinha passado dois anos no inferno; por que iria me candidatar para a mesma coisa novamente?" Todos tiveram muita sorte em tê-lo na equipe, uma vez que ele já estava para se unir a outro desafio.

Pronto para navegar, o barco parecia uma colmeia em atividade. Todos checavam suas posições e equipamentos, aplicavam protetor solar e prendiam seus bens pessoais com fita adesiva na lateral do barco. Neste dia, velejariam contra o segundo barco. O barco oficial da America's Cup estava em fase de projeto, mas teriam dois do mesmo tipo e um deles se tornaria o barco de treinamento, ocupado pela segunda equipe, e um protótipo no qual poderiam se avaliar. Até que ficassem prontos, eles haviam pegado emprestado dois barcos antigos usados na America's Cup de um desafio chinês, anos atrás, e os chamado simplesmente de *Primeiro Barco* e *Segundo Barco*. Conceito que até mesmo Golly era capaz de entender.

— Muito bem, atenção! — gritou Mack para o resto da equipe. — Hoje velejaremos contra o *Segundo Barco*. — Na verdade, Mack não precisava nem falar; a equipe estava bem ciente de que havia uma segunda equipe que estava esperando para fazer o trabalho dela. — Vamos dar a largada e depois continuar até a primeira perna. Como vocês decerto sabem, estamos no *Primeiro Barco*. Ele desliza na água um pouquinho mais depressa do que o *Segundo Barco*, portanto, talvez a gente possa superá-los se eles tentarem nos bloquear. O que, desnecessário dizer, significaria uma volta de penalidade. Sendo assim, vou começar devagar, fazendo um loop, continuar avançando e bloqueá-los antes que eles nos bloqueiem. Alguma pergunta?

Mack fez uma pausa antes de se dirigir para o lugar onde ficava a vela mestra.

— IÇAR A VELA MESTRA! — Golly e Flipper puseram-se a trabalhar subindo com a vela pelo mastro. A vela enorme ficou presa a meio mastro, e Mack praguejou. Agitava-se, desregulada, ao vento.

— SOLTAR VELA! — gritou Mack, irritado. Para uma tripulação que estivesse trabalhando bem, ele não precisaria dizer nada. — Pelo amor de Deus, solta a vela!

Custard escalou rapidamente o mastro e a soltou para que continuasse subindo. Isso demorou uns bons segundos.

— NO LUGAR! — gritou Golly, quando a vela encaixou-se suavemente no lugar.

Mack sentiu o poder da grande vela, assim que eles logo foram sugados pelo vento. Velejaram um pouco em círculos e então seguiram em frente, olhando para trás, na direção do *Segundo Barco*, que ainda estava colocando a vela mestra para o lugar.

— Quem está marcando o tempo? — perguntou Mack, referindo-se à contagem da pré-largada. Seguiu-se uma pausa assim que

Dougie olhou para Inky. Golly olhou para Custard e Rafe olhou para o horizonte.

— Eu — respondeu logo Sammy.

— Ótimo.

Após o tiro de largada, Mack afastou-se até Sammy começar a contagem regressiva de um minuto, enquanto o outro barco completava dois círculos. Tão logo concluíram o último círculo, num movimento bonito e brusco, Mack deu uma guinada violenta para trás e apareceu embaixo deles, bloqueou-os e manteve-se ali, como se estivessem colados durante todo o circuito até a boia, o que significava o fim da linha de largada.

— Dez... nove... oito! — gritou Sammy.

No rumo em que se encontrava, o *Primeiro Barco* iria passar pela linha de largada, ao passo que o *Segundo Barco* a perderia completamente. Eles não tiveram escolha, a não ser cambar e irem para trás de Mack.

O tiro de largada ecoou e Mack cruzou a linha quase um segundo depois estando o *Segundo Barco* uns seis segundos atrás.

Dougie e Inky se entreolharam, aliviados. Pelo menos, naquele dia, haviam cruzado a linha de largada. No dia anterior, haviam se chocado com a boia.

Os barcos seguiram adiante, ainda aparentemente juntos. O *Segundo Barco* tentava constantemente alcançá-los, mas não conseguia, uma vez que se via em dificuldades para se mover no vento do *Primeiro Barco*.

Mack discutia a escolha da vela balão com Inky e Rafe.

— Código dois ou código três? — perguntou.

Inky achava que código três seria melhor, mas estava distraída observando Dougie, que tentava soltar uma vela. Rafe parecia não estar muito concentrado e sentiu-se indeciso. Havia vento demais para uma opção e pouco vento para a outra.

Mack decidiu por conta própria.

— Código dois, vela balão! — gritou e a instrução foi passada para Ho, no depósito de velas, quando estavam prontos para rodear a marca.

Circular a marca era uma coreografia difícil que envolvia todos os membros da equipe, de preferência com cada um sabendo exatamente o que estava fazendo. Isso era conhecido como um conjunto de ações, e uma ação perfeita se consumaria em menos de oito segundos.

A pantomima iniciou-se quando Ho levantou o balão até o convés e descobriu que estava virado do lado errado; assim, Sparky, o segundo proeiro, precisou se atracar a ele, buscando a parte de cima para encaixá-lo na adriça, o que os fez perder, pelo menos, cinco segundos. Ho então içou os cinco mil pés de vela no ar, auxiliou o mastman ou operador de mastro, Jonny, mas, como o preparo físico deles ainda não estava muito bom, eles levaram duas vezes mais tempo do que deveriam.

Enquanto tudo isso acontecia, Dough tinha corrido para recolher a vela genoa, mas, como já era tarde, fez um esforço para entregar a base da vela balão a tempo, para Fabian. Golly e Flipper já estavam levantando o mastro do balão quando Fabian deu um jeito de fazê-lo a tempo e subir pelo mastro, quase deslocando o ombro durante o processo.

Alguém teria que recolher a genoa, mas Dougie e Germ estavam ocupados ajustando o balão, e todos esperavam que alguém mais o fizesse.

— BAIXAR VELA! — gritou Mack, quando percebeu o que estava acontecendo. Jonny e Sparky apressaram-se e acabaram esbarrando um no outro, como personagens de *O gordo e o magro*.

Tudo isso acontecia em meio aos borrifos persistentes de água, à medida que o barco virava para o lado, em meio às velas que se agitavam ruidosamente ao vento, às pilhas de cabos menores que se espalhavam pelo convés, aos gritos de comando e ao ruído do próprio barco.

Mack observou todo o episódio com a mão colada na testa.

— Quanto tempo levou tudo isso? — perguntou em voz baixa para Sammy, seu navegador.

— Trinta e três segundos — respondeu, olhando para o cronômetro.

— Meu bom Deus, ajude-me.

Um novo drama com a vela balão foi, literalmente, se desenrolando enquanto conversavam. Infelizmente, quando a vela enorme silvou abrindo as tiras que a prendiam, Mack percebeu que haviam feito a escolha errada. O vento estava forte demais para ela. Estava para abrir a boca e pedir outra vela, quando percebeu um rasgo fininho no tecido.

— Baixar vela! Código três vela balão! — gritou.

Mais uma vez perdiam velocidade e o *Segundo Barco* estava colado em sua popa.

Dentro de um segundo, o rasgo começou a se abrir diante dos olhos deles. Quando o balão se rasga, ele tanto pode cair para o lado e levar consigo o barco quanto ainda enrolar-se em torno da quilha.

A proa do barco estava um pandemônio de tanta atividade. O rasgo já estava partindo a vela em duas, e Mack observou quando o último centímetro de pano cedeu e transformou-se em duas metades.

Isso seria um desastre numa regata de verdade, pois, se alguma parte do barco tocasse o concorrente (incluindo velas rasgadas), isso se traduziria em penalidade.

— BAIXAR VELA! BAIXEM A PORRA DESSA VELA! — berrou Mack, mais uma vez, e toda a equipe entrou em pânico. — OUTRA VELA BALÃO! CÓDIGO TRÊS!

Ho não mantinha o depósito em tão perfeita ordem quanto gostaria e perdeu valiosos segundos procurando a balão código três. Pond, o pitman, achando que poderia ajudar, baixou a portinhola até o depósito de velas e quase bateu em Ho, que estava puxando o código três para o convés.

O resto da equipe estava atrapalhado, tentando baixar a metade de cima da vela e então tirar a base do caminho. Flipper, esperando para subir novamente com o mastro, começou a cantarolar — um hábito seu quando nervoso.

Isso foi demais para o normalmente educado Dougie.

— CALA A BOCA! — gritou para Flipper. — CALA ESSA BOCA!

Melhor amigo de Flipper, Golly saiu do pedestal onde ficavam as catracas e, com um grunhido aterrorizante, avançou para cima de Dougie segurando-o pelo pescoço e gritando algo relacionado a um pedido de desculpas.

Inky, que nutria um instinto protetor sobre Dougie, deu um empurrão forte em Golly. Fabian, por sua vez, achando que Golly não iria hesitar em revidar o empurrão de Inky, correu para ajudá-la. Custard avançou com um grito de guerra moicano. Pond gritava, furioso, porque todos passavam por cima de seus cabos, e Sparky correu os olhos à sua volta e percebeu que estava tentando levantar o balão sozinho.

Mack atravessou o barco para separá-los. Quando viu que não conseguiria, empurrou todos para o lado.

— Então tudo correu bem — disse Sir Edward. Era o seu primeiro dia com o desafio. Não estava impressionado até então. Mack deixara Inky, nervosa, encarregada do barco, e ele e Sir Edward estavam a bordo da lancha *Mucky Ducky* para discutir sobre a manhã. (Caindo aos pedaços, parecendo um rebocador, *Mucky Ducky* se desdobrava como reboque, base de treinamento e hospedagem.) É claro que começaram a conversar um pouco mais cedo do que o planejado, pois uma tripulação ensopada e emburrada trocava de roupa, no momento.

— Flipper começou a cantarolar. Algo parecido com "She will be coming round the mountain". Acho que Dougie pensou que ele iria fazer troça da situação. Também perdemos uma vela balão de vinte mil libras. No geral, uma boa manhã de trabalho — disse Mack, desapontado.

— Acho que Fabian seria uma boa opção. Não há lugar para hesitação no barco, ele parece saber se virar — disse Sir Edward. — A propósito, você está seguro com relação a este rapaz? Ouvi boatos sobre ele na Inglaterra...

— Ponho minha mão no fogo por Fabian — comentou Mack, com firmeza.

— Onde você encontrou aquele organizador de velas? Na selva?

— Ele vai se sair bem — sorriu Mack. — Só precisa se organizar. — Ho era forte e capaz, algo vital para quem puxava vela de dentro do depósito para o deque. — É que ele gosta de se meter numa briga. Adora competir.

— Quem é o trimmer da vela mestra? — perguntou Sir Edward, apontando para longe, no barco.

— Will Stanmore. Conhecido como Custard. Velejou na campanha em Auckland, com Inky, ficou fora do primeiro barco por causa de um dos amiguinhos de Luter. Nunca naveguei com ele antes, mas já me encontrei com ele no circuito.

— Ele é talentoso.

— É a pessoa que melhor maneja velas, que eu já vi até hoje.

— Perda de Luter é ganho nosso. Os outros dois trimmers são bons também.

— Dougie e Germ. Dougie está aqui por recomendação de Inky. Ela já velejou bastante com ele.

— Quem é o pitman?

— Pond. É bem pesado e inspira confiança. Acalma todo mundo. Os grinders são egressos do desafio de Luter. Recusaram-se a ir com ele.

— Corajosos, considerando que não tinham nenhuma garantia de que o desafio seria ressuscitado — comentou Sir Edward.

— Golly, Flipper e Rump são aquelas bengalinhas doces. Se os quebrarmos ao meio eles teriam a GRÃ-BRETANHA correndo de cima a baixo. Eles têm muito pouco respeito pela oposição. Quase nenhuma paciência com ela. Tudo o que querem é sair e acabar com eles.

— E aqueles dois? — perguntou Sir Edward. — O traveller e o runner?

— Cherry e Bandit. Ambos velejadores olímpicos. Simplesmente baixam a cabeça e fazem o trabalho deles.

— E quem vai ficar na retaguarda?

— Inky assumirá a posição de tática junto com Rafe, como estrategista. Achei que essa seria a melhor posição para ele, como mensageiro dos ventos.

— Tem certeza de que ele tem esse talento?

— Além de ser um excelente velejador, sabe exatamente onde está o vento e quando virá. Já o vi parado na margem e depois me dizer o momento exato em que a brisa irá aparecer. É um conhecimento raro — disse Mack, em poucas palavras. — Espere para ver. — Mack esperava de coração que Rafe recuperasse a forma. Era óbvia a sua falta de empolgação. Parecia que Ava havia infectado tudo. Fora a observação de Rafe que causara mais desconforto em meio à equipe. A coisa mais importante na retaguarda de um barco da America's Cup era a experiência (a qual Rafe não tinha nenhuma) e, em sua presente forma, ninguém podia entender a razão de estar a bordo.

— A equipe te ouve falando sobre o imenso privilégio que é navegar pelo próprio país e parece que você escolheu um joão-ninguém para parte da equipe. Eles ainda querem que o camarada da segunda equipe o substitua. O que vai fazer para integrá-lo?

— Essas são pessoas que não se comunicam por meio da palavra. São as ações que lhes dão o direito de permanecer no barco. Quando as coisas ficarem pretas, vão observar o que cada um faz e então irão decidir. Virão a apreciar Rafe.

— Espero apenas que ele não seja uma dessas pessoas que chovem no molhado. Preste atenção, ele não é o único. Já percebi também que eles não gostam de receber ordens de Inky e que não confiam em Fabian. Uma equipe que não se entende nunca conseguirá ganhar a America's Cup. Eles precisam ser como um jogo de varetas. Tire uma a uma e elas irão estalar. Tire todas juntas e elas serão inquebráveis. É preciso descobrir a cola que irá uni-las. Como acha que a equipe aceitou Inky?

— Estão cautelosos, mas irão aprender a respeitá-la por causa de sua experiência.

Sir Edward observou a todos em silêncio durante um momento.

— No entanto, não há nenhuma coesão, há? Será que você não se equivocou nas suas escolhas, Mack? — acrescentou, com gentileza. Apesar das seleções às vezes meio automáticas de Mack, ele normalmente tinha talento surpreendente para selecionar pessoas compatíveis. — Afinal de contas, você foi forçado a reunir uma equipe num espaço de tempo muito curto e estava sob grande pressão.

Apenas Sir Edward poderia ter colocado essa questão. Mack não se sentiu ofendido... nem surpreso.

— Dê-lhes tempo — respondeu em seguida.

Tempo é uma das coisas de que não dispomos, pensou Sir Edward. Imaginou se Mack havia deixado o peso do desafio enevoar sua mente. Havia uma primeira vez para tudo.

— Como está Colin Montague?

— Quieto. O que é ligeiramente preocupante.

— Principalmente em contraste com os outros chefes de sindicato que vivem metendo o nariz no negócio.

— Exatamente. Ele nem sequer está vindo para a reunião do projeto dos barcos.

— Como está ficando o novo projeto? — Embora eles tivessem dois barcos para praticar, as regras da Copa diziam que era preciso ter o próprio barco projetado e fabricado em seu próprio país.

— Os projetistas estão vindo para cá hoje. — Seguiu-se uma pausa. — Espero de coração que não haja câmeras suspensas. Expor a tripulação não seria um bom começo para a campanha de RP. Por falar em RP, tenho que indicar alguém para liderar a equipe de Relações Públicas. A sobrinha de um amigo está vindo para cá para uma entrevista na hora do almoço.

— Já a mandou vir para cá?

— Eu lhe darei o emprego a não ser que a odeie de cara. O tio dela disse que é boa. Trabalha para uma excelente empresa de propaganda na cidade, e a família é de velejadores. Fala um pouco de espanhol e tudo o que precisa é se sentir mais confiante. É filha de um pastor.

Sir Edward assentiu com a cabeça.

— Então você achou que a ajudaria a resgatar confiança em si mesma atirando-a gentilmente no grupo de profissionais mais devasso que já existiu, na maior exibição de capitalismo do mundo.

— Não seja pessimista. Se fizéssemos as coisas do meu jeito, não estaríamos nos preocupando com RP. Mas como Colin Montague frisou, a empresa dele está apostando vinte e cinco milhões neste projeto, portanto, seria muito bom se a equipe tivesse um tipo de imagem positiva. Além do mais, ela é boa no que faz e já velejou.

Enquanto eles aguardavam a sobrinha, que, pelo que Sir Edward entendeu, chamava-se Hattie, Mack voltou para o *Primeiro Barco* e fez a tripulação içar e baixar a vela balão por trinta vezes seguidas para ver se conseguia manejar a dita cuja em oito segundos cravados. Não conseguiu.

Exausto, subiu novamente na lancha de Sir Edward e observou o barco inflável se aproximar. Viu a cabeça do que poderia apenas descrever como a de uma jovem moderna: cabelos brilhantes, batom vermelho e óculos de sol Jackie O enormes. Mack praguejou. Deus do céu, detestava mulheres relações-públicas.

A equipe de proa, deitada exausta no convés, apoiou-se sobre os cotovelos e, protegendo os olhos do sol, olhou ansiosa para o barco inflável que se aproximava.

— Precisa de ajuda na entrevista, Mack? — perguntou um dos grinders. — Sou taquígrafo.

Outra razão para não gostar de mulheres como RP. A equipe ficava tão excitada por causa dos exercícios físicos e da adrenalina, sem tempo livre para liberar energia, que as mulheres se constituíam em grande distração. Era como esfregar um pedaço de carne na cara de leões que só podiam comer grão-de-bico.

A mulher estava com sapatos de salto alto nada práticos e um tipo esquisito de saia, que ergueu cuidadosamente até a altura dos joelhos, a fim de subir na lancha. A equipe toda, curiosa, estava agora reunida de um mesmo lado do barco, que se inclinava todo por causa do peso. Neste exato momento, a mulher perdeu o equilíbrio na troca de um barco para outro, enfiando as pernas na água. Mack pegou o que pôde encontrar para levantá-la a bordo e, inadvertidamente, deixou as calcinhas dela à mostra para a equipe, que, mal podendo acreditar no que via, irrompeu numa cacofonia de aplausos e urros.

— Você está bem? — perguntou ele, ofegante.

— Ai, meu deus... ai, meu deus... — Com a mão agitada, ela checou os óculos de sol e a bolsinha que trazia consigo, quando soltou um grito: — Ai, perdi meu sapato!

Mack suspirou e falou com o que esperava que fosse uma voz gentil:

— Você deve ser Hattie.

— Sim, sou. Muito prazer. — Estendeu a mão com uma formalidade que Mack achou um pouco estranha quando tinha acabado de puxá-la pelas calcinhas para cima do barco. Meu deus, certamente tinha lhe puxado as calcinhas até as costas.

— John MacGregor. Pode me chamar de Mack.

— Meu tio fala muito de você. É um prazer te conhecer.

— Você tem acompanhado o que vem acontecendo com o desafio?

— Com avidez. Toda minha família. E é por isso que eu quero tanto fazer este trabalho, porque será um desafio maravilhoso para darmos a volta por cima e criar uma boa imagem para todos vocês. — Ficou extremamente ruborizada pela segunda vez naquele dia. — Não que vocês não tenham... você entendeu... nem...

— Está tudo bem, Hattie. Estou ciente do que os jornais andam dizendo. — Desde que as notícias sobre o desafio de Colin Montague haviam sido anunciadas, houvera uma série de artigos sobre eles. Estaria Mack à altura da tarefa? Teria Colin Montague dinheiro suficiente para fazer acontecer? Será que a nova equipe tinha experiência? Uma publicação recente chegara até mesmo a comparar Mack e sua atual equipe a "Michael Schumacher pilotando um Robin Reliant pelo circuito". — Você sabe que terá que recrutar e chefiar toda uma equipe nova aqui em Valência. Pode fazer isso?

— Com certeza.

Mack dispensou mais comentários.

— Bem, então considere-se empregada.

— Oh, obrigada — respondeu, ficando roxa de tanta satisfação. — Tem certeza? Quer dizer, não quer me fazer mais perguntas?

— Você foi muito bem-recomendada e li suas referências — disse Mack, com voz firme. — Terá um trabalho e tanto nas mãos. Esperamos que consiga lidar com a imprensa. A propósito, precisará capitalizar a nosso favor todos os acontecimentos recentes. Precisamos nos distanciar ao máximo de Henry Luter. Um desafio deve ser temido, não lamentado, e não queremos dar a impressão de que estamos tentando juntar os pedaços deixados por ele. Terá também que conseguir patrocínios. Estamos com pouco dinheiro.

— Pouco quanto?

— Acho que precisaremos de mais cinco milhões. É claro que você também pode conseguir alguns bens em vez de dinheiro. Roupas, bebidas etc. Algumas coisas gratuitas para aliviar as despesas.

Hattie ficou ligeiramente pálida, mas manteve a voz firme ao responder:

— Certamente.

— Quando pode começar?

— Bem, a empresa onde trabalho não costuma deixar ninguém sair sem aviso prévio...

— Quer dizer, imediatamente? — Hattie piscou. Ele era extremamente direto. — O gerente da base, Tim Jenkins, vai te mostrar o lugar.

— O pai dela vai dar um ataque quando descobrir que ela vai trabalhar num sindicato cheio de homens. Lamento por ele — comentou Sir Edward, ao observar Hattie ser levada de volta à costa, depois que lhe prometera procurar por seu sapato. — Principalmente agora que a equipe a apelidou de "Calcinhas Vermelhas".

Inesperadamente, a presença de Hattie tornou a jornada para o hotel muito mais feliz do que teria sido, embora a equipe ainda não perdesse muito tempo se despedindo uns dos outros, não só porque não se gostassem, mas também porque a base deles não era nada confortável. Em contraste com o quartel-general requintado de Henry Luter e dos desafiantes espanhóis, que ficava quase em frente ao porto onde aconteceria a America's Cup, com um centro de RP ali especialmente construído e *chefs* preparando sushi fresco, a base deles consistia nos contêineres que haviam entregado todo o equipamento. Depois de esvaziados, eles foram transformados temporariamente em cozinha, banheiro com chuveiro, sala de massagem e centro administrativo.

Logo, iriam construir um vestiário e uma pequena academia para a equipe, uma sala de estar, um galpão para velas e escritórios administrativos.

Fabian retornou ao hotel onde Mack havia temporariamente acomodado todo o time até que se encontrasse hospedagem apropriada. Os funcionários do hotel ainda não haviam prestado muita atenção nele nem em nenhum dos membros da equipe, uma vez que ainda se decidiria sobre um uniforme oficial e eles não se pareciam em nada com uma equipe esportiva representando seu país. Se alguém olhasse com mais atenção (o que não acontecia), perceberia, ao menos, que todos tinham Oakleys no topo da cabeça, mãos calejadas, cabelos queimados pelo sol e um bronzeado forte.

Fabian foi o primeiro a chegar ao hotel, já que estava ávido para ver Rosie antes que ela fosse para a cama. Ser incluído no mais novo desafio britânico dera-lhe uma boa dose de notoriedade na mídia e as duas primeiras pessoas em quem pensou foram Rob Thornton e seu pai. Imaginou no que eles pensariam de seu novo compromisso. Sentia-se ligeiramente culpado quanto a isso. De um jeito ou de outro, não lhe parecia justo com Rob. Mas ele estava fazendo o possível para espantar esse sentimento e estava determinado a provar que toda fofoca sobre ele estava errada. Escrevera aos pais de Rob para lhes contar sobre as novidades, mas, como acontecera antes, não recebera nenhuma resposta. Tentou não pensar na base luxuosa de Henry Luter, que brilhava do outro lado do porto. Não porque a deles fosse muito básica, mas porque a mera visão da logomarca das empresas Luter e dos uniformes vistosos da equipe o fazia ficar com o estômago embrulhado. Não conseguia se imaginar pronto para competir com eles no circuito da America's Cup.

Rosie ainda estava acordada quando Fabian chegou ao hotel.

— Está tudo bem? — perguntou a Milly, quando levantou a sorridente Rosie no ar.

— Tudo — respondeu ela, determinada a não mencionar as dificuldades que sentia com o idioma ou com a declaração de renda de Fabian, que retornara pela Internet, nem o fato de ter passado a maior parte do dia andando pelas ruas da cidade, com um bebê no colo, atrás do mesmo leite em pó que consumiam na Inglaterra. Além de tudo isso, a única pessoa com quem falava inglês era Rosie, que também a olhava sem compreender. Sentiu-se como se estivesse para irromper em lágrimas. Não falara sobre seu curso de moda desde que Fabian fora incluído na equipe. Fabian ficara tão empolgado que ela duvidava que ele a ouvisse. Ao vê-lo agora com sua filhinha amada no colo, seus sentimentos de insegurança e transitoriedade cresceram. Quanto tempo demoraria até que ela fosse deixada de lado?

Bee, a poucas portas de distância da de Milly, também se sentia prestes a chorar. Poderia ter se saciado com uma boa dose de gim-tônica em vez de biscoitos. Quando Rafe lhe dissera que integraria o novo desafio britânico da America's Cup, Bee logo se ofereceu para vir à Espanha também, ao que Rafe, um tanto confuso, concordou.

— Afinal de contas, meu querido, estamos só começando a nos conhecer, e parece que essa vai ser uma aventura maravilhosa! Por favor, me deixe ir também!

Na verdade, não queria ir para a Espanha coisa nenhuma. Tudo o que sabia era que sua amada irmã iria querer que ela fosse, e ela também havia se afeiçoado muito ao sobrinho durante sua curta estada na Inglaterra.

Aquela apatia terrível que sentira por causa de Ava havia sido substituída por uma determinação cega, e ela não tinha mais certeza sobre qual dos dois extremos a preocupava mais. Seu novo desejo de acabar com a raça de Jason Bryant na regata, junto com o fato de que Ava provavelmente estaria por perto *e* que ele próprio estaria competindo pelo sindicato do pai dela, parecia, para Bee, a receita certa para um desastre. Mesmo que Rafe houvesse lhe dito que Colin Montague se mantinha indiferente à sua presença na equipe, Bee percebera que, na verdade, eles ainda não haviam se visto. O único ponto positivo era que Rafe não parecia tão temeroso quanto o resto da equipe com o desafio à frente.

Esperava sinceramente que Rafe visse a futilidade de suas ações a tempo e que então ela pudesse dar um peteleco naquele ogro que era John MacGregor, naquela estupidez que era a America's Cup, e os dois pudessem voltar para a Inglaterra.

No entanto, naquele momento, sentia-se terrivelmente saudosa de casa e desorientada. Ficara muito chateada por ter colocado Salty dentro das gaiolinhas do avião, por ter sido obrigada a sublocar seu chalé maravilhoso e por ter dito adeus para seus dois filhos queridos, para vir para uma cidade em um país estrangeiro, onde ela não falava o idioma e onde teria que ficar por um bom tempo.

"Que aventura maravilhosa!", exclamaram todos os seus amigos quando ela lhes contou a novidade. "Todos nós iremos visitar." Mas, agora, aquilo não parecia nenhuma aventura grandiosa. Os quartos tinham certa morrinha, não tinham ar-condicionado e ela não gostava nem um pouco da área portuária onde ocorreria a Copa. Dissera a Rafe que sempre quisera viver na Espanha, que estava cansada do clima da Inglaterra e adorava sangria. Era tudo mentira.

Franziu a testa. Lamentar-se não iria ajudar em nada. Fora ideia sua vir e era melhor extrair o melhor que pudesse dali. Tirou a touca de banho da mala, encontrou uma garrafa de gim que comprara no *free shop* e telefonou para os filhos, o que a fez se sentir muito melhor. Afinal de contas, com o atrativo de voos nos fins de semana e da festa, ela, provavelmente, os veria mais do que na Inglaterra.

No outro lado do corredor, Custard estava deitado na cama, olhando para o teto e imaginando, por que cargas-d'água tinha concordado em participar do desafio. Era como se lhe tivessem pedido para estrear na Broadway, mas, momentos antes de entrar em cena, se sentisse enjoado e se perguntasse que diabo estava fazendo ali.

Não muito tempo depois, Inky entrou sem pedir licença.

— Estou entediada. O que você está fazendo?

— O que acha que estou fazendo?

Inky o ignorou e deitou-se na cama também, jogando todo o peso do corpo.

— Hoje foi terrível, não foi?

— Bota terrível nisso.

— Eu achava que, sendo escolhida para compor a equipe, morreria e iria para o paraíso, mas agora me pergunto se não fui mandada para o inferno. Estou pasma.

— Eu também.

— O que meu pai irá dizer quando perdermos as regatas, uma atrás da outra?

— Ele irá dizer "malditas mulheres no comando".

Inky abriu um sorriso e sentiu-se um pouco melhor. Indiscutivelmente, Custard era adorável. Viera de uma família de classe média e fora educado na costa de Dorset. Os pais, vendo que ele tinha jeito para velejar, matricularam-no na escola de iatismo da cidade e ele foi gradualmente trabalhando suas habilidades. Ao se encontrar sempre com Inky nos eventos de *match race*, começara a fazer parte de sua equipe. Não tinha preconceito algum por ela ser mulher, simplesmente via que era uma velejadora excepcional. Era alto e moreno, com um rosto muito simpático e um nariz ligeiramente adunco que levara uma paulada da retranca quando ele tinha sete anos. Achava a vida pra lá de divertida e em tudo procurava graça. Algumas pessoas diziam que o copo está sempre cheio pela metade, outras diziam que está sempre vazio pela metade e Custard sempre perguntava: "Vai beber?" Muitas moças haviam se apaixonado por ele, mas ele ainda não se apaixonara por ninguém.

— Acha que Mack perdeu mesmo o jeito? Quer dizer, e se os jornais tiverem mesmo razão? E se Mack perdeu suas habilidades?

— Então estamos ferrados. Vamos lá, já passamos por situações piores juntos. Vamos fazer o que sempre fizemos.

— Controlar a situação e vencer de qualquer jeito?

— Não! Ir para o bar.

Enquanto a equipe voltava para o hotel, Mack e Sir Edward foram diretamente para uma reunião com os projetistas dos novos barcos. Assim que Mack lhes apertou a mão, um dos projetistas disse:

— Espero que vocês não se importem, mas trouxemos nosso novo estagiário. O jovem Neville trabalhará em alguns aspectos do projeto. — Mack cumprimentou-o brevemente com um gesto de cabeça.

— Está na cara que estamos com pouco tempo — começou Mack —, portanto, eu prefiro não desperdiçá-lo. Precisamos de um barco que seja um sonho para velejar e que voe como um foguete. Temos cerca de três milhões para gastar.

— Uma ninharia — murmurou um dos presentes.

— Vocês irão precisar da última tecnologia em fibra de carbono para fazer o barco o mais leve possível. Isso será caro — comentou o outro projetista. — O problema é que — acrescentou, para o bem de Neville —, como todos os projetos de todos os outros barcos são guardados em segredo, não temos ideia do quanto serão competitivos até eles começarem a competir, o que não acontecerá nos próximos quinze meses.

— Ideias? — perguntou Mack. — Também estamos com pouco tempo, portanto, precisaremos disso com rapidez.

— Teremos que voltar a alguns projetos antigos e modificá-los — um disse para o outro. — Isso será uma economia em testes de desempenho e em uso de computador.

— Mas vamos conseguir um barco veloz?

Um deles encolheu os ombros.

— Barcos velozes custam mais do que temos.

— Eles têm saias, não têm? — manifestou-se Neville. — Todos os barcos têm saias, então ninguém sabe o que há por baixo delas.

— Neville! Vamos falar sobre isso mais tarde, certo? — retrucou um dos projetistas, energicamente.

— Não, vamos ouvir o que o rapaz tem a dizer — respondeu Mack. Sir Edward esperava, pelo bem do próprio rapaz, que o que ele tivesse a dizer fosse inteligente.

— Tenho lido sobre a quilha com asas do *Australia II* no ano de 1983 e tive uma ideia.

— Gostaria de nos falar em particular primeiro, Neville? — interrompeu um dos projetistas.

— Quero ouvir agora — rebateu Mack. — O que é isso?

Quando Neville acabou de esboçar sua ideia de projeto, Mack ficou extremamente surpreso. Era audaciosa e provocante. Gostava disso. E também ficava dentro das regras e do orçamento.

CAPÍTULO 16

— O que é isso? — Mack entrou furioso no escritório de Hattie balançando um pedaço de papel bem no nariz dela. — Que diabo é isso?

— Isso o quê? — perguntou Hattie, calmamente, levantando os olhos do computador. Estava se acostumando aos estouros de Mack, que eram lançados sobre as pessoas em seu rastro.

— ISSO! Essa intimação sua.

Hattie pegou a folha de papel e a analisou.

— Não é intimação nenhuma. Consegui uma entrevista com a imprensa para você. Aqui diz a data, a hora que irão te receber e um pouco sobre o tipo de perguntas que irão fazer e você terá que responder.

— Mas não quero dar entrevista nenhuma à imprensa. Detesto entrevistas.

— Não tenho como conseguir patrocínio sem publicidade.

— E por que eu tenho que dar entrevistas? Por que não Inky, ou Rafe ou até mesmo Golly?

Hattie o olhou, perplexa.

— Porque você é o timoneiro e chefe da equipe. As pessoas querem falar com você. E a única forma de conseguir velejar o próprio barco é tendo dinheiro para isso e...

— Está bem, está bem, darei a entrevista. Quando e onde será?

— Está tudo aí nessa folha de papel. — Devolveu-lhe a folha ofensiva.

Mack ameaçou retirar-se a passos pesados, mas Hattie o chamou.

— E, por favor, não faça essa cara de que acha que a outra pessoa é idiota.

— Mas a outra pessoa quase sempre é idiota.

— É por isso que a usa tanto para mim?

— É.

— Bem, não faça essa cara para nenhum jornalista então.

Hattie estava para ter uma primavera exaustiva. Sem tempo até mesmo para voltar à Inglaterra e reunir seus pertences, teve de pedir à mãe para fazê-lo por ela. Nem sequer conseguia lembrar-se se havia lavado todas as roupas antes de partir, o que era extremamente constrangedor.

Começar a trabalhar no desafio Montague fora muito intimidador, principalmente sob o comando de John MacGregor, cuja reputação o precedia, mas de forma alguma o eclipsava.

— Você irá conhecer um homem interessantíssimo. Ele espera um trabalho de alto nível e não suporta tolos — disse o tio ao telefone, quando ele lhe telefonara para contar as novidades. — Mas qualquer um que tenha trabalhado com MacGregor caminhará sobre o fogo por ele.

Hattie não estava muito convencida de que caminharia sobre o fogo por qualquer pessoa, mas, em torno de uma semana, também já havia caído em seu feitiço.

Mack já a havia chamado para perguntar se recrutara mais alguém para o time de RP. Não havia escassez de candidatos, todos queriam morar na Espanha por um tempo e se misturar à multidão glamorosa da America's Cup.

— Já analisei um monte de currículos, entrevistei um a um pelo telefone e filtrei poucos candidatos. Posso mandá-los vir para uma entrevista?

Mack negou com a cabeça.

— Não temos dinheiro, nem tempo. Você terá que encontrar outra forma de escolhê-los.

— Está bem. Vou pegá-los via sinais estelares então — disse Hattie, irritada.

Mack ficou olhando para ela e caiu na gargalhada.

— É isso aí. Vamos nos dar bem, Hattie.

Mack e dinheiro não eram os únicos problemas de Hattie. Seus primeiros esforços como RP haviam produzido um jornalista que pegara um voo até Valência para conversar com a equipe e, em seguida, publicara um artigo sobre "Rafe Louvel, a prima-dona que insiste em ter sua própria sacada".

Muito aborrecida por sua primeira tentativa ter tido efeito contrário ao pretendido, procurou por esse tal de Rafe e o encontrou na hora do café da manhã, na cantina provisória, tomando café afastado do resto da equipe. A maioria da equipe não se comunicava mesmo; a animosidade era evidente.

Rafe fixou os olhos escuros nela, quando ela puxou uma cadeira e sentiu-se sob uma análise profunda e incômoda. Apesar de sua frieza, havia algo de inquietante com relação a ele, que a fazia lembrar-se de um predador, um bem feroz, observando sua presa.

— Hattie, não é?

— É. Agora, eu não sei se você já viu isso aqui...

— Posso pedir um café para você?

Hattie piscou brevemente. Aquela forma de agir estava um pouco em desacordo com a aura projetada por ele. Como um lobo sob pele de cordeiro.

— Não, não, obrigada. Vim falar com você sobre isso aqui. — Sacudiu o artigo ofensivo diante de seu nariz. — Você viu?

A maioria da equipe havia visto, porque parentes e amigos o haviam enviado da Inglaterra. A ideia das finanças já escassas terem de pagar pelos defeitos de Rafe jogara lenha na insatisfação da equipe já decepcionada com a escolha do mensageiro dos ventos. Não era típico de Mack trocar membros da equipe, mas o encarregado do segundo barco, que ocupava a mesma posição de Rafe, tinha grandes esperanças de que isso acontecesse.

— Não.

— Ah — disse Hattie, um pouco espantada.

— Posso ver? — Retirou gentilmente o artigo da mão dela e começou a lê-lo. Quando acabou, devolveu a publicação em total silêncio.

— É verdade o que ele diz? — quis saber ela. — Você disse a ele que precisava ter uma sacada particular?

— Entendi que ele me perguntou se era difícil me ajustar à vida em terra firme e como era dormir numa cama de verdade, aí eu disse que não sabia por que prefiro dormir do lado de fora, na sacada.

— Bem, você precisa entender que... Como? Você dorme na sacada?

— Com exceção do curto espaço de tempo que fiquei em Lymington, essa é a primeira vez que realmente dormi em terra firme por mais tempo. Não consigo me adaptar muito bem. Me sinto melhor dormindo do lado de fora — justificou-se. Não gostava de hotéis, de respirar o ar que já havia sido respirado por outros ocupantes: executivos maldosos e suas esposas frustradas. — Eu queria sair para dormir no barco, mas Mack acha melhor toda a equipe ficar junta. Você prefere que eu mude de quarto?

— Eh, não. Não, não faça isso. Só que a imprensa está achando que você se julga mais importante.

— Oh. O que você acha?

— Não importa nem um pouco o que eu acho.

— Não. Pelo que me pareceu, era a única coisa que importava.

Hattie afastou-se repentinamente sem saber o que dizer.

Enquanto Mack inspirava uma adoração quase heroica em sua equipe, certamente não inspirava nada disso em Beatrice Burman, que estava agora a caminho dos escritórios do desafio a fim de arrancar o couro dele. Enfiou a cabeça dentro do escritório improvisado de Hattie.

— Olá, Hattie! Viu Mack? — Salty latiu na mesma hora e enfiou a cabeça na lata de lixo.

— Não, mas gostaria muito de saber onde está. É impossível agir como RP quando me dizem para não fazer alarde de nada. Mack não quer que eu diga nada de negativo à imprensa com relação a Henry Luter, o que é quase impossível, depois que passei o dia inteiro tentando conseguir patrocínio para o desafio, só para ficar sabendo que já estão patrocinando o desafio de Henry Luter e que, sob termos de contrato, não podem patrocinar mais ninguém. Sendo assim, nosso projetista de velas telefonou e disse que eles não podiam mais fazer velas para nós porque ainda se encontravam tecnicamente ligados a contrato com Henry Luter. Acho que ele é... bestial. — Hattie ficou ruborizada.

— Com certeza ele não parece ser um homem bom — admitiu Bee, entrando no contêiner. Gostava de Hattie. Apesar de sua criação extremamente formal (e ela parecia-se muito com a filha de um vigário, embora Bee não soubesse exatamente por quê), tinha também um traço forte de confiança e humor. Era uma moça bem bonita, mas carecia do estilo boêmio de Bee (Hattie gostava muito do que Bee podia apenas descrever como "saias"). O termo *bestial* soara extremamente natural vindo dela.

— Não que ele esteja fazendo uso de todos esses patrocínios em seu novo desafio, mas sua equipe tem telefonado para todos os patrocinadores britânicos lembrando-lhes de seu compromisso.

— Então, nada até agora?

— Bem, encontrei uma empresa de bebidas que prometeu nos enviar seus produtos durante a Copa.

— Parece promissor.

— Mack não especificou o tipo de bebida. Não percebi que se referisse a bebidas para a tripulação consumir.

— E que tipo de bebida é?

— Uísque. — Hattie ficou envergonhada. — Ele ficou irritado e me disse para, quando a bebida chegar, mandar ao escritório dele. Ele e Sir Edward irão beber.

— Hattie! Seu primeiro patrocinador! Você devia se sentir orgulhosa!

— Acha?

— Acho maravilhoso! — disse Bee, vibrando por ela e ficando irritada com Mack por fazê-la se sentir mal. Ele era um ogro. — Você está bem hospedada?

— Estou. Na verdade, ainda não vi o quarto do hotel, mas acho que será muito bom quando eu, finalmente, conseguir chegar lá.

Bee riu.

— Me fale, se precisar de algo. Sempre poderei te levar um sanduíche ou qualquer outra coisa. Falando nisso, acho que tenho um croissant de chocolate do café da manhã — disse, enfiando a mão e vasculhando a bolsa.

— Opa, humm, obrigada. Estou com um pouco de fome. Não deixe a Carla te pegar.

— Carla?

— Você ainda não a conheceu? É uma moça daqui que contratamos para cuidar da alimentação da equipe. Ela e Sir Edward já estão batendo de frente.

— Sério?

— Ela não deixa ele tomar nem um cafezinho a não ser que seja um expresso e o tome de pé, porque é melhor para a digestão. Ele prefere um cappuccino e, como ele mesmo diz, de preferência, deitado.

Bee riu.

— Ela parece ser uma figura e tanto.

— Ei, Calcinhas Vermelhas! — chamou Custard, assim que enfiou a cabeça no vão da porta.

— Por favor, não me chame assim, Custard.

— Ah, pare com isso, Hattie. Não tenho palavras para dizer como aquele incidente alegrou todos nós. Fez maravilhas com o velho moral. Não paramos de sorrir o dia inteiro.

— Fico feliz em saber. — Sem perceber, deixou escapar um sorriso.

— Estou aqui porque estamos levando um tempão para andar a pé na vila da Copa. Já arrumou bicicletas para nós?

Custard lamentou suas palavras quando o transporte deles finalmente se materializou. Pelo menos um jornal local os citou, mas só para fazer troça da ausência de uniformes e da escolha das bicicletas pink. Hattie repetiu, até ela mesma ficar com a cara rosa-shocking, que não tinha como conseguir nenhuma outra cor com uma antecedência tão curta e que a loja estava tentando se livrar daquelas bicicletas por um preço baixo ("Não posso culpá-los", comentara Dougie), além do mais, rosa era uma cor muito alegre e ela tinha outras coisas para fazer em vez de pintá-las de preto. O único consolo para a equipe foi a chegada da Mercedes de Mack. Todas as semanas, Hattie organizava uma rifa para uso da Banheirona (como era chamada), caso eles se esforçassem bastante.

A mesma revista que entrevistaria Mack, mais tarde, naquela semana, estaria entrevistando Henry Luter em seu superiate, *Corposant*, que estava ancorado no porto da America's Cup.

— Não há muitas pessoas com dinheiro suficiente para organizar um desafio da America's Cup — começou a jornalista. — O senhor deve estar orgulhoso de ser parte de um clube muito elitizado hoje em dia, Sr. Luter.

— Sim, estou.

— O senhor está trazendo suas estratégias empresariais para a administração de seu desafio, como outros tantos sindicatos têm feito antes do senhor?

— Estou trazendo algo em torno de dez bilhões de libras. Eu seria um tolo se não tivesse trazido minhas estratégias para o sindicato.

— E como têm sido os resultados? — perguntou ela, que estava bem-informada quanto às estratégias empresariais de Luter. Sentiu-se tentada a acrescentar: "O senhor, obviamente, já passou da fase de demitir todos à sua volta até que só mentirosos e os inescrupulosos fiquem de pé?"

— Sou daqueles que não gosta de complacência. Todos são constantemente confrontados com o mesmo número de opositores no segundo barco e nunca houve nenhuma posição confirmada na equipe.

— Nem mesmo a sua? — perguntou, timidamente.

— Nem mesmo a minha posição como estrategista está segura — respondeu Luter, ligeiramente irritado.

— Como o senhor sabe, o detentor da Copa tem uma grande vantagem sobre os desafiantes. O que o senhor diz sobre os boatos de que a única razão pela qual abandonou o desafio britânico foi que, ao assumir o desafio espanhol, aumentaria sua chance de ganhar a Copa?

— Balela. Pura balela. E eu não *abandonei* o desafio britânico. Tínhamos apenas planos muito vagos de entrar na Copa. Mas quando ouvi o apelo desesperado dos espanhóis, o que colocou todo o evento em risco, então me senti na obrigação de ajudar.

— E o senhor quer ganhar?

— Não investi, pessoalmente, cinquenta milhões de libras só para ser um bom perdedor.

— O senhor treina diariamente com sua equipe?

— Tenho compromissos de trabalho e vários outros compromissos, como hoje, por exemplo — Henry balançou a mão a sua frente. — Mas sei que *Phoenix* está lá fora, treinando, e que me unirei à equipe, mais tarde, no decorrer da semana.

— E quanto ao atual desafio britânico sob o patrocínio de Colin Montague? John MacGregor será o timoneiro. Como se sente com relação a eles?

— Desejo-lhes muita sorte — disse Luter, animado. — E que vença o melhor.

A jornalista, então, conduziu a entrevista de uma forma mais pessoal.

— Sua nova esposa continuará aqui em Valência com o senhor ou retornará para uma das suas outras dez residências?

— Não, minha mulher, Saffron, continuará aqui comigo no *Corposant*, me dando apoio durante todo o tempo. Desde que haja lojas suficientes.

Henry Luter estava casado com Saffron há dois anos. Sua primeira e leal esposa, não muito atraente, mas com contatos no Exército e na Marinha — o que Luter achara de suma importância quando começara os negócios —, fora expulsa de sua própria casa por um chaveiro. Enquanto Henry e Saffron viajavam no jato da empresa rumo ao Caribe, um fax chegara a então sra. Luter, anunciando sua expulsão. Deram-lhe uma hora para arrumar as malas. Poderia levar todas as suas roupas (pois, como o fax maldosamente ressaltara, a nova sra. Luter não tinha o mesmo manequim), mais nada além disso, e o mordomo ficaria de olho nela. Todos ficaram chocados — não por Henry Luter ter tomado como esposa uma mulher mais jovem e mais bela (seus casos sempre foram documentados), mas por ter se decidido a casar com ela. Claramente achava que a posição de sua esposa também precisava de uma boa e rápida guaribada.

— É verdade que o senhor pediu sua atual esposa em casamento poucos dias depois de conhecê-la e que ela entrou em um jato com o senhor na mesma noite, deixando tudo o que tinha para trás? — perguntou a repórter, olhando para o rosto feroz de Luter, para seu maxilar frouxo, ameaça de calvície e pernas semelhantes a de um touro. *Não* uma figura muito bonita. *Nada valeria o sacrifício de dormir com essa figura todas as noites*, pensou ela. Mas então lembrou-se do diamante do tamanho de uma bola de golfe que havia visto no dia anterior no dedo de Saffron Luter e pensou melhor.

Luter preferiu ignorar a pergunta. Sorriu para a jornalista.

— Vamos falar sobre o projeto do meu novo barco, ok?

Depois que a repórter saiu, Luter mandou chamar Jason Bryant ao *Corposant*. Enquanto esperava por ele, mandou a camareira de Saffron chamá-la.

Saffron estava sentada em frente ao espelho, admirando seu belo reflexo. Nos dois anos que ela e Luter estavam casados, sua vida mudara de forma surpreendente — era exatamente o que ela queria. Seus pais de classe média medíocre, que insistiam em chamá-la de Judith, ficaram extremamente surpresos com a notícia de que ela iria para Londres atrás de fortuna na forma de um marido rico. Ela sabia que havia apenas trocado um homem controlador por outro, mas logo dispensou a ideia. Não seria capaz de ter a aparência que tinha agora, com um corte de cabelos e um permanente quatro vezes ao ano em um salão local. Tudo valera a pena, pensou, balançando a cabeça em frente ao espelho. Os meses de planejamento de como conseguir convites para os eventos certos. As economias e o dinheiro gasto em maquiagem e vestidos enquanto morava em um quarto alugado em Camden. E, finalmente, o prêmio da loteria. Um convite para o baile de caridade da cidade. Havia feito seu dever de casa e fixado os olhos no troféu: Henry Luter. Um dos homens mais ricos da Grã-Bretanha. Precisava escapar com estilo. Para os convidados fofoqueiros de plantão à sua volta, Saffron monopolizara Henry Luter por toda a noite. E ele adorara sua objetividade. Sim, não se enganara por querer tudo aquilo. Ninguém podia tocar nela agora. Consuela bateu-lhe o ombro e disse-lhe que Henry queria vê-la.

— Quero que use aquele vestido vermelho Yves Saint Laurent, esta noite — disse Henry, como forma de cumprimentá-la. Iriam jantar com alguns patrocinadores.

— Mas eu ia vestir aquele vestido verde do novo estilista que conheci. Ele foi um amor, tem uma lojinha agora, mas...

— Ninguém saberá quem é esse pobre coitado. Use o vermelho. Quero que todos os homens desejem você, mas saibam que sou eu quem te como. Não crie problemas, Saffron. Você sabe o que acontece quando age assim.

Saffron ficou em silêncio quando Luter encaminhou-se à mesa da sala, sobre a qual estavam os jornais do dia.

— Os jornais ingleses chegaram. Você já viu isso? Arrancou uma tirinha maldosa que caricaturava Mack segurando um cofrinho em frente aos portões do Palácio de Buckingham. — Isso irá ensinar aquele arrogante de meia-tigela a não brincar comigo. Vou acabar com esses caras. Um por um. Será que ele achou mesmo que poderia me derrotar? Está formando uma equipe de gente desconhecida. Não tem a menor chance. Ouvi dizer que eles não conseguem nem um patrocinador! — continuou, satisfeito. — Temos todos presos sob contrato; portanto, não podem patrocinar mais ninguém. E Colin Montague não tem dinheiro suficiente para levar o desafio até o final.

Colocou a mão nos seios dela e não se deu ao trabalho de retirar quando Jason Bryant entrou.

— Como foi o treino hoje? — perguntou secamente. Saffron tentou sair, mas a outra mão de Luter, em sua nuca, manteve-a no lugar.

— Foi bem. Não estou muito seguro com relação àquela vela mestra nova. Não parece tão boa quanto...

Luter desprezou seu comentário com um aceno impaciente de mão.

— Paguei milhares de dólares por essa vela. Tem de ser melhor do que a que tínhamos antes. Ela fica.

— Vimos o desafio de John MacGregor hoje. Não estavam treinando muito longe de nós.

— E?

Um sorriso surgiu no rosto de Bryant.

— Eles não estão se entendendo juntos. Fabian Beaufort é o proeiro e caiu no mar. Encontraram-no agarrado a um cabo afastado do barco, cerca de cinco minutos depois. Eles são mesmo uns merdas.

Luter sorriu também.

— As pessoas nem sequer sabem que eles existem.

A equipe competente de RP do desafio Phoenix se certificara de que os espanhóis soubessem exatamente quem *eles* eram. Seus carros com monograma da equipe estavam em todos os cantos e o símbolo do desafio aparecia por toda a cidade no formato de adesivos e pôsteres colados em postes, outdoors e nos acostamentos. Jason, é claro, apreciara a exposição.

No trajeto de *Corposant* à base de Phoenix, Jason Bryant viu Inky voltando ao hotel.

— Ei, Pencarrow! — gritou. — Vimos vocês treinando hoje! — Correu para alcançá-la, mas Inky continuou a andar. — Deve haver formas mais criativas de derrubar seu proeiro, que simplesmente jogá-lo para fora do barco — comentou, acompanhando-a.

— Quem dera eu pudesse afogar você — sussurrou Inky.

— Pobre coitado do Fabian. Ele sabe que todos vocês têm horror dele?

— Foi um mero acidente, Jason. Pode acontecer com qualquer pessoa.

Jason riu forçosamente.

— Um acidente? Você está dizendo que Beaufort caiu do barco? — riu. — Quer dizer que vocês ainda estão treinando para não cair? Puta que pariu, Pencarrow, talvez a gente só se encontre no circuito no ano que vem — disse e afastou-se.

— Você não estará rindo no ano que vem! — gritou Inky com muito mais segurança do que estava sentindo.

CAPÍTULO 17

— Passei o dia inteiro tentando falar com você. Que diabo está acontecendo? — gritou James Pencarrow ao telefone.

Inky afastou ligeiramente o fone do ouvido e perguntou, cheia de cautela:

— O quê, papai? — Havia acabado de sair do chuveiro depois de um longo dia de trabalho. Sentou-se e se pôs a secar os cabelos com a toalha.

— Esta manchete! — respondeu ele, balançando furioso a folha do jornal na frente do corpo, como se Inky conseguisse vê-la.

— O que diz aí?

— Diz: OVELHAS AO MATADOURO.

— É o *Times* rural daqui?

— Não se faça de engraçadinha. É uma reportagem sobre o seu desempenho. Diz:

A aposta de Colin Montague para a America's Cup não parece ir muito bem. Seu timoneiro, John MacGregor, pôs sua merecida boa reputação em jogo com a escolha de sua equipe. Alguns chegam a dizer que ele está sendo irresponsável com a causa britânica ao permitir tamanha extravagância. Um colega de MacGregor pronunciou-se ontem: "John não consegue resistir a ajudar os necessitados, mas está representando o seu país agora e deveria ter escolhido os melhores para acompanhá-lo." Uma informante em Valência, que observou os treinos tanto dos desafiantes da America's Cup de Colin Montague quanto os de Henry Luter, perguntou: "Quantas formas diferentes há de dizer que o desafio Phoenix é o mais veloz?"

— Que diabo está acontecendo? Vocês estão velejando para trás?

— Entramos por último, papai. A equipe ainda está se ajustando. O que você esperava?

— Esperava algo melhor.

Inky enrijeceu, mas tentou não levar para o lado pessoal. Às vezes, o pai ficava tão desesperado para arrasar numa competição que se esquecia de quem, exatamente, estava competindo.

— Ainda não estamos na America's Cup — tentou justificar-se. — Mack está liderando a equipe e, com certeza, isso basta para você, não? E foi Mack que me escolheu.

— Eu sei — respondeu o pai, seriamente. — Tenho me questionado com relação a isso.

— Como assim?

— Estou preocupado com Mack — confidenciou o pai. — Estou com medo de que ele esteja meio... entende o que estou querendo dizer.

— Maluco? Iludido? — arriscou Inky.

— Bem, não tenho dúvidas de que a Copa em Auckland deixou suas marcas nele. Não é mais tão jovem quanto era.

— E você acha que prova disso foi ter me escolhido, não acha? Meu Deus! Achei que você se sentiria orgulhoso por eu ter sido escolhida para a America's Cup!

— Basta ler os jornais, Inky, para ver como isso está sendo constrangedor.

— Para você?

— Para o país — resmungou James.

— Tudo bem, se for só para o país. Veja, pai, estamos fazendo o melhor que podemos, o que, claramente, não é suficiente para você, mas acho que é tudo o que podemos fazer. Agora, se você me der licença, Custard e eu vamos sair para tomar alguma coisa.

Desligou calmamente o telefone e ficou com o olhar parado por alguns minutos. Estava cansada de esperar aprovação do pai, mas não conseguia agir diferente. Quanto mais ele a negava, mais ela esperava. Às vezes, perguntava-se se acabara se envolvendo em toda essa história de America's Cup apenas para satisfazê-lo.

— Bem, você lhe deu um fora dessa vez — Inky pensou alto.

Custard e Inky estavam sentados em um barzinho nas docas, que era muito frequentado pelos velejadores da America's Cup. Inky vestira-se às pressas colocando shorts bege curtos (suas pernas compridas e maravilhosas arrancando inúmeros olhares de admiração — atenção à qual Inky se mantinha totalmente alheia) e camiseta do desafio Montague. Inky havia puxado para trás os belos cabelos lisos ainda molhados, dando destaque à pele de um bronzeado amendoado, apesar de ainda ser primavera. A equipe já se encontrava há três meses em Valência. Seus lábios não precisavam de batom e a luz cintilava em suas maçãs do rosto. A vitrola antiga tocava *The Corrs*.

— Treino, treino, treino — resmungava Custard. — E se passarmos esse tempo todo treinando e depois, no ano que vem, quando começar a America's Cup, descobrirmos que somos uns merdas e voltarmos no próximo voo para casa?

— Posso te dizer agora que somos uns merdas. — Inky contou a Custard sobre a manchete.

— É verdade que Mack treinou Jason Bryant? — Custard mudou de posição, para ficar olhando para fora, com os cotovelos apoiados no bar.

— Bryant e eu fizemos parte da mesma equipe juvenil que Mack treinava.

— Nunca soube disso. Você me disse que fez parte da mesma equipe que Bryant, mas...

— Normalmente não falo que Mack me treinou. As pessoas sempre acham que ele me deu uma mão porque é meu padrinho. Ou isso ou acham que eu transei com alguém para conseguir.

— Mack deve estar puto por ter que enfrentar Bryant de novo. Se chegarmos longe assim. — Eles teriam que competir com todos os desafios para poderem enfrentar Bryant e sua equipe, que, como os detentores da Copa, tinham um lugar garantido nas finais. Ele é um homem de poucas palavras, não é? A maioria delas sendo "foda-se".

Inky abriu um sorriso.

— Mas Mack nunca guarda rancor e sempre acaba pedindo desculpas no final, quando acha que foi longe demais.

— Ele foi muito gentil outro dia com o velho Jack, da manutenção. Viu que ele estava trabalhando até tarde e fez um sanduíche para ele.

— Lembra que Luter costumava tratar o pessoal da base em Auckland como se fosse lixo? Pelo que eu soube, ele obrigava Jack a lavar o carro dele... e Jack é engenheiro.

— E qual é a desse tal de Rafe? — A equipe ainda estava muito desconfiada. Nem sequer havia lhe dado um apelido, tamanha a extensão de sua desconfiança.

Inky encolheu os ombros e tomou outro gole da bebida.

— Mack disse que ele é talentoso. Prevê o vento.

— Bem, ainda preciso ver esse aclamado talento.

— Fabian disse que ele anda meio desligado no momento por causa de um amor.

— Uma mulher? — rebateu Custard, com desdém.

— Nada sei quanto ao talento dele, mas experiência é o mais importante num barco da America's Cup. Rafe não conhece as regras e pode nos fazer perder a regata por isso.

— Acho que, antes, é preciso estar familiarizado com a possibilidade de vencer. Pelo menos assim a gente fica se sentindo melhor.

— O ambiente aqui não é tão hostil quanto em Auckland, mas ainda sinto que ninguém confia em mim. Sempre que dou alguma instrução, olham para Mack para ver se ele concorda ou não.

— Somos uns merdas, não somos? — perguntou Custard, pessimista.

— É, somos, e isso não tem nada a ver com nenhuma das suas histórias tolas de vodu.

Custard ficou extremamente ofendido. Era o mais supersticioso de toda a equipe.

— Você não diria isso se o meu avô estivesse aqui. Juro que no dia que tivemos bananas a bordo do barco não conseguimos nem um ponto. Depois que eu as joguei no mar, demos uma virada e fomos mais rápidos do que os peixes.

Inky o ignorou.

— Você sabe onde o resto da equipe está hoje à noite?

— Desde que não estejam aqui, não dou a mínima.

Inky olhou ao redor, assim que uma de suas músicas favoritas tocou na vitrola. *Better Together*, de Jack Johnson. Um dos membros da equipe italiana aproximou-se do som. Os exagerados italianos, que tinham uma história longa, admirável e apaixonante com relação à Copa, estavam sempre ali, discutindo bem-humorados os resultados do futebol com os residentes locais. Provavam ser muito populares e elegantes com seus uniformes vermelho e preto, facilmente perceptíveis e assinados por um estilista. Parecia que até mesmo suas mãos calejadas eram cuidadas por manicures.

— Ele está te olhando a tarde inteira — comentou Custard.

— Quem?

— Ele ali.

Inky prestou mais atenção. Sua pele azeitonada, seus cabelos curtos e negros eram muito atraentes, seus olhos, observadores e elogiosos. Gostou do jeito dele.

— Sabe quem é?

— Acho que é o proeiro italiano. Não consigo lembrar do nome dele.

— Mas ele não estava em Auckland, estava?

— Acho que não.

Inky olhou para trás e o viu olhando diretamente para ela, com o esboço de um sorriso. Ela logo desviou o olhar.

— Qual o problema com você? — quis saber Custard. — É um cara boa-pinta, não é? Vai lá conversar com ele.

— Não sei, Custard. Acho que não quero me envolver com ninguém agora.

— Tarde demais, eles estão indo embora mesmo — disse Custard, irritado.

Inky virou-se e viu toda a equipe italiana saindo. O italiano lançou um último olhar em sua direção. Ela não sabia se se sentia aliviada ou aborrecida com sua partida.

— Bem, desperdiçou a chance — disse Custard. — Além do mais, qual o problema de um encontro de uma noite?

— Isso pode não ser problema para você, mas eu quero ter um relacionamento com alguém.

— Isso é só um eufemismo para uma sequência de encontros de uma noite, não é?

— Que coisa mais machista. Um dia, Custard, o amor vai te pegar de jeito, como um soco na testa, e você vai ver tantas estrelas que nem vai saber o que te deu.

Custard riu.

— Eu gostaria de ver a mulher que vai fazer isso comigo.

Inky só se via cercada por coisas italianas. Após não exatamente registrar a equipe em seu radar, viu-se, de repente, tropeçando nela pelo menos uma vez por dia. Na noite anterior, comera pizza e sonhara com o proeiro da equipe. Suas bases eram vizinhas e a equipe começara a gritar "Ciao bella" e a jogar beijos, todas as vezes que a via, sempre pulando a cerca de arame farpado para tentar beijar-lhe a mão, como prisioneiros de um filme de guerra (agiam assim com todas as mulheres e Inky preferia muito mais essa forma do que a maneira inglesa, contida, de sua própria equipe). Seu proeiro, no entanto, não era tão efusivo quanto os outros. Limitava-se a sorrir e acenar, apesar de não haver dúvidas de que seu olhar se demorava nela, fazendo com que ela, por sua vez, se pegasse passando batom e rímel todas as manhãs. Então, um dia, o pai telefonou para lhe dizer que saíra um artigo enorme em uma revista sobre a equipe italiana, detalhando o quanto eles eram maravilhosos e que competidores fortes seriam na America's Cup. Será que o proeiro estaria mesmo interessado nela, quando ela praticamente tinha que abrir caminho pelas hordas de fãs glamorosas que esperavam pela equipe italiana nos portões da base?

— Alguém já te falou sobre namorar fora do sindicato? — cochichou para Dougie, durante a reunião da manhã.

— Não, por quê?

— Ah, por nada. Eu só estava pensando qual seria a opinião oficial sobre o assunto.

— Você está pensando em namorar?

— Que nada.

— Inky, você está namorando alguém? — sussurrou Fabian, que estava sentado atrás dela, ouvindo a conversa.

— Não! Não estou namorando ninguém!

— Que papo é esse? — Custard espichou as orelhas.

— Inky está namorando, mas não quer dizer quem.

— Por que não me contou?

— Não estou namorando ninguém!

— Não é o italiano, é? — todos os olhos se voltaram para Custard.

— ALGUÉM ESTÁ ME OUVINDO? — berrou Sir Edward.

Para piorar o constrangimento de Inky, eles seguiram os italianos até o porto, para o dia de treino, em meio a inúmeros "upas-lalás" do resto da equipe. Maravilha, pensou, era a única vez que a equipe brincava junta e, definitivamente, o alvo da brincadeira era ela. Tão logo pôde, Inky saltou para dentro de depósito de velas e lá encontrou o melhor lugar para ficar. Ho a observou, especulativo. Não gostava de ninguém se intrometendo com o que fazia com as velas, Custard desceu e sentou-se ao seu lado. Inky beliscou-o com força.

— Ui! Por que isso agora?

Agora que todos os sindicatos estavam reunidos em Valência, Louis Vuitton, o principal patrocinador da America's Cup, dera início ao usual círculo de eventos sociais. Distribuíram convites para uma festa de boas-vindas, o que foi recebido com vaias pela equipe (para eles, já tinham de passar mais de doze horas juntos, ao dia, na companhia uns dos outros, e qualquer momento a mais pareceria uma tortura odiosa), vaias que ainda aumentaram de volume quando ficaram sabendo que a festa seria somente para eles — sem acompanhantes — e que a equipe de Henry Luter, como detentora da Copa, seria convidada de honra.

Em contraste, Inky sentiu-se no topo do mundo. Enquanto o resto da equipe odiava a ideia da festa e implorava a Mack que não os obrigasse a ir, Inky estava pra lá de empolgada. Era uma oportunidade de ver seu italiano fora do sindicato. Talvez as inúmeras horas que passava na ginástica a estivessem fazendo delirar: já fazia um tempo desde a última vez que sonhara daquela forma com um homem. Nunca estivera tão magra, as roupas começando a ficar largas a ponto de Carla, desesperada, se pôr a preparar quilos de pudim de arroz para ela. Seu estômago parecia uma tábua de lavar roupa e seus braços estavam fortes e musculosos. Espalhava energia e, naquele dia em especial, estava em órbita.

Foi para a sala comunitária que acabara de ser construída e começou a dar uma olhada nas pilhas de revistas que Hattie havia acabado de colocar ali. Queria encontrar o artigo a respeito da equipe italiana sobre o qual o pai lhe falara novamente.

Custard estava deitado em uma poltrona com o jornal espanhol sobre a cabeça.

— Inky, sei que é você que está aí e você ainda não disse uma palavra sequer — resmungou ele. — Ninguém mais seria tão irritante. Por que está tão cheia de energia? Todos nós estamos exaustos.

— Irá à festa hoje à noite?

— Não.

— Ahhh, vamos lá, Custard. Vai ser divertido.

— Não me parece que vai ser tão divertido.

— Iria por mim?

— Está bem, irei por você.

— Obrigada — agradeceu Inky, radiante. — De qualquer forma, Mack disse mesmo que tiraria todos do barco se vocês não fossem.

— Eu sei, mas vamos fingir que estou fazendo isso por você. — Custard levantou-se e foi para os chuveiros.

— A propósito, o artigo sobre a equipe italiana está na revista *Time*, ali no fundo. Acredito que seja isso o que está procurando.

Inky ignorou seu gracejo e logo lançou-se sobre a pilha de revistas até encontrar a revista americana. Procurou a poltrona mais próxima, sentou-se com as pernas cruzadas e folheou a revista até achar o que procurava. Um artigo enorme de cinco páginas. Ah, lá estava ele com o resto da equipe. Mordeu o lábio e sorriu. Deus do céu, precisava se controlar, estava sendo uma perfeita tola. Leu a reportagem. Luca Morenzo, proeiro. Havia poucos detalhes sobre ele, a não ser uma descrição que se referia a ele como "o enigmático capitão da equipe". Em geral, o artigo era elogioso, dando ênfase a como os "Latinos Rebeldes" haviam roubado a cena. Folheou novamente a revista até encontrar uma fotografia dele e a ficou admirando por um bom tempo, antes mesmo de Custard sair para tomar banho.

De volta ao hotel, estava ocupada olhando seu guarda-roupa, tentando tomar uma decisão sobre o que deveria usar à noite, quando ouviu uma batida à porta. Hesitante, Inky a abriu para Bee.

— Ai, é você — comentou Inky. — Graças a Deus. Achei que era aquela chata da Fiona Hargreaves. Ela enfiou na cabeça que estou saindo com o marido dela, que deve ser o cara mais horroroso da equipe da base, e vive passando aqui para ver se ele não está comigo.

— Bem, a culpa é toda sua por ser tão bonita. Não a suporto também. Está sempre reclamando. E, com certeza, não está fazendo amizades com ninguém, magra daquele jeito e dizendo para todo mundo o quanto come de bolo.

— Entra, entra.

— Estou tão ansiosa para Rafe chegar em casa que decidi vir falar com alguém.

— O que houve?

— Você sabe que estou dando uma olhada por aí, atrás de um lugar mais permanente para todos nós morarmos? Bem, acho que encontrei o lugar perfeito!

— Onde é?

— Na beira-mar.

— Sério? — perguntou Inky, incrédula.

— Não me olhe assim. Tem um monte de imóveis sendo reformados por aí e este é maravilhoso, um prédio de apartamentos antigo, quase caindo aos pedaços e praticamente na praia.

Inky olhou-a desconfiada. Bee era a única pessoa que conhecia que poderia usar "maravilhoso" e "quase caindo aos pedaços" na mesma frase.

— Estão reformando o prédio aos poucos, Inky, tem limoeiros e laranjeiras no jardim, que, claro, estão meio abandonados, e sacadas de ferro. Chama-se Casa Fortuna, o que acho que é um bom presságio, não acha? Vou falar com Mack sobre o assunto. — Olhou empolgada para Inky e, de repente, viu os preparativos para o baile. — Oh, vai a algum lugar?

— Estou tentando me arrumar para a festa.

— Claro! — disse Bee, seguindo-a até o quarto. — Eu tinha me esquecido que era hoje à noite. Que máximo! O que vai vestir?

Inky apontou para um terninho simples, pendurado na porta do armário.

Bee franziu o nariz.

— Minha querida, ele é muito bonitinho para um almoço ou qualquer coisa do gênero, mas hoje é festa! Você não tem mais nada? — Aproximou-se do guarda-roupa e começou a revirar seu conteúdo, aparecendo, em poucos minutos, com um vestido preto curtinho de chiffon, com alças duplas de cada lado.

— Olhe só! É perfeito para deixar em exposição suas pernas compridas e encantadoras.

— Não posso usar isso!

— Então por que comprou?

— Sei lá. Eu devia estar bêbada. Comprei com o dinheiro que ganhamos na regata no Japão.

— É maravilhoso! Precisa usá-lo! O que está pensando em fazer com o seu cabelo?

Inky olhou desconfiada para Bee.

— Deixar como está? — perguntou, apontando para a cabeça.

Bee estalou a língua, conduziu Inky à penteadeira e a fez sentar-se.

Alisou-lhe os cabelos, puxando-os para trás, e deixou alguns cachos mais longos emoldurarem seu rosto.

— Você tem cabelos lindíssimos, sabe disso. Uma cor maravilhosa, um preto quase azulado. É muito bonita, Inky.

Inky ruborizou e deu uma espiada no espelho.

— Nossa, estou mesmo bonita! — disse, surpresa. — Eu ia cortar os cabelos na semana que vem, acho que estão compridos demais!

— Não faça isso! Deixe-os crescer mais um pouco. Agora, que sapatos tem?

Inky apontou para um par de sapatos sociais, que planejava usar junto com o terninho.

— Não é sexy o bastante para esse vestido.

— Que número você calça?

— 38.

— Eu também — disse Bee, alegremente. — Volto num minuto!

Inky foi para a garagem de barcos, onde a equipe já se encontrava reunida. Hattie baixara uma lei na reunião da manhã: "Se vocês estão pensando em beber menos do que três copos, então podem ir de uniforme."

— Três copos de quê? — gritara alguém lá de trás.

Hattie ignorou a pergunta.

— Mas se estão pensando em ficar completamente bêbados, então vão com a roupa de vocês. Não quero a reputação deste sindicato manchada por mau comportamento de bêbados.

— Como você irá, Hattie? De camisola? — gritara Fabian.

Consciente da própria aparência, Inky puxou o vestido para baixo, ficando vermelha ao se aproximar do grupo. Todos ficaram em silêncio e a encararam quando entrou. Ela achou que alguns deles pareciam à margem de um ataque do coração. Ai, meu Deus, pensou Mack, desesperado. Como é que vou cuidar disso? Como padrinho, sentia-se como *loco parentis*, mas havia certas coisas que, simplesmente, estavam fora de seu controle.

Custard foi o primeiro a falar.

— Minha nossa, Inky! — exclamou, surpreso.

— Estou bem? — perguntou, ansiosa de repente, ao ver que a maioria da equipe vestia camisetas, e que ela estava toda arrumada.

— Você está fabulosa! Fabulosa demais! Toda a equipe italiana ficará de joelhos. Acho que deveria usar esse vestido no barco. Todos ficariam tão ocupados olhando para você que nós simplesmente poderíamos passar da linha de largada e chegar no meio do circuito antes que eles dessem conta.

Sem considerar o bate-boca da manhã, a equipe não estava muito interessada na ideia da festa e, por isso, fora em massa vestindo a camiseta polo do desafio Montague, toda ela, exceto Inky.

— Então, está planejando arrebentar a boca do balão hoje, Inky? — perguntou Jonny, gesticulando para seu traje e oferecendo uma cerveja.

Inky aproximou-se e sentou-se ao lado dele, rejeitando a cerveja.

— Não, eu só queria me sentir mulher.

— Eu adoraria sentir uma mulher — disse Custard. — Prometa que irá me apresentar muitas delas, Inky.

— Não conheço nenhuma.

— Então Hattie terá que fazê-lo. Você deve conhecer todas as RP gostosas, hein, Hattie? — gritou para Hattie, assim que ela entrou no salão.

— Eu não apresentaria nenhuma delas a pessoas como você — respondeu brincando e sentou-se perto de Rafe.

Inky não precisava ter se preocupado por estar vestida a rigor. O anfitrião da festa, afinal de contas, era Louis Vuitton.

— Vamos lá, Inky — disse Sparky, quando ela parou para procurar por Luca. — Você está atraindo a atenção de todos. Está o maior deserto por aqui.

Sparky levou a equipe para o bar. Finalmente Inky avistou a equipe italiana num canto da vasta pista de dança. Observou-a por um tempo enquanto todos tomavam seus drinques e reclamavam do dia de trabalho. Ela estava para sugerir que seria educado da parte deles cumprimentar seus vizinhos mais próximos, quando Custard abordou-a:

— Vamos dançar.

Mas Inky não conseguia tirar os olhos da equipe italiana. Um deles, provavelmente, estava encenando um momento do treino do dia, arrancando gargalhadas dos demais. Luca estava nos fundos, rindo dos espalhafatos de seus companheiros de equipe. Os olhos deles se encontraram e seu estômago, de tão pesado, quase despencou no chão. Ele acenou, ainda sorrindo, e ela logo desviou o olhar.

— Vamos lá, Inky — pediu Custard. — Quer que eu morra velho e solteirão?

— Ah, está bem.

Custard pegou-lhe pela mão.

— Vamos dançar perto daquele grupo ali — disse, apontando para um grupo cheio de mulheres.

Inky fez sua vontade por alguns minutos e depois tentou conduzi-lo na direção dos italianos. No entanto, cada vez que chegava perto, Fabian ou Dougie apareciam de repente e a arrastavam para outro canto. Repetidas vezes ela tentou se aproximar; num dado momento, Luca parecia estar chegando perto, mas então Dougie apareceu em sua frente com duas garrafinhas pequenas de Moët Chandon e ficou ao seu lado como um molusco grudento.

— Dougie! — exclamou ela, completamente frustrada. — O que foi agora? — Pobre Dougie. Era como um deus na água: decidido, rápido e concentrado. Mas o completo oposto em terra firme.

— Eu ia bater um papo com aquela garota, mas acho que o namorado dela acabou de aparecer.

Inky deu uma olhada para onde ele apontava.

— Acho que não, Dougie. Parece mais o chefe dela.

— Acha mesmo?

— Com certeza — disse Inky, que não tinha certeza alguma. — Vai lá falar com ela.

— É melhor eu ir ao banheiro primeiro — resmungou e saiu.

Inky não conseguiu ver mais ninguém da equipe italiana e imaginou, com o coração partido, se todos haviam decidido sair cedo e ir para casa. Desapontada, pôs-se a seguir Dougie pelas escadas, rumo ao banheiro, para retocar a maquiagem que certamente deveria estar escorrendo, depois de todo esforço físico com Custard, na pista de dança.

Literalmente esbarrou em Luca saindo do banheiro.

— Ah, desculpe! — disse e só depois percebeu quem era.

Ele pareceu indeciso se conversava ou não com ela, então inclinou-se ligeiramente.

— Seu nome?

— Inky — respondeu.

Ele franziu os olhos e ela logo se sentiu ridícula, imaginando o quanto tudo fora em vão. Ele não entendia inglês.

— Tipo ink, tinta, em inglês. Tinta de caneta — gesticulou.

— Entendi perfeitamente — respondeu ele. — Mas me disseram que seu nome era Erica.

Ela riu aliviada.

— Meus irmãos me chamavam de Inky quando eu era pequena.

— Tem a ver com você. Seu cabelo é da cor da tinta. É por isso que te chamavam assim?

— É. E também porque eu não gostava muito de fazer dever de casa quando estava na escola. E eles costumavam me chamar de Inky Irritadinha.

Luca riu. Seus dentes muito brancos em contraste com a cor de sua pele.

— Qual o seu nome? — Preferia morrer a admitir que já sabia.

— Luca. Luca Morenzo. Gostaria de tomar um drinque?

Inky sorriu.

— Obrigada.

Luca esperou por Inky, que foi ao banheiro checar avidamente sua aparência. Aplicou em seguida um pouco do brilho labial que estava dentro da bolsinha que Bee lhe emprestara. Não precisava de muita maquiagem; tinha olhos brilhantes e ainda estava rosada por causa da dança.

— Seu sindicato permite? — perguntou ele, quando Inky saiu do banheiro. Começaram a descer as escadas, indo para o salão de festas barulhento.

— Permite o quê?

— Que você converse com outros sindicatos. Que converse comigo.

— Claro!

— Ouvi dizer que os anfitriões da Copa não permitem que a equipe deles converse com outras equipes. O Desafio Phoenix. Mas, claro, Henry Luter é inglês! Você o conhece?

— Henry Luter? Trabalhei com ele no desafio da última Copa.

— Você é... como dizem? Veterana da Copa?

— É minha segunda Copa. E você?

— Minha primeira. Sou virgem. — Sorriu e abriu a porta para o salão. Inky sentiu-se nas nuvens. Seus modos eram tão agradáveis que se sentiu como se o conhecesse há anos.

Encaminharam-se para o bar, onde ele pegou mais duas garrafinhas pequenas de champanhe e logo perguntou se ela preferiria ir para fora, onde estava mais silencioso.

Luca e Inky foram para a varanda do antigo casarão. Quando chegou, Inky ficou tão preocupada procurando por ele que deixou de perceber como o lugar era lindo. A festa acontecia no verdadeiro estilo Louis Vuitton, em uma bela casa antiga colonial, com fachada deteriorada e janelas enormes. Lá fora, na varanda, os gerânios ainda floresciam em vasos imensos. Os vermelhos e laranjas se misturavam num espetáculo de cor. A maioria dos convidados ainda estava dançando, sendo assim, estavam os dois sozinhos, do lado de fora.

Inky olhava por cima da balaustrada enquanto Luca recostava-se ao seu lado.

— Você fala um inglês maravilhoso, onde aprendeu?

— Venho da costa amalfitana, na Itália. Muitos turistas e muitas namoradas inglesas. — Os olhos dele brilharam com malícia e Inky riu.

— E a Copa? Sempre quis participar?

— A vida inteira. Quero fazer parte da equipe que finalmente levará a America's Cup para a Itália. E você?

— O mesmo — suspirou. — Quer dizer, não quero levar a Copa para a Itália — acrescentou rapidamente, enquanto ele ria. — Mas sempre sonhei em competir nela.

— É o seu sonho se concretizando? É a única mulher aqui, não é?

— Quero vencer também — respondeu, determinada, e tomou um gole de champanhe.

— Ambiciosa e bela. — Luca esboçou um sorriso e baixou a cabeça. Inky sentiu a competitividade lhe subindo pela garganta. Ele a estava tratando de forma condescendente. Mas também o desafio Montague não era considerado uma ameaça para a Copa.

Ele deve ter percebido seus pensamentos, pois acrescentou em seguida:

— Temos muito respeito por seu timoneiro e chefe de equipe, John MacGregor. Ele é um grande velejador.

— É um grande homem também — remendou Inky, leal a Mack.

— Você vem de uma família de velejadores?

— Venho. Embora meus irmãos sejam velejadores de alto-mar. Quando éramos crianças, eles costumavam pegar nosso barco e velejar sozinhos pelas ilhas britânicas, nas férias de verão. Eu nunca pude ir.

— Acredito que isso te deixava revoltada. — Inky gostava da forma como os olhos dele franziam quando ele sorria. Olhos escuros, com a cor e o brilho do melaço.

— Bastante. Conte-me sobre a Itália. Disse que vem da costa amalfitana?

— Sim, já esteve lá? — Inky negou com a cabeça. — Lugar mais belo do mundo. Para mim, pelo menos. Minha família mora na vila mais próxima de Positano. É tão bonita que os artistas vieram primeiro e depois os turistas seguiram. Nada além de montanhas e mar. As montanhas são tão altas que você se sente perto dos deuses.

— Parece maravilhoso — suspirou Inky.

— E é. Mas difícil viver ali. Os turistas fizeram ficar assim. Quando começaram a chegar, três quartos da população emigraram.

— Mas sua família não.

Luca sorriu.

— Nós ficamos. É por isso que me tornei um bom proeiro. E quanto a você? De onde vem? — Tomou outro gole da champanhe.

— De um lugar na Inglaterra chamado Cornualha. Também é muito bonito lá. — Inky fez uma pausa, imaginado como descrever o lugar para ele. — É cheio de magia. É tão isolado que as famílias de lá são superantigas. Você não pode se considerar natural do lugar até sua família residir lá por cinco gerações.

— E a sua família?

— Vivemos lá há mais tempo do que isso. Menos minha mãe. Ela é de Londres.

— Ela gosta da Cornualha?

Nunca ninguém lhe perguntara isso antes, e Inky abriu a boca para dizer que sim, mas percebeu, de repente, que isso poderia não ser verdade.

— Não sei — respondeu com sinceridade.

— Nunca perguntou?

— Não. — Fez uma breve pausa, constrangida e ligeiramente chocada por sua aparente falta de conexão com a mãe. — Sua família é grande? — perguntou em seguida, para trocar de assunto.

— Muitos irmãos e irmãs.

— Todos eles ainda vivem em Amalfi?

— Somos uma típica família italiana. Moramos todos muito perto. Família é família. — Seguiu-se uma pausa, e Inky percebeu que ele a olhava com admiração. — Você emagreceu desde que chegou aqui — afirmou.

— Ginástica. Mack insiste que estamos assustadoramente fracos.

— Minha mãe teria um chilique se te visse. Iria pensar que é só pele e osso. Detesta a ideia de fazer ginástica. "Luca!", costuma dizer. — Exagerou no sotaque italiano. — "Luca! Por que vai a ginástica? Veleja barco, faz amor, sobe escadas! Não precisa ir à ginástica!"

Inky riu, encantada.

— Então acha que sou magra demais?

— Acho você perfeita. — Após ter dito isso, mexeu-se, constrangido. — Desculpe. Eu não devia ter dito isso.

O sorriso de Inky se abateu um pouco.

— Por quê?

— Acho que estamos ficando empolgados, e nada é permitido.

— Como assim?

— Não podemos sair juntos. Quer dizer, não sei se você iria querer...

Inky interrompeu-o.

— Por quê? Já arrumou uma namorada?

Luca olhou-a, surpreso.

— Não, estou solteiro. Estou dizendo que não podemos namorar por causa da Copa. Minha equipe quer vencer a America's Cup. Não pensamos em outra coisa. Você iria me distrair.

— Como pode saber se eu não gostaria apenas de dormir com você? — perguntou Inky, na defensiva. Não queria.

Luca ficou surpreso.

— Não posso. Mas, de qualquer forma, você iria me distrair. Nenhum de nós está podendo ter distrações.

Nada disso havia passado pela cabeça de Inky, que se virou tão desapontada e encabulada que não conseguiu esconder os próprios sentimentos.

— Acho melhor eu voltar para casa — disse, com a voz um tanto rude, de repente sentindo-se desesperada para ir embora.

Luca segurou-a pela mão.

— Inky, por favor, não vá. Gostei de conversar com você. Desculpe. Todos estamos fazendo sacrifícios pela Copa.

Inky arrancou a mão. O fanatismo pela Copa a fez retomar o assunto.

— E alguém mais pensa em outra coisa?

Inky estava furiosa quando voltou para casa. Furiosa com Luca e consigo mesma. Suas palavras haviam sugerido que ela não levava a Copa com seriedade suficiente. Talvez não fosse digna de estar ali. Traíra a expectativa da equipe e a sua própria. Olhou irritada para seu vestido preto. Era aí que as armadilhas femininas te levavam. Para todos os tipos de problemas. E o pior de tudo era uma voz fraquinha que ficava lhe dizendo que, se estivesse mesmo tão atraente, então Luca, simplesmente, não teria sido capaz de resistir. Não, a verdade era que ele não a desejara o suficiente, o que queria dizer que ela havia falhado não apenas como velejadora, mas também como mulher.

Enquanto Inky voltava a passos pesados para o hotel, o resto da equipe se apoiava no bar, imaginando onde ela estaria. Durante a noite eles acabaram dando um jeito de ficar de costas para a equipe Phoenix de Luter, que resplandecia com gravatas e ternos feitos sob medida, enquanto eles eram uma mistura desordenada de jeans e calças esportivas com camisetas polo do desafio Montague. Ouviram diversos idiomas sendo falados no grupo. Como Henry Luter aparecera no último momento para assumir o desafio, havia muitas nacionalidades no barco. Luter não se importava onde conseguia velejadores talentosos. Jason Bryant ficou olhando para eles até que se aproximou. Não era popular com ninguém da equipe de Mack. Quase todos haviam se desentendido com ele no que dizia respeito aos avanços de sua carreira e aprendido, a duras penas, que ninguém se metia no caminho da ambição de Jason.

— Onde está Inky? — perguntou, ligeiramente tonto. — Preciso lhe esclarecer alguns pontos mais delicados do iatismo, que ela deve ter deixado de aprender na nossa época de equipe juvenil.

— Você está bêbado, Bryant. Vá para casa — disse Mack.

— Não, não. Eu quero... — Sua voz falhou quando percebeu que falava com Mack. — Mack! Meu querido e velho professor! Achei que talvez estivesse aposentado! Perdeu mais alguém no mar? Ou será que é para lá que Inky foi? Ou Inky foi tomar um drinque?

Tudo isso foi demais para Rafe. Ele estivera inacreditavelmente contido durante toda a noite, mas agora abria caminho e confrontava Bryant.

Bryant observou-o com atenção.

— Ah, meu predecessor! Ava manda lembranças. Outra noite, quando estávamos na cama, conversávamos sobre...

Bryant não conseguiu contar sobre o que conversavam, pois Rafe, sem dizer uma palavra, deu-lhe um soco na cara.

— Meu Deus! — exclamou Mack, olhando para Bryant estatelado no chão. Ele caíra feito um saco de batatas. Mack logo se colocou entre as duas equipes, pressentindo uma pancadaria iminente.

— Assunto pessoal! — disse Mack, em voz alta. — Problemas com namorada. — Arrastou Rafe para longe enquanto empurrava seu pessoal para o outro lado do salão. Um dos membros da equipe Phoenix ajudava Bryant a levantar-se, olhando confuso para Rafe.

— Rafe! — disse Mack, irritado. — Vá para casa. Irei com você. Todos vocês, terminem seus drinques e vão para casa também. E fiquem fora de confusão. Estou falando sério. — Lançou um olhar ameaçador para os outros.

Tão logo Mack e Rafe saíram, a equipe voltou diretamente para o bar (em respeito às palavras de Mack, escolheram o lado oposto ao da Phoenix), todos conversando alto sobre o que havia acabado de acontecer.

— Foi bom pra caralho! — exclamou Pond. — Então quer dizer que Jason Bryant é o camarada que roubou a mulher de Rafe?

— Putz, dizem que água silenciosa é a mais perigosa, não é? Quem poderia esperar que Rafe faria isso? — perguntou Custard.

Rafe e Mack caminharam em silêncio por alguns instantes.

— Desculpe, Mack — disse Rafe, por fim.

— Você não está parecendo muito arrependido.

— Sinto muito por ter constrangido você e o sindicato.

— Mas não por ter batido em Jason Bryant?

— Deus do céu, não! Eu queria é ter batido com mais força. Machucar a minha mão de tanto socar a cara dele.

— Ele vai aparecer com uma bruta mancha negra no olho, amanhã de manhã.

— Ótimo.

— Rafe, você não pode esmurrar Jason Bryant cada vez que o vir. Não poderemos te ter no sindicato, se ficar agindo assim. Além do mais, conheço Bryant e, infelizmente, posso te garantir que ele não vai deixar barato, se é que me entende. Você estará indo para casa uma noite, passando por um beco escuro, e logo se verá com uma perna quebrada, o que não será uma boa notícia para nenhum de nós.

— Prometo que não irei tocá-lo de novo. Bem, a não ser que ele me bata primeiro. Isso foi só um lance que eu tive que botar para fora.

— Justo. Mas toda essa história de America's Cup tem a ver com Ava, não tem?

— Tem a ver com ganhar.

— Ganhar Ava de volta ou ganhar a Copa? — insistiu Mack.

— Não sei o que rolou no início. Eu não a queria de volta e, ainda assim, parecia que não podia viver sem ela. Tinha a ver com Ava antes, mas agora eu também gostaria de vencer a Copa. A ironia está em eu não conseguir mais pressentir o vento. É como se eu estivesse impotente.

Eles caminharam em silêncio por um tempo. Mack estava pensando na conversa que tivera recentemente com o comodoro da marinha do iate clube. Ele o ouvira falar da falta de preparo de Rafe, queria que ele fosse retirado da equipe e que alguém do segundo barco passasse para o primeiro.

— Olha, Mack, sei que não estou fazendo tudo o que posso no momento. — Rafe vinha se esforçando para contornar seu problema; odiava sentir-se tão afeiçoado a Ava. Queria esquecê-la, mas era como se não conseguisse acordar, quanto mais tentava, mais o sono parecia tomar conta dele. Era como um vidente que havia perdido a visão.

Mack olhou-o com firmeza, avaliando a situação.

Por fim, disse:

— Rafe, sei o quanto é bom, não precisa provar nada para mim.

— Acho que estou tendo um pouco de dificuldade para resgatar minha confiança.

— Ela virá — disse Mack, certo do que dizia, esperando intimamente que viesse mais cedo do que tarde.

CAPÍTULO 18

Na reunião de equipe, na manhã após a festa, apenas Fabian percebeu Inky sorrateira, nos fundos da sala, de óculos escuros. Todos os outros pareciam interessados na história Rafe-Jason. Havia menos rostos indiferentes do que o normal, quando Rafe entrou. Por lealdade à sua causa e pelo fato de o desafio Phoenix ser sempre tão desprezado, a estima por Rafe estava em alta.

Fabian, observando o que acontecia, ficou surpreso ao constatar como pequenos desentendimentos podiam separar uma equipe e como um incidente isolado como aquele podia começar a uni-la. *É claro que ajudava o fato de Jason Bryant ser tão desagradável*, pensou. Um sorriso malicioso fazia-se presente em seu belo rosto todas as vezes que a imagem de Bryant, surpreso com o soco de Rafe, vinha-lhe à mente.

Seu telefone celular tocou e ele checou o número. Franzindo a testa, afastou-se. Milly sabia muito bem que não devia lhe telefonar quando estava no trabalho.

— Tudo bem? — perguntou ele ao atender.

— É Rosie. Está com febre e abatida. Estou preocupada.

— Ela estava bem ontem à noite.

— Eu sei, mas não acordou bem hoje de manhã e também não quis comer nada. — Fabian sempre saía antes de Rosie acordar.

— Talvez fosse melhor você levá-la ao médico.

— Você pode voltar?

Fabian franziu a testa.

— Por quê? Apesar da febre, ela está bem, não está?

— Está, quer dizer, nada mais sério, mas a temperatura está muito alta e eu não falo espanhol tão bem quanto você...

— Bem, está meio complicado por aqui... Por que você não a leva ao médico e eu vou logo depois do treino?

— Está bem, eu te ligo depois. — Milly estava relutante, mas desligou o telefone.

Fabian ficou envolvido com seus afazeres. O vento estava muito fraco naquele dia e, quando a equipe deu um jibe, duas das velas balão se enrolaram no mastro e tiveram que ser levadas ao galpão para reparos, assim que eles voltaram. Em seguida, após uma breve reunião para discutir o dia, havia ainda manutenção a ser feita no barco. Fabian pedira a Custard para substituí-lo, mas Custard precisou sair para providenciar o conserto de um guincho. Fabian tentou então falar com Milly pelo telefone celular, mas não conseguiu. Já era tarde quando finalmente conseguiu ir embora. Pegou uma das bicicletas cor-de-rosa emprestada e correu para o hotel.

— Como ela está? — perguntou ligeiramente ofegante, quando entrou no quarto. Milly estava de pé, à janela. — O que o médico disse?

— Ela está bem. É só uma virose. E muito obrigada por ter me ajudado — rebateu Milly.

— Onde ela está?

— Dormindo.

Fabian dirigiu-se à porta ao lado, que dava para o quarto de Rosie, e olhou ao redor. Viu a filha enrolada nos cobertores e ouviu sua respiração. Fechou a porta com cuidado e voltou para falar com Milly.

— Desculpe. Não pude sair antes.

— Não pôde? Por que Mack não te deixou sair?

— Não pedi a ele.

— Por que não pediu?

— Espera aí, Milly. Ela está bem, não está?

— Mas você não sabia! Ela podia estar morrendo!

— Mas não está! Achei que me ligaria se fosse um problema mais sério.

— Para o seu telefone que não funciona no mar?

— Este é o meu trabalho e a razão de estarmos na Espanha.

— Fiquei assustada, Fabian. Ela estava com febre alta e toda molenga. Eu não sabia o que fazer, não sei como funcionam as coisas na droga desse país.

— Milly, não posso simplesmente largar tudo porque Rosie teve febre.

— Eu esperava que sua família fosse prioridade — disse Milly, com frieza. — Ou você é tão parecido assim com o seu pai para se preocupar?

Fabian ficou olhando para ela e sentiu o sangue sumir da cabeça. Virou-se e saiu do quarto e do hotel. Como ousava acusá-lo de ser como o pai? Ele, Fabian, não havia ficado quando poderia ter ido embora? E ela, por acaso, não sabia o quanto ele adorava Rosie? Jamais faria qualquer coisa para prejudicá-la. No entanto, apesar de toda a indignação, sentira uma parcela ínfima de culpa. Talvez devesse ter se esforçado mais para chegar em casa. Milly tinha razão, ele não sabia mesmo se Rosie estava bem. Será que havia alguma similaridade entre ele e o pai? Será que o pai o amava tanto quanto ele amava aquela menininha que havia segurado nos braços? Teria tido coragem de ir embora se o amasse? Desde que entrara para o desafio, Fabian andava tão ocupado que passara pouco de seu precioso tempo pensando no pai, algo que reprovava agora. Ficou muito empolgado quando soube que ele havia comprado outro barco, devia ter feito alguma coisa com a informação que recebera.

Andando sem destino, reduziu o ritmo e, vendo onde se encontrava, redirecionou os passos até o porto. Todo tipo de perguntas lhe vinha à mente. Se o pai havia saído para algum lugar, como se viraria sem passaporte? A polícia encontrara o documento quando fora à casa dele, para interrogá-lo. Para onde iria primeiro? Será que ficaria na Europa ou ficaria velejando pelo Atlântico? A culpa voltou a dominá-lo diante de sua inércia. Bem, faria alguma coisa agora.

Já sabia o tipo e a classificação do barco que o pai havia comprado; agora, examinava todos os registros do iate clube de Valência (que ficava em um lugar completamente diferente no porto da America's Cup) na vaga esperança de que o pai pudesse ter passado ali de visita. Embora fosse um tiro às cegas, Fabian sentiu-se melhor. Então, para manter a mente afastada de Mack e da discussão em casa, decidiu voltar à base. A equipe e os fabricantes de vela ainda estavam trabalhando quando ele passou pelos escritórios e conectou-se em um dos computadores do sindicato. Quebrando a cabeça para pensar em formas de encontrar uma pessoa desaparecida e um barco, tentou várias combinações de palavras na ferramenta de busca. Durante horas procurou por movimentações de barcos pelo Atlântico. Em seguida, pensou se o pai teria vendido o barco novamente para despistar seu paradeiro e começou a procurar barcos à venda. Entrou em salas de bate-papo para ver se ele teria lhe deixado alguma mensagem cifrada, que ele seria capaz de puxar pela memória e encontrar alguma pista de onde procurá-lo. A grande quantidade de informações e possibilidades o estarreceu.

Por fim, foi forçado a admitir a derrota. Não sabia o que havia acontecido ao pai e precisava afastar o pensamento de que talvez nunca soubesse. Exausto, seguiu a passos pesados para casa, ao encontro de Milly e Rosie, adormecidas.

Na manhã seguinte, quando todos saíram em fila para a reunião da manhã, Fabian olhou de relance para Rafe, à sua frente. De repente, descobriu quem talvez tivesse algumas respostas para lhe dar. Na noite anterior resolvera desistir — talvez não devesse ter pensado assim. Alcançou Rafe.

— Rafe! Posso te fazer uma pergunta?

— Claro. — Rafe sorriu, e Fabian, de repente, sem saber por onde começar, foi logo falando.

— Eh, é possível velejar pela Europa sem passaporte?

Rafe pareceu ligeiramente surpreso.

— É, seria bem fácil. Raramente alguém checa o seu passaporte. Principalmente se você evita os portos maiores e fica nos pequenos. Você também sempre pode dizer que perdeu o passaporte e que está indo à costa, à embaixada mais próxima. Por quê? Perdeu o seu?

— Não exatamente. Então seria muito fácil desaparecer no Mediterrâneo?

— Se não quiser ser encontrado. — Rafe encolheu os ombros. — Muito fácil desaparecer em qualquer lugar dentro de um barco.

Não deixa rastros, nenhuma pegada para dizer que você andou por ali. Não há estradas a seguir, nenhum caminho certo. Pode aparecer num dia, desaparecer no meio da noite e ninguém jamais ficará sabendo por onde esteve. Às vezes, você chega a duvidar da própria existência.

— E é seguro velejar no inverno? — Fabian não pôde deixar de perguntar. — Se estiver velejando sozinho?

— Bem, isso depende obviamente do quanto se é bom e cauteloso. As tempestades podem cair sem nenhum aviso.

Fabian ficara bem pálido, o que levou Rafe a perguntar

— Você está bem? Há alguma coisa que eu possa fazer para te ajudar?

— Não — gaguejou. — Rafe não dissera nada que ele mesmo já não soubesse, se tivesse sido mesmo sincero. Mas não se tratava de um assunto sobre o qual quisesse usar de sinceridade. Balançou negativamente a cabeça. Trabalho. Precisava se concentrar. Afastou a conversa para um lugar remoto em sua mente.

Mais tarde, depois do treino, enquanto saía do barco e voltava para o hangar, a equipe fofocava mais uma vez sobre Jason Bryant e Rafe. Estavam todos tão distraídos que Fabian foi o primeiro a perceber. Ficou simplesmente parado em frente à base, boquiaberto. Mack praticamente tropeçou nele, chegando por trás.

— HATTIE! — berrou Mack, assim que também percebeu a mudança. — HATTIE, SAIA LOGO DAÍ! — Mack a deixara sozinha, a cargo dos pintores que estavam decorando a base naquele dia.

Ela colocou a cabeça para fora de uma das janelas.

— Ah! Vocês já voltaram! Não estávamos esperando...

— O que você está tentando fazer conosco, mulher? Venha aqui agora! — gritou ele.

A cabeça desapareceu e surgiu poucos minutos depois em frente ao hangar.

— O que é que está...?

Mack gesticulou para trás e, quando ela virou, o sorriso sumiu de seu rosto.

— Ah, não! — lamentou-se e virou-se de novo para Mack. — Mack, eu não pedi essa cor. Você precisa acreditar em mim. Não posso acreditar no que estou vendo, mas como...?

— Que cor você pediu?

— Vermelho. Pedi vermelho. Não consegui me lembrar da palavra em espanhol, aí falei em francês. Rouge, pedi rouge.

— Eles devem ter achado que você pediu *rosa*. *Rosa* quer dizer pink.

— Não posso mandar trocar. Não posso mandá-los trocar toda a tinta...

— Não. Além do fato de que nos custará dinheiro, nós seremos motivo de risada pelo erro. Não que estejam nos levando a sério. Todas as equipes da America's Cup já devem ter visto o nosso galpão pink, agora. Teremos apenas de fingir que é assim que queríamos que fosse desde o início — disse ele, entre dentes.

— Ótimo — resmungou Fabian. — Agora, se recostarmos nossas bicicletas na parede do galpão nunca mais as encontraremos.

Fabian não foi o único que quase morreu de desgosto quando Colin Montague (encantado com toda a concepção do visual) propôs que todos trocassem a cor da camisa polo para pink, combinando-as com calças bege, para formar o uniforme da equipe. Todos da equipe Montague ficaram sem falar com Hattie por uma semana.

CAPÍTULO 19

Hattie estava empolgada. Este era um dos seus projetos de maior sucesso até agora e ela estava determinada a aproveitá-lo. Ela praticamente dançou ao anunciar na sala comunitária, para a equipe, as novidades.

— Bem, vocês sabem que a BBC abriu um concurso para dar nome ao nosso barco, o que eu acho que todos vão concordar que é uma notícia maravilhosa...

— Eles também não abrem concurso para dar nome a cães-guia? — perguntou Fabian.

— E... — continuou Hattie, ignorando o comentário. — Nós não só temos um nome vencedor, como a própria princesa Anne concordou em vir batizar o barco! — Olhou empolgada para o grupo, aguardando a reação deles. Achou que tinha ouvido Custard dizer "que breguice", mas logo percebeu que deveria ter entendido mal.

— Qual o nome do barco? — perguntou Inky.

— Vou ler para vocês a frase vencedora. É de um tal de Joshua Cornwell, de nove anos: "Eu acho que o barco britânico deveria se chamar *Excalibur*, porque acredito que a equipe britânica irá puxar a espada da pedra e ganhar a America's Cup."

— Espero que ele não esteja prendendo a respiração de tanta ansiedade — murmurou Fabian.

O barco novo deles chegaria num imenso contêiner na semana seguinte. Mack o queria batizado e dentro da água o mais rápido possível; sendo assim, a princesa concordara em pegar um voo para lá no sábado seguinte, para a cerimônia de batismo. Sua visita estava provocando um tremendo alvoroço na base. Algumas das esposas dos integrantes da equipe haviam sido chamadas para ajudar Carla com o chá e, por alguma razão, tudo saíra terrivelmente inglês. (Como Carla dissera ao marido: "Um só rastro de realeza e só se fala em sanduíche de pepino o tempo todo. São todos doidos de pedra. Por que alguém colocaria pepino num sanduíche? Acho melhor pensar que a princesa está cansada da Inglaterra e que gostaria de comer uma boa *paella* com suco de laranja valenciano.") As esposas, no entanto, não se deixariam influenciar. Poderia estar fazendo um calor maior que no deserto, mas elas iriam confiar no chá, que deixaria aquele pequeno cantinho da Inglaterra orgulhoso. Sanduíches de salmão com maionese de aneto, bolo esponja da rainha Vitória com geleia de framboesa e chantilly, bolinhos de aveia frescos com o verdadeiro creme chantilly da Cornualha, que a mãe de Inky enviara por correio para a secretária de Colin Montague para que ele o levasse consigo, pão de gengibre e sorvete de limão. Carla ficou o tempo todo terrivelmente mal-humorada e resmungara mais de uma vez: "O que sei eu? Sou apenas uma pobre mulher espanhola." Dessa forma, os velejadores estavam loucos, bebendo xícaras e mais xícaras de seu café de arrebentar o estômago, sem reclamar e tentando sorrir. *Deus do céu, vamos todos ter um colapso nervoso de tanta cafeína quando a princesa aparecer. Ela vai achar que estamos todos sofrendo de síndrome de Tourette*, pensou Mack.

Hattie insistiu para que toda a equipe do *Excalibur* usasse seu melhor uniforme de calças bege e camisetas pink recém-estampadas. (Na noite anterior, telefonara para cada membro da equipe para lembrá-lo de passar as roupas a ferro, sendo que telefonara duas vezes para Custard.) No dia, teve o maior trabalho para colocar todos em fila no porto: Inky não queria ficar ao lado do sindicato italiano. Custard não queria ficar perto do perímetro da cerca, porque havia uma corredora com quem ele havia dormido, que agora corria por ali, e ele não queria vê-la. Mas quando foi recolocado ao lado de Inky e fez uma piada sobre o assunto, ela sussurrou alto:

— Ela deve ser bem atraente para você dormir com ela, aí depois você lhe dá o fora. Você é um filho da mãe mesmo. — Então ele também não quis ficar ao lado dela.

Finalmente, Hattie o colocou entre Fabian e Rafe, que estavam fofocando maliciosamente sobre uma esposa infiel.

— E ela estava nua na cama quando ele voltou com as castanhas.

— Ih, eu não sabia da história das castanhas.

— Que castanhas? — quis saber Custard, ficando no meio deles. Hattie lançou um último olhar demorado para Rafe e foi falar com Inky.

— Ai, meu Deus, estou morrendo de vontade de comer chocolate, você não está? — comentou. — Detesto essa regra de que os sindicatos não podem ter chocolate. Colin podia, pelo menos, colocar uma máquina de vender doces no banheiro feminino — acrescentou ela, em tom de brincadeira.

— Chocolate? E por que eu iria querer comer chocolate?

Hattie ficou espantada.

— Eh, por nada. Só estava pensando...

— E por que deveríamos ter uma maquininha de doces no vestiário feminino?

— Bem, porque, você sabe, mulher gosta de comer...

Inky saiu de perto, irritada (o que era mesmo irritante, porque agora teria que encontrar outro lugar novamente). Hattie piscou e aproximou-se de Mack.

— Se você não se importar com o meu comentário, acho que Inky está mais nervosa do que de costume.

— Definitivamente mais sensível — comentou Mack. Detestava falar dos outros pelas costas, mas estava desesperado para saber por que ela estava tão infeliz. Seu comportamento mudara desde a festa Louis Vuitton. Chegava ao trabalho mais cedo do que todos e saía por último. Praticamente saía correndo cada vez que ele se aproximava para conversar.

— Por que ela ficaria tão aborrecida por causa de um chocolate? Como se eu estivesse tentando envenená-la ou qualquer coisa parecida. — Hattie parecia magoada.

— Não quer se sentir diferente. Quer pensar que é exatamente como todo o resto da equipe.

— Mas não é — sussurrou Hattie, estupefata. — Na verdade, eu ia perguntar a ela se não queria usar saia na cerimônia.

— Acho que usar saia não seria uma boa sugestão — suspirou Mack. — Mas obrigada por ter pensado nisso.

A cerimônia de batismo transcorreu tranquilamente. A equipe estava reluzente com seu uniforme pink, embora um pouco emburrada. (Pelo menos agora, eles tinham um ódio em comum por alguém.) No entanto, não puderam deixar de sentir certa inquietação com relação ao barco na frente deles. Era lindo, com linhas simples e atraentes e um belo casco branco. O nome, *Excalibur*, estava impresso em letras negras. Pelo menos, lá estava o barco com que todos eles haviam sonhado. Fora construído com um propósito, um propósito apenas: ganhar a America's Cup.

Todos ficaram bastante emocionados quando a princesa disse: "Eu te nomeio *Excalibur*. Que Deus te abençoe e todos aqueles que nele velejarem."

As esposas correram ocupadas em seguida, provendo as mesas de comida e bebida e fazendo reverência, sempre que podiam. Seguiu-se um momento ligeiramente constrangedor, quando a princesa perguntou se eles teriam canecas para o chá em vez da delicada porcelana chinesa com motivo de rosas. Disse também que teria de ir embora dentro em breve, mas que a comida fora muito apreciada por toda a imprensa.

Hattie ficara extremamente ocupada chamando toda a imprensa veleira britânica para ir à festa de batismo do barco, isso sem falar nos patrocinadores em potencial, que ela esperava que se deixassem influenciar pela ocasião. No dia seguinte, dera um jeito de levar a maior parte deles a *Mucky Ducky*, para observar os velejadores britânicos em ação, que, pela primeira vez, velejariam *Excalibur*. Todos estavam muito empolgados com o barco. Neville e os outros projetistas haviam saído para almoçar. Neville, que aparentava uns doze anos, usava óculos de sol novos e exóticos e estava fazendo a maior festa quanto à saia do barco e à nova quilha que NÃO DEVIAM ser vistas por ninguém. A imprensa já estava falando sobre o "barco-foguete", cuja quilha havia sido escondida por uma saia, a partir do momento em que fora lançado na água. Até mesmo os pintores foram forçados a trabalhar do lado de dentro da saia, de forma que seus segredos não fossem revelados.

Mack preferiria muito mais passar uma semana sozinho com o novo barco do que exibi-lo logo ao mundo, mas entendia que aquela era uma grande oportunidade com a mídia e, segundo a superstição, o barco não poderia ir para a água antes de ser batizado. Como timoneiro, estava sob grande pressão por parte de toda a equipe e queria mostrar tanto ela própria quanto *Excalibur* em sua melhor forma — principalmente depois da última manchete: "Será que John MacGregor perdeu o bom-senso de vez?" Foi com um pouco de ansiedade que eles se prepararam para aquele dia no mar.

— Como vocês todos sabem, Colin Montague estará conosco hoje — disse Mack, em sequência à sua fala como timoneiro e chefe de equipe. — Será que poderíamos tentar usar uma linguagem um pouquinho mais amena?

— Que porra de linguagem você quer?

— Eu me referia exatamente a você, Custard. E também às ameaças de morte, às brigas e ao uso de palavrões.

— Parece você falando, Inky — disse Fabian.

— Só por hoje. Amanhã vocês podem voltar ao que eram antes. Acho que *Excalibur* será um belo barco, mas vocês terão que conhecê-lo de olhos fechados. Terão que aprender a falar a mesma língua que ele. Cada gemido, cada rangido ou silvo quer dizer alguma coisa. Até mesmo a forma com que o vento passa pela vela tem um significado. É como começar um namoro com uma garota que não fala nem uma palavra de inglês. Ou rapaz — acrescentou com um sorriso, desviando o olhar para Inky. — O barco é de vocês. Tratem-no bem.

Mack relanceou para onde *Excalibur* estava sendo preparado a fim de ir para a água, a saia presa com firmeza à sua volta. A equipe de base havia passado a noite inteira se certificando de que ele estaria pronto. Sua quilha fora lixada e polida desde a madrugada, um dos membros da equipe estava agora lavando o deque branco e reluzente com a mangueira e mais alguém estava separando os cabos que haviam ficado de molho horas a fio, a fim de remover resíduos de carbono. O barco parecia orgulhoso e belo, com uma dignidade real (algo muito apropriado por causa de seu batismo no dia anterior pela princesa) em total desacordo com a brutalidade e a ferocidade das batalhas que enfrentaria. Mack esperava que ele vivesse tanto quanto seu nome.

Colin Montague acomodou-se em *Excalibur* pouco tempo antes de o cabo de reboque ser recolhido. Mack sugerira que Colin fosse o primeiro décimo oitavo homem de *Excalibur*.

— O que é isso exatamente? — perguntou Colin.

— É uma posição estritamente figurativa, de não participação, na popa do barco, de forma que os donos do sindicato possam experimentar a emoção da regata sem, de fato, fazer parte da equipe. Você não precisa ocupar sempre a posição. Luter normalmente a vende por milhares de libras para um de seus colegas de trabalho.

Colin sentou-se em cima daquele colherão de servir sorvete, na traseira do barco, e Mack lhe disse que, para sua própria segurança, ele não deveria se mexer. O barco era diferente de qualquer outro que Colin já tivesse visto. Era um barco complicado, apesar de quase nada ter. Dois timões imensos dominavam sua popa, que era onde a retaguarda morava e respirava. No centro, ficava o cockpit, completamente ocupado por manivelas e pedestais, onde os músculos dos grinders reclamavam de dor. Quem ficava mais cruelmente exposto em toda a equipe era Fabian, que trabalhava à mercê da quebra constante das ondas, usando apenas os joelhos para segurar os estais de proa. Uma vez, ele descreveu seu trabalho como o de subir uma escada enquanto andava de montanha-russa. Colin agradeceu ao bom Deus por estar na segurança relativa de décimo oitavo homem. Não se sentiu na posição de poder pedir um colete salva-vidas enquanto a equipe, correndo para cima e para baixo no equivalente a um cavalo selvagem, não usava colete algum.

Depois que um dos barcos infláveis passou pelos barcos, recolheu os restos do almoço e a equipe deu uma última olhada para o lado (Colin estava muito nervoso). Mack pediu aos grinders para içarem a vela mestra. Ela foi içada lentamente do deque, o pessoal puxando com toda a força. De repente, enchendo-se de ar, a vela inflou-se e *Excalibur* foi tomado pelo vento. Inclinando-se drasticamente, Colin escorregou para o lado e, sem ter onde se segurar, simplesmente mergulhou os dedos na água.

Excalibur e *Slayer* (gêmeo idêntico de *Excalibur*, confeccionado para substituí-lo e ocupado pela segunda equipe; com Sir Edward a bordo naquele dia) estavam em lados opostos da linha de partida e em rumos de colisão. Ficaram a centímetros de distância um do outro.

— CAMBAR! — berrou Mack. Gritando com agressividade, Golly e Flipper fizeram a volta com toda a força que puderam. Um bom grinder pode girar as manivelas quase quatro vezes por segundo e, com certeza, eles estavam nessa esfera. Elevavam o nível do desafio. Custard e Dougie, impulsionados pela adrenalina, ajustavam as velas enquanto se movimentavam, os olhos ansiosos e fixados nelas. E *Excalibur* mudou de direção numa virada só. Colin poderia ter esticado a mão e tocado *Slayer,* quando passou deslizante por ele. Os projetistas a bordo de *Mucky Ducky* e pela primeira vez em Valência, para a estreia, franziram o cenho ao ver a manobra.

Dando voltas atrás de voltas os dois barcos seguiram, seus respectivos capitães gritando a uma distância em que se ouviam mutuamente.

— Vamos partir para uma cambada dupla — disse Inky.

— Vamos falar com os grinders. Três segundos.

O comando foi passado para Golly e Flipper.

— CAMBAR! — gritou Mack novamente. Golly e Flipper viraram a genoa. As velas foram preparadas e Sir Edward considerou-os pensativo, do leme do *Slayer*.

Sem outra instrução de Mack, Custard logo puxou a vela mestra, ao longo do convés. *Excalibur* pegou *Slayer* de surpresa e o manteve preso e afastado da linha, até o tiro ser disparado.

Colin foi surpreendido pelo barulho de *Excalibur*. Lembrou-se vividamente de sua primeira viagem a bordo de um barco clássico de uma America's Cup. Parecia-lhe impossível que um barco pudesse suportar tanta força; cada vez que uma das velas era ajustada, a pressão enorme do vento causava um impacto de tamanha fúria que ele logo temeu um estrago maior nos equipamentos. Os cabos que içavam cargas do peso de um ônibus de dois andares foram logo movidos a mão, rangendo e reclamando como almas atormentadas.

Aquela era a primeira visita de Colin a Valência, pois compromissos o prendiam na Inglaterra. Mack ficara ligeiramente preocupado com sua aparente indiferença. Não precisaria mais se sentir assim. Quando terminaram a regata, duas horas depois, Colin estava total e verdadeiramente fisgado.

Quanto à volta para casa, Colin saiu da posição de décimo oitavo homem para se unir à equipe exausta no convés. Sentia-se tenso, mas cheio de energia. Mack falou pela primeira vez com ele depois de duas horas.

— O que achou? — perguntou.

— Fantástico! Absolutamente fantástico! — exclamou Colin, os olhos cintilantes. Deixou-se cair no convés, junto com Mack. — É um belo barco. Gostou dele?

— Ótimo. Preciso me acostumar com o leme, mas ótimo. Os projetistas fizeram um ótimo trabalho. Veja, temos visitas. — Mack apontou para os visitantes.

Colin olhou.

— Quem são?

— *Corposant*. O iate de Henry Luter. — O superiate imenso surgira sorrateiramente. As regras da Copa diziam que não era permitido aproximar-se a certa distância, como proteção contra espionagem, mas eles estavam próximos o bastante para Luter ser visto no convés, debruçado na amurada, fumando charuto e os observando.

— Provavelmente estão tentando nos deixar nervosos.

Lá longe, em *Excalibur*, Inky e Custard observavam também.

— Que babaca — comentou Custard.

— Quem é aquela ali ao lado dele?

Custard franziu os olhos para a figura.

— Deve ser a nova esposa. Você não leu as notícias? Acho que o nome dela é... é... é um nome de tempero... — Tentou lembrar-se do artigo. Devia ter sido publicado um ano e meio atrás. Ficara interessado em ler sobre o antigo patrão e sentira mais do que uma leve excitação, quando olhara para a bela foto de sua esposa.

— Canela? Páprica?

— Saffron, parecido com açafrão, tolinha. O nome dela é Saffron.

Inky deu outra olhada para ela.

— É, lembro ter lido que ele havia se casado de novo.

— Ela é linda.

— É de cair o queixo, não é?
— Imagino o que está fazendo com Luter.
— Vai ver está com ele por causa de seus belos olhos gentis.

Custard riu, mas não tirou os olhos dela. Seus cabelos louros estavam amarrados frouxamente atrás da cabeça, e ela usava um vestido branco, que a brisa retinha ligeiramente na amurada. Estava a certa distância de Luter.

— Acho que é magra demais — comentou Inky.
— Olha só quem está falando.
— Não sou magra. Sou esbelta. Há uma diferença enorme. Além do mais, como muito e ela parece que engole dois analgésicos por dia junto com algumas xícaras de café.

Custard compreendeu o que ela queria dizer. A mulher tinha uma aparência nervosa. Como uma égua jovem e assustada prestes a sair correndo. Ficou intrigado.

— Ela parece diferente, não acha? Como uma mulher comum que se produziu toda para passar o dia. Parece uma boneca.

Inky ficou entediada com a conversa.

— Pelo amor de Deus, Custard, parece que estou conversando com uma mulher! O que te deu hoje? — Deu-lhe um tapa de brincadeira e começou a falar animadamente de *Excalibur*.

Custard interagiu, mas seus pensamentos ainda estavam em Saffron Luter.

Inky telefonou para casa naquela noite, para contar aos pais sobre *Excalibur*. A mãe atendera ao telefone.

— Querida! — exclamou, a voz cheia de prazer. — Que coisa boa ouvir sua voz! Como você está? Como está Valência?

Inky deu breve atenção à mãe, respondendo a todas as suas perguntas, o tempo todo tentando chegar ao motivo pelo qual havia telefonado.

— Mãe — disse no final. — O papai está por aí? Tenho uma coisa importante para falar com ele.

Mary tentou não parecer decepcionada quando respondeu.

— Claro, querida, vou chamá-lo

O tom de voz brusco de James Pencarrow soou ao telefone.

— Inky? Como foi a inauguração do barco? Foi hoje, não foi?

— Foi por isso que te liguei, pai! *Excalibur* é o barco mais impressionante que...

CAPÍTULO 20

Com a America's Cup a menos de um ano à frente, Mack sabia que as solicitações de entrevistas da imprensa com a equipe logo começariam. Sendo assim, insistiu que todos se entendessem com Hattie para fazer um treinamento individual sobre mídia. Hattie ficara empolgadíssima, não apenas por colocar uma equipe reticente para falar por si, mas também pela possibilidade de passar um tempo a sós com um membro em especial desta mesma equipe. Após uma sessão difícil com Custard, que tanto brincou quanto franziu a testa e disse que não estava entendendo nada (e no final eles concluíram que seria melhor para ele se não abrisse a boca), ela aguardou ansiosamente por seu próximo e último atendimento, beliscando vividamente as faces e checando os cabelos no espelho.

Rafe enfiou a cabeça pelo vão da porta.

— Está pronta para mim, Hattie?

— Claro. — Andara descobrindo algumas coisas que a intrigaram sobre a vida de Rafe, e aqueles olhos escuros também andaram lhe ocupando os pensamentos com muita frequência nos últimos dias.

Depois que, um tanto timidamente, ela lhe ensinara algumas técnicas de entrevista e eles conversaram sobre as mensagens que ela precisava que ele informasse à mídia, Hattie percebeu que Rafe começava a olhar com certa frequência pela janela. Tudo bem que o assunto que tratavam não era particularmente sedutor, mas...

— Desculpe, Hattie. O vento está fazendo um movimento interessante. Ainda temos muito que fazer ou você se importaria se terminássemos a conversa lá fora, no barco inflável?

Hattie estava para dizer que eles estavam quase terminando, quando mudou de ideia.

— Claro que podemos terminar lá no barco.

Quando Rafe lhe deu a mão de forma protetora, Hattie ruborizou diante da lembrança de quando ele a viu pela primeira vez, pernas abertas, calcinhas aparecendo, montada em um barco inflável gigantesco.

— O que você vai ver lá fora? — perguntou em seguida, para disfarçar seu constrangimento.

— Eu só queria ver como está o vento aqui no mar. Ver se segue algum padrão.

— Não é melhor falar com Laura, a meteorologista?

Rafe sorriu e relanceou para ela, quando ligou o motor.

— Nunca entendo o que ela fala.

Eles foram se afastando lentamente do porto, obedecendo aos limites rígidos de velocidade, até chegarem a mar aberto, então, Rafe abriu o manete de gasolina. Hattie viu-se pendurada na lateral do barco, à beira da morte, balançando e lamentando não estar com um sutiã esportivo.

Por fim, reduziram a velocidade e Rafe desligou o motor. O silêncio foi quase ensurdecedor. Eles estavam completamente sozinhos, e a costa só era visível ao longe. O mar parecera muito tranquilo quando eles estavam em terra, mas o barco balançava muito. Rafe ficou na popa e olhou para a água. Passaram-se quase dez minutos quando Hattie falou novamente.

— Para o que está olhando?

— Para a mudança de vento. — Aproximou-se e sentou-se ao lado dela, completamente à vontade no balanço do barco. — Estou tentando aprender o mais que posso sobre a água dessa região.

— É diferente da água dos outros lugares?

— Claro. Tenho saído todos os dias para falar com os pescadores daqui, assim que eles saem dos barcos. É de surpreender como eles sabem mais do que todos os outros. Você entende alguma coisa de *match race*, Hattie?

Ela corou.

— Não muita coisa. Minha família veleja, mas nenhum deles compete.

— Eu não sabia muito coisa até começarmos a treinar. Mas, quanto mais participo, mais gosto. Para falar a verdade, estou começando a adorar. Os barcos podem estar a apenas dez metros de distância, mas é como se estivessem em partes diferentes do mundo. Basta essa distância para eles estarem sujeitos a correntes, vento e ondas diferentes. O vento é o fator mais importante de todos. É obrigação minha dizer a Mack onde ele está e eu estou sendo um merda nesse sentido. Um dia eu consigo descobrir, no outro não consigo mais. Isso costumava ser tão natural para mim quanto respirar, e eu nunca me questionei.

— Sua habilidade irá voltar — disse Hattie, com urgência na voz.
— Irá. — Histórias das habilidades brilhantes de Rafe, que desapareciam completamente no dia seguinte, andavam circulando por lá.

Hattie sorriu. Rafe não sabia lhe explicar como era capaz de sentir as mudanças erráticas de humor do vento, os movimentos inconstantes e os redemoinhos crescentes. Não podia lhe dizer que o sono, antes bem-vindo, continha agora imagens constantes de um corpo branco curvado e mergulhado na água.

— É como se alguém tivesse me tirado o chão.

Hattie não sabia o que dizer. Sabia de Ava através da fofoca da equipe, mas sentia-se incapaz de dizer qualquer coisa.

— Pelo menos, me sinto melhor velejando, mas quero mesmo vencer no *match race*. É tão frustrante não ser melhor no que estou fazendo! — Fez uma pausa e, claramente decidido a desviar o rumo da conversa de si, perguntou: — Como está se sentindo em Valência?
— O que foi uma pena, pois ela poderia ter ficado horas a fio conversando sobre ele. Um conhecimento único, o que ele tinha.

— Gosto daqui. Pelo menos, acho que sim. Ainda não consegui conhecer muita coisa.

— Mack está fazendo você trabalhar muito?

— Não mais do que a equipe. E você? Gosta daqui?

— Para mim, se parece mais com a minha casa. Estou mais acostumado com o Mediterrâneo. — Isso era verdade. Tudo ali lhe parecia familiar, os comerciais de sabão em pó, o cheiro da comida, a arrumação dos supermercados.

— Meu pai diz que o Mediterrâneo não é um mar de verdade para se navegar. Faz sentido?

Rafe pareceu surpreso.

— O Mediterrâneo é o mar dos ventos. O vento que você está sentindo agora no rosto deve ter vindo direto de Palermo. — Fez uma pausa.

— Fale mais — pediu Hattie.

— Sobre o vento? — Hattie concordou. — Bem, o gregale é um vento bem forte. Vem da Grécia, mas não se depara com nada até Malta. O que, às vezes, faz com que seja impossível chegar ao porto de lá. Uma vez, Churchill e Roosevelt tentaram se encontrar em segredo fora da costa de Malta. O gregale os manteve no mar por cinco dias e eles quase cancelaram a reunião. Imagine um vento sendo capaz de afetar o resultado de uma guerra! — Hattie sorriu.

— Há também os ventos do deserto, que são chamados de siroco e podem trazer areia do Saara até a Itália. Na Sicília, mais de três dias de siroco podem ser usados como desculpa para crimes passionais.

Eles ficaram em silêncio por alguns segundos.

— Como está se sentindo no hotel agora? Ainda está dormindo na sacada?

— Estou. Acho que as pessoas já estão se acostumando. Todos os dias de manhã, a camareira costumava levar meus lençóis e arrumava a cama, mas agora ela já deixa tudo pronto lá fora. E você? Como está se saindo?

— Bem, nunca consigo adaptadores de tomada em número suficiente, mas estou bem!

Rafe abriu um sorriso.

— Eu não tenho nada para ligar na tomada.

— Como está seu relacionamento com a equipe? — Hattie estava curiosa para ouvir.

— Está bem. Eu nunca tinha velejado de verdade com estranhos. Estou acostumado a fazer as coisas sem nem sequer me comunicar com as pessoas. Quando velejava com meu pai, ficamos tão acostumados um com o outro que nem precisávamos mais conversar. Acho que é isso que estamos buscando aqui, mas, no momento, temos que falar tudo gritando. O que faz com que tudo seja mais lento. É mais difícil do que eu achei que seria... Acho que é melhor nós voltarmos. Mack deve estar se perguntando para onde foi o barco inflável dele — disse Rafe.

— Acho que sim — disse Hattie, num fio de voz. — Obrigada por ter me trazido. Foi muito interessante.

Rafe sorriu e Hattie sentiu o estômago pesar, os olhos se fixarem em seus lábios carnudos e sensuais.

— Você é bem-vinda para vir comigo sempre que quiser, Hattie.

Rafe era uma pessoa extremamente discreta, mas não conseguiria ter explicado o que estava sentindo a ninguém, mesmo se quisesse. A única pessoa com quem ele tinha certa sintonia era sua tia Bee, mas havia um limite nas coisas que ela conseguia fazer por ele. Havia dias em que ela não podia nem esticar o braço e tocá-lo. Por fora, ele parecia bem; era simpático e sorridente com a equipe, falava bobagens com todos de forma bem-humorada; brincava com as crianças do sindicato e colaborava com Hattie quando o resto da equipe não estava nem aí.

Por dentro, no entanto, sentia-se como se seu coração estivesse irremediavelmente partido. Quando achava que havia varrido todos os cacos, achava mais um sobre a poeira debaixo do sofá. Para onde quer que fosse, lembrava-se de Ava. As cores do pôr do sol lembravam-no de um vestido dela que adorava. Os desenhos no céu faziam-no lembrar-se de um de seus quadros. Estava começando a questionar sua própria motivação para vir a Valência. Não parara de querê-la de volta, mas, obviamente, sabia que nada mudaria o fato de que ela lhe fora infiel. Alguém lhe dissera uma vez que o amor era cego, mas não lhe disseram que era também surdo, burro e anestesiante. Ele não conseguia se entender.

Uma noite, estava tão desesperado que ligou para o celular dela, preparado para desligar caso ela atendesse, apenas para ouvir sua voz na secretária eletrônica. Em vez da voz de Ava, apareceu a voz ligeiramente zombeteira de Jason Bryant: "Se quer falar com Ava Montague, então terá que esperar sua vez..."

Rafe desligou. Aquele camarada tinha que colocar sua marca em tudo, pensou, amargurado. Quase como se estivesse marcando gado.

Em nada ajudava o fato de o desafio Phoenix ter uma visibilidade tão alta. Sua equipe de RP se certificara de que todos soubessem que Jason Bryant era o homem que os conduziria à vitória. Tinha até mesmo chegado ao cúmulo de mandar fazer outdoors com a foto de Bryant e a frase: "America's Cup: a Espanha não ficará sem ela." Parecia não haver um dia sem que um dos carros do sindicato Phoenix passasse zunindo por eles, zombando de suas bicicletas cor-de-rosa, ou que saísse um artigo na mídia, enviado secretamente, no qual reportavam a última tecnologia que a equipe estava usando, diretamente do departamento de desenvolvimento de Henry Luter. Para onde quer que Rafe olhasse parecia que estavam rindo dele, e ele tinha certeza de que jamais venceriam *Phoenix*.

Tudo estava ainda pior pelo fato de ele nunca ter ficado tanto tempo em um só lugar. Quando se inscrevera para o desafio, não lhe ocorrera que isso seria tamanho problema, mas conforme o tempo foi passando, Rafe foi ficando ainda mais inquieto, lutando contra vontades que começaram a surgir no momento em que seu pai saiu para navegar pelo Canal da Mancha, afastando-se da Inglaterra.

Antes, ele podia seguir esses desejos e, da mesma forma, sair navegando, mas, agora, alguma coisa o detinha e não era apenas o fato de saber que seus problemas com Ava não estavam resolvidos e que nunca estariam se ele deixasse Valência. A solução de seu pai sempre fora mudar para outro porto; Rafe não tinha mais certeza se essa era a sua solução (embora fossem de origem muitíssimo diferente, talvez ele tivesse mais em comum com Fabian do que parecera de início). Ironicamente, uma coisa que ajudava Rafe era o único benefício que tinha ao ficar no mesmo lugar: a amizade crescente com o restante da equipe *Excalibur*. Aos poucos, eles estavam começando a confiar um no outro e a se unir. A fascinação pelo *match race* também colocou nele o seu selo.

Por estarem treinando, dormir tarde da noite e beber eram ações estritamente proibidas, sendo assim, ele extravasava sua frustração nos exercícios físicos e, consequentemente, estava ficando saudável e musculoso. Sempre tivera estrutura e peso medianos, mas agora estava mais robusto, com quase seis quilos a mais só em músculos.

Um dia, Sir Edward foi falar com Mack, na academia. Observou por alguns minutos Rafe bater em um saco de areia, como se quisesse matá-lo.

— Como está a forma de Rafe? — perguntou.

Mack olhou de relance para o rapaz.

— Mais ou menos — murmurou. — Mas ele está se esforçando.

Infelizmente, pensou Sir Edward, ninguém ganhou a America's Cup simplesmente por se esforçar.

— Como vão as lições de eletrônica?

— Bem.

— Ele e Colin Montague já se falaram?

— Não, ainda não.

— Isso será um problema? Digo, quando as regatas começarem, Colin Montague estará muito mais aqui. Como ele se sente com relação a Jason Bryant e Ava?

— Colin não me contou, mas sei que ele e Ava não estão se falando. Ele nem sequer sabe se Ava está aqui com Bryant ou se está na Inglaterra. Ela não contou para ninguém da família.

— Deve valer a pena ele tentar descobrir.

— É, sei o que você está querendo dizer — bufou Mack, empurrando uma barra cheia de pesos, para exercitar os braços.

— Não queremos que Rafe tenha mais problemas.

— Vou pedir a Hattie para me avisar quando Colin vier.

— Tenho certeza de que ela avisará — disse Sir Edward, irônico.

Alguma coisa em seu tom de voz fez Mack erguer o olhar.

— O que você está querendo dizer?

Sir Edward percebeu que Mack não havia notado a queda de Hattie por Rafe.

— Nada — apressou-se em responder. — Precisa mesmo pegar tanto peso? Vai acabar com uma hérnia. Acho que preciso me sentar. Estou ficando exausto.

— Já tentou não se concentrar? — perguntou Fabian, enquanto esperavam por Mack no intervalo da manhã. — Quem sabe falar com o vento é como um lance do subconsciente, que não funciona se você tentar muito?

— Já tentei de tudo — disse Rafe, observando, pensativo, uma mosca na vidraça. Estava desenvolvendo um ódio real por moscas. Não há moscas no mar.

— Que tal simplesmente não pensar em Ava?

Rafe fixou-lhe o olhar.

— Já se apaixonou, Fabian?

— Claro! — respondeu enfaticamente. — Milhares de vezes. — É quando você não consegue parar de transar com alguém, não é? Não dura muito, mas...

— Acho que você está falando sobre outra coisa — disse Rafe.

— Você já tentou...?

— Pelo amor de Deus! — explodiu Inky. — Por que você não sugere que ele se vista de nuvem enquanto todos nós dançamos nus à volta, comendo batatas fritas com sal e vinagre? Certamente sua habilidade irá voltar se parar de falar dela. E não sei como você pode ser tão falso, Fabian — enfatizou a pronúncia dos f —, dizendo que nunca se apaixonou, quando tem uma filha e uma esposa. Vocês são todos abomináveis! — Inky saiu irritada para buscar café nos fundos da sala.

— Do que ela está falando? Eu disse que havia me apaixonado milhares de vezes. O que deu nela? — perguntou Fabian.

— Acho que talvez seja mais a questão do que não deu nela. Falta de homem — disse Custard, sério, acabando de se unir a eles.

— Ela precisa é parar de agir como se fosse homem.

— Acho que isso tem mais a ver com a variação latina.

— Deve ser difícil para ela — disse Rafe, que tinha a vantagem de estar vendo de fora. — Afinal de contas, a America's Cup é coisa de homem. Foi criada por homens, desenvolvida por homens, concorrida por homens. Deve ser difícil para ela saber em que posição se encontra.

Os outros o olharam como se ele fosse louco.

— Enfim — disse Custard. — Acho que deveríamos tentar o lance das batatas fritas com sal e vinagre. Adoro batatas e pode ser que funcione.

Todos que haviam presenciado o deboche de Fabian naquela manhã teriam ficado surpresos em saber que ele estava com o coração pesado. O passado tem um jeito engraçado de virar a cabeça para trás quando você menos espera. Estivera dando uma olhada em uma de suas várias caixas de mudança que Milly não abrira por falta de espaço, à procura de seu antigo exemplar de Sir Francis Chichester *O mar e o céu solitário*. Tinha certeza de que estava lendo esse livro antes de partirem e queria emprestá-lo a Dougie. Como Dougie nunca havia competido em mar aberto, Fabian achou que aquele poderia ser um bom começo, contando uma época anterior aos dias de navegação via satélite e de relatórios de tempo, de hora em hora, quando tudo o que se fazia era sair com um bom vento, alguns mapas e uma jaqueta de veludo. Ele imaginava o quanto teria gostado de pertencer àquela era, quando se deparou com o relógio do pai. Ficara de quatro, sentindo-se como se todo o ar lhe tivesse sido tirado. Desde sua pesquisa no computador e sua conversa com Rafe, a ideia de que talvez jamais encontrasse o pai se estabelecia aos poucos.

Levou o relógio para Milly, todos os pensamentos sobre Dougie esquecidos.

— O que é isso? — perguntou ela, que acabara de ler *A lagarta faminta* três vezes seguidas para Rosie.

— O relógio de meu pai.

— Ah. — Milly esticou a mão para tocá-lo.

— Por que ele o teria deixado aqui?

— Acho que o deixou para você.

— Algo para eu guardar comigo, é o que quer dizer?

— Sim.

— Como se tivesse morrido — murmurou Fabian, olhando para o relógio.

— O que está dizendo?

— Estou dizendo que é algo que se deixa para um filho, em testamento. Acho que comecei a pensar nele assim. Cada vez que olho para Rosie, penso no quanto ele a amaria se estivesse aqui. Penso como se estivesse morto.

— Quanto tempo faz agora que ele desapareceu?

— Ele desapareceu pouco antes de nós nos conhecermos, deve estar fazendo dois anos agora.

— Dois anos! — exclamou Milly, surpresa. — Já faz mesmo tanto tempo assim? Tanta coisa aconteceu.

— Por que ele não fez contato comigo?

— Não sei — respondeu Milly. Seguiu-se uma pausa e ela acrescentou com cuidado: — Você ainda deixa o celular ligado, caso ele tente ligar?

— Troquei de companhia telefônica no mês passado — disse Fabian, desesperançado. — Ele não terá o número novo. Eu costumava deixar o celular ligado o tempo todo, na esperança de que ele telefonasse. Já faz mais de dois anos. Deve ter morrido velejando aquele iate. Está morto. Só pode estar.

Para isso Milly não tinha nenhuma resposta, porque, no íntimo, achava também que ele devia estar morto. Aproximou-se e beijou-o carinhosamente no rosto, depois, descendo até a boca, beijou-o de novo. Sentiu o quanto Fabian estava tenso, mas logo ele relaxou com o contato, passando as mãos por seus cabelos e retribuindo seu beijo, com vontade.

— Adoro quando você fica ousada assim — murmurou ele, começando a beijá-la em volta dos olhos.

— Ousadíssima — murmurou Milly.

— Podemos ir para a cama?

— Óbvio — respondeu, pegando-o pela mão e levando-o para a cama. Normalmente era Fabian quem tomava a iniciativa, mas, desta vez, Milly sentiu que ele precisava de atenção e sentou-se ao seu lado, tirando gentilmente cada peça de roupa sua, uma a uma. Beijou-lhe os ombros enquanto o despia e, empurrando-o para trás, pôs-se em cima dele.

Fizeram amor naquela noite como haviam feito da primeira vez e Milly, aconchegando-se em seu ombro, achou que deveria estar se sentindo no auge da felicidade. Afinal de contas, entre as exigências da Copa e a vida familiar, noites como aquela eram raras. No entanto, em vez de sentir-se assim, percebia uma sensação estranha. Fabian só fizera amor com ela daquele jeito porque estava sofrendo e precisava de conforto. Mais uma vez, foi tomada pelo medo de que ele estivesse com ela apenas nos momentos de adversidade.

Na manhã seguinte, sentindo-se terrivelmente mal, Milly abriu a porta para Bee.

— Estou saindo para dar uma olhada nas lojas — disse Bee. — Precisa de alguma coisa?

— Uma vida nova?

— Não tenho muita certeza se consigo uma dessas, mas que tal um pouco de água mineral?

Milly riu e disse que água mineral serviria muito bem.

— Entre. Desculpe a bagunça. Aqui não é o lugar ideal para crianças.

— Não se preocupe, logo estaremos nos mudando para novos apartamentos e será muito melhor.

— Espero que sim. Rosie está com uma mania agora de me esperar ir ao banheiro para sair correndo cheia de energia para a sacada. Sempre deixamos as portas da varanda abertas porque o ar-condicionado parece que só funciona quando quer. Por isso estou tendo que trancá-la comigo dentro do banheiro.

— Vamos sair e almoçar juntas — convidou Bee. — Esqueça-se das tarefas domésticas por hoje. Traga Rosie e vamos sair para comer uma comida deliciosa e tomar vinho.

Depois que Milly trocou Rosie duas vezes (a segunda vez porque ela logo espirrou suco na roupa), vestindo-a com um belo vestidinho de verão que ela mesma havia costurado, elas se encontraram do lado de fora do hotel e saíram à beira-mar, para um dos inúmeros restaurantes no Paseo de Neptuno. Bee estava adorável com um vestido cor-de-rosa de alcinha, um chapéu enorme e alpercatas.

— Você está tão bronzeada! — suspirou Milly. — Eu estou branco-leite, isso sem levar em consideração o meu humor. — Milly estava usando minissaia com uma camiseta e um broche grande.

— Tenho tomado banho de sol. Infelizmente estou com uma marca no formato de um livro sobre a barriga.

— Tem lido muito?

— Não. Apenas cochilado com o livro na mão. Mas você vai à praia com Rosie, não vai?

— Vou, mas passo tanto tempo fazendo um monte de sanduíches e depois tentando convencê-la a não comê-los que pareço nunca ter tempo para tirar a camiseta.

— Adorei o vestido da Rosie.

— Fui eu que fiz. Parece muito caseiro?

— Não. É maravilhoso! — Olhou surpresa para Milly. — Você é muito talentosa. É simplesmente maravilhoso!

— Quer se sentar do lado de fora? — perguntou Milly, tentando disfarçar seu constrangimento.

— Quero, vamos.

— Graças a Deus. Não tenho coragem de deixar Rosie ficar andando pelo restaurante. Ela sai apertando o pãozinho de todas as mesas por onde passa.

Bee riu.

— Que bênção estar aqui do lado de fora. Tem uma brisa maravilhosa vinda do mar. Rafe diz que é o vento *poniente*.

O garçom lhes apresentou o menu e deu atenção a Rosie.

— Vamos pedir uma jarra de *agua de Valencia* para começar — pediu ela e o garçom saiu para o bar. — Estou ficando viciada nessa coisa. — Era um coquetel potente feito com suco de laranja fresco, Cava e outra bebida forte.

— Adoro a forma como os espanhóis fazem a gente se sentir bem-vinda quando estamos com crianças.

— Eu sei. E essa é uma coisa da qual eu não sinto falta da querida Inglaterra. Mas deve estar sendo difícil aqui para você, com a Rosie sem idade para ir à escola ainda.

— Um pouco, mas eu estaria ainda mais preocupada em mandá-la para a escola aqui, se ela fosse mais velha, por causa da barreira da língua.

— Eu sei que a pobre Ann Jenkins está ficando desesperada. Seu filhinho, Stuart, é disléxico e ela está tendo o maior trabalho para encontrar a escola certa. — Bee tornara-se meio matriarca de todas as esposas desde que ali chegaram, por ser tão leal e ouvi-las com atenção e também por deixar sua porta permanentemente aberta, ficando mais fácil passar por ali e dizer olá. — Você não acha que nós todas devíamos cursar aulas de espanhol ou algo parecido?

— Seria divertido! Algo para todas nós, viúvas de *Excalibur*, fazermos nas longas tardes. Mal posso esperar para mudarmos para nossos próprios apartamentos. Está tudo tão amontoado, falo uma coisa com Fabian, quando estamos deitados, e Rosie responde no quarto ao lado. Acha que ficará mais um tempo aqui?

— Rafe parece adaptado. — Bee tomou um longo gole de seu drinque. — Não acho que ele precise muito de mim aqui, mas não consigo parar de pensar que minha irmã gostaria que eu estivesse por perto. Além do mais, é maravilhoso estar com ele após todos esses anos. E também estou gostando do lugar.

— Como era Ava? — perguntou Milly, timidamente.

— Bonita. Determinada. Mais acostumada a ver o que uma pessoa poderia fazer por ela do que as pessoas propriamente ditas. Tenho a impressão de que ela achou que Rafe seria seu próximo grande projeto. Mas ele nunca quis isso.

— Jason Bryant parece um contraste esquisito em comparação a Rafe, pelo que Fabian me contou. Quer dizer, Rafe é tão carinhoso com Rosie e tão gentil.

— Mas Jason Bryant foi o próximo grande projeto. A estrela de Henry Luter.

O garçom voltou para anotar o pedido delas e outra bisnaguinha de pão para Rosie, a quem Milly alimentava como se fosse um passarinho.

— Vou querer ostras, *gracias* — disse Bee, enquanto Milly examinava o menu. — É o meu luxo — justificou-se. — Peça o que quiser.

— Milly pediu uma *paella*.

— Como Fabian está se saindo com toda a pressão? — perguntou Bee, depois que o garçom se foi.

Milly estava para dizer que ele estava bem, mas ficou com a língua enrolada por causa de alguns copos de bebida, e os olhos de Bee tinham uma expressão tão gentil que disse:

— Ando tão preocupada, Bee.

Bee tocou-lhe o braço.

— Com o quê?

Milly olhou para Rosie, que estava feliz, conversando com a boneca em uma língua só sua.

— Bem, Fabian e eu não temos ficado muito juntos já há um bom tempo, e é tudo tão novo nessa America's Cup, todos são tão glamorosos que não consigo parar de pensar que alguma coisa pode virar a cabeça dele. Ele é tão bonito! — murmurou ela.

— Ele é — suspirou Bee, uma admiradora fervorosa da beleza das outras pessoas. Olhou rapidamente para Milly, perguntando-se se fora inconveniente, mas Milly não percebeu.

— Fico esperando que a qualquer momento ele vá embora.

— E por que iria? — perguntou Bee. Ouvira comentários das outras mulheres sobre o passado de Fabian, mas, como nunca fora muito fã de fofoca, não fizera perguntas.

Em sequência, entre o macarrão que chegava para Rosie, que Milly cortou em pedacinhos bem pequenos, a garrafa de vinho branco, as ostras e a *paella*, Milly contou a Bee a história deles, deixando de fora as partes que se referiam ao pai de Fabian.

— Como Fabian se sente agora com relação a Rob? Quer dizer, já se recuperou?

— Fala dele com frequência e tem tentado se corresponder com os seus pais. Diz que se sente culpado pela chance que recebeu.

— Pois não deveria. Pelo que Rafe me disse, Fabian merece estar no barco. Ele ainda sente vontade de beber e se drogar?

— Bem, bebe um pouco. Quer dizer, com o restante da equipe, mas nunca em excesso. E nunca mais consumiu drogas desde que Rob morreu. Acho que isso o afastou para sempre delas. — Milly fez uma pausa. — Detesto o fato de *Excalibur* fazer tanto sucesso, mas, ainda assim, quero muito que continue fazendo por causa de Fabian. Vejo fãs em volta dos outros sindicatos e não sei se Fabian vai querer ficar comigo quando começar a fazer sucesso também e a sentir o gosto do dinheiro de novo. Eu... eu não o culparia, sei que me entende. Não sinto como se ele fosse meu. E não é nada muito excitante para ele, voltar para casa, para mim e para Rosie. Outra noite, ele chegou em casa, e a minha franja estava toda colada porque Rosie colocou manteiga de amendoim no meu secador de cabelos e depois ela ficou tão empolgada quando o viu chegar que fez pipi no tapete. — Sorriu, mas sentia-se desesperada por dentro. — Eu o amo muito, sabe? Tudo o que quero é manter minha família unida.

— Acho que você está se subestimando e subestimando também o quanto a família representa para Fabian. Não o conheço bem, mas me parece que ele leva a família bem a sério. — Bee deu batidinhas em sua mão de forma que lhe restabelecesse a confiança.

— Leva a Rosie a sério, pelo menos. — Milly negou com a cabeça. — Desculpe. Eu não deveria jogar essas coisas em cima de você.

— Claro que deveria. Somos tudo o que temos aqui.

— Devemos mesmo fazer mais coisas juntas, quer dizer, todas as esposas. Afinal de contas, vamos ficar aqui por um bom tempo.

— Cursaremos aulas de espanhol — afirmou Bee, veementemente. Vou matricular todas nós. Os homens terão que tomar conta das crianças para nós.

— Seria bom se tivéssemos alguém daqui para nos ajudar, quando mudarmos para o nosso apartamento — disse Milly. — Fabian quer ter conexão por banda larga e eu simplesmente não faço ideia de quem chamar. Você poderia perguntar a Mack?

— Por que eu?

— Ah, Bee. Você é tão boa para esse tipo de coisa! Todo mundo te ama!

— Não tenho muita certeza de que Mack me ame. Nós não nos damos muito bem. Somos muito diferentes — Bee bufou. — Posso levar os restos da sua comida para Salty? — perguntou, apontando para o prato de Milly. — Ele adora *paella*.

CAPÍTULO 21

Bee decidiu pegar o touro pelos chifres e desceu, naquela tarde, para falar com Mack. Eles normalmente paravam de velejar às cinco da tarde. Uma vez dentro do sindicato, ela pegou o caminho mais curto pelo galpão das velas, fez uma pausa para cumprimentar Rafe, que ajudava a cortar uma delas, e foi para os fundos do abrigo de barcos, onde Mack normalmente ficava. Bee colocou a cabeça pelo vão da porta do escritório.

— Olá. Viu Mack? — perguntou a Tim Jenkins.

— Eh, acho que ele está no *Mucky Ducky*, Bee. Disse que não consegue um minuto de paz por aqui. Você sabe que Colin Montague está aqui para a visita do rei da Espanha, que virá amanhã, não sabe?

— Ah, tinha me esquecido. Bem que Rafe falou. Então não irei incomodá-lo hoje. Não é nada urgente.

— Não, ele não está em reunião, nem tão ocupado assim. Não irá se importar. Obrigada por emprestar aquele livro a Susan. Ela está louca para terminar e te devolver.

— Ah, não tem pressa. Eu não estava lendo mesmo, estava só servindo de calço para minha mesa de cabeceira, que está com um dos pés quebrado. Estou agora usando D.H. Lawrence. Está se prestando muito mais ao serviço.

Bee deixou Tim pensando que senhora excepcionalmente fantástica era ela. Atraente também, embora sempre vestisse roupas inapropriadas. Dava a impressão de que nunca tinha posto os olhos em um casaco acolchoado e, se já tivesse, certamente faria buracos nele e obrigaria Salty a usá-lo.

Bee abaixou-se e bateu na vidraça de *Mucky Ducky*, que estava balançando na água. Mack, que trabalhava em uma das mesas cobertas de papel, relanceou. Levantou-se e aproximou-se da escotilha. Um segundo depois, enfiava a cabeça por ali.

— Bee — chamou-a educadamente. — O que posso fazer por você?

— Tem um momento?

— Claro, mas não pode subir a bordo assim. — Mack apontou para seus sapatos de salto alto.

Desafiadora, Bee os tirou e segurou-os em uma das mãos, enquanto Mack se dirigia ao convés e lhe dava a mão para ajudá-la a subir a bordo — nada muito fácil de fazer com uma saia-lápis.

Bee sentiu-se em desvantagem, sem seus centímetros extra de altura, e também um tanto constrangida descalça. Esticou-se o máximo que pôde e preparou-se para a batalha.

— Em que posso ajudar?

— Bem, algumas esposas e eu achamos que talvez alguém da cidade pudesse nos ajudar a nos estabelecermos melhor por aqui, quando mudarmos para Casa Fortuna. Você entendeu, nos ajudar com o seguro, a comprar coisas diferentes. Andei pensando bastante nisso enquanto vinha para cá e, como sei que a equipe passa bastante tempo junta, achei que também poderíamos começar a ter algumas atividades sociais juntos. Isso ajudaria todo mundo a relaxar, os parceiros também, e a nos conhecermos um ao outro. Estamos aqui há mais de seis meses e já passou da hora de fazermos algumas coisas juntos.

Seguiu-se uma pausa e Mack comentou:

— Você me parece ter se adaptado muito bem. — Mack fora tomar um drinque com Rafe, numa noite dessas (Bee havia saído com uma das esposas) e não pôde deixar de perceber como Bee dera um toque familiar ao local, trazendo toda a sua porcelana Cath Kidston da Inglaterra, assim como alguns livros e outros pertences. — Considerando que não ficará muito tempo — acrescentou.

— Eh, sim. Bem. — Ele parecia estar rindo dela. — Ficarei pelo tempo que Rafe precisar de mim — comentou, com certa impaciência.

— Rafe me parece bem adaptado também. Acho que você poderia ir para casa, se quisesse. Tenho certeza de que ele detestaria pensar que é a única coisa que te prende aqui em Valência.

Bee mudou de posição, sentindo-se desconfortável. Será que aquele homem insuportável que ria silenciosamente dela, de uma forma mais agradável do que ela poderia imaginar, sentia que ela estava começando a ver por que a America's Cup era tão viciante e que poderia estar gostando de ficar ali e ver o desenrolar de tudo? Estava gostando dos dramas que se sucediam como uma novela naquela lendária competição, dia após dia. Todas as manhãs, acordava sentindo grande empolgação pelo próximo capítulo. Sir Edward sempre aparecia para tomar chá e, depois de um movimento de braço forçado e um pouco de bolo, deixava-a informada de todos os avanços de seu sindicato e dos outros. Ela adorava ouvi-lo falar dos italianos apaixonados, dos franceses caóticos e dos sul-africanos simpáticos. Gostava da companhia das esposas e das namoradas dos velejadores, com todos os problemas que elas traziam para seu ouvido consolador. Isso sem falar no quanto gostava de ficar com Rafe e no quanto achava que não conseguiria viver sem ele agora.

Mack decidiu poupá-la, assim que ela abriu a boca para dar vazão a um monte de desaforos.

— Acho todas as suas ideias ótimas.

— Sei que... Desculpe. O que disse?

— Disse que acho que você tem algumas boas ideias.

— Ah — respondeu, o vento perdendo completamente força em suas velas. Tinha todo um discurso planejado de como Mack não ligava para os membros do sindicato e como eles eram importantes também, e, agora, não poderia dizer nada. Irritante ele. John MacGregor era mesmo um homem que irritava.

Colin Montague chegou à beira do píer e começou a subir a bordo do *Mucky Ducky*.

— Bee! — exclamou. — Que bom te ver!

Mack esboçou rapidamente as ideias de Bee para ele.

— Parece maravilhoso! — Colin iluminou-se. — Mack estava mesmo dizendo hoje que o pessoal precisa de um pouco de descanso, e é claro que deveríamos contratar alguém daqui para ajudar todos vocês. Temos andado tão envolvidos com velas e barcos que eu já deveria ter pensado nisso. Vou acionar Tim.

No dia seguinte, Colin Montague encontrou-se com Bee.

— Tim já deve ter encontrado alguém para ajudar vocês — disse. Ela trabalha meio expediente no centro de turismo e fala inglês muito bem. O nome dela é Maria.

— Que notícia maravilhosa! — exclamou Bee.

— Eu tenho pensado muito na sua ideia de nos integrar mais socialmente e, desde que Mack disse que ninguém do sindicato tem tido tempo livre, imaginei se não deveríamos todos fazer uma viagem a Barcelona. Um descanso em alto estilo.

Milly ficou muito satisfeita quando ouviu Hattie falar que havia conseguido ônibus com ar-condicionado para todo mundo. O ar-condicionado do hotel era tão ruim que ela ficaria simplesmente encantada de passar um dia inteiro dentro de um ambiente refrigerado. Todos estavam muito ansiosos para passar o dia fora e falavam alegremente sobre o templo da Sagrada Família de Gaudí e La Rambla. Agora que a equipe estava mais à vontade, um dia a passeio com todos juntos não parecia mais intolerável, havendo espaço até mesmo para algumas brincadeiras e piadas que seriam impensáveis meses atrás. Já estavam tão acostumados entre si que era estranho vê-los com suas outras partes. Ho parecia fora de contexto com a esposa pequena e loura a quem claramente adorava, e Fabian parecia estranho com a filhinha no colo, em lugar do mastro de uma vela balão.

Milly olhou apreensiva para Fabian, que estava do outro lado, com Rosie sentada em seu joelho, apontando para as coisas do lado de fora da janela. Eles haviam passado por um grande mal-estar na noite anterior. Uma das esposas havia levado uma sacola plástica cheia de roupas, que sua filhinha, um ano mais velha do que Rosie, não usava desde que eles haviam chegado a Valência. Milly a aceitara com muito gosto, mas Fabian ficara furioso ao ver Rosie brincando feliz da vida com o que ele chamou de "sobras de outras pessoas".

— Não somos nenhum caso de caridade — reclamou com Milly, depois que já estavam na cama.

— Eu sei. Mas foi muita gentileza dela lembrar-se de nós, e Rosie estava mesmo precisando...

— Podemos sair e comprar o que Rosie precisar.

— Não seja esnobe, Fabian! Todo mundo passa roupas de criança para a frente! Não tem nada a ver com poder comprar ou não.

— Não quero as pessoas achando que a criança Beaufort é uma pobrezinha e precisa de cuidados.

— E por que fariam isso?

— Porque o nome Beaufort está na lama e não quero que Rosie sofra com isso.

— Quanto a mim, não tem importância, porque não tenho o sobrenome Beaufort — rebateu Milly, a raiva dominando sua voz.

Fabian ficou olhando para ela. Milly nunca ficava irritada.

— Do que está falando?

— Sou boa o bastante para educar a sua filha e brincar de casinha com você, mas não sou boa o bastante para usar seu precioso nome Beaufort, sou?

Fabian abriu a boca para responder, mas, àquela altura, Rosie, ouvindo as vozes alteradas, começou a chorar.

Milly levantou-se da cama e, sem olhar para Fabian, foi ver Rosie. Passou a noite na cama de solteiro ao lado do berço. Na manhã seguinte, nem ela nem Fabian mencionaram a discussão, mas ficaram sem se falar. Às vezes, Milly gostaria muito de saber o que se passava na cabeça dele.

Por outro lado, de nada lhe adiantaria saber, pois os pensamentos de Fabian eram mesmo muito confusos. Ele estava intoxicado do sentimento de sucesso que a Copa lhe trouxera. Isso o fizera perceber quanto tempo ficara desnorteado e o quanto sentia falta de sua vida anterior. Ao mesmo tempo que se sentira muito feliz de volta à Inglaterra para enfrentar as dificuldades da vida e se virar com o pouco que tinha, sentia-se agora tolhido por Milly e Rosie. As coisas estavam mudando. A fraternidade da vela parecia mais disposta agora a esquecer a tragédia da morte de Rob; Fabian estava mais tranquilo com relação a isso. Rosie não era mais um bebê, o que parecia jogar dúvidas em sua decisão de ficar com Milly. Será que ela fora, simplesmente, a melhor opção para ele, na época? Estivera sofrendo por causa do pai e ficara vulnerável à sua gentileza. Seria ele jovem demais para se acomodar e assumir as responsabilidades de uma família? Não conseguia separar as coisas. A natureza do compromisso exigida pela Copa tendia a fazer os velejadores se recolherem, mas, com Fabian, isso acontecia com força dobrada. Percebia o quanto vinha se distanciando de Milly e sentia-se sem forças para fazer qualquer coisa com relação ao assunto. Mas isso era o mesmo que cuspir no prato que comera. Precisava de sua gentileza e de seu carinho. Olhava agora para ela, que havia ido para o outro lado do ônibus, para falar com a esposa de Flipper, e sentiu-se terrivelmente envergonhado por ter tido tais pensamentos, por ter dado tanta importância àquela questão das roupas — que coisa mais trivial. Ficara surpreso com a irritação dela na noite anterior. Não percebera que casar-se era tão importante assim.

A primeira parada fora na Sagrada Família, e todos desceram do ônibus. Milly prendeu Rosie no carrinho e juntos, ela e Fabian, levantaram-no pelos numerosos degraus da catedral.

— Desculpe — disse Milly, ofegante. — Eu deveria tê-la posto no colo. — Sorriu, e Fabian soube que ela já o havia perdoado e se esquecido da discussão que tiveram. Fabian colocou a mão em sua nuca num gesto repentino de afeição.

— Ela está ficando pesada. Não quero que destrua as suas costas.

Andaram de mãos dadas pelo belo local, afastando-se do resto da equipe na vastidão do lugar onde se encontravam e espichando o pescoço para olhar para o topo das colunas que representavam árvores numa floresta. Tentaram chamar a atenção de alguns detalhes para Rosie e depois riram do esforço que faziam. Ela não tinha a menor condição de ver as coisas para as quais eles apontavam.

— Não é surpreendente que Gaudí tenha projetado tais coisas? Mesmo sabendo que nunca veria nada disso pronto? — suspirou Milly. — Isso é que é o trabalho de uma vida.

— É, é surpreendente sim. E eu não consigo pensar além do ano seguinte — foi tudo o que respondeu.

Rosie parecia estar com fome e comunicou-se com os pais de forma não muito definida. Como não havia nenhuma cafeteria no templo, eles disseram a Hattie que se encontrariam com todos mais tarde, no ônibus, e saíram em busca de um lugar para comer.

Encontraram um local pequeno e aconchegante, logo na virada da rua, e perguntaram, hesitantes, se poderiam pedir alguma coisa para comer, assim como também esquentar o que haviam levado para Rosie, embora ainda fosse cedo. Enquanto esperavam, acalmaram a filha com algumas bisnaguinhas de pão e depois Fabian alcançou a mochila da menina para pegar sua comida.

— Meu Deus! O que é isso? — Fabian deu um pulo e jogou a mochila no chão.

— O quê?

Espiou hesitante para dentro da mochila. Um focinho aparecia do lado de fora.

— Isso! — apontou.

Milly riu.

— Ah... é o ratinho de Rosie.

— Rato dela? Ela tem um rato como animal de estimação?

— É de borracha. Achamos num supermercado, só Deus sabe por que isso estava à venda, e ela não queria largar o bichinho.

— Você comprou um rato de borracha para ela? — perguntou Fabian, abrindo um sorriso. — Eu quase tive um ataque do coração.

A garçonete veio anotar o pedido, sorrindo timidamente para Fabian, que, também sorridente, gaguejava tentando pedir café em espanhol. Jovem e bonita, ela nem se deu ao trabalho de olhar para Milly e Rosie enquanto repetia as palavras para que ele aprendesse. Milly tentou não se importar com o fato de Fabian estar flertando com a moça.

— Para quem está enviando cartões-postais? — perguntou Milly, depois que a moça foi embora. Apontou para o kit de cartões que Fabian havia comprado no Templo.

— Ah, não sei, talvez para minha mãe ou para a família Thornton — respondeu, sem graça.

— Nenhuma resposta ainda? — perguntou, já sabendo o que ouviria.

— Não, na verdade não espero resposta. Achei apenas que talvez gostassem de receber um cartão-postal.

— Como se fosse Rob enviando um cartão, se estivesse aqui?

— Mais ou menos isso. Sinto que as pessoas estão se esquecendo dele. É ótimo sentir que todos estão começando a me perdoar e que estão sendo muito mais simpáticos. Mas sinto como se tivesse que lembrá-las dele.

— Você não devia se sentir culpado por causa do lugar que ocupa na equipe. Está em *Excalibur* porque é um velejador excepcional.

Fabian ficou em silêncio por um momento, depois admitiu:

— Todas as vezes que vou velejar, vou determinado a me sair bem, como se devesse salvar Rob.

Um grito repentino distraiu-os e ambos olharam para uma mesa cheia de jovens, aparentemente da mesma idade que eles, do outro lado do restaurante. Os jovens estavam aproveitando ao máximo o fim de semana, brindando com canecas enormes de cerveja, coquetéis e dando uma olhada nos restos dos jornais que alguém deixara por ali. As meninas já haviam notado a presença de Fabian e olhavam para ele, que sorriu para a mais bonita.

A garçonete levou o café e a papinha aquecida de Rosie. Fabian e Milly, às voltas com a filha, checavam a fralda, assopravam a comida, amarravam o babador e provavam o leite, parando apenas para um ou outro gole do café que esfriava. Fabian deu uma olhada de relance para a outra mesa. Sabia que ser pai de Rosie era infinitamente mais precioso do que qualquer outra coisa, mas não podia deixar de invejar a liberdade e a solteirice dos jovens. Milly o viu olhando.

— Eu só estava me lembrando de como era ter um almoço demorado e regado a cerveja, seguido por uma tarde de sexo e de sesta — comentou ele.

Milly riu e deu mais uma colherada de maçã ralada para Rosie.

— Ou de como é sair de casa sem o peso de toda a parafernália que se leva para um bebê.

— E fazer planos de atracar tão bem quanto os marinheiros do Dia D.

— Antes de dormir, calculo quantas horas terei até o próximo minuto.

Milly viu Fabian sorrir, mas imaginou se ele voltara para ela naquele dia, no iate da família Rochester, apenas por obrigação. Se resolvera ficar apenas porque o pai não fizera o mesmo.

• • •

Enquanto a equipe *Excalibur* se divertia em Barcelona, Inky aproveitara o tempo livre para pegar um voo rápido de volta para casa. O pai lhe telefonara na noite anterior, dizendo que a mãe estava doente.

— O que ela tem? — perguntara Inky, em seguida.

— Pneumonia.

— Pneumonia?

— Ela fica do lado de fora, independente do tempo que estiver fazendo, naquele jardim idiota dela. Eu a peguei completamente gelada e agora desenvolveu uma pneumonia.

— Ela ficará bem?

— O médico diz que sim.

— Estou indo para casa.

— Não, não faça isso... — dissera o pai, mas não de uma forma muito convincente, o que a fez decidir ver a mãe. Meu Deus, pensou. Ela deve estar mesmo doente.

— Todos estão indo a Barcelona, a passeio, amanhã. Vou pegar um voo cedo e volto para o treino, na segunda-feira.

O pai não discutira.

Inky permaneceu preocupada durante todo o trajeto. Estranhamente, o que ficava martelando em sua cabeça era a pergunta feita por Luca. Sua mãe gostava da Cornualha? Gostava? Buscou uma única lembrança que provasse que sim. Uma imagem lhe veio à mente: a mãe, com um termômetro e roupas secas, esperando que ela e os meninos voltassem para o porto, depois de uma tempestade. Quando prestou atenção nessa imagem, a mãe estava pálida e preocupada, e não participou da conversa animada sobre como aquela aventura fora fabulosa. Também lembrou-se de quando ela recebia uma carta ou catálogo de Londres, de como ficava iluminada feito um vaga-lume. E então, com uma pontada de culpa, lembrou-se também de como ela própria não se interessava pela mãe.

Ao sair do avião, aguardou pela conexão para Newquay e passou todo o trajeto de táxi tentando desesperadamente falar com o pai pelo celular, até se lembrar que eles não eram permitidos nos hospitais. Estava sentindo um pânico crescente e perguntou-se por que diabo não havia perguntado ao pai em que hospital estava a mãe. Mary nunca adoecera antes. Teria que pedir ao motorista de táxi para esperar um pouco, enquanto ela passaria em casa na esperança de que o pai tivesse lhe deixado um bilhete.

Correu à cozinha e ficou surpresa ao ver o pai de quatro, engatinhando no chão.

— Como ela está? — perguntou, ansiosa.

— Graças a Deus você está aqui, Inky! — disse o pai.

— É tão sério assim? — perguntou ela. — Em que hospital ela está?

— Hospital? Não está em hospital nenhum. Está lá em cima — disse calmamente, ainda procurando algo em volta do armário da cozinha.

Inky acalmou-se visivelmente.

— Lá em cima?

— Sim, o médico receitou alguns antibióticos.

— Então ela não está morrendo?

O pai olhou-a, surpreso.

— Não, vai ficar boa.

— Mas você disse: "Graças a Deus..."

— É que não consigo encontrar os biscoitos do cachorro, e a sua mãe está dormindo. Achei que você talvez soubesse onde ela guarda o pacote.

Depois de ter pagado o táxi e espiar a mãe adormecida, Inky voltou à cozinha.

— Ela vai mesmo ficar boa? — perguntou, para se certificar.

— Ela vai ficar bem — disse o pai, com voz surpresa e sem fazer muito alarde.

— Mas você me pediu para vir para casa.

— Não pedi, não! Eu disse que não precisava vir.

— Sim, mas com uma voz que claramente dizia que eu deveria vir.

— Não seja ridícula, Inky. Que besteira. Mesmo assim, fico feliz por você estar em casa, sua mãe nunca ficou doente antes e tem sido muito difícil para mim, cuidar de tudo sozinho. Não consigo preparar nada direito na droga desse fogão, não sei como ela consegue nos alimentar usando essa porcaria. Todo mundo fica ligando, para saber como ela está. Tenho que levar Nelson para passear duas vezes por dia, dar comida para ele, além de cuidar da sua mãe. Você poderia dar uma olhada no freezer e ver se encontra alguma coisa para a gente cozinhar de verdade?

Inky subiu as escadas batendo os pés, furiosa, já que o pai arrastou-a para lá sem motivos. Furiosa, até se sentar ao lado da mãe e esperar que ela acordasse. Analisou sua pele clara, os cabelos escuros espalhados pelo travesseiro e ficou alegre por ter conseguido voltar para casa para vê-la. Embora soubesse que estava bem, ainda se sentia abalada. Que coisa mais batida: não dar valor ao que tem até estar prestes a perder. O que faria sem a mãe? O que seria daquela casa sem ela? Aquela casa era um lar, simplesmente porque a mãe estava ali com sua paciência, com suas torradas de domingo e enfatizando a importância de sair de casa usando meias.

A mãe começou a se mexer e Inky estendeu a mão para lhe tocar o braço.

— Érica? — murmurou. — Érica, é você?

— Sim, mãe, sou eu. Inky... Érica.

Mais acordada agora, Mary arregalou os olhos e fez força para se sentar.

— O que está fazendo aqui? Está tudo bem? O que houve?

Inky sorriu.

— Está tudo bem. Vim porque o papai me disse que você estava doente.

— Veio por minha causa?

— Vim.

— Querida, você não devia ter feito isso. E a Copa, e a equipe?

— Está tudo bem. Estão todos passando o dia em Barcelona. Vim para cá em vez de ir para lá.

— E deixou de conhecer Barcelona?

— Não tem importância. Está fazendo muito sol por lá. Senti falta do tempo daqui.

— Pedi ao seu pai para não falar com nenhum de vocês. Vocês podiam ficar tranquilos sem eu incomodar.

— Você não me incomodou.

— Ele não ligou para nenhum dos meninos, ligou?

— Não. Acho que eles estão no mar. — Inky não quis dizer à mãe que achava que a única razão pela qual o pai a havia chamado era porque queria uma refeição caseira. — Como está se sentindo?

— Estou bem — respondeu com a voz firme.

— Quanto tempo o médico deu para você ficar boa?

— Umas duas semanas de repouso e antibióticos. Só isso.

— O que você estava fazendo no jardim para pegar uma pneumonia?

— Tirando mato. Preciso de algo para fazer.

— Por que não passa um tempo em Londres? Quer dizer, quando melhorar.

— Talvez eu vá mesmo. Mas gosto de estar aqui, quando um de vocês vem para casa.

Inky percebeu que o copo de água na beira da cama da mãe estava vazio e foi ao banheiro enchê-lo.

— Quer que deixe as cortinas abertas? — perguntou, quando voltou. — Ou irá ofuscar os seus olhos?

— Não, seria bom.

Inky as abriu.

— É uma pena você não ter vista para o mar — comentou, olhando para o jardim. — Você devia ficar com o quarto da frente.

— Ah, sempre achei que este aqui era um pouco maior — justificou-se, sem grandes explicações. — Tão bom usar as cortinas de vez em quando. Quando vim de Londres para cá, eu costumava puxar as cortinas todas as noites até o seu pai dizer que não precisava, pois não havia ninguém lá fora para espiar.

De repente, Inky sentiu vontade de perguntar várias coisas à mãe. Queria saber sobre sua vida em Londres, quem fora antes de tornar-se sua mãe. Sentiu vontade de saber todo tipo de coisas. Mas percebeu que os olhos dela começaram a pesar novamente.

— Vou te deixar dormir — disse, puxando as cobertas até a altura de seu queixo.

• • •

Inky não passou a tarde lá. Saiu e fez várias paradas. Quando retornou, a mãe estava sentada, tomando chá.

— Fui à biblioteca e peguei alguns livros impressos e alguns audiolivros para você, caso seus olhos estejam cansados.

A mãe sorriu encantada.

— Obrigada!

— Infelizmente eu não sabia o seu gosto e tive que tentar adivinhar — disse Inky, sem graça, sentindo-se constrangida por não saber o que a mãe lia. Precisou perguntar à bibliotecária o que ela achava que a mãe gostaria de ler e ficou ainda mais constrangida ao perceber que a atendente não só conhecia sua mãe, como também se referira a ela própria como se fosse uma amiga que não via há muito tempo, de tanto que a mãe falava dela. — Comprei também uma camisola nova e um pulôver que a moça da loja disse que era para usar na cama, quando você ficasse sentada. — Inky os tirou de dentro da bolsa. — Ele tem laços de fita — apontou, sem necessidade.

— Querida, é lindo!

— Eu também trouxe um pouco de comida para o papai e para o Nelson e vou preparar uma canja de galinha. Está bem?

— Muito bem.

Virou-se e ia sair, quando a mãe falou:

— Minha querida, não fique o tempo todo na cozinha. Eu gostaria muito mais que você ficasse conversando comigo, se estiver tudo bem para você.

Inky largou as sacolas ao lado da porta.

— Está tudo bem por mim — disse, entrando novamente no quarto.

CAPÍTULO 22

Jason Bryant franziu os olhos e os protegeu do sol quando focou na cena que se desenrolava do outro lado do porto.

— O que é aquilo? — perguntou Henry Luter, parando a seu lado. Era um dos raros dias em que Luter treinava com a equipe.

— É *Excalibur*. Já reparou como eles andam todos misteriosos com relação ao barco deles?

— Todo mundo é misterioso no que diz respeito ao próprio barco.

— Mas eles estão excepcionalmente preocupados. — Era imprescindível que cada sindicato cobrisse a quilha do barco com uma saia para evitar olhos curiosos. Todos ficavam ávidos para saber o que havia por baixo da saia do outro. — Uma das cordas da saia acabou de ficar presa na grua, quando o barco foi posto na água. Toda a equipe estava gritando para o manobrista parar até que Beaufort saltou e cortou a corda.

— Beaufort? É aquele louro ali?

— O proeiro.

— Você viu a quilha do barco deles?
— Não, foi rápido demais para eu ver.
— Quem projetou o barco?
— Não sei. Ninguém em especial. Certamente nenhum dos projetistas famosos.
— Seria preciso anos de experiência para produzir um bom barco. Não deve ser nada de mais.
— Talvez — murmurou Jason. — Poderíamos mandar alguém para dar uma espiada?
— Desde que não saibam.
— "Não serás pego." Tenho mesmo umas contas a acertar com o pessoal de *Excalibur*. Eu gostaria de uma revanche, por isso preferiria um método mais direto.

Luter olhou-o com rigor.

— Não ouse pôr este sindicato em risco — rebateu ele. — Se tem contas a acertar, há outras formas de fazê-lo...
— O que está querendo dizer?
— Tenho uma ideia melhor. — Eles foram interrompidos pela visão de Saffron, que se aproximava. Luter gostava que ela aparecesse e acenasse do píer, quando eles embarcavam. — Falaremos sobre isso depois. — Ambos ficaram observando Saffron se aproximar em silêncio, e Jason olhou para Luter, achando que ele teceria algum comentário, daria algum tipo de explicação, mas ele pareceu não perceber nada de errado. Para Jason, ela parecia muito doente.

O sorriso que ela lhes lançou não chegou a seus olhos.

— Bom treino — disse ela.
— Sairá hoje? — perguntou Luter.
— Não tenho planos para sair.
— Faça compras — instruiu-lhe.

— Não estou precisando de nada. Pensei em ajudar Consuela com...

— Você não vai ajudar ninguém. Vá àquela loja de roupas íntimas que nós dois gostamos. — Luter olhou para Jason, com um sorriso maldoso. — Compre alguma coisa para hoje à noite.

Saffron desviou o olhar, constrangida. Jason achou que ela iria protestar novamente, mas, em vez disso, mordeu o lábio e assentiu com a cabeça. Mais uma vez, não os olhou nos olhos. Jason achou que, a qualquer momento, uma brisa a levaria dali.

Sir Edward Lamb estava olhando para sua salada de kiwi, nectarina e amoras e pensando que não havia nada que quisesse mais do que se entupir de ovos e bacon. Talvez de um pudim de chocolate também. Franziu os olhos e olhou para Carla, a cozinheira, que o encarou de volta.

— Carne de porco e ovos só aos domingos, sr. Lamb. O senhor já sabe — chamou-lhe a atenção. — Temos pudim de arroz, se o senhor quiser.

Sir Edward aproximou-se dela e alongou-se, adquirindo o máximo de altura.

— Nenhum inglês come pudim de arroz no café da manhã, Carla.

— Sr. Mack manda fazer muito carboidrato. Portanto, faço muito carboidrato. Quer macarrão?

— Não, não quero.

— Bem, o senhor não importa, só meus rapazes e minha menina importam. — Iluminou-se ao ver Inky com uma segunda porção de pudim de arroz. — A equipe tem de comer muito.

As duas mesas-cavalete estavam repletas de comida. Além da massa e do pudim de arroz, havia também uma enorme fruteira com maçãs, peras e bananas, uma tigela de salada de frutas, uma travessa com carne, frango e peixe defumado e cestas de *xuxo* — pequenos croissants espanhóis — em tamanho miniatura. Caixas de achocolatado enfeitavam as mesas plásticas emprestadas do jardim, à qual a equipe se encontrava sentada. Eles costumavam pedir a Carla para aquecer canecas grandes de achocolatado, até ela descobrir que estavam adicionando grandes doses de café expresso e preparando um tipo de cappuccino, e pôr um fim à brincadeira.

Sir Edward torceu o nariz em demonstração de desprezo e foi para a reunião da equipe. Toda aquela baboseira de America's Cup era muito ruim para sua saúde. Estava desesperado para comer ovos com bacon e tinha que se satisfazer com pudim e ameixas cozidas (*tão* boas para o senhor, cheias de antioxidantes). Tomaria goles de suco de aloe vera de sua garrafa térmica e pensaria em seus rins, enquanto aquela moça do departamento de RP falaria sem parar de suas entrevistas.

Quando a equipe *Excalibur* e a equipe *Slayer* saíram para seu treino de rotina, seus vizinhos, os italianos, seguiram-nos pelo canal para fora do porto. Eles imaginaram se os italianos haviam percebido o incidente com a saia do barco no outro dia, mas parecia que a única saia com que os italianos se preocupavam era a de Inky. Durante todo o trajeto, o pequeno barco deles apitava para o mais lento *Mucky Ducky*, que puxava *Excalibur*.

— *Ciao*! — acenavam eles. — *Ciao bella*! — gritavam para Inky, que se enfiava no depósito de velas, tão logo podia. — Espero que sua equipe seja mais rápida que seu reboque! — gritava um deles.

— Meu Deus, eles falam bem inglês — murmurou Custard. — Eu gostaria de saber um pouco de italiano. Como se fala "babaca" em italiano, Rafe?

— Não sei.

— Ótimo. Você sabe pedir informações, mas não sabe nada de muito útil.

Quando chegaram a mar aberto, os italianos os ultrapassaram com mais acenos e brincadeiras animadas e partiram para outra direção.

A equipe *Excalibur* passou a manhã toda experimentando novas combinações de velas com o fabricante Griff Dow, a bordo do *Mucky Ducky*, tirando inúmeras fotos das velas, enquanto um dos membros da base filmava toda a ação. Griff Dow ficara pouco tempo em Valência e, felizmente, provara ser de valor inestimável para a equipe. Acidentalmente, Mack acabou descobrindo que Henry Luter tinha lhe feito um favor ao se recusar a liberar o fabricante de velas de seu contrato, juntamente com outros tantos fornecedores. Este ficara tão chocado com o tratamento grosseiro que recebera do novo desafio britânico que, embora preso por termos contratuais com Luter, imediata (e secretamente) pôs Mack em contato com um ex-funcionário que acabara de sair da empresa para abrir seu próprio negócio. Eles descobriram então que Griff Dow era um aficionado por America's Cup. Griff ficou nas estrelas quando Mack o chamou para assumir o projeto e revelou um banco de dados particular, que continha todas as velas que todos os desafiantes e concorrentes usavam desde 1983.

Como já era hábito, todos pararam na hora do almoço para conversar sobre negócios e comer. A equipe estava deitada no convés e esperava Carla aparecer com o almoço. Mack fora até o *Mucky Ducky* para conversar com Griff Dow e Custard era o único que estava de pé. Protegendo os olhos do sol, observava os dois barcos italianos que haviam se aproximado ao longo do dia e agora, estavam ao alcance da vista. Franziu a testa.

— Custard! O que está olhando?

Ele não respondeu nem mesmo quando atiraram um frasco de protetor solar em sua nuca. Inky levantou-se e ficou ao lado dele.

— O que foi?

— Parece que está acontecendo alguma coisa.

Inky também protegeu os olhos e observou os barcos italianos. Em um deles, a equipe parecia estar em pânico. Não podiam ver muita coisa, mas parecia que as pessoas estavam correndo para cima e para baixo. E então viram, em cima do mastro, um vulto pequeno pendurado, preso nos cordames. Inky, automaticamente, levou a mão à boca.

— Ai, não — murmurou. Custard foi rápido em abraçá-la. Nenhum dos dois disse nada, mas sabiam muito bem que o proeiro era o membro da equipe que com mais frequência era puxado mastro acima.

— Agora não é hora de namorar! — gritou Sammy.

— Tem alguém ferido no barco italiano! Procure na frequência do rádio.

Inky não aguentou continuar olhando e aproximou-se de Dougie. Mack e Griff voltaram a bordo, vindos do *Mucky Ducky*, quando sintonizaram um canal com uma confusão de vozes italianas.

— Rafe! Você entende italiano, fique aqui ouvindo. — Em posse do rádio, Inky entregou-o a ele.

Rafe ouviu durante alguns momentos.

— Tem alguém ferido no alto do mastro. Estão tentando baixá-lo. — No mesmo instante, todos os olhos se desviaram para os barcos italianos.

— Quem? — perguntou Inky, com urgência na voz. — Eles disseram quem é?

— Ainda não.

— Vou pegar uma das lanchas e ir lá — disse Mack. — Ver se precisam de ajuda. Pond, venha comigo.

Assim que Mack e Pond partiram em um dos barcos infláveis mais velozes, a equipe se revezou para pegar o binóculo de Sir Edward e observar o drama, em silêncio. O rapaz que estava com os binóculos fez um comentário, que foi passando adiante. Quem quer que fosse o membro da equipe, certamente estava inconsciente. Talvez até morto, pensou Inky, embora não conseguisse falar. Estavam todos ao lado dela. Inky não comentara nada desde a festa de Louis Vuitton, portanto, ninguém tinha ideia do que estava acontecendo em seu íntimo, embora todos pudessem ver como ela estava preocupada.

Dentro de poucos minutos, a voz de Pond surgiu entrecortada na frequência de rádio.

— Tommaso, o segundo proeiro, quebrou o braço e o estamos levando para a costa. Está tudo bem. Desligo.

Todos os olhos da equipe se voltaram para Inky, assim que lágrimas começaram a escorrer uma a uma por seu rosto, de forma que Sir Edward e Custard logo a mandaram para o *Mucky Ducky*. Eles se acomodaram na cabine, enquanto Sir Edward foi buscar um copo de água. Custard observou-o sair, ansioso. Teria preferido mil vezes ele mesmo pegar o copo de água. Nunca havia visto Inky aborrecida antes.

Sem saber o que fazer, pôs a mão no joelho dela, mas como parece que isso a fez chorar ainda mais, retirou-a em seguida. Como o amigo parecia estar levando uma eternidade para pegar o copo de água, Custard achou que seria melhor tentar ele mesmo acalmá-la.

— Ei, Inky. Achei que era do Luca, o proeiro, de quem você gostava.

Ela assentiu com a cabeça e Custard foi tomado de alívio. Ah, foi só um mal-entendido então.

— Mas foi Tommaso, o segundo proeiro, que foi ferido! — disse ele, triunfante. — Não é motivo de alegria, eu sei, mas não foi Luca.

As lágrimas ainda continuaram a rolar, e Custard voltou a ficar confuso. Sir Edward retornou com o copo de água e elevou as sobrancelhas para Custard, que balançou a cabeça.

— Então se é de Luca que você gosta e foi Tommaso que se machucou — Custard falou devagar, mais para o entendimento de Sir Edward do que para Inky (com o que o velho inglês concordou) —, então por que você está chorando?

— Não foi nada — disse, numa resposta abafada.

— Ah.

Ficaram os três ali por alguns minutos.

— Você gostaria de um pouco de chocolate? — Sir Edward ofereceu com gentileza. — Temos um pouco na geladeira. — Custard olhou-o, surpreso. Chocolate era terminantemente proibido para a equipe, enquanto estivesse treinando, e era novidade para ele que houvesse um estoque de chocolate no *Mucky Ducky*. — Para situações de emergência — afirmou Sir Edward, dirigindo-se a Custard.

— Que situações de emergência seriam essas?

— Quero, por favor — respondeu Inky.

Sir Edward fez uma cara de "está vendo?" e foi buscar o chocolate.

Fungando bastante, Inky pegou a barra que lhe fora oferecida e logo comeu metade.

— Desculpe — disse. — Achei que era Luca, achei que poderia estar morto e percebi que gosto muito dele. Gosto mesmo dele.

— Mas na festa de Louis Vuitton? — perguntou Custard, gentilmente. Percebera que alguma coisa acontecera ali, embora Inky tenha apenas dito a todos que havia ido cedo para casa. Ai, meu Deus, lá vinham as lágrimas de novo...

— Coma mais — ofereceu Sir Edward com urgência na voz.

— Ele não quer uma namorada — disse Inky entre soluços e chocolate. — Quer se concentrar na Copa. O que me fez achar que não estou me concentrando o suficiente. — Deixou escapar um gemido. — Como ter um relacionamento com esse tipo de vida que levamos?

— Não pergunte para mim — disse Custard.

Os dois homens olharam alarmados um para o outro. Definitivamente este não era o território deles.

Seguiu-se uma batida à porta e Carla espichou a cabeça.

— Trouxe o almoço. — Ao ver Inky chorando, Carla fez uma pausa momentânea, tomada de surpresa, e Sir Edward, sentindo que uma companhia feminina era necessária, abriu a porta em toda a sua extensão para ela, que entrou imediatamente, aproximou-se de Inky, sentou-se ao lado dela e a abraçou. — Ora, ora, o que está errado com Inky? Por que chora?

O melhor que conseguiu, Inky contou-lhe toda a história, tendo os braços de Carla em seus ombros.

— Inky, você é bonita. Muito bonita, e ele é um imbecil.

— Mas ele nem sequer tentou dormir comigo! Quer dizer, uma coisa é ele dizer que queria dormir comigo, ao que obviamente eu teria dito não, mas ele nem sequer *tentou*!

Custard e Sir Edward franziram a testa um para o outro.

— Ah, os homens! — suspirou Carla. — Acham que estão agindo certo, mas erram o tempo todo. — Olhou fixamente para os homens ali presentes. — Decerto está tentando respeitar você. Mas o que não percebe é que as mulheres querem que os homens, pelo menos, tentem dormir com elas, caso contrário, isso se torna um insulto. Ele gosta de você, Inky. Não sou cega. Sei exatamente de quem você fala. Ele é o menos... como se fala? O menos barulhento dos italianos. Fica sempre meio afastado dos outros e tem um sinal no pescoço.

— Sim, é ele!

— Claro que é ele. E como eu sei? Porque o vejo olhar para você. Está sempre te observando. Os olhos dele te seguem quando você vai embora. Sei que o evita ultimamente, mas ele ainda fica te observando. Gosta muito de você.

Inky sorriu, sentindo-se melhor.

— Mas aí eu acho que se ele não está preparado para ter uma namorada, então o que estou fazendo? Será que estou levando isso muito a sério?

— Inky. Você é a primeira a chegar e a última a sair da ginástica. Tenho muito orgulho de você ser mulher. Não precisa ter medo disso. — Então Carla pôs sua mão enrugada e toda marcada sobre a mão jovem de Inky e a apertou. — Além do mais, os homens não conseguem se concentrar em mais de uma coisa ao mesmo tempo. Agora vá e mostre a todos eles como é boa.

Em poucos minutos, Inky já havia lavado o rosto e se unido aos outros no convés. Quando Mack e Pond voltaram da costa e logo comeram o resto do almoço de Carla, deram relatório completo da história do barco italiano. Um guindaste havia tombado em cima do braço de Tommaso quando ele foi consertar uma peça; ele deu um jeito de soltar o braço que ficara preso, mas acabou perdendo a consciência por causa da dor. Os colegas colocaram uma tala e decidiram correr com o homem ferido para a costa, no barco inflável de Mack, e pedir a uma ambulância para encontrá-lo lá, em vez de arriscar tentar içá-lo para dentro de um helicóptero.

Alheio aos acontecimentos em seu próprio barco, uma vez que estivera fora, Mack mandara que todos voltassem ao treino, assim que a história fora explicada e várias fatias de queijo consumidas. Inky ficara plenamente satisfeita: não podia suportar mais confusão e já estava suficientemente constrangida. Meu Deus, se debulhara em lágrimas na frente de toda a equipe! Como podia ter feito isso? Será que todos iriam cochichar "Droga de mulheres, é por isso que não as temos a bordo"?

Mas Inky menosprezava suas habilidades. Naquele dia, dera ordens com tanta competência que, ao final do treino, a equipe, de tão cansada, reclamou que não tinha ânimo nem para comer, nem para ir para casa. Também não precisou mais se preocupar em ficar sem graça porque, quando saíram de *Excalibur*, Mack comentou bem alto para todos ouvirem:

— Você foi fantástica hoje, Inky. Muito bem. — E quando Sir Edward falou dos erros do treino e fez perguntas sobre o dia, o nome dela não foi citado. Após o banho, quando abriu o escaninho, viu que Carla havia colocado um belo bolo lá dentro, decorado com glacê e amêndoas. Inky sorriu e o tirou dali, teve a intenção de levá-lo mais tarde ao quarto de Bee, mas mudou de ideia e chegou à conclusão de que, pelo menos daquela vez, o comeria sozinha.

CAPÍTULO 23

Enquanto Inky tomava seu banho, o timoneiro Marco Fraternelli fazia uma visita ao desafio Montague.

Após inúmeros agradecimentos pela intervenção nos procedimentos do dia, disse a Mack:

— Treinaremos novamente amanhã e estávamos pensando se vocês gostariam de... Como é que vocês falam? Uma disputa amistosa. — Para se livrarem da monotonia do treino, de vez em quando um dos desafiantes propunha uma regata ao outro, porém, nunca contra o anfitrião.

Mack pensou brevemente sobre o assunto e concordou. Os italianos iriam esmagar a equipe britânica, mas, pelo menos, pensou ele, isso lhes daria algo para servir de comparação e, como ainda faltavam nove meses para o início da America's Cup, com certeza nenhum dano muito sério seria causado. Afinal de contas, muita coisa pode acontecer em nove meses.

A equipe havia acabado de voltar da ginástica e estava se acomodando à mesa do café da manhã quando Mack anunciou que, naquele dia, eles estariam competindo com o *Baci* numa regata amistosa. Em seguida, ausentou-se para se preparar para as instruções do dia. Na mesma hora, os integrantes da equipe empurraram os pratos para o lado e o nível da conversa aumentou dramaticamente.

— Eles vão acabar com a gente — disse Dougie, nervoso.

— Não, não vão não! — responderam Fabian e Custard, irados e em uníssono.

— Ninguém pode falar em coelhos — disse Custard, com firmeza. — Preciso ir buscar minhas calças da sorte.

Durante a ausência de Custard, a conversa passou para o talismã de cada um, e Dougie aproveitou a oportunidade para perguntar a Inky se ela estava com sua moeda da sorte.

— Está no meu escaninho. Vou buscar.

Custard abordou Inky no vestiário.

— Você ficará bem hoje? — perguntou ele, num sussurro.

Inky parou o que estava fazendo e respondeu:

— Posso te garantir que ninguém neste barco quer derrotar mais o *Baci* do que eu, Custard.

Ambos os lados estavam determinados a dar à corrida a atmosfera mais oficial possível. Um representante do desafio italiano e Sir Edward já haviam se encontrado mais cedo para definir o circuito. Já estava decidido também que os dois seriam juízes na água, oferecendo justiça em tempo real.

Após a participação de Sir Edward nas instruções do dia, foi a vez de Mack falar.

— Esta talvez seja a primeira e a última vez que teremos a chance de competir com outra equipe, antes da Copa propriamente dita. Quero que cada um de vocês leve o treino muito a sério e, qualquer que seja o resultado, aprenda o que puder da experiência. Os italianos são desafiantes muito competentes e que, segundo muita gente, têm grandes chances de ganhar a Copa. Tudo deverá ocorrer como se estivéssemos na regata oficial.

Os italianos deixaram o porto pouco antes deles, porém, neste dia, não houve gritos de gozação, nem de camaradagem. As duas equipes logo ignoraram uma a outra. Inky nem sequer olhou para ver se Luca estava na proa. Para ela, pelo menos naquele dia, ele não existia. Sem querer, Custard quebrou a tensão no barco ao abrir o sanduíche de cada um e atirar a alface no mar, porque alface era verde e verde dava azar.

Tão logo foi indicado que a hora da regata se aproximava, o nível de adrenalina em *Excalibur* ficou em alta. Toda a equipe já estava no convés, checando o equipamento e colocando protetor solar. Era pouco usual ver outros dois barcos da America's Cup tão perto. As nove e trinta e cinco, Mack deu instrução de içar a vela mestra. Golly e Flipper puseram-se a resmungar, gostando da oportunidade de trabalhar apropriadamente os músculos, assim que a vela mestra começou a subir lentamente como fumaça de uma fogueira de jardim.

— ENCAIXADA! — gritou Golly, assim que a vela imensa encaixou-se no lugar, no alto do mastro.

Os dois barcos italianos já estavam fazendo a tradicional volta de treino com seu barco extra, a fim de avaliar as condições. Eles estavam lindos juntos e em boa, muito boa forma. Mack olhou para Rafe. Aquele seria o verdadeiro teste para ele. Precisaria entrar em ação quando necessário.

Mack e Sammy, o navegador, pediram informações a Laura, a meteorologista.

— A brisa está difícil de prever — comentou Rafe. — Muda o tempo todo.

A poucos minutos do tiro inicial, todos os rádios foram colocados num tubo à prova d'água e colocados fora do barco. Agora, havia silêncio a bordo de *Excalibur*; todos estavam atentos e os segundos passavam lentamente. Rafe não tirava os olhos do horizonte.

BANG! Sir Edward deu o tiro de cinco minutos para a pré-largada, e Sammy acionou o cronômetro. *Excalibur* e o *Baci* entraram no gate, em lados opostos, mas Mack planejava manter distância do barco italiano até Sammy avisar que faltariam três minutos, para então se aproximar deles e bloqueá-los. Deram algumas voltas, os braços dos grinders formando um borrão de tanto moverem as velas maciças de um lado para outro. Mack relanceou para o navegador, cujos olhos estavam fixos na tela do computador à sua frente; seus relatórios ininterruptos, com informações e imagens dos instrumentos, haviam cessado repentinamente.

— Qual a melhor opção? — perguntou Mack, querendo saber se era melhor largar pelo lado do barco da comissão de regatas ou a bombordo.

— Eu ia dizer a bombordo, mas não sei mais — disse Sammy, alarmado.

— Não sabe?

— Tem alguma coisa errada no mostrador de dados.

Os dois olharam instintivamente para o mastro, onde, bem lá no topo, sensores de vento ficavam posicionados dando informações sobre a força e direção dos ventos.

— Merda.

— Quatro minutos — disse Sammy, em resposta à pergunta que naturalmente lhe seria feita.

Que azar o nosso, pensou Mack. Na hora da largada.

— Vamos mandar alguém lá em cima.

— Agora? — perguntou Inky.

— Não, agora não. Não quero que saibam que tem alguma coisa errada por aqui, além do mais, é muito perigoso. — Com os movimentos bruscos e os balanços da linha de largada, qualquer um que subisse levaria uma trombada da vela mestra e, provavelmente, cairia inconsciente.

— Rafe, que lado do circuito queremos?

— Do barco da comissão de regatas — respondeu sem hesitação. Mack viu a expressão do rosto da tática e percebeu que era o oposto do que ela sugeriria, antes do equipamento quebrar. — O vento irá mudar. Tem uma nova corrente se aproximando.

— Três minutos, Mack. Hora de ir.

Mack não fez mais nenhuma pergunta, precipitou-se e bloqueou o barco italiano. Os dois veleiros fizeram alguns círculos predatórios em torno um do outro, mas a capacidade mais rápida de manobra de *Excalibur* se fez presente, e os italianos decidiram sair de perto enquanto ainda havia tempo. Com certeza, não queriam ser bloqueados. Mack foi atrás deles, colando em sua proa e incitando-os a entrar na briga. Viu Fabian de pé na proa, seu corpo se inclinando naturalmente para dentro e para fora, por causa das voltas acentuadas, mas a mente concentrada e a mão calculando a distância entre eles e o barco italiano.

Chegaram à marca de um minuto, e Sammy começou a contagem regressiva:

— Sessenta... cinquenta e nove... cinquenta e oito... cinquenta e sete...

— O *Baci* está cambando — disse Rafe. Mack avançou e, vendo a abertura, fez a volta e retornou, forçando o barco a cambar novamente e a se dirigir para bombordo, deixando-os com o caminho livre para o lado do barco da comissão de regatas. Foi muito fácil, pensou Mack, quando cambaram e deram a volta, posicionando-se para serem os primeiros da linha de largada. Eles também não estavam voltando. Obviamente, queriam ir a bombordo.

— Que lado, Rafe?

— Do barco da comissão de regatas — afirmou mais uma vez. Normalmente, pediria confirmação do resto da retaguarda, mas viu que eles achavam que deveriam seguir pelo outro lado. A brisa vinha insistentemente de lá. Foi uma demonstração de liderança da parte de Mack o fato de todos manterem suas opiniões para si, exceto um olhar assustado que veio de Custard.

— Vinte... dezenove... dezoito... dezessete...

Mack virou com vigor a estibordo, chegou à linha de largada o mais longe que podia do *Baci* e rezou.

Inky e Custard eram igualmente bons para consertar equipamentos eletrônicos, mas Mack escolheu Inky para subir o mastro, por ela ser mais leve. Ela se aprontou rapidamente, colocando os cabos de segurança. Além da faca letal, permanentemente presa à sua perna, ela também levou uma variedade de chaves de fenda e outras ferramentas e as manteve junto à cintura. Custard e Golly começaram a içá-la para o mastro de mais de vinte e oito metros de altura, fazendo uma pausa após dezoito metros, para que ela se soltasse dos cabos, ficasse agarrada ao mastro e voltasse a se prender no cabo seguinte. O restante da equipe, após sussurros trocados sobre o que acontecera na linha de largada e a razão de estarem se dirigindo para a direita, enquanto os italianos iam para a esquerda, aparentemente com mais velocidade do que eles, agitava-se para um lado e outro para compensar a falta de Custard e Golly, sem ousar olhar nos olhos uns dos outros. Apesar da condição de relativa calma no convés, o fato era alarmante pela perspectiva de Inky. Para cada centímetro de movimento sentido no convés, havia vinte centímetros de movimento no topo do mastro, condição nada ideal para se tentar consertar pequenas partes de um equipamento eletrônico.

— Nove ponto oito, nove ponto oito, nove ponto nove... — Sammy recitava seu monólogo da velocidade do barco.

— O que o barco italiano está fazendo?

— Eles ainda estão cambando a bombordo, e o barco deles é mais veloz do que o nosso.

— Cadê a sua mudança de vento, Rafe?

— Em dois minutos — disse ele, calmamente, sem tirar os olhos do horizonte.

— Nove ponto oito, nove ponto sete. Aguenta mais as pontas, Mack.

Eles velejaram por um minuto e cinquenta segundos em um silêncio tenso, com exceção das informações de velocidade dadas por Sammy, quando Rafe disse:

— Subindo. Subindo. — E o barco subiu. Subiu como se tivesse asas. Parecia que estava prestes a desgrudar da água e voar.

Um sorriso foi lentamente se espalhando pelo rosto de Mack. Ele pôde sentir o alívio tomando conta do barco.

— Dê uma virada por davante — disse Rafe. — Está na hora.

Mack olhou para Inky.

— Segura as pontas, Inky! Vamos cambar! — gritou. Ela ficou gritando para eles, mas o vento e as velas açoitavam suas palavras.

No entanto, devia ter conseguido ouvi-lo, pois Mack a viu preparar-se e gritou: — CAMBAR!

Excalibur deslizava na água agora, esbaldando-se no vento e nas condições que adorava. Já estava a um barco de vantagem dos italianos, que agora agonizavam sem vento. Inky indicou que precisava descer e, tão logo chegou ao convés, disse ofegante:

— Preciso de uma solda. Um cabo de soltou. Não consigo consertá-lo.

Mack fez uma pausa e olhou-a, hesitante. Como chefe de equipe, tinha que fazer todo o possível para deixar o equipamento funcionando, mas esta era uma decisão crucial a ser tomada. Precisava passar confiança para a tripulação. E tinha que fazê-lo agora, rapidamente, de forma clara e firme.

— Não se preocupe, Inky. Rafe sabe o que está fazendo.

Não lhe disse que as verdadeiras razões para não deixá-la subir de novo eram que ele não poderia arriscar sua vida, mandando-a subir o mastro naquelas condições de vento forte, e que também duvidava que alguém pudesse consertar um cabo com uma solda enquanto este balançasse num vento de vinte nós. Disse a todos o que eles precisavam ouvir e olhou para Rafe.

— Outra corrente de vento vindo em cinco... — disse Rafe.

Duas horas e quarenta e três minutos depois, os italianos haviam vencido os ingleses por uma margem de apenas quarenta e três segundos. Mack, no entanto, estava surpreendentemente satisfeito com o bom dia de trabalho. A equipe estava muito desapontada com o resultado, mas não apenas restabelecera sua confiança em Rafe de forma completa e definitiva, como ele mesmo recuperara a confiança em si mesmo.

Rafe não tinha muita certeza do que havia acontecido, se finalmente fora a convicção de Mack de que ele ficaria bem ou o fato de a lembrança de Ava estar se apagando. Fosse o que fosse, ele não iria questionar. A ligação definitiva que sentia agora com a equipe e com os elementos da natureza era o melhor que havia sentido por um bom tempo, e ele sabia que isso voltara para ficar. Olhou ao redor, para todos, e sorriu. Eles haviam feito um progresso e tanto.

As duas equipes aproximaram-se para gritar agradecimentos. Os italianos sorriram e acenaram, felizes com a vitória e cheios de elogios à "bella donna" que, destemida, havia escalado o mastro. Inky não teve como evitar e lançou um olhar tímido para Luca, incrivelmente bronzeado e bonito no uniforme preto e vermelho da equipe.

— O diabo veste Prada — murmurou.

CAPÍTULO 24

Luca estava esperando por Inky, quando ela deixou a base naquela noite. Ela foi se aproximando lentamente.

— À equipe de *Excalibur*! — exclamou ele, inclinando levemente a cabeça. Gostava da forma que ele pronunciava *Excalibur*, como se fosse uma palavra árabe exótica.

— Parabéns — respondeu ela, embora isso a chocasse.

— Obrigado.

— Como está o seu colega de equipe? Aquele que ficou preso no mastro.

— Tommaso. Ainda no hospital. Nada de America's Cup para ele. Um colega do segundo barco vai substituí-lo. Você foi muito corajosa hoje. No alto do mastro.

— Não fiz nada mais do que qualquer outro faria.

— Ouvi meus colegas de equipe falarem sobre o assunto e percebi que não gosto quando falam de você. Então você ganhou mesmo.

— Ganhei?

— Sim. Ganhou. Quer sair comigo esta noite?

— Hoje à noite?

— Sim.

Inky fez uma pausa. Ficou dividida entre o desejo de fazê-lo sofrer um pouco e o desejo de aceitar o convite. Isso sem falar que suas costelas a estavam matando.

— Não sei — respondeu, cautelosa.

— Vamos a qualquer lugar tranquilo.

Fiel à sua palavra, Luca levou-a a um restaurante pequeno e intimista e solicitou uma mesa em um canto. Pediu para eles um risoto a três queijos e uma garrafa de vinho. Quando Inky ergueu as sobrancelhas diante de seu desdém ostensivo pelas regras de uma equipe em treinamento, Luca disse:

— Acredito que você tenha algo a dizer sobre "ferrando...".

— Ferrando? — perguntou, sem entender.

— Também poderia ser "Ferrado, ferrado...". — Ele balançou as mãos para que ela terminasse a frase.

Inky riu:

— Ah, entendi: "Ferrado, ferrado e meio"?

— Isso. Está muito dolorida?

Inky estava com muita dor nas costelas. Um hematoma enorme subira por sua coxa no lugar onde se firmara no mastro, abraçando-o com as pernas, para deixar o tronco livre e checar o problema nos sensores; sua clavícula estava tão sensível que achou que sua cabeça cairia caso se movesse demais.

— Um pouquinho.

— Quando preciso escalar o mastro em condições como aquela, às vezes fico dias sem conseguir andar.

— Está bem, estou superdolorida — admitiu Inky.

Luca pôs a mão sobre a dela, deixando-a ali.

Mais tarde, eles caminharam pelos jardins do rio Turia e, sob um belo arco de rosas com aroma adocicado, ele a beijou suavemente.

— Não consigo suportar meus companheiros de equipe falando de suas belas pernas. Alguns deles queriam te chamar para sair. Senti vontade de gritar e percebi que era culpa minha não poder fazer isso. Sinto muito.

— *Eu* é que peço desculpas por estar tão abatida. — Inky suspirou e gesticulou para as pernas, cobertas por uma longa saia estilo cigana.

— Está perdoada. Meu companheiro de quarto foi passar a noite em Nápoles. A namorada dele lhe ofereceu um, como vocês falam? Um cobertor de orelha? — Inky riu. — Você virá ao meu quarto?

O sindicato italiano ficava numa parte diferente da cidade — uma com a qual Inky não estava familiarizada — e o apartamento de Luca era o típico apartamento de dois homens morando sozinhos. Inky adorou perceber que, claramente, ele não estava planejando levá-la lá naquela noite, uma vez que correu para todos os lados, recolhendo roupas pelo chão e colocando-as todas em cima de uma cadeira já bem sobrecarregada.

— Sinto muito pela bagunça. — Luca olhou-a de forma tão constrangida, e desculpou-se com um encolher de ombros tão tipicamente italiano, que Inky poderia ter pulado em cima dele naquele mesmo instante.

Ela sorriu.

— Tudo bem.

— Café?

— Não.

— Chá então?

Inky negou lentamente com a cabeça.

— Como estão seus hematomas?

— Doloridos.

— Terei cuidado.

Luca sorriu e aproximou-se. Beijou-a de novo, mas, desta vez, com mais avidez. Parou subitamente, pegou-a pela mão e levou-a para a cama. Deixaram-se cair sobre o colchão, numa confusão de pernas e braços, com Luca lhe beijando o pescoço e o rosto. Tirou-lhe a camiseta e começou a lhe beijar os ombros. Inky sentiu-se tomada de desejo e, hematomas esquecidos, começou a tirar a camiseta dele. Não ficou decepcionada com o que viu.

— Abdômen tanquinho e sexy — murmurou ela. Luca levantou-se para abrir seu sutiã, e os dois riram quando ele se atrapalhou com o fecho, sem gostar muito de sua falta de habilidade. Inky o ajudou e esperou que não se sentisse decepcionado.

— Sinto muito — sussurrou ela, tirando o sutiã, consciente de que não deveria estar se desculpando por nada, mas já o havia feito. — Não sou exatamente bem-dotada.

— Dotada? — perguntou Luca, franzindo a testa. — O que é isso?

— Seios grandes. Não tenho seios muito grandes.

O rosto de Luca desanuviou.

— *Cara*, eles são lindos! *Você* é linda. — Inky tinha seios pequenos e firmes com mamilos castanhos. Luca mostrou o quanto os achava lindos, cobrindo-os de beijos e chupando-os como se fossem cerejas. Inky achou que iria explodir de tanto desejo e começou a desabotoar as calças jeans dele, lutando para descer com elas por seu pênis em ereção. Lucas, certamente, não tinha nada pelo que se desculpar.

• • •

Na manhã seguinte, Inky acordou muito cedo para um dia claro e para costas morenas e cheias de sinais. Luca. Claro. Sorriu e mordeu o lábio. Esperava que não tivesse estragado tudo ao dormir com ele na primeira noite e imaginou se Mack ou Colin Montague iriam se importar com o fato de ela sair com alguém de outro sindicato. Mack, provavelmente, iria pegar o telefone e ligar para seu pai. Alguns minutos depois, quando Luca acordou e, lânguido, virou-se para ela, Inky chegou à conclusão de que não se importava com nada disso.

— Bom-dia, *cara* — disse, sonolento. — Venha cá me acordar.

— É um hematoma muito feio — disse ele, logo após terem feito amor novamente. Olhou apavorado para as costelas de Inky quando ela ainda estava montada em cima dele. — Desculpe, não percebi ontem. Te machuquei?

— Não senti nada. Isso é que são hormônios.

— Acho que você tem seios lindos. — Recostou-se na cama e apoiou a cabeça sobre os braços.

Inky deu uma espiada neles.

— Acha mesmo? Jason Bryant costumava me chamar de sra. Beeton, uma cozinheira famosa, quando treinávamos juntos na equipe jovem. Ele disse que meus seios eram do tamanho de pequenas panquecas escocesas. Tive que explicar ao meu pai que ele me chamava assim, porque achava que eu era tão boa cozinheira quanto ela.

— Jason Bryant? O proeiro da equipe *Phoenix*?

— Sim.

— Ele viu os seus seios? Você dormiu com ele?

Inky sorriu.

— Não!

— Certamente ele quer dormir com você.

— Acho que não.

— Como pode alguém estar com você e não querer dormir com você?

Inky abriu um sorriso largo.

— Pode acreditar em mim, Jason Bryant não quer dormir comigo. — Inky franziu a testa. — Não sei muito bem por quê, uma vez que ele já dormiu com um monte de mulheres. Seria o caso de ficar chateada por ele não ter tentado. Mas acho que não tentou porque sempre competimos um contra o outro.

— Se eu vir este Jason Bryant, direi a ele que você tem belos seios.

— Obrigada. Gosto do seu quarto. Estamos prestes a nos mudar para uns apês na praia de Malvarossa.

— Apês? O que são apês?

Inky riu.

— Desculpe. É gíria. Apartamentos. Como conseguiu essa cicatriz? — perguntou, apontando para as costas dele.

Ele sorriu com pesar.

— Meus cabos de segurança se soltaram, e eu caí do balão. Bati com as costas na proa durante a queda. E essa aí? — Apontou para uma cicatriz fininha e comprida no quadril de Inky.

— Foi no laser do papai. Eu virei junto com o barco e me cortei em alguma coisa sem perceber.

— Velejar não é esporte para pessoas delicadas.

— Nada delicado mesmo.

— Esqueci de perguntar se irá velejar hoje.

— Velejamos todos os dias, exceto uma vez ao mês, quando tiramos o dia livre.

— Hoje?

Inky sorriu e concordou lentamente.

— E você?

— Nunca velejamos aos domingos. Os deuses, eles nos sorriem aos domingos. O que faremos?

Depois que eles levantaram, comeram um pouco daquele estranho pão espanhol torrado com doce de laranja (o que surpreendeu Inky, pois sempre achou que aquele fosse um produto bem inglês, mas, como Luca lhe chamou a atenção, havia mais laranjas na Espanha do que na Inglaterra). Então, Luca arrastou Inky novamente para a cama, dizendo que ela ficava sexy demais usando uma camiseta sua. Já era meio-dia quando eles saíram do apartamento. Inky usava calças jeans de Luca, puxadas para cima e presas por um cinto (o cinto pertencia a seu colega de quarto, que era grinder) que dava duas voltas em sua cintura, uma camisa azul listrada e os sapatos de salto alto de Bee, ainda em seu poder. Sentiu-se gloriosamente elegante. Luca ofereceu-se para levá-la de volta ao seu "apê", mas ela não queria quebrar o clima com o que quer que a estivesse esperando.

— Aonde podemos ir? — perguntou ela.

— Pensei em irmos à catedral. É onde dizem que fica o outro Santo Graal.

— Outro Santo Graal? Achei que a taça da America's Cup fosse o único — questionou-o.

— A taça de Cristo. Ainda não fui lá, mas me parece uma boa ideia.

Após terem visitado a catedral, lido a história do Graal, que Inky lhe explicou com suas próprias palavras, pois eles não tinham folheto em italiano, e olhado maravilhados para a pequena taça dourada, eles caminharam de mãos dadas pela parte antiga de Valência. Pararam apenas para almoçar em um lugar onde Luca insistiu em que Inky comesse o mais delicioso *fideua*, massa frita com alho e peixe-escorpião.

— A massa é cozida num pirão para pegar sabor — explicou Luca. — Os pescadores daqui ainda fazem isso dentro dos barcos.

— Talvez não como este aqui — disse Inky, a boca cheia de uma mistura deliciosa.

— Talvez não — concordou Luca. — Você conseguiu ver alguma coisa da Espanha desde que chegou aqui?

— Meu sindicato inteiro foi a Barcelona, mas eu fui à Inglaterra, visitar minha mãe. Ela estava doente.

Luca pareceu preocupado.

— Ah, *cara*, que chato! É terrível quando nossa mama fica doente. Ela está bem agora?

— Está. Liguei para ela antes da regata.

— Ela virá para a competição?

— Espero que sim. Acho que gostaria de conhecer Valência.

Eles comeram laranjas maravilhosas e *mil-folhas* de coco com *garrapinadas* — castanhas carameladas — como sobremesa.

— Como conhece todas essas coisas? — perguntou Inky.

— Estamos em Valência há mais tempo do que vocês. Gostaria de fazer outra coisa que descobri por aqui?

— O quê? — perguntou Inky, na esperança de que estivesse querendo fazer sexo com ela.

— Cavalgar na praia. Você terá que ir descalça — disse, olhando para seus sapatos de salto agulha.

Não foi tão bom quanto sexo, mas quase igualmente excitante.

— Voltará a passar a noite comigo? — perguntou ele, depois que desmontaram. Inky achou que nunca mais andaria direito novamente... e não só por causa da sela. Balançou pesarosamente a cabeça.

— Preciso levantar às cinco. E acho que Mack estará esperando por mim.

— Quem é Mack? — Lucas quis saber.

— John MacGregor. Meu padrinho e chefe de equipe.

— O famoso John MacGregor é seu padrinho? Há.... Achei que esse "Mack" fosse um namorado, mas agora vejo que é pior.

Inky riu.

— Muito pior, infelizmente.

— Dê-me o número do seu celular — pediu ele. — Vou te telefonar.

Com isso, Inky tinha mais que se sentir satisfeita. Afinal de contas, agora dormia com o inimigo.

As semanas seguintes foram uma revelação para ela. Embora o tempo fosse gasto estritamente com os próprios sindicatos, Inky e Luca passavam um e outro momento de folga juntos, normalmente escapando para a cama. Inky estava encantada com o efeito que parecia despertar nele; ele a achava extremamente irresistível e não era nada egoísta na horizontal.

— Está vendo? A culpa é sua — dizia, com pesar. — Eu disse que você iria me distrair. — Embora adorasse fazer amor com ela, nunca lhe exigia isso, ficando satisfeito em simplesmente tomar banho com Inky ou massagear suas costas, caso ela estivesse muito cansada.

Quando não estavam juntos na cama, falavam sobre iatismo. Nada específico sobre o sindicato deles — Inky, com certeza, não se esquecia de que velejaria contra ele —, apenas assuntos gerais sobre as condições em Valência e o passado de suas carreiras como velejadores. Inky percebeu que o relacionamento deles e a forma como falavam um com o outro mudavam sutilmente à medida que iam conversando. Tornavam-se mais vívidos e menos pacatos. Quando falava, sentia a ambição lhe subindo pela garganta e imaginava se ele sentia o mesmo. Afinal de contas, os velejadores que participam da America's Cup eram talentosos e determinados. Poucas coisas podiam deixá-los para baixo.

Todos no sindicato estavam felizes por ela, embora alguns se preocupassem um pouco com o fato de Luca ser o inimigo. Mas a verdadeira mudança no comportamento de Inky mostrou-se em sua forma de velejar. Com a confiança em si mesma aumentada, suas habilidades com a vela se mostraram mais aguçadas e seus comandos com um tom tão grande de autoridade que a equipe não olhava mais para Mack para depois obedecer-lhe. Estava também bem mais feliz no barco e passara a aceitar (embora não muito) algumas concessões pelo fato de ser mulher. Isso se dera a tal ponto que a frase "porque ela é mulher" já estava sendo usada para tudo na brincadeira.

— Graças a Deus você acabou aceitando que não tem um pênis! — disse Custard, um dia, depois que Inky finalmente concordara que gostaria de fazer xixi no banheiro do *Mucky Ducky*, como há tempos lhe vinha sendo oferecido, em vez de ficar balançando precariamente na lateral do barco. — Eu já estava mesmo ficando cansado de sempre ter que ficar na sua frente. Você é muito teimosa às vezes, sabe disso. É isso o que o amor faz com vocês. Ou então você não quer que a gente veja a bandeira italiana tatuada no seu bumbum.

Inky atirou sua bisnaga de pão em cima de Custard, que a pegou com raiva e começou a comê-la.

— Isso vai acontecer com você um dia, Custard. Você vai ver.

— De todo o coração, espero que não. — Cuspiu pedaços do sanduíche. — Veja só como você está toda apaixonada por ele. Outro dia, quando saímos para beber, não tirou os olhos dele a noite inteira.

Mack estava particularmente feliz por vê-la tão bem.

— Olá! — disse ele, aparecendo na cantina numa manhã bem cedo e encontrando Inky por lá. — Que prazer encontrar minha afilhada aqui. Ou Luca está aqui também? — Fingiu que procurava debaixo da mesa.

Inky sorriu.

— Não sou tão malvada assim — protestou ela.

— Bom te ver. Há tempos não conseguimos conversar.

— Você está se esquecendo de todas as horas que passa gritando comigo dentro do barco?

— Não, isso é estritamente profissional.

— Mas por você tudo bem eu estar saindo com Luca? Quer dizer, mesmo ele sendo de outro sindicato?

— Claro! Confio em você, Inky. Como padrinho, estou contente por te ver feliz e, como chefe de equipe, só espero que ele não esteja te fazendo dormir tarde demais.

— E quanto a você, Mack? Algum cupido no horizonte?

— Só porque está apaixonada, está tentando arrastar todos os pobres infelizes com você, é?

— Não! Só quero te ver feliz também.

— E onde você acha que eu encontraria tempo para um caso de amor? Estou ocupado demais gritando com todos vocês. — Inky abriu um sorriso, quando ele virou as costas para pedir um expresso extraforte a Carla.

Em contraposição, seu pai ficou enfurecido. Em nada adiantou ninguém ter lhe contado. Mack achou que Inky lhe contaria e também estava ocupado demais com assuntos do sindicato. Inky ainda estava esperando para contar aos pais (ou assim dizia), porque queria ter certeza de que aquilo era mais do que um namorinho rápido. Ela normalmente ligava para o pai durante a semana, para lhe fazer algumas perguntas sobre assuntos técnicos que surgiam ou sobre algum manejo complicado que precisava de mais dedicação, e, como ficou algumas semanas sem telefonar, James Pencarrow tomou a iniciativa.

Luca atendeu ao telefone.

— Olá?

— Alô?

— Olá?

— Quem está falando? — quis saber James.

— É Luca — respondeu ele, surpreso. — Quer falar com Inky?

— Quero. — Seu tom de voz foi gélido. — Diga a ela que é o pai dela no telefone.

Ouviu Luca chamando Inky ao fundo.

— *Cara*! É o seu papa no telefone!

— Quem era? — quis saber James, assim que Inky atendeu. — E por que estava te chamando de *cara*?

— Bem, porque *cara* em italiano quer dizer...

— Eu sei o que *cara* quer dizer, Inky — respondeu ele, sem mais palavras. — O que quero saber é por que ele está te chamando assim?

— Estamos namorando.

— Ah, estão? E há quanto tempo?

— Algumas semanas.

— E ninguém pensou em contar à sua mãe ou a mim?

— Eu disse algumas semanas, papai. Não alguns meses. E eu terei prazer em contar à mamãe se você fizer a gentileza de colocá-la na linha.

O pai a ignorou.

— Onde o conheceu?

— Ele é o proeiro do sindicato italiano.

— De outro sindicato? — perguntou, horrorizado. — Já contou para Mack?

— Claro que sim.

— Mas ele não me telefonou!

— Talvez porque eu já tenha passado dos vinte e um anos.

— Espero apenas que você não se esqueça de que está numa competição importante chamada America's Cup.

— Nunca me esqueço da America's Cup, nem Luca. Não quer saber mais nada com relação a mim?

— Quero saber se ele está afetando o seu desempenho. Não pode deixar que nada influencie sua performance. Uma coisa dessas, normalmente, é a diferença entre ganhar ou perder.

— Eu não sabia que esperava que nós ganhássemos — disse Inky, sendo irônica.

O pai falou bruscamente ao telefone:

— Aposto que ele está te mantendo acordada até tarde e te distraindo.

— Ele é tão sério quanto eu com relação à America's Cup.

— Bem, é melhor ter certeza de que este Luca não está tentando arrancar nenhum segredo de você. Como pode saber que ele não está só te usando?

— Por que ninguém poderia me achar atraente sem outro motivo oculto?

— Eu não disse isso. Mas você tem que manter em mente...

— Para falar a verdade, Luca está me levando à casa dele na Itália no mês que vem, para conhecer sua mãe — Inky interrompeu-o friamente. — Acha que ela pode estar envolvida nisso também?

Ficou tão furiosa que desligou o telefone na cara do pai.

CAPÍTULO 25

Algumas semanas depois, as equipes italiana e britânica tiveram quatro dias de folga muito esperados, em virtude de um feriado religioso em Valência, e Luca levou Inky à sua casa na Itália. Não era uma viagem específica para lhe apresentar a mãe, como Inky muito casualmente dissera ao pai, mas uma viagem para lhe apresentar a costa amalfitana. A maioria da tripulação de *Excalibur* aproveitou o tempo para se mudar para a Casa Fortuna. Tim Jenkins e Mack, conquistados pelo brilho azulado do Mediterrâneo e pelas montanhas ao longe, fizeram de conta que não perceberam a fachada decadente. Tim se predispusera logo a assinar o aluguel dos apartamentos. Bee e Rafe mudaram-se para um apartamento no primeiro andar. Custard e Dougie ficaram no mesmo andar. Inky ficou num andar acima e Fabian, Milly, Rosie e Mack no andar acima deste. Todos estavam loucos para se sentirem finalmente instalados — uma vez que estavam espalhados por vários hotéis — e parte também de uma pequena colônia britânica.

Inky mal colocou seus pertences no novo apartamento e pegou um táxi para o aeroporto. Luca insistira que a única forma de ver a costa amalfitana pela primeira vez era da água, portanto, tão logo aterrissaram em Nápoles, enfrentaram uma corrida perigosa de táxi até as docas — trajeto durante o qual os sinais de trânsito pareciam ter efeito puramente decorativo, visto que ninguém os respeitava e as motocicletas paravam e seguiam ao seu bel-prazer. Inky passou por uma cena surpreendente de três meninas numa motoneta, nenhuma delas usando capacete e duas segurando uma caixa de pizza, como se fossem garçons, enquanto a outra falava ao telefone celular.

— Veja Nápoles e depois morra — recitou para si mesma. — E é exatamente isso o que vai acontecer. — Inky achou que poderia ser o efeito de morar sempre à sombra do Vesúvio o que os fazia tão imoderados. Luca não estava ajudando nada ao se inclinar para a frente e bater papo com o motorista, quando Inky preferiria mil vezes deixar o motorista se concentrar no trânsito. Satisfeita por chegar, ela desceu do táxi no porto onde o irmão de Luca, Gennaro, os esperava com um pequeno barco a motor.

— Gennaro não fala bem inglês — Luca explicou a Inky, que o cumprimentara efusivamente, enquanto ele se dirigia a ela em italiano ao mesmo tempo que punha sua bagagem a bordo do barco. Eles demoraram um pouco até se verem livres da parte de embarque comercial do porto, dos navios enormes cheios de contêineres e dos guindastes, e chegarem então a mar aberto. Apesar de estarem em outubro, Inky sentiu o vento quente do mar mediterrâneo em seu rosto.

— Que ilha é aquela? — gritou Inky, acima do barulho do barco, apontando para um rochedo íngreme que se sobressaía no mar.

— Capri! — berrou Luca, em resposta. — Iremos lá numa próxima vez.

Inky ficava atordoada cada vez que ele falava com ela sobre o futuro. Estava tão compenetrada olhando com encantamento a bela ilha que não olhava para mais nada e tampouco percebeu que rodeavam a península até Luca cutucá-la. Olhou adiante então, e a visão quase lhe tirou o ar. A costa amalfitana e todo o seu esplendor estendiam-se à sua frente, sua surpresa ainda maior por causa de suas expectativas de algo similar à Cornualha. Luca lhe dissera que ela era rochosa com inúmeros despenhadeiros, mas nada se comparava à realidade.

Montanhas grandiosas erguiam-se da água. Paredes rochosas eram pontuadas por vegetação densa. Vilas antigas em tons pastel haviam sido construídas nos nichos e nas fendas, aparentemente uma por cima das outras.

Luca parara para observá-la.

— É lindo, não é?

— Sim, é lindo! Maravilhoso! Você disse rochedos, mas não imaginei... — As palavras lhe faltaram ao esticar o pescoço o mais que pôde para visualizar os picos, alguns deles escondidos pela névoa. — Parece que o mundo inteiro foi inundado e só sobramos nós e essas montanhas.

Luca riu.

— Sim! Há um ditado famoso que diz: "Há apenas o sol, a lua e Amalfi." As pessoas acham que somos arrogantes, mas é porque, aqui, parece que estamos sós no mundo.

Inky absorveu o que pôde de cada centímetro da paisagem. Os fortes pequeninos de apenas um cômodo nos promontórios, as grutas e cavernas esculpidas nos rochedos pelo trabalho artístico da água, as gaivotas voando e mergulhando, os flashes de cor saídos das sacadas das casas.

— Onde fica aquilo ali? — gritou, apontando para um aglomerado extenso de casas. Aproveitando-se de um intervalo entre duas montanhas, constava ali uma cidadezinha repleta de vilas amontoadas, que dava a impressão de um agrupamento de cracas em tons pastel, colados à rocha. O domo, mosaico reluzente de uma igreja, projetava-se no centro do agrupamento.

— Positano! A nossa é a próxima, ali adiante.

Era como se a cidade inteira estivesse ciente de sua chegada. Primeiro, todos que estavam no restaurante ao pé da vila onde eles ancoraram saíram para cumprimentar Luca e lhe apertar a mão. Também falaram sem parar com Inky, aparentemente alheios ao fato de ela não estar entendendo nem uma palavra sequer. Os dois subiram alguns lances de escada que haviam sido esculpidos no rochedo e depois seguiram por ruelas estreitas, em ziguezague, que se abriam ocasionalmente, dando vista para plantações de limoeiros e romãzeiras.

— Achei que você só tivesse telefonado ontem para sua mãe — murmurou Inky, entre cumprimentos. Luca não queria muito alarde por estar levando uma namorada para casa, portanto, informou descontraidamente que estaria chegando no dia seguinte. Gennaro já havia sumido de vista com a bagagem deles.

— E foi, mas como é que vocês dizem? As notícias voam.

Luca contara a Inky que a mãe gerenciava uma pequena loja, sendo assim, ela esperava ver uma versão italiana das lojas inglesas Spar, uma loja de esquina ou qualquer outra coisa parecida. Tão logo entrou na loja toda decorada com pedrarias, percebeu seu engano. Na Inglaterra, aquele lugar só poderia ser descrito como uma delicatéssen de luxo. Presuntos inteiros e pimentas vermelhas pendiam do teto, peças grossas de queijo parmesão apareciam empilhadas em um canto e a bela bancada estava repleta de queijos, azeitonas, tomates marinados, beringelas, pesto da cor de esmeraldas e massa fresca de todas as qualidades. E a mãe de Luca estava em pé, num dos cantos, braços cruzados, linda em todos os aspectos. Era uma mulher enorme, com um vestido transpassado e exuberante, os cabelos negros com matizes grisalhos puxados para trás num rabo de cavalo apertado. Nenhuma maquiagem adornava seu rosto sério.

— Mama! — gritou Luca. — 'Come sta?

Luca deu-lhe um grande abraço e o rosto de sua mama aliviou-se momentaneamente, voltando à máscara anterior tão logo ele a soltou.

Luca a conduziu pela mão até onde estava Inky.

— Mama, esta é Inky. — Inky percebeu que ele falava em inglês em consideração a ela e sorriu agradecida.

Inky aproximou-se para cumprimentá-la, e os olhos de mama a examinaram, pousando firmemente em seus quadris.

No dia seguinte, ela acordou às seis. O brilho do sol ultrapassou as persianas e iluminou o quarto com uma luz pálida. Inky dormia numa cama estreita de madeira, em um quarto pequeno, pintado de branco, com azulejos no chão e um crucifixo enorme acima da cama. Lembrou-se de que estava de férias e espreguiçou-se com a elegância de um gato. Gostaria apenas que Luca estivesse deitado ao seu lado. No momento seguinte, estava adormecida de novo. Quando, por fim, tornou a acordar, lavou o rosto o melhor que pôde na pequena bacia e desceu as escadas, sendo recebida por um aroma delicioso de pão, que preenchia toda a casa. Abriu hesitante a porta da cozinha, esperando que Luca já estivesse de pé, mas encontrou apenas sua mama. Sorriu alegremente.

— Tem alguma coisa cheirando bem.

— Pão — respondeu a mama, com poucas palavras. — Ficará pronto logo.

— Uma delícia.

— Você cozinha?

— Humm, bem que gostaria de cozinhar. Talvez, se tivesse mais tempo...

— Temos tempo aqui.

Não era exatamente o que Inky planejava. Havia pensado em passar o feriado na costa amalfitana, passeando de mãos dadas com Luca, e não suando numa cozinha pequena.

Ela voltou a sorrir e mudou de assunto.

— A senhora fala bem inglês.

— Precisamos falar. Os turistas. Eles são a razão de podermos viver aqui. Sem eles seria muito difícil.

— Mesmo?

— Amalfi não é um lugar muito hospitaleiro. É lindo, sim, mas para viver é difícil. Minha família sempre morou aqui, mas muitos foram embora para a América durante a guerra, o que foi muito penoso. Vivemos entre o mar e as montanhas.

Inky concordou.

— A senhora deve ter orgulho de Luca e de seu talento para velejar.

— Muito orgulho. Luca disse que você veleja também.

— Sim — respondeu Inky, esperando o mesmo comentário do tipo "seus pais devem ter orgulho de você também", mas tudo o que mama fez foi bufar.

— A equipe de Luca, eles irão vencer esta Copa.

— Todos esperamos vencer a Copa — respondeu Inky, sendo diplomática. Luca chegou.

— Ahhh, você está acordada! — disse, aproximando-se para beijá-la no topo da cabeça. — Fui lá fora dar uma olhada no barco. Acho que poderemos ir à costa hoje!

— Maravilha! — exclamou Inky.

— Vamos tomar café antes. Mama! Precisamos de comida!

Um pouco para surpresa de Inky, mama acatou alegremente seu pedido, como se estivesse esperando ser solicitada pelo filho. Inky imaginou onde estaria o pai de Luca; ninguém falara dele até então, nem ela o vira ou o ouvira.

— Onde está o seu pai? — sussurrou para Luca.

— Papa? Trabalhando. Ele começa cedo. Ele e minha tia têm um restaurante. Pararemos lá para almoçar.

Inky não sabia o que esperar da cidade de Amalfi. Ela e Luca puseram seus telefones celulares, carteiras e a máquina fotográfica de Inky em um dos estojos resistentes à água da America's Cup, que Luca havia pegado do *Baci*, e nadaram pelas águas quentes e turquesa até o barco, empurrando o estojo para frente, à medida que avançavam. A água parecia aveludada. Eles subiram no barco e ficaram deitados em sua proa para se secarem, com Luca sussurrando em seu ouvido todas as coisas que gostaria de fazer com ela caso eles tivessem, ao menos, metade das chances. Inky tinha os olhos semicerrados e, sonhadora, olhava para o céu através dos cílios. Do ângulo em que estava, podia ainda enxergar o topo enevoado das montanhas.

Saíram para Amalfi no barco a motor.

— Iremos velejar amanhã — disse Luca —, mas para pegar o vento, temos que nos afastar das montanhas, e quero que você conheça a costa.

E era mesmo uma bela costa. Inky acomodou-se na proa do barco e a admirou. As montanhas eram rochosas e inóspitas, com vilas espalhadas nos lugares mais improváveis. Bastava uma mera fenda ou um pequeno platô e alguém construía uma casa firme ali. Afloramentos de pedras projetavam-se ao mar, que os esculpia dando-lhes forma de arcos e estátuas. O tronco rústico e retorcido de uma oliveira. Quase todas as casas eram construídas juntas, como se procurassem abrigo, tendo o estranho domo ocre ou em mosaico de uma igreja amarela.

— Amalfi foi um posto importante de trocas, no século dezesseis. Todos os navios de carga que carregavam seda e especiarias paravam aqui, vindos do Oriente — gritou Luca acima do barulho do motor. Inky viu que havia uma influência moura acentuada: as casas tinham uma mistura de barroco e árabe; varandas e vinhedos, arcos e sacadas se entrelaçavam.

Eles pararam no pequeno porto de Amalfi.

— Você tem ancoradouro aqui?

— Meu pai. Para o restaurante. A única forma de chegar ao restaurante é de barco.

Eles andaram de mãos dadas pelas ruas de Amalfi, parando diante do domo enorme que tinha cada centímetro coberto por mosaicos e afrescos, entalhes e colunas, com altares de ouro e mármores pesados, bem diferentes das paredes de granito e dos púlpitos de madeira da Inglaterra.

— Santo André, o primeiro discípulo, está enterrado aqui. Os amalfitanos são devotos dele. Todos os anos, eles usam um líquido produzido por seus ossos para curar os doentes — disse Luca. Inky desejou de todo o coração que nunca ficasse doente.

Eles voltaram pelos inúmeros degraus, passando por carrocinhas que vendiam limonada feita na hora e pilhas de limões grandes e gordos, depois viraram numa rua transversal em busca de café. De vez em quando as pessoas paravam para falar com Luca, cumprimentando-o com abraços calorosos e beijos exagerados para então explodirem num italiano animado.

— Você é famoso? — perguntou Inky.

Luca encolheu os ombros e sorriu.

— Eles têm orgulho de mim. Orgulho por Amalfi ter um velejador na America's Cup. Os italianos adoram a Copa.

— O que você quer? — perguntou Luca, na cafeteria. — Um expresso?

— Não, um cappuccino, por favor.

— Vão rir de você. Cappuccino é para turistas.

— Gosto de cappuccino — respondeu Inky.

Eles se acomodaram em uma das mesas altas. Inky já sabia, de Valência, que café era para ser tomado em pé porque era melhor para a digestão.

— O mar é diferente aqui — disse ela. — Diferente do de Valência.

— Não temos praias — comentou ele. — Mergulhamos direto no mar.

— Talvez seja isso — concordou.

— Deve ser difícil para vocês virem do seu mar na Inglaterra para velejar no nosso mar.

— Rafe está acostumado. Foi criado no Mediterrâneo.

— Rafe?

— Nosso estrategista. — Luca assentiu com a cabeça, mas Inky logo se lembrou de que estavam entrando em segredos de sindicato e mudou de assunto.

— Sabia que a sua mãe está convencida de que vocês ganharão a Copa?

— É claro que ganharemos a Copa. Como pode duvidar disso?

— Terá que passar por cima de mim antes — disse Inky, incapaz de evitar o tom competitivo da voz.

— *Cara*, se ficar me olhando com esses olhos, até o próprio oceano se curvará diante de você.

O pai de Luca era um homem magro e musculoso, parecido com o filho. Mas, perto da mama, pareceria uma vagem. Inky mal pôde imaginar os dois juntos na cama. Embora muito satisfeito em conhecer Inky, o pai não pôde passar muito tempo com eles, tão ocupado que estava com o restaurante, que fora construído sobre pilotis e dava vista para a pequena baía. Inky e Luca lançaram âncora na baía e saíram nadando. Após vários destinos e a promessa de outros tantos mais, Inky esperava sinceramente que não tivesse de voltar nadando também, porque, sinceramente, afundaria. Como entrada, eles comeram fatias imensas de tomate e folhas de manjericão regadas com azeite; em seguida, peixe à milanesa — que os pescadores haviam entregado vinte minutos antes —, massa com tomate e ostras e peras arredondadas com queijo e amêndoas frescas. Os esperados bolo e café e o inevitável *limoncello* ainda estavam por vir. Apesar do difícil acesso do restaurante, era surpreendente como havia moradores da ilha por ali. Famílias inteiras e falantes tomavam como assunto extremamente pessoal o choro de um bebê e se revezavam em turnos para acalmá-lo. A tia de Luca, que todos os outros pareciam chamar de Nonna, carregava uma criança pequena sobre os quadris, filha de algum visitante dali, e dava-lhe gelatina enquanto os pescadores brutos e enormes faziam graça para o pequeninho. Luca e Inky sentaram-se lado a lado, olhando para o mar, Inky com a cabeça recostada no ombro dele, tonta com toda a comida e bebida alcoólica.

Luca a cutucou com o ombro.

— Não durma, *cara*. A casa é nossa esta tarde. Mama sempre faz suas visitas depois do almoço.

Inky, sentindo-se com muito mais energia de repente, praticamente o arrastou para fora do restaurante, rumo ao barco.

Luca fez amor com ela naquela tarde com uma ternura que se assemelhava a dias de sol. Inky estava nua na cama dele. E ele acabara de se levantar para colocar a roupa.

— Você nunca pode dormir com sua namorada aqui? — perguntou Inky. Não havia pensado sobre como seria a hora de dormir, mas decerto não esperava que ficassem tão separados.

Luca pareceu-lhe ligeiramente malicioso.

— Bem, somos católicos. Nada de sexo antes do casamento.

— Ahh.

— E acho que estão um pouco mais recatados com você, porque não é italiana.

— Isso é um problema?

— Não para mim.

— Mas para mama? — insistiu Inky.

— Para Mama talvez — admitiu Luca, esforçando-se para vestir os shorts sem cair e, inadvertidamente, deixando todo o seu esplendor à mostra.

— O sol, a lua e Amalfi — disse Inky, rindo.

— Por que está rindo? — quis saber Luca.

Mas as palavras dele ficaram na cabeça de Inky e esta foi a real razão pela qual ela se deixou convencer a ter aulas de culinária com mama.

— Posso ser italiana — pensou alto e determinada. Teve também a impressão de que eles não aprovavam muito o fato de ela ter uma carreira, principalmente como velejadora. O que parecia entrar em conflito com a ideia familiar de que as mulheres deviam ficar em casa.

Então, bem cedo na manhã de segunda-feira, Inky desligou o despertador de seu telefone celular e desceu lentamente as escadas até a cozinha, onde sabia que estaria mama, que levantava cedo para começar a cozinhar antes de sair para a loja.

Mama ergueu os olhos, surpresa.

— *Buongiorno, Inky. È una giornata stupenda, no?* Não é um belo dia?

Inky pegou a ideia principal, uma vez que ficara aprendendo algumas palavras com Luca, durante o verão, e concordou.

— Aqui estou, *mama*, para aprender a cozinhar. Me ensine.

Mama ficou ainda mais surpresa.

— Estou cozinhando *sfogliatelle* para Luca. Ele adora esse prato desde menino.

— O que é?

— Pastéis. — E com isso Inky deu-se por satisfeita. Encontrando um avental, pôs-se a trabalhar junto com mama, que foi sendo simpática e persuasiva, passando a impressão de que até se divertia.

— Quanto coloco? — perguntou, referindo-se à pimenta.

— Uma pitada já seria demais, não mais do que um cheiro. Como diriam os franceses *un soupçon*, um bocadinho, só uma suspeita, um quase nada. Suspeitar que há um pouquinho, mas não ter certeza. — Inky olhou perplexa para ela e colocou uma pitada mínima.

Mama soou igualmente irritante quando Inky lhe perguntou quanto tempo os pastéis de ostra deveriam ficar no forno.

— Até ficarem prontos.

— Mas quanto tempo será? — insistiu Inky.

— Até o aroma deles te deixarem com tanta fome que você não aguentará mais.

Inky ficou feliz como uma criança ao apresentá-los a Luca, que deu garfadas eufóricas. Mama já havia saído para cuidar da loja.

— Sabe de uma coisa, Luca? — disse Inky, pensativa. — Acho que a sua mama cozinha da forma como nós velejamos. Acho que é algo inerente a ela e difícil de explicar para as outras pessoas.

Luca riu e pegou outra *sfogliatella*.

E assim Inky foi embora da costa de Amalfi com muito mais do que havia levado consigo. Ela e mama haviam cozinhado juntas, recebido mais tarde a visita de uma das irmãs de Luca e de uma tia, e Inky gostara da atmosfera familiar. Gostara do som das conversas e das risadas, dos goles ocasionais de *vino santo*, da companhia das mulheres que conversavam com ela em inglês carregado. Pela primeira vez, estivera de fato se divertindo com algo que as mulheres faziam e gostando também daquela segregação (embora não estivesse gostando muito da segregação entre ela e Luca, durante a noite). Isso a fizera pensar na própria mãe, em casa, trabalhando como uma escrava na cozinha, enquanto ela e os irmãos estavam em seus barcos, parando ali apenas para pegar alguma coisa para comer quando de passagem pela cozinha. Eles nem sequer se davam mais ao trabalho de sentar e comer alguma coisa com ela. A mãe devia se sentir muito só. As longas noites que Inky passou ali, sozinha, deram-lhe a chance de pensar mais sobre sua vida familiar e sobre a razão pela qual relutara tanto contra os interesses femininos.

Parecia-lhe estranho que essas famílias vivessem numa proximidade tão grande do mar e, ainda assim, o ignorassem de forma tão flagrante; como um monstro simpático e enorme que certamente iria embora se não lhe dessem atenção ou o alimentassem. Tão diferente da Cornualha, onde o mar parecia invadir cada centímetro da vida das pessoas, numa versão muito menos benigna do que a do Mediterrâneo; lá, ele exigia que seu poder fosse constantemente visto e sentido.

Esse pensamento ficou a noite inteira na cabeça de Inky, quando ela acendeu as velas nas antigas lanternas navais, para se proteger dos *siroccos* persistentes, e voltou à cozinha para ajudar mama a rechear os *calzoni* com uvas e alecrim.

— Me passe o *rosmarino*, Inky — disse mama, apontando.

— Alecrim — suspirou Inky. — A horta de minha mãe é cheia de arbustos de alecrim.

— Rosas do mar.

— Sim, *rosmarinus* em latim! — exclamou Inky. — Eu não havia pensado de onde vinha o nome.

Uma imagem inesperada da mãe veio-lhe à mente. Sua mãe bela e serena, arrancada de Londres por seu pai e sempre com medo do mar, medo de que ele tirasse um de seus filhos de si. Viver com medo era algo que ela detestava e com o que não tinha a menor afinidade. Entendeu, de repente, a razão de a cama dos pais ficar virada de costas para o mar. Há quantos anos a mãe tolerava aquilo? E quanto de conforto seus próprios filhos lhe davam em troca? Seus olhos se encheram de pesar. Até mesmo sua horta estava repleta de rosas do mar.

— Inky! — disse mama. — O *rosmarino*, por favor.

CAPÍTULO 26

Milly não ficara desocupada durante os últimos meses em Valência. Fizera amigos, aprendera a língua e normalmente era admirada no alojamento de *Excalibur*. Também dera um jeito de abrir um pequeno negócio, embora não muito lucrativo, pois, na maioria das vezes, recusava pagamento ou aceitava muito pouco quando os clientes insistiam. Mas isso mantinha seus dedos criativos ocupados e ativos. Tudo começou num dia, quando a esposa de um dos funcionários da equipe de base comentou sobre uma bolsa a tiracolo que ela tinha pendurada no ombro. Milly baixara os olhos para a bolsa:

— Ah, eu encontrei essa bolsa numa loja de artigos usados, peguei a fivela de um cinto velho, alguns laços e a decorei. — Sorrira para a mulher, que olhava incrédula para ela.

— Foi *você* quem fez?

— Foi.

— Se eu de ter uma bolsa, pode fazer o mesmo para mim? Você se importaria?

— Não, eu adoraria! — dissera Milly, com um entusiasmo genuíno.

Pediu ao pai para enviar a antiga máquina de costura que fora de sua mãe e, pela propaganda boca a boca, cada vez mais ocupou-se em decorar vestidos e saias, reformar jaquetas, adicionar bordados e criar peças únicas. Sentia-se muito mais feliz por estar fazendo alguma coisa, uma vez que, com frequência, Fabian chegava tão cansado em casa que dormia em cima da comida; assim, Milly tinha com o que se ocupar nas longas noites em que ficava só.

Seus talentos foram mesmo postos em prática quando o embaixador britânico que morava na Espanha deu uma festa para todos os velejadores espanhóis que estavam participando da America's Cup, em sua casa de veraneio, nas montanhas próximas a Valência. Tão logo chegaram, com um mês de antecedência, os cartões brancos deixaram claro que o convite era para o velejador "... e esposa" e todas as esposas, excitadíssimas por serem convidadas para um evento chique, começaram a entrar e sair do apartamento de Milly e Fabian tanto com vestidos novos para serem enfeitados, quanto com vestidos e sapatos usados para serem reformados.

Bee, ao mesmo tempo que se sentia feliz por emprestar bolsas e joias, esperava ficar em casa naquela noite. Embora Rafe não estivesse planejando levar ninguém, ela insistira que preferia não ir para que ele não achasse que tinha obrigação de levá-la a todos os lugares. Custard, no entanto, dias antes, chegou correndo e gritando:

— Bee, Bee! Prepare suas roupas de sair! Rafe disse que levará Hattie a este arrasta-pé diplomático no sábado. A senhora iria comigo? Não quero ir sozinho. Além do mais, não consigo pensar em ninguém com quem eu gostaria de ir, e nós podemos provocar um escândalo, dançando bem agarradinhos, regados a caviar.

Rindo, Bee soltou-se dele e assegurou que, caso fosse mesmo com ele, não haveria agarramentos regados a coisa alguma.

— Então teremos que pedir a Milly para dar uma produzida em você — disse ela. — Fazer de você um verdadeiro acompanhante! — Apenas brevemente, Bee imaginou quem Mack levaria.

Uma vez que todos estavam devidamente vestidos, para satisfação individual de cada um — e de Milly —, foi com alegria que a equipe *Excalibur* e seus acompanhantes partiram para a humilde casa de verão de Sir David Bassington, que enviara minivans para pegar todos os convidados. Bee, apertada atrás do carro, no meio de dois imensos grinders, Flipper e Rump, ficou sem espaço para os quadris. Custard tirou-a dali.

— Você não pode ir aí atrás, levante e vá na frente com Mack.

— Não, não, estou bem. De verdade.

— Não, de jeito nenhum, eu insisto. Vai amassar sua bela saia.

Era mesmo uma bela saia e estava mesmo ficando toda amassada, mas Bee, ainda assim, foi sentar-se relutante na frente. Ficara assustada ao se ver no dia anterior, andando por Valência, como uma mulher possuída, atrás da roupa perfeita para aquela noite. No fim, optara por uma saia cara, embora maravilhosa, de chiffon coral, com várias camadas, e uma blusa transpassada. Como toque final, acrescentou uma bela gargantilha e um anel também coral. Seu cabelo recém-lavado estava preso num coque, dando-lhe a impressão de ser uma milionária.

— Eh, olá — Bee cumprimentou Mack, que já conversava com o motorista. — Me mandaram vir para cá, porque os dois rapazes ali estão ocupando muito espaço.

— Claro! Vou chegar mais para lá. Aliás, prefere que eu vá atrás para que fique sozinha aqui na frente?

— Não, não. De jeito nenhum. E também acho que não haverá espaço para você ali atrás.

— Está bem. — Mack ajeitou-se, atencioso, e eles seguiram caminho.

— Eles sempre oferecem essas festas para a equipe?

— Sim, bem, já estamos aqui há bastante tempo e estamos nos aproximando da época da Copa agora. Acho que nos veem também como um tipo de embaixadores. No entanto, não estou esperando muita atenção, porque não somos estrelas e, definitivamente, ninguém acha que iremos ganhar.

Mack olhou-a, pensativo. Bee esperava que estivesse apreciando sua aparência, mas parecia que ele estava pensando em outra coisa.

— Achei que Rafe tivesse vindo com Hattie.

— Estou vindo como acompanhante de Custard — apressou-se em responder. — Ele me convidou na semana passada. — Custard lhe dissera que Mack iria sozinho.

— Custard?

— Como amigo, é claro.

— Claro.

— Ele disse que não conseguia encontrar uma moça para vir. — Bee torceu para que não estivesse dando muita informação em seu esforço para convencê-lo de que ela e Custard não estavam tendo nenhum tipo de caso.

— Ele poderia ter escolhido dentre todas as garotas que ficam por aí, perambulando do lado de fora da base.

— Talvez não quisesse esse tipo de garotas. — Deus do céu! Por que dissera isso? Talvez agora tivesse soado como uma puritana maluca.

— É, talvez.

— Inky parece feliz — comentou ela. — É bom vê-la tão relaxada.

— É, é sim — respondeu Mack, secamente.

— Eu estava no apartamento dela outro dia e atendi uma ligação da mãe. Parece uma senhora muito simpática! — Bee sabia que Inky era afilhada de Mack e, portanto, devia conhecer a família.

— Ela é encantadora — disse Mack, com afeto na voz.

— Elas se parecem?

— Muito. Embora Mary, é o nome dela, seja mais delicada.

— Mas tem os mesmos cabelos e tom de pele lindos?

— Tem.

— Deve ser linda — suspirou Bee.

— Você gosta de Luca? — perguntou ele, repentinamente. — Já o conheceu?

— Já — respondeu, surpresa. — Nós normalmente nos encontramos no meio da escada. Ele é muito gentil. Sempre se oferece para carregar as compras para mim e é muito bonito! Com certeza consigo ver o que Inky viu nesse rapaz, por esse ângulo...

— Mas? — rebateu Mack.

— Mas o quê?

— Pareceu que você iria dizer um "mas" no final.

— Pareceu? Bem, talvez eu só esteja um pouco preocupada. Ele é muito gentil comigo. Trata as mulheres como mulheres, entende o que estou dizendo? Gosto muito disso, mas tenho a impressão de que Inky não. As coisas podem começar a ficar difíceis quando a regata começar, é isso.

Mack ficou impressionado com a percepção dela.

— Você se preocupa com ela, não é?

— Claro! Eu me preocupo com todos eles.

Mack sentiu-se repentinamente grato, e um raro sentimento de solidariedade tomou conta dele. Estava tão acostumado a se sentir só que aquilo lhe pareceu estranho. Era como se pudesse confiar naquela mulher. Ela prestava atenção a coisas que ele não conseguia ver.

— Obrigado — disse ele.

Todos viajaram em silêncio por um tempo. Estavam agora começando a entrar na área rural, e o motorista abaixou o vidro pela metade.

— Está ventando muito? — perguntou a Bee, em um inglês carregado.

— Não. — Ela respirou fundo. — Está perfeito.

Bee sentiu o cheiro delicioso de pinheiros e jasmim e do ocasional junípero e tomilho naquele ar quente. A paisagem deu lugar a campos claramente cuidados e separados por muros antigos de pedras e algumas trilhas. Os campos arborizados e antigos constituíam-se de oliveiras, nogueiras, carvalho e teixos, com vegetação rasteira variada de salsaparrilha, madressilva e juníperos.

— Bonito, não é? — perguntou Mack, num sussurro.

— E lá no alto da montanha fica a Torre Del Matarrana — disse o motorista. — O embaixador deu-lhe este nome em alusão ao rio daqui. *Torre* vem do termo latino que significa castelo ou palácio.

Mack e Bee viraram a cabeça para onde ele apontava. Uma construção enorme em forma de castelo assentava-se ali. Tinha ar e porte monárquicos.

Assim que passaram pela entrada de carros, a fragilidade empoeirada do campo deu lugar a gramados luxuosos e cuidados, e a canteiros. Eles pararam o carro e foram conduzidos a um hall enorme feito de pedras, que ecoava a conversa dos convidados. Por um minuto, sentiram-se constrangidos em pé, ali.

Custard apontou para um candelabro enorme, na parede ao seu lado.

— Se eu puxar isso aqui, vocês acham que iremos desaparecer por uma porta secreta como faz o Scooby-Doo? — cochichou, e Bee riu.

No momento seguinte, um homem impecavelmente vestido aproximou-se deles com os braços abertos:

— Bem-vindos! — gritou. — Bem-vindos à Espanha! Bem-vindos a Valência!

Mack apresentou-se, e eles apertaram as mãos.

— David Bassington, muito prazer. Esta aqui é a sua equipe. O que dizer? Maravilhosa! Agora, entrem e vou lhes servir um drinque. Tomei a liberdade de também chamar os anfitriões da Copa! Achei que vocês gostariam de se encontrar com eles, principalmente Henry Luter sendo inglês.

— Henry Luter? — perguntou Mack.

— Mal posso expressar o bem que ele nos fez ao financiar o desafio espanhol. Achamos que seria uma oportunidade maravilhosa ter todos vocês debaixo do mesmo teto, para que todos pudessem se conhecer. Afinal de contas, vocês todos estarão competindo muito em breve!

Foi muita sorte o embaixador virar as costas para a equipe ao conduzi-la para o salão, pois a expressão de Mack foi digna de nota.

Bee tentou mostrar-se tão chocada quanto o restante da equipe, mas no íntimo estava empolgadíssima por ter a chance de conhecer uma figura tão lendária. Quer dizer, até pensar em Rafe. Porque era de se presumir que, se o desafio Phoenix de Henry Luter estaria ali, isso queria dizer que Jason Bryant e Ava estariam também. Relanceou para o grupo, virando a cabeça e tentando localizar Rafe. De repente, sentiu uma pena terrível dele. Nos últimos meses, ele praticamente voltara ao seu antigo eu; ela sabia que suas habilidades velejadoras *milagrosas* haviam acabado de ser restabelecidas em nível pré-Ava. A ferida havia fechado, e tudo o que Bee podia esperar era que ela não se abrisse de novo.

— Talvez ela não esteja aqui — murmurou Mack em seu ouvido, lendo seus pensamentos.

— Espero que não — sussurrou de volta.

Por sorte, o vasto salão arejado para onde eles foram levados estava apinhado de gente chegando aos jardins pelas grandes portas envidraçadas ao fundo. O embaixador disse que havia mais convidados a quem precisava cumprimentar e que voltaria mais tarde para um bate-papo, mas que, enquanto isso, eles ficassem à vontade.

— Um pouco de álcool tornaria tudo mais fácil — disse Mack a Bee.

— Acha que seria sábio? Quer dizer, acho que Rafe não deveria beber muito. Poderia acender algum tipo de...

— Não para Rafe, para nós.

— Ah.

Mack passou pelos convivas, aproximou-se de uma mesa redonda com toalha branca e voltou com duas taças de champanhe.

— O que vai fazer com relação a Henry Luter? — perguntou Bee, a cabeça ainda esticada à procura do sobrinho, que estava entre os últimos da equipe.

— Ignorá-lo.

— Acha que devíamos tentar manter Rafe e Ava longe um do outro?

— Podemos tentar, mas acho que ele pode ou não querer vê-la. Meu Deus, eu não teria aceitado o convite, se soubesse como seria. Eu devia ter perguntado antes.

— Você não tinha como saber — disse Bee, reconfortando-o. — Acha que Colin Montague sabia que Ava estaria aqui? — perguntou, hesitante.

— Não, não acho. Eles ainda não estão se falando. Ele não faz ideia de onde ela anda. E Ava nunca teve muita intimidade com a mãe. Sei que, quando começar a regata, vamos ficar cara a cara com ela diariamente, isso sem falar no decorrer do campeonato. Em todas as Louis Vuitton, por exemplo.

— Mas isso não vai acontecer agora.

— É verdade. Ele está começando a recuperar a confiança na água, e acredito que quando a regata começar ele... — Mack encolheu os ombros.

— Ele estará imune a ela.

A noite estava tão gloriosa que a maioria das pessoas estava no gramado. A fachada da antiga casa apresentava um tom terra e ocre, e a vista se estendia até a beleza do vale de um lado e as plantações de laranja de outro.

Custard apareceu ao lado de Bee. Conseguira uma garrafa de champanhe e uma tigela de azeitonas.

— Venha, Bee. Vamos cuspir caroços de azeitona no pescoço dos nossos rivais.

No gramado, ela se posicionou de costas para a vista e ficou conversando com as esposas de alguns membros da equipe, mantendo um olho em Rafe, que estava em outro grupo, à sua esquerda, e o outro olho nas portas envidraçadas por onde passavam mais e mais convidados.

Ava e Jason Bryant apareceram no topo da escada. Ela estava estonteante, com um vestido simples de alcinha, de Alice Temperley, na cor creme e com um bordado em preto. Sua pele era quase da mesma cor do vestido e ela parecia tão delicada quanto a orquídea presa em seus cabelos. Um único cacho solto repousava sobre seu ombro. Jason andava com um gingado exagerado. Claramente sabia que estava com a mulher mais bela na festa.

Bee desviou o olhar deles e observou Rafe, que olhava para Ava com uma intensidade tão grande que ela logo soube que ele não poderia tê-la esquecido. Bee suspirou. Rafe e Ava sempre foram um casal e tanto. A aparência morena e clara dos dois sempre em contraste gritante. Como o céu e o inferno. Seu olhar foi percebido também por Hattie, que estava logo atrás dele, e olhava para Ava com um tipo estranho de encantamento. Bee franziu a testa e perguntou-se se havia perdido alguma coisa.

Ava não viu nenhum deles; desceu os degraus, foi logo absorvida pelo tumulto e desapareceu de vista. Bee pediu licença e foi para o lado de Rafe. Ele estava pálido e chocado. Aquele olhar assombrado que praticamente havia perdido nos últimos meses havia retornado. De repente, Bee odiou Mack e seu desafio idiota.

— Você está bem, querido? — perguntou baixinho.

Rafe não olhou para ela.

— Estou bem — respondeu, sem mais palavras.

— Quer ir embora?

— Não. Não quero. — Bebeu o champanhe num só gole e entrou na casa.

Hattie encontrou Rafe estirado num dos sofás extremamente confortáveis e maravilhosamente estofados com tecidos Osborne&Little.

— Está tudo bem? — perguntou ela, meio sem jeito, sentando-se na poltrona ao lado.

Ele estava com o olhar parado.

— Tudo bem — respondeu.

Hattie mordeu o lábio e cruzou os braços, o que sempre fazia quando não sabia o que fazer.

— Eu... eu vi que Ava Montague está aqui...

Ele se levantou num rompante e misturou-se ao grupo de pessoas. Hattie ficou indecisa por um momento e então o seguiu. Parou de súbito quando viu Rafe e Ava encarando-se mutuamente.

— Ouvi dizer que você está participando da Copa — disse Ava.

— Estou.

— Como... como tem passado? Tenho pensado em você.

— Tem? — Seu tom de voz não foi nada amistoso.

Hattie não sabia o que fazer. De qualquer forma, não estavam prestando atenção nela mesmo.

— Você não retornou nenhuma das minhas ligações.

— Não quis te impedir de sair com Jason Bryant. Ainda com ele?

— O que há de errado com Jason?

— Ele é todo errado para você. É um cara violento.

— Olha só quem está falando! Foi você que o deixou com o olho roxo. Não o vi vingar-se de você.

— Ainda não.

— Jason é bonito e bem-sucedido, na verdade, é o melhor do mundo no que faz. Por que eu não ficaria com ele? — rebateu, com a voz trêmula.

— Ele virou a casaca.

— Jason vai aonde encontra melhores oportunidades.

— Por quê? Não poderia ganhar a Copa onde estava? E quanto à lealdade?

— A lealdade não pode se meter no caminho da ambição.

— Achei que estávamos falando de Jason Bryant, Ava, não de nós — respondeu Rafe, irônico. — Está tentando aborrecer seu pai? Pois está fazendo isso com maestria. Se o papai já não ia com a minha cara, então, com certeza, não vai com a cara de Jason Bryant também.

Os olhos dela tremeram.

— Ele não fala comigo. Olha, sinto muito por tudo. Achei que você iria... — encolheu os ombros.

— O quê? Te perdoar? Me fingir de cego enquanto você se sentia atraída por outra pessoa? Não funciono assim, Ava. Não consigo agir assim, e acho que você também não.

— Tem razão. — Ela mordeu o lábio com força e baixou os olhos.

Hattie, chocada com a intimidade repentina da conversa e se sentindo ligeiramente uma *voyeur*, começou a chegar para trás. Seu movimento chamou a atenção de Ava, que empinou o rosto.

— Vejo que não perdeu muito tempo. Quem é a sua amiguinha aí?

Pela primeira vez percebendo a presença de Hattie e, com uma gentileza súbita estimulada por seus olhos em pânico, Rafe segurou-a pelo cotovelo, virou-se para sair, mas voltou num ato de impulso.

— A propósito, eu não teria tanta certeza quanto a Jason Bryant ser o melhor do mundo. Fique por aqui e verá.

Hattie tropeçou levemente quando Rafe a conduziu com pressa pelo aglomerado de gente. Olhou para trás e viu Ava a encarando. A bela e fascinante Ava. Como poderia sequer pensar em competir com ela por Rafe? Era óbvio que o caso amoroso deles havia alcançado profundezas que ela mal podia imaginar. Hattie tentou se recompor ao alisar seu vestido Monsoon (que ela considerara o máximo da sofisticação até ver o de Ava), mas não adiantou. Soluçou, soltou o braço da mão de Rafe e saiu correndo.

• • •

Hattie não era a única que estava aborrecida. Esbarrou numa mulher que saía do banheiro e, fazendo uma pausa momentânea para pedir desculpas, deixou-a para trás para pegar a bolsa, cujo conteúdo havia se espalhado pelo chão. Custard estava saindo do banheiro masculino e apressou-se.

— Me deixe ajudar. — Começou a recolher batons e lápis de sobrancelhas, diplomaticamente deixando os absorventes para ela pegar. Somente quando ergueu os olhos é que viu quem era a dona de todas aquelas coisas.

— Sra. Luter! — exclamou, surpreso, reconhecendo-a por fotografia e pela visão que tinha dela quando estava em *Excalibur*. Olhou-a mais de perto, na dúvida se havia se enganado. A pessoa à sua frente tinha apenas uma mera semelhança com a mulher da qual se lembrava. — É a sra. Luter, não é? Esposa de Henry Luter?

Estendeu a mão quando ela concordou, desanimada.

— Sou Custard, quer dizer, Will. Will Stanmore. Eu estava em Auckland, no último desafio do seu marido.

Saffron olhou vagamente para ele e apertou-lhe a mão.

— Muito prazer — murmurou. Sua mão parecia pequena e fraca em comparação à dele.

— Certamente não devíamos estar conversando — disse, com ar brincalhão. — Ou seremos acusados de manter boas relações com... — Os olhos de Saffron se encheram de lágrimas. — Sra. Luter, pelo amor de Deus, algum problema? — Ajudou-a a se levantar. — Venha para cá, vamos sair do caminho. — Conduziu-a para uma poltrona encostada na parede e foi ao banheiro buscar uma toalha de papel.

— Aqui.

Tamanha gentileza encheu-lhe novamente os olhos de lágrimas, que escorreram uma a uma por sua face. Custard ajoelhou-se ao seu lado e deu batidinhas ocasionais em seu joelho. Aquilo estava sendo muito mais fácil do que quando Inky chorara a bordo do *Mucky Ducky*; ele não sabia muito bem por quê. Não se sentiu esquisito nem em pânico, queria apenas confortá-la. Saffron estava muito diferente do que se lembrava. Primeiro, estava bem mais magra, as roupas largas demais; o rosto estava sem cor, os cabelos sem brilho e a luminosidade havia abandonado seus olhos. Era como se tivesse sido uma égua de corrida puro-sangue, movendo-se com vigor e determinação e, agora, fosse apenas uma égua inútil pronta para ser sacrificada. Talvez estivesse doente.

— Meu Deus, desculpe — disse ela, por fim. — Você deve estar achando que sou uma idiota.

— Não, não. De forma alguma. Posso pegar alguma coisa para a senhora? Um conhaque ou um copo de água? Uma *paella*?

Ela sorriu.

— Não, estou bem.

Ficaram em silêncio por alguns instantes, quando então ela perguntou:

— Faz parte do nosso desafio este ano?

Isso era para mostrar, pensou ele, o tempo que ela ficava na base da equipe.

— Não, estou com *Excalibur*.

— Claro — respondeu pausadamente. — Por isso é que disse que não devíamos conversar, não é? — Não era exatamente uma pergunta; ela não estava concentrada. Apertava os braços da poltrona com força, como se tentasse se convencer de que era real.

— A senhora está bem, sra. Luter? Há algo que eu possa fazer?

Saffron olhou-o novamente e sorriu.

— Não. Não há nada que ninguém possa fazer por mim.

Ai, meu Deus, ela devia estar com câncer ou alguma coisa parecida, pensou Custard. Saffron começou a procurar alguma coisa dentro da bolsa. Custard percebeu que ainda segurava algo seu e abriu a mão para ver o que era.

— Está procurando isso? — Mostrou-lhe um vidrinho de remédios, que ela arrancou rapidamente de sua mão.

— São para os meus nervos — murmurou. Para seus nervos? Que idade teria?, pensou Custard. Vinte e quatro? Vinte e cinco?

— A senhora sabe que os médicos podem sempre fazer alguma coisa. Eles acharam que minha tia Peggy estava nas últimas, mas ela viveu mais uns vinte anos...

— Não, não, não estou doente — respondeu. — É que... — Parou de repente e levantou a cabeça para prestar atenção, como um animal pressentindo uma situação e ouvindo o barulho de caçadores.

— É Henry. Tenho que ir. — Levantou-se rapidamente. — Obrigada, você foi muito gentil.

— De nada — disse a ela, que já ia embora. Ficou parado um momento, olhando-a. Ainda era bonita, apesar da erosão, mas não havia percebido o quanto era frágil.

Alheia a todos os problemas que se desenrolavam à sua volta, Inky gozava de uma ótima noite. Estava adorando a atenção que *seu* vestido novo lhe proporcionava. Tinha as costas nuas, e a costura limitava-se a acariciar sua cintura. A parte da frente consistia em duas tiras de tecido que lhe cobriam os seios e eram amarradas atrás do pescoço. O restante descia até os joelhos num tafetá preto e propositadamente amassado. Inky estava se sentindo muito atraente, e o restante da equipe achava o mesmo; estavam orgulhosos dela e queriam exibi-la a todos.

A equipe não percebeu quando passou perto do grupo Jason Bryant, que conversava sem parar. Estava de costas e não poderia tê-lo visto. A equipe Montague pedia insistentemente a Inky para pegar um guardanapo caído, na esperança desenfreada de que seu vestido deslizasse de alguma forma, quando Jason Bryant começou a declarar em voz alta para o grupo:

— Sei que ninguém ouviu falar deles, mas eles são o novo desafio inglês. O que de nada adianta, é claro, uma vez que Phoenix ficou com os melhores. Eles estavam tão desesperados que tiveram até que colocar uma mulher na equipe! Uma pena que ela não seja negra e tenha uma perna só, assim eles seriam a equipe mais politicamente correta...

Nos momentos seguintes seguiu-se uma agitação tão grande de homens de *Excalibur* querendo partir para a briga que Inky não conseguiu distinguir quais deles estavam tentando pular para cima do pescoço de Jason e quais estavam tentando impedir. O único que não viram se mover foi o ágil e não muito grande Dougie, que estava agora apoplético de raiva, segurando Jason Bryant pelo cangote e gritando em altos brados:

— ENGULA AS SUAS PALAVRAS, SEU FILHO DA PUTA. VOCÊ QUER É TREPAR COM ELA, NÃO É? POR ISSO ESTÁ FALANDO ESSAS COISAS... — Mack, que estava perto dali, chegou correndo para tirar Dougie de cima de Jason.

— Chega! — falou em seu ouvido, empurrando-o para o meio da equipe de *Excalibur*, que ainda se encontrava junta e com aparência assassina, pronta para pular para cima de Jason, caso emitisse outra palavra. — Deixa que a gente resolve isso na água. E isso é para todos vocês. — Olhou para um e outro.

Henry Luter apareceu do nada.

— John MacGregor — disse Luter, prolongando as vogais. — Todas as vezes que alguém da sua equipe se encontra com a minha, tenta bater nela.

— Sua equipe é provocadora.

— Este é um termo que se aplica a mulheres, não a homens adultos. Pelo menos, os meus atletas conseguem conter seu temperamento. Você precisa pôr ordem na sua casa e manter os seus funcionários sob controle.

— Não são meus funcionários, são minha equipe.

— Pior ainda. Bem, se paga salários muito baixos...

— Esta equipe não se formou pensando em salário.

— Claramente esta equipe se formou pesando em nada. Você precisa parar de brincar com adolescentes e com gente que já passou. Nem sei se não poderíamos te incluir nesta categoria agora...

— Para citar um timoneiro, antes ser alguém que já passou do que alguém que nunca foi.

— A Copa é minha agora, Mack, não se esqueça disso. Você nunca estará em posição de colocar o dedo nela.

— Ainda nem começamos.

— Vocês são uma equipe com a qual não nos preocupamos.

O embaixador chegou correndo.

— Algum problema? Estão todos bem?

— Sim, senhor, estamos todos bem. Sem problemas. Apenas um mal-entendido com a equipe rival.

— Entendo — respondeu Sir David, ainda horrorizado.

— Todos temos treinado demais. Não vamos mais lhe causar constrangimento.

Lentamente, Mack uniu toda a equipe e mandou que saíssem em seguida. Quem riu por último foi Inky, que, com as mãos nos quadris, deu uma volta lenta na frente de Bryant, lançou um sorrisinho e, para aqueles que foram rápidos a ponto de perceber, um V de vitória.

Quando todos se reuniram em torno da equipe Excalibur, as vans já estavam na frente da casa. Rafe teve de ser arrastado para fora do bar, e Custard foi visto pela última vez vindo do lado dos banheiros. Em meio a mais pedidos de desculpas ao embaixador, pediram licença e foram embora.

Mack soltou as feras durante todo o trajeto, falando sobre o constrangimento que aquilo fora para a equipe e como eles haviam deixado todos mal, incluindo o próprio Colin Montague. Depois de todo o discurso mal-humorado, olhou para sua equipe aborrecida. Hattie chorava baixinho aos fundos, Bee parecia preocupada. Mack refletiu que, certamente, aquela não fora a melhor noite deles. Mas uma coisa o deixara excepcionalmente satisfeito.

Seis meses atrás, os membros de Excalibur não teriam defendido um ao outro da forma como fizeram agora.

CAPÍTULO 27

Hattie estava se sentindo muito mal. Desde a noite da festa diplomática, imagens de Rafe e Ava a assombravam. Ela se sentira desprezível como classe média ordinária perto de Ava. Logo, todos eles estariam indo para casa por causa do Natal e ela podia apostar que Ava não estava nem um pouco estressada com relação aos presentes.

Há apenas alguns meses esperava ansiosamente pela semana de folga que passaria no conforto do lar. Agora, porém, não conseguia suportar a ideia de ficar longe de Rafe. Ao vê-lo junto com Ava, percebeu que suas esperanças haviam sido em vão. Por ser uma moça estoica (e proveniente de uma longa linhagem de pessoas contidas), esforçou-se para olhar de forma mais racional para a situação. Tinha certeza quase absoluta de que Rafe não nutria nenhum sentimento especial por ela. Era muito gentil e claramente gostava de sua companhia, mas ela estaria enganando a si mesma se achasse que havia algo mais.

No entanto, ainda não podia evitar fazer quaisquer coisas para ele, por menores que fossem, como no dia em que o pegou antes do treino:

— Rafe! Oi! Eu... eh... baixei umas músicas para você no meu iPod. Você disse que não conhecia nenhuma música britânica, então pensei em te dar uma noção rápida dos últimos dez anos.

Rafe baixou os olhos para o aparelho pequenino e seu rosto se iluminou.

— Obrigado, Hattie! Tem certeza de que não vai precisar dele?

Hattie apoiou-se sobre um pé.

— Bem, ando meio sem tempo, o desafio tem me mantido bem ocupada. É só você apertar este botão e depois esse aqui... — Demonstrou, sabendo que o entendimento de Rafe de aparelhos eletrônicos era básico.

— Muita gentileza sua, muita mesmo — respondeu ele, após observar os procedimentos.

Hattie ficou vermelha como um pimentão.

— Que nada.

Nas semanas seguintes, Rafe passou o tempo do reboque ouvindo The Strokes, Kaiser Chiefs, Coldplay e Jamie Cullum no iPod de Hattie. E, como ela não pôde resistir a mandar um recadinho de amor, colocara também "Dream a Little Dream of Me", de The Beautiful South, no meio das outras músicas.

— Onde Rafe conseguiu esse iPod? — perguntou Custard, um dia. — Achei que ele e tecnologia não se entendessem.

Fabian olhou para Rafe, que estava deitado em cima de uma pilha de velas, batendo os pés no ritmo de alguma música.

— É da Hattie. Emprestou para ele. Baixou todas as músicas para ele conhecer um pouco da cultura britânica.

— Hattie? Que tipo de músicas baixou? *Músicas religiosas?*

— Ah, sei lá. Acho que nossa Hattie pode surpreender. Vai ver baixou todas as músicas do Sex Pistols e do The Prodigy. Também acho que ela está meio apaixonada pelo nosso mensageiro dos ventos.

— Terá que disputá-lo com Ava. Uma mulher, simplesmente, maravilhosa. — Custard fez uma pausa e passou alguns momentos fazendo uma comparação da aparência das duas. — Seria melhor se ela passasse o seu tempo pintando a belezura das nossas bicicletas — murmurou ele, antes de deitar novamente sobre as velas para mais uma soneca. Dentro do que pareceram meros segundos, Ho berrou para todos darem o fora de seu depósito porque ele queria se certificar de que as velas estavam separadas.

Parecia haver tanta coisa para se falar sobre a festa diplomática que a equipe demorou um bom tempo para parar de fofocar sobre Rafe e Ava. Segundo boatos, os dois haviam tido uma pequena discussão e a equipe começou a ficar preocupada se essa discussão iria afetar novamente as habilidades de Rafe.

— Foi a primeira vez que ele viu Ava depois que terminaram? — Golly perguntou a Fabian.

— Ele te falou alguma coisa? — Jonny perguntou a Inky.

— Como se sente com relação a ela? — Custard perguntou a Mack.

Toda a equipe se sentia pessoalmente envolvida no assunto. Quinze homens fisicamente fortes, quatro deles capazes de levantar cento e vinte quilos na academia e um que dera a volta ao mundo com cotovelo fraturado estavam agora cochichando, imaginando e tentando desesperadamente entrar em contato com seu lado mais sensível, que a maioria deles não via há décadas. Mack sabia que isso não se dava apenas porque eles não queriam perder a competição, mas porque estavam começando a cuidar um do outro como se fossem um todo.

Nenhum deles queria tocar no assunto diretamente com Rafe, com medo de que, se enfiassem o nariz onde não eram chamados, pudessem piorar tudo. E isso os assustava — o que os fez perceber o quanto estavam confiando um no outro e o quanto estavam contando com Rafe para a mágica que só ele sabia fazer. Sendo assim, ficaram observando, esperando, cochichando entre si. Quanto a Rafe, se estava surpreso com o fato de a equipe ficar constantemente perguntando se estava bem ou se podiam fazer algo por ele, não deixava transparecer.

Era surpreendente como uma equipe que começou sem que um pudesse ficar mais do que o absolutamente necessário na companhia do outro, não mais se sentisse à vontade em outro lugar. Agora, eles davam a impressão de um casal idoso que estivera junto durante anos, constantemente terminando a frase um do outro e adivinhando as histórias que tinham para contar. No barco, bastava um aceno de cabeça que muita coisa já era comunicada.

Naquela manhã, na última saída juntos antes da parada para o Natal, eles estavam aportando nas docas, tendo Rafe como timoneiro, quando um velejador americano gritou de passagem:

— Corra com esse barco como se o tivesse roubado, amigo!

Rafe olhou completamente atônito para o resto da equipe.

— O que ele quis dizer? Como pode achar que roubei o barco?

— Rafe. Você é *muito* inglês. Essa sua resposta é bem inglesa — disse Custard. — Não importa o que os outros digam, é exatamente como está escrito no seu passaporte: você *é* inglês. E dentro de vinte anos irá se transformar num velhote tão carrancudo quanto Victor Meldrew.

Rafe achou que isso devia ser algo bacana e imaginou quem seria esse tal de Victor Meldrew e de qual iate clube faria parte.

Suas habilidades de prever o vento pareceram inalteradas apesar de seu encontro com Ava, e a equipe voltou a relaxar. Embora Rafe passasse horas tentando explicar para o resto dos colegas, e alguns tivessem olhos sensíveis para observar as poças escuras na água e as ondulações fechadas que significavam vento a caminho, de nada adiantava, pois ninguém mais tinha tamanha maestria para entender os sinais da natureza. Para alguns, era uma questão de interpretação, para Rafe, a mensagem já estava traduzida, podia até prever com precisão a chegada de rajadas de vento. Embora usasse muito os seus instintos, baseava-se no conhecimento local. Com frequência, ainda saía para conversar com os pescadores e com o pessoal do porto, sendo seu conhecimento de espanhol de muita serventia. Às vezes, pedia a Fabian para pegar emprestada a Mercedes de Mack e levá-lo ao alto das montanhas, de onde podia olhar o mar com binóculos. Sempre buscava sinais da costa também, nuvens de fumaça e guarda-sóis voadores.

— Onde você aprendeu a falar espanhol? — Dougie perguntou a Rafe mais tarde, deitado no convés, sob os últimos raios solares, enquanto eram levados de volta à costa, não acreditando no fato de que, em vinte e quatro horas, eles estariam em suas respectivas casas reluzentes com as luzinhas do Natal. Ninguém desceu ao depósito de velas naquele dia, pois elas estavam tão molhadas e a atmosfera tão pouco ventilada por causa do empenho de Ho que seria o mesmo que estar numa lavanderia chinesa. Não fosse o fedor.

— Meu pai namorou uma moça espanhola durante um tempo, quando estávamos em Cádis. Margarita. Ela era ótima. Bonita também. Ela me ensinou espanhol, Picasso e um pouco de piano e flamenco.

— Como é Cádis? — perguntou Inky.

— Na verdade, encontramos Margarita um pouco mais à frente, na costa em Sanlucar; eles dão muitas festas na praia. Fazem churrasco de ostras marinadas em xerez de Manzanilla, e os ciganos exercitam os cavalos na praia. Mas Cádis é um labirinto secreto e sinuoso. A história infiltra-se ali. É tanto África quanto Espanha.

— Pobre Cádis. Fale-nos mais sobre Margarita. Ela era gostosa? Você devia se sentir tentado. — Custard apoiou-se sobre os cotovelos e protegeu os olhos do sol.

— Eu tinha sete anos.

— Só? — Custard deixou-se cair novamente no convés. — Desculpe, estou há tempo demais sem mulher.

— Preciso fazer xixi — disse Inky.

— *Mucky Ducky* já saiu na frente. Você vai ter que aguentar — disse Custard.

— Não tem problema.

Embora agora, normalmente, usasse o banheiro luxuoso do *Mucky Ducky*, Inky sentia-se tão à vontade com a equipe que simplesmente chegou para o lado, como todos os outros faziam quando a lancha não estava por perto. O pessoal que confeccionara os uniformes fizera todas as camisetas polo dela mais compridas, de forma que não ficasse com o bumbum exposto para todo o Mediterrâneo. Se havia barcos por perto, algum membro da equipe logo se oferecia para ficar na frente dela.

— Cuidado, Inky! — gritou Custard, quando ela deu as costas. — Alguns de nós não faz sexo há tanto tempo que somos capazes de te agarrar no convés, se te pegarmos em flagrante.

— Vou correr o risco.

— Ainda não cheguei ao ponto de ficar excitado vendo Inky fazer xixi — resmungou Jonny. — Vou começar a ficar preocupado quando isso acontecer.

— Estou tão cansado que acho que não consigo levar a mão à boca para comer um pão — comentou Custard.

Carla fora às pressas à lancha levar chá e pãezinhos para o trajeto à costa. Dougie colocava pedaços de pão na boca.

— Eu não ousaria dizer isso a Carla, mas os espanhóis não sabem mesmo fazer pães, não é? Fico sonhando com os pãezinhos de Chelsea. Vou correr a uma padaria assim que chegar em casa.

— A primeira coisa que farei quando chegar será sair com uma garota — comentou Custard, que ainda estava pensando na Margarita de Rafe. — Talvez eu antes dê um olá para meu pai, para minha mãe e para Pipgin, que estão sendo muito gentis em me esperar para o Natal, e depois então saia correndo atrás de uma garota. Pipgin virá comigo na próxima.

— E quem é Pipgin?— perguntou Rafe.

— Meu setter ruivo. Ele está com os meus pais, mas Bee se ofereceu para ficar com ele durante o dia, junto com Salty, e depois eu o pego à noite.

— Custard, o que você gostaria mesmo é de se casar, levar seu cachorro para passear, almoçar aos domingos com a família e brincar com os filhos, não é? — perguntou Inky, rindo dele.

— Claro. É por isso que estou na droga desse barco na Espanha, comendo o pão que o diabo amassou na companhia de todos vocês.

— "A mulher protesta demais, penso eu" — Inky citou Shakespeare, deitando-se novamente no convés.

Custard a ignorou.

— Talvez Sir Edward deixe Pipgin e Salty virem de vez em quando ao *Mucky Ducky*.

— Eh, talvez — disse Rafe, sem muita certeza, achando que talvez Sir Edward permitisse, mas Mack, definitivamente, não permitiria.

— Já comprou algum presente de Natal? — Dougie perguntou a Custard.

— Vou comprar todos no aeroporto. Uma garrafa de Baileys e algumas balas de hortelã farão a festa lá em casa.

Estavam se aproximando do porto agora, e Custard viu o espectro enorme de *Corposant* atracado na marina dos superiates. Imaginou brevemente o que Saffron estaria preparando para o Natal. Sempre que pensava nela era no contexto de uma vida luxuosa. Empregados e carros para levá-la a qualquer lugar e compras mundo afora. Mas, para o Natal, será que haveria perus e biscoitos na árvore? Será que ela e Luter trocavam presentes na manhã do dia 25? Ele tinha suas dúvidas.

CAPÍTULO 28

Mesmo a equipe mais dedicada da America's Cup fora para casa durante o Natal. Inky suspeitava que isso se devesse mais ao fato de as águas espanholas serem ligeiramente menos hospitaleiras no inverno, o que seria um risco para os barcos expô-los ao perigo das rajadas de vento, do que a questões religiosas, mas, mesmo assim, estava feliz com a oportunidade de poder voltar para casa. Embora o Mediterrâneo não fosse o mar plácido e de costa desdentada que aparecia nos cartões-postais, era ainda uma criatura completamente diferente de seu Atlântico. Era como se tivesse que lidar com uma jovem indecisa, quando tudo o que sabia vinha da sabedoria e da força do pai. Sentia falta dos cabelos grisalhos dele em dias em que não havia como diferenciar o mar do céu. Sentia saudade das ondas quebrando, dos mexilhões negros como carvão, colados nas rochas, e da ferrada gelada dos respingos da água. Sentiria saudades de Luca, mas estava feliz em ir para casa.

A tia Bee de Rafe havia decidido unir-se à filha, que estava esquiando em St. Anton. Planejava ir para lá de carro, parando por várias noites durante o trajeto. Chamara Rafe para ir com ela, mas ele desistira não só pelo lugar, como também por não saber se conseguiria ficar quatro dias dentro de um carro, com Salty no banco de trás.

Estava tentando localizar o pai, que estava no Caribe, e lhe perguntar se poderia ir visitá-lo, quando uma pessoa estranha atendeu o celular, dizendo que ele o esquecera em um bar em St. Barts e perguntando para qual endereço deveria enviar o aparelho. Neste momento, Inky apareceu e insistiu para que fosse com ela para a Cornualha. Eles voaram para o aeroporto de Bristol, e James Pencarrow, encantado, foi buscá-los. Sempre se sentira como se tivesse descoberto Rafe e, por assim ser, tivesse responsabilidade sobre ele. Qualquer um seria perdoado por pensar que ficara mais satisfeito ao ver Rafe do que Inky.

— Sua mãe está muito empolgada — disse à filha, enquanto aguardavam a barra da saída do estacionamento do aeroporto levantar. — Ela está trabalhando a semana inteira, tentando deixar tudo pronto.

— Ela já está boa? — perguntou Inky, preocupada. — Tem certeza de que não está precisando descansar um pouco mais?

— Já falei isso com ela.

O pai parecia ter se esquecido completamente da terrível discussão que tiveram com relação a Luca, mas, propositadamente, evitava o assunto. Inky pensou se Mack teria tido alguma influência em sua postura.

— Espero que ela não esteja trabalhando demais. Nós já ficaríamos muito satisfeitos com frango e couve-de-bruxelas. Qualquer coisa que não seja comida espanhola.

— Couve-de-bruxelas? O que é isso? Nunca ouvi falar.

Inky suspirou. Era fácil esquecer que Rafe não era exatamente um inglês.

— Os rapazes estão aqui? — perguntou ela.

— Todos, exceto Charlie, claro. Charlie — explicou, orgulhoso — é meu filho mais velho. Está na equipe Volvo.

— Sério? Uma vez tentamos seguir a flotilha Volvo no Atlântico — disse Rafe. — Mas a perdemos de vista no espaço de meio dia. Aqueles barcos mudam de rumo com muita velocidade. — Continuaram a falar sobre velas e sobre a maravilha de passar o Natal com outros dez homens fedorentos e um peru congelado.

Mary Pencarrow passou a maior parte da manhã correndo por Truro, para comprar presentes para Rafe e colocar na meia de Papai Noel. Todos os anos, os filhos e James tinham uma meia de Natal, e haveria briga se a tradição fosse rompida. Ela não suportaria ver Rafe ficar sentado observando os presentes serem abertos sem ter nenhum para ele. Sequer lhe passava pela cabeça que fazia a mesma coisa todos os anos, porque, na verdade, ninguém se preocupava em comprar presentes para ela. Comprou um calendário de navegação de Rick Tomlinson, um livrinho com mitos e provérbios próprios da navegação e uma caixa de chocolate Nougat. Comprou também uma escova de dentes e algumas moedinhas de chocolate, porque era isso que os filhos sempre ganhavam. Andou quase a esmo segurando uma cesta pela *Mark and Spencer*, olhando os expositores de gravatas e de acessórios de golfe. Pegou e devolveu algumas embalagens de cuecas, por lhe parecer um presente meio inapropriado, devolveu também três pares de meias — lembrou-se de que Inky lhe dissera que ele não usava meias — e acabou saindo da loja de mãos vazias. Olhou para o relógio e praguejou por ter perdido meia hora quando tinha tanto a fazer em casa. No dia seguinte, seria véspera de Natal e ela ainda teria que preparar o recheio e o molho para o peru e acabar de embrulhar todos os presentes que seriam dados pela mãe de James, que todos os anos lhe enviava dinheiro e pedia para comprar presente para toda a família. Apesar de exausta, adorava ter todos reunidos no Natal e, de tanto querer fazer tudo perfeito para eles, nem se importava muito. Embrulharia um veleiro para presente e o empurraria montanha acima, se necessário fosse.

Rafe e Inky chegaram no momento em que ela estava escondendo as sacolas atrás da poltrona da cozinha. Levantou-se e cumprimentou a filha com um abraço apertado.

— Você deixou os cabelos crescerem! — exclamou, maravilhada. — O que foi que te deu?

— Ah, sei lá. Achei que ficava mais bonito.

— E fica! Você está mais bonita do que nunca!

Mary desviou a atenção para Rafe. Meu Deus, ele era lindo e despertava uma estranha inquietação, como se fosse uma pantera pronta para dar o bote. Mary teve a impressão de que ele não se soltava com facilidade. Olhou de relance para Inky, que já estava com a cabeça dentro da geladeira procurando por um dos inevitáveis iogurtes.

Não teve chance de falar com a filha até o momento em que James levou Rafe à garagem para lhe mostrar o seu barco.

— Querida, ele é um pão!

Inky estava brincando com Nelson, o labrador, e pensou que apenas sua mãe, ou possivelmente Hattie, poderia usar a expressão um *pão*.

— Quem? Rafe?

— É, Rafe.

— Sai pra lá, mãe! — disse Inky, dando um sorriso. — O coração dele pertence a outra mulher. Embora eu ache que o amor não seja correspondido.

— Quem?

— Ava Montague, filha de Colin Montague. Lembra que te mostrei uma foto dela?

— Sim, numa de suas revistas *Tatler*. Agora me lembro. Uma moça linda. — Mary aproximou-se do fogão, inclinou-se e secou as mãos no pano de prato que secava em um puxador. — O que aconteceu?

Inky encolheu os ombros.

— Eu não o conhecia na época. Foi antes de ele entrar para o desafio. Mas acho que foi por isso que ele entrou. Porque Ava, agora, está saindo com Jason Bryant.

— Não!

— Sim! Dizem que Mack o convenceu a entrar para o desafio dizendo que ele teria a chance de derrotar Bryant.

— Você perguntou ao Mack?

— Perguntei, mas você sabe como ele é. Não me fala nada e não adianta eu perguntar. Sou sempre a última a saber, para que ninguém o acuse de estar favorecendo a própria afilhada. Sendo assim, ele não diria nem que sim nem que não.

— Então Ava trocou Rafe por Jason Bryant? Por que será? Quer dizer, Jason é um rapaz bonito... — Inky mexeu-se na cadeira, sentindo-se incomodada; não gostava de falar nada de positivo sobre Bryant. — Mas há alguma coisa de diferente em relação a Rafe... Algo quase ferino, não acha? — Olhou interessada para Inky, que percebera, para sua surpresa, que estava gostando bastante daquele bate-papo com a mãe. Normalmente, preferiria estar com os homens falando de barcos e estratégias. — Mack não está saindo com ninguém?

— Não!

Mary franziu a testa.

— Engraçado... porque quando telefonei para ele, para agradecer as flores maravilhosas que me mandou quando estive doente, fiquei com a impressão clara de que estava gostando de alguém.

— E onde ele teria a chance de encontrar esse alguém?

— Não sei. Talvez tenha sido só impressão minha.

— Conseguiu ir a Londres por esses dias? — perguntou Inky.

— Não, querida. Você sabe que seu pai não suporta Londres.

— Você poderia ir sozinha. Ou irei com você, quando voltar. Tenho certeza de que o papai pode se virar uns dias, sozinho. Fará bem a ele.

Mary ficou olhando para a filha.

— Talvez. — Sorriu de repente. — Agora, querida. Me fale sobre seu belo italiano.

Inky abriu um sorriso e acomodou-se melhor na poltrona.

Na véspera de Natal, toda a família percorreu o costumeiro trajeto para assistir à missa natalina, passando pelo campo de golfe até chegar à pequenina igreja de St. Enodoc, toda em granito, que ficava entre as dunas. No passado, ela costumava ficar totalmente coberta de areia e o vigário tinha de descer pelo telhado, por meio de uma corda, para conseguir celebrar a missa anual e justificar a razão de manter a igreja aberta. Mas a igreja e o cemitério haviam sido restaurados e Mary Pencarrow costumava ir lá aos domingos para assistir à missa sozinha. Suas pedras pesadas e frias, suas pequenas janelas repartidas em várias vidraças e o peso de sua história davam-lhe uma sensação real de força em relação ao mar, em relação ao som incansável que ela ainda podia ouvir de longe, com gaivotas voando ao alto. Quase sempre ajoelhava-se naqueles pequenos genuflexórios e rezava por toda a família e por seu casamento. Naquele dia, no entanto, tinha uma ocupação muito mais querida. A família estava com ela e, embora ainda pudesse ouvir as ondas batendo e o vento uivando, pelo menos os alegres cantos natalinos praticamente conseguiam abafar seus sons.

Após a missa, Mary saiu correndo pelo campo de golfe, a cabeça enterrada no abafamento do chapéu e do cachecol que usava em torno do pescoço, deixando Inky, James e os meninos conversando frivolidades com o vigário e os residentes locais. Havia se tornado uma espécie de tradição para eles proporcionar uma sessão de cinema do lado de fora, onde juntavam todos os aquecedores externos e espreguiçadeiras que conseguissem encontrar, amontoar uma pilha de cobertores, acolchoados e travesseiros, e projetar um filme de Natal na parede lateral da casa. Este ano, seria *A felicidade não se compra*. Mary ocupava-se tanto se certificando que todos tivessem doses suficientes de quentão e servindo minicachorros-quentes saídos do forno que perdia as partes mais importantes do filme. No entanto, imaginava se, caso não tivesse nascido, os efeitos seriam igualmente dramáticos como foram para George Bailey, protagonista do filme.

— Está tudo bem, Rafe? — perguntou, quando ele entrou na cozinha.

Ele ergueu o olhar.

— Tudo bem, obrigado. Está tudo perfeito.

— Não está frio demais?

Rafe abriu um sorriso.

— Um pouquinho, não estou acostumado.

Mary moveu-se instintivamente para pegar a chaleira e fazer chá para todos, em virtude da menção da palavra frio.

— Gostou da missa?

— Muito. Não entro com muita frequência em igrejas.

Mary olhou-o com atenção, percebera que ele mal sabia cantar as músicas natalinas.

— A última vez que entrei numa igreja foi para o funeral de minha mãe, mas eu nem me lembro direito — disse ele, sem nenhum traço de constrangimento.

— Sinto muito. — Ela imaginou sua infância sem canções natalinas, sem bolos e sem os anos em que poderia ter brincado com as ovelhinhas do presépio.

Rafe ergueu os olhos, como se lendo sua mente.

— Não sinta. Fico muito mais à vontade no mar. É como se... — ele lutou com as palavras — como se eu não tivesse nascido para viver em terra firme. — Nem para enfrentar os problemas que vinham, um após o outro, com essa vida, pensou, lembrando-se de Ava. — Posso ajudar a senhora com alguma coisa? Na cozinha?

Mary olhou-o, surpresa.

— Sério?

— Claro.

— Bem, poderia colocar esses pãezinhos na assadeira? — pediu, apontando para os cachorros-quentes feitos em casa. — Onde passou seu último Natal? — perguntou, quando estavam os dois ocupados com suas tarefas.

— Passei com minha tia. — Fez uma pausa do trabalho. — Eu tinha acabado de terminar com minha namorada — admitiu ele. — Foi muito difícil. — Não sabia por que estava lhe contando. Normalmente era uma pessoa muito discreta, mas havia algo em Mary Pencarrow que fazia dela alguém muito fácil com quem conversar.

— Ava Montague? Inky me falou sobre ela — acrescentou em seguida.

— Sim, foi Ava.

— Tenho a assinatura da revista *Tatler* e andei lendo sobre a exposição dela. É uma artista e tanto.

Rafe concordou lentamente.

— Eu não sabia que ela havia feito uma exposição. Foi o que sempre quis fazer.

— E você a viu depois que terminaram? — Era automático para Mary assumir um papel maternal e fazer perguntas desse tipo, sentiu um instinto protetor por Rafe também, talvez por ele não ter mãe.

— Ela está namorando Jason Bryant, o timoneiro da equipe do desafio Phoenix. Portanto, eu a vi em Valência.

Seguiu-se uma pausa e Mary preparou uma xícara de chá para Rafe.

— Acredito que tenha sido um término difícil — comentou, ainda de costas para ele.

— Achei que nunca iria me recuperar — foi tudo o que disse. — Mas estou achando mais fácil agora. A equipe ajuda bastante e finalmente acho que consegui recuperar minha conexão com o iatismo. Por um momento, achei que havia perdido isso também.

— E como voltou?

— Acho que é algo mais forte do que Ava foi.

Na manhã de Natal, todos acordaram cedo para abrir os presentes. Houve muito mais risadas e brincadeiras. Mary ficou tomando chá e vendo a família abrir os embrulhos, encantada com a satisfação deles. No entanto, sentiu-se profundamente emocionada quando Inky subiu em silêncio e trouxe os presentes que havia comprado para ela em Valência. Cremes hidratantes do *free shop*, brincos e pulseiras de uma feirinha de artesanato, licores de laranja de Valência, luvas laváveis enfeitadas com pedrarias e alguns saquinhos com sementes.

— Acho que são plantas espanholas — disse Inky, apontando para os pacotinhos.

— Adoro tentar fazer plantas novas crescerem aqui. — Agradeceu muito à filha, tanto efusiva quanto relutantemente, e levantou-se para ir direto à cozinha preparar o almoço.

Inky a seguiu. Sem uma palavra sequer, ligou o rádio para ouvir as músicas natalinas, abriu uma das portas do fogão para aquecer a cozinha e serviu duas taças de champanhe, uma para si e outra para a mãe. Sentou-se à mesa.

— Quer que eu faça as couves-de-bruxelas?

Mary olhou-a, surpresa.

— Podemos fazê-las juntas. — Mostrou a Inky como arrancar as folhas e fazer uma pequena cruz na base.

Ficaram conversando sobre frivolidades, ouvindo canções natalinas e tomando champanhe, até Mary tocar a mão da filha.

— Querida, acho que esse é o melhor Natal da minha vida.

— Você irá a Valência, não irá? — perguntou Inky, percebendo de repente a intimidade.

— Nada poderá me fazer não ir.

Com um tiquinho de culpa, Mary sentiu certa satisfação ao perceber que Inky jamais fizera a mesma pergunta ao pai, durante toda sua estada ali.

Custard estava certo quando imaginou que o Natal de Saffron Luter não teria biscoitos, perus, nem pinheiros. Saffron olhou para a enormidade de símbolos de status social espalhados por sua cabine — roupas Chanel, bolsas Fendi e Balenciaga, lingerie La Perla, quilos de maquiagem Dior — e imaginou, sem ânimo, o que usar. Henry havia decidido que eles almoçariam fora no dia de Natal. Todos os anos, ele deixava para decidir no último momento, não sem antes insistir para que o *chef* preparasse tudo para um almoço suntuoso, caso ele desejasse ficar em casa.

— Pelo menos — Saffron pensou alto — a equipe comerá bem este ano. — Gostaria de poder ficar com eles.

O grito do marido, "Saffron!", do lado de fora da cabine a fez pular. Luter tentou entrar e Saffron correu para abrir a porta.

— Por que a porta estava trancada?

— Por hábito, desculpe — murmurou ela.

— Não faça isso de novo. Este barco é meu. Não se esqueça disso. Por que Consuela não está ajudando você a se vestir?

— Porque posso fazer isso sozinha — murmurou novamente. — Afinal de contas, é dia de Natal e talvez ela... — Mas Henry não a ouvia, já havia apertado a campainha chamando a empregada.

— Use aquele colar — disse, em voz de comando. Na noite anterior, presenteara Saffron com um belo colar de esmeraldas. Ela sabia que ele não lhe dera o presente para satisfazê-la ou mimá-la, mas porque queria exibir sua riqueza e ela era o mostruário perfeito. — Estarei em meu escritório. Suba quando estiver pronta.

Quando Luter saiu, Consuela entrou. Enquanto a empregada espalhava creme hidratante em suas costas e ombros, Saffron sentou-se de frente para a penteadeira e ficou olhando o próprio reflexo.

— Você não vai passar o Natal com a família, Consuela? — perguntou.

— Ah, eu bem que gostaria, senhora, mas não é fácil encontrar tempo para sair. — Evitou os olhos da patroa.

— Você tem um menino e uma menina pequenos, não tem?

— Tenho! Mandei presentes para eles. E quanto à família da senhora? — perguntou.

— Não tenho família. Não mais.

Não soube dizer se foi a menção à própria família ou aos filhos de Consuela que encheu seus olhos de lágrimas. Consuela logo lhe entregou um lenço de papel, o que a fez lembrar-se de Custard e de sua gentileza para com ela. Foi como se uma pequena chama se acendesse, mas também se extinguisse com a mesma rapidez que aparecera. Ninguém poderia ajudá-la agora. Menos ainda alguém que, provavelmente, nem se lembraria mais do encontro deles.

Quando ficou pronta, Saffron foi ver Henry em seu escritório. Ele trabalhava até mesmo no dia de Natal. Bateu levemente e entrou, sabendo que era melhor não falar nada. Sempre achou seu escritório semelhante ao quartel-general subterrâneo de algum regime opressor.

Era cheio de tecnologias de todos os tipos. Ele estava no telefone e fez sinal para que se sentasse. Saffron sentou-se pacientemente e aguardou, olhando com desinteresse pela sala. Num dos cantos, ficava um grande refrigerador transparente cheio de latas de Coca-Cola arrumadas de forma pedante, aos pares. Saffron lembrou-se do dia em que pegara uma latinha e Henry gritara que aquilo era um abuso, ao ponto de ela sair correndo, às lágrimas. O mordomo lhe explicara calmamente, então, que o sr. Luter não suportava pares irregulares de latinhas de Coca-Cola em seu refrigerador. Era preciso sempre pegar duas latinhas, beber as duas ou jogar uma fora. Ela nunca mais tocou em nada dele.

Por fim, Henry desligou o telefone.

— Levante — ordenou. — Agora, vire. — Olhou-a da cabeça aos pés. — Vai dar para o gasto. Venha aqui.

Saffron sentiu o estômago ficando pesado.

— Mas, Henry, temos tempo?

— Sempre há tempo.

— Mas acabei de me arrumar. Terei que tomar banho de novo.

— Por que você sempre tem que tomar banho depois do sexo?

Saffron não respondeu, embora achasse um tremendo despropósito um obsessivo-compulsivo como ele implicar com um dos poucos hábitos seus.

— Terá apenas que chamar Consuela de novo — rebateu ele. — Parece que não está querendo.

— Não é isso, só estou preocupada...

— Venha agora.

Saffron foi fechar a porta.

— Deixe-a aberta — exigiu ele. Gostava que a equipe os ouvisse. A gentileza de Custard parecia mesmo muito longe do que tinha ali.

TERCEIRA PARTE

CAPÍTULO 29

As *round robins* — todos contra todos — da America's Cup estavam para começar em abril, as séries finais, em final de junho. Agora faltavam apenas poucos dias para a primeira etapa e Fabian não conseguia acreditar que o tempo havia passado tão rapidamente. Parecia que fora ontem mesmo que eles estavam pegando o avião na Inglaterra, na volta do Natal. Lembrava-se bem da viagem, pois na rota do voo para Valência, eles sobrevoaram o mar e o estádio da Copa: onde as batalhas seriam travadas e onde se realizaria o mote da competição: *No habrá segundo*. Não existe segundo lugar. Fabian estava perdido em pensamentos quando a comissária de bordo apareceu, checando os cintos de segurança para a aterrissagem.

— Estou querendo perguntar desde que saímos da Inglaterra — abordou-o timidamente. — Você é velejador da America's Cup?

Fabian saiu do transe com um susto. Ela era excepcionalmente bonita.

— Sim, sou.

— De que equipe é?

— *Excalibur*. A equipe britânica.

— Vou prestar atenção em você.

— Por que não vai assistir? — perguntou ele, embora tenha lembrado repentinamente que Milly o estava ouvindo do outro lado do corredor.

— Talvez eu vá.

Quando aterrissaram, ficaram encantados ao encontrar Ho e a esposa e, em seguida, Sparky e Germ. Estavam todos juntos de novo e logo restabeleceram suas rotinas.

Nos meses de treino que se seguiram após o Natal, parecia que *Excalibur* não conseguia ir a lugar nenhum no Mediterrâneo, sem dar de cara com outra equipe da America's Cup. Os italianos testavam novas velas balão; Fabian vira outro timoneiro conduzindo os alemães (parecia-lhe muito tarde para mudar um membro da equipe) e os franceses pareciam gastar seu tempo indo e voltando do porto. Em *Excalibur*, parte do tempo eles passavam ocupados, cheios de adrenalina e desesperados para entrar na briga, e parte eles passavam quietos — temerosos de que o melhor que pudessem fazer não fosse bom o bastante. A semana que antecedeu a batalha foi a pior, estavam assustados, com medo de que seu sonho dourado fosse esmagado em questão de dias. *No habrá segundo*.

A maioria dos familiares da equipe estaria chegando no fim de semana. Eles sabiam que, se a Grã-Bretanha fosse eliminada nas primeiras rodadas, então esta seria a única oportunidade que teriam de vê-los competir, assim sendo, chegavam em bandos — o que era muito deprimente para a equipe, que sabia bem o que eles estavam pensando.

Mack decidiu dar o último fim de semana de folga para todos. A equipe não tinha folga desde o Natal e o estresse estava dominando a área. Não se falava mais no barco, nem se resmungava ou gritava. Fabian chegou a um nível tão grande de irritação que não apenas recebeu o título de *Membro Mais Desagradável da Semana*, como ninguém lhe respondia mais, a não ser quando dizia "tenha um bom dia" no final de todas as suas perguntas. Tudo o que ele queria é conseguir se controlar quando a regata começasse.

Na manhã da primeira regata, Mack já estava vestido e foi de bicicleta à base de *Excalibur*, às cinco da manhã. Ficara preocupado demais com as previsões do tempo, não conseguira dormir e imaginou se Laura já havia voltado da checagem das boias meteorológicas.

Desejou bom-dia ao segurança, que o interpelou formalmente nos portões da base e checou sua credencial, e atravessou o galpão de velas onde dois mecânicos roncavam no alto de uma pilha delas. Griff Dow também estava ali, dormindo profundamente. Provavelmente ficara trabalhando até três ou quatro da manhã e, à medida que as séries se aproximaram, desistira completamente de voltar ao apartamento, limitando-se a dormir apenas algumas horas na base até a hora em que a equipe reavaliasse todas as velas que entrariam em ação.

Mack passou por *Excalibur* e estendeu a mão para tocá-lo, como forma de renovar sua confiança. O barco não lhe passou a impressão de estar dormindo sob sua manta impermeável, mas de estar também esperando. Por fim, chegou aos escritórios e enfiou a cabeça pela porta, encontrando Laura, que examinava cuidadosamente os mapas, compenetrada no trabalho.

— O que está achando, Laura?

— Difícil saber. Está cheio de buracos.

— Que velas?

— Ainda não acabei, mas parece que teremos ventos médios. Eles recortaram a balão número três durante a noite.

— Darei uma olhada.

Mas, quando Mack deixou Laura para ir acordar Griff, ficou com pena dele e decidiu dar-lhe mais vinte minutos, enquanto tomava café e pensava no dia que teriam pela frente. Deveriam tratar aquele dia como qualquer outro. A rotina era vital para a equipe, Inky quase enlouquecera na semana anterior, porque Carla, que normalmente colocava geleia de framboesa no meio do pudim de arroz, trocara framboesa por morango. Inky dispensara a porção de pudim, a colher, e saíra enraivecida. Após Mack lhe explicar que os velejadores, na maioria supersticiosos, precisavam de tudo exatamente do mesmo jeito até o dia em que deixassem Valência, Carla fora silenciosamente ao supermercado e comprara todos os potes de geleia de framboesa que pudera encontrar. A cozinheira, que levava o assunto muito a sério, já estava a postos em sua cozinha improvisada, onde preparava milagres diários sobre o piso rústico de concreto, com uma mesa apoiada sobre cavaletes, um jogo de argolas ligado a um bujão de gás e uma única geladeira que, por alguma razão, ficava sozinha no meio do aposento, com os fios à mostra.

— Café, sr. Mack? — perguntou.

— Por favor.

Carla foi calmamente preparar sua infusão que até defunto levantava. Eles podiam não gostar de seu café, mas ela sempre o preparara assim.

— Grande dia hoje, Carla.

— É, sr. Mack, eu sei.

— Ficará melhor quando nós começarmos a competir. A relaxar.

— Vamos assistir. — Tim Jenkins, com sua costumeira eficiência, tinha a televisão ligada num canto e tantos pufes quantos o desafio pudesse oferecer; dessa forma, toda a equipe de base poderia assistir à atuação dos colegas.

— Vou fazer montes de pãezinhos para todo mundo. A bela sra. Bee disse que virá ajudar.

Mack sorriu e pensou como fora bom ouvir aquilo. Se pelo menos a bela sra. Bee pudesse vir ajudá-lo... Por um momento, surpreendeu-se. Sacudiu a cabeça. A pressão devia estar lhe fazendo mal.

Em Casa Fortuna, Bee também acordara cedo. Imaginou se Mack já teria ido para a base. Certamente, ninguém da equipe já havia acordado e ela não queria incomodar Rafe, andando pelo apartamento. Talvez simplesmente descesse para ver se havia mais alguém por lá.

Bee deu um bom-dia animado para o segurança e atravessou o galpão de velas. Encontrou Mack na recepção, em pé, à janela, olhando para fora, para a água além do porto sobre a qual o sol ascendia lentamente. Olhava para os acres do circuito da America's Cup que, em questão de horas, iria ecoar gritos de vitória e quebra de sonhos.

— Bom-dia! — cumprimentou-o, hesitante, com apenas a cabeça passando pela porta.

Mack sobressaltou-se.

— Bee! Já aqui? Algum problema?

— Nenhum, só não consegui dormir mais.

— Posso te oferecer uma xícara de chá?

— Deixa que eu preparo. — Ela se aproximou da chaleira e colocou água para ferver. — Dormiu? — perguntou.

— Mais ou menos.

— Vai competir contra os americanos hoje e amanhã...

— Com os franceses amanhã. Competiremos com cada um dos outros sindicatos nas *round robins*, até conseguirmos ter um tipo de tabela da liga. O resultado das regatas não conta para nada, a não ser para o nosso lugar na hora do sorteio.

— Está preocupado com os americanos?

Mack encolheu os ombros.

— Não sabemos. Esse é um dos desafios da America's Cup. Nunca se sabe como será o outro barco até as competições começarem. Tudo o que se pode fazer é imaginar. Mas os americanos sempre marcaram presença na Copa. Acho que não deixaram de participar de nenhuma e sempre têm muitos patrocinadores. Enquanto nós...

— Acha que isso importa?

— Imensamente. Há muita psicologia envolvida aí. Os velejadores precisam saber que tem gente torcendo por eles. E se vencerem hoje, será um ânimo e tanto para a equipe.

— Sir Edward disse que pelo menos os familiares estão vindo para assistir.

— Certamente porque acham que será a única chance que terão de nos ver em cena. — Sorriu desanimado.

Bee sabia que Mack tinha horário.

— Preciso ir. Você tem muito trabalho a fazer.

Mack sorriu enquanto ela lavava a xícara na pia.

— A propósito, normalmente estou aqui a esta hora. Quer dizer, se não conseguir dormir de novo e quiser tomar um chá...

Bee parou à porta e retribuiu o sorriso.

— Vou me lembrar disso — respondeu.

Era uma manhã gloriosa de abril e, na hora em que a equipe saíra para sua costumeira corrida ao longo da praia, o porto já estava lotado de gente. Seguindo o esquema de segurança dos aeroportos, a segurança ali também era muito severa no que dizia respeito ao acesso à vila da Copa: detectores de metal, máquinas de raios X e filas enormes para entrar. Como nem todos seriam capazes de observar a ação na água, uma televisão de plasma enorme, com comentários ao vivo, fora instalada na vila para que o público pudesse assistir a tudo o que acontecia. Sir Edward estaria na água, a bordo do *Mucky Ducky*, junto com alguns familiares da equipe que foram escolhidos de forma aleatória (neste dia, seria a família de Sparky), e Colin Montague assumiria a posição de décimo oitavo homem de *Excalibur*.

O café da manhã fora muito tranquilo, em contraste com o evento barulhento em que havia se transformado nos últimos seis meses. Fabian estava parado, olhando para seu mingau como se ele fosse mordê-lo. Inky tentava atacar sua tigela de pudim de arroz enquanto Carla a observava, preocupada. Rafe, no entanto, parecia relativamente tranquilo naquela atmosfera, comendo torradas ao mesmo tempo que conversava com os grinders, que comiam alegremente seu segundo prato de ovos. Ho fora várias vezes à janela checar o tempo, mas, ao ver toda aquela gente lotando a vila, precisou sair correndo para o banheiro. Mack agradeceu a Deus pela calma de Custard, que falava suas costumeiras piadas.

— Acho — anunciou Custard — que todos deviam soltar um pum ao mesmo tempo no barco, para nos dar maior propulsão. Carla! É melhor começar a nos dar feijões assados no café da manhã.

Mack baixou os olhos para a mesa, para aquela pequena equipe que agora ria das besteiras que Custard falava, e pensou em como eles estavam diferentes daquele bando carrancudo que havia chegado lá, quinze meses antes.

Mack manteve sua costumeira conversa com a equipe, curta e gentil.

— Hoje é o dia em que veremos o quanto nos tornamos competitivos. Dia em que descobriremos se todo o nosso trabalho nesses últimos quinze meses foi em vão e se *Excalibur* é tudo o que esperamos que seja.

— Como todos já sabem, competiremos com o barco americano, *Valiant*. O barco conta com uma equipe muito experiente e parece ser muito veloz. Não será fácil vencê-lo. Mas — continuou em tom brando de voz — a boa notícia com relação a hoje é que não estou pedindo a vocês para fazerem nada mais do que vêm fazendo todos os dias. É para isso que temos treinado. — Olhou rapidamente para uma das citações impressas espalhadas nas paredes da sala. 'Treinem com afinco que a guerra será fácil' — Tragam *Excalibur* para casa.

Mack olhou para Laura, que, de tão nervosa, toda hora bebia um gole de uma garrafa de Evian. Mack não precisava lhe dizer que toda e qualquer informação sua poderia ganhar ou perder a regata. Naquela manhã, não se seguiram sinais de comentários altos de desaprovação, como os que normalmente acompanhavam seu relatório de tempo. Todos estavam muito sérios. Laura deu seu parecer sobre ventos medianos e fortes, com informações sobre direção, umidade e pressão.

As esposas esperavam junto com a equipe de base, quando eles saíram. Todos haviam ficado tão unidos que, um a um, aproximaram-se para trocar beijos e desejos de boa sorte. Bee ficou cara a cara com Mack. Seu coração batia na garganta e ela sentiu-se tímida de repente, sem saber se o beijava ou não.

Mack beijou-a rapidamente no rosto.

— Boa sorte — sussurrou ela, incapaz de pensar em algo mais original para dizer. Ele simplesmente a olhou e assentiu com a cabeça.

Junta, a equipe saiu do porto. Não havia multidões esperando por eles no perímetro do gradil, ao contrário do restante dos sindicatos, cujos gradeamentos se curvavam sob o peso de tanta gente, no entanto, havia organizações de fãs. Um homem que tocava gaita de foles chamou-lhes a atenção, Inky e Custard riram um para o outro e acenaram.

Quando a equipe se dirigiu para *Excalibur*, que já a esperava na água, Mack demorou-se para ter uma palavra com Colin Montague.

— O que acha, Mack? — murmurou Colin, ouvindo a equipe já ocupada, carregando as velas.

— *Excalibur* veleja bem nessas condições de tempo. Mas a equipe americana tem experiência e um bom barco. Seria muito importante para a equipe se nós vencêssemos, isso nos daria um bocado de confiança. Por outro lado, se formos jogados na cova dos leões... — Por um momento, Mack lembrou-se do artigo que saíra no jornal: "Será que John MacGregor perdeu o bom-senso de vez?"

— Tenho confiança em você, Mack. Em todos vocês. Apenas façam o melhor. Boa sorte.

Colin deixou Mack com sua equipe.

Slayer deixou o porto ao mesmo tempo que *Excalibur* e foi rebocado paralelamente a ele. Um grande séquito, em sua maioria de espectadores americanos e espanhóis, seguiu em seus barcos, assim como uma flotilha desorganizada de botes infláveis, iates, lanchas, barcos policiais e da imprensa. A equipe desceu apressada para o depósito de velas, onde alguns conversavam em voz baixa e branda, mas a maioria estava bem com o próprio silêncio. Em seguida, Mack já os estava chamando para se prepararem para a regata. Eles subiram e viram-se cara a cara com a o circuito oficial da America's Cup.

Por sorte, não houve tempo para ficarem pensando no quanto todo ele era petrificante, pois *Slayer* se preparava para a volta de aquecimento junto com *Excalibur* e, depois, para alcançá-lo logo na primeira perna do circuito. Mack passou uma mensagem via rádio ao chefe de equipe de *Slayer* para lhe dizer que velas gostaria que usasse. Eles velejaram juntos por uns bons vinte minutos até Mack concluir que *Excalibur* não fora tão bem quanto esperara e pedir a troca de velas. Toda hora, Laura passava mensagens via rádio, informando as condições de tempo. Os americanos estavam se aquecendo ali perto, absorvendo os votos de sucesso da multidão, aparentando tranquilidade. Para a maioria dos membros de sua equipe, aquela não era a primeira America's Cup e, provavelmente, não seria a última. Mack os ignorou. A equipe de *Excalibur*, no entanto, estava quase transfigurada pela visão da flotilha de espectadores. Era uma senhora flotilha depois de tanto tempo num mar vazio. Mack esperava que isso não os distraísse.

Quando o barco da comissão de regata levantou as bandeiras do circuito, que era o prenúncio do início da regata, *Mucky Ducky* emparelhou-se com *Excalibur* para recolher o que houvesse de lixo acumulado ou excesso de pertences dos velejadores e do barco, e também para levar Colin Montague, nervoso e calado, para ocupar a posição de décimo oitavo homem a bordo. Faltando poucos minutos para o disparo do tiro de largada, eles receberam a última informação sobre o tempo e, daquele minuto em diante, o rádio ficaria em silêncio. Custard colocou os rádios nos recipientes impermeáveis e os atirou na água para que o barco de apoio os recolhesse. Finalmente ficaram ali, no aguardo da hora que tanto desejavam quanto temiam.

Seguiram-se momentos de calmaria antes do tiro de largada da primeira regata da America's Cup 2007.

CAPÍTULO 30

Mack esperava uma disputa melhor na linha de largada. Ela começou bastante agressiva, com uma investida militar de *Valiant*. O barco aproximou-se de *Excalibur*, movendo-se com hostilidade, e colocou-se em rumo de colisão. Fabian, na proa, calculou a distância entre os dois barcos.

— Cem metros — disse pelo microfone do rádio, ao mesmo tempo que indicava com a mão. — Cinquenta...

— Trinta... — disse Fabian, achando que eles estavam ficando perto demais; apenas segundos os separavam de uma colisão de frente. Havia acabado de reportar vinte metros, quando Mack fez uma curva acentuada, ganhando velocidade antes de virar a barlavento, novamente na direção deles. Os barcos deram voltas e mais voltas, os dois timoneiros movimentavam o timão, mal conseguindo ouvir os próprios gritos acima do barulho das velas, do gemido dos guinchos, do estalo da vela genoa, à medida que açoitava o convés, e dos gritos dos trimmers, que pediam velocidade. A velocidade deles baixou para alguns poucos nós e os barcos se separaram, com os grinders ofegantes.

Quando Mack afastou-se para dar uma margem de segurança a *Excalibur*, sentiu que *Valiant* já começara a se avolumar em sua proa. Desviou e mergulhou, mas o barco americano, simplesmente, movia-se melhor naquelas condições. Parecia surgir do nada, quando colava na proa de *Excalibur*, que, agora no controle, tentava tirá-los da linha de largada. Inky agia como se fosse os olhos e os ouvidos de Mack, virando-se para trás, na direção de *Valiant*, olhando diretamente para o rosto de seu timoneiro e gritando a distância exata.

— Cobrir a sota-vento, Mack! — gritou ela. — Eles estão muito perto!

Sabendo que era responsabilidade do oponente dar a *Excalibur* espaço necessário para virar, Mack direcionou o barco para cima deles. Pareceu pegar *Valiant* de surpresa. Inky não saberia dizer se fora erro do timoneiro ou falta de precisão do proeiro assustado na hora de calcular a distância entre eles, mas a proa do *Valiant* chocou-se com eles, quando fizeram a volta.

— Eles bateram na gente! — gritou Inky, enquanto Rafe levantava a bandeira de protesto. — *Estamos protestando,* Valiant! — gritou para eles.

Em questão de segundos, o barco dos árbitros indicava a falta dos americanos. *Valiant,* não parecendo intimidado, seguiu *Excalibur* e deu uma cambada; no entanto, devia ter ficado abalado com o incidente porque, quando Rafe começou a fazer a contagem regressiva para o tiro de largada, um dos grinders cometeu um erro com relação ao guincho, deixando a todos confusos.

— Estamos deixando *Valiant* para trás! — gritou Inky. — Para a linha, Mack! Para a linha!

O tiro de largada ecoou e Mack cruzou a linha poucos segundos depois.

— Relatório de danos, por favor.

Inky passou lentamente por um Colin Montague tonto na posição de décimo oitavo homem, com quem ela não tinha permissão de conversar, e inclinou-se sobre a proa.

— Só uma batidinha! — gritou. — Não irá nos afetar em nada!

— *Valiant* está seis segundos atrás de nós — disse Sammy. — E indo a bombordo.

Quase como se estivessem constrangidos, *Valiant* agora se afastava de *Excalibur*, indo para o lado direito do circuito. Quando os dois barcos convergiram de novo e rodearam a marca, *Valiant* apareceu na liderança.

— Bloqueie eles — disse Inky, rispidamente.

Excalibur posicionou-se entre o vento e *Valiant*, bloqueando-o o mais que pôde, mas, embora pudessem ver o vento sendo desviado da vela balão do oponente, não tinham velocidade suficiente para ultrapassá-lo. Seguiram-no por todo o trajeto até a última marca, a equipe frustrada e ansiosa.

Os americanos não estavam num bom dia. Chegaram à marca alguns segundos à frente de *Excalibur*, mas, quando a rodearam, erraram na hora de baixar a vela e, antes que cada um pudesse agir, parte da vela caída começou a raspar na água.

Com a própria vela balão lhes tirando a visão, *Excalibur* ouviu os primeiros gritos de pânico dos americanos.

— Eles estão jogando a rede! Jogando a rede! — disse Rafe, rouco de tanto gritar instruções.

Poucos centímetros atrás deles, Mack estava numa situação dos diabos. Sabia que o balão caído de *Valiant* poderia funcionar como uma imensa rede de pesca e levar o barco consigo. A equipe de *Excalibur* estava ocupada baixando seu próprio balão e ainda era responsabilidade sua manter-se afastado do barco americano. Sua mente acelerou, tentando calcular de que lado haviam baixado a vela, mas, por causa da marca, Mack não tinha espaço para ir a estibordo, sendo assim, berrou ordens curtas e virou a bombordo, restando-lhe apenas esperar que esta fosse a decisão correta.

Meu Deus, que o nosso balão entre direito, que nada de errado aconteça, rezou em silêncio, observando Ho e Fabian recolherem a vela, mão a mão, sem querer atrapalhar a concentração deles com berros.

Mas parecia que os deuses não estavam dispostos a favorecer nenhuma das equipes. Tão logo a vela balão deles fora enfiada sem cerimônia dentro do depósito, veio o berro de Rafe:

— Os ianques estão cortando a vela deles fora! — Obviamente eles não queriam arriscar a perda do mastro. Foram precisos apenas dois movimentos fatais do facão que ficava preso ao cinturão do proeiro, para eles se livrarem da vela de vinte mil libras. A vela que agora flutuava livremente foi direto para o casco de *Excalibur*, enroscando-se em sua quilha.

Na mesma hora, Mack sentiu *Excalibur* fazer um barulho e parar.

— Fabian! — gritou. — Libere a quilha!

Mas Fabian e Ho já estavam correndo pelo barco, com Rafe logo atrás para ajudar. Todos os que podiam ajudar correram até o fincapé, tentando avistar a vela branca que agora estrangulava *Excalibur*. Sammy permaneceu com Mack e levantou a bandeira de protesto. Talvez *Valiant* não recebesse uma penalidade, mas também em nada adiantaria se eles recebessem dez; se *Excalibur* não conseguisse se livrar da vela balão, eles nunca o alcançariam.

— Está aqui! — gritou Fabian, assim que mergulhou na água, pegando a vela criminosa. *Excalibur* havia reduzido a velocidade a meros nós e ele ficou agarrado à vela branca, segurando-se desesperadamente a ela, como se fosse a única coisa que o ligasse ao barco.

— Aguente as pontas, pelo amor de Deus! — berrou Mack. Se soltasse a vela e permanecesse na água, *Excalibur* seria penalizado, uma vez que ele seria oficialmente considerado homem no mar.

Fabian apoiava os dois pés na lateral de *Excalibur* e puxava desesperadamente a vela. Nesse meio tempo, Inky, dependurada feito um macaco, de cabeça para baixo, no mesmo lado do barco, era baixada para prender uma corda nos cabos de segurança de Fabian para que, quando a vela finalmente se soltasse, eles ainda tivessem Fabian preso ao barco. Tantas mãos quanto possíveis estavam trabalhando naquela lateral do barco, segurando e puxando. Parecia que aquilo não acabaria mais, quando, finalmente, Fabian gritou:

— Ela está vindo! — Mão a mão, Fabian foi capaz de puxá-la até que, aparentemente sem representar mais risco, flutuou para longe. Golly e Ho puxaram-no de volta ao convés, onde ficou ofegante, enquanto o resto da equipe voltava correndo para seus postos e se concentrava em colocar *Excalibur* novamente no circuito, a toda velocidade.

— Fale comigo, Rafe, fale comigo — murmurou Mack. — Me diga de que lado está o vento.

— Está onde *Valiant* está. Siga o rumo dele — disse Rafe, com pesar.

— Inky? — questionou Mack.

— *Valiant* ainda tem que pagar a primeira penalidade. — O barco americano não recebera nenhuma penalidade por ter perdido a vela balão, uma vez que nenhuma regra fora quebrada, e ganhava agora boa posição, enquanto *Excalibur* lutava para se livrar da vela.

— Talvez a gente consiga ultrapassá-lo. É preciso manter os números altos — disse, referindo-se ao monólogo de Sammy com relação à velocidade.

Mack olhou ansioso para seus trimmers. Não queria atrapalhar sua concentração. Levantava os olhos para as velas, para ver se estavam tão bem presas quanto deveriam estar. Olhava para todos os lados em busca daquela medida extra de velocidade. *Excalibur* não tinha mais o que dar de si. Tudo o que podia fazer era adaptar-se o melhor possível a cada mudança de vento. *Valiant* tinha uma vantagem de sete vezes o comprimento do barco e estava a cinquenta metros da linha de chegada, quando começou a cumprir a volta de penalidade. Os espectadores estavam nervosos em seus lugares. Todos a bordo do *Mucky Ducky* prendiam a respiração, embora na costa seus familiares gritassem até ficarem roucos.

Assim que *Valiant* terminou sua volta de penalidade, o proeiro de *Excalibur* — tão louro que poderia ter nascido ao sol — abriu um sorriso e acenou, ao atravessar a linha de chegada.

Uma festa generalizada tomou conta do *Mucky Ducky*. Sir Edward afundou na cadeira e apoiou a cabeça sobre as mãos.

— Isso vai acabar me matando — disse. — Acho que isso, literalmente, vai acabar me matando.

Todos em *Excalibur* pulavam e se abraçavam, animados com a adrenalina das últimas horas. Os fotógrafos foram à loucura diante da visão de Colin Montague, que, levantando-se de sua posição de décimo oitavo homem, ria de orelha a orelha e exibia uma camiseta em que se lia "Os navegadores britânicos fazem isso pela Inglaterra", ao mesmo tempo que gritava bem-humorado para os barcos da imprensa:

— Será que John MacGregor perdeu o bom-senso de vez?

CAPÍTULO 31

No meio da multidão e dos crescentes cumprimentos, com todos tentando ir embora juntos depois da coletiva dada à imprensa, a maior parte da equipe se separou. Levados pelo fluxo de pessoas, simplesmente deixaram-se ir. Custard foi agarrado pelas costas por uma inglesa muito emocionada e acabara de se desvencilhar dela quando ficou cara a cara com Saffron Luter, muito esperançosa. No amarelo-claro de seu vestido de verão, parecia pálida em contraste com o vigor da cena.

— Vocês venceram — disse apenas.

Custard sorriu.

— Vencemos.

Ela mordeu o lábio, ansiosa.

— Como está? — quis saber ele. — Andei pensando em você.

— Estou bem.

Um movimento brusco da multidão os aproximou.

— Encontre-se comigo. — Custard, assustado, se viu cochichando em seu ouvido.

— Não posso.
— Por favor.

Saffron hesitou.

— Onde?

— Na Casa da America's Cup, hoje à tardinha, às seis. — Então a multidão simplesmente os separou, deixando a imagem de Saffron, que o encarava, queimando-lhe os olhos.

Seu idiota, pensou, voltando à base, as pessoas sorrindo e lhe dando batidinhas nas costas enquanto se retirava. Idiota, idiota. Que diabo está fazendo se engraçando com uma mulher casada? Para piorar, com a mulher de Henry Luter? As competições da America's Cup estavam começando e ele não podia ter nada que o distraísse. Fora apenas uma reação por causa de tanta adrenalina. Mas como conseguiria fazer contato com ela e lhe dizer que não poderiam se encontrar? Não tinha meios de contatá-la nem ninguém em quem pudesse confiar para lhe deixar um recado. Por fim, decidiu ir vê-la pessoalmente, levá-la para tomar uma xícara de café e então mandá-la de volta para a marina dos superiates, que era o lugar dela.

O museu da America's Cup ou a Casa da America's Cup ficava perto da marina. Quando Custard saiu às cinco para as seis numa das bicicletas cor-de-rosa, a equipe de base lixava alegremente *Excalibur* para fazer seu casco cortar a água com mais rapidez. *Excalibur* estava plácido em seu suporte, aguentando todo o trabalho que lhe era administrado para que simplesmente pudesse, mais uma vez, partir para a briga no dia seguinte.

Chegando à Casa, Custard pegou um fone de ouvido e começou a andar pelo museu. Já havia assistido duas vezes ao vídeo da vitória de Sir Peter Blake em 1995, quando Saffron chegou.

— Desculpe — disse ofegante, quando finalmente passou pela porta. Mudara de roupa: usava agora um vestido branco, curto, sem mangas, e trazia uma bolsa de mão, com um lenço enrolado em torno da alça. Vestia um chapéu enorme de palha e grandes óculos escuros, o que apenas enfatizava seu desejo de permanecer anônima.

— Venha.

— Aonde vamos?

— A um bar. — O museu mantinha o ar-condicionado a todo vapor, mas, ainda assim, os mosquitos faziam do lugar um inferno.

Custard conduziu-a a um hotel de frente para o mar. O aroma de alho cozido perfumava o ambiente.

— Peço desculpas por ter me atrasado — disse Saffron quando eles se encontraram sentados na varanda do hotel com duas *horchatas*, um drinque leitoso feito de uma fruta semelhante à avelã.

— Por que se atrasou?

— Simplesmente não consegui sair — respondeu, fazendo uma dobra na toalha à sua frente. A verdade era que Henry recusara-se a deixá-la sair até que ela mentiu, dizendo que iria buscar um vestido novo, o que, obviamente, vinha sobre a legenda de compromissos oficiais. Não sabia o que lhe diria quando voltasse de mãos vazias: talvez dissesse que a loja havia fechado mais cedo ou que o vestido não estava pronto.

— Você assistiu à regata hoje? — perguntou Custard, procurando algo a dizer. Por que diabo a convidara para sair?

— É... sim. Assistimos a todas as corridas do iate. Henry gosta de saber que... — As palavras falharam quando ela se lembrou de com quem estava falando. Mordeu o lábio.

— Está com medo de passar adiante assuntos do sindicato? — perguntou Custard, com um sorriso.

Saffron sorriu, relaxou um pouco e concordou.

— Não poderíamos ser duas pessoas menos afins, não é? Como estou literalmente no lado Montague e você deve ser uma Capuleto.

— Só que não podemos nem pensar em nos comparar a Romeu e Julieta.

— Espero que não — bufou Custard. — Não estou fazendo planos de me envenenar nem de me matar com uma espada, ou seja lá o que foi que o idiota fez.

Saffron sorriu e Custard, surpreso, teve um vislumbre de seu antigo eu, como se uma luz houvesse cintilado brevemente dentro dela e lançado sombras por uma sala normalmente escura. De repente, lembrou por que a chamara para ir até lá.

— Você deve estar cansado depois da regata.

— Estava, mas não estou mais.

— Precisa acordar cedo amanhã de manhã?

— Lá pelas seis. Hora de sempre. E você?

— Henry gosta que eu acorde na mesma hora que ele, para ter com quem tomar café. Mesma hora que você.

— Sempre te imaginei dormindo no colo do luxo e só surgindo para tomar um chocolate quente com creme lá pelas onze.

— Sonho seu. E Henry também gosta de mim magra, portanto, o chocolate está fora de questão. Acho que faz parte da descrição de cargo. Tem pensado muito em mim? — perguntou, com certa timidez.

— Mais do que deveria. Acho que fiquei preocupado com você. — Pôs a mão sobre as dela, quando percebeu seu rosto se fechar. — Mas esta não foi a única razão — disse docemente.

Relutante, Saffron retirou a mão.

— Desculpe, muita gente por aqui.

— Rosto famoso.

— Não pelos motivos certos.

— Tudo isso faz parte da descrição de cargo?

— Acho que se poderia dizer que sim.

— E qual é a descrição?

— Não sei. Mulher troféu de Henry Luter? Acha que ficaria bem? Paga para parecer bem e desempenhar seu papel?

— Você é bem paga?

— Muito bem paga.

Seguiu-se uma pausa na conversa.

— Obrigada por ter cuidado de mim na última vez em que nos vimos. Eu estava acabada. Ninguém tem sido gentil comigo já há bastante tempo.

— De nada.

Saffron olhou para o relógio. Era incrustado de diamantes, percebeu ele. Em qualquer outra pessoa, ele diria que era uma falsificação.

— Preciso ir embora. Daqui a pouco ficarão pensando onde foi que eu me meti.

— Tudo bem. Preciso me encontrar com meus amigos também e depois jantar com a equipe.

Ela abriu um sorriso, encantada, de repente.

— Seus pais vieram te assistir na regata?

— Nunca perderam uma. Posso te ver de novo?

— Eu gostaria que sim. Mas tem certeza de que não quer se concentrar na regata?

— Sem querer soar convencido, as mulheres não são as únicas que podem fazer várias coisas ao mesmo tempo. Além do mais, estou com medo de que você entre naquele seu navio, desapareça no pôr do sol e eu não te veja nunca mais.

Custard ainda podia sentir a mão dela na sua, bem depois de ela ter desaparecido de vista.

CAPÍTULO 32

A tradição do jantar da equipe teve início logo depois do Natal. Ninguém sabia muito bem a razão, mas acontecia sempre numa quinta-feira à noite, no apartamento de Bee (talvez por ela ser uma anfitriã por vocação e claramente adorar receber as pessoas em casa). Com o tempo, todos passaram a esperar ansiosamente por essas noites. Apesar de os jantares acontecerem durante as longas semanas das *round robins*, todos decidiram continuar, uma vez que a rotina era algo importante e também porque, na última vez em que Custard estivera no apartamento dela, lavando a louça, deixara escapar que o aniversário de Mack estava se aproximando.

— Quando? — perguntara Bee.

— Acho que Hattie disse que era na próxima quinta. É claro que ela andou dando uma olhada nos arquivos pessoais e espero que tenha marcado a data do meu aniversário para servir um bolo imenso. — Distraído, Custard dera um pouco de seu sanduíche para Salty e Pigpin.

— Temos que fazer alguma coisa.

— Temos? — perguntara Custard, surpreso. — Não fizemos nada no ano passado.

— Que tal no dia do jantar da equipe? Podemos transformar o jantar numa festa de aniversário para ele.

— Tudo bem. Você tem café solúvel? Acho que não aguento outro café expresso daqueles de levantar defunto. Carla, lá na base, finge não entender quando pedimos que nos sirva cappuccino.

Então Mack foi informado de que haveria mais um jantar da equipe, como sempre acontecia. Ninguém tocou no assunto de que seria uma festa de aniversário, uma vez que tinham certeza de que ele não apareceria, caso soubesse. Colin Montague precisou voar para casa depois da regata (o que Bee agradeceu mentalmente aos deuses, pois tinha certeza de que o clima ficaria tenso entre ele e Rafe — eles ainda não haviam conversado direito), mas deu um jeito de mandar entregar uma caixa de champanhe.

— Feliz aniversário! — gritaram todos em uníssono, quando Mack apareceu um pouco atrasado, já sem o uniforme da equipe. Olhando ao redor, chocado e surpreso, abriu um sorriso.

— Seus cretinos — disse, brincando. Alguém lhe enfiou uma taça de champanhe na mão. A equipe lhe comprara uma camiseta que dizia "As batalhas irão continuar até que a confiança cresça" e um creme para rugas. Bee reunira rapidamente o máximo de informações possíveis de todos e, como presente, preparou para Mack todas as suas comidas prediletas. Prendendo o riso, serviu a todos pequenas porções de torradas com queijo.

— Torradas com queijo! — exclamou Mack, abrindo um sorriso. — Minhas favoritas! Como você...?

Bee sorriu e continuou a servir.

— Mack! — gritou Custard, aproximando-se com uma taça de Bollinger em uma mão e vários canapés em outra. — Um repórter me perguntou hoje como eu me sentia fazendo parte de uma das equipes mais jovens da America's Cup.

— Somos a equipe mais jovem da Copa? — perguntou Dougie, intrometendo-se.

— Parece que sim! Eu disse a ele que Mack ainda devia empurrar um pouco a média para cima por ser um ancião.

— Meu Deus, como a imprensa insiste no fato de a nossa equipe ser muito jovem!

— Por falar em jovem, cadê Inky?

— No telefone, conversando com Luca. — Custard levantou os olhos para o céu. — Amor de juventude — suspirou. — Acho que ele telefonou para lhe dar os parabéns.

Custard segurou Bee quando ela passou por ele, e insistiu para que soltasse os canapés.

— Tome um pouco de champanhe — disse-lhe. — Onde está sua taça?

— Não sei, deixei em algum lugar por aí.

— Você deve ter taças de champanhe espalhadas por todo o apartamento. Tem uma no banheiro, para que possa dar um gole rápido enquanto faz xixi? Vou pegar uma taça limpinha para você.

Mack trocou o pé de apoio, um pouco sem jeito. Estava com a língua presa agora que ele e Bee haviam ficado sozinhos. Imaginou brevemente por que razão isso estaria acontecendo, pois nunca se sentira assim antes. Raramente se preocupava com o que as pessoas pensavam dele, mas talvez estivesse sem palavras porque *passara* a se preocupar com o que *ela* pensava dele. Também ficara constrangido com todo o trabalho que ela tivera por ser seu aniversário.

— Obrigado por tudo. — Mack gesticulou à sua volta.

— A champanhe Bollinger foi um presente do nosso ilustre patrocinador pelo seu aniversário e também, muito apropriadamente, pela vitória de hoje. Talvez tivesse achado que serviria de consolo, caso não tivéssemos vencido.

— Muito gentil. Ligarei para ele. Teremos que voltar e beber Moët na semana que vem — suspirou, no estilo "a vida é dura".

— Eu estava conversando com uma pessoa da Louis Vuitton na semana passada — Louis Vuitton era dona da Moët & Chandon e por isso às vezes parecia que o champanhe estava disponível na torneira — e ela me disse que a gente deve pronunciar o "t" em Moët.

— Sério? Todos esses anos e...

— Eu sei! Mal posso esperar voltar à Inglaterra e soar terrivelmente pretensiosa com relação a isso. Irei à falência por ter de servir Moët todas as noites só para poder tirar onda. Saia daí, Salty! Desculpe, ele está muito excitado — desculpou-se Bee, ao espantar o impertinente Salty. — Ele está ficando enorme de gordo! A pequenina Rosie Beaufort vive lhe dando biscoitos, e ele é convidado para todas as festas de aniversário das crianças do sindicato, fazendo a maior bagunça com os sanduíches. Caso perdido!

— Sentirei falta dele quando formos embora — disse Mack. Tinha consciência de que estava rindo feito criança. Deus do céu, precisava se controlar. Talvez não devesse beber champanhe. Vê-la ali, rainha em seu próprio lar, fez com que a apreciasse mais ainda. Mais cedo, ela estivera andando pelo apartamento, certificando-se de que todos estivessem à vontade, tranquilizando-os, caso a bebida deles respingasse no tapete, o que não daria para perceber, implicando com a equipe, acolhendo todas as esposas e fazendo com que todos se sentissem ótimos. Ela devia estar disponível por receita médica.

— Você deve estar se sentindo nas nuvens — comentou Bee, interpretando mal o sorriso de Mack. — Depois de sua vitória de hoje. Eu não havia percebido como a America's Cup pode ser glamorosa. Todas essas mulheres lindas em roupas de grife. Fiquei me sentindo quase uma mendiga. Me esforçarei mais para a sua próxima regata. Fique sabendo que eu estava tão aflita por causa de vocês hoje de manhã que nem percebi como estava vestida. Nem posso imaginar como deve ter sido para todos vocês. Nem mesmo Sir Edward apareceu para tomar café, hoje de manhã. — Bee passara a lhe oferecer como entrada, no café, pequenos sanduíches de bacon, que ele comia mais para chatear Carla do que por qualquer outra razão. Mack sempre exaltara a superioridade da granola, mas, no íntimo, ficava aborrecido, porque também gostaria de receber um sanduíche de bacon.

— A propósito, tudo bem aqui no apartamento? Milly disse que havia um homem rondando a Casa Fortuna, e ela estava preocupada. Outras duas mulheres o viram também.

— Alguém rondando o prédio? — duvidou Bee.

— É. Ela disse que o viu algumas vezes. Portanto, acho que podíamos pensar em contratar um porteiro. Há sempre gente rondando a base, e temos que começar a cuidar da nossa segurança em casa também. Espionagem é coisa comum. — Todos pareciam mais atentos ultimamente a esse aspecto mais sombrio da America's Cup. Uma história comprida corria por aí sobre um projetista que fora recém-empregado por um sindicato e aparecera com alguns muitos segredos em seu laptop. O comitê da America's Cup estava pensando numa forma de puni-lo. — Fico tranquilo, sabendo que Rafe te faz companhia à noite, mas me fale se vir alguma coisa suspeita durante o dia. Ontem, Hattie me disse também que tem gente se aproveitando do fato de Henry Luter ter aberto contas por toda a cidade. Alguém andou fingido um sotaque americano na videolocadora, fingindo ser o mastman do desafio Phoenix, e não devolveu os filmes, fazendo Phoenix dever uma fortuna em vídeos.

— O quê? — perguntou Custard, voltando com uma taça cheia de champanhe para Bee.

— Alguém telefonou do desafio Phoenix dizendo que a conta deles na locadora de filmes estava sendo usada. Por mais engraçado que pareça, estão colocando a culpa em nós. Sabe alguma coisa sobre o assunto, Custard?

— Não, eu não. Eu não conseguiria imitar o sotaque americano.

Mack achava que Custard não havia entendido o que falara do sotaque americano.

— Se eu descobrir que é algum de nós, terei que tomar sérias providências — disse, sisudo.

— Claro. Coisa horrível. Quem quer que seja tem que ser punido severamente.

Mais tarde, todos fingiram não ouvir as impressões extremamente favoráveis de Custard sobre George Bush.

CAPÍTULO 33

Excalibur foi passando bravamente pelas *round robins*. Competiram com todos os sindicatos, um por vez, com exceção do de Henry Luter, que, como anfitrião da Copa, tinha o privilégio de não competir até a final (um privilégio duvidoso, na opinião de Mack, uma vez que não tinham como se preparar). *Excalibur* tivera vitórias fáceis contra a maioria dos sindicatos, mas perdera para os italianos e para os neozelandeses, ambos bem-cotados para vencer o campeonato. No final das séries, eles haviam determinado sua colocação no sorteio e a próxima regata seria uma série de sete contra os franceses. Mack era constantemente questionado se *Excalibur* era algum tipo de projeto revolucionário, mas permaneceu de boca fechada. A única aquisição que ele não precisava enfeitar e que parecia ter vida própria era Rafe.

Desde que as regatas haviam iniciado e as pessoas começaram a perceber por elas mesmas as habilidades de Rafe, passaram a correr boatos sobre o tímido estrategista, e, pouco a pouco, todos os outros desafiantes começaram a temê-lo. Não podiam entender a conexão que ele tinha com o mar. Rafe parecia sentir o cheiro do vento, cochichavam. Era assustador.

Rafe estava em pé no píer, terminando uma entrevista com um jornalista profundamente impressionado com ele e que planejava intitular seu artigo "O Mensageiro dos Ventos", nome às vezes atribuído à sua posição no barco. Ele olhava para o mar, enquanto a equipe de base preparava o barco para o treino daquele dia, levando e recolhendo as velas usadas por *Excalibur*.

— Que condições você está esperando para a série de regatas contra os franceses?

Rafe achou a pergunta peculiar. Franziu o cenho.

— Iremos navegar independentemente das condições do dia. Mas hoje teremos bons ventos.

— Como sabe? Pode sentir? — perguntou o jornalista, profundamente envolvido.

— Não, é que o vestido daquela menina acabou de levantar até a cabeça. — Apontou para uma moça que lutava com o vestido na marina dos megaiates.

Quanto mais Rafe evitava os excessos da mídia, mais a alimentava, e Hattie o defendia como um leão, protegendo-o da publicidade que ele tanto odiava.

Para escapar do rebuliço, na maioria das manhãs, ele saía logo cedo de Casa Fortuna e ia visitar os pescadores amigos que lhe haviam sido muito prestativos assim que chegou a Valência. Aquela curta meia hora servia-lhe como um tremendo alívio. Havia dias em que conversava com os pescadores, outros, em que os ajudava, calado, em sua pesca. O mundo deles, tão distante das loucuras da America's Cup, acalmava-o.

Uma manhã, quando voltava do porto onde ficavam os pescadores, virou uma esquina e esbarrou em Jason Bryant. Seus punhos se cerraram involuntariamente, mas, sem querer começar uma briga que poderia afetar sua equipe, ignorou-o.

— Ora, ora, não é o misterioso mensageiro dos ventos de quem todo mundo está falando?

Rafe fez menção de continuar a andar, mas Jason bloqueou seu caminho.

— Acha-se especial, não acha?

— Para falar a verdade, não.

— Não estou te devendo nada, Louvel? — Jason fingiu-se confuso. — Não há nenhum assunto pendente entre nós?

Rafe encolheu os ombros.

— Pode me bater, se quiser, mas duvido que isso irá ajudar.

— Ah, acho que irá.

— Ela está jogando, não está?

Jason Bryant pareceu chocado.

— Quem? — Rafe podia dizer, pela fraqueza da resposta do outro, que havia atingido seu ponto fraco. Fora um tiro no escuro, mas, obviamente, atingira o alvo.

— Ava. Ela gosta de briga. Você precisa saber lidar com ela. Talvez não saiba.

Bryant riu de forma irritante.

— E você soube?

Rafe encolheu os ombros.

— Talvez.

— Ela está comigo agora.

— Mas, por quanto tempo?

— Pelo tempo que eu quiser.

— Acho que você ainda irá descobrir que é Ava quem dita as próprias leis. — Rafe tentou retirar-se mais uma vez.

— Em todo caso, todos estão mesmo é trepando com Pencarrow — Bryant saiu-se com essa, de repente. — Se ela não for sapatão.

Rafe parou e franziu a testa.

— Inky? — Bryant observou-o com uma intensidade tão grande que foi incapaz de disfarçar seu interesse na resposta. Rafe não lhe daria essa satisfação. — Ela poderia escolher quem quiser, não só um de nós, como de qualquer outro sindicato. Mas acho que ela já escolheu. — Desta vez, Rafe deu um jeito de passar por Bryant e ir embora.

Saffron e Custard encontraram-se na semana seguinte, num hotel tão terrivelmente decadente que ele não acreditou que fosse possível encontrar alguém da America's Cup por ali. Era o tipo de lugar no qual não era preciso fazer *check in,* tampouco havia *concierges* para levar sua bagagem, o que acabou sendo apropriado, pois ele levava apenas uma garrafa de gim para Saffron e um suco de maçã para consumo próprio. Quase sentiu-se tentado a perguntar se poderia pagar por hora.

— Sinto muito — sussurrou ele, logo após brigar com a porta do quarto. — Eu não queria que ninguém nos reconhecesse.

Chegara a pensar em convidá-la para ir ao seu apartamento em Casa Fortuna, mas não sabia o que os integrantes do desafio Montague seriam capazes de fazer se vissem uma Capuleto no prédio. Decerto, desmaiariam de tão chocados.

— Tudo bem — sussurrou Saffron, os olhos cintilantes. — Você pagaria milhões em Manhattan para um decorador fazer isso aqui no seu apartamento. Pelo menos, parece que os lençóis estão limpos.

— Eu não te trouxe aqui para...

— Eu sei.

— É que parece que não há outro lugar onde a gente possa ter um pouco de privacidade.

— Eu sei.

Seguiu-se um silêncio quando ambos sentaram-se na cama, inseguros quanto ao que aconteceria a seguir.

— As coisas têm andado muito ruins? — perguntou Custard. — Quer dizer, desde que eu te vi na festa.

— Sim — respondeu Saffron. — As coisas têm andado muito ruins.

— Conte-me.

— É difícil saber por onde começar... — disse Saffron. — Não quero te aborrecer com os meus problemas.

— Quero saber de você.

— E, ao que parece, todo o resto também. Henry quer que eu dê entrevistas o tempo todo. Odeio entrevistas.

— Por quê? — perguntou Custard, surpreso, sem saber a razão de se sentir assim. Já havia percebido que Saffron Luter não se encaixava muito bem naquele perfil.

— Não sei. A forma como escrevem sobre mim: "Saffron Luter deita-se em seu sofá luxuoso e come uvas, admirando as unhas perfeitas." Um monte de besteiras. Acho que são resquícios de minhas raízes de classe média — brincou, ficando séria de repente. — Henry gosta que eu me exiba.

— Por que você, simplesmente, não diz não?

— Não se diz não para Henry.

— Sério? E por que não?

Ela pareceu cautelosa.

— Simplesmente não se diz. Ele nem sequer me deixa mexer nas plantas. Eu quis colocar alguns vasos no convés — respondeu rapidamente, decerto para evitar que Custard fizesse mais perguntas. — Acho que essas unhas perfeitas ficariam muito mais bonitas sujas de terra.

— Ele quer ganhar, não é?

— De todos. Esta Copa é uma obsessão para ele. Não sei onde irá parar. Acho que ninguém ganhará dele. Não porque ele seja melhor do que os outros, mas, simplesmente, porque ele não deixará.

— Mas a melhor equipe é que vencerá — protestou Custard.

— Não, você não faz ideia de como ele é de verdade. Uma vez, ele marcou um homem que o chamou de "baixinho com complexo de superioridade", em uma festa. Um ano depois, o mesmo homem procurou Henry para lhe implorar dinheiro emprestado. Ele simplesmente o havia levado à falência. Henry nunca esquece nem perdoa.

— Como você foi se casar com ele?

Saffron encolheu os ombros e aparentou tristeza.

— Achei que ele seria a resposta.

— A resposta para quê?

Saffron levantou-se e foi olhar pela janela. Mudou de assunto:

— Você vem de uma família grande?

— Um irmão e uma irmã. Inúmeros primos e algumas tias. E você?

— Filha única. Sem muitos parentes. Eu adoraria ter uma família grande. Conte-me sobre seus parentes. O Natal deve ser uma festa.

Custard sorriu. Gostava da ideia de sua garota maravilhosa pensar em família.

— Tem vontade de ter filhos? — perguntou. Podia imaginá-la com um bebê no colo. Parecia-lhe uma imagem mais genuína do que a da mulher maquiada e penteada à sua frente.

— Tenho. Mas não com Henry. Ele não quer filhos mesmo...

— Por que continua com ele?

— Porque não tenho coragem de ir embora.

— Acho que é preciso mais coragem para ficar do que para ir embora.

Saffron balançou a cabeça.

— Medo do desconhecido. Pelo menos, sei com quem estou lidando.

Custard ficou olhando para ela. Saffron o fascinava; era uma mistura tão curiosa! Era bela, mas, ainda assim, muito pé no chão. Extremamente glamorosa e, ainda assim, queria conversar sobre a família dele. Parecia ter uma péssima opinião sobre si mesma, mas se preocupava com os outros.

— No que está pensando? — perguntou ela.

— Estava pensando na história daquele belo passarinho que tinha muito medo de sair voando da gaiola que estava com a portinha aberta.

— Você acha que a porta da gaiola está aberta? — perguntou, achando graça. — Acho que Henry não seria tão negligente.

— Henry Luter não precisa, necessariamente, vê-la aberta.

Saffron não tinha mais certeza se sabia do que eles estavam falando.

— É complicado — disse por fim. — Henry tem coisas que eu preciso.

— Dinheiro? — perguntou Custard, confuso. Isso não combinava com a imagem que tinha dela.

— Não, não é dinheiro. — Fez uma pausa. — É proteção.

CAPÍTULO 34

Inky estava se aprontando em seu apartamento, em Casa Fortuna. Ao ouvir uma batida à porta e, achando que seria a mãe, vindo de um hotel (onde insistiu em ficar para preservar a intimidade da filha) e para lhe dar um olá, gritou:

— Pode entrar! Está aberta!

Terminou a maquiagem e passou à sala de visitas, onde viu Luca sentado, com as pernas apoiadas na mesinha de centro, um buquê de tulipas roxas jogadas casualmente num dos lados, cheio de insolência, abrindo uma garrafa de Moët. Estava terrivelmente empolgado. Inky logo sentiu o cansaço ir embora.

— Luca! Vocês ganharam? — perguntou, em resposta à alegria que ele irradiava.

— Sim! Ganhamos! Certamente iremos perder amanhã, mas ganhamos hoje! Mas vocês ganharam também, *cara*.

Ela abriu um sorriso:

— Sim, nós ganhamos também.

— Vi você. Com o mastro da vela balão. Muito corajosa. — Na regata anterior à última, Fabian ficara com alguma coisa enganchada no mastro da vela balão e Inky fora a única pessoa que percebera e correra para ajudá-lo. Não muito acostumada à proa, fora várias vezes jogada contra o mastro antes de conseguir equilibrar-se.

— Obrigada. Não é fácil ficar na proa. Não sei como você consegue.

— Obrigado *você*. E se vocês derrotarem os franceses e os alemães, aí irão competir ou conosco ou com os australianos. Qual você prefere?

Inky pegou duas taças da cozinha.

— Tanto faz. Teremos mesmo que competir com vocês dois para vencer a America's Cup.

— Ah, a confiança de uma campeã. Brava e bela. Seus pais estão vindo para a regata?

— Minha mãe já está aqui, meu pai chega amanhã. Os seus vêm?

— Vêm. Mas só depois da próxima série. Nenhuma família de nenhum membro de nossa equipe virá até então. — Falara isso com certo orgulho. Era uma demonstração de confiança saber que o desafio italiano seguiria em frente. Infelizmente, as famílias da equipe *Excalibur* não tinham tanta convicção.

— Seu pai não ficará muito feliz de me conhecer. — Luca entregou a ela uma taça de champanhe.

Inky riu.

— Sua mama também não ficará muito feliz em me ver.

— Ficaria se você lhe dissesse que desistiria de velejar e que me daria filhos na costa amalfitana.

Inky sorriu.

— E o que eu faria em vez de velejar?

— Cuidaria de criança. Cozinharia para mim. Ajudaria mama na loja.

Aquilo lhe pareceu bastante atraente no momento, mas Inky sabia que, tão logo o tiro de largada fosse lançado e o primeiro jorro de adrenalina corresse por suas veias, ela não seria capaz de pensar em fazer outra coisa. Ela não respondeu.

— Não temos nos visto muito nas últimas semanas. Me desculpe.

— Tudo bem, temos andado ocupados.

— Espero que quando tudo isso acabar a gente possa se ver mais.

— Eu também.

— Espero que tudo possa voltar ao normal.

— Seja lá o que for o normal.

— Já pensou no que vai fazer depois da Copa?

— Não consigo — disse Inky, sendo sincera. Era verdade. O evento era de tamanha magnitude, e eles estavam se preparando há tanto tempo que todo o resto parecia imaterial. — E quanto a você?

Luca encolheu os ombros.

— Não sei. Acho que irei me preparar para a próxima.

Eles ficaram em silêncio por alguns segundos.

— Luca, o que irá acontecer se nós competirmos um contra o outro? — perguntou Inky. Do jeito que as regatas estavam no momento, qualquer um poderia perder e sair da competição antes que isso acontecesse.

— Um de nós irá ganhar e o outro irá perder — disse ele, calmamente. Na verdade, aquela não era a pergunta que Inky gostaria de fazer. Queria saber, o que acontecerá se *você* perder? Mas era óbvio que Luca não pensava nisso. Inky sabia que ele achava que iria ganhar. Sentia isso. Seguiu-se um silêncio.

— Como estão os preparativos de *Excalibur*? — acabou perguntando.

— Está tudo bem — respondeu ela, cautelosa. Isso era horrível, eles pareciam dois tigres circundando um ao outro numa jaula atentos à competição e ao que estava em risco. Ambos sentiam que estavam sendo esperados para o jantar. — E quanto ao *Baci*?

— Estamos bem. Mas nenhum de nós tem coragem de tirar a jaqueta. As pessoas continuam a roubá-las. — O uniforme da equipe italiana estava rapidamente se tornando o item mais cobiçado em Valência. Inky riu, mas, como sempre, sentiu uma pontada misturada tanto com orgulho quanto com inveja ao ouvir sobre a extensão da popularidade de seu sindicato. As tietes estavam promovendo um baile, andando orgulhosamente para um lado e outro com as jaquetas e camisetas do *Baci*, como prova de que haviam dormido com um dos membros da equipe.

— Ouviu alguma notícia sobre como as coisas estão indo com o desafio Phoenix?

— Ouvi a história de Jason Bryant perdendo as estribeiras.

— O que aconteceu?

— Estava tão furioso que chutou um dos grinders e, quando o cara perguntou por que o havia chutado, ele disse: "Por nada. Estava de passagem e chutei."

— Jason Bryant não é nada agradável.

— Acho que ele gosta de você. Vejo como olha para você.

— Sem dúvida, pensando no quanto gostaria de me afogar. Não confio nele, nem em Luter.

— *Cara*, o que Luter pode fazer contra você?

— Você não o conhece.

Luca a puxou para o sofá. Inky podia sentir o cheiro de regata nele. Não fosse aquele odor tão peculiar e, ainda assim, tão inconfundível de adrenalina, óleo, água salgada e de um animal excitadíssimo após a caça, Inky poderia jurar que ele estava indo a algum lugar para jantar, porque, como todos os italianos, estava impecavelmente vestido. Suas roupas de velejador claramente haviam sido desenhadas por algum estilista e estavam muito bem passadas. Luca tinha o rosto bem barbeado, os cabelos ligeiramente desalinhados e as unhas limpas e curtas. Sentiu-se tentada a perguntar se todos eles tinham empregados para cuidar da própria aparência.

— Dormirá comigo para comemorar nossa vitória?

— Acho que não vou querer comemorar uma vitória italiana, mas dormirei com você de qualquer maneira. Vai velejar amanhã ou tem o dia livre?

— Poderíamos passar o dia juntos. — Luca suspirou. — Não, competiremos amanhã.

— E sexo irá ajudar ou prejudicar? — perguntou ela, maliciosa.

— Faz diferença para você?

— Acho que preciso saber se estarei contribuindo para uma vitória italiana ou neozelandesa.

— Contribuindo?

— Faço muitas coisas por caridade.

Ele riu e a puxou para si. Inky fez uma careta.

— O que foi?

— Hematomas. Por causa do mastro do balão.

— Deixa eu ver — pediu ele.

Inky levantou a camiseta para lhe mostrar algumas costelas roxas.

— Combinam com as flores que você trouxe — disse ela, meio sem graça, ciente de que as manchas não eram nada atraentes.

Não precisava ter se preocupado.

— Não tem problema — disse Luca, animado. — Vou beijar em volta delas. — Pegou as taças dele e dela, colocou-as sobre a mesa e começou a lhe beijar delicadamente a mão, começando pela palma, passando para o punho, chegando ao braço. Tinha os lábios macios e secos, e Inky sentiu-se derreter. No entanto, incapaz de parar de pensar na Copa nem por um segundo sequer, Inky pesou os prós e os contras de fazer amor antes de uma regata de maior importância. Estariam competindo contra os franceses no dia seguinte, na primeira do que seria uma série de sete. Isso iria exaurir Luca, mas a deixaria relaxada e com todas as possibilidades de ter uma boa noite de sono. Inky sorriu e inclinou-se para beijá-lo. Precisava admitir que esta era uma das vantagens de ser mulher.

CAPÍTULO 35

Pelo menos, refletiu Hattie, as manchetes estavam melhorando. Naquele dia, apenas um dos artigos fora ligeiramente indelicado. A notícia estava em um dos jornais mais fofoqueiros e dera um jeito de veicular a informação que toda a retaguarda, que literalmente timoneava o barco, era um pouco menos ativa em terra firme. Rafe não sabia dirigir, Mack dirigia descalço e Inky apenas passara no teste da autoescola em sua quinta tentativa. A Mercedes (a banheira de Mack) estava repleta de arranhões por terem-na dirigido no lado trocado da estrada e, juntos, esse mesmo grupo timoneava um barco no valor de três milhões de libras. O outro artigo apresentava uma cobertura maciça de Fabian. Parecia que o mundo o havia perdoado (e quase esquecido da morte de Rob) e ele agora era o queridinho da imprensa. Havia certo tom de "do lixo ao luxo", exceto que, no caso de Fabian, a história falava da passagem de um playboy para um homem de sucesso. Chegaram até mesmo a arrumar um jeito de dar glamour ao desaparecimento de seu pai. Hattie franziu a testa, quando o artigo começou a falar de grupos de tietes que, aparentemente, ficavam no portão da base para terem um mero vislumbre de Fabian. Esperava que ele não estivesse deixando o sucesso lhe subir à cabeça e começando a se meter com aquelas garotas. Hattie adorava Milly.

Olhava distraída agora para Colin Montague, que estava sentado perto de Mack, à frente da costumeira reunião matinal, e imaginou o que mais poderia fazer para persuadi-los a atrair as manchetes. Seria simplesmente maravilhoso se Mack perdesse a paciência em uma das conferências à imprensa e desse um soco no estômago de alguém.

Seus olhos voltaram a se fixar em Rafe, que estava sentado na primeira fila, com as pernas esticadas na frente do corpo e as mãos cruzadas atrás da cabeça. Esperava que ele gostasse da surpresa que ela havia lhe preparado. Ficou olhando desejosa para as mãos dele. Meu Deus, elas eram lindas! Ela seria a mulher mais sortuda do mundo se pudesse caminhar de mãos dadas com ele. Espantou os pensamentos. Não *devia* pensar em Rafe dessa forma. Eram apenas amigos. Sem querer, sua mente começou a mostrar imagens dele passando as mãos pelo corpo de Ava. Tentou fechar os olhos para evitá-las.

A voz de Mack interrompeu seus pensamentos.

— Hattie? — chamou-a de novo.

Ela abriu os olhos e viu que todos na sala a olhavam. Rafe havia soltado as mãos e a olhava por cima do ombro.

— Desculpe. Sim?

— Hora de você dar as notícias.

— Claro! — Levantou-se apressadamente, vermelha de tão constrangida, e foi para a frente da sala: — Bem, vários jornais pediram entrevistas sobre a regata da próxima semana, e a BBC gostaria de uma entrevista ao vivo. Sugeri que Fabian, como proeiro...

— Por quê, Hattie? — gritou Jonny. — Só porque ele é muuuito bo-niii-to?

— Não, é porque você é feio demais — respondeu ela. Rafe abriu um sorriso.

— Fabian, você será o tesão das mulheres em qualquer lugar — disse Flipper, piscando os olhos para ele.

— E acho que de alguns hooomens também. — disse Custard, prolongando a vogal.

— Ha-ha. Muito engraçadinho — retrucou Fabian.

— Será que vocês poderiam fazer a *gentileza* de se prender ao assunto? — pediu Sir Edward.

— Feliz aniversário! — gritaram em coro quando Rafe entrou na sala de estar, naquela noite, depois que todos haviam tomado banho.

Ele abriu um sorriso.

— O que é tudo isso? — perguntou, quando colocaram um drinque em sua mão.

Custard tinha a boca cheia de canapés de presunto e figo.

— Sua festa de aniversário. Você disfarçou muito bem a data de nós.

— Nós quase nunca comemoramos aniversários aqui — disse ele, embora Custard pudesse ver que estava satisfeito.

Carla enfiou uma bandeja bem debaixo do nariz deles.

— Foi Hattie, ela ficou sabendo com Bee que era seu aniversário e organizou tudo — comentou a cozinheira.

Rafe relanceou para Hattie, que conversava com Pond no outro lado da sala.

— Agradecerei a ela.

— O que é isso, nenhum pãozinho, Carla? — perguntou Fabian.

— Qual o problema com os meus pãezinhos?

— Nenhum, nenhum — Fabian foi rápido em responder. — Eu só estava com vontade de comer unzinho.

— Então farei um especialmente para você — sorriu ela.

— Que gentil. Seria mesmo muita gentileza sua.

— Carla, este presunto está bom demais — disse Custard, pegando mais três canapés. — Você matou o porco com as próprias mãos ou bastou dar um de seus olhares?

Mais tarde, Rafe pediu licença a Sir Edward, que começava uma longa narrativa cujo protagonista era o seu intestino, e foi falar com Hattie.

— Obrigado — disse.

— De nada. A propósito, temos a reserva de uma mesa, às nove horas, no Albacar.

— Maravilha. Eu não fazia ideia. Não estava esperando...

— Todo mundo precisa de diversão no dia do aniversário — disse ela, parecendo surpresa.

— Não consigo me lembrar quanto tempo faz desde a última vez que pudemos beber.

— No aniversário de Mack, não foi?

— Ah, é. Tem razão. Parece uma vida inteira agora.

— Além disso, Mack achou que seria bom para todos nós dar uma relaxada por uma noite. Ganhamos hoje e não iremos competir de novo com os franceses antes de dois dias.

Quando eles chegaram ao restaurante, havia presentes empilhados em frente à cadeira de Rafe. Mack lhe dera um livrinho com histórias de humor náutico. Bee reproduzira uma das caixas de sua infância, cheia de chocolates que davam sorte, balas de gelatina e outros doces. Sir Edward lhe dera um kit de arnica ("para todos esses hematomas e arranhões, caro rapaz") e o resto da equipe se juntara para comprar óculos novos Oakley, pois os óculos antigos de Rafe estavam pela hora da morte ("Estão assim porque esses óculos são de alguém que os esqueceu na escola de iatismo", explicou Rafe), e uma boneca inflável. Na base da pilha, havia um pequeno presente retangular, caprichosamente embrulhado num papel preto de bolinhas, amarrado com ráfia e uma única e bela pena de galinha de angola com nuanças pretas.

— É meu — disse Hattie, tímida.

Era um livro muito antigo, de capa de couro, sobre os ventos do mediterrâneo. Rafe o olhou com encantamento e o folheou.

— Obrigado, Hattie. Vou adorar.

Hattie ficou ruborizada.

— Por causa daquela nossa conversa no barco... — disse, hesitante.

— Eu me lembro. Me lembro perfeitamente.

— Li um pouquinho antes de embrulhar. Fala sobre Éolos, o deus do vento.

— Dizem que ele vive numa caverna nas ilhas Eólias.

Sorriram um para o outro.

— Seus pais estão vindo para uma das regatas, Hattie?

— Vão tentar vir. Os dois estão ocupados, trabalhando.

— Eu gostaria de conhecê-los.

— Gostaria? — Hattie tomou um gole de vinho para disfarçar seu constrangimento. Rafe olhou-a com atenção. Ela era bem bonita daquele jeito, com seus cabelos brilhantes e ondulados caindo pelo rosto e mancha de batom vermelho na borda da taça. — Eles com certeza virão com os pais do Dougie. Eles se conhecem.

— Por falar nisso, o que o pai do Dougie faz? Toda vez que alguém da equipe pergunta o que o pai dele faz, ou ele muda de assunto ou resmunga qualquer coisa sobre os compromissos do pai.

Todo mundo está começando a pensar que ele é algum tipo de mafioso.

— Não sabe mesmo quem é ele?

— Não.

— É bispo de Southampton! Ele e meu pai tomam chá juntos.

— Caramba! O pai de Dougie é bispo!

— E quanto ao seu pai?

— Ele ainda não apareceu. Não sei muito bem de onde está vindo, mas com certeza o vento o está fazendo demorar. A última vez em que falei com ele, há três semanas, ele estava no Egito.

— Acho o seu estilo de vida fascinante — suspirou Hattie. — Acha que voltará a fazer o que fazia, depois da Copa?

Rafe franziu a testa.

— Para falar a verdade, não sei. Não fiz nenhum plano. Acho que vou esperar para ver o que acontece. Enfim, acho o *seu* estilo de vida fascinante. Conte-me tudo sobre a escola. Não consigo me imaginar com vinte crianças dentro de uma sala de aula.

Todos estavam muito bêbados quando foram embora no final da noite. Tudo ficara muito barulhento. Após carregarem Rafe nos ombros pelo restaurante, Custard quase morreu tentando encher a boneca inflável de Rafe, e teve que ser reanimado com uma jarra de água e um pouco de conhaque derramado garganta abaixo. A maioria da equipe chorou de rir quando Sir Edward deu início ao procedimento de emergência. Jonny requisitara uma gaita da caixa que Rafe ganhara de presente de Bee, e passara a anunciar com ela tudo o que os outros falavam. Inky estava desesperada, tentando explicar como conseguira repetir quatro vezes o teste de direção, incluindo uma vez em que não vira um anel viário e passara direto por cima dele, fazendo o instrutor bater com a cabeça no teto do carro. Por fim, todos saíram cambaleantes, Rafe carregando o que sobrara dos presentes, caminhando entre Fabian e Inky.

Hattie saiu correndo atrás deles, rindo e carregando a boneca debaixo do braço.

— Rafe! É melhor você levar isso, não acho que o restaurante vai querer ficar com ela...

Ela reduziu o ritmo de repente, o sorriso morrendo em seu rosto. Rafe virou-se para ver para quem ela olhava.

Ava. Em pé do outro lado da estrada. Ela atravessou as pistas e parou, de frente para Rafe. Ficaram se olhando.

Fabian puxou Inky pela manga.

— Venha — cochichou ele. Inky não queria ir de jeito nenhum. Sentia-se muito protetora com relação a Rafe e, se aquela filha da puta fosse ofendê-lo de novo e, por conseguinte, à equipe inteira, então ela ia querer ficar bem perto e lhe dizer exatamente o que pensava dela. Mas Fabian puxou sua camiseta num gesto insistente, e ela de repente se viu distraída pela visão da pobre Hattie, totalmente chocada. Aproximou-se e a puxou pelo braço.

Hattie tropeçou ao passar, percebendo o olhar de Ava, que lhe dirigiu total desprezo. Por que tinha sempre de parecer tão estúpida na frente dela? O que Ava pensaria ao vê-la carregar uma boneca inflável debaixo do braço?

Ava e Rafe ficaram sozinhos sob a luz de uma luminária de rua.

— Aniversário de alguém? — perguntou, observando os presentes nas mãos de Rafe.

— Na verdade, o meu.

— Eu tinha me esquecido. Tem razão, Você nasceu em maio. Feliz aniversário.

— Obrigado.

Fez-se uma pausa.

— Tenho pensado em você — disse ela. — Tenho te observado também. Você ainda ficará um tempinho em Valência.

— Talvez tempo suficiente para competir com Phoenix. A propósito, parabéns pela sua exposição.

— Leu alguma coisa sobre ela? — Por um momento, ficou constrangida. — Na maior parte, foram trabalhos que fiz quando ainda estávamos juntos.

— Sério? Sua nova fonte inspiradora não está funcionando? Como está Jason, a propósito?

— Se não considerarmos o nervosismo, está muito bem. Imagino que tudo seria muito diferente com você.

Rafe não respondeu.

— Quem é a garota?

— Qual delas?

— Ela estava com você na festa na embaixada.

— Hattie. É a responsável pelo nosso marketing.

— Relações-Públicas. Que coisa mais provinciana. De onde você vem, em que escola estudou, mamãe faz trabalhos de caridade? Claro, esqueci que essas coisas não representam nada para você.

— Ela é uma pessoa doce — disse Rafe, com firmeza na voz.

— Doce com você. Vi como ela ficou te olhando. Ela vai escrever um *release* para a imprensa, dizendo como você é maravilhoso na cama? — Ava não conseguiu se conter. Sabia que estava sendo indelicada, mas ver Rafe com outra mulher, embora de forma inocente, a fizera sentir uma onda de ciúmes. A força de tal sentimento a pegara de surpresa.

— Não seja tão cruel. — Rafe sentiu um aperto no estômago. Ela estava linda, muito linda. Um vestido justo de renda preta, saltos altos e olhos maquiados de azul e cinza. Parecia fora de controle, excitada com o próprio charme. A luz artificial da luminária deu-lhe uma impressão fantasmagórica. Ele nunca a desejara tanto. — Estava me esperando?

— Estava.

— Como ficou sabendo onde nós estávamos?

— Fui à base e dei um belo sorriso para o segurança. Mack deixou todos os detalhes, caso precisasse ser contatado.

— Bryant te deu bolo?

— Não, *você* deu.

— Eu?

— Sonhei com você.

— Só ganhamos uma série, Ava. Quase nada para ficar empolgada — respondeu Rafe, com ironia, pensando em sua obsessão com a imprensa e o sucesso.

— Sonhei com você antes de a regata começar. Alguma vez pensa em nós?

Rafe hesitou. Manteve o rosto impassível, mas seus olhos escuros tremeram.

Pressentindo a fraqueza, Ava aproximou-se dele, o rosto perto de seu pescoço. Rafe respirou seu perfume: Shalimar, lhe contara uma vez. Seus sentidos começaram a se confundir.

Ava correu levemente a mão pelo corpo de Rafe.

— Você ganhou músculos. Ficam bem em você. Na verdade, todo esse estilo de vida mediterrânea fica bem em você. — Era verdade. Rafe estava magro e musculoso; sua pele escura estava da cor de café; cheirava a um animal sadio e voraz. Os transeuntes, atraídos pela intensidade do casal, olhavam-nos com certa estranheza. — Está dormindo com ela?

— Não.

— Mas gostaria?

— Acho que você não está na posição de me fazer essas perguntas. — Fez uma pausa. — Hattie tem sido muito boa para mim, assim como o resto da equipe também. Não farei nada que possa perturbar as pessoas do desafio, enquanto estivermos competindo.

— Quer dizer que não tomará nenhuma atitude? — perguntou Ava, com tom de deboche. — E quanto a depois?

— Não sei. Está tendo problemas no trabalho por causa de Bryant? — perguntou. — É sobre isso que está falando?

Mexera no ponto fraco.

— Não — disse ela, balançando lentamente a cabeça. — Quer dizer, meu trabalho não está tão bom quanto costumava ser, mas não acho que seja porque estou com Bryant. Acho que é porque não estou com você. E não é esta a razão de eu querer voltar a me relacionar com você. Acho que podíamos ter sido felizes juntos. Só espero que eu não tenha arruinado essa possibilidade.

Ava beijou-o levemente no queixo e, sem conseguir se controlar, Rafe apertou-a em seus braços, beijando-a também. Os presentes que carregava caíram no chão. *O livro dos ventos*, que Hattie lhe dera de presente, foi o primeiro a cair.

Fabian e Inky foram discutindo durante todo o trajeto do restaurante para casa, com Hattie ao lado deles, num silêncio entorpecido.

— Acha que ela quer voltar? — perguntou Inky.

— Foi o que pareceu.

— Nós não devíamos tê-los deixado sozinhos — disse Inky, enraivecida. — Ela só voltou porque estamos ganhando. Conversei sobre ela com Bee, e ela disse que Ava sempre foi obsessiva pelo sucesso.

— Isso não está fazendo sentido. Nós nem ganhamos a America's Cup.

— Ela o influencia. Ele demorou um tempão para se recompor depois que foi trocado por Jason Bryant.

— Mas ele ficou bem, depois da festa do embaixador — frisou Fabian, olhando para Hattie. — Vai ver ele não a quer mais — acrescentou gentilmente, pensando na amiga.

— Vamos torcer para você ter razão. Ainda insisto que nós devíamos tê-lo arrastado para casa conosco. Precisamos muito dele.

— Você não pode interferir na vida amorosa das pessoas, Inky.

— A America's Cup interfere em tudo e todos — respondeu, lamentando-se por Luca. — Desde quando você é campeão do amor? E onde está Milly, a propósito?

— Não conseguimos arrumar uma babá. Então ela insistiu para que eu viesse.

— Ela é boa demais para você — afirmou Inky.

Chegaram à Casa Fortuna e Inky pegou as chaves para todos entrarem.

— Está tudo bem, Hattie? Quer vir comigo para tomar um chá ou qualquer outra coisa?

— Não, obrigada. Prefiro ficar sozinha.

— Tem algum lugar aonde a gente possa ir? — sussurrou Ava.

— Não — respondeu Rafe, categórico. — Não vamos dormir juntos.

— Por que não? Sei que você quer. Posso *sentir* que quer. — Esfregou o corpo desejoso no dele. Rafe fechou os olhos diante da investida.

— Não podemos.

— Está pensando na mocinha RP?

— Está pensando em Jason Bryant?

— Deveria? — perguntou ela, inocentemente.
— Vocês ainda estão juntos, não estão? Não pode ter nós dois, Ava.
— Eu quero você.
— Então terá que terminar com Bryant.

Hattie não foi direto para a cama. Desceu aos jardins atrás de Casa Fortuna e caminhou descalça por entre os limoeiros e as laranjeiras, olhando ocasionalmente para a janela de Rafe, que ainda estava apagada. Mesmo tarde da noite, o perfume das flores dominava o ar e agora sempre se lembraria de Rafe quando sentisse aquele cheiro. Não havia percebido, apesar de tudo o que pensara e todas as reprimendas que se autodirigira, o quanto nada daquilo adiantava. Não havia percebido como depositara esperanças em suas conversas e encontros casuais.

Simplesmente não tinha o direito de se sentir tão infeliz, disse a si mesma. Rafe jamais sugerira que a amizade deles fosse algo mais. Estava claro para ela que jamais estaria no mesmo nível de Ava. Ela era bonita demais, sofisticada demais, talentosa demais e claramente exalava uma sexualidade lasciva, que ela mesma jamais poderia sonhar ter. Seus sentimentos com relação a Rafe eram apenas uma atração infeliz, do tipo que se sente quando se é adolescente. Tão logo a America's Cup chegasse ao fim, Rafe sairia de sua vida, ela jamais o veria de novo e logo se recuperaria. Tal pensamento deveria ter sido reconfortante, mas teve o efeito contrário. Achou que nunca se sentira tão infeliz na vida e, caindo de joelhos, começou a chorar como se seu coração fosse se partir.

Não tinha ideia de quanto tempo ficara ali, mas por fim, secando os olhos, ergueu-os até a janela de Rafe. Ainda permanecia escura.

CAPÍTULO 36

Com a confiança em alta, *Excalibur* continuou a conquistar vitórias fáceis contra os franceses e, depois, contra os alemães. Após dois anos de preparação para a Copa, esses times simplesmente tiveram de fazer as malas e voltar para casa. *Excalibur* iria competir contra o barco italiano, o *Baci*, na rodada seguinte.

— Nossos velejadores têm treinado intensamente — disse Sir Edward, enquanto discutia com Mack se dava ou não descanso para a equipe. — A espada está muito bem-afiada. Acho que eles precisam de um tempo para descansar. Ir aos lugares turísticos com a família, esse tipo de coisas.

— As famílias deles estão mais nervosas do que eles — resmungou Mack.

— A família de Inky já foi embora?

— Estão voltando para casa amanhã. A confiança em nós é tão grande que os familiares continuam reservando voos de volta, achando que vamos perder. Chego a dizer que todos já terão voltado para casa quando começarem as séries contra os italianos. Por quê?

— Só estava pensando nela e no seu velejador italiano. Luca, não é? O proeiro? Poderá ser uma situação embaraçosa. Como se sentirá ao competir contra ele? Precisa se afastar. Se a família estivesse com ela durante esta semana, poderia mantê-la ocupada nos dias de folga.

— Vou conversar com a mãe dela — murmurou Mack.

— Mulher bonita ela — disse Sir Edward, em tom elogioso. — Dá para imaginar que é paga para ficar ao lado do marido, pela forma que ele às vezes a trata.

— Nem sequer é paga. A família acha que ela está sempre à disposição. Vou cuidar disso. Agora dê o fora daqui. Tenho um monte de coisas para fazer.

Sir Edward levantou-se na mesma hora e encolheu os ombros.

— Nem me fale em montes de coisas para fazer, meu caro, isso lembra o tempo que fiquei sentado trabalhando e o quanto minhas hemorroidas começaram a doer.

Mack ficou surpreso ao perceber que Mary Pencarrow não precisou de muita persuasão para ficar. Ela já havia tomado sua decisão, apesar dos protestos assustados de James, que dizia ainda não saber onde ficava a ração do cachorro, nem como faria para conseguir dar conta de tudo a tempo de ainda voltar para Valência, para a próxima regata contra a Itália.

— Você dará um jeito — disse Mary com firmeza, num tom de voz que normalmente reservava para o cachorro. — Inky precisa de mim aqui e no momento ela é muito mais importante do que você ou Nelson. Você viu o estresse que todos estão passando, e eu vou ficar.

— Mas nós temos uma visita marcada com David na próxima semana, Mary.

— Bem, David terá que vir nos visitar em Valência então — respondeu, convicta. — Inky é muito mais importante.

James franziu a testa. Nunca ouvira um tom tão desafiador na esposa e não sabia muito bem lidar com isso. A pequena discussão foi interrompida por Mack, que bateu à porta do quarto do hotel. James ficou ainda mais surpreso quando Mack pareceu ficar do lado de Mary.

— Ela está coberta de razão — comentou, após Mary lhe contar seus planos. — Estou preocupado com Inky. Não sei como reagirá quando vir Luca alinhado contra ela na linha de largada. Estão todos à beira de um ataque de nervos, e isso seria o suficiente para descontrolá-la. E a equipe não pode ficar sem ela.

— Está vendo? Vamos lá. Faço as suas malas — disse Mary. — Mack, meu querido, acho que você deveria ir para casa descansar um pouco. Parece cansado. Está se alimentando bem?

— Hoje à noite irão preparar para mim algo pelo que estou extremamente ansioso. — Sorriu e foi embora.

Seguiram-se tempestades terríveis durante todo o dia. A chuva caíra com força, mas ainda estava muito abafado. Inky voltou ao apartamento, que estava todo limpo, sem nenhuma mancha, pois a mãe passara os últimos dias, nos intervalos das regatas, esfregando as paredes de cima a baixo e enchendo a geladeira com coisas deliciosas para comer. Achava que a filha estava magra demais.

Estava deitada no sofá, pensando se deveria mesmo se dar ao trabalho de comer algumas das coisas que estavam na geladeira. Era quinta-feira, o que queria dizer que Bee ofereceria o jantar para a equipe em seu apartamento, mas ela estava cansada demais para ir. A adrenalina estava baixa por causa da regata do dia anterior, e tudo o que sentia eram os inúmeros hematomas nos lugares em que havia batido no mastro e em outros lugares dos quais nem conseguia se lembrar. Se ao menos tivesse forças para levantar do sofá e buscar um pouco de arnica. Ouviu uma batida à porta, seguida por outra mais forte, segundos depois.

— Está aberta! — gritou, irritada.

Para sua surpresa, Luca entrou tranquilamente com uma garrafa de champanhe e sentou-se de frente para ela.

— Vim comemorar. — Os olhos dele cintilavam, ameaçadores. Claramente aquele não era o seu primeiro drinque da noite. — Nós dois ganhamos, *cara*.

— Achei que havíamos concordado em não nos vermos até o final da regata. — Eles haviam conversado por telefone no dia anterior, com toda a euforia de seus sindicatos ao fundo. Isso fora antes de Mack e ela conversarem sobre o assunto e concordarem que seria melhor se ela e Luca permanecessem longe um do outro.

— Achei que era bobagem. Basta nos ignorarmos na linha de largada.

— Não, Luca. Não é bobagem. Preciso me distanciar de você. Preciso me concentrar.

— Por quê? Iremos competir e iremos vencer, então eu e você voltaremos ao normal.

— Quem irá vencer? — perguntou Inky, a voz irritada, percebendo com pesar que estava sendo infantil.

— Nós venceremos, é claro. Vamos lá, *cara*! Vocês não estão mesmo achando que irão nos derrotar! Perderam de nós nas *round robins*!

— Mas vamos competir de novo.

— Eu não quero, como vocês dizem? Criar discórdia. Vamos beber um pouco.

— Você veio aqui com o propósito de me irritar?

Luca encolheu os ombros. Um gesto típico napolitano.

— Não preciso fazer isso. Apenas somos a melhor equipe. Lembre-se de que também vencemos vocês na regata amistosa, daquela vez, e nas *round robins*. Vocês já chegaram o mais longe que podiam. Agora, não seja uma má esportista.

— Não estou sendo má esportista. Só estou dizendo que preciso de espaço e, com certeza, minhas necessidades são tão importantes quanto as suas. Embora eu possa dizer claramente que você não pensa assim.

Só Deus sabe o que Luca diria em seguida, porque, naquele exato momento, após uma batida fraca à porta, Mary Pencarrow entrou.

— Este é o Luca, mãe — apresentou-o agressivamente à mãe. — E ele está de saída. — Com essa, Inky saiu irritada para o quarto e bateu a porta.

— Muito prazer em te conhecer... — disse Mary, hesitante.

Inky tinha mais motivos para estar tão cansada: aquele dia de treino havia provado ser de suma importância. O mastro quebrado de uma vela balão junto com o tempo atroz havia estressado todo mundo. Os barcos da America's Cup eram construídos para serem o mais leves possível; são fortes o bastante para suportar certo número de cambadas e depois se acabam. Isso fazia os treinos em tempo ruim muito assustadores. A equipe não se sentia assustada como equipe, pois todos estavam cientes dos riscos que corriam, mas temia que algo acontecesse com o barco e os fizesse ficar fora da competição. No reboque de volta ao porto, estavam todos tão cansados que começaram a surgir recriminações.

— É tudo culpa sua, Rafe — resmungou Fabian, que ultimamente parecia estar sempre de mau humor. Estava particularmente aborrecido por causa do mastro da vela balão, por ficar na sua parte no barco. — Comeu maçã verde mais cedo.

— Maçã?

— Verde dá azar.

— Com certeza comida não conta. Mas comi mesmo.

— Teremos que lembrar Carla de tirar todos os pepinos dos sanduíches — comentou Inky, tentando melhorar o clima entre eles. Rafe e Fabian ainda olhavam atravessado um para o outro.

— Talvez você devesse me jogar na água, estou me sentindo meio verde depois de todas aquelas cervejas de ontem à noite — intrometeu-se Custard.

— Não me tente! — retrucou Fabian.

— Viu aquele barco nos seguindo hoje? — perguntou Inky.

— Vai ver era de um dos espiões de Luter — retrucou Fabian.

— Não estava fazendo um trabalho muito bom. Não chegou perto o suficiente para eu ver o nome do barco. A propósito, era um iate.

— Pelo amor de Deus, não olhem agora! — disse Custard, olhando por cima do ombro de Rafe.

Todos olharam.

— Deus do Céu, isso é tudo o que nós precisamos — resmungou Inky.

Mack já havia se levantado e ido para a lateral do barco. Um dos barcos-suporte de Henry Luter se aproximava deles com Luter e Bryant a bordo. Eles não se submetiam a voltar para casa junto com a equipe. Mack estava ocupado gritando para o timoneiro da lancha, dizendo que eles haviam se aproximado demais, o que era contra as regras e poderia ser considerado espionagem.

Jason Bryant inclinou-se.

— Ei, *Excalibur*? Foi bom o treino? Conseguiram erguer o mastro da vela balão? Ou vocês não sabem fazer isso? — gritou. A observação, aparentemente, era dirigida a todos, mas ele olhava diretamente para Inky. Encarava-a, os olhos cintilantes junto com seu sorriso real e endemoniado.

— Dê o fora, Bryant! Você só está tentando ver a nossa quilha! — respondeu Inky.

— Eu vou é olhar debaixo da sua saia qualquer dia desses, amor! Mas é melhor você ter cuidado com quem anda olhando a sua quilha! Tem certeza de que ela é legal?

A bronca que Mack dera no timoneiro deve ter surtido algum efeito porque, na mesma hora, a lancha começou a se afastar. Inky franziu a testa quando olhou para o rastro deixado pela lancha. Que diabo ele estava querendo dizer? Sentiu um desconforto, mas logo se esqueceu do assunto quando foi atraída pela discussão da equipe sobre a razão de Jason Bryant ser tão babaca.

Como era quinta-feira, Mack apareceu no apartamento de Bee para ver se poderia ajudar com alguma coisa para o jantar daquela noite. Achou que havia se dirigido ao apartamento errado, pois havia, pelo menos, umas quinze crianças correndo e gritando e algumas mães, alheias ao barulho, conversando por perto.

Por fim, Bee veio da cozinha com um chapeuzinho de festa.

— Mack! Que bom te ver!

— O que está acontecendo aqui?

— É o aniversário da filhinha de um dos membros da equipe. Ela tem três anos. A mãe entrou em trabalho de parto hoje de manhã e o pobre do pai ficou tão assustado que eu disse que faria a festinha dela aqui. Ele acabou de me ligar pelo telefone de apoio da meia-idade.

— Você quer dizer da maternidade?

— O que eu disse?

— Meia-idade.

— Eu quis dizer maternidade. Imagino o que seria um apoio à meia-idade... Uma caixa de lenços de papel e um kit de terapia hormonal. Meu Deus, seria maravilhoso! Enfim, venha à cozinha tomar um pouco de chá. Sobrou bolo também.

Bee o conduziu à cozinha e, pegando uma de suas canecas cor-de-rosa de bolinhas, serviu-lhe um pouco de chá de um bule.

— Acabei de fazer. Me dê licença um minutinho, que vou pegar Salty e Pipgin. Eles estão sendo um tremendo estorvo.

Saiu e voltou arrastando os dois cachorros pela coleira.

— Eu os subornaria com um biscoito Bono para ficarem aqui — disse ofegante —, mas eles estão cheios de bolo. Roubaram pedaços inteiros da mão das crianças. Não dá para culpá-los, as crianças têm altura ideal para eles. Não tive um dia particularmente bom por aqui — suspirou, por fim.

— O que aconteceu?

— Uma coisa boba, para falar a verdade. Você sabe que nós temos algo similar a um esquema de empréstimo universal por aqui. Bem, ainda estava chovendo forte na hora do almoço, então peguei um dos guarda-chuvas do corredor, fui fazer compras e, depois de tomar um café, sem perceber, peguei de volta um guarda-chuva qualquer de dentro do latão, achando que ainda estava em Casa Fortuna. Um espanhol começou a gritar tão alto comigo, dizendo que eu estava roubando o guarda-chuva dele, que eu quase não pude entender o que ele dizia.

— Que filho da mãe! — exclamou Mack, indignado. — Me diga onde você estava que irei agora lá ter uma conversa com o dono da cafeteria.

— Não, deixa pra lá, isso não tem importância. Conte-me as suas novidades. Como estão os preparativos?

— Mastro da vela balão quebrado e um bate-boca com a equipe Phoenix, que é entediante demais para repetir. Colin pediu a um psicólogo para passar uns dias por aqui e ver se a equipe precisa de ajuda por causa da pressão, mas cada vez que grito com alguém o cretino aparece e pergunta: "O senhor está nervoso, sr. MacGregor? Posso lhe ajudar? Vou ser forçado a dar um soco no nariz do infeliz."

Bee riu.

— O que você está preparando? — perguntou Mack, pegando distraidamente um pedaço de bolo amarelo fluorescente, que parecia ter sido parte da cara de um dinossauro.

— Bananas flambadas.

— Não vai ficar bom se não encharcar de conhaque e acender a chama.

— Meus doces perigosos... — Eles sorriram um para o outro. — Como está Fabian?

— Sei lá. Por quê?

— Milly disse que ele tem saído muito. A mãe adorável de Inky ainda está por aqui?

— Está. Ficará um tempo com ela.

— Ah, que bom! Principalmente com as séries italianas se aproximando. Pobre Inky, ela deve estar preocupada.

— Todos estão preocupados com Inky. Sir Edward tem lhe dado chocolate às escondidas nas reuniões de equipe, ele acha que é um remédio universal para todos os problemas femininos, aí Custard foi atrás dele e tudo o que eu ouvi hoje de manhã foi Sir Edward gritando por toda a base: "NINGUÉM MAIS GANHA CHOCOLATE POR AQUI!" Carla está com cara de que todo o peso do mundo está sobre suas costas e, cada vez que pousa os olhos em Hattie ou Inky, acho que vai se derramar em lágrimas... Bem, Hattie está com a cara pior do que fim de semana chuvoso. E o psicólogo está feliz, porque nunca trabalhou tanto.

— Sei que Hattie está sofrendo. Me sinto tão mal por ela! Tentei perguntar a Rafe sobre Ava, mas ele simplesmente se fecha. Não faço a menor ideia do que esteja acontecendo.

• • •

Rafe havia tido um dia difícil. O treino fora horrível; eles não tinham um mastro reserva de balão a bordo, para substituir o que se havia quebrado, e o chato do psicólogo os seguira por toda parte, perguntando se haviam achado isso estressante. Após ajudar a levar as velas que precisavam de reparo para o galpão, ergueu os olhos para os escritórios e viu Hattie com a cabeça baixa sobre a mesa. Não a via muito ultimamente e não sabia a razão. Achava que se sentiria bem melhor se eles tivessem uma daquelas conversas descomprometidas de sempre.

— Olá, sumida! — disse ele, enfiando a cabeça pelo vão da porta.

— Rafe! — Hattie ruborizou.

— Tem tempo para tomar um sorvete? Parou de chover, pensei em caminharmos um pouco.

Hattie sentiu-se completamente dividida. Parecia ironia que, antes da regata, arrumasse qualquer desculpa para ficar com Rafe, mas seus caminhos raramente se cruzassem. Agora que queria evitá-lo, não conseguia, pois ele atraía um interesse demasiado da mídia. Por um lado, sabia que não seria bom para ela ir, pois era algo completamente, completamente sem esperança, mas, por outro lado, adorava vê-lo e mal podia formular desculpas para evitá-lo.

— Claro. Quer ir de bicicleta?

— Não. Vamos caminhar. Prefiro conversar com você.

Eles desceram correndo as escadas, com Hattie beliscando secretamente as faces e limpando os dentes com a língua enquanto descia. Ainda não fazia ideia do que havia acontecido entre ele e Ava naquela noite. Rafe não comentara nada com ela e, ao que parecia, com ninguém.

— Você ouviu falar alguma coisa? — perguntara hesitante a Inky, naquela manhã.

Inky negara.

— Nada de nada. E você conhece Rafe, ele tem uma aura de privacidade em torno dele que torna difícil perguntar. Mas suas habilidades parecem não terem sido prejudicadas — acrescentou alegremente. — Estava gritando as mudanças de vento, ontem, como se nada houvesse acontecido. Era como se tivéssemos o deus do vento conosco, no barco. Como é mesmo o nome dele?

— Éolo — resmungara Hattie.

— Faz um tempão que não te vejo — comentou Rafe.

— Tenho andado ocupada.

— Ocupada fazendo o quê? — Sorriu quando segurou a porta para ela sair da base. Começaram a conversar ao longo da área portuária. Rafe se certificando de ficar do lado da água. A chuva havia limpado temporariamente o ar, e Hattie esperava que surtisse o mesmo efeito nela e em Rafe.

— Bem, está claro que a cobertura do evento vem aumentando. Então tenho passado muito mais tempo em contato com a imprensa. Como foi o treino hoje?

— Mastro da balão quebrado. Aí esbarramos com a equipe Phoenix, cujo barco de apoio fez um esforço tremendo para se aproximar e tentar ver a nossa quilha. Depois foram atrás de nós durante todo o percurso para casa. Mack ficou tão furioso que achei que iria tentar saltar do barco e esganar o timoneiro.

— A quilha é um segredo que nós devíamos tentar não revelar. Como vai Inky, uma vez que está prestes a competir com Luca?

— Cansada de todo mundo perguntar a mesma coisa. É só ela espirrar, que dezesseis vozes perguntam: "Está tudo bem, Inky?"

— E como você está?

— Estou bem. Quero continuar competindo. Não gosto muito desse lance de ficar esperando.

— Deve ser difícil para você e A... Ava. — Sentia que precisava mencionar o nome dela. Talvez fosse melhor se o assunto ficasse claro. — Acha que vocês irão voltar? Quer dizer, seria terrível se a imprensa ficasse sabendo disso agora.

— Terrível para quem? — perguntou Rafe, calmamente.

— Terrível para você e para o sindicato. — Hattie foi rápida em explicar-se.

Seguiu-se uma pausa extensa. Eles passaram pelo perímetro do sindicato sul-africano. A porta do galpão estava aberta, e Hattie viu a equipe trabalhando no barco. Pareciam formigas à sua volta.

— Não sei — acabou respondendo. — Ela quer voltar. Mas eu não sei mesmo. É um pouco confuso, para ser honesto. Não sei se quer voltar porque fiz exatamente o que ela queria que eu fizesse: participar da America's Cup. E não sei se entrei para a America's Cup para tê-la de volta. E agora tanta coisa mudou que não sei mais se a quero de volta.

— O que mudou?

— Acho que eu mudei. Tínhamos uma relação tão tempestuosa, sempre discutindo, sempre fazendo as pazes. E isso me tomava tanta energia, tanta *vida*. Era como um tipo de vício. Mas agora não sei mais se quero esse tipo de relacionamento. Agora eu sei que não precisa ser assim.

Hattie estava louca para perguntar o que havia acontecido para fazê-lo mudar, mas, em vez disso, comentou:

— Deve ser difícil para ela estar com Jason Bryant. — Por que diabo a estava defendendo? — Uma questão de lealdade dividida.

Rafe ficou com a expressão dura.

— Independentemente do que acontecer comigo e com Ava, quero ter certeza de que vou competir até o final na droga dessa Copa. Só espero que *Excalibur* chegue lá.

CAPÍTULO 37

Fabian enfiou a cabeça pelo vão da porta do quarto. Milly estava dobrando as roupas de Rosie.

— Querida, vou dar uma saída.

— Aonde vai?

Seus olhares não se encontraram.

— Só vou dar uma saída com Custard para beber alguma coisa.

— Mas você vai competir amanhã!

— Precisamos relaxar um pouco. Não vou demorar.

— Não demore — pediu, com brandura. Estava começando a ficar nervosa. — Vi aquele homem de novo, hoje.

— Não se preocupe com ele — respondeu Fabian, acalmando-a. — Mack contratou um porteiro e ninguém poderá entrar. Tem gente o tempo todo em volta do complexo. — Entrou no quarto e deu-lhe um beijo no rosto. — Volto mais tarde.

Milly sorriu e, em seguida, petrificada no meio do quarto, esperou até ouvir a porta fechar-se após a saída de Fabian. Correu para a cômoda do marido e, odiando o que fazia, começou a remexer na gaveta de cima. Não sabia o que estava procurando, mas podia sentir dedos tensos de apreensão lhe apertando o peito. De certa forma, não encontrar nada seria pior do que encontrar alguma coisa. Pelo menos, assim, suas suspeitas seriam confirmadas. Não sabia mais se conseguiria viver com esse nó que sentia no estômago. Tinha quase certeza de que iria enlouquecer.

Milly não conseguia pensar no que mais poderia ser. Começara há uma semana. Diálogos secretos e ligações telefônicas interrompidas às pressas. As saídas para beber alguma coisa sem realmente dizer aonde estava indo e o retorno com cheiro de menta na boca e um perfume que ela nem queria imaginar de onde vinha. (Outra noite, chegara até mesmo a checar se o que contara era verdade, quando Fabian lhe dissera que sairia com Dougie, e Dougie lhe dissera que passara a noite inteira assistindo a *Máquina mortífera*.) Milly sentiu-se extremamente desleal, como uma detetive de porta de cadeia.

Após revirar a cômoda e nada encontrar, foi à cesta de lixo e, lá no fundo, encontrou um pedaço de papel cuidadosamente rasgado em pedaços. Demorou apenas alguns segundos para entender. A anotação dizia: "Daphne. 20h."

Caindo de joelhos. Milly começou a chorar.

Já passava das dez naquela noite e Mack ainda não havia retornado à Casa Fortuna. As séries contra os italianos começariam no dia seguinte e ele assistia pela milésima vez aos vídeos do timoneiro italiano, pausando o filme para observar cuidadosamente um movimento ou uma técnica. Marco Fraternelli tinha apenas vinte e nove anos, mas já havia conquistado boa reputação no circuito World Match Racing Tour. Ele parecia seguir um padrão: controlar-se na linha de largada e então virar para a direita. Seu barco também parecia mais veloz nos duelos de cambada. Toda a base fervilhava logo abaixo. O galpão de velas zunia com os operadores de máquina que as recortavam sob o olhar atento de Griff Dow; trabalhariam noite adentro, de forma que estivessem prontas para a prática do dia seguinte. A equipe de base ainda trabalhava em *Excalibur*.

Mack ouviu uma batida à porta. Era Bee.

— Trouxe alguns sanduíches. Não sabia se você já havia comido.

— Hã? Ah, obrigada, Bee. Feitos com pão detestável?

Ela sorriu, entrando totalmente na sala e colocando duas baguetes enormes sobre a mesa de trabalho de Mack.

— Pão francês daquela ótima padaria.

Faminto, Mack pegou uma das baguetes e deu uma mordida gigantesca. Carla havia feito hora extra e preparado o jantar um pouco mais cedo, mas eles estavam famintos de novo. Ele se recostou na cadeira. Deus do céu, estava uma delícia! Queijo *brie* derretido, bacon e molho chutney de pera, feito por Bee.

— Como estão as coisas?

— Tão bem quanto possível — respondeu ele, entre mordidas. — Onde está Rafe?

— Em casa. Deixei-o lendo o primeiro volume de *Harry Potter*, que Hattie lhe emprestou, mas não sei se ele está se saindo muito bem. Acho que até hoje só leu o verso das caixas de cereal. O pai dele está vindo de barco do Egito. Já deveria ter chegado há duas semanas, para o início da competição, mas fez confusão com as datas. Estamos aguardando um telefonema, quando o celular dele voltar a funcionar.

— Para falar a verdade, Bee, eu já estava querendo te perguntar se você viria ao *Mucky Ducky*, quando as regatas começarem de novo, para ajudar Carla com a comida. Teremos muitos patrocinadores vindo para cá, para assistir.

— Claro! Eu adoraria!

— Obrigado. — Não acrescentou que sua conversa despretensiosa também facilitaria o dia para todos eles. — Não ficamos por aí dizendo a Carla que ninguém gosta do pão dela, então você terá que inventar algum tipo de alergia britânica e sugerir que teremos de passar a comer pão daquela padaria francesa.

— Vocês todos morrem de medo dela, não é?

— Com certeza.

— Vou te deixar continuar trabalhando. — Bee gesticulou para a tevê. — E distribuir essas aqui. — Suspendeu o saco de baguetes.

— Veio sozinha?

— Sim.

Mack levantou-se.

— Vou pedir a alguém da equipe de base para te acompanhar.

— Por favor, não se incomode. Vim numa das bicicletas do sindicato. Pedalo bem depressa e não serei mais do que uma mancha cor-de-rosa, para qualquer ladrão em potencial.

— Hattie está fazendo Colin andar por aí numa dessas motonetas, com um charuto pendurado no canto da boca. Diz que isso se somará à sua excentricidade. Para ser sincero, acho que ele está gostando. Já saiu em três jornais.

Bee riu e disse que o veria mais tarde. Após ter distribuído todas as baguetes entre alguns membros de *Excalibur* que ainda estavam ali, deu uma olhada rápida, à procura de Custard. Ele não ficava muito em casa ultimamente, e Bee achou que talvez estivesse por ali. Talvez estivesse trabalhando mais do que o normal. Encolheu os ombros e montou na bicicleta para voltar para casa.

De toda a equipe *Excalibur*, Custard era o único que, de fato, aproveitava a noite. Enquanto Henry Luter passava cada minuto seu no galpão do desafio Phoenix, Saffron aproveitava um grau de liberdade tão grande que ela e Custard não podiam resistir à oportunidade de passar todos os minutos possíveis juntos.

— Sinto muito por estar tão magra — disse Saffron, deitando-se ao lado dele, com sua combinação inacreditavelmente sexy. Era toda rendada em tons café e creme.

— Você poderia ter um pouquinho mais de enchimento aqui e ali, mas, fora isso, é perfeita. — Custard deslizou as mãos pelo seu tronco. Saffron achava a gentileza da sua falta de pressa muito excitante, quando em comparação a Henry. Ele acariciou lentamente cada mamilo seu e depois, descendo com a mão por baixo de sua combinação, chegou à cintura de sua calcinha. Puxou e soltou levemente o elástico, e Saffron riu. Custard a achava tão bonita! Tinha os cabelos louros espalhados pelo travesseiro e os olhos pareciam enormes em contraste com sua pele clara. — Adoro você de cabelos soltos — disse ele, de repente. — Devia sempre usá-los assim.

— Eu sei, detesto andar com eles presos e arrumados, fica muito artificial. Mas Henry insiste.

— Bem, desde que o use sempre solto comigo. Pelo menos, sei que isso é algo que Henry não tem.

Saffron deitou-se de lado e começou a beijar o peito de Custard. O contato com alguém com um corpo tão bem-definido serviu apenas para fazer de suas sessões compulsórias com Henry algo ainda mais desprezível... se é que ainda fosse possível. Suas necessidades ardentes nada tinham a ver com desejo, apenas com controle. Saffron foi firme em tirá-lo de sua mente.

Aos poucos, começou a beijá-lo abaixo do peito. Adorava o jeito com que ele a fazia sentir-se, totalmente desprendida. Tudo o que queria era lhe dar prazer.

— Você não precisa... — murmurou ele.
— Eu quero — murmurou, em resposta.

— Foi bom para você? — perguntou Custard, ansioso, quando se desvencilhou dela, meia hora depois.
— Maravilhoso — disse Saffron, sendo sincera. Particularmente, adorava a forma como Custard a desejava.
— Se ficar me olhando assim, terei que pular para cima de você de novo.

Ela sorriu ao recostar-se nos travesseiros desencontrados, com os cabelos espalhados à volta. Nem pensou em puxar o lençol verde para se cobrir. Estava muito quente mesmo. Com Henry, sempre tomava banho em seguida ao sexo, esfregando-se repetidas vezes até ficar em carne viva. Quanto ao perfume de Custard, queria que permanecesse em seu corpo o maior tempo possível.

— Por que te chamam de Custard?
— Porque tenho um barco em casa com o nome de *Créme Anglaise* e como Custard é um creme inglês... Meu pai está velejando nele no verão.
— Prefiro Will. Acho que vou te chamar Will.
— E o seu nome? É Saffron mesmo? — perguntou ele, astutamente.

Ela corou.
— Não, não é. Promete que não vai rir? Na verdade, é Judith.
Custard sorriu.
— Judith não é tão ruim assim.

Eles estavam no apartamento de Custard, em Casa Fortuna, com todas as cortinas puxadas, algumas velas acesas e ignorando qualquer batida à porta. Pipgin estava ofegante ao pé da cama, o que, de início, eles acharam meio desagradável. Custard deixou a janela do banheiro aberta para refrescar um pouco, permitindo que o aroma das flores de laranjeiras, vindo do jardim, entrasse junto com a brisa. Havia uma névoa no ar, e as árvores pareciam vivas até que se percebia que elas estavam repletas de abelhas.

— As flores de laranjeira estão simplesmente maravilhosas.

— A senhora que mora aqui do lado perguntou se podia estender alguns lençóis debaixo da árvore para pegar todas as flores. Parece que fazem chá com elas. *Flor de azahara*. Ajuda a dormir. Mack pediu um pouco para todos nós.

Saffron franziu as sobrancelhas.

— Estou preocupada por você não estar dormindo o suficiente.

— Ah, eu não estaria dormindo agora. — Custard foi rápido em lhe assegurar. — Nenhum de nós. Prefiro muito mais estar com você a estar virando na cama e sonhando com barcos vindo para cima de nós.

— Gosto do seu apartamento. — Saffron correu os olhos pela sala. Em contraste com o estilo minimalista das casas de Luter, em que as almofadas voltavam a se encher quando você se levantava, a sala era cheia de personalidade, desde a pilha de apetrechos de vela no chão até as fotos sobre a cômoda. Saffron adorava isso. Tudo com relação a Will parecia se encaixar perfeitamente ao seu estilo. Percebia isso cada vez mais. Achara que dinheiro e marcas famosas fossem a resposta. Como poderia adivinhar que a resposta estaria em lençóis desencontrados e em um setter ruivo?

— Não é muito arrumado, infelizmente. É ainda pior lá na Inglaterra. A que horas você precisa voltar?

Saffron olhou para o relógio.

— Acho que meio-dia e meia. Henry não voltará antes de uma hora.

— Ele tem algum plano cruel?

— Algo por aí. Eu te contaria se soubesse, mas Henry e eu, para ser bem específica, não conversamos sobre nada.

Custard encolheu-se por dentro. A ideia de Saffron e Henry juntos na cama assombrava-o continuamente. Aquelas mãos segurando seu belo corpo.

— Você comentou com alguém do desafio sobre mim? — perguntou ela.

— Deus do céu, claro que não! Eles morreriam de susto. — Da forma como eram as coisas, Custard precisou esconder Saffron, naquela noite, debaixo de um chapéu de feltro e óculos de sol enormes. Se fosse vista entrando em seu apartamento, ele simplesmente diria que se tratava de uma celebridade extremamente famosa, cujo nome ele não podia nem pensar em revelar. — E quanto à equipe de *Corposant*?

— Eu disse a eles que estou passando por um tratamento de beleza muito rígido e que eu preferia que meu marido não ficasse sabendo. Além do mais, acho que eles odeiam demais o Henry para me dedurar. Outro dia, ele deu uma bronca feroz em todos, por estarem gastando muitas caixas de lenços de papel. Mudando de assunto, quem é aquela mulher bonita com uma menininha, que eu vi outro dia no cais do porto?

Custard franziu a testa por alguns segundos.

— Acho que está falando de Milly. É a namorada de Fabian, nosso proeiro — acrescentou em seguida. Havia perdido um número incontável de garotas para Fabian, ao longo da vida, e não iria perder aquela também. Não sabia se o olho sem-vergonha do amigo havia acalmado.

— É mesmo, claro. — Estava aprendendo muita coisa sobre o desafio Montague. Quando Henry a torturava, gritando com ela ou a diminuindo na frente de seus colegas de trabalho, ela gostava de imaginar Custard e seus colegas, sempre prestando muita atenção ao cor-de-rosa da equipe. Então, como técnica de fechar a mente a tudo o que ouvia, imaginava cenas simples do que eles poderiam estar fazendo.

— A filhinha deles é uma graça. Fica enchendo Pipgin de biscoitos. Ele a adora.

Saffron estendeu o braço para acariciar Pipgin, que havia pulado para cima da cama ao ouvir o som de seu nome em conjunto com biscoitos.

— Nunca imaginei que gostasse de cachorro.

— Adoro cachorro. Tive um Westie quando era criança. Eu queria outro, mas Henry não gosta de animais. — Custard abriu a boca para dizer que a deixaria ter quantos cachorros quisesse (desde que, claro, continuassem com Pipgin), mas desistiu. Não sabia muito bem aonde aquele relacionamento iria parar. Tudo o que sabia era que não tinha forças para terminar agora.

— Fale-me sobre sua infância, o que sonhava ser quando era criança? — Custard já havia perguntado sobre sua infância antes, mas ela fora sempre muito reticente. Queria saber tudo o que pudesse dela, incluindo o que quer que fosse que não tivesse lhe contado.

— Fugir. Dinheiro. — Sorriu com pesar. — Nenhum dos dois sonhos me trouxe muita felicidade.

— Nunca pensou em ser modelo? Não estou tentando te bajular... — acrescentou, quando ela enrubesceu. — ... mas você conseguiria ser modelo com muita facilidade, o que te daria tanto fuga quanto dinheiro.

— Eu não me achava bonita. Eu tinha a ideia antiquada de encontrar um milionário antiquado. Acho que eu gostava da ideia de alguém tomar conta de mim. — Parou de falar de repente e começou a fazer dobras no lençol. Não queria que Custard soubesse muita coisa de sua infância, caso viesse a terminar com ela. E isso era algo que ela não conseguia suportar. Portas trancadas. Estar sempre alerta. Sempre com o sono leve, caso... A culpa era dela. — Além do mais — emendou com pressa —, já estou velha demais para esse tipo de trabalho, mesmo se Henry deixasse. Mas eu adoraria me ocupar.

— Talvez fuga e dinheiro tivessem outro significado para você, na época — disse Custard, brincando distraidamente com a mão dela. — Talvez estivesse sonhando mesmo é com liberdade.

Saffron ficou olhando para ele. Liberdade. Claro. Um sorriso enorme iluminou seu rosto.

Foi nesse momento que começou a se apaixonar de verdade.

CAPÍTULO 38

— Eles parecem formidáveis! — murmurou Inky para Sparky, que estava pálido. A equipe *Excalibur* estava sentada em um quarto escuro, assistindo aos vídeos da equipe italiana. Todos tiveram dificuldade de comer qualquer coisa no café da manhã daquele dia. As únicas pessoas que comeram alegremente o pudim, os ovos e as torradas com passas foram os grinders, Rafe e Ho.

— O trabalho de nossa equipe terá que ser infalível, porque parece que eles têm mais capacidade de manobra do que nós. Lembrem-se de que a equipe vencedora é a equipe que comete menos erros. Portanto, o negócio é vocês irem para lá fazerem a mesma coisa que vêm fazendo dia após dia, nos últimos dezoito meses. Nada mais, nada menos. Vocês precisam se concentrar e não só ficar olhando o que o outro barco está fazendo. Se ganharmos, aí então estaremos um passo à frente. — Mack sabia que ganhar a primeira regata nas séries era vital para a confiança da equipe, principalmente contra um oponente tão formidável. — Infelizmente, temos previsão de vento fraco para o dia...

• • •

A bordo do *Mucky Ducky*, Bee, Carla e Hattie estavam se preparando para receber as visitas. Bee arrumava a comida, enquanto Carla se ocupava com a cafeteira que ela mesma trouxera a bordo, emprestada do restaurante do irmão. Bee estava convencida de que o barco iria adernar para um lado com o peso da cafeteira.

— Não dá para ficar horas em um barco sem um bom café — disse Carla. — Eles podem morrer, e em quem vocês colocariam a culpa? Em mim, é claro.

Carla, por sorte, concordara em aceitar o pão esquisito de Bee depois que ela alegara que várias pessoas pareciam ter alergia a alguma substância do pão espanhol.

— Vou prestar atenção — disse Carla, taciturna. — Tomara que eles não sejam alérgicos a mais nada. — Carla havia preparado pratos maravilhosos de tapas, cheios de iguarias regionais, para as quais Pipgin e Salty olhavam com voracidade. Ela lhes retribuiu o olhar.

— Se eu não estivesse tão nervosa por causa de *Excalibur* — disse Bee, cujo estômago dava nós por causa dos nervos —, acho que aproveitaria muito o dia de hoje. — Começou a ajudar Hattie com as sacolinhas de boas-vindas para os convidados.

— Eu sei — suspirou Hattie. — Me sinto tão enjoada que só Deus sabe como a equipe deve estar se sentindo. Como estava Rafe hoje de manhã? — perguntou, meio sem jeito.

— Na verdade, bem. Finalmente conseguiu falar com o pai ontem à noite. Ficou tão alegre que acho que desligou a mente de tudo o mais. Sinto que Rafe não fica nervoso como o resto do pessoal. Navegar é algo muito natural para ele, acho que é muito calmo dentro da água porque se sente em casa ali. São as entrevistas para a

imprensa e toda a atenção que recebe depois que o deixam nervoso.
— Foi enchendo as sacolas de boas-vindas em etapas: garrafas de água, protetor solar e pastilhas para enjoo, tudo doação de empresas britânicas.

— Eu sei. Tento protegê-lo um pouco, mas todos estão muito interessados em conversar com ele. Como é o pai dele?

— Como Rafe, só que mais experiente. Viveu em sociedade, enquanto Rafe não. É claro, não o vejo há anos. Ele está tentando vir ver o filho, portanto, deve estar chegando qualquer dia desses. Estou muito ansiosa para vê-lo. A propósito, quem está na posição de décimo oitavo homem?

— Colin. Ele está gostando tanto que parece não querer dar a oportunidade para ninguém. Diz que é como dar uma volta desvairada numa montanha-russa. Eu lhe dei outra camiseta, que ele está usando debaixo da camiseta de *Excalibur*, e eu disse a ele para tirar a de cima quando vencermos.

— O que está escrito nela? — perguntou Bee, curiosa.

— Você vai ver — disse Hattie. — Bem, pelo menos eu espero que veja.

Naquele dia, Bee teve sorte de contar com a companhia de Sir Edward a bordo do *Mucky Ducky*. Após terem acomodado os visitantes, distribuído o lanche e tranquilizado um casal com relação ao jeito que se anda a bordo de um barco, Bee foi ao convés observar os procedimentos. Distraiu-se com Sir Edward ofegante, puxando Salty pela coleira, na direção dela.

— Acabei de encontrá-lo na lata de lixo.

— Meu Deus, sinto muito!

Eles se recostaram no gradil e observaram os preparativos finais, a bordo de *Excalibur*.

— O equilíbrio entre a equipe deve ser um assunto muito delicado — comentou Bee.

— É. Algo que não dá para prever e que eles precisam desenvolver. É maravilhoso quando acontece.

— Fabian é fantástico, não é? — comentou Bee, vendo-o se dependurar de cabeça para baixo no mastro de uma vela balão.

— Eu tive dúvidas com relação a ele depois daquele incidente com Rob Thornton. Ficou sabendo? — Bee assentiu. — Mas ele tem provado que estávamos todos enganados. Estou satisfeito com ele. Achei que seria um tipo viciado em drogas e bebida, mas ele nunca me deu nem um momento de preocupação nesse sentido.

Sir Edward pediu licença e Bee ficou assistindo à equipe e, em particular, a Fabian. Percebeu que ele estava continuamente olhando para fora do barco, como se procurando alguém. De repente, todo o seu corpo, que estivera tão tenso, relaxou. Obviamente havia encontrado o objeto de sua atenção. Bee seguiu a linha de seu olhar por um grupo de barcos, mas poderia ser qualquer um deles. Voltou a olhar para ele; estava acenando discretamente e logo voltou para sua atividade. Bee, mais uma vez, franziu os olhos na direção dos barcos, tentando visualizar o nome deles, mas estavam muito longe. Sabia que a mãe de Fabian ainda não havia chegado, mas também não seria ela. Fabian estava agindo de modo estranho. Algo furtivo.

Pouco antes da largada, *Excalibur* ficou cara a cara com os italianos, fazendo círculos agressivos, a equipe sem conseguir se ouvir pensar acima dos berros de comando e do caos da atividade. E agora lá estavam eles, do outro lado da linha de largada, afastando-se um do outro, o único ruído, o bater das ondas.

— Eles estão vinte e seis segundos atrás de nós a bombordo — informou Sammy. — Acham que há mais vento no lado direito.

— Mudança de vento à vista, cinco graus. Primeira chance nossa — disse Rafe. — Cambar agora, Mack.

Mack gritou a instrução e afrouxou levemente o timão. A atividade era intensa na casa de força do barco, à medida que a vela mestra balançava pelo convés e o majestoso *Excalibur* inclinava-se para o lado oposto. Suas velas imensas começaram a se encher novamente de ar.

Inky mantinha os olhos grudados no *Baci*.

— Eles estão nos alcançando — murmurou ela. Esta era uma das ironias do *match race*. Simplesmente por estar numa parte diferente do circuito, o *Baci* ficava sujeito a mudanças diversas de vento e poderia alcançá-los. Inky lembrou-se logo de Luca, contando-lhe, entre risos, sobre a prática da equipe italiana de fazer sacrifícios ao deus dos ventos, ao mesmo tempo que rezava diante do pequeno crucifixo que haviam pregado a bordo. Indagou-se, preocupada, qual dos dois estaria lhes atendendo agora.

Na primeira marca, a equipe italiana parecia ter pegado boas mudanças de vento e estava a menos da medida de um barco de distância.

— Eles não podem entrar na nossa água — disse Inky a Mack. — Caminho livre para você.

Mas quando Mack gritou instruções para rodearem a marca, um barulho explodiu como o tiro de uma arma, e Golly, gemendo de dor, caiu no convés. Fabian e Ho não podiam deixar o comando da vela balão, sendo assim, Rafe correu para assumir o controle da manivela, enquanto Golly se arrastava para fora do caminho.

— A catraca explodiu! Só um lado está funcionando! — gritou. — Observou Flipper, o outro grinder, virar a genoa com apenas uma manivela. Não podiam ajudar. Ele foi até lá como um homem possuído, e lenta, porém, firmemente, a vela gigante se moveu. Ho e Fabian aguardaram junto ao balão que eles não conseguiam prender, até que a situação se resolvesse, e, tamanha estava sendo a lentidão do processo que parecia que os italianos, literalmente, estavam em cima deles. A vela balão do *Baci* estava hasteada, e eles foram ganhando velocidade abrindo caminho pela água. *Excalibur* ainda estava velejando em círculo.

— Vamos lá, vamos lá — sussurrou Fabian, observador e pronto para agir. Demorou quinze segundos a mais do que o normal para que a vela balão, de um branco puro e com a logo da corporação de Colin Montague, entrasse em ação.

— Eles nos passaram! — sussurrou Inky, desesperada.

— Comunico que há uma pessoa ferida? — Mack perguntou a Rafe, que agora estava livre para dar atenção a Golly. Flipper e Dougie examinavam a manivela avariada, enquanto Ho corria ao depósito de velas para procurar uma nova peça de manivela, dentre o limitado estoque suplementar que carregavam no barco.

Rafe amarrava com firmeza o joelho de Golly.

— A catraca explodiu! — gritou. — Têm rolamentos no joelho dele.

— Estou bem, Mack. Não precisa me tirar do barco — gritou Golly. — É só apertar isso com força — murmurou para Rafe.

Mack tinha dúvidas se deveria chamar o barco de apoio para buscar Golly — o que estaria dentro das regras — ou se ele estaria em condições de continuar. Ninguém era tão bom quanto ele.

— Você ainda consegue controlar a catraca, Golly?

— Não preciso do joelho para isso e posso ficar de pé.

— E quanto a ela? Dá para consertar?

— Estamos tentando — disse Flipper. Os grinders treinavam para situações emergenciais como esta em terra, marcando o tempo que cada um levava para desmontar as manivelas. Rump já estava com ela desmontada no chão e tentava encaixar a outra parte.

— Esta aqui está ok. Logo estaremos de pé e prontos para competir de novo.

— Tem certeza de que pode continuar? — Mack perguntou mais uma vez a Golly.

— Estou bem, deixe-me continuar.

— Quanto tempo neste rumo? — perguntou a Inky. Se dessem um jibe antes que o poder total das manivelas fosse restabelecido, *Excalibur* perderia muita velocidade.

Inky parecia chocada. Claramente não considerara a possibilidade de perder.

— Inky? — Mack perguntou de novo. — Quanto tempo?

Rafe reapareceu ao encalço de Mack.

— Vamos ficar neste rumo. O *Baci* não vai conseguir ir mais rápido.

— O *Baci* está quinze segundos na nossa frente — disse Sammy.

Inky não tinha como saber se aqueles irritantes deuses dos ventos estavam aprontando das suas novamente, mas o *Baci* não deixava a liderança. Eles cruzaram a linha de largada na frente do barco britânico, para o êxtase de seu sindicato.

Na base de *Excalibur* em terra firme, todos se entreolhavam preocupados. A câmera, como se por telepatia, focalizava o rosto pálido e chocado de Inky. Hattie e Milly deram as mãos e ficaram olhando para a tela de tevê.

— Eu não sabia que os italianos eram tão bons. Eles retornaram tão bem — sussurrou Milly, sem emoção.

— Tivemos um tripulante ferido — disse Hattie. Sir Edward voltara à costa num barco inflável para buscar um médico para cuidar de Golly, logo após a regata.

— Espero que Golly esteja bem — disse Milly, olhando ao redor, à procura da esposa dele, mas ela já havia saído na lancha junto com o médico.

— Eles o teriam retirado do barco se estivesse mesmo mal.

Milly suspirou e olhou para Rosie, que estava recebendo toda a atenção de Carla. O bolo já estava para sair do forno, e Rosie grudou-se nela, feito carrapato, quando finalmente chegou. Certamente Carla descobrira agora como era difícil comer bolo com uma criança pequena pendurada nas pernas.

A equipe de base e aqueles que precisavam sair desapareceram para se preparar para o retorno de *Excalibur*. Todos os outros se deixaram cair, desanimados, em seus lugares, enquanto Carla andava para um lado e outro com Rosie a tiracolo.

— Gostariam de um chá? — ofereceu gentilmente para Milly e Hattie. Sabia que os ingleses eram esquisitos com relação ao chá: tendiam a se sentir reconfortados com ele. Mesmo quando alguém morria, você sempre oferecia chá. Mas não com o saquinho dentro da xícara. Eram exigentes com relação a isso.

— Sim, por favor — responderam Milly e Hattie, automaticamente. — Se bem que eu deveria arrumar as coisas para a entrevista à imprensa — acrescentou Hattie, indecisa quanto ao que fazer.

— Fique para tomar o chá — sugeriu Milly, enfática.

— Está bem. — Hattie sentou-se em um pufe de frente para Milly. — Vou levá-lo comigo. — Observou com atenção o vestido de Milly, feito com bordado inglês, que ela havia combinado com calções de cintura alta e sandálias plataforma de tiras. Deu um leve suspiro. Milly era sempre tão avant-garde!

— Onde está o seu pai, Milly? — perguntou. — Seria bom se pudessem contar com sua presença gentil e alegre naquele momento.

— Ele está assistindo à regata, do salão principal. Está indo embora amanhã. Tem que voltar por causa do trabalho; acha que os clientes irão se esquecer dele!

— Mas ele virá de novo?

— Sim, é o que ele pretende. É claro que talvez nós não estejamos mais aqui.

Talvez eu não esteja mais aqui, acrescentou silenciosamente. Apenas as séries contra os italianos a impediram de confrontar Fabian. Desde a noite em que ficara sabendo da traição do marido (torturava-se com o pensamento de que estaria tendo um caso com uma mulher com um abdômen perfeito — o dela ainda estava um pouco flácido, ainda quase moldado pela forma da filha), seu sofrimento se transformara em fúria verdadeira. Sabia que ele já havia pensado em deixá-la antes, vira isso em seus olhos, mas agora ela é que pensava em deixá-lo. Estava cansada de se sentir insegura, cansada de olhar para outras mulheres e se preocupar constantemente se ele a deixaria por causa delas. Cansada de ouvir mulheres de olhos brilhantes, tentando chamar a atenção dele e ele cedendo a elas. Estava cansada de tudo isso. Ela e Rosie ficariam muito bem sozinhas. Se outra mulher o quisesse, então que fosse bem-vinda. Milly veria quanto tempo ainda conseguiria aguentar aquela situação.

Hattie aceitou o chá oferecido por Carla, agradeceu e desapareceu para organizar sua conferência com a imprensa, deixando Milly pensativa. Ainda não podia sair e se encontrar com o pai; precisava esperar o retorno da equipe. Olhou sem ser vista para o lado agitado do porto em que estavam os torcedores de *Excalibur*. Para piorar, Elizabeth Beaufort anunciara sua intenção de vir e também dar suporte à equipe. Milly tinha quase certeza de que ela viria apenas porque eles haviam começado a ganhar e o precioso nome Beaufort não seria mais desprezado.

Viu o mastro de *Excalibur* ao longe, enquanto era rebocado pelo canal, rumo ao porto. Bebeu o resto do chá e levantou-se. Como a maioria das esposas e da equipe de base, plantou um sorriso no rosto. Era importante que a equipe nunca visse os torcedores tristes. Era preciso estar sempre bem para eles. Com certeza, não era por causa de Fabian que agia assim (ele certamente pegaria sua parcela de consolo, a absorveria como uma esponja e logo desapareceria de novo), mas pelo resto da equipe. Era uma demonstração de força, e era exaustivo.

CAPÍTULO 39

Enquanto a equipe *Excalibur* se preparava para a segunda regata contra os italianos, Saffron estava sentada na cabine de *Corposant*, dando uma entrevista para a revista *Hello!*. Olhou ansiosa para o relógio. Precisava ir ao convés para assistir à largada.

— Não se preocupe, sra. Luter — disse a jornalista, acalmando-a. — Acabaremos a tempo de a senhora assistir à regata com seu marido. Mas não tem muita importância se a senhora perder um pedacinho da primeira parte, tem?

Para Saffron, tinha, e a regata de Custard começaria em quarenta minutos. Ela havia dito à tripulação de *Corposant* que queria estar no circuito da regata para assistir às primeiras séries e que tanto a jornalista quanto o fotógrafo deveriam ser levados embora de lancha para a costa. Já podia ouvir o rumor dos motores sendo ligados.

A imprensa deixava Saffron nervosa. Estavam sempre lhe perguntando coisas estranhas e tentando descobrir coisas que ela preferia manter em segredo.

— Diga-me onde a senhora cresceu, sra. Luter — começou Katie a jornalista. — Sua família tinha muito dinheiro?

— Não. Não tinha.

— Férias no exterior? Festas e viagens?

— Não muito.

— Onde exatamente a senhora cresceu?

— No interior.

— Onde exatamente?

— Em Surrey.

A jornalista mudou ligeiramente de tática.

— A senhora cursou universidade?

— Não. Meus pais não queriam que eu saísse de casa.

— A senhora não fala muito deles.

— Não há nada a dizer. Meu pai trabalhava num escritório e minha mãe era dona de casa.

— E que tipo de trabalho a senhora fazia? Quer dizer, antes de conhecer o sr. Luter.

— Eu morava em Londres. Trabalhava lá.

— Como o quê?

— Trabalhava numa loja. Como assistente de vendas.

Katie sabia que não estava chegando a lugar algum. Era preciso usar outra tática. Pôs-se de pé.

— Que barco maravilhoso este! A senhora poderia mostrá-lo?

— Claro — respondeu Saffron, desejando apenas que toda aquela tortura chegasse ao fim.

A jornalista era extremamente intrometida e usou seu tempo para ir de cômodo em cômodo. Finalmente, chegaram às cabines.

— Que maravilha! — suspirou, olhando ao redor. Enfiou a cabeça banheiro adentro e olhou demoradamente para as torneiras douradas.

— Foi a senhora que decorou?

— Não. Meu marido sabia exatamente o que queria e contratou um decorador.

— Todas as portas têm trancas — disse de repente.

Saffron precisou forçar um sorriso.

— Gosto de privacidade. — Gesticulou para que Katie saísse primeiro e tentou não se lembrar do passado, quando não havia trancas nas portas e ela nem sequer ousava dormir.

Voltaram para o salão principal.

— Diga-me, sra. Luter, de todas as suas belas residências, aquelas na França, a de Barbados, a de Aspen, para citar algumas, qual a senhora prefere?

Não conseguia pensar em nada.

— Eh... na verdade, prefiro *Corposant*. Gosto de ficar perto da água.

Katie olhou admirada para a sala de estar luxuosa, com painéis de carvalho e sofás de couro que pareciam capazes de engolir uma pessoa por inteiro. Saffron não recebera permissão para mexer na decoração.

— Que lindo! — Inclinou-se para a frente e tocou nas folhas de um vaso imenso de flores, único pedido de Saffron que fora atendido. — Elas têm um perfume maravilhoso! — murmurou. — Que flores são essas?

— Flores de laranjeira — respondeu Saffron, desanimada.

— Claro. Então... — acrescentou Katie, mais rapidamente, retornando às suas anotações. — Foi mesmo um gesto filantrópico de seu marido vir ao socorro do desafio espanhol, depois da quebra das finanças do sindicato, não foi?

Saffron não queria dizer que Henry achava ser esta a única forma de poder colocar as mãos na taça. Isso não soaria nada filantrópico.

— Henry sentiu-se extremamente constrangido por todos e quis apenas ajudar — mentiu.

— A senhora e o sr. Luter estão pensando em constituir família em algum momento no futuro?

Saffron abriu a boca e a fechou em seguida. Já havia terminado sua declaração; havia enfeitado seu discurso dizendo como se sentia orgulhosa de Henry e do iatismo, como se sentia feliz em ser a esposa que ele exibia como troféu, já havia ostentado joias e roupas, mas ali estava um assunto sobre o qual ela não sabia se conseguiria mentir. Só recentemente começara a pensar em filhos. Com certeza, era algo que não constara antes em seus planos, e Henry deixara sua posição bem clara. Nada de filhos. Por que arruinar algo tão perfeito?

— Nós não... não estamos pensando em família no momento porque... por que mexer em algo que está tão perfeito? — repetiu a frase de Luter.

Katie sorriu, entendendo perfeitamente.

— Com certeza. Toda aquela gritaria e dedos melados!

Saffron forçou um sorriso, sentindo-se enjoada.

— Oh, estamos nos movendo! — exclamou Katie, olhando pela janela. — Só mais algumas poucas perguntas. — Baixou os olhos para o bloco de anotações. — A sua vida ficaria mais completa se o bem-cotado desafio *Phoenix* ganhasse a America's Cup?

— Seria um sonho virando realidade — mentiu. Agora, estava começando a se odiar. — Podemos ir para o convés? — Pelo menos assim, Custard poderia vê-la. Gostava de vê-la antes de cada regata. Disse-lhe que ela lhe dava sorte. Saffron começara a levantar-se.

— Bem, se a senhora não se importar, eu gostaria de algumas fotos suas nessa sala maravilhosa. Faria mais sentido tirá-las agora e depois no convés. — Fez sinal para o fotógrafo.

Saffron sentou-se novamente. A única coisa que fazia sentido para ela era ficar de frente para *Excalibur*, aguardando ser vista.

O resto da equipe tentava se esconder das intensas investidas da mídia, estando todos sentados no depósito de velas de Ho. Normalmente, eles aproveitariam a oportunidade para dormir durante o trajeto, rumo às águas das regatas, mas neste dia em especial ninguém dormiu, a não ser Golly e Flipper, cuja pele era mesmo feita de puro couro de crocodilo. Inky estava deitada sobre uma pilha de velas, com os olhos fechados, para que ninguém falasse com ela, tentando manter distância de um par de olhos estrangeiros, escuros e zombeteiros. Rafe ouvia seu iPod, parecendo atento, e Custard estava lá em cima, no convés, como o único voluntário para guiar o barco em seu reboque. De vez em quando, olhava para trás, para o espectro imenso de *Corposant* — indubitavelmente o maior iate na flotilha dos barcos espectadores — que seguia atrás dele. Mexia na medalha de São Cristóvão, que Saffron lhe dera de presente e que agora mantinha sempre pendurada no pescoço, rezando para ela aparecer. Logo surgiriam as enormes boias Louis Vuitton que marcavam o circuito, os vários botes da comissão de regatas, os barcos que julgavam a competição e, ainda assim, nenhum sinal dela. Custard, lançando um último olhar confuso para *Corposant*, foi chamar a equipe para entrar em ação.

Finalmente, a jornalista parecia ter lhe feito todas as perguntas. Saffron despachou-a o mais rápido que pôde da ampla sala de estar, junto com o fotógrafo, conduzindo-os ao convés. *Excalibur* começaria a competir dentro de quinze minutos. Içariam as velas agora. Saffron logo correu os olhos ao redor, quando *Corposant* surgiu sob o sol forte, desesperada por alguma orientação. Felizmente, eles pareciam estar do lado certo do barco, pois lá estava *Excalibur*. Procurou Custard; embora toda a equipe estivesse usando uniforme idêntico e tivesse uma estrutura física parecida, ela não precisava de binóculos. Não só estava familiarizada com cada centímetro de seu corpo, como conhecia sua forma de andar, a forma como mexia a cabeça, do jeito que fazia agora. Sabia até mesmo quando Custard estava chegando pelo som de seus passos. Abriu um sorriso. Sentiu uma pulsação entre as pernas e soube que o avistara.

— Sra. Luter — suspirou a jornalista, olhando para a cena glamorosa de iates, biquínis e coquetéis à sua volta. — A senhora deve ser a mulher mais feliz do mundo.

Saffron abriu um sorriso.

— Neste momento, acho que sou mesmo.

Enquanto Colin Montague exibia uma de suas camisetas (A BRETANHA É QUEM MANDA) naquele dia em que *Excalibur* vencera a competição — e mais duas após esta, fazendo-os achar que todas as séries seriam de fácil vitória —, seguiu-se uma série de decepções. Os ventos leves começavam a soprar a favor dos italianos, e *Excalibur* precisou lutar contra eles, durante cada centímetro do circuito, para acabar sendo vencido por meros segundos nas duas competições subsequentes. Em ambos os dias, longas esperas precederam as regatas quando o comitê teve dúvidas se cancelava ou não o evento — o que a equipe britânica teria preferido. Mas, infelizmente, quando estavam prestes a decidir que não haveria vento suficiente para velejar, a velocidade do vento logo aumentou.

A imprensa começou a noticiar que *Excalibur* seguia o já conhecido padrão esportivo britânico de começar bem e depois perder o foco, assim que o cheiro da vitória lhe chegava ao nariz. Havia uma forte insinuação de que eles já haviam chegado ao limite, junto com uma boa dose de decepção, embora o placar estivesse 3-3 no melhor de sete. Uma última regata decidiria quem competiria com os poderosos neozelandeses.

— Fique de olho na equipe — murmurou Sir Edward, dirigindo-se a Mack, quando saíram do abrigo de barcos naquela noite. — Eles estão muito frustrados, o que poderá traduzir-se em erros. — Deixou de comentar o desânimo e a falta de confiança expressos pelos patrocinadores a bordo do *Mucky Ducky*. Mack, pela primeira vez muito deprimido, ficou sem resposta. Montou na bicicleta e foi pedalando para Casa Fortuna. Era sempre um grande alívio entrar naquela minúscula colônia inglesa. Fez uma pausa momentânea do lado de fora de seu apartamento, antes de colocar as chaves de volta no bolso e descer dois andares para falar com Bee.

Henry Luter não ficara à toa nos últimos dias. Andava pensando sobre sua linha de ação e agora estava na hora de reforçá-la. Sua primeira visita foi a Franco Berlini, diretor do sindicato italiano.

Os dois homens se cumprimentaram cautelosos e Franco mostrou o caminho ao seu escritório. Observou pensativo o advogado de Luter.

— Gostariam de comer alguma coisa, senhores? — Não queria lhes oferecer nada. Não confiava em Luter nem gostava dele. Eles não aceitaram. — Então, o que posso fazer por vocês?

Luter não perdeu tempo.

— Seria muito ruim se vocês perdessem para *Excalibur*.

— O que o faz achar que podemos perder?

— Talvez *Excalibur* tenha uma vantagem ilícita.

— Como assim? — perguntou Franco, irritado. — Como o quê, por exemplo?

— Já percebeu como eles andam cheios de segredo com relação à quilha deles?

Franco encolheu os ombros.

— Todos nós mantemos segredos com relação às nossas quilhas.

— Acredito que a deles tenha sido projetada ilegalmente.

Franco Berlini inclinou-se para a frente.

— Isso é uma acusação muito séria. Espero que você tenha provas que possam sustentá-la.

— E temos. Andamos fazendo algumas pesquisas e achamos que eles utilizaram os serviços de um estrangeiro para projetar a quilha. Durante os testes de desempenho, havia um especialista francês em hidro e aerodinâmica hospedado nas instalações do sindicato. Ele afirma ter contribuído no projeto da quilha. Como você sabe, o projeto e a fabricação têm de ser feitos por pessoas do país que o barco representa.

Franco ficou olhando para eles.

— Este especialista está disposto a enfrentá-los e sustentar o que disse?

— Está.

— Por que está me trazendo esta notícia? Deveria fazer um protesto oficial por meio do comitê.

— Achei que seria de seu interesse saber. Se fizesse uma denúncia antes da última regata com *Excalibur*, então não teria importância se perdesse ou ganhasse. Se vocês perderem e eles forem desclassificados, isso lhes colocaria na próxima rodada para enfrentar os neozelandeses. Se vocês ganharem, então não fará diferença alguma, pois irão enfrentá-los mesmo.

— Você quer que o meu sindicato faça a denúncia?

Henry Luter encolheu os ombros.

— Bem, isso não é mesmo um problema para nós, pois *Excalibur*, provavelmente, não irá vencer os neozelandeses, mas seria uma tragédia se tudo isso... — Luter gesticulou para as instalações do prédio — tivesse sido feito por nada. A verdade é que vocês talvez estejam competindo com um barco ilegal. Não cabe a mim levar a questão ao comitê. Eles se perguntariam por que um inglês faria tal acusação contra um sindicato inglês. Deixei a Inglaterra para ajudar os representantes espanhóis. Daria a impressão de despeito e depois o motivo ainda poderia vir a se perder dentro do plano político.

— Acha que John MacGregor está a par disso? — perguntou, com o sangue fervilhando.

— Sem dúvida. Por que acha que está tão cheio de segredos com relação à quilha? Porque sabe que ela é ilegal. Se eu te alimentar com todos os detalhes, então poderá fazer a denúncia antes de disputar a última regata. Talvez eles passem por mais uma série antes de sair o resultado, mas aí eles serão desclassificados e vocês voltarão à cena.

Franco levantou-se e foi à janela que dava vista para os prédios do sindicato. Decidiu que nada mencionaria sobre o assunto com sua equipe. Isso poderia distraí-los. Preferia que os italianos ganhassem por mérito próprio, mas se era verdade que *Excalibur* era um barco ilegal, então isso explicaria muito da...

CAPÍTULO 40

— Inky vai assumir o leme na pré-largada — anunciou Mack, em sua reunião matinal.

Inky virou a cabeça de repente e olhou para o padrinho, completamente chocada.

— Eu? Não, Mack. Eu... — pôs-se a falar. Um olhar seu foi suficiente para silenciá-la.

— Agora, como todos nós ouvimos de Laura, a previsão do tempo está nos desafiando, para dizer o mínimo. Aposto que o *release* que Hattie distribuirá à imprensa dirá o quanto isso é excitante, mas eu diria que é extremamente perigoso...

— Tem certeza quanto a Inky assumir o leme? — sussurrou Sir Edward, assim que eles saíram da reunião, atrás de Inky, que estava pálida e silenciosa. — É a regata decisiva.

— Conheço minha equipe — disse Mack, em poucas palavras.

— Claro. Por que quer fazer isso?

— Ela está começando a perder a confiança. Estou sentindo. Há alguns milésimos de segundo de hesitação os quais não podemos enfrentar. Preciso lhe devolver sua confiança. Ela mesma precisa vencer Luca.

— Mas e se ela... sei lá... não quiser vencer? Quer dizer, inconscientemente. E se nós não vencermos por alguma razão?

— Conheço Inky. Ela saberá lidar com a situação. — Mack fez menção de afastar-se, quando então parou e olhou para trás. — Inky não sabe perder. Só sabe ganhar.

Em perfeito contraste com os últimos dias de competição, o reboque para o circuito da regata estava complicado no mar agitado, sob um vento de dezoito nós. A água esverdeada invadia de tal forma o depósito de velas que foi preciso fechar a escotilha, deixando todos no escuro. Ninguém podia dormir por causa do movimento do barco, portanto, enquanto parte da equipe ficou lá dentro, conversando no escuro, o resto do pessoal vestiu a indumentária de dias chuvosos e foi para o convés, Inky e Custard entre eles. O mar era uma massa branca de espuma, toda ela partindo para cima deles. *Excalibur* balançava tanto que o cabo do reboque toda hora afrouxava e esticava, dando-lhe grandes sacolejadas. O tempo fez com que a flotilha de barcos VIPs estivesse reduzida, mas as poucas centenas de espectadores fiéis lutavam contra as ondas. *Mucky Ducky* havia acabado de se alinhar a *Excalibur* para deixar Mack quando Inky viu dois dos projetistas do barco examinando-o extremamente ansiosos, o que a deixou ainda mais petrificada. Cutucou Custard e gesticulou para eles.

— Estão preocupados, com medo de que o barco não aguente — murmurou Custard.

— Isso não é problema seu — rebateu rispidamente Mack, que havia acabado de se unir a eles. — Vamos conversar sobre a pré-largada. Laura disse e Rafe concordou que não há lado do circuito que seja preferível hoje. Marco Fraternelli e sua equipe podem não concordar e querer brigar por um lado. Se for esse o caso, então brigaremos com eles pela posição, mas os deixaremos na dúvida sobre qual lado queremos de verdade. Eles sabem que temos Rafe, portanto, sempre irão imaginar que sabemos de alguma coisa que eles não sabem. Quando Luca te vir no timão, quaisquer que sejam os planos dele no momento, vai querer duelar com você. Não vai querer ninguém dizendo que está assustado demais para entrar nessa briga...

O tiro de cinco minutos foi disparado, e o barco italiano logo surgiu pelo lado direito, aproximando-se com agressividade de *Excalibur*, achando-se cheio de direitos. Por um segundo, de partir o coração, Inky congelou e lá estava *Excalibur*, como um pato na água, com os italianos a fuzilando com o olhar. Tudo no que Inky pôde pensar foi na água gelada escorrendo por seu pescoço, em seu uniforme molhado e no olhar chocado de Golly, que a tirou de seu devaneio. De repente, Inky pôs-se a agir, levando *Excalibur* para rumo de colisão com o *Baci*. Mack deixou escapar um suspiro que não sabia que estava estrangulado. Algumas das coisas que ele havia dito mais cedo ecoaram na cabeça de Inky: "Ele gosta de descer, afundar e depois emergir num salto." Então seria preciso fazê-lo girar em círculos.

Os dois barcos circularam agressivamente em torno de um e outro. Inky mal podia ouvir a própria voz por causa do rumor da voz do timoneiro italiano. Estava pronta para ele, quando ele se aproximou de verdade, tentando afastá-la da linha, mas ela desviou rapidamente para o lado, bem debaixo de sua popa. A água ficou riscada de branco quando os barcos começaram a cortar e investir. Os borrifos de água que subiam dificultavam a visão de todos. O uniforme de chuva agia como um empecilho, como se alguns sentidos tivessem sido bloqueados. Inky notou que Rafe não usava nada além de uma jaqueta leve, os cabelos colados na cabeça, sem parecer perceber.

— Que lado, Rafe?

— Está cheio de buracos. Não há lado bom.

— Mack?

— Eles parecem preferir o lado esquerdo, então vamos para a direita e fazer uma boa largada.

Inky fingiu não perceber que o *Baci* tentava conduzir *Excalibur* para longe do lado esquerdo, mantendo os números de Sammy vivos em seus ouvidos. Mas, para frustração do *Baci*, eles não conseguiram se posicionar adequadamente à popa de *Excalibur*, para conseguir conduzi-los para fora do circuito.

Os barcos começaram a circular com menos rigor. Estava difícil para as duas equipes. Mack assumira a posição de Inky como estrategista e estava tentando encontrar uma fraqueza em seu oponente.

— Eles estão indo — disse ele, subitamente, mais por pura intuição do que por vigilância. — Poucos segundos depois, o rumor das velas do *Baci* confirmou sua previsão, quando o veleiro lançou-se mais uma vez na direção de *Excalibur*, mas os preciosos segundos de antecipação de Mack já haviam lhe dado vantagem. Mais uma vez, Inky desviou e surgiu atrás do *Baci*, numa posição especial que, para a fúria da equipe italiana, deu-lhe grande vantagem e permitiu-lhe afastá-los impiedosamente do lado esquerdo da linha de largada.

Rafe começou a contagem regressiva.

— Sessenta... cinquenta... quarenta e nove... — E, com um julgamento rápido, digno apenas dos mais gabaritados velejadores de *match race* do mundo, Inky calculou o ponto em que o *Baci* se encontrava, o mais longe que ela poderia colocá-lo da linha de largada e onde poderia fazer uma largada perfeita, partindo do lado direito. Neste momento, virou as costas para eles e ganhou velocidade. Mais tarde, diriam que eles não poderiam ter largado a partir do segundo em que a proa de *Excalibur* cruzara a linha.

Houve um momento de silêncio em que toda a equipe sentiu-se orgulhosa e Mack adiantou-se para pegar o leme de Inky. Pela primeira vez naquela regata, ela se permitira dar uma olhada para trás, para o *Baci*, que ainda lutava bem atrás da linha de largada, e para Luca. Mack quebrou o silêncio ao anunciar:

— E esta foi uma lição dada por Inky Pencarrow sobre como começar um *match race*. Acha que Marco Fraternelli irá se lembrar disso pelo resto da vida ou só pelas próximas décadas?

— Eles estão atravessando... eles estão atravessando... agora — disse Sammy, quinze segundos depois, apertando o cronômetro.

Ao observar Inky na pré-largada, Mack soube que ela havia feito um trabalho maravilhoso, timoneando *Excalibur* naquelas condições. As ondas batiam na proa do barco e a balançavam para cima e para baixo.

— Tudo certo, Fabian? — perguntou Mack em seu microfone minúsculo, cujo par se encontrava firmemente preso no ouvido do proeiro. De tanto em tanto, Fabian desaparecia de vista, e até mesmo Mack só conseguiu ver o polegar dele para cima, sinalizando que estava bem. — Fiquem ligados, todos vocês! — gritou. — Vamos colocar *Excalibur* no circuito.

Eles velejaram com dificuldade até a primeira marca, a batida ocasional das ondas no casco fazendo-o balançar bastante. Mack gritava:

— Solte um pouco a vela mestra, Custard!. Mais um pouco! Mais meio centímetro! Isso! — Então *Excalibur* avançava por mais alguns momentos, apenas para atravessar a sequência seguinte de ondas, que chegavam aos joelhos de Fabian, e perdiam velocidade de novo. Sammy toda hora informava a distância do *Baci*, atrás deles. Por sorte, eles estavam se mantendo a uma boa velocidade, mas Mack ainda estava preocupado.

— Alguma sugestão, Rafe?

— Acho que o vento irá parar, mas não por enquanto.

Estavam se aproximando da marca agora.

— Código três vela balão! — Mack gritou para Ho, que subiu sozinho com a vela para o convés. Teria levantado o *Baci* com as próprias mãos, se pudesse, e em questão de segundos a vela fora encaixada no mastro e içada. Uma das tiras que prendiam a vela no lugar estava presa; Inky correu para ajudar e, por um espaço de tempo que pareceu horas, mas, na verdade, foram apenas segundos, ela, Fabian e Ho tentaram (e não conseguiram) soltar a vela em formato de ampulheta. No fim, ela teve que ser abandonada no convés.

— Deus do céu... — murmurou Mack quando *Excalibur* perdeu velocidade.

— O *Baci* está se aproximando — anunciou calmamente, Sammy, o navegador.

Quando o balão foi reerguido, o *Baci* já os havia praticamente alcançado. — Eles são mais rápidos e estão mais perto — comentou Sammy.

Inky ouviu a proa do barco deles formar ondas do lado de *Excalibur*, e as vozes italianas ficando mais altas. Não lhes deu a satisfação de virar para trás. Sammy, que olhava na direção deles, ficou o tempo todo falando:

— Eles se aproximaram mais três metros... mais velocidade, Mack... recuperamos dois metros... mantenha assim... eles estão passando a nossa frente!

No rumo em que estavam, os italianos não velejavam diretamente para a próxima marca, mas em ângulo com ela, portanto, em determinado momento, o *Baci* teria que dar um jibe para cruzar a proa de *Excalibur* e chegar primeiro à marca. Mas eles mal podiam se afastar de *Excalibur* para fazer o que precisava ser feito.

Inky havia levado tudo isso em consideração.

— Devemos jibar, Inky? — perguntou Mack.

— Não, vamos forçá-los para fora da linha indicadora. — A linha indicadora era uma linha imaginária além da qual eles perderiam tempo caso não jibassem rumo à marca. — Vamos criar mais problemas lá.

O *Baci* estava tentando desesperadamente arrumar espaço para jibar e ultrapassar *Excalibur*, mas, cada vez que ganhava mais velocidade, Mack a recuperava.

Inky aguardou até o último segundo para dar instruções de jibar, então, assim que empurraram o *Baci* para a linha indicadora, jibaram e avançaram para a marca, chegando lá segundos antes dos italianos. Fabian já estava diante do mastro da vela balão, preparando-se para recolhê-la e, assim que rodearam a marca, retirou o pino que lhe prendia à base e a vela enorme escorregou para baixo, agora impotente. Fabian desceu como um macaco para o convés e começou a reunir a vela enorme, braçada a braçada, com a ajuda de Ho e Sparky. Se alguma parte dela caísse na água, isso atrasaria *Excalibur* e o faria perder preciosos segundos.

Dentro de alguns momentos, a vela já estava segura dentro do depósito e o mastro da vela balão já estava livre.

— Rafe, alguma mudança?

Rafe hesitou, assim que percebeu uma leve mudança na água, que trazia chuva.

— Só pequenas alterações. Nada de mais.

— Temos apenas que pegá-las melhor do que o *Baci*.

A chuva caía em turnos agora, e a visibilidade diminuía aos poucos. Merda!, pensou Mack. Perderiam o *Baci* de vista e só Deus saberia o que poderia acontecer. Numa regata da America's Cup, na qual se competia com outra equipe, e não contra o tempo, era torturante ficar fora de contato com o outro barco. Tudo é feito com relação a ele.

O mesmo pensamento devia estar passando pela cabeça de Inky, pois ela disse:

— Vamos marcar o *Baci*. — Pelo menos, dessa maneira, embora não pudessem bloquear o vento deles, poderiam se manter na mesma área e marcá-los ostensivamente, caso quisessem. — Não estou particularmente interessada em duelar com eles — comentou Inky. — O *Baci* parece mais veloz com suas cambadas.

— Concordo — disse Mack. — Vamos fazer só uma marcação.

Mas enquanto a chuva aumentava e a visibilidade diminuía, o *Baci* os alcançou. *Excalibur* não teve outra escolha a não ser marcá-los ostensivamente. O *Baci* deve ter percebido sua melhor aceleração por consequência da manobra, pois logo começou um duelo de cambadas com uma rápida sucessão de quatro manobras.

— CAMBAR! — gritou Mack, pela quinta vez e as velas balançaram pelo convés. — Eles não estão dando tempo para nos recuperarmos — murmurou para Inky.

— Eles estão chegando. O *Baci* vai alcançar velocidade suficiente para nos ultrapassar com mais três cambadas — comentou Inky.

Sammy fazia cálculos apressadamente.

— Estamos a novecentos metros da marca.

— Ainda não consigo ver.

— Dê outra cambada — disse Inky, cujo trabalho era observar o barco concorrente.

— É o que iremos fazer — disse Mack. — CAMBAR!

Rafe subiu o pedestal para dizer à equipe que os italianos os ultrapassariam dentro de três cambadas e começou a gritar desaforos para eles. Isso deve ter surtido algum efeito, pois os italianos precisaram de cinco cambadas para ultrapassá-los.

— Vamos dar uma cambada de uma vez — disse Inky, tranquilamente. — E então voltar a sota-vento, rumo à marca.

Mack concordou e entendeu o raciocínio dela. Não havia razão para continuarem na cola dos italianos durante todo o circuito até a marca. Deveriam tentar o elemento surpresa que a chuva podia lhes propiciar e seguir a sota-vento, o que lhes daria direito de passagem. Mack deu uma cambada para se afastar e logo perdeu os italianos de vista, sob a chuva.

Agradeceu a Deus por Sammy, que calculara corretamente a posição deles e tanto o *Baci* quanto a marca emergiram ao mesmo tempo, na chuva. Ele os concedera a liderança. Sem as cambadas estropiadas, *Excalibur* acabara ganhando velocidade e alguns centímetros em relação ao *Baci*. A proa deles estava praticamente junto da popa do barco italiano, agora que estavam em rumos paralelos, mas isso era tudo o que eles precisavam para fazer uso do direito de passagem. Fabian, na proa, ao mesmo tempo que retransmitia a distância entre os dois barcos, ouvia a voz preocupada dos italianos. O *Baci* não teve outra escolha, a não ser lhes dar passagem na água para rodearem a marca. Fabian preparou o mastro da vela balão.

Mas Mack cruzou a marca sem se virar e passou apertado, incitando berros do *Baci*, que não foi capaz de virar até *Excalibur* fazê-lo. As cabeças escuras da retaguarda italiana estavam constantemente virando para trás para checar a posição deles. A flotilha de barcos VIPs apareceu de repente em meio à chuva.

Depois de franzir os olhos no horizonte à procura dos barcos e perdê-los de vista na chuva, a flotilha de barcos VIPs decidira esperar por eles na marca. Os guias ficaram petrificados ao verem os dois veleiros enormes assomarem de repente, saindo da névoa. Mack empurrou o *Baci* para cima da flotilha. *Excalibur* virou e Fabian abriu a vela balão, mas já era tarde demais para o *Baci*. Os gritos italianos transformaram-se em pânico, quando gritaram em inglês e italiano para a flotilha VIP, para que ficasse imóvel enquanto eles cruzassem o caminho. Mack não ouviu o ímpeto da vela balão por pelo menos outros vinte segundos e sorriu satisfeito.

— O *Baci* ficou para trás, no comprimento de doze barcos — disse Sammy.

O *Baci* ficou tão atrás que não teria a chance de alcançá-los. Mack beijou o timão de *Excalibur*. Estavam classificados.

CAPÍTULO 41

Hattie abriu caminho pela multidão de gente molhada que ficara aguardando *Excalibur* no porto. A chuva escorria pelas pontas de seus cabelos, o rímel estava ligeiramente borrado na lateral dos olhos. A primeira pessoa com quem ficou cara a cara foi com Rafe.

— Você venceu! Você venceu! — gritou e jogou os braços em torno de seu pescoço. Ele a levantou com um grande abraço, beijou-lhe o pescoço e a colocou de volta no chão, antes de ser levado por uma avalanche de admiradores. Várias pessoas passaram pisando os pés de Hattie, mas ela se manteve firme, passando a mão disfarçadamente no lugar onde ele a havia beijado.

Não demorou muito, precisou juntar-se a toda a equipe para a entrevista à imprensa. Inky estava desesperada para ver Luca, mas cada vez que avistava a cor da equipe italiana e tentava aproximar-se, era varrida por mais pessoas. Havia observado as expressões abatidas e derrotadas do barco italiano e achou que seria difícil eles se sentirem alegres pela sua equipe. A vitória de *Excalibur*, provavelmente, significaria o fim entre ela e Luca.

Uma imensa colcha de retalhos de cores e pessoas diferentes saiu em marcha para a conferência com a imprensa. Custard deu um jeito de alcançar Inky.

— Você está bem? — perguntou ofegante, quando a alcançou. Adivinhara o que ela estaria pensando.

— Acho que sim. Só um pouquinho triste.

Custard apertou seu cotovelo.

— Pense em toda a quantidade de macarrão que você teria que comer.

— Mas eu gosto de macarrão — protestou Inky, quase chorando.

— Não, Inky. Isso não seria bom para você. O que você precisa é de uma boa dose de pudim de ovos inglês, ou seja, *Custard*!

Era a primeira vez que Inky sorria, havia semanas, e os cliques das câmeras aumentaram dez vezes, naquele dia, com fotos deles.

Por fim, estavam todos sentados em cavaletes enormes, cercados por microfones, sob um coreto que ficava no centro da vila da America's Cup. A equipe brilhava de tanta autoconfiança e tinha o sentimento onipotente de um time perto da perfeição. Luca estava do outro lado, de frente para Inky. Não olhava para ela.

— Vocês estão classificados para a próxima rodada, Mack, como se sente?! — gritou um jornalista inglês, do meio da multidão empolgada.

Mack abriu um sorriso em resposta à pergunta.

— Sinto-me maravilhoso. Nós não poderíamos estar mais felizes. A equipe italiana foi um concorrente à altura.

Dirigiram a mesma pergunta a Marco Fraternelli, timoneiro e chefe da equipe italiana.

— Naturalmente, estamos decepcionados. Tínhamos esperança de ir muito mais longe na competição. Mas temos um provérbio italiano que diz que a grandeza de um povo depende da grandeza de seus inimigos. John MacGregor e a equipe *Excalibur* nos fizeram muito grandes.

Seguiu-se uma salva de palmas. Mack continuou a responder a inúmeras perguntas; igualando-as em cortesia à resposta italiana.

No final da conferência, percebeu que o chefe da equipe do barco neozelandês, *Black Heart*, aproximara-se silenciosamente para observá-los. Estava mais para os fundos, recostado em uma das colunas e parecendo muito preocupado. Mack aproximou-se, e eles se entreolharam, pensativos.

— Você é o próximo — sussurrou Mack.

A manchete do dia seguinte, "MULHER GUIA BARCO INGLÊS À VITÓRIA NA AMERICA'S CUP" (na qual Mack teve boa participação), saiu acompanhada de uma foto deslumbrante de Inky. O jornal tirara a foto dela no leme; parte de seus cabelos haviam se soltado e, molhados, açoitavam seu rosto, em séria concentração.

— Isso é maravilhoso! — disse a mãe, mais uma vez admirando a foto. — Vou escrever ao jornal, pedindo o original. Essa foto vai ficar linda no corredor lá de casa.

O corredor da casa deles era todo ocupado com fotos de grandes momentos da carreira de todos.

— Pensando bem, para o cacete com o corredor! — disse Mary, após pensar melhor. — Acho que quero esta foto na minha mesa de cabeceira. — Beijou a testa de Inky. — Estou tão orgulhosa de você!

Inky sorriu. Não sabia o que a chocava mais: a mãe não seguir uma tradição familiar ou dizer "para o cacete", mas estava preocupada demais para responder. Toda a equipe *Excalibur* fora convidada para uma festa que seria oferecida pelos italianos. Tais "velórios" eram uma tradição na America's Cup e era um grande sinal de respeito à equipe britânica que tivessem sido convidados. Inky não sabia se deveria ir ou não. Estava deitada no sofá, num mar de indecisão.

— Você *quer* ir? — perguntou a mãe, baixando o jornal e sentando-se na mesinha de centro, de frente para ela.

— Só acho que Luca não vai querer me ver.

— Mas você não tem como saber.

— Sei que ele não gosta muito de perder.

— Ninguém gosta muito de perder.

— Quero dizer, perder para mim. Talvez eu deva deixá-lo digerir a ideia por um tempo.

James Pencarrow entrou afobado pela porta da frente, carregando sacolas de compras.

— Eles não tinham manteiga, então teremos que...

— James? — Mary o interpelou, com firmeza.

Ele parou, surpreso.

— Sim?

— Você se importaria de ir a outra loja procurar manteiga?

— Agora?

— Sim. Agora.

James olhou para as duas mulheres, soltou as sacolas e saiu sem dar nenhuma palavra a mais.

— Se pudesse ter escolhido, preferiria ter perdido e ficado com Luca?

Inky ergueu os olhos para a mãe, surpresa com a pergunta.

— Não! — respondeu em seguida. — Não preferiria.

— Então as coisas estão acontecendo do jeito que você queria e vamos esperar que Luca seja maduro o suficiente para aceitar, mas, de qualquer forma, acho que você precisa ir lá descobrir — disse Mary, gentilmente. — Mack irá também?

— Sim, acho que sim.

— Então ele estará por perto se precisar de alguém. Por que não se levanta e se arruma?

Esta era a primeira vez que Inky entrava na base italiana, mesmo eles sendo vizinhos, e ficou surpresa pela forma descontraída do lugar, após a costumeira checagem de segurança feita nos portões de entrada por homens robustos, de terno e óculos escuros. As já esperadas crianças de olhos escuros corriam no meio de grupos de pessoas conversando, alguém começara a fazer um churrasco do lado de fora e o cheiro de carne marinada fluía de forma tentadora pelo ar. Uma criança pequena estava deitada no chão, num acesso de pirraça, enquanto a mãe a tranquilizava e outros italianos se aproximavam gentilmente, aumentando o volume da voz para compensar os berros. Inky procurou Luca, nervosa. Não precisou procurar por muito tempo. Ele estava sentado numa espreguiçadeira, conversando muito intimamente com uma mulher loura, de minissaia e camiseta.

— Olá — cumprimentou-o, preocupada. Tentara aparentar o mais feminina possível naquela noite, para não lembrá-lo de nada relacionado à vela: um vestido longo e floral, um xale azul-claro por cima dos ombros, por causa da friagem da noite, e chinelos bordados com margaridas, que a mãe havia comprado na loja Liberty, para lhe dar de presente. Adorou-os.

Luca ergueu os olhos.

— Inky! Podemos terminar mais tarde? — perguntou à moça com quem conversava. Afastou Inky dali. — Jornalista — explicou.

Ele parecia bem e ela conseguiu relaxar um pouco.

— Gostaria de comer e beber alguma coisa?

— Sim, claro.

Eles foram ao bar improvisado, feito de duas mesas estilo cavalete. Inky bebeu *prosecco* gelado e Luca tomou outra cerveja. Em silêncio, caminharam na direção da churrasqueira, na qual Luca serviu seus pratos com espetinhos de carne, salada de batata e alcachofra e pimentão seco regado com azeite. Encontraram um canto mais reservado para ficar.

— Seus pais estão aqui? — perguntou Inky, entre garfadas. A comida estava deliciosa.

— Em alguma parte aí por perto. Começaremos a fazer as malas amanhã e voltaremos para a Itália.

— Sinto muito — disse Inky, com sinceridade. Deitou o garfo no prato.

Luca encolheu os ombros.

— Assim é a America's Cup. O campeão leva tudo.

Com os olhos, Luca seguiu Jason Bryant, que atravessava a base.

— O que ele está fazendo aqui? — perguntou Inky.

— Parece que é amigo de um dos trimmers. Acho que *Phoenix* será uma equipe maravilhosa. Eu os vi em ação. Vocês terão muito trabalho para vencê-los, se chegarem tão longe assim.

— Estou triste por vocês terem perdido, mas não estou triste por nós termos ganhado.

— Este é o fim de todos os nossos sonhos. Dois anos de treinamento duro. Vocês tiraram isso de nós. — A voz de Luca estava seca.

— Haverá outras America's Cups.

— Temos um sindicato forte desta vez. Talvez, da próxima, não sejamos tão bons. Talvez, da próxima vez, eu não seja escolhido. — Ele não conseguia disfarçar a decepção na voz.

Inky abriu a boca para dizer alguma coisa, mas a fechou em seguida. Sabia que se estivesse na posição dele estaria se sentindo do mesmo jeito. Não haveria palavras para consolá-la. E ele, em especial, não queria ser consolado por ela.

— Você disse que saberia lidar com a situação, se nós ganhássemos.

Luca olhou diretamente para ela.

— Eu disse isso quando achava que vocês iriam perder. Sempre acreditei que iríamos ganhar.

— Então não consegue — constatou ela, aos poucos.

— Não. Não, acho que não.

Inky olhou para seus olhos escuros; seu belo rosto estava retorcido de ressentimento. Como as coisas seriam diferentes se a situação tivesse sido inversa! Mas ela conseguia entender, visitara a casa dele. Lá, Luca era o rei. Os homens eram os provedores e as mulheres ficavam cuidando da casa. Era um ótimo *status quo*, quando funcionava, mas que não dava certo quando as mulheres saíam para trabalhar e ganhavam dos homens numa competição da America's Cup. Ficava chocada como uma atitude tão primitiva ainda podia existir, mas existia, e estava ali, reclinada em uma espreguiçadeira e olhando para ela com uma mistura de raiva e desejo.

— Sinto muito, Inky.

— Precisa de um tempo? — Ele estava tão cru no momento! Talvez, quando as coisas se acalmassem...

— Preciso, preciso de mais tempo.

Inky levantou-se, segura de si, e colocou o prato numa mesa próxima. Sorriu-lhe.

— Sabe onde me encontrar, se quiser. Adeus, Luca.

— Adeus, Inky.

Pôs-se a andar. Ele estava fazendo as malas para voltar para a Itália e ela não sabia se voltaria a vê-lo.

— Inky?

Inky virou-se, cheia de esperanças.

— Sim?

— Boa sorte.

Ela sorriu.

— Obrigada.

Alguém a pegou pelo braço, quando se aproximava dos portões. Para sua surpresa, era Jason Bryant.

— O que está fazendo aqui, Pencarrow?

— Visitando um amigo. — Voltou os olhos para o churrasco, para onde Luca havia retornado e voltado a sentar-se na espreguiçadeira para conversar com a jornalista loura. Inky ficou chocada ao perceber como aquilo estava doendo. Forçou o olhar de volta para o rosto de Jason Bryant. — E você?

— Visitando um amigo também. Vocês venceram hoje.

— Vencemos.

Ambos olharam desafiadores um para o outro. Jason Bryant foi o primeiro a desviar o olhar.

— Quer tomar alguma coisa?

— Para que você me embriague e tente tirar alguma informação? — disse Inky, cheia de suspeita.

— Que tal se eu beber dois copos a cada copo seu?

Inky olhou-o desconfiada, mas a curiosidade venceu.

— Está bem. — Voltou os olhos para Luca. — Mas não aqui.

Foram a um bar próximo.

— O que gostaria de beber?

Inky pensou. Após o encontro com Luca, iria querer algo forte e honesto.

— Uísque. Puro.

— Você sempre me surpreende — murmurou ele. — Ouvi dizer que estava saindo com uma cara do sindicato italiano. Foi o tal amigo que foi visitar?

— Sim, foi — respondeu, sem vontade de se prolongar.

Inky acomodou-se no banco do bar e observou Jason pedir um uísque para ela e um uísque duplo para ele. Empurrou-lhe o copo e levantou o seu.

— Duplo, viu? Cumpro com a minha palavra.

— Henry Luter não irá te despedir por estar confraternizando com o inimigo? Vocês não podem conversar com membros de outros sindicatos, podem?

— Não é estritamente proibido, mas temos de preencher um relatório com o teor da conversa. Vocês já perceberam que se ganharem da equipe neozelandesa irão competir conosco? — *Excalibur* iria enfrentar os neozelandeses dentro de nove dias, o campeão concorreria oficialmente pelo título da America's Cup junto com *Phoenix*.

— Estou ansiosa por isso.

— Está confiante.

— Estamos mais do que isso. — Inky olhou-o diretamente nos olhos e sorriu. Imaginou se ele estaria tentando deixá-la nervosa e mudou de assunto: — Como está Ava?

Jason ficou surpreso, quase como se não esperasse que Inky soubesse sobre eles. Pareceu pouco entusiasmado e encolheu os ombros.

— Ela é uma mulher difícil, como sempre foi.

— Talvez esteja lidando de forma errada com ela. — Calma, disse a si mesma. Não o deixe irritado. Mas Bryant já havia bebido demais para perceber, suas defesas estavam bem baixas.

— Não sei se há uma maneira correta de lidar com ela. Ela ainda precisa aprender o que é o mais importante numa relação.

— Sem considerar o jogo da America's Cup?
— Nada perto disso. Por que está tão interessada?
— Sou muito amiga de Rafe — respondeu, confusa.
— Ah, eu não sabia — respondeu, preocupado. É claro que ter amizade com qualquer pessoa da mesma equipe era uma novidade para Jason. — Ele está ganhando uma boa reputação, não está? O seu mensageiro dos ventos.
— Ele é fantástico — foi tudo o que disse.
— Ninguém é tão bom assim — rebateu Jason. — Além do mais, dizem que ele não é britânico.
— Ah, mas ele é britânico, sim.
— É bom você dizer a ele para tomar cuidado. Ainda lhe devo uma.

Seguiu-se mais uma pausa.
— Mais uma dose? — gesticulou para o copo vazio dela.
Inky hesitou.
— Preciso ir embora. Preciso me encontrar com minha equipe.
Jason inclinou-se para a frente e pôs a mão sobre a dela.
— Não vá — foi tudo o que disse.
Inky encarou-o com a feição séria. Seria algum tipo de piada de mau gosto? Será que toda a equipe *Phoenix* surgiria ali dentro de um segundo e riria dela? Mas os olhos dele pareciam sinceros e quase ávidos.
— A não ser, claro, que você tenha que voltar para o seu amigo do sindicato italiano — murmurou ele.
Imóvel, Inky não retirou a mão. Pensou no relacionamento deles ao longo dos anos. Na antipatia que beirava o ódio, na necessidade quase psicótica de um derrotar o outro. Será que alguma dessas coisas tinha a ver com desejo? Sentia-se rejeitada por causa de Luca e era ambiciosa. Isso era uma combinação perigosa.

CAPÍTULO 42

O restante da equipe se encontrava em um bar, a quinhentos metros de onde Inky e Bryant estavam. Todos tinham ido à festa da vela, ou ao velório italiano, mas, sentindo-se desconfortáveis e incapazes de celebrar apropriadamente a vitória, logo deram desculpas e saíram. A ausência de Inky foi discretamente comentada, e Custard mandou-lhe uma mensagem pelo celular: "Onde é que você se enfiou?" Ele ficaria muito surpreso se soubesse a verdade.

Mais cedo, eles haviam levado pizza e cerveja para a esforçada equipe de base, para celebrarem a vitória sobre os italianos. Normalmente, eles teriam tido a noite de folga, mas os projetistas, preocupados por *Excalibur* ter ficado exposto a um mar tão violento, preferiram fazer uma revisão completa entre as séries e Griff Dow, o coordenador de velas, estava trabalhando feito louco. Sendo assim, eles tiveram uma comemoração breve e improvisada — de certa forma com uma pontinha de culpa —, e logo voltaram ao trabalho.

Fugindo à normalidade, pois quase sempre precisava ir a uma reunião, Colin Montague comemorava com eles.

— O que quer beber? — perguntou Custard.

— Obrigada, Custard, mas vou querer só uma cerveja — disse Colin. — Qualquer uma.

— Eu gostaria de um gim-tônica, por favor — disse Sir Edward. Por um breve e doce momento, Custard achou o pedido fácil de atender. — Mas peça a eles para prepararem com Bombay Sapphire e, se eles não tiverem, então pode ser com Gordons. Como detalhe — Custard ameaçou ir embora —, eu gostaria de umas gotinhas de limão, meu caro. Não uma fatia, mas só umas gotinhas, de preferência num copo longo! — gritou, quando Custard já virara as costas.

— Por que Griff está tão preocupado com as velas? — perguntou Colin a Sir Edward.

— Na competição, os barcos só têm permissão para usar quarenta e cinco velas, independentemente de quantas corridas participarem, e nós já usamos mais do que a maioria já que as nossas séries foram mais longas, portanto, usamos uma quantidade muito grande.

— Claro.

— Mack se dá muito bem com Bee, não acha? — comentou, ao observar a equipe formar uma fila de bebedores de tequila.

— Ela o tranquiliza.

— Eu gostaria que o chato daquele cachorro dela me tranquilizasse. Qual o nome dele?

— Salty. Pipgin é o setter ruivo. E é de Custard. Bee não os deixa sair se há gente importante a bordo do *Mucky Ducky*. Ele e Pipgin brigam quando estão em casa. Na verdade, ele nunca nos viu perder — acrescentou, distraído.

— Salty, o cachorro, nunca nos viu perder?

— Nem uma vez.

Seguiu-se um silêncio enquanto Colin raciocinava sobre o exposto.

— Ele deve dar sorte. A partir de hoje, quero-o a bordo do *Mucky Ducky* sempre que competirmos.

Sir Edward abriu um sorriso.

— Muito bom.

Mais para o final da noite, Colin interpelou Rafe. Deixara propositalmente para fazê-lo mais tarde, quando achou que Rafe já havia ingerido bastante álcool.

— Sinto muito por não termos tido muito tempo para conversar desde o início do desafio — começou ele, constrangido.

— Não tem problema, sr. Montague. O senhor tem andado ocupado.

— Por favor, chame-me de Colin. Sei que talvez devêssemos ter conversado há mais tempo, pois tenho sentido vontade de dizer o quanto lamento por você e Ava. Não foi muito bom.

— Não foi culpa sua. O senhor não a obrigou a dormir com Jason Bryant — desabafou Rafe.

— Não, eu sei. Mas eu gostaria de ter sido mais encorajador na época. Infelizmente, sempre fui muito protetor com relação a Ava. Acho que vocês pareciam felizes juntos.

— Não devemos ter sido — disse Rafe. A cerveja estava fazendo com que se soltasse. — Não devemos ter sido felizes juntos, caso contrário, ela não teria ido para a cama com Jason Bryant. — Rafe olhava diretamente para Colin Montague.

Colin mudou um pouco de posição. Estava surpreso com a obsessão de Rafe. Talvez o tivesse subestimado.

— Acho que a felicidade não causa muito impacto em Ava. Ela parece ter outros planos.

— Diferentes dos meus, definitivamente.

— Que são...

— Ava preocupa-se demais com o que as pessoas pensam dela. Com a forma como é vista. Eu, particularmente, não me preocupo com nada disso. Eu a amei. Não porque era uma artista, porque era rica, porque era sua filha, nem mesmo porque era bonita. Mas porque era apaixonada, vibrante, pouco convencional.

Colin olhou-o entristecido, ciente de que Ava havia perdido uma excelente oportunidade.

— Acho que é essa paixão que a mete em problemas. Quer experimentar coisas demais. Quer experimentar tanta coisa! É difícil para ela ficar parada. E as pessoas falam com ela achando mesmo que seu nome sai no jornal só porque é minha filha. Já vi isso acontecendo. Isso é difícil para alguém com tanto talento. Tenho deixado minha opinião bem clara com relação a Jason Bryant — apressou-se em dizer —, mas, como você já deve saber, não estamos nos falando no momento.

Colin Montague olhou tão arrasado para sua garrafa de cerveja que Rafe logo respondeu.

— Não sei por quanto tempo mais eles continuarão a sair juntos, se isso servir de consolo.

Colin levantou bruscamente a cabeça.

— Vocês têm mantido contato?

— Temos.

— Alguma chance de que possam reatar?

Seguiu-se um longo silêncio. Rafe conteve-se mais uma vez.

— Talvez — acabou concordando e olhou ao redor, em busca de Custard, que ainda mandava mensagens de texto de seu celular. Até Fabian estava falando ao telefone. Rafe imaginou brevemente com quem. Deus do céu, ele precisava de outra cerveja.

• • •

A última palavra que poderia descrever Salty era tranquilidade. Bee havia se esquecido de puxar as cortinas da sala de estar e, consequentemente, Salty acordara cedo e animado para latir para os pássaros no jardim. Então, quando estava voltando a dormir, ela foi acordada novamente por uma ligação constrangida de Custard.

— É... Bee? É Custard.

Bee esforçou-se para abrir os olhos.

— Oi, Custard — bocejou. — Você não podia ter descido e batido à porta? Quer que eu suba e leve Pipgin aí em cima?

— Não, não é bem isso. Na verdade, não estou em casa.

— Onde está? Com alguma mulher bela e misteriosa?

— Não exatamente. Estou com Rafe. — Houve uma pequena pausa. — E Dougie. Mas não conte para o pai dele.

— Rafe? — Ela deu uma olhada rápida pelo quarto, como se isso pudesse confirmar que ele não havia chegado ainda.

— É, estamos na delegacia.

— O quê? — Bee sentou-se ereta na cama. — Na delegacia? Como vocês foram parar aí?

— Foi tudo culpa do Dougie e... para falar a verdade, Bee, eu gostaria muito de te contar a história toda, mas estão fazendo sinal para mim. Você poderia sair para nos pegar?

— Qual é o endereço?

Custard lhe deu o endereço.

— Ah, e traga um pouco de dinheiro também.

Bee vestiu-se, praguejando o tempo todo contra eles e imaginando o que Mack diria sobre o assunto. Teve de subir e pedir o carro emprestado a um dos membros da equipe e, como já fazia um tempinho que não dirigia, toda hora se esquecia de que lado da estrada deveria ficar. Graças a Deus, os valencianos não acordavam cedo no domingo. Ela chegou, encontrou três jovens envergonhados e, após breve constrangimento com os oficiais e uma pequena quantia como fiança, que Bee tinha quase certeza que não era da competência de nenhum dos oficiais ali presentes, eles foram liberados para irem embora.

— Por que, exatamente, vocês foram presos? — cochichou alto para Custard, que parecia ser o único capaz de falar. Os outros dois não abririam a boca sob o risco de passarem mal.

— Desordem e embriaguez.

— Onde está Inky? Vocês não a envolveram nisso, envolveram?

— Ela nem deu as caras ontem à noite. Vai ver deu uns beijos em Luca e eles fizeram as pazes. Além do mais, não havia como envolvê-la. Nós somos as partes inocentes nisso tudo.

Mas Bee não estava ouvindo. Já estava no meio de uma ira incendiada.

— Como puderam fazer isso? — cochichou alto, ao conduzi-los para o carro. — Como puderam arriscar tudo o que o desafio conquistou até agora? O que aconteceria se um de vocês quebrasse um braço ou uma perna? O que a equipe faria? Pensaram numa coisa dessas?

— Foi um pequeno mal-entendido, Bee. Sinceramente. No final da noite resolvemos comer umas tapas, e, depois, não conseguimos pegar um táxi no restaurante, ninguém parava para nos levar. Como todos os outros já haviam ido para casa, nós decidimos voltar caminhando. Dougie tropeçou e caiu em cima de um carro. O alarme disparou e, quando nos demos conta, estávamos indo em cana.

— Eles ficaram sabendo quem vocês são?

— Hah! Não demos o nosso nome verdadeiro. — Custard abriu um sorriso.

— Quer que eu fique contente com isso?

— Não queríamos envolver o desafio, por isso não telefonamos para Mack hoje de manhã, com medo de que o reconhecessem. Ele também teria sido muito mais amedrontador do que você. Com certeza, eles teriam jogado a chave da cadeia fora se soubessem que tinham quase a metade da equipe de *Excalibur* lá dentro.

— Mack não vai ficar nada satisfeito quando eu lhe contar.

— Podemos também não contar a ele? — Bee olhou para Custard. — Ah, vamos lá, Bee. Acho que eles não estavam muito preocupados conosco. O homem que estava na minha cela tinha tentado assaltar um banco.

— Isso me preocupa muito.

— Usando chinelos.

Bee não queria rir, mas não conseguiu se segurar.

— A propósito, onde está Fabian? Não está com você? Encontrei com Milly no corredor, e ela disse que ele não havia voltado para casa.

Eles se entreolharam, com cara de que mentiam.

— Deve estar no meu apartamento — disse Custard.

— E por que ele estaria no seu apartamento?

— Por que esqueceu as chaves?

—- Por que não bateu à porta do apartamento ou pediu ao porteiro para deixá-lo entrar? — perguntou Bee, encarando-o. — Não sabe onde ele está, sabe?

O cérebro de Custard não estava funcionando com velocidade suficiente. Fora uma longa noite. Ele desistiu:

— Está bem, está bem. Não sei onde ele está.

— Por que estava tentando lhe dar cobertura?

— Não estava lhe dando cobertura.

— Já lhe deu cobertura antes? — quis saber Bee.

— Acho que tem mulher no meio — Custard acabou concordando. Rafe e Dougie reviraram os olhos. — Ah, parem vocês dois! Ela está ficando assustada — rebateu Custard.

— Há quanto tempo tem lhe dado cobertura?

Custard encolheu os ombros.

— Uma, duas vezes.

— Você acha que tem mulher no meio ou sabe que tem?

— Poderíamos falar sobre isso depois, tia Bee? Não estamos nos sentindo muito bem — disse Rafe.

— Não, não poderíamos não. Não vou dar tempo para vocês inventarem uma história toda certinha.

— Não sabemos de nada. Não fazemos muitas perguntas.

— Vou vomitar — disse Dougie, proferindo as primeiras palavras do dia e saindo correndo para o bueiro.

Após ter despachado todos os homens para seus respectivos apartamentos, Bee ficou completamente perdida com relação ao que fazer. Sentia-se tensa com as notícias sobre Fabian. Tomou a decisão rápida de visitar Milly e levou tudo o que tinha na geladeira como desculpa.

— Trouxe café da manhã! — disse, quando Milly abriu a porta.

— Quanta gentileza!

— Onde está Rosie?

— Soneca da manhã. Entre, entre.

Bee seguiu Milly à cozinha e derramou os morangos e os brioches em uma das bancadas.

— Onde está Fabian? — perguntou, como quem não queria nada. Sentiu necessidade de perguntar. Seria estranho demais se não tivesse perguntado.

— Não sei. Ele ainda não voltou.

Seguiu-se um silêncio e Bee, propositadamente, abriu uma gaveta e tirou uma faca para cortar os morangos.

— Acho que ele está tendo um caso, Bee — desabafou Milly. — Você deve estar achando o mesmo... — Os olhos de Milly se encheram de lágrimas, Bee largou a faca e correu para o outro lado da bancada. Abraçou-a e balançou-a levemente. Milly sentiu o perfume das roupas da amiga. Queria que fosse o mesmo perfume do suéter da mãe e, por um segundo, desejou tê-lo trazido para Valência.

Milly fungou.

— Estou bem, de verdade. Com muita raiva, para ser sincera. Já suspeitava há um tempo. Então achei um nome. Daphne. A mãe dele ficará satisfeita. Nome de rico, do qual ela certamente se orgulharia. Ele deve estar com Daphne agora.

— Já perguntou para ele?

— Ainda não.

— Por que não?

— Na verdade, não sei, acho que é porque estou furiosa. Sinto vontade de dizer "foda-se a America's Cup", mas aí penso em todo o estresse que eles estão passando, que tudo isso só durará mais algumas semanas, e acho que devo segurar minha língua. Nem tanto por causa de Fabian, porque, acredite em mim, eu seria capaz de torcer o pescoço dele, mas por causa do resto da equipe. Eu nunca me perdoaria se eles perdessem por minha causa.

— O que pensa em fazer?

Milly pareceu surpresa com a pergunta.

— Irei embora, claro. Pegarei Rosie, voltarei para Whitstable e darei um jeito de fazer meu curso de moda.

— Ai, meu Deus, sinto muito. — disse Bee, triste demais.

— Estou bem — insistiu Milly. — Estou mesmo. Só que é tão estranho tentar agir como se nada estivesse acontecendo! As esposas ficam perguntando quando teremos nosso próximo filho e fico sorrindo, dizendo que não sei. Ele teve a cara de pau de passar a noite toda fora, na semana passada, e dizer que tinha pegado no sono, num banco do parque, ou qualquer outra desculpa esfarrapada. E para piorar, a mãe horrorosa de Fabian está vindo para cá vê-lo competir.

— Ela é mesmo horrorosa?

Milly deu-lhe alguns exemplos do comportamento de Elizabeth.

— E quando a mãe está por perto, Fabian parece infectado por seu esnobismo irritante. Ficarei feliz em me livrar de todos eles. Mas será terrível.

— Onde ela vai ficar?

— A mãe dele? Bem, isso é outro problema. Ela terá que ficar num hotel, porque já falei para o meu pai que ele pode ficar aqui com a gente, e ela também fez pouco do apartamento.

— E isso será um problema para a mãe de Fabian?

— Será, porque aí ela terá que pagar hospedagem e tudo dará errado. A cama será dura demais, as janelas estarão sujas, a vista de seu quarto será horrível, não haverá água corrente suficiente nas torneiras e, acima de tudo, a televisão falará em espanhol.

Bee riu.

— Ela poderia ficar comigo?

— Eu não imporia a presença dela a você — disse Milly, com o semblante sério. — Estou fazendo o possível para me manter alegre pelo bem de Rosie, mas é muito difícil quando se está olhando para tudo o que se tem e tentando decidir o que levar. — Milly tentou sorrir. — Pelo menos, meu pequeno negócio está indo bem. Algumas pessoas acham que eu opero milagres. Uma das esposas da equipe de base desceu com uma foto ontem e perguntou: "Pode me fazer ficar assim?" Senti vontade de dizer: "Só se você perder trinta quilos e fizer plástica." Milly tentou sorrir, mas começou a chorar.

Bee abraçou-a de novo.

— Estou tão furiosa com Fabian, Bee! Como ele é estúpido! Tento desesperadamente não amá-lo, mas, cada vez que o vejo com Rosie, ou cada vez que me faz rir com alguma piada idiota, achando graça antes de ter terminado de contá-la, eu não aguento. Eu o amo, Bee, esse é o problema. — Soluçou em seu ombro. — Apesar de tudo isso, eu ainda o amo.

Milly estava absolutamente correta quando disse que achava que Fabian estava com Daphne.

Fabian acordou tomado de pânico. Tivera a intenção de voltar para casa, mas estava tão cansado que simplesmente caíra no sono. Estava coberto por um tapete. Esfregou os olhos com vontade e pegou o celular, à procura de mensagens. Deu um suspiro de alívio, Milly não havia telefonado.

Sentiu o cheiro de linguiças cozidas. Aos poucos, balançou as pernas na frente da cama e olhou para as tábuas do assoalho, sentindo-se terrivelmente culpado. Ele estava em um barco.

Caminhou pesadamente até a minúscula cozinha onde uma alta figura debruçava-se sobre o fogão.

— Bom-dia — resmungou.

Um homem virou-se. Tinha cabelos ralos e alguns fios grisalhos começavam a aparecer, mas ainda era belo e louro. Seu rosto bronzeado e recém-barbeado apresentava algumas linhas finas e rugas. Era tão belo quanto Fabian.

QUARTA PARTE

CAPÍTULO 43

Fabian lembrava-se da primeira vez que vira o pai. Fora logo antes das séries contra os italianos. Um iate os havia seguido algumas vezes em seus treinos. Ninguém prestara muita atenção; havia sempre muito trânsito por perto. Mas ele se lembrava muito bem do momento. Tinha acabado de ajustar o mastro da vela balão e saltara de volta para a proa. O iate lhe chamara a atenção por causa do vulto no deque. O homem estava virado de costas para o sol, portanto, seu contorno era uma mera silhueta. Fabian não sabia muito bem o que fazia aquele vulto tão familiar, mas quando ficou de pé, protegendo os olhos com a mão, os gritos dos companheiros ecoando em seus ouvidos, as lembranças começaram a se movimentar e a produzir sons.

Tão logo *Excalibur* chegara ao porto, Fabian descera do barco e, alheio aos gritos de Inky e Custard, percorrera correndo o caminho até onde estava o iate. Subiu a bordo de *Daphne* e o vulto alto e louro, que estava preparando chá no fogão, descontrolou-se e chorou. Momentos depois, Fabian o acolhia em seus braços.

— Pai — ficou repetindo, como se para convencer-se de sua existência.

Eles acabaram se sentando para tomar chá.

— Achei que estava morto — dissera Fabian.

Achara que o pai parecia envergonhado, mas não tinha certeza.

— Sinto muito — dissera David Beaufort, por fim.

— Por onde tem andado? Tenho te procurado.

— Andei pela Europa no primeiro ano e depois pela América do Sul.

— Assim, sem mais nem menos? E quanto ao seu passaporte?

O pai encolhera os ombros.

— Rodei por aí sem passaporte. Nenhum porto grande. Tinha apenas de torcer para nunca precisar da guarda costeira nem de nada parecido.

— Como me encontrou?

— Li sobre você em uma revista de iatismo. Tenho te procurado na esperança de ver o seu nome, e então o achei. Fiquei tão orgulhoso. — Pusera a mão sobre a de Fabian, mas ele a retirara.

— Não te vejo desde que Rob morreu — dissera, bruscamente.

— Sinto muito.

— Eu também. Precisei de você.

— Deve ter sido muito difícil.

— Difícil? Foi terrível. Ninguém falava comigo e aí você desapareceu quando as empresas faliram e, de um jeito ou de outro, as pessoas acharam que eu era responsável por isso também. Como se eu tivesse te empurrado abismo abaixo. O que aconteceu?

— Transferi algum dinheiro para cobrir uma pequena perda numa das empresas. Sabe aquela empresa manufatureira que eu tinha? A que fazia miudezas para construção civil? Bem, ela empregava cerca de quinhentas pessoas e estava passando por uma fase ruim. Nada de errado com o produto ou com o mercado, só uma maré de má sorte. Então transferi um pouco de dinheiro para cobrir o prejuízo. Aí um dos prédios desabou e acharam que havia sido por causa das nossas vigas de ferro. Então nos processaram. De repente, ninguém mais quis comprar conosco, a companhia estava para falir, e eu tinha muito dinheiro investido ali. Tudo caiu em derrocada. Logo me vi transferindo dinheiro de todos os lugares, tentando salvar tudo.

— Por que você, simplesmente, não faliu?

— Fui desonesto. Para começar, eu não poderia ter desviado todo aquele dinheiro. Não era dinheiro meu.

— Você podia ter ficado. Ficado e ido para a cadeia.

O pai concordara.

— Sim, eu poderia ter feito isso. Às vezes, eu gostaria de ter feito isso mesmo. Mas, quando se começa a correr, simplesmente não se consegue mais parar. Sua mãe e eu nunca fomos felizes juntos mesmo, você nunca estava por perto, e eu não via mais sentido no que fazia. Parecia não haver motivo para ficar.

— O mecânico náutico me disse que você tinha comprado um barco.

O pai confirmou.

— Disse, não disse? Que bom. Eu não consegui pensar em outra forma de te mandar um recado.

— Mal foi um recado, pai — rebatera Fabian. — Você podia ter se esforçado um pouquinho mais. Deixei o meu telefone celular o tempo inteiro ligado, caso você tentasse telefonar.

— Fiquei com medo de que pudessem rastrear as chamadas ou qualquer outra coisa parecida. Achei que poderiam estar observando, caso eu fizesse contato com você ou com sua mãe. Eu não podia arriscar.

— Há quanto tempo voltou?

— Desde o início das *round robins*.

— Há tanto tempo assim? Por que não veio falar comigo?

— Fiquei com medo de que não quisesse me encontrar. Pensei então em ver como você estava, primeiro. Foi maravilhoso te ver. — Fizera uma pausa. — Casou-se?

— Não, mas estou vivendo com uma pessoa.

— Milly. E tem uma filhinha chamada Rosie.

Fabian erguera bruscamente os olhos. A ficha caíra.

— Você é o homem que anda rondando Casa Fortuna.

— Perceberam minha presença, não é?

— Achamos que era um espião.

— Não um espião muito bom, é óbvio. Rosie é linda.

— Sim, é.

— Quantos anos tem?

— Acabou de fazer dois...

E assim uma refamiliarização hesitante foi se iniciando. Com o passar dos dias, Fabian foi ficando muito íntimo do pai. As emoções que experimentou foram muito mais complexas do que jamais esperara. Sentiu raiva, felicidade suprema, confusão, desorientação e a sensação de que precisaria de alguns dias para se reconciliar com ele e com tudo o que havia acontecido, para então contar a Milly, no entanto, ainda não havia conseguido tirar algum sentido de tudo aquilo. No final das contas, acabou não conseguindo contar a ela, porque sentia vergonha de seu próprio pai estar lá há três anos e até então não ter ido vê-lo. Que exemplo seria ele para Rosie? Estava mesmo determinado a ter o pai de volta — o amor que sentia por ele não havia diminuído, contudo, quanto mais pensava no assunto, mais constrangido se sentia com relação à própria família. Eles o assustavam. O pai de Milly o acolhera, o aceitara e fizera o melhor possível. Sua mãe fora uma grossa e seu pai desaparecera. De certa forma, sentia raiva por David não ter morrido.

E agora havia ficado ali por toda a noite. Mais uma vez. Como iria se explicar para Milly?

— Por que não me acordou?

— Eu tentei. Você me disse para não encher o saco.

— Ah, desculpe.

— Estou preparando um sanduíche de linguiça para você. O que vai dizer para Milly sobre onde dormiu?

— Terei que dizer que caí no sono na base. Ela não vai engolir a história do banco da praça de novo. Meu Deus, detesto mentir para ela! E você vai ter que parar de rondar Casa Fortuna, pai.

— Eu só queria ver minha neta — respondeu rispidamente.

Fabian sentou-se à mesinha e, em silêncio, observou as costas do pai durante alguns minutos.

— Quando contará para ela? — perguntou David, sem se virar.

— Em breve — respondeu Fabian. — Ela vem de uma família decente, pai. Eles são muito... — Estava para usar a palavra "honestos", mas deteve-se a tempo. — Simples.

— Está querendo dizer que o pai dela nunca pensaria em abandoná-la — complementou ele, aborrecido.

— Não — respondeu Fabian. — Não pensaria. — Não tinha intenção de disfarçar o fato de que ainda sentia raiva do pai. David aproximara-se e colocara o sanduíche de linguiça na frente do filho, que não o tocara. — Sinto como se minha vida tivesse sido uma mentira nesses últimos três anos. Entende? Achei que você estava *morto*.

— Lamento muito. Nem sei dizer o quanto. Sua mãe não era... bem, não era como Milly.

— Você não conhece Milly.

— Tenho observado o jeito dela com Rosie, há bastante tempo. Posso ver como é boa com a filha. O quanto a ama. Vejo a gentileza de Milly em toda parte. Sorri para todos nas lojas. Dá trocados para os mendigos, mas não joga as moedas, simplesmente, abaixa para falar com eles. É simpática com todos. Se eu tivesse tido uma esposa como ela, nós não estaríamos sentados aqui, agora. Estaríamos em casa, certamente comigo falido e, talvez, preso. Quando vejo a pessoa com quem você se uniu, e o caminho que sua vida tomou, sinto-me feliz por ter partido.

Fabian olhou para o pai e imaginou o que havia acontecido com aquele homem à sua frente. Em que ponto, exatamente, ele começara a desprezar a própria vida? A própria vida que ele havia criado para si. Fabian estava tão acostumado a depender do pai em tantas coisas que era estranho vê-lo invejando as coisas que ele tinha. Toda aquela inversão o deixava nervoso.

— Preciso ir para casa — disse, aborrecido e cansado.

CAPÍTULO 44

Fabian e Milly foram os únicos que não aproveitaram o dia seguinte de folga. Andaram em círculos, preocupados, em torno um do outro, enquanto Custard, Rafe e Dougie passaram o domingo inteiro se recuperando da ressaca e com pena de si mesmos. Na segunda-feira, as coisas ainda estavam meio mal no treino.

— Qual o problema com vocês todos? — perguntou Mack, quando eles se atrapalharam, deixando mais uma vela balão se soltar. — A única coisa viva neste barco é a droga do meu mau humor! Os neozelandeses vão partir vocês ao meio! Não me importo com uma pequena celebração ao final de cada série, mas vocês estão se comportando como se tivessem ganhado a Copa, e eu posso garantir que, pelo que estou vendo, não há a menor chance de isso acontecer!

— Ele tem razão com relação ao humor dele — confirmou Custard, em tom de brincadeira.

A ida de volta ao porto não foi tão divertida quanto costumava ser. Inky estava deprimida e desamparada desde o fim das séries com os italianos, Fabian estava cheio de problemas e pensativo, enquanto

Rafe encontrava-se incomunicável, pensando em Ava. Nem mesmo Custard animava os procedimentos com suas piadas de sempre, uma vez que parecia estar o tempo todo enviando mensagens pelo celular e alimentando as gaivotas com um dos pãezinhos de Carla.

— Para quem manda tantas mensagens, Custard? Cruzes, você é tão desagradável quanto Fabian! — comentou Inky, irritada. — Estamos todos aqui.

— Alguém de casa.

— Da Inglaterra?

— Da Inglaterra, sim — desconversou. — Na verdade, era Saffron, que ficara deliciosamente enciumada quando uma foto de Inky e Custard fora publicada nos jornais matinais, mostrando-os rindo juntos, após o término da regata de sábado.

— Eu gostaria que você parasse de dar comida às gaivotas. Elas estão irritantes.

— As gaivotas são almas de marinheiros mortos — disse Custard, acreditando no que dizia.

— Não me venha de novo com aquela história do seu bisavô — resmungou Inky.

— Somos uma família muito supersticiosa e, além do mais, se você fosse gaivota, tenho certeza de que gostaria de um dos pãezinhos de Carla.

— Eu não teria tanta certeza assim. A única coisa que serve de consolo é que elas não sabem a diferença entre nós e os outros barcos da America's Cup e, por isso, ficam infernizando todos.

— Tenho certeza de que, neste exato momento, meu bisavô está cagando na cabeça de Jason Bryant. E qual o problema com você? Não teve amor suficiente de Luca no sábado?

— Não exatamente.

• • •

A equipe foi ficando cada vez mais nervosa.

— Não tem mais graça — reclamou Inky. — Não tem mais graça treinar. Ninguém mais conta piada. Estão todos muito sérios.

— Sabe de uma coisa, Carla? — perguntou Sir Edward, pensativo, numa manhã, enquanto tomava seu café. — Acho que eles estão começando a pensar na possibilidade de realmente ganharem a America's Cup. Não que não tenha sido sempre esse o objetivo, mas agora eles estão quase conseguindo sentir o sabor da vitória. Além do fato de estarem nervosos porque os neozelandeses são oponentes poderosos, espero que a equipe não se assuste com a possibilidade de vencer. Entende o que estou dizendo?

Carla não estava entendendo nada, mas sentia-se muito satisfeita pelo fato de Sir Edward, finalmente, estar bebendo o café à moda deles: de pé e numa golada só.

— *Si*, sr. Edward. Mais café?

Mack passou feito uma bala pela porta.

— Algum idiota roubou o meu neoprene! — esbravejou. — Daqui a pouco estarei velejando de calças jeans! Meu Deus! Socorro!

Desde que os italianos haviam ido embora, as tietes não perderam tempo em transferir sua lealdade para a equipe britânica. Agora, o uniforme de *Excalibur* era o artigo mais badalado em Valência e, como consequência, todo o tipo de material original parecia sair andando da base.

— Meu caro, assim você vai acabar se machucando — murmurou Sir Edward. — Entre e coma algumas amoras. Irá se sentir melhor.

— Elas não vão me fazer sentir melhor porra nenhuma! A única coisa que me faria sentir melhor é um bom copo de uísque. Isso é tudo culpa de Custard! — continuou, sem fazer uma pausa para respirar. — Está dormindo com uma tiete de novo e é bem provável que ela esteja usando a minha roupa! — Retirou-se bruscamente, mais uma vez.

— Não é nada bom para ele todos esses hormônios de estresse correndo pelo corpo — comentou Sir Edward.

— Não acho que tenha sido Custard — comentou Carla. — Custard está apaixonado.

— Está? — Sir Edward franziu a testa. — Por uma tiete?

— Não sei por quem, mas vejo os sinais. Ele anda mal.

Se Mack achava que o dia havia começado errado, certamente não estava pronto para as notícias que chegaram mais tarde, naquele mesmo dia. Alguns advogados italianos estavam fazendo hora extra por causa das notícias que chegaram por volta das nove da manhã. Apesar dos goles de café, Sir Edward estava pálido quando chegou ao escritório de Mack.

Mack levantou a cabeça.

— Já estou indo! Sei que a equipe está aguardando. Já estou acabando. Agora o que você gostaria de...? O que foi? Não é a sua hérnia de novo...?

— A equipe italiana apresentou um protesto. Estão dizendo que nosso barco é ilegal.

Mack encarou-o.

— Que coisa mais ridícula! As medidas de *Excalibur* foram julgadas oficialmente pelo comitê e consideradas perfeitas. De que diabo estão falando?

— Parece que não são as medidas que estão causando problema, mas o design. Estão dizendo que o design não é britânico, que um estrangeiro nacionalizado ajudou a projetá-lo.

— Que bobagem — bufou Mack. — Podemos provar o contrário com muita facilidade.

— Acho que não será tão fácil. Quando *Excalibur* estava em teste de desempenho em Woolston, parece que havia também um especialista francês em hidro e aerodinâmica, no mesmo lugar e na mesma hora. Eles estão dizendo que ele fez algumas sugestões e acabou desempenhando uma parte no projeto. Tenho medo de que isso seja muito sério.

— Isso não é verdade, é?

Sir Edward levantou as mãos.

— Não sei. Vou telefonar para Colin Montague. Precisamos botar nossos advogados em ação. Haverá uma audiência preliminar no decorrer da semana. Só Deus sabe o quanto isso vai nos custar.

Mack sentou-se com todo o peso do corpo, recostou-se na cadeira e fechou os olhos para pensar melhor.

— Precisa decidir o que contar à equipe — continuou Sir Edward. — É só uma questão de tempo até a notícia vazar para a mídia e continuar em evidência quando começar a competição contra os neozelandeses. Será difícil para eles achar que irão competir com um barco que pode vir a ser considerado ilegal e que todos nós poderemos ser postos para fora da competição. Um ângulo psicologicamente importante.

— Vou cuidar disso. O que os italianos esperam conseguir?

— Acho que podemos ser desclassificados, então eles voltariam à competição e competiriam com os neozelandeses.

— Não faz muito sentido. Acredito que o desafio *Phoenix* fizesse isso, mas não os italianos. Devem ter apresentado o protesto antes da última regata. Acha que a equipe italiana sabia?

— Não, acho que não. Talvez seja um plano bem-elaborado para nos forçar a revelar nossa quilha.

— Mas isso não traria nenhum benefício aos italianos.

— Talvez alguém os esteja usando — disse Sir Edward, sério.

— Minha nossa! Como se a gente já não tivesse problemas suficientes.

Mack reuniu o sindicato para uma reunião de emergência. Todos ficaram agitados no amplo hangar do palácio pink, que era o único lugar onde caberiam em sua totalidade, conversando nervosos um com o outro até que foram ficando em silêncio, percebendo que Colin Montague estava ali na frente com Mack. Qualquer que fosse o assunto da reunião, deveria ser algo muito sério a ponto de arrastar Colin da Inglaterra, uma vez que não esperavam por ele antes do início das séries com os neozelandeses.

Mack deu um passo adiante.

— Sinto muito ter tirado vocês do trabalho...

— O que houve, Mack? Perdeu os shorts agora? — gritou uma voz, dos fundos do salão.

Mack sorriu debilmente. A ausência de seu costumeiro sorriso preocupou as pessoas, mais uma vez.

— Cala a boca! — gritou alguém dos fundos.

— Vou deixar Colin contar para vocês por que estão todos aqui.

Colin Montague assumiu o comando.

— Quisemos contar para vocês antes que lessem nos jornais de amanhã. Não há uma maneira fácil de dizer o que precisa ser dito, portanto, direi de uma vez: *Excalibur* foi acusado de ser um barco ilegal.

Seguiu-se um silêncio, e as vozes começaram a soar, até que um pedido acalorado para que se calassem os fez silenciar novamente.

— Quero assegurar pessoalmente a vocês que não há verdade alguma no que está sendo dito. *Excalibur* não é ilegal...

Inky era a mais perplexa de todos. Após a reunião, Mack a chamara para uma conversa particular. Tinha quase certeza de que não faria isso, mas quis checar que Inky não havia mencionado nada com Luca em relação à quilha do *Excalibur*. É claro que não o fizera, mas entendia muito bem a necessidade de Mack em checar todas as possibilidades.

Inky telefonou para Luca.

— Você sabia sobre isso? — perguntou ela, sem nem mesmo dizer alô.

— Acabei de ficar sabendo.

— Por que não me telefonou?

— Vocês têm um barco ilegal. Por que eu telefonaria para falar sobre o assunto?

— Acredita *mesmo* que Excalibur seja ilegal?

Luca suspirou:

— Isso não é uma guerra de marinheiros, Inky.

— Por que vocês nos acusariam de tal coisa?

— Porque, se for verdade, então *nós* deveríamos estar concorrendo com os neozelandeses. A única razão pela qual vocês venceram é a de terem um barco ilegal, e não...

— Não o quê? — quis saber Inky?

— Nada.

— Você ia dizer e não por sermos a melhor equipe, não é?

O silêncio de Luca disse tudo.

— Meu Deus, Colin não estava errado quando disse que leríamos a notícia nos jornais — comentou Custard, na recepção, olhando para a manchete que dizia: "GRÃ-BRETANHA ACUSADA DE TRAPAÇA" e "SERÁ QUE VOLTARÃO PARA CASA DESACREDITADOS?"

Estavam todos aguardando a chegada dos jornais, que vinham do aeroporto. Colin e Sir Edward haviam debatido sobre se seria melhor interceptá-los, mas perceberam que parentes e amigos de casa simplesmente mandariam recortes ou repetiriam fofocas pelo telefone, o que seria pior.

Mack chegou meia hora depois.

— Já estão satisfeitos com o que leram? Porque esta é a última vez que iremos falar sobre o assunto. Estamos aqui para velejar, e se vocês permitirem que essas coisas os distraíam, então é exatamente isso o que a oposição quer que vocês façam. Resta afirmar que Colin Montague tem os melhores advogados cuidando do assunto e que eles irão desvendar tudo. Nossa obrigação é velejar *Excalibur*, barco totalmente legal.

Ele não mencionou que ficara acordado a noite inteira numa teleconferência com um grupo de advogados frenéticos, que não conseguia encontrar esse tal de projetista de hidrodinâmica, para que ele assinasse um juramento legal. Nem com uma equipe preocupada de RP, que Colin havia enviado especialmente para lidar com a publicidade negativa. Dissera à equipe apenas o que ela precisava ouvir.

CAPÍTULO 45

Milly foi pegar o pai no aeroporto. A agitação o afetara como um soco no rosto a partir do momento em que saíra do avião.

— Que diabo está acontecendo? — perguntou a Milly, assim que pôs os olhos nela. — Está a maior confusão lá na Inglaterra. Um jornalista bateu à minha porta, achei que era um rapaz entregando uma encomenda e já ia assinar o bloco dele, porque achei que era uma entrega. Um jornalista batendo à minha porta! — Empurrou a mala na direção da saída. — Dá para imaginar uma coisa dessas? Onde está Rosie?

— Com Bee.

— Simplesmente fiquei sem saber o que responder.

— O que você disse?

— Nada. Fingi que estava meio confuso, o que ele achou que era verdade, já que tentei assinar o bloco dele.

— Foi a primeira vez que eles reconheceram apropriadamente que temos uma equipe na America's Cup.

— Ninguém está entendendo muito bem o que está acontecendo. Quer dizer, você lê uma manchete assim: "MANDADOS PARA CASA, DESACREDITADOS" e todo mundo acha que a equipe roubou, e não que se trata do comentário de um projetista de barcos, feito há mais de um ano. Como Fabian está lidando com toda essa situação?

Milly trincou os dentes. Achava cada vez mais difícil não abrir o jogo com Fabian, mas, quando a questão da quilha surgiu e pôs a equipe sob grande pressão, mais uma vez, resolveu esperar.

— Ele não está dormindo muito bem, mas acho que ninguém da equipe está. A primeira regata com os neozelandeses será amanhã. O assunto da quilha precisa ser resolvido logo, caso contrário, irão enlouquecer.

Não era só a equipe que não estava dormindo. Bee virara-se a noite inteira para um lado e outro, preocupada com Fabian e Milly. Sentia vontade de sacudir Fabian até que os dentes dele batessem, por estar pondo em risco pessoas tão preciosas quanto Milly e Rosie. Tentou desesperadamente pensar no que poderia fazer para ajudar, mas chegou à mesma conclusão de Milly. Simplesmente, não poderia intervir sem perturbar o próprio Fabian e, consequentemente, toda a equipe. Bee lembrou-se do convite de Mack para um chá matinal e, tão logo nasceu o sol, vestiu-se e foi de bicicleta à base. Como sempre, o lugar já estava movimentado com a equipe que ali trabalhava. Carla já estava em seu posto, aprontando o café da manhã e extremamente compenetrada na parte pequena, porém significante, que desempenhava na vida de todos eles. Bee encontrou Mack na sala comunitária, observando o circuito iluminado de sol da America's Cup, imperturbável até o momento, não fosse a ocasional investida de uma gaivota-de-patas-amarelas. Logo, o lugar ressoaria com o barulho das centenas de barcos e de pessoas, como numa arena romana no aguardo de gladiadores, e todas elas estariam sedentas por sangue.

— Está dormindo? — perguntou ao entrar, preocupada ao ver seu rosto pálido e olhos cansados. Foi para o lugar onde estava a chaleira.

— Tudo que tenho sonhado é com a visão de *Black Heart* nos ameaçando. Sempre grito pedindo maior velocidade à equipe, mas ele nos ultrapassa. — Pareceu bem negativo.

— Os neozelandeses são uma boa equipe.

— Boa o bastante para terem vencido a America's Cup por duas vezes.

— Conheço uma melhor. Depois de toda essa confusão, quando as coisas acalmarem, será você, a equipe e *Excalibur* contra as velas, o vento e a água, todas as coisas que você conhece bem. E pelo pouco que te conheço, Mack, você não gosta de perder. Principalmente com alegações como esta, caindo sobre suas costas.

Seguiu-se uma pausa, enquanto Mack assentia lentamente.

— Meu Deus, quem dera eu pudesse fazer alguma coisa por vocês! — acrescentou Bee, ansiosa.

— Já faz, Bee, já faz.

Não foi nenhum consolo para a equipe o fato de terem esmagado os neozelandeses naquela regata. Quando a regata terminou, Mack foi diretamente a uma reunião sobre o suposto projeto ilegal de *Excalibur*, na qual ficou até tarde.

— Conseguiu encontrar o especialista francês em hidrodinâmica? — foi sua pergunta inicial.

O chefe dos advogados de Colin Montague respondeu, hesitante:

— Não.

— Por que não? Não sou nenhum especialista em lei, mas me ocorre que, sem ele, não temos defesa. É ele que diz que exerceu papel importante no nosso projeto.

— Estamos atrás do homem.

— A audiência preliminar é depois de amanhã.

— Nós o encontraremos.

— Precisa tentar com mais afinco.

— Da forma como vemos, há duas possibilidades: a primeira é que ele teve mesmo algo a ver com o projeto, mas por alguma razão começou a se esconder...

— Ou?

— Ou alguém pagou para ele não aparecer até o final do processo judicial.

— Estamos ferrados, em qualquer das duas opções, não é?

Houve um breve silêncio. Eles poderiam muito bem ter levantado e gritado em uníssono "SIM! Vocês estão pra lá de ferrados", refletiu Sir Edward.

— Isso está parecendo coisa do alto escalão.

— Estou sentindo cheiro de trapaça inglesa... — disse Sir Edward, como quem não quer nada. — Pergunto-me se Henry Luter não teria jogado a ideia para os italianos e depois os incitado a usá-la. Se é que me entendem.

— Principalmente se isso passasse a impressão de que somos culpados. Qualquer um se agarraria à oportunidade de poder retornar à Copa.

— Ainda precisamos encontrar o francês — disse o chefe dos advogados, com determinação na voz.

Após mais alguns segundos de discussão, os advogados se dispersaram. Hattie estava aguardando do lado de fora da porta.

— Entre — disse Sir Edward.

Hattie colocou a pilha de correspondências pessoais do sindicato em cima da mesa. Embora as cartas estivessem endereçadas a membros individuais, tudo ainda tinha que ser aberto e checado — principalmente agora que o risco de segurança estava aumentado por causa de *Excalibur* — antes de ser encaminhado ao destinatário final.

— Que péssimas notícias tem para nós, Hattie?

— Sinto muito, mas tenho más notícias mesmo. O patrocínio está caindo. Estão todos muito preocupados com a questão da quilha, que estão chamando de "Caso Quilha".

— Que pouca criatividade — murmurou Sir Edward.

— E o preço das ações das empresas de Colin Montague está caindo em consequência disso. Os diretores ficaram a tarde toda comigo no telefone. A maioria dos patrocinadores também. Estou surpresa por não terem ligado para você, Mack.

— A diferença, Hattie, é que eu nunca atendo ao telefone.

— Eles querem tudo resolvido bem rápido ou então fecharão a torneira do dinheiro.

Todos se empertigaram. Isso jogava outra luz sobre os fatos.

— Você falou com Colin?

— Não, não consigo encontrá-lo. Ele está numa reunião em Lisboa, durante toda a manhã.

— Bem, estamos fazendo tudo o que está ao nosso alcance para resolver a questão da quilha.

— E se enviarmos um tipo de embaixador de volta à Inglaterra? Um porta-voz que pudesse dar entrevistas, tranquilizar a todos e enfatizar a real mensagem do desafio? Isso poderia deixar os sócios de Colin Montague um pouco mais felizes.

— Eu irei — Hattie respondeu logo. — Posso fazer isso.

— Que tal mandarmos Bee junto com Hattie? — Sugeriu Sir Edward. — Ela é articulada e atraente. Talvez seja exatamente a mensagem que estamos precisando passar.

Mack respondeu bruscamente:

— Não. Precisamos dela aqui.

Todos os olhos se voltaram para ele.

— Quer dizer, ela é muito boa no barco dos convidados e com os patrocinadores. Não podemos ficar sem ela *e* Hattie.

Sir Edward logo mudou de assunto, mas seus olhos se demoraram um pouco mais em Mack do que em qualquer outra pessoa ali presente.

Hattie entrou num avião naquela mesma noite, rumo à Inglaterra. Não foram apenas razões altruísticas que a fizeram se oferecer tão rapidamente. Queria afastar-se de Rafe. Quando tivera tempo de abrir algumas correspondências da equipe, encontrara uma carta de Ava para ele. Era quase como se Ava quisesse que Hattie a lesse. Devia saber que, possivelmente, todas as cartas eram abertas por ela. Ainda assim, as palavras a assustaram:

Meu querido Rafe,
Não consigo parar de pensar em você desde a noite que passamos juntos. Eu queria que soubesse que estarei te assistindo enquanto competir e que estarei rezando para que, assim que tudo acabar, nós fiquemos juntos de novo. Por favor, leve esta carta perto do coração, como um talismã. Eternamente sua,
Ava.

Custard chegara exatamente no momento em que Hattie estava lendo a carta.

— O que é isso? — perguntara, percebendo uma expressão estranha em seu rosto.

— Uma carta — dissera ela, quase sem voz.

Custard dera a volta pela mesa de Hattie e arrancara a carta da mão dela.

— Caramba! — exclamara quando terminou de lê-la. Em seguida, pôs-se a rasgá-la.

— Você não pode fazer isso! — gritara Hattie, praticamente se levantando.

— Posso muito bem, e você não vai abrir a boca sobre isso. Ele não precisa dessa filha da puta na vida dele de novo.

Hattie sentira-se aliviada e culpada ao mesmo tempo, e, quando mais tarde passara pela base, nada dissera.

Andara tão ocupada antes de partir, organizando entrevistas para a televisão, jornais e rádio, que conseguira não pensar no assunto. Todos estavam extremamente interessados nas acusações de trapaça que recaíam sobre a equipe britânica, portanto, cobertura da mídia não era problema (o que parecia ironia em comparação ao trabalho que tivera no início, para conseguir um centímetro de cobertura no jornal da cidade), mas era responsabilidade sua esclarecer os fatos e pôr a ênfase de volta na equipe e no quanto ela estava trabalhando para fazer *Excalibur* cruzar a linha de chegada. Somente depois que entrou no avião e fechou o cinto de segurança, junto com seus suportes emocionais que consistiam em um telefone celular e um notebook — coisas que lhe haviam sido temporariamente negadas —, foi que ela deu vazão às lágrimas.

CAPÍTULO 46

— Pai! — exclamou Rafe. — Você veio!

Num só movimento, Rafe já havia saltado do sofá e abraçado o pai. Tom Louvel carregava dez cavalas que havia pescado e uns shorts. Abraçou o filho, deixando os peixes balançarem em suas costas, mas ele não se importou.

— Quando você chegou?

— Acabei de chegar. Fui à sua base e lá me disseram como chegar aqui.

— Por que não telefonou? Eu teria ido te pegar no porto!

— Eu queria te fazer uma surpresa, além do mais, acho que perdi o telefone de novo. Ele vive sem bateria também. Como você está? Que bom te ver!

Abraçaram-se de novo.

— Onde está sua tia Beatrice?

No instante em que perguntava, Bee passou pela porta da cozinha, secando as mãos no pano de pratos, para ver o que era todo aquele rebuliço. Ficou pálida quando viu quem era o visitante.

— Tom! Meu Deus! Que bom te ver! — Aproximou-se para cumprimentá-lo. — Você não mudou nada!

— *Você* é que não mudou nada, Bee. Eu estou bem mais velho. — Beijou-a nas faces. — Trouxe um pouco de cavala para vocês. Pesquei-as hoje de manhã.

Bee ficou encantada. Lembranças abundaram com uma força que a tomaram de surpresa. Chegou a ponto de achar que sua irmã, há muito tempo falecida, chegaria atrás dele.

— Estou tão feliz por ter vindo! — conseguiu dizer.

— Demorou muito. Não consigo velejar muito bem sem Rafe. — Abriu um sorriso para o filho. — Você deixou os seus shorts no barco. Achei que poderia precisar deles. — Entregou-os ao rapaz.

— Obrigado, pai. Já se passaram dois anos, mas obrigado mesmo assim.

Bee saiu correndo para preparar chá. Tom sentou-se.

— Então, a America's Cup! — exclamou. — Quem diria. Sempre te achei bom.

— Talvez a gente não fique até o final. Recebemos acusação de que nosso barco é ilegal. — Rafe informou o pai sobre as acusações.

— Minha nossa! Com você é tudo ou nada, hein?

— Espero que tudo se resolva. Não quero ir embora. — Rafe fez uma pausa. — Então, acha que me esqueci de minhas responsabilidades ao velejar profissionalmente?

— Claro que não! Estou orgulhoso de você. Só porque vivo rodando o mundo isso não significa que eu tenha que te arrastar comigo. Já estava passando da hora de você sair daquele barco. Estava atrapalhando meu estilo de vida.

Rafe abriu um sorriso. Bee retornou com uma bandeja.

— A água já está fervendo. Daisy ficaria tão orgulhosa de Rafe! — disse a Tom. Os olhos dele piscaram momentaneamente.

— Sim — disse, com brandura. — Ela estaria orgulhosa.

Rafe olhou interessado para um e outro. Era a primeira vez que os via juntos e estava curioso para ver como eles se encaixavam no passado. Dividiram muitos anos de história dos quais Rafe jamais fizera parte.

— É claro que teria ficado petrificada também — continuou a falar. — Eu fico petrificada todas as vezes que vejo Rafe dentro daqueles barcos.

O rapaz queria continuar a falar da mãe, mas Tom mudou de assunto.

— Como estão as coisas com aquela garota? — O filho lhe falara rapidamente sobre Ava durante uma de suas breves conversas telefônicas.

— Que garota? — perguntou Bee. — Hattie?

— Hattie? — perguntou Rafe. — Como assim, Hattie?

— Bem, você fica toda hora perguntando quando ela irá voltar, não fica?

— Quem é Hattie? — perguntou Tom. — Essa moça estava sendo chamada por outro nome.

— Ava — responderam em uníssono, Bee e Rafe.

Tom esfregou as mãos juntas.

— Meu Deus, Ava e Hattie. Posso tomar um chá, Bee, enquanto meu filho errante me conta sobre essas hordas de mulheres?

Bee saiu para pegar o bule, satisfeita com aquele aspecto paterno de Tom. Parecia que não havia muitas coisas sobre as quais ele e Rafe não pudessem conversar.

• • •

Era hábito de Mack passar de vez em quando na casa de Bee num outro dia que não fosse as quintas-feiras do jantar oferecido à equipe. Ele ficou andando hesitante até mais tarde, do lado de fora da porta, ouvindo pessoas conversando, a risada ocasional de Bee, até que desistiu de bater. Vira um homem de boa aparência mais no final da tarde, andando pela base, e soube que era o pai de Rafe que aparecera por lá. Sentiu-se ligeiramente aborrecido pelo fato de Tom estar ali. Já que a irmã de Bee amara-o o suficiente para se casar com ele, será que Bee poderia sentir a mesma atração? Então se perguntou por que se sentia tão proprietário dela assim. Repreendeu-se por ser um velho mal-humorado e subiu as escadas a passos pesados a fim de tomar um uísque.

Para a surpresa de todo o mundo do iatismo, *Excalibur* estava velejando praticamente despido e perdeu apenas uma regata para os neozelandeses.

Alguns explicaram que tal desempenho se devia ao suposto projeto de última geração do barco neozelandês, que o tornava difícil de navegar, outros diziam que era por causa do desejo aumentado de vitória por parte de *Excalibur*, em virtude do Caso Quilha. Qualquer que fosse o caso, a atmosfera na mídia estava incendiada em consequência da possível última regata das séries. *Excalibur* estava no momento com 3 a 1 de vantagem. Se ganhassem a próxima regata, estariam nas finais e enfrentariam Henry Luter e *Phoenix*. Mas a possibilidade de uma quilha ilegal poderia detê-los. A equipe estava se desempenhando muito bem sob tais circunstâncias. No entanto,

Custard irritava a todos insistindo que fossem colocadas tantas aranhas quanto possíveis no barco, pois elas traziam boa sorte.

Até mesmo o pai ocupado e infame de Dougie foi a Valência dar seu apoio. Apareceu com toda sua indumentária de bispo e Mack, que não era dos homens mais religiosos do mundo, esperou de coração que a visita não fosse indigesta. Para indigestão de Mack, ele insistiu em abençoar a equipe antes da regata e reuniu todos em círculo à sua volta. Aqui vamos nós, pensou Mack.

— Ó, Deus! — começou o orador. — Sabeis como estou ocupado neste dia. Se eu vos esqueci, não vos esqueça de mim...

O bispo abriu um olho e piscou para Mack, que, de repente, percebeu que estava começando a gostar muito do esquisitão, afinal de contas.

— Se o senhor pudesse fazer alguma coisa com relação à oposição, isso seria muito apreciado — murmurou Mack, mais tarde.

— Não tenho muita certeza com relação ao que posso fazer, mas vou ter uma conversa com Deus.

— Obrigada.

— Mack? — Mack virou-se. — Quando eu saí, vocês estavam marcados como a equipe com poucas chances de vencer. Prove que estão todos errados.

— Provarei. — Mack sorriu, deu alguns passos e virou-se novamente. — Você apostou algum dinheiro em nós?

— Acho que isso não se encaixaria muito bem na minha posição... mas mandei uma nota de dez libras por minha esposa. Bem, o importante é ter fé, não acha?

Sem sentir, os jornalistas britânicos de iatismo haviam se agrupado mais do que estavam acostumados e, neste dia em especial, estavam todos sentados no convés superior do barco VIP, aguardando a largada e conversando em voz baixa sobre o "Caso Quilha".

— A audiência preliminar se limitou a confirmar os fatos. O pior de tudo é que não sabemos a verdade. Eles podem muito bem ter um projeto ilegal em mãos.

— Se alguém dá uma ideia e o projetista a incorpora, isso não quer dizer roubo.

— Mas eles nem sequer conseguem encontrar esse especialista francês em hidrodinâmica, seja para confirmar ou negar! O que não é um bom sinal.

— E sempre ficou no ar a ideia de que *Excalibur* possa ter um projeto revolucionário. Eles talvez tenham que revelá-lo.

Um jornalista do *The Times* olhou furtivamente por cima do ombro. Por causa do interesse aumentado na equipe, vários repórteres esportivos haviam ido a Valência noticiar esse novo drama, ficando responsáveis pelas manchetes mais interessantes. Era fácil perceber quem eles eram: tinham aparência excessivamente britânica e entediada. Um deles aproximou-se do grupo.

— Vocês são ingleses?

Todos concordaram um tanto relutantes.

— Graças a Deus! — Pareceu totalmente aliviado. — Vocês poderiam me dizer quando isso vai começar? Estamos aqui há muito tempo. Alguém me disse que assistir a competições de vela era como observar a grama crescer, e olha que não estava errado.

— Estamos aguardando que o tempo firme. O tiro de onze minutos já está para ser disparado — disse um que retornava, entediado.

— O que isso quer dizer?

— Onze minutos antes da largada. Aos dez minutos, há outro tiro e cinco minutos depois ambos os barcos entram na linha de largada, e praticamente duelam pela liderança.

O homem ainda parecia nada entender.

— Sente-se — ofereceu gentilmente o correspondente do *Guardian*. — Aprenda algumas coisas. Chamou isso aqui de regata? Bem, na verdade, isso aqui é um *match race*, uma coisa completamente diferente...

Aos cinco minutos, o tiro disparou de novo e logo *Excalibur* e *Black Heart* chegaram cada um de um lado, como dois pugilistas. A rápida capacidade de manobra de *Black Heart* logo se fez notar e, em poucos círculos, colocou *Excalibur* numa situação difícil.

— Deus do céu! Tirem eles daqui! — resmungou Inky.

— Vou tirar — murmurou Mack. Ele desviava e mergulhava e, cada vez que dava uma cambada, *Black Heart* dava outra em cima dele e o bloqueava. Estava claro que tinha intenção de fazer o que Inky fizera com os italianos e conduzir *Excalibur* para o mais longe possível da linha, antes que eles o ultrapassassem.

— Que lado vamos querer, Rafe?

— O vento está mais forte do lado direito, mas pouca coisa. Nada de mais, se começarmos pelo lado esquerdo. E as oscilações que vierem da flotilha de espectadores também será menos forte.

— Mack vai tentar a liderança alcançando a popa do barco neozelandês e conduzindo-o para qualquer direção que queira. — Todos os jornalistas mais antigos estavam trabalhando juntos e ajudando o outro jornalista, cujo nome era Matt. Ele era da revista *Mail*, que não tinha um correspondente náutico. — Normalmente isso acontece longe da linha de largada. Mas lembre-se sempre de que quem tem o vento a boreste possui direito de passagem sobre o oponente, cuja proa esteja virada a bombordo. Basicamente, eles podem ter vantagem sobre o oponente, mas têm que sair do caminho.

De repente, todos ficaram de pé.

— Oooohhhh — disseram todos; houve até uns poucos aplausos.

— O que aconteceu? — perguntou Matt, ansioso. Parecia que houvera um tremendo rebuliço na água.

— John MacGregor. Que mestre! Ele deixou um espaço tentador entre ele e o barco da comissão de regatas, aí *Black Heart* decidiu morder a isca e passar por esse espaço, quando ele então fechou, e *Black Heart* ficou preso feito recheio de sanduíche. Falta deles por não terem dado passagem.

— *Excalibur* está livre para seguir, mas como *Black Heart* recebeu a bandeira vermelha de penalidade, precisa pagá-la agora.

Matt viu *Excalibur* adiantar-se pelo circuito, enquanto *Black Heart* dava voltas em torno de seu eixo. O barco da imprensa ligou os motores e se preparou para seguir a regata.

Foi um belo começo, e Inky não pôde deixar de sorrir. Os neozelandeses escolheram passar pelo espaço deixado por Mack, que deu uma instrução rápida para cambar e fechar. Em seguida, o pânico de *Black Heart*, quando perceberam que não tinham o direito de passagem e, literalmente, eram obrigados a reduzir a velocidade para parar o barco.

Mas a equipe neozelandesa era determinada e logo pareceu alcançar *Excalibur*, que se separara dos neozelandeses, uma vez que cruzara a linha em busca de um vento melhor do lado esquerdo. Pela primeira vez, foi como se um barco estrangeiro tivesse ganhado vantagem com a mudança de vento em cima de *Excalibur*.

— Acho que devíamos mudar a vela genoa. Vela errada — observou Rafe.

Mack gritou para Ho trocar a genoa pela vela seguinte, e ele logo saltou para o convés, arrastando sozinho a vela enorme, feliz da vida por poder fazer alguma coisa para aliviar sua frustração.

— Assim é melhor — disse Mack, dois minutos mais tarde, quando a vela nova estava no lugar. Sentiu uma fração de melhora na velocidade.

Inky e Rafe estavam com os olhos cravados no barco negro, agora no lado mais afastado do circuito.

— Vamos dar uma virada por davante — murmurou Rafe. — O vento está mudando, e eles vão perceber o ganho. Vamos nos unir a eles. — Parecia relutante e desconfortável. Mack olhou-o de relance.

— O vento está instável hoje. Leve, traiçoeiro. Não gosto disso — explicou Rafe.

— CAMBAR! — gritou Mack. Toda a equipe partiu para a ação e logo *Excalibur* dirigiu-se para cima do barco negro. Agora, todos os olhos estavam no barco da frente.

— Vamos dar uma enfiada neles — Inky resmungou para Mack. Essa manobra é uma das mais audaciosas no *match race*. Mack levaria *Excalibur* diretamente para a proa de *Black Heart* e então daria uma cambada na frente deles, tirando-lhe todo o vento. Isso os manteria atrás, uma vez que jamais recuperariam força suficiente para ultrapassar. Mack teria de levar em consideração a corrente marítima, as ondas, as mudanças do vento, a reação da equipe e, mais importante do que tudo, uma ação impensada da parte de *Black Heart*. Sendo que haveria uma margem de erro de vinte centímetros.

— Rafe? — questionou-o Mack.

— Mudança de vento, cinco graus. Podemos pegá-los.

Todos pareceram perceber o que Mack estava tentando fazer e ficaram tensos. Olhos se arregalaram em antecipação.

— Custard! — gritou Mack. — Preciso de mais velocidade!

— Sim, sim, Capitão Kirk! — gritou de volta.

— Fale comigo, Sammy.

— A velocidade é dez ponto seis, dez ponto seis, dez ponto sete. Precisamos de onze, Mack, para poder alcançá-los. Isso, Mack. Estamos acima de dez ponto oito. Você consegue aumentar mais dois pontos. Ainda vamos alcançá-los. Isso. Estamos a onze. Permaneça assim.

Mack não conseguia ver o barco negro; Inky agia como seus olhos, e ele confiou nela por aquela fração de tempo que duraria a manobra. Tudo o que tinha era o barulho da onda batendo no casco, como prenúncio de que eles estavam se aproximando.

— Espere... Espere... estamos quase lá... — disse Inky. Toda a equipe estava tensa. — AGORA! — gritou ela. E Mack virou *Excalibur* para ficar bem na frente dos neozelandeses.

— Muito bem, Inky — disse ele, em tom baixo de voz.

Mack velejou a perna seguinte com perfeição. Estava numa leva muito boa, ele e Custard em tão grande sintonia um com o outro que não era necessário haver palavras. As velas estavam tão inchadas de vento quanto poderiam estar. Os braços de Custard eram puro músculo e, ainda assim, suas mãos moviam as velas com a delicadeza de um violinista virtuoso tocando um Stradivarius. A equipe toda ficou em silêncio, os ouvidos tão concentrados em *Excalibur* quanto os ouvidos de uma mãe atenta ao seu bebê recém-nascido. Ouviram então uma língua agora familiar, o gemido melancólico dos cabos, a água sendo partida pelo casco, à medida que o barco avançava, a canção das velas que capturavam o ar, sempre alertas a qualquer som de estresse, mas nada interrompendo sua conversa. Os neozelandeses não se recuperaram. *Excalibur* chegou invicto em pouco mais de três minutos.

Estavam classificados para a última rodada da America's Cup.

Após a regata, a equipe se limitara a tomar banho e voltar para a sala. Aquela deveria ser uma ocasião e tanto, eles deveriam estar celebrando, mas, com a audiência final sobre a questão do barco marcada para dali a dois dias, todo o futuro do sindicato estava em suspenso. Ninguém estava com humor para festa. Ninguém nem sequer queria ir para casa. Queriam apenas ficar juntos. Carla ficou na base e lhes preparou um jantar. Ocasionalmente, caíam na risada e depois ficavam sérios por alguns segundos, quando se lembravam do futuro que os esperava.

— Inky! — Um dos seguranças enfiou a cabeça pelo vão da porta. — Seu namorado italiano está lá no portão. Quer te ver. Eu não o deixei entrar porque ele não tinha passe de segurança.

Inky franziu a testa.

— Luca? Luca está aqui? — perguntou, admirada.

— Não perguntei o nome.

Com os upa-lalás da equipe e um andar de passarela, Inky saiu da sala e foi aos portões do complexo. Como lhe fora dito, Luca estava lá, esperando por ela. Inky diminuiu o ritmo das passadas.

— Inky! — gritou Luca, assim que a viu. — Vim pedir desculpas pelo que disse no telefone.

— Oh.

— Não acho que vocês ganharam só porque têm uma quilha ilegal.

Inky franziu a testa. Isso não se parecia em nada com Luca.

— O que te fez mudar de opinião?

— É o que eu vim te falar. A fofoca que está rolando no sindicato é que Henry Luter visitou nosso diretor e deu a ele todas as provas. — Luca enfiou as mãos pelas grades do portão e apertou o braço dela.

— Conte-me tudo o que sabe.

Ao retornar mais tarde à sala, Inky sentou-se ligeiramente chocada e contou à equipe tudo o que Luca lhe dissera.

— Preciso contar para Mack — disse ela, levantando-se.

— O que você e Jason Bryant estavam conversando no sábado da festa da vela italiana? — desabafou Golly, quando ela estava de saída. — Vocês estavam bebendo juntos.

Todos os olhos se voltaram para Inky.

— Você e Jason Bryant? — Custard repetiu lentamente. — Mas você disse que estava com Luca.

— Eu não disse nada disso — apressou-se a responder. — Você é que achou que eu estava com Luca.

— Você parecia bem amiguinha dele — interrompeu Golly.

— Luca e eu havíamos terminado. Eu não queria contar para vocês. Encontrei com Jason na festa da vela italiana, tomamos um uísque juntos. Depois fui para casa. Sozinha. E isso foi tudo.

— Ele estava pegando na sua mão.

— Ele queria dormir comigo. — Jason tentara levá-la para sua casa e, para falar a verdade, Inky chegara a pensar na possibilidade de dormir com ele. Ficara confusa e perplexa pelo fato de que, durante todos aqueles anos, sua hostilidade simplesmente tivesse mascarado seu desejo por ela. Mas, no fim, achou que aquilo pareceria uma tremenda traição com relação a *Excalibur*.

Seguiu-se um silêncio constrangedor.

— EU SABIA! — Dougie pôs-se de pé, apontando para si com o próprio dedo. — Eu sabia que ele estava a fim de você! Hahá! Afinal de contas, não sou tão ruim assim neste negócio de amor.

Seguiu-se um silêncio antes de Custard explodir numa risada, com todos aderindo pouco a pouco.

— Essa é a minha garota! — exclamou ele, saltando e batendo-lhe nas costas. — Você virou a cabeça de Jason Bryant! Que maravilha! Este é um pote de tinta onde ele não vai enfiar a pena dele! Hahá! Essa garota conquista todo mundo!

— Sinto muito, Inky — disse Golly, acima do tumulto. — Sinto muito mesmo. Eu não sabia o que pensar, e quando você disse que Henry Luter estava envolvido nesse negócio da quilha e você nunca tinha dito abertamente que saíra com Jason Bryant, fiquei mesmo sem saber o que pensar... — repetiu ele.

Inky não aguentou olhar para aquele homem enorme, que mais parecia um gorila e sentia-se tão infeliz, que lhe deu um abraço enquanto a equipe cantava ao fundo: EX-CA-LI-BUR! EX-CA-LI-BUR!

Por mais estranho que pareça, aquilo foi a única coisa que os alegrou durante toda a noite.

CAPÍTULO 47

Na manhã seguinte, Henry Luter deu uma entrevista coletiva à imprensa. Sempre ávido por chamar a atenção e enervar o oponente, quis falar sobre uma tecnologia nova de *Phoenix*, que sua empresa havia acabado de desenvolver e que tiraria a oposição da água. Custard não conseguira ver Saffron na semana anterior e isso o estava deixando maluco. Velejava durante o dia e, à noite, quando estava livre, Saffron era obrigada a jantar a bordo do *Corposant* com Henry. Apesar de uma vida inteira correndo contra os segundos, Custard nunca havia percebido como um minuto, uma hora ou um dia podiam ser tão longos. A entrevista que Saffron dera à revista *Hello!* saíra na edição da semana anterior, coincidindo com a final da America's Cup, e Custard a recortara avidamente. As fotos dela incluíam algumas belas tomadas na sala de visitas cercada de painéis de madeira do *Corposant*, mas as que ele adorou mesmo foram tiradas no convés, com Saffron olhando para o mar com um leve sorriso nos lábios, os cabelos esvoaçando na brisa. Das poucas mensagens que ele conseguira receber dela, Saffron admitira timidamente que olhava para ele enquanto as fotos eram tiradas. Ele as pôs dentro da carteira.

Neste dia, Custard não pôde resistir à oportunidade de ir à entrevista coletiva, mesmo não tendo muitas chances de conversar com ela. Chegando lá, logo a viu sentada no final da primeira fila. Pelo intervalo entre as cadeiras, viu que a camiseta dela subia, deixando à mostra um pedaço da pele de sua cintura. Custard controlou-se ao máximo para não ir beijá-la. Refletiu que jamais vira nada que lhe despertasse tanto desejo assim na vida. Como se pressentindo seu desejo, Saffron olhou à volta. Encarou-o por um segundo antes de voltar a cabeça na direção do marido. Poucos momentos depois, colocou a bolsa no colo e tirou o aparelho celular.

Enquanto Henry Luter falava sem parar, uma mensagem de texto chegava ao celular de Custard.

"*O q está fazendo aqui?*"
"*Vim t ver*"
"*Qro falar c/vc*"
"*Eu sei. Saudades tb.*"
"*Ñ. Tenho novidades.*"

Custard franziu a testa e lhe mandou a resposta.

"*Te vejo depois?*"
"*Casa AC depois*"

Ele ficou por ali até a entrevista coletiva terminar e depois tomou a direção da Casa da America's Cup, o museu da America's Cup onde ele e Saffron haviam se encontrado na primeira vez. Sorrindo com a lembrança, ficou caminhando por lá até Saffron entrar ofegante, cerca de dez minutos depois. Puxou-a para trás de uma tela e segurou-lhe as mãos pequenas com as suas imensas.

— Meu Deus, que saudade de você!

Saffron olhou por cima do ombro.

— Não tenho muito tempo. Logo sentirão minha falta. Mas eu tinha que vir te contar.

— Contar o quê?

— Ouvi Henry falando ao telefone pouco antes de sairmos. Não pude ouvir tudo, mas acho que ele tem algo a ver com as alegações da ilegalidade do barco de vocês.

— Sabemos que tem. Outra pessoa já nos disse. Não tenho te visto para poder te contar. O que você ouviu?

— Ouvi-o apenas mencionar *Excalibur* e então rir e dizer que deu algumas informações aos italianos. Também estava conversando com alguém com um nome estrangeiro... não sei.

— Talvez seja o francês de hidrodinâmica...

— Pode ter sido um nome francês, não consigo me lembrar. Sinto muito, não sei o quanto isso irá ajudar, eu só queria que você soubesse contra quem estará brigando. — Mordeu o lábio e pareceu preocupada. — Você não tem ideia de como Luter pode ser às vezes. Ficarei de ouvidos em pé por você.

— Por favor, não arrisque nada por nós.

Saffron olhou por cima do ombro.

— Preciso ir. — Beijou-o brevemente nos lábios e foi embora.

— Eu te amo — disse Custard, com brandura, assim que ela se virou para sair. Não tinha certeza se havia ouvido.

Henry havia saído para treinar junto com a equipe *Phoenix*. Saffron não perdeu tempo. Foi logo ao escritório dele. Não sabia por onde começar. Tentou examinar os documentos em sua mesa, tomando cuidado para colocar tudo de volta no lugar. Não havia nada ali.

Nervosa, abriu seu laptop. Olhou para o relógio. Ele poderia voltar a qualquer minuto, e ela não fazia ideia do que estava procurando. Saffron respirou fundo e começou a procurar pelas pastas.

Depois, naquela tarde, o celular de Custard acusou recebimento de chamada. Ele correu logo para ver o que era. Na tela, um texto de Saffron. Dizia apenas um nome e um endereço. Em Avignon. Era do especialista francês em hidrodinâmica. Custard fechou os olhos e imaginou o que ela teria feito para conseguir aquela informação.

Foi diretamente falar com Mack e mostrou-lhe a mensagem.

— Como conseguiu esta informação? — quis saber Mack.

— Sinceramente, não posso te contar.

— Custard, você tem que me dizer...

— Por favor, não me pergunte.

— Como saber se podemos confiar nisso aqui?

— Porque você confia em mim e essa mensagem é de alguém próximo a mim.

Mack olhou-o, confuso. Custard estava ficando mais misterioso a cada minuto.

— Está bem então — disse por fim.

Bee desceu à base para ver Mack sair para a audiência, que ocorreria numa sala discreta do Valencia Yatch Club. Mack não sabia quem estava mais nervoso.

— Bem — ficou repetindo.

— Bem, o quê?

— Nada. Só bem. Está nervoso?

— Não. Você está?

— Claro que não. Vai dar tudo certo. Tudo certo. — Deu-lhe batidinhas nervosas. — Eles não irão nos mandar para casa, irão?

— Não. Não. Claro que não.

Todo o comitê do desafio estava presente junto com o juiz que presidia a sessão, que era americano, escolhido em nome da imparcialidade, e representantes de cada sindicato. Colin Montague viajara para o julgamento, vindo direto do aeroporto. Com ele estava a equipe de advogados que vinha trabalhando exaustivamente no caso. Mack agradeceu a Deus o fato de Colin Montague não economizar na contratação do que havia de melhor em suporte legal, mesmo quando tivera de pagar do próprio bolso, uma vez que seu quadro de diretores se recusara a dar mais dinheiro para *Excalibur*. ("Por que iríamos aplicar dinheiro bom em investimento ruim?", salientara um deles.) Do outro lado, lá estava um belo grupo de advogados com ternos Prada, junto com o chefe do sindicato italiano. Mack ficou satisfeito ao ver que o proeiro Marco Fraternelli não estava presente. Talvez tivesse percebido que não poderia emprestar seu nome para tal assunto. Mack não ouvira nenhuma notícia desde o dia anterior, quando entregara o nome do especialista francês para o chefe dos advogados de Colin, que ficara ansioso.

O juiz abriu a sessão:

— Estamos hoje aqui presentes para decidir se o desafio Montague quebrou o protocolo da America's Cup ao usar um estrangeiro naturalizado para auxiliar no projeto de seu barco...

A equipe estava toda reunida atrás dos portões do complexo, como se fossem prisioneiros, aguardando avidamente o primeiro vislumbre da Mercedes velha de Mack. Não conversaram muito, uma vez que parecia não haver muito que falar. Alguns deles fingiam tranquilidade, caminhando ao longo da cerca e chutando pequenos arbustos de mato que cresciam ocasionalmente entre o concreto, mas tão logo a gritaria começou, "Ele voltou!", retornaram correndo para a cerca e colaram o nariz no arame.

Todos cercaram o carro, assim que Mack estacionou. Seguiu-se um silêncio absoluto tão logo desligou o motor e abriu a porta com um clique silencioso.

Inky não aguentou:

— E...?

Mack olhou para todos eles.

— Nós *não* temos um barco ilegal...

A equipe carregou Mack no alto, por todo o complexo. Agora, todo o sindicato e suas famílias sabiam que tinham mesmo algo a comemorar. Sem perder nem um minuto a mais de tempo, abriram a churrasqueira e foram ao supermercado para comprar algumas cervejas para a festa que deviam ter dado quando chegaram às docas, após a última regata. Aos poucos, a imensidão de sua conquista começou a pesar sobre todos.

— Estamos na final da America's Cup — sussurraram um para o outro.

Mais tarde, Mack conseguiu pegar Custard para uma conversa.

— Obrigado — murmurou.

— Transmitirei seus agradecimentos.

— Tem certeza de que não pode me dizer onde conseguiu esta informação?

Custard balançou lentamente a cabeça.

— Bem, quem quer que seja, pode ter certeza de que salvou nossa vida. Pelo que Colin me disse, encontraram o francês naquele endereço que você deu. Ele não admitiu, mas ficou claro que Henry Luter lhe pagou muito dinheiro para dizer que teve participação importante no nosso projeto. Estava marcado para ele testemunhar contra nós, mas os advogados de Colin Montague o persuadiram a assinar uma declaração sob juramento, nos inocentando. Acho que ele ficou assustado. Henry Luter não vai ficar muito satisfeito. — Olhou curioso para Custard. — Deve ter sido alguém do lado de Luter que te deu este endereço.

— Não necessariamente.

— Vamos enfrentá-lo na água dentro de seis dias.

Ficaram em silêncio durante alguns segundos, Mack refletindo sobre todo o estresse e a pressão financeira que Henry Luter causara ao sindicato. Custard refletindo sobre o estresse que causou a Saffron e imaginando até onde ela teria ido para conseguir aquela informação.

— Vou acabar com a raça dele — disse Mack.

Custard bateu sua garrafa de cerveja na de Mack.

— Amém.

De volta à base de Luter, as coisas não estavam tão cor-de-rosa. Quando Henry recebeu a ligação com o resultado da audiência, ficou vermelho de raiva. Quebrou todas as porcelanas que encontrou pela frente, e uma veia pulsava com tanta força em sua testa que Jason Bryant achou que iria explodir. De tanta raiva, ficou sem poder falar por um longo minuto.

— Filho da puta, filho, filho de uma puta! Ele disse que juraria, disse que faria isso!

Jason presumiu que estivesse falando da audiência e do especialista francês. Como não tinha tido muito a ver com a acusação, pelo menos teria ficado feliz se *Excalibur* tivesse saído de cena.

Luter voltou a atenção para Bryant.

— Está tudo nas suas mãos agora. Espero que esteja preparado.

Bryan confirmou.

— Estou.

CAPÍTULO 48

Exausta, Hattie retornou alguns dias depois. Ficara na Inglaterra o máximo de tempo possível para espalhar as boas notícias sobre o julgamento de *Excalibur*, mas depois, louca para voltar para Valência, deixou a equipe de marketing de Colin Montague dar continuidade ao seu bom trabalho e fez as malas.

Pegara um avião bem cedo e fora direto para a base. A equipe estava se preparando para o treino do dia e todos se reuniram em volta dela, animados por vê-la e surpresos pelo tanto que sentiram sua falta.

Custard deu-lhe um grande abraço.

— Múltiplas dádivas! Carla acabou de anunciar que vai preparar um de seus pãezinhos *especiais* para a sua chegada.

Hattie riu. Procurou timidamente por Rafe (mesmo enquanto repetia para si mesma que Rafe estava com Ava), mas reticente, como de costume, lá estava ele de pé, aos fundos, apenas com o esboço de um sorriso. Dougie olhou para Inky quando Hattie aproximou-se de Rafe e fez sinal para ela sair. Foi como se a equipe tivesse se dissolvido misteriosamente para os dois.

— Está vendo? — sussurrou Dougie para Inky quando eles saíram juntos para arrumar as velas. — Estou ficando bom mesmo nesse negócio de amor.

— Estou feliz por você ter voltado — disse Rafe a Hattie. — Senti sua falta.

— Sentiu mesmo?

— Mack nos deu o dia livre amanhã. Podemos fazer alguma coisa?

Toda a resolução de Hattie de manter a cabeça baixa e se concentrar apenas no trabalho até o fim da Copa caiu por terra. Ela concordou.

Então caiu num pânico sem-fim. Rafe não dissera exatamente o que eles iriam fazer, todas as roupas dela estavam sujas por causa da viagem à Inglaterra e, no momento, enfiadas em sua mala, debaixo da escrivaninha. Por sorte, Mack, de tão empolgado com o resultado da audiência e com o trabalho que ela fizera na Inglaterra, liberou-a para voltar para casa duas horas mais cedo.

— Mas e a imprensa? — perguntara ela, hesitante.

— Dane-se a imprensa, eles já tiveram um pré-*release* e agora podem esperar um pouco. Você parece cansada — disse, gentilmente — Volte para seu apartamento e descanse um pouco.

Mas Hattie tinha outros planos. Saiu em seguida às compras e investiu em um belo vestido floral de alcinhas, que achou que poderia usar com seus chinelos de pedrinhas e cardigã de cor creme, caso fizesse frio.

Quando se encontraram do lado de fora de Casa Fortuna na manhã seguinte, descobriu que Rafe havia pedido o barco do pai para passar o dia com ela. Quando eles estavam andando, um homem surgiu correndo atrás deles.

— Rafe! — chamou. — Rafe! — Ambos se viraram e viram Tom se aproximando correndo e acenando com alguma coisa na mão. Hattie pensou no quanto eles eram parecidos. Claramente, Tom não tinha a profundidade dos olhos de Rafe nem o volume de sua boca, mas aí ela já estaria querendo demais.

— As chaves! — disse ele, aproximando-se. — Você esqueceu as chaves. Olá, você deve ser Hattie. — Logo se voltou para ela. Rafe franziu os olhos e imaginou se o pai o fizera esquecer-se propositadamente das chaves.

Hattie sorria de orelha a orelha, empolgada por conhecer o pai de Rafe.

— Olá.

— Muito prazer. Ouvi falar muito do senhor.

— Sério?

— Sim, sim, papai. Obrigado pelas chaves — disse Rafe.

— Bem, bom te conhecer, Hattie. Tenho certeza de que nós nos veremos de novo em breve.

— Espero que sim — respondeu ela, sorrindo. Tinha impressão de que iria gostar do pai de Rafe.

Hattie jamais saíra para velejar com outra pessoa que não fosse o pai e que normalmente ficava tão empolgado que gritava até ficar rouco. Sendo assim, ficou surpresa com a calma com que Rafe retirou o barco da marina com nada mais nada menos do que algumas instruções sussurradas. Logo, eles estavam se afastando do porto industrial de Valência e seguindo a costa, na direção de Sagunto.

— Estou vendo Casa Fortuna! — gritou Hattie, quando eles passaram pela longa faixa de areia da praia Malvarrosa.

Rafe abriu um sorriso, firmou a vela genoa e se sentou no assento do piloto, ao lado de Hattie. O vento estava forte neste dia, e eles voaram longe.

— Você se importa de sair para velejar? — perguntou ele. — Deve estar cheia de barcos.

— Eu não velejei nem uma vez desde que cheguei aqui! — respondeu Hattie, sendo sincera. — É maravilhoso estar na água e muito mais bacana. — Colocou mais protetor solar e entregou o frasco para Rafe.

— Quer um colete salva-vidas?

Hattie negou. Sentia-se perfeitamente segura com ele.

— Você costuma usar? — perguntou, curiosa.

— Só se o tempo estiver ruim à noite.

Ela assumiu o leme enquanto ele descarregava algumas coisas.

— Eu não sabia o que você gosta de comer, então trouxe uma seleção de coisas.

— Não precisava ter tido todo esse trabalho.

— Não me dê muito crédito. Tia Bee fez muita coisa.

Tomaram o café da manhã com abacaxis frescos, salmão defumado em bisnagas de pão e deliciosos croissants de uma padaria francesa. Rafe foi para baixo do convés e preparou chá no fogão pra lá de antigo.

— Li o seu *Livro dos ventos* enquanto esteve fora — disse ele.

— Leu mesmo?

— É fascinante. Você sabia que os ventos do sul e do norte literalmente deram forma à civilização grega? Quando saíam para comercializar, os gregos não podiam pegar o vento do norte, que eles chamavam bora, então iam para o sul em vez de irem para a África.

— Me empreste depois.

— Claro. A propósito, como foi na Inglaterra? Não perguntei.

— Frio.

— Viu amigos ou família?

— Não deu tempo. Vi meus pais um dia, na hora do café da manhã, mas depois fiquei andando muito para todos os lados.

Rafe levantou-se para ajeitar a vela genoa. Hattie fechou os olhos e deixou o sol aquecer sua pele quando a brisa batia. Estava um dia claro e ensolarado. Simplesmente o tempo ideal para amadurecer as famosas laranjas valencianas. O ar estava salgado e limpo, e Hattie sentiu-se maravilhosamente bem.

Eles jogaram âncora numa pequena baía para almoçar. Exceto por duas crianças que brincavam numa onda, bem afastadas da praia, o lugar estava deserto. As águas escuras do porto industrial de Valência deram vez a um azul cristalino.

Rafe desempacotou mais coisas deliciosas. Bee os deixara satisfeitos. Uma salada fresca de tomate à moda espanhola, com azeite de oliva e fatias de *bonito* (atum seco e salgado). Fatias e mais fatias de presuntos deliciosos, tortilla feita com linguiça suculenta de chouriço, camarões gigantes e molho de pimenta. Para beber, uma garrafa de champanhe e um bom suco de laranja valenciano, para fazer Buck's Fizz. Como sobremesa, apenas uma tigela de cerejas das mais escuras e maduras, com as quais Rafe e Hattie se divertiram ao se deitarem relaxados em lados opostos e ficarem cuspindo os caroços um no outro.

— Rafe

— Hattie.

— Deve ser isso o que os turistas fazem quando vêm para Valência.

— Se tiverem barco.

— Não, quer dizer, ficam só relaxando.

— Você quer dizer: nada de America's Cup.

— Não consigo me lembrar da vida antes da America's Cup. — E não consigo me lembrar da vida antes de você, pensou ela.

Seguiu-se uma breve pausa.

— Nem eu. Quer nadar?

Hattie sentou-se.

— Mas eu não trouxe roupa de banho.

— Vou dar uma olhada lá embaixo. Sempre temos uma por aí.

— Como?

Ele abriu um sorriso.

— Ex-namorada minha ou de meu pai.

Rafe foi procurar um biquíni na cabine e surgiu com um maiô de poás. Hattie o experimentou e não conseguiu parar de rir. A última pessoa que o usara devia vestir, pelo menos, manequim quarenta com bojo grande em comparação ao manequim trinta e oito de Hattie, com bojo pequeno. Ela não pôde deixar de pensar, caso Ava estivesse ali, se não teria aparecido com um biquíni branco sexy ou algo parecido.

Rafe franziu a testa quando Hattie apareceu, vindo da cabine.

— Meu Deus, acho que este maiô não foi de nenhuma ex-namorada minha. Acho que eu iria me lembrar. — Rafe sorriu, pensando em como ela estava bonita com os cabelos caindo pelo rosto, rindo do maiô tão grande. Como era fácil ficar do lado dela!

— Terá que prometer que não vai ficar olhando. Isso aqui vai cair a qualquer momento.

— Prometo.

Rafe foi para os fundos do barco e mergulhou. Hattie o seguiu e, juntos, eles nadaram em torno do barco e até uma caverna próxima, para explorá-la. Por fim, dizendo estar cansado, Rafe voltou nadando para o barco e subiu a pequena plataforma. A água correu como veludo por seu corpo, e Hattie ficou maravilhada ao pensar que aquela criatura linda, elegante e de pele bronzeada estava mesmo ali com ela. Mais uma vez, pensou brevemente em Ava, que também gostaria de estar ali com ele; Hattie sabia muito bem quanto. No entanto, resolveu tirá-la da cabeça. Rafe decidira passar o dia com ela. De qualquer forma, Ava não poderia mesmo passar o dia com ele por causa de Jason Bryant, lembrou-a um voz fraquinha em sua mente. Mas, e se Rafe tivesse ficado sabendo da carta de Ava, será que ainda assim estaria ali? Hattie balançou a cabeça com força, como se tentando afastar fisicamente o pensamento.

Ela nadou sozinha em torno do barco e depois subiu também a plataforma.

Dando a desculpa de que precisava ir ao banheiro, escapou para baixo do convés para checar se o rímel havia escorrido na água. Sentindo-se feliz como uma criança e desejando que o dia durasse para sempre, pegou a bolsa de cima de um dos beliches e retirou rímel e batom. Secou rapidamente os cabelos com a toalha e voltou para o convés.

— Então este é o barco que você velejou com o seu pai? — perguntou timidamente, imaginando se aquela tinha sido a cama de Rafe.

— É. — Olhou-a rapidamente. — Conheço cada centímetro desse barco. Cada arranhão, cada marca. Conheço o bater das ondas na proa e o assobio do vento nas velas. Acho que esta foi a minha infância.

— Como se sente ao voltar à sua infância?

— Estranho. Quer dizer, tanta coisa aconteceu desde que fui embora. Tanta coisa mudou.

Ele está se referindo a Ava, pensou Hattie.

— Parece uma bela vida.

— Sim. Mas não foi sempre assim. Também costumávamos passar um tempo no porto e trabalhar ou estudar, quando eu tinha aula. À noite, meu pai e eu costumávamos deitar no convés, e ele me mostrava as estrelas. Quando tinha namorada fixa, ela vinha para cá e cozinhava para nós. Tivemos Dominique quando passamos pela França. Ela costumava limpar todos os armários e zangar-se da quantidade de baldes que tínhamos. Margarita era da Espanha e me ensinou sobre Picasso. Sophia era italiana, mas a encontramos na Grécia; ela me ensinou a jogar pôquer e a fazer o melhor espaguete à bolonhesa que eu já comi na vida. Eu adorava esse tempo também. Gostava de sentir que tinha uma mulher por perto. Eu sempre fingia que elas eram minha mãe, e é assim que teria sido. — Rafe baixou os olhos para os próprios braços, constrangido por estar falando tanto. Nunca contara isso para ninguém.

— Deve sentir falta dela.

— Só quando percebo o que de fato perdi.

— Torta de maçã, pijamas esquentando no aquecedor, alguém para quem fazer um desenho.

Rafe sorriu e concordou.

— Sua mãe fazia essas coisas? — perguntou ele.

— Fazia.

Eles voltaram para o porto por volta das seis horas.

— Gostaria de jantar? — perguntou Rafe, enquanto eles dobravam as velas.

Hattie concordou avidamente. Faria qualquer coisa para prolongar aquele dia com ele.

Rafe levou-a ao porto no qual seus velhos amigos pescadores haviam chegado com a pesca do dia. Pedira a Hattie para comprar algumas cervejas em uma loja e depois acomodou-a numa cadeira plástica velha. Neste meio tempo, comprara algumas sardinhas e se pôs a cozinhá-las na churrasqueira dos pescadores.

Dizendo a eles que mais tarde devolveria pratos e garfos, colocou a maioria das sardinhas no prato de Hattie e caminharam juntos pela praia. Sentados de frente um para o outro, de pernas cruzadas, devoraram uma pilha de sardinhas junto com goladas geladas de cerveja San Miguel.

— Meu Deus, que delícia! Eu nunca tinha comido sardinha assim.

— Vai ser bom para você. Está perdendo peso.

— Excesso de trabalho. Eu gostaria que todos os dias pudessem ser como este. — Com o pé descalço, Hattie empurrou a areia, que tinha a consistência de farinha moída fininha.

— Eu também.

— Você também? — perguntou ela, timidamente.

— O quê? Escolher entre passar o tempo aqui, comendo e bebendo com você ou com dezesseis homens suados, ouvindo os gritos de Mack?

— Não se esqueça de Inky.

— Tem razão. Ela salva. — Fez uma pausa. — Acho que não tenho café nem chocolate para te oferecer. Devemos ter um pouco lá em Casa Fortuna. Quer voltar?

O coração de Hattie começou a bater feito louco, quando ela disse que isso seria ótimo.

— Mas e quanto a Bee e o seu pai?

— Eles terão que conseguir mais para eles. Além disso, eles disseram que sairiam para jantar ou qualquer coisa parecida. Você terá que se entender com Salty e Pipgin.

Eles se levantaram e começaram a voltar lentamente para o porto.

— Pipgin não fica com Custard durante a noite? — perguntou ela.

— Para ser sincero, Custard tem uns horários meio estranhos. Não sei para que levanta da cama, e ele também não diz a razão.

Outra noite, ele apareceu com a camisa abotoada com os botões nas casas erradas.

— Talvez uma tiete?

— Talvez.

Após devolver pratos e garfos para os pescadores e expressarem sinceros agradecimentos, eles voltaram lentamente para Casa Fortuna, virando para o passeio principal, ao longo da praia, que era bem largo e rodeado de restaurantes. O sol começava a se pôr, espalhando uma luz cor de abóbora por todo o lugar. Crianças patinavam para cima e para baixo; casais andavam de mãos dadas. Comensais começavam com aperitivos, sentados do lado de fora dos restaurantes, sob grandes dosséis. Hattie tinha as mãos soltas ao lado do corpo. De repente, teve plena consciência delas e não conseguia se lembrar do que normalmente fazia com as mãos. Balançava-as ou elas simplesmente ficavam balançando? De vez em quando roçava as mãos em Rafe, e então ele pegava uma delas, apertava-a e eles andavam juntos em silêncio.

Quando chegaram à Casa Fortuna, ele conduziu o caminho à recepção e eles subiram juntos os poucos lances de escada. Quando chegaram à porta de seu apartamento, Rafe colocou uma mecha solta do cabelo de Hattie atrás da orelha e abriu a porta. Por um momento, ficou confuso. Normalmente, quando Salty e Pipgin estavam sozinhos em casa, eles saíam correndo para recebê-lo.

Segundos depois, entendeu a razão. Um vulto estava de pé na sala de estar, com os dois cachorros felizes da vida a seus pés. Por um momento confuso, Hattie achou que poderia ser Bee, mas então o vulto se virou. Era Ava, maravilhosa de calças jeans, saltos altos e uma camiseta minúscula. Ela sorriu para os dois.

— Como você entrou? — perguntou Rafe, devagar.

— Parece que seu porteiro é meio bobo a ponto de cair numa história dramática. Lembro que você fez o mesmo comigo uma vez, Rafe. Dente por dente, como dizem. — Aproximou-se confiante de Hattie e olhou-a com desprezo, de alto a baixo. — Embora, decididamente, não no caso dela — disse, prolongando as vogais. — Tiveram um bom dia?

Hattie saiu correndo pela porta. Um segundo depois, Rafe a alcançava.

— Hattie, não vá. Sinto muito. Eu não fazia ideia de que ela estaria aqui.

— Ela te escreveu uma carta. Eu deixei Custard rasgá-la — desabafou.

— Quando?

— Pouco antes de eu ir para a Inglaterra. Sinto muito. Eu devia ter te contado.

— Venho falar com você depois.

Ela não queria que ele a visse chorar, então tentou sorrir, concordou e fechou a porta.

Meia hora mais tarde, seguiu-se uma batida à porta. Hattie saiu voando da cama e correu para atender à porta, secando rapidamente as lágrimas no caminho. Mas não era Rafe à porta, era Bee. A expressão de Hattie abalou-se visivelmente.

— Estou tão triste — disse Bee, sentindo-se muito aborrecida por causa dela. — Vim ver se você estava bem. Acabamos de voltar.

— Foi Rafe que te mandou aqui?

— Não, não. Ele e Ava estavam lá, quando nós voltamos do jantar. Eles estão... Eles ainda estão conversando. — Bee não quis dizer que eles foram para o quarto. Por sorte, apenas em nome de um pouco de privacidade. — Estou tão triste — disse rapidamente.

— Foi culpa minha Ava estar aqui. Ela apareceu hoje mais cedo e eu disse a ela que você e Rafe estavam juntos. Achei que ficaria claro que você e ele, assim eu desejei, estavam namorando. Eu não fazia ideia de que ela voltaria e esperaria por vocês. — Bee estava constrangida demais para admitir que adorara dar aquela notícia a Ava e, sem querer, acabara piorando a situação.

Hattie sentiu o coração pesado. Ava devia estar desesperada para tê-lo de volta. Não desistiria. Hattie virou-se e entrou, deixando Bee hesitante à soleira da porta. Por fim, Bee a seguiu e fechou a porta. Sentou-se no sofá ao lado de Hattie e segurou-lhe a mão.

Hattie começou a chorar mais uma vez e recostou a cabeça no ombro de Bee.

— Acho que eu o amo, Bee. Não sei o que fazer.

Bee acariciou-a e consolou-a, mas não conseguiu dizer nada de útil, pois também não sabia o que fazer.

Agora que havia conseguido acesso ao quarto, Ava tentava conversar com Rafe.

— Onde vocês foram? — perguntou.

— Saímos de barco — disse Rafe, cauteloso.

— Estava trazendo ela aqui para trepar com ela? — As palavras rudes soaram estranhas em seus belos lábios.

— Para falar a verdade, não tinha nada em mente — disse, com poucas palavras.

Ava foi à janela e olhou para os jardins.

— Ela é bonitinha, embora não seja o seu tipo.

— Qual é o meu tipo?

— Eu.

— Ela é fácil de lidar.

— Entediante, você quer dizer.
— Não. Eu quero dizer agradável — suspirou Rafe. Costumava achar essas discussões desafiadoras, mas agora elas estavam apenas o deixando cansado.
— O que quer com ela?
— Como assim?
— O que te fascina nela?

Rafe ficou olhando para Ava. Ela sempre se referia ao amor em termos de encanto. Como um tipo de feitiçaria.

— Não há fascinação alguma. Apenas gosto dela — respondeu com firmeza.
— Ela é sua RP, não é? Foi ela a responsável por todas essas manchetes? Coisas tipo "O homem de Atlântida"?
— Hattie? Não. Isso nada tem a ver com ela.

Ava mudou a tática.

— Foi o seu pai que acabou de trazer Bee para casa?
— Foi. — Apresentá-los pareceu-lhe um pouco inapropriado.
— Interessante ver como você ficará quando velho. Bem, pela aparência dele...
— Ele finalmente apareceu. — Rafe sentou-se na cama, e Ava aconchegou-se.
— Está tentado a voltar com ele?

Rafe hesitou.

— Sim, estou — disse, sendo sincero. — Mas não voltarei.
— E depois da Copa?
— Não sei. Não consigo pensar nisso.
— Que tal se eu fosse com vocês? Poderíamos conhecer o Rio de Janeiro e Trinidad. Le Touquet e Brighton.

Rafe riu sem vontade.

— Brighton à parte, tem vontade de conhecer o Rio?

— Sempre quis passar o carnaval lá. Já foi para lá alguma vez?

— Fui, uma vez. — Rafe fez uma bela imagem de Ava com um hibisco atrás da orelha, movendo os quadris ao som do samba. Carnaval lhe cairia bem. — E quanto à pintura?

— Acredito que no Rio haja telas, não? Fico imaginando toda aquela luz diferente que eu poderia captar. Eu poderia fazer um estudo sobre a luz ao redor do mundo. E tenho certeza de que você gostaria de ter uma cozinheira a bordo. Faço um excelente bolo de frutas.

— Bolo de frutas a gente compra pronto.

— Isso é muito individual. — Ava correu levemente os dedos pelo queixo de Rafe. — Acho que terminei com Jason.

— Acha?

— Acho. Podemos voltar? Era o que você queria da última vez que nos vimos, não era?

— Era?

— Foi isso o que eu vim falar com você. Sobre Jason e eu. Já percebeu que não estou nem um pouco interessada no resultado da Copa? Estou aqui antes que vocês dois sequer tenham competido. Quero ficar só com você. É claro que não poderá ver aquela garota de novo.

— Trabalhamos juntos, Ava — disse Rafe, com cautela.

— Pedirei ao papai para demiti-la.

— Não fará uma coisa dessas.

— Você e eu éramos tão bons juntos.

— Ava, estamos no meio da America's Cup. Sei que está tentando me dizer que o resultado não importa, mas será que isso tudo não pode ficar para mais tarde? Falta muito pouco agora. Fiquei péssimo quando terminamos da última vez. Não posso deixar isso acontecer de novo.

— E quem disse que iremos terminar?

Rafe suspirou.

— Não vamos fazer nada agora.

— Sinto muito pela última vez — insistiu Ava.

— Não preciso da sua piedade, Ava — rebateu ele. — Por que voltou?

— Cometi um erro. Este tempo longe me fez perceber que tudo o que eu quero é ficar com você. Desta vez, para sempre.

— Acha que é simples assim? Você estala os dedos e tudo volta a ser como era antes?

Ava, culpada e sedutora, sentou-se com os olhos cintilando.

— Seria um erro se perdêssemos algo tão maravilhoso — sussurrou ela, enroscando-se nele.

— Já fez isso antes.

Ava montou em cima de Rafe, esfregando a virilha sobre a dele.

— Não me deseja, Rafe? — sussurrou. — Não quer entrar em mim?

Rafe segurou-a firme pelos quadris, tentando parar o movimento giratório. Independente do que acontecesse, ela sempre o reduzia a um pobre necessitado.

CAPÍTULO 49

Cedo na manhã seguinte, Mack esbarrou em Rafe, que se arrastava pelo complexo, carregando uma bandeja grande de cappuccino espumoso. Ergueu as sobrancelhas.

— Tem algum desejo de morrer? Carla irá te matar. Quem levará ao baile amanhã?

Na noite seguinte, haveria o Baile dos Desafiantes de Louis Vuitton, um evento suntuoso no qual se entrava somente com convite. Uma tradição antiga na qual todos os desafiantes e o anfitrião da Copa se reuniam para comemorar, antes da final.

— Ninguém. E você?

— É... ninguém. — Estava planejando convidar Bee, mas, quando, Golly lhe disse que não poderia estar presente porque teria que ir à Inglaterra para fazer fisioterapia no joelho, todos insistiram que seus convites fossem dados a Bee, por causa de tudo o que ela havia feito pelo desafio. Então, agora ela tinha seus próprios convites e tanto as séries da última regata quanto as acusações de ilegalidade do barco naturalmente o haviam deixado preocupado. Mack imaginou se seria tarde demais.

— Quem sua tia irá levar? — perguntou, mas não sem certa dose de desconforto. — Estou perguntando só por causa da reserva dos lugares.

— Acho que o meu pai.

Mack já fora a inúmeros eventos e bailes sozinho, e imaginou por que se incomodaria agora de não ter um par. Ou seria não ter Bee como par que o incomodava?

— Claro, claro. O nome dele é Tom, não é?

— É.

— Estou ansioso para conhecê-lo melhor — disse Mack, que, na verdade, não estava nem um pouco a fim de conhecê-lo.

Hattie deu um jeito de não olhar nem uma vez para Rafe, naquela manhã, enquanto entrevistava a equipe. Já fazia dois dias que eles haviam saído de barco, e ela não falara com ele nenhuma vez. Rafe também não voltara na noite em que a deixara. Devia ter dormido com Ava. Era orgulhosa demais para perguntar a Bee o que estava acontecendo... além do mais, tinha certeza de que Bee não sabia. Rafe jogava com as cartas perto do corpo. Sabia que andavam extremamente ocupados. Ele não tinha nem um momento de folga entre afinar-se com *Excalibur* e ir à ginástica — toda a equipe redobrara os esforços; tudo o que lhes desse alguma vantagem. Ela também não tinha tempo entre acalmar jornalistas (que estavam ficando cada vez mais empolgados com a batalha constante entre Henry Luter e *Excalibur*), os membros da equipe (que estavam febris), Colin Montague (que era o mais tenso de todos) e, ocasionalmente, todos os três juntos. Mas quem ela estaria enganando? Ele poderia ter arrumado tempo se quisesse.

Desde sua visita à Inglaterra, Hattie vinha colhendo os louros de uma atenção maior da mídia. A maioria dos jornalistas com quem havia conversado vinha aos bandos para Valência e estava sempre telefonando para ela, querendo entrevistas e *releases* para a imprensa. Hattie estava gostando do que Colin Montague chamava de "jogá-lo aos leões", ao insistir que andasse ao longo da vila da Copa em sua motoneta motorizada com um grande charuto na boca, usando inúmeras camisetas que diziam "BRETANHA MANDA NAS ONDAS" e "O GRANDE BRANCO", referindo-se ao casco de *Excalibur*. Tinha até impresso uma camiseta com um artigo bem bobinho da Inglaterra sobre as nádegas das equipes (e um fotógrafo bem sem-vergonha dera um jeito de tirar uma foto de todas elas em fila a bordo de *Excalibur*) e como equipes com belas nádegas nunca conseguiam vencer nada, junto com a citação imortal: "A julgar pelas evidências, Colin Montague deve estar mesmo muito preocupado." Com seu charme natural e modos calmos, ele foi um sucesso imediato na mídia, o valor de suas ações, aos poucos, subindo de novo.

Tantas coisas eram doadas à equipe *Excalibur* que Hattie foi forçada a dar a maior parte à equipe de base. Carla normalmente ia para casa com um boné novo de beisebol, tênis novos ou um belo lenço que algum estilista parisiense mandara para Inky e pelo qual ela não demonstrara muito interesse. Carla teve a sensação de que Inky voltara a se entregar inteiramente ao trabalho depois da partida de Luca.

Em retaliação, Henry Luter havia incrementado sua campanha publicitária e, onde quer que a equipe *Excalibur* fosse, havia outdoors de *Phoenix*; todos os canais de tevê nos quais sintonizavam mostravam entrevistas de Henry Luter com legendas em espanhol.

Nada disso, particularmente, incomodava Rafe, que ficava mais confuso do que admirado. Nesta mesma manhã, várias pessoas acenavam a programação na frente do rosto, aguardando a chegada deles à base. Custard fora na frente, assinando tantos programas quanto possível, até desaparecer pelos portões do complexo.

— O que está fazendo? — perguntou Rafe, curioso, quando o alcançou.

Custard olhou-o, surpreso.

— Autografando, claro. Assinando meu nome. — Riu. — Nunca viu isso antes?

— Não. Achei que só se assinassem cheques com o próprio nome.

— Eu assino Custard. Não a imagem mais impressionante do mundo, mas...

— É meio esquisito. Assinar seu nome desse jeito...

Custard deu-lhe palmadinhas nas costas.

— Quando olho para o mundo através dos seus olhos, companheiro, tudo me parece meio esquisito.

Rafe andava mesmo ocupado desde aquela noite com Ava e Hattie, ou assim preferia se manter. A verdade era que propositadamente evitara Hattie durante toda a semana (e sentia-se ligeiramente justificado quando se lembrava de que ela não lhe contara sobre a carta de Ava). Encolheu os ombros quando se lembrou de Ava ten tando conversar com ele naquela noite.

— Podemos dar o fora da realidade — sussurrara em seus ouvidos. — Ir para bem longe de meu pai e da Inglaterra. Eu poderia pintar, você poderia velejar e nada nos interromperia de novo. Disse-me, certa vez, que nunca soubera o que era fome antes de me encontrar. Poderá se sentir saciado.

Beijara-o então, segurando delicadamente seu rosto com as duas mãos. Seus cabelos caíam sobre o rosto de Rafe, e ele respirara sua fragrância, retribuindo seus beijos, hesitante de início, com mais intensidade depois. Segurara seus quadris com força e os puxara para baixo. Lentamente, Ava o empurrara para trás até ficar totalmente em cima dele. Passara as mãos por baixo de sua camiseta, acariciando-lhe o peito.

— Eu te quero, Rafe. Por favor — sussurrara.

A realidade o incomodava. Rafe dera um jeito de sentar-se:

— Não estaríamos apenas nos ausentando de nossos problemas se simplesmente fôssemos embora?

— Não é este o melhor caminho? Seríamos só nos dois. Sem meu pai, Mack ou qualquer outra pessoa.

— Em vez de enfrentá-los? Eles não iriam embora. E não acho que você conseguiria ficar muito tempo longe da luz dos refletores. Talvez por um período enquanto reúne alguns trabalhos, mas não tempo demais. Você logo iria querer voltar e expô-los.

— Então poderíamos voltar para a Inglaterra.

— E você não sentiria falta das festas, da fofoca, de estar em evidência?

— Poderíamos ficar por aqui alguns meses e depois sair de novo. Você poderia visitar sua tia Bee e eu ficaria em Londres.

— Não acho que você iria gostar de partir.

— Bem, talvez você queira participar de outra Copa de novo. Eu poderia ir e voltar, como tenho feito.

— Ava — dissera Rafe, cauteloso —, nós estamos nos enganando.

— Não, Rafe. Nós estávamos nos enganando. Achando que poderíamos ficar separados. Somos feitos para ficar juntos. Devemos ficar juntos.

— Preciso pensar. Acho melhor você ir embora.
— Por quê? Porque se eu ficar você dormirá comigo?
— É — foi o que respondera.

Viu-a sair então, não sem um sorriso de triunfo no rosto. Rafe desabara numa poltrona da sala de estar, onde seu pai lia inocentemente um livro da estante de Bee. Até o momento, Rafe só o vira com livros sobre tabelas de marés nas mãos.

— Então esta é Ava — comentara Tom. — Bela mulher.

Os dois homens encararam-se em silêncio, até Tom voltar a ler o livro e Rafe ficar com o olhar parado na janela. O mero fato de ter o pai ali tornava tudo mais fácil, transportava-o de volta ao ritmo do passado. Pensou sobre tudo o que Ava havia dito. Pensou se gostaria de voltar à antiga vida no mar e ao exílio. Trocara uma equipe de dois por uma de dezessete. Tornara-se menos autossuficiente e mais dependente. Também gostava de competir, da adrenalina das regatas, da combinação perfeita de desafios que vinham do mar e dos homens. Concluiu que gostava muito dessas coisas.

Sentiu-se envergonhado por ter tratado Hattie tão mal, mas a verdade era que ainda não podia se decidir e não queria confundi-la mais até saber o que fazer. Não bastava que estivesse prestes a enfrentar diariamente Jason Bryant no circuito da regata. Não fora ele, afinal de contas, a única razão para que viesse a Valência?

Na casa da família Dantry/Beaufort as coisas também não estavam muito harmoniosas. O tema do Baile do Desafio era "contos de fadas" e Milly fora escalada para ajudar em quase todas as fantasias. A pressão subira sobremaneira desde que *Excalibur* assumira o papel de desafiante de destaque da America's Cup. Ficariam em muita evidência e, agora, até mesmo as esposas que no início haviam se recusado a ir fantasiadas, de repente, quiseram a fantasia mais grandiosa e atraente. Felizmente, todo esse movimento afastou a cabeça de Milly do que acontecia em casa. Ela estava adorando cada minuto.

O dia do baile pareceu ter um início bastante tranquilo. Um fluxo regular de fantasias de contos de fada começou a transitar cerca de oito horas da manhã, com Pond. Os personagens desapareciam dentro do quarto junto com Milly e depois ressurgiam num desfile para seu pai, que gritava e aplaudia encantado com as criações da filha. Havia acabado de reproduzir uma Cachinhos Dourados muito sexy, com a esposa pequenina e loura de Ho. Custard, que saíra correndo para experimentar sua fantasia, ficou bocejando o tempo todo.

— Custard, que diabo andou fazendo? — perguntou Milly, por fim. — Vi que estava em casa ontem à noite porque, quando passei por sua porta, ouvi música.

— Meu Deus, sinto muito, Milly. Eu estava lendo um livro maravilhoso.

— Sobre o quê?

— A vida do bacalhau.

Fabian começara o expediente tarde naquela manhã. Todos haviam ganhado o dia de folga por causa do baile, e agora ele estava andando em volta da mesa do café, escondendo-se atrás de um jornal espanhol. Milly sabia que não havia como ele lê-lo. Olhou-o, imaginando o que estaria pensando ali atrás. Sentiu-se como uma mãe solteira ainda tendo que cuidar de um marido inexistente. Eles estavam pisando sobre ovos. Em um dado momento, ele parecia feliz da vida, levando flores e chocolates para ela; no dia seguinte, estava ríspido e estressado. Mais de uma vez, Milly mordera a língua e dera os chocolates para Salty.

Por volta das dez horas, Elizabeth entrou no apartamento, numa nuvem de perfume. Plantou um beijo na cabeça imóvel de Fabian.

— Bom-dia, querido!

Cumprimentou vagamente o pai de Milly e ignorou completamente a nora e a neta.

— Tive que ficar mais um tempo na cama hoje de manhã. Ainda não me recuperei da terrível viagem de avião.

Elizabeth ainda não havia se recuperado do choque de ter de viajar em uma companhia barata.

— Tive que brigar para conseguir o meu lugar e, depois que consegui um assento no corredor, sabia que não podia levar nada no colo? — Correu os olhos pela sala, na esperança de que todos percebessem o horror do que falava. — Quer dizer, eu estava segurando um croissant e uma revista *Vogue*. Será que acharam que eu iria matar alguém com essas coisas?

Os olhares de Bill e Milly se cruzaram. A primeira vez que a sogra relatara a história, Milly sussurrara:

— Ela poderia matar alguém com muito menos do que isso. — E Bill precisou morder o lábio para não rir novamente.

O próximo cliente de Milly, Inky, apareceu à porta do apartamento e desapareceu no quarto para experimentar a fantasia. Quando saiu, o pai de Milly bateu palmas.

— Inky! Você está linda! — disse ele, sorrindo encantado. — O mais belo patinho feio que já vi. Ou melhor, cisne.

Milly olhou ansiosa para o topo da cabeça de Fabian. Se ele pelo menos erguesse os olhos ou falasse alguma coisa! Se ao menos visse todo o trabalho e esforço que ela havia posto na fantasia de cada um! Mas não havia reação. Milly seguiu Inky de volta ao quarto e a ajudou a tirar o vestido cinza que deu lugar a uma sequência de penas.

— Obrigada, Milly — disse Inky, iluminada. — Adorei!

— Foi um prazer. Foi mesmo. Luca estará aqui?

— Espero que sim. Quer dizer, está tudo acabado entre nós, mas eu gostaria de vê-lo.

Milly apertou-lhe a mão.

— Seus pais devem estar muito orgulhosos de você.

Inky abriu um sorriso.

— Acho que estão. Minha mãe principalmente. Está a semana inteira tentando aprender palavrões em espanhol para gritar para a outra equipe durante as competições, o que é muito esquisito. Não sei o que deu nela!

— Um pouquinho de você, pelo que parece.

Depois que Inky saiu, Milly sentou-se no chão por alguns momentos bem-vindos e leu uma historinha para Rosie, enquanto seu pai fazia café para todos.

— Vovozinha lê? — sussurrou para Milly.

— Por que não pergunta a ela?

Rosie levantou e aproximou-se de Elizabeth.

— Vovozinha? — chamou, puxando a manga de sua camisa.

— Querida, acho que você devia me chamar "Vovó Elizabeth". Poderia fazer isso?

Rosie pareceu ligeiramente confusa.

— Mas ela sempre te chamou de vovozinha, desde quando era bem pequena. — Milly pulou em defesa da filha.

Elizabeth ergueu as sobrancelhas.

— Acho que vovozinha soa comum demais.

— Mas é mais fácil para ela falar.

— Ainda assim, acho melhor nos livrarmos desses "inhas" desde o início. Não acha, Fabian? Fabian?

Fabian baixou o jornal um tanto relutante.

— Acho que vovozinha soa muito provinciano e vulgar. O que acha?

Milly olhou para Fabian, desejando que ele ficasse ao seu lado. Por favor, pensou, por favor, diga alguma coisa. Fabian olhou para ambas com um olhar vago e preocupado.

— O que for mais fácil — resmungou e levantou o jornal novamente. Elizabeth sorriu satisfeita.

Para falar a verdade, Fabian nem tinha ouvido o que a mãe falara, de tão ansioso e chateado. Preferia que a mãe tivesse ficado na Inglaterra. Estava mais nervoso com relação à regata do que jamais estivera em toda a sua vida. Apesar de sua recente boa reputação, não se esquecia do passado. Sentia que era a sua única oportunidade de se reabilitar aos olhos do mundo. Tinha sentimentos paradoxais com relação à mãe estar lá, uma vez que isso o mantinha afastado do pai. Vira David por dois dias e estava chocado ao perceber como isso o abalara.

Na última vez, eles ficaram em *Daphne* tomando cerveja.

— Mamãe está vindo para cá para me ver competir — comentara Fabian.

David Beaufort começara a descascar o rótulo da cerveja.

— Então está na hora de eu ir embora. Além do mais, mais velejadores chegarão. É só uma questão de tempo até que me reconheçam.

Fabian concordara.

— Irá perder a regata final. — Era mais a confirmação de um fato do que uma pergunta.

— Pararei em algum lugar e assistirei pela televisão.

Seguiu-se um silêncio quando os dois beberam de suas garrafas.

— Sempre poderei te encontrar em um porto, onde quer que seja, depois que tudo isso acabar.

— Irá querer?

— Claro.

— Tem o número do meu celular.

— Usarei um telefone público. É melhor eu ir. — Fabian se levantara. — Milly deve estar imaginando onde eu me meti.

— A levará consigo quando for me visitar?

— Rosie também.

David se levantara e eles se abraçaram em silêncio.

— É muito duro — dissera o pai — eu ter de ir embora tão cedo. Tão logo nos encontramos, nos afastamos de novo.

Fabian concordara.

— Mas eu sei que estará me assistindo quando for algo importante. Além do mais, tenho Milly e Rosie agora.

Fabian deixara o pai e olhara uma vez para trás para acenar, agora cheio de pesar e não mais de raiva. Sentira-se terrivelmente penalizado pelo pai não ter uma Milly nem uma Rosie para si.

No Baile dos Desafiantes, berros animados deram boas-vindas à chegada de cada fantasia, e amigos íntimos caíram na risada. Graças aos esforços de Milly, a equipe *Excalibur* apresentou-se maravilhosa, sem falar de Milly, propriamente dita, que estava esplendorosamente sexy como a jovem fada Sininho, com asas de fada e botas de couro de salto alto e cadarço.

O time de designers de *Excalibur* também estava muito elegante, até mesmo Neville, que fora vestido como um tipo de cavalheiro. Logo estava rodeado de mulheres adoráveis, como o inventor da revolucionária quilha do barco.

— Ouvi dizer que ela é a única razão de eles terem chegado à final — dizia-lhe uma mulher. E Neville nada fazia para dissuadi-la deste fato.

— Onde está Hattie? — Rafe perguntou a Ho.
— Não sei.
— Bem, ela deve ter sido convidada, não?
— Acho que não. A festa é só para a equipe e para os projetistas.
Rafe ficou olhando desapontado para ele.
— Mas eu achei que...
— Eu sei. E também não me parece justo depois de tudo o que ela fez pelo sindicato, mas acho que eles não podem chamar todo mundo. — Ho encolheu os ombros.

Mas Hattie não era todo mundo, pensou Rafe.

Ele não era o único que procurava por alguém.
— Alguém viu Mack? — perguntou Bee. — Ele vem, não vem?
— Estão colocando todos os capitães e chefes do sindicato no helicóptero — disse Milly. — Acho que estarão aqui daqui a pouco. Você viu o jornal que o apelidou de Atlas, hoje de manhã? Por ele ter o peso do mundo nos ombros. E ombros muito largos também; ele deve ter sido pra lá de arrebatador quando era jovem. — Milly olhou com interesse para Bee, que fingia dispensar atenção a alguns canapés de morangos que lhe eram oferecidos, umedecidos com licor Baileys.

Bee queria dizer que achava Mack terrivelmente atraente, mas, em vez disso, disse:
— Sinto a maior falta dos morangos ingleses, você não?

Todos os capitães, chefes de sindicato e seus pares tiveram a oportunidade de irem de *black tie*, e suas vestimentas brilhantes se distinguiram por entre as cores e tecidos vibrantes.

Mack e seu par entraram, passando pela horda de convidados e causando comoção. A bela de braços dados com ele estava de arrasar.

Custard — fantasiado de marinheiro — ficou boquiaberto olhando para a acompanhante de Mack.

— Hattie! — exclamou. — Você está... — Quase ficou sem palavras. — Você está maravilhosa. — Hattie estava fantasiada de Rainha de Copas, com um belo vestido vermelho tomara-que-caia de cetim, de cauda comprida. Os cabelos, com novos reflexos louros e caramelo, estavam puxados para cima, com cachos macios caindo por seus ombros, a maquiagem forte e escura marcando a profundidade de seus olhos, tudo isso junto com um batom vermelho, sua marca registrada.

— Achei que não poderia deixá-la em casa — disse Mack —, depois de tudo o que fez por nós.

Hattie deu um sorriso cintilante para Custard, mas seus olhos examinavam a multidão ali presente. Aquele efeito fora criado para uma pessoa apenas. Os olhares admiradores de todos os outros nada contavam.

De repente, ela o viu vindo em sua direção, um lobo enorme num terno branco. Parecia surpreso, e ela esperava que pelas razões corretas.

— Hattie! — exclamou Rafe. — Você está... — Olhou-a de cima a baixo com admiração. — Estonteante. Fiquei com medo de que não viesse.

— Mack me convidou.

Rafe sentiu uma pontada de culpa. Deveria ter sido ele a convidá-la.

— Estou feliz por estar aqui. Não seria a mesma coisa sem você.

Hattie retribuiu o olhar e perguntou-se se ele estava mesmo sendo sincero.

— Onde está Bee? — perguntou Mack.

— Ali.

Não era de admirar que Mack não a reconhecesse. Estava virada de costas para ele e seus belos cabelos compridos estavam presos no topo da cabeça num coque frouxo. Quando se virou, Mack viu que ela estava usando um vestido preto com corselete e segurava uma maçã. O rosto estava maquiado de tons rosa-claros, com um delineador preto forte e um leve batom vermelho.

— A bruxa malvada de Branca de Neve — explicou, quando se aproximou. — Não estão todos maravilhosos? Milly trabalhou muito bem.

— Você está linda.

— Faço uma ótima bruxa, não?

— Onde está Tom? — perguntou Mack.

— Vocês já se conheceram? Meu Deus! — exclamou, quando Mack negou. — Que desleixo meu. Ele já está aqui há algum tempo, por isso achei que já se conhecessem. — Bee acenou para que Tom se aproximasse, e Mack lhe apertou a mão. Talvez com força demais.

— É um grande prazer te conhecer — disse entusiasmado, enquanto Tom tentava não fazer uma careta.

— Igualmente e meus parabéns pela vitória. Posso pegar uma bebida?

— Obrigado. Cerveja se tiver e champanhe se não tiver jeito.

— Bee?

— Champanhe se tiver e cerveja se não tiver jeito.

— Bom para Rafe ter Tom por perto — disse Mack, um tanto constrangido. Em geral, conversavam com bastante naturalidade, mas a presença de Tom fez com que Mack ficasse pouco à vontade. Sentiu-se meio sobrando entre eles.

— Ótimo.

— Acredito que vocês dois se conheçam muito bem. — Mack tinha consciência de que estava especulando, mas eles pareciam tão à vontade juntos! Ah, a quem queria enganar? Certamente não a si mesmo. Sabia perfeitamente o que Bee significava para ele, só não sabia o que fazer. Não junto com todo o resto que acontecia.

Bee sorriu.

— É maravilhoso tê-lo de volta — disse, entusiasmada. — Nem sei dizer como senti falta deles dois durante todos os anos que ficaram longe.

Mack mordeu o lábio. Não, não havia possibilidade de se preocupar com Bee e Tom neste momento. Tudo o que queria era que Bee continuasse a ser tão maravilhosa como sempre fora e então ele pensaria nela mais apropriadamente depois das competições. Se Tom não a fisgasse até então, claro. Mack mudou de assunto.

— Belo lugar, não é? — comentou, quando reservou um momento para olhar ao redor. Estavam em uma propriedade privada imensa, dentro de uma casa cercada por um fosso. Para onde quer que olhassem, havia esculturas de gelo da America's Cup cheias de frutas diferentes até a borda. De repente, Mack sentiu-se muito orgulhoso ao ver que, decorando as paredes, havia fotos de *Excalibur* em várias séries diferentes. Somente em momentos íntimos como aqueles sentia o verdadeiro impacto de suas conquistas.

— Sinto-me como se não visse vocês há décadas — disse Bee, em tom conversacional.

— Teremos pelo menos mais um jantar em equipe antes da final, não é?

— Claro! Meu Deus, que estranho ouvir você falar em final. Ficarei muito triste quando for embora.

— Eu também. — Fizeram uma pausa momentânea. — Como está Salty? Detesto admitir, mas tenho sentido falta de expulsá-lo da cozinha.

— Salty está muito bem. Um pouco irritado hoje, mas, também, está comendo amendoins...

— Ah, a desculpa dos amendoins. Clássica.

Tom voltou com as bebidas. Bee lançou-lhe um sorriso tão encantador que Mack pediu licença assim que pôde, sem ser indelicado.

Duas horas depois, a festa estava a todo vapor e eles estavam todos sentados, apreciando um farto banquete de flores de abobrinha sobre carpaccio de veado, seguido por filé de peixe com erva-doce refogada, lagostim e risoto de caviar. As mesas estavam sob uma cobertura inclinada de cristal, de forma que os convidados pudessem apreciar a chuva de fogos de artifício que aconteceria mais tarde, sem que precisassem sair dali. *Excalibur* e *Phoenix* obviamente eram os convidados de honra, e Custard ficou encantado ao ver que os guardanapos de linho haviam sido todos bordados alternadamente com desenhos das suas equipes. Exatamente como os Montague e os Capuleto aos quais ele aludira tempos atrás, a sala estava dividida em duas áreas, com os patrocinadores e amigos de *Phoenix* de um lado e *Excalibur* do outro. Custard procurou ansiosamente por Saffron. Não a via direito desde aquele breve encontro na Casa da America's Cup, onde ela lhe contara sobre o envolvimento de Luter com as alegações de ilegalidade do barco. Achou que se sentiria melhor ao vê-la naquela noite, mas, na verdade, quase morreu ao encontrá-la sentada ao lado de Luter e do resto do sindicato *Phoenix*.

Jason Bryant parou na mesa deles.

— *Excalibur* — disse, prolongando as vogais e demorando os olhos em Inky um pouco mais do que pareceu confortável ao resto da equipe. — Estou ansioso para me encontrar com todos vocês na linha de largada. Principalmente com você. — Olhou diretamente para Rafe. — Para ser sincero, acho que você deve contar com uma ajudinha para adivinhar o vento, quem sabe um rádio ilegal?

Mack levantou-se.

— O que, exatamente, está querendo dizer, Bryant?

— Que estou achando difícil acreditar nas coisas que andam falando.

— Não precisa acreditar, Bryant. Você as verá em ação dentro em breve.

— Estaremos escaneando todas as fequências, mesmo assim. — Acenou com cortesia e retirou-se.

Custard desaparecia toda hora, ostensivamente, para ir ao banheiro, parando na frente da mesa de Luter, na esperança de que Saffron pudesse segui-lo. Na quarta tentativa, ela conseguiu escapar e, uma vez do lado de fora do vasto corredor, Custard a empurrou para trás de uma pilastra. Saffron tinha aparência pálida em um vestido Dior prateado, trançado, com fitas amarradas firmemente às costas. Seu coração se torceu junto com as fitas.

— Graças a Deus — disse ele. — A equipe inteira está achando que tenho infecção urinária.

Ela sorriu.

— Senti sua falta.

— As coisas vão melhorar quando começarem as competições — sussurrou Custard. — Conseguiremos nos ver mais.

Saffron olhou ansiosa por cima do ombro. Era de impressionar os riscos que se corria por amor.

— O que irá acontecer depois da regata? — perguntou ela, hesitante. Seus olhos buscaram os dele. Essa pergunta aparecia cada vez com mais frequência, à medida que os dois sindicatos se preparavam para competir. Desta vez, um iria vencer, o outro, perder. Sem mais chances. *No habrá segundo*.

Custard vacilou. Também andava pensando no futuro deles. Mas como poderia pedir a Saffron para abandonar *Corposant*, o dinheiro, as roupas, as horas no cabeleireiro, o luxo, para unir-se a ele numa vida cheia de incertezas — velejadores nunca sabiam aonde o próximo emprego os levaria — sem muito dinheiro (com certeza muito pouco em comparação ao estilo de vida que Saffron levava)? Nem mesmo tinha uma casa para lhe oferecer. E quanto a Henry Luter? Custard não fazia ideia de qual seria sua reação. No mínimo, faria o possível para assegurar que ele nunca mais trabalhasse de novo. Então, como ganharia dinheiro suficiente para manter aos dois? Não tinha outro ofício para o qual correr. Não sentia medo por si, mas achava que não poderia fazer Saffron passar por isso. Afinal de contas, em primeiro lugar, havia um motivo (que ele sabia ter origem em sua infância e estar muito bem enterrado) para ela ter se casado com Henry Luter. Procurara a segurança de seu dinheiro e posição. Queria que cuidassem dela. Ele não podia fazer nenhuma das duas coisas.

— Não sei — disse, por fim. — Vamos encontrar uma solução. Prometo. — Saffron ficou com os olhos caídos. — Ainda irá demorar até irmos embora. Teremos tempo.

Saffron não queria dizer que, se Henry perdesse, sabia que eles deixariam Valência imediatamente. Não lhe parecia justo pressionar Custard, com tanta coisa acontecendo. Além do mais, não parecia que *Phoenix* perderia. Na batalha dos sindicatos, *Phoenix* ganhava sem muito esforço. Ninguém em particular avaliava as chances de *Excalibur*.

— Não vai me dizer como conseguiu aquela informação para o julgamento? — Custard perguntou de novo. — Estou preocupado com você.

Saffron negou com a cabeça e sorriu.

— Não foi nada de mais. — Ela jamais contaria a Custard o risco que correra para conseguir a informação.

— Mas Henry não está furioso?

— Com certeza está. — Tampouco dissera a Custard que, quando Henry descobrira que as alegações contra *Excalibur* haviam caído por terra, ela jamais vira fúria igual. Estava muito assustada com o que havia feito. Ele começara uma caça declarada aos espiões. Se algum dia descobrisse que fora ela que o traíra, então colocaria as mãos em seu pescoço e o apertaria até ela não conseguir mais respirar.

Mas Saffron sabia que faria aquilo de novo. Não somente porque faria qualquer coisa por Custard, principalmente depois do alento que vinha sendo para ela nos últimos meses, mas porque o que Henry estava fazendo era imoral e errado. Saffron tinha ainda alguns escrúpulos. Henry não podia erradicá-los totalmente. Sua atitude fora quase de desafio. Henry não acabara com ela. Ninguém havia feito isso.

— Você pode me ver na terça-feira à noite?

— Mas é a noite antes da sua primeira regata!

— Eu sei. E será a primeira noite que você estará livre.

— Não quero te distrair.

— Tarde demais para isso.

Saffron fechou os olhos. Estava fragilizada de amor.

— Está bem, mas tenho mesmo que ir agora.

Custard soltou-lhe relutante a mão e observou sua imagem graciosa e leve cruzar rapidamente o corredor. A luz refletia-se em seus cabelos. Ele sabia que teria que fazer alguma coisa muito em breve. Estava ficando cada vez mais difícil vê-la sair.

Inky e Dougie sentaram-se juntos. Agora que ele fazia parte de uma equipe de campeões, vários tipos de mulheres pareciam interessadas nele.

— Que tal aquela ali? — perguntou Inky, apontando para uma loura fabulosa, com um vestido curto, que lançava olhares para toda a equipe *Excalibur* durante a noite.

— Não.

— Aquela?

— Não.

— Aquela então?

— Não.

— Dougie! — gritou Inky, exasperada. — Há um minuto você estava louco para sair com uma garota e agora está todo exigente.

— Não tenho certeza se quero sair com uma tiete.

A sobremesa chegou, toda cor-de-rosa em homenagem ao *Excalibur*, como desafiante oficial da Copa. Gelatina de cereja com tortinhas de amora e vinho cozido e sorvete de pétalas de rosa. Para beber: champanhe rosé.

Milly viu Fabian passando uma mensagem de texto pelo celular e depois tentando esconder o telefone debaixo do guardanapo quando ela voltou do banheiro.

— Para quem está enviando mensagem? — perguntou, inclinando a cabeça para o telefone. Queria deixar bem claro que não era enganada por ele.

— Ninguém.

— Ninguém? — repetiu, descontraída. — Deve ser para alguém.

— Para minha mãe.

— Sua mãe sabe enviar mensagens? — Ficou olhando desafiadora para ele. Queria ter uma discussão feroz. Como ousava tratá-la assim? Então, mais uma vez, esmoreceu. Não poderia arruinar aquela noite, depois de todos terem trabalhado tanto para chegarem ali. Mordeu o lábio. Sua cena poderia esperar mais alguns dias. Só mais alguns dias.

A banda começou a tocar para todos dançarem. Inky arrastou Mack para a pista de dança. Aos poucos, todos levantaram, ou para irem ao bar ou para dançar, até que Hattie foi a única que sobrou. Como consolo, tomou uma taça de champanhe.

Rafe estava para perguntar se ela queria dançar, quando sentiu uma batidinha no ombro. Ho, Sparky e o recém-chegado Custard ficaram totalmente calados. Rafe virou-se e viu Ava, fabulosa, no mesmo vestido Gucci que usara na primeira vez que se encontraram.

— Quem é você? — foi tudo o que ele pensou em perguntar.

— Não sei — respondeu ligeiramente debochada. Típico de Ava não se importar em vestir-se de acordo com a festa. — Rumpelstiltskin? Vim apenas desejar boa sorte. Estarei torcendo por você.

— Você prometeu que nunca mais usaria este vestido de novo. — Ele não pôde deixar de lembrá-la.

Ela pareceu surpresa.

— Prometi?

Rafe olhou para Ava e, de repente, tudo o que pôde ver foi uma mulher egoísta e egocêntrica, cuja beleza não duraria mais do que suas promessas. De repente, ela lhe pareceu irreal, superada em sua mente pela imagem de Hattie. Hattie planejando seu aniversário, carregando seu iPod para ele, dando-lhe o *Livro dos ventos*. Hattie de pé em seu maiô grande demais e rindo sob o sol. Hattie fazendo o melhor por todos e não esperando nada em troca. Ele estava para lhe dizer que nada disso importava mais. Que nada disso importava mais, quando viu um flash de vermelho pelo canto dos olhos.

— Ai, meu Deus! — disse Ava, vendo Hattie tentando escapar pelo meio das pessoas reunidas na pista de dança. — Parece que a sua amiguinha está aborrecida.

Rafe ia saindo rapidamente para ir atrás dela, quando Jason Bryant surgiu à sua frente, enorme, poderoso, dominador. Empurrou-o, o rosto latejando de ódio.

— Quero você longe da minha namorada.

— Estou tentando — disse Rafe, esquivando-se dele. Ainda podia ver o brilho do vestido vermelho de Hattie à sua frente. Não estava conseguindo fazer muito progresso na saída.

— Hattie! Espere! — gritou Rafe, tentando desesperadamente abrir caminho.

— Muito bem, *Excalibur*! — gritou alguém. Outra pessoa deu-lhe batidinhas no ombro. Todos pareciam querer segurá-lo ali. Ele tentou se desvencilhar, sentindo-se péssimo. Tinha de alcançar Hattie. Saiu empurrando com mais força e acabou conseguindo segurá-la pelo cotovelo.

— Espere — repetiu ele.

Hattie não olhou para trás.

— Seja o que for que tem a dizer, Rafe, simplesmente não estou interessada.

— Hattie, eu só queria dizer que...

— Por favor, não me subestime. Não sou nenhuma tola. Sei que você e Ava vão voltar.

— Mas...

— Cuido da imprensa com todo o prazer, se é isso o que você quer me pedir só porque...

— Hattie — pediu Rafe, educadamente. — Você poderia calar a boca?

Ao ouvir isso, olhou-o e ia abrindo a boca para desfilar um monte de desaforos, quando, no momento seguinte, foi forçada a calar-se por ele abaixar-se rapidamente para beijá-la. Beijou-a com força, e ela teve a sensação de o mundo todo se dissolvendo. Por fim, voltou à realidade e engasgou.

— Não estou entendendo. Você e Ava?

— Eu e Ava não temos mais nada um com o outro. Ela foi apenas uma miragem. Um truque de ilusionismo. Sinto muito por ter demorado tanto a perceber. Ela me confundiu. Eu só não conseguia me lembrar mais das razões pelas quais vim para Valência, o que deveria ter me dito que eu, na verdade, já a superara.

Hattie olhou-o com uma felicidade genuína.

— Não gostaria de ir para um lugar mais tranquilo? — perguntou, percebendo de repente que toda a fraternidade da America's Cup estava ao redor deles, boquiaberta.

— Não, não quero.

— Sabe que haverá muita fofoca?

— Sei apenas quem é a garota que cuidará disso para mim.

Quando os lábios dele se encontraram com os dela, Hattie teve o vislumbre de Ava no meio dos convidados. Era como se todo o seu mundo tivesse despencado e se encontrasse agora aos pedaços, à sua volta.

CAPÍTULO 50

A retirada da saia dos barcos era como a dança dos sete véus de Salomé.

Esse desnudamento oficial de todas as quilhas permitia aos sindicatos verem o projeto de um e de outro, que haviam ficado tão bem escondidos durante a maior parte da competição. Toda essa tecnologia não tinha mais valia alguma agora (tão logo o barco atravessasse a linha de chegada, tudo isso se tornava obsoleto), mesmo assim, era uma grande ocasião e com boa audiência de público. Todos estavam particularmente ansiosos para o desvelo de *Excalibur,* que fora o barco misterioso desta Copa, com seu desempenho extraordinário. Todos tinham praticamente certeza de que a chave de seu sucesso encontrava-se debaixo de sua saia.

Bem antes da hora marcada, uma multidão se reunira do lado de fora da base de Excalibur e gritava:

— TIRA! TIRA! TIRA!

Dentro da base, Mack, Sir Edward, Colin Montague, Hattie e vários membros da equipe de projetistas estavam tentando decidir a melhor forma de administrar a imprensa.

— Foi ideia sua, Neville — disse um dos projetistas —, você merece todos os créditos.

— Eu... eu... eu não sei se quero. — Neville engasgou de tão nervoso e ficou pálido. Hattie não sabia ao certo se isso se devia ao estado de seus nervos ou aos excessos do baile.

— Com certeza você foi a estrela da festa ontem a noite — comentou outro membro da equipe, um tanto rispidamente. — Acho que deveria assumir toda a responsabilidade. — Não lhes escapara que Neville passara a maior parte da noite agarrado a louras diferentes, deixando todo o glamour da America's Cup lhe subir à cabeça.

Hattie decidiu resolver logo o assunto.

— Sei que *Excalibur*, normalmente, é considerado filho de Neville, mas acho que ele não precisa aparecer em todos os momentos. Acho que deveríamos apenas nos manter fiéis ao plano inicial e deixar Colin fazer um discurso rápido depois do desvelo.

Assim que todos saíram para o píer com a equipe uniformizada logo atrás, *Excalibur* aguardava em seu berço, ainda com a saia. Rafe deu um jeito de apertar a mão de Hattie quando ela passou na sua frente. Ela lhe sorriu agradecida.

— Custard, você está todo engomadinho — sussurrou Inky. A camiseta pink de *Excalibur*, que Custard usava, estava recém-passada, assim como suas calças bege.

— Bee apareceu hoje de manhã e passou a ferro para mim. Por favor, não fale comigo. Dói tudo quando mexo a cabeça.

— Dormiu *bem*?

— Cochilei um pouco entre doses de Alka-Seltzers.

O público recebera permissão para entrar, tendo a imprensa e os fotógrafos uma parte reservada para eles. Neville acenou brevemente para uma de suas louras que aparecera por lá.

— Aquele ali é o projetista — sussurrou alguém da imprensa a um colega. Todos comentavam com seus grupos que, certamente, não haveria nada de novo para ser visto, que todos os parâmetros já haviam sido exauridos. Mas o projetista deles era uma fera no assunto, não era? Admitido assim que saíra da faculdade, antes que suas ideias pudessem ser domadas e domesticadas, e antes que seus olhos começassem a ver limites. A agitação com a perspectiva do desvelo cresceu.

Seguiu-se uma breve cerimônia, a maior parte da qual Custard manteve-se de olhos fechados. Então, com grande alarde, Colin puxou a cordinha e a saia de *Excalibur* caiu no chão. As pessoas suspiraram e ficaram olhando para sua quilha enorme de chumbo, que pesava mais do que vinte toneladas, com a estampa da bandeira da Grã-Bretanha.

Não demorou muito para que os jornalistas náuticos, que sabiam onde deveriam se focar, começassem a lançar olhares um para o outro com expressões ligeiramente perplexas. Neville tentou esconder-se atrás de um dos outros designers. Aos poucos, começou um burburinho.

Colin Montague aproximou-se da pequena plataforma e do microfone que Hattie lhe havia arrumado.

— Colin! — chamou um dos repórteres. — Poderia nos dizer o que, exatamente, há de diferente nesta quilha?

Colin respirou fundo.

— Não há nada de diferente na nossa quilha.

O burburinho ficou mais intenso.

— Mas esperávamos que vocês tivessem uma quilha misteriosa! — gritou outro.

— Nós nunca *dissemos* que tínhamos uma quilha misteriosa. Foram as pessoas que presumiram que sim.

— E quanto ao seu designer jovem e brilhante?

— Na verdade essa ideia foi de Neville Stanley. Muito inteligente, aliás, acho que todos irão concordar...

Hattie leu as manchetes do dia seguinte com um olho fechado e o outro parcialmente aberto. "A NOVA ROUPA DO IMPERADOR", dizia uma delas.

> A equipe de projetistas de *Excalibur* deve estar dando risadas. Os níveis de segurança e o avanço extraordinário da equipe por todos os estágios levaram todos a acreditar que sua saia escondia um design misterioso. Mas o desvelo de sua arma secreta nada mais mostrou além de uma quilha padrão. O chefe do sindicato, Colin Montague, admite que eles nada fizeram para deter esta crença que, provavelmente, deu a eles uma vantagem psicológica sobre as outras equipes. Sr. Montague disse que, em vez de gastar seu dinheiro em um design revolucionário, eles o gastaram sabiamente em tecnologia de vela, fazendo *Excalibur* o mais leve possível. "Foi a equipe que ganhou as regatas, não o barco", disse ele.

Hattie suspirou aliviada. Quando a imprensa percebeu que fora ela mesma que perpetuara o boato, a maioria dos jornalistas levou a notícia de forma descontraída. Alguns deles, no entanto, ainda queriam acreditar que havia algum poder místico cercando o sucesso de *Excalibur* e agora falavam de Rafe Louvel como fonte de sucesso. O coração de Hattie se alegrava cada vez que lia o nome dele na mídia impressa.

Tanto fora quanto dentro da água, a contagem regressiva começara. Ambas as equipes, *Excalibur* e *Phoenix*, podiam ser vistas, dia após dia, hora após hora, velejando sem parar por um circuito imaginário, testando repetidas vezes tanto velas quanto combinações de velas, praticando largadas e táticas. Ninguém da equipe *Excalibur* tinha tempo para qualquer outra coisa. Caíam na cama, no final do dia, após longas horas de trabalho, desejando uma noite sem sonhos, mas normalmente acordando sobressaltados com a visão de um barco preto e laranja cruzando a linha na frente deles.

Desde que crescera a propaganda espalhafatosa do último evento, todos estavam começando a se preocupar com relação à segurança do barco, ficando especialmente assustados quando, por dois dias consecutivos de treino, alguma coisa dera errada. Primeiro, a retranca quebrara e depois uma roda dentada falhara. Mack, que não estava deixando nada por conta do acaso, telefonara em seguida para a empresa de segurança. Trocara todos os guardas e duplicara seu número.

— Ninguém bota a mão em *Excalibur* sem a minha permissão — instruíra.

Não era só em torno do barco que medidas extras de segurança estavam sendo tomadas. Depois que um dos membros da equipe de base quase fora atropelado de bicicleta por um carro, Colin Montague concluíra que as bicicletas eram espalhafatosas demais ("Ele quis dizer, rosas demais", comentara Fabian) para ter sido um acidente e que ele não queria ninguém da equipe andando nelas. A partir de então, todos foram instruídos a andar em pares e a não perder o outro de vista.

— Pelo amor de Deus, não venha me dizer que vai me obrigar a comprar roupas íntimas ou qualquer outra coisa de mulher, com você, Inky! — resmungou Custard.

— Acho que você não pode reclamar. O que irá fazer para se encontrar com sua tiete?

— Pensarei em alguma coisa — disse Custard, sombrio.

• • •

Na noite anterior à primeira regata, Mack mandou todos cedo para casa. As famílias estavam em Valência, e ele queria que sua equipe tivesse uma noite tranquila no aconchego do lar. Quanto a ele, ficou na base e cuidou dos preparativos finais de *Excalibur*.

Era uma situação difícil aquela. Para Mack, a equipe de base era como um braço da equipe de velejadores, portanto, detestaria dar a impressão de que não acreditava neles. No entanto, o que mais poderia fazer? Barcos da America's Cup eram instrumentos de precisão. A equipe de base, sozinha, tinha de checar mais de oito mil componentes de manivela. Cada parafuso do barco tinha uma linha pintada no encaixe, de forma que cada mínimo movimento pudesse ser visto. Todos eles tinham que ser checados.

Mack observou um dos membros da equipe de base ser içado mastro acima para checar cada centímetro dele, enquanto o depósito de velas de Ho era lavado com água fresca. Em seguida, alguém passaria um desumidificador para se certificar de que estivesse seco pela manhã. O casco estava sendo limpo, lixado e repintado.

— E tudo isso duas vezes ao dia, todos os dias — murmurou. Parecia não haver como tomar medidas suficientes para evitar possíveis erros.

Mack levantou-se e olhou para a grande silhueta de *Excalibur*, à sua frente. Embora o segredo de sua quilha tivesse sido desvendado, o barco lhe era mais atraente do que nunca. Um poder extraordinário combinado com tamanha beleza. Sir Edward aproximou-se.

— Farei as checagens pessoalmente quando tivermos acabado — disse, assentindo com a cabeça para os homens que trabalhavam num ritmo frenético em torno do barco, como se fossem gafanhotos. — Por que não vai para casa e descansa um pouco?

— Não consigo descansar.

— Mas precisa. Por que não vai embora e vê o que Bee está fazendo?

Mack abriu a boca para dizer não, mas conteve-se.

— É — disse. — Acho que é isso o que farei.

Bee estava colocando um bolo enorme no forno, pronta para visitar os familiares de *Excalibur,* ao mesmo tempo que chorava por causa de um filhote de elefante que tinha acabado de morrer, em um documentário a que estava assistindo na tevê, alheia a Salty e Pipgin, que lambiam a tigela onde preparara a massa.

Atendeu à porta enxugando as lágrimas com o avental.

— Estou incomodando...? Meu Deus, você está bem? O que houve? — Mack seguiu-a pela cozinha.

— Sim, estou bem. Um bebê elefante acabou de morrer. David Attenborough disse que achava que ele estava desidratado, mas ele estava muito doente.

— Droga de documentários. O que eu te disse sobre eles? — Pegou o controle remoto e desligou a televisão. — Não assista a essas coisas. Está sozinha?

— Estou. Por quê?

Porque quero você para mim, pensou, mas, em vez disso, disse:

— Por nada. Onde estão Rafe e Tom?

— Foram ao barco tomar cerveja.

— Mas eles estão juntos?

— Ah, estão. Tudo bem?

— Só estou preocupado com a segurança de Rafe. Eu não duvidaria de nada da parte de Henry Luter, principalmente agora que ele sabe que não há nada de especial com relação à nossa quilha. Ele pode perceber como Rafe e o resto da equipe são bons.

— Entendi. Sem dúvida, eles estão juntos. Cuidado com as uvas, Salty desenvolveu um gosto especial por elas. Fui ao banheiro no meio da noite e fiquei com três uvas enfiadas entre os dedos. Quer beber alguma coisa?

— O que você tem aí?

— Comprei um pouco daquela cerveja que você e Rafe adoram.

— Ótimo. Vou pegar. Quer uma?

Bee ergueu os olhos para o relógio, cujos ponteiros marcavam vários minutos após as sete.

— Não, prefiro um gim-tônica, por favor.

Mack pegou o gelo que estava perto de vários pacotes de meias, de uma garrafa de vodca, e encontrou um limão velho, já espremido, na cesta de frutas. Espiou para fora da janela e abaixou uma cestinha amarrada numa corda até o jardim, que era o sistema utilizado por *Excalibur* para dizer a qualquer pessoa que estivesse ali que eles precisavam de um pouco de laranja e limão das árvores.

Bee estava tentando lavar a louça.

— Estamos sem água quente.

— Acredito que Custard tenha consumido toda a água de novo. — Cada andar dividia uma caixa de água quente.

— Ele continua caindo no sono durante o banho. Não acha que ele corre o risco de se afogar, acha?

— Não. Não acho. Deixe isso pra lá, lavamos a louça juntos, depois. Venha comigo para a sacada.

Bee tirou o avental, revelando uma saia de linho clara e bordada e uma camiseta. Mack não quis comentar o rastro de farinha em sua testa.

— Está quente, não está?

— Muito.

— Quando Sir Edward apareceu hoje de manhã, disse que o balão imenso do *Phoenix* de Henry Luter, que estava no alto do prédio deles, foi solto ontem à noite.

— É, seu sei. O que foi bom também. Era muito irritante. Ele espalhou aquele emblema por toda a cidade. Eles vivem colocando adesivos em todos os carros, perturbando todo mundo.

— Bem, vi Dougie andando todo encolhido à meia-noite, com uma pistola de sinalização. Parecia muito misterioso.

— Dougie? Ele derrubou o balão do *Phoenix* com uma pistola de sinalização? Ele poderia ter posto fogo em todo o complexo. Estou surpreso que tenhamos chegado à final sem que um deles tenha sido preso.

Eles começaram a rir. Bee decidiu não lhe contar a história dos três que foram presos. Em vez disso, olhou para o rosto enrugado daquele homem normalmente tranquilo à sua frente e pensou no quanto gostava dele.

— Fiquei muito feliz em saber de Rafe e Hattie — comentou Mack.

Bee iluminou-se.

— Eu sei. Fiquei animadíssima. Preciso parar de sorrir cada vez que olho para Rafe, acho que ele está começando a ficar irritado comigo.

— Esperava que ele e Hattie estivessem juntos hoje à noite.

— Ela queria que ele dormisse cedo.

— Aí, em vez disso, ele foi tomar cerveja com o pai.

— É. Não era exatamente essa a ideia. Acho só que ele precisava relaxar. O que é fácil junto com o pai.

— Tom parece uma boa pessoa — especulou Mack, a voz ficando grossa.

— Ele é ótimo. Está sendo maravilhoso vê-lo de novo. Você já comeu? Posso preparar alguma coisa para você? — perguntou ela. Mack negou com a cabeça. — Gostaria de um pedaço de bolo?

— Achei que o havia preparado para as famílias.

— Ah, sempre posso preparar outro. É só uma desculpa para poder comer bolo. Além do mais, quem iria reclamar de eu dar uma fatia para o grande John MacGregor?

— Não tão grande, mais para exausto.

Quando Bee se retirou para pegar um pedaço de bolo, pegou-se murmurando pelo caminho:

— Por favor, que eles não percam, por favor, que eles não percam, por favor, que eles não percam...

CAPÍTULO 51

— Bem, a boa notícia é que o primeiro-ministro não pode vir nos ver... — Mack balançou um telegrama de felicitações na frente da equipe. — E a má notícia é que a maior parte do nosso iate clube pode. — Mack abriu um sorriso. Havia mesmo conseguido provocar pedidos de desculpas muito respeitosos do presidente do iate clube, que fora muito insistente no ano anterior com relação a tirar Rafe da equipe. Isso lhe dera um prazer imensurável. — Como vocês sabem, o rei da Espanha estará a bordo do *Phoenix,* na posição de décimo oitavo homem, e o príncipe Andrew estará conosco em *Excalibur*. Portanto, nada da porra de palavrões!

A equipe *Excalibur* encaminhou-se para o píer, para assistir a cenas de caos. Centenas e centenas de pessoas estavam coladas nas grades do complexo, o peso de seus corpos fazendo pressão sobre o aramado. Guardas armados, posicionados de tantos em tantos intervalos, empurravam-nas para trás. Aquela era a maior multidão que eles já haviam visto.

Seguiram-se urros quando a equipe finalmente apareceu.

— Vocês conseguem, *Excalibur*! — gritou alguém. — Vão lá e acabem com aquele babaca do Luter!

— Deus do céu, parece que estamos indo para a guerra. E que nunca mais voltaremos — sussurrou Dougie, que estava ficando verde. — Acho que vou vomitar.

— Hum, não vai ficar muito bem se você vomitar aqui — disse Inky, autoritária. — Venha cá e vomite do outro lado.

— Por que a multidão ficou tão grande de repente? — perguntou Custard, perplexo.

Na verdade, era por causa do bom trabalho que Hattie havia feito, divulgando o evento na Inglaterra. As pessoas estavam vindo aos bandos para dar apoio àquele pequeno pedaço da Inglaterra chamado *Excalibur*.

Inky acenou para seus antigos favoritos; a senhora com vestido de tweed estava na frente, assim como o homem com a gaita de foles, que estava tendo dificuldades em tocar com tanta gente à sua volta. Inky apontou para ele para mostrá-lo para Custard.

— Meu Deus, lembra-se do início, quando tinha tão pouca gente que ele podia balançar a gaita sem bater em ninguém? — Deu uma risada.

Fabian surpreendeu a todos correndo até os portões.

— Meu Deus, vocês vieram! — exclamou. — Um casal de meia-idade, muito bem-vestido, estava em pé do outro lado do aramado. Eram os pais de Rob. Fabian ficou sério de repente, percebendo que só porque eles estavam ali não queria dizer que, necessariamente, o haviam perdoado. Ficou parado na frente deles com sua camisa rosa e cabelos curtos e louros, um tanto desapontado.

— Obrigado pelos cartões-postais, Fabian — agradeceu o sr. Thornton, com ar grave.

— Viemos apenas desejar boa sorte — disse a sra. Thornton. Seu tom de voz foi mais gentil.

Fabian abriu seu sorriso cintilante.

— Obrigado. Muito obrigado.

Colin Montague os seguia usando uma camiseta nova que dizia: DE VENCIDOS PARA LOBOS DO MAR, arrancando uma rodada de cliques de câmaras fotográficas. Acenou com simpatia para a população. Não houve muita gente ali que não tivesse sentido um nó na garganta, quando o belo fantasma branco de *Excalibur* deslizou, saindo do porto. Os barcos de apoio estavam esperando, prontos para seguir *Excalibur* em seu reboque e, assim que a equipe desamarrou a corda, todos soaram suas buzinas em demonstração de apoio.

Com a segurança redobrada por causa do príncipe e toda a atenção extra da mídia, o reboque para o circuito da regata pareceu durar uma eternidade. Havia barcos da imprensa, escoltas policiais, juízes, o barco da comissão de regatas. Pequenos botes infláveis zarpavam dentro e fora do trânsito, isso sem falar dos barcos de espectadores de todos os tamanhos e descrições, desde a dimensão do *Corposant* até uma traineira de pescador. Para frente, navegava esta pequena elite, subindo o canal rumo ao mar aberto.

Na linha de largada, mais cenas de caos aguardavam por eles. Quando a equipe surgiu reluzente sob a luz do sol, parecia não haver mais nada exceto barcos flutuando na superfície da água e helicópteros zunindo no alto.

Mack pôs a equipe para agir em seguida, não lhes dando tempo para distrações. A tensão a bordo de *Excalibur* parecia explosiva, o que o preocupou. Havia muitos sentimentos retidos. Alguns membros da equipe conheciam *Phoenix* da época em que Henry Luter administrara o desafio deles. Rafe queria acabar com Jason Bryant. Mack queria derrotar Henry Luter. E Ho, simplesmente, queria acabar com todos. Até mesmo Custard parecia nervoso. Em contrapartida, a equipe *Phoenix* estava confiante e arrogante. Era empurrada para a frente pela energia da multidão espanhola.

— Não olhem para eles — disse-lhes Mack. — Vamos nos limitar a preparar *Excalibur*.

O rádio chiava com relatórios do tempo.

— Lado esquerdo, sem dúvida — chiou a voz de Laura, do outro lado do rádio. Mack olhou para Rafe, que andara olhando para o céu, em particular para os cirros, nuvens brancas e sedosas. Ele assentiu veemente, confirmando as palavras de Laura.

— Sem negociação — disse ele. Olhou para o barco da comissão de regatas, que balançava a bandeira do circuito. — O circuito está estabelecido — disse ele. — Dez minutos até o tiro da pré-largada.

Faltando poucos minutos para o início, um silêncio opressor invadiu o barco. Todos estavam imóveis e atentos, como se entrincheirados, aguardando os primeiros sons da artilharia do inimigo. Lentamente, Golly virou a manivela. O clique em staccato foi o único som produzido pelo barco. Rafe observou a contagem dos segundos.

— Aqui vamos nós — murmurou.

O tiro de cinco minutos foi disparado, e Dougie, na mesma hora, encaixou a genoa. *Excalibur* saltou para o gate de largada. Sua proa espirrando água. *Phoenix*, ameaçador em preto e laranja, chegou retumbante, mas, parecendo desinteressado numa batalha corpo a corpo, mudou o rumo antes que Mack pudesse bloqueá-lo, conduzindo-os a uma dança festiva. Não parecia que *Excalibur* estava atrás deles, mas que *Phoenix* os estava chamando.

— Que diabos eles estão fazendo?

O relógio estava correndo e justamente no momento em que Mack estava começando a calcular o tempo da distância até a linha de chegada, *Phoenix* mergulhou de repente na frente da flotilha VIP, fazendo uma curva fechada em torno de um dos barcos da guarda costeira. Inky hesitou por um milésimo de segundo — se eles continuassem no rumo atual, *Phoenix* apareceria atrás deles e os conduziria para o lado esquerdo da linha de largada.

— Vamos segui-los — disse Inky.

Mack colocou-se perto do barco da guarda costeira, mas, assim que o fez, um dos barcos de espectadores, claramente assustado ao se ver tão perto da ação, voltou para perto dos outros barco, fechando o espaço para *Excalibur* e fazendo com que Mack tivesse de desviar de um grande grupo.

— PORRA! — berrou, sem se ater à presença real no barco.

— Vamos matar o tempo — instruiu Inky, quando eles se desvencilharam da flotilha. — Se dermos outra volta, daremos a *Phoenix* o lado esquerdo da linha.

— Morreremos na água — comentou Rafe. Estavam forçados a navegar tão lentamente que *Excalibur* não teria mais forças na hora em que cruzasse a linha.

Rafe começou a contagem regressiva vital e olhou nervoso para a linha de largada. Ainda faltavam vinte segundos para largarem e estavam, da linha, a apenas o comprimento de um barco.

— Vinte... dezenove...

A fim de lhes dar um pouco de força, Mack não mandou Custard firmar a vela mestra até a contagem chegar a doze. Todos estavam imóveis, quase congelados em suas posições, prontos para ação.

— Dez... nove... oito... Estamos bem perto, Mack. Para a frente. Sete... seis... cinco... Vamos bater na porra da boia! — gritou

Fabian. — Para trás! Quatro... três... dois... — Passamos! Passamos cedo demais! — A equipe se entreolhou, horrorizada. Em toda a competição, Mack nunca passara antes pela linha. Apenas raspara nela no último segundo.

— Força na vela mestra, Custard! Mais velocidade! — gritou Mack, furioso, quando se preparava para circular a boia para um novo começo. *Phoenix* cruzou a linha na frente deles. No lado esquerdo.

Todos a bordo do *Mucky Ducky* observavam, aterrorizados. Este era um retrocesso monumental. Todos em *Phoenix* deviam estar exultantes. Colin e Sir Edward não puderam deixar de ver o olhar satisfeito de Henry Luter, quando *Phoenix* avançou na frente deles. Sir Edward baixou os olhos e viu que apertava os punhos com tanta força que as unhas haviam feito a pele sangrar. Colin pousou a mão em seu ombro.

— Mack irá alcançá-los — disse, com mais segurança do que sentia.

De volta à água, uma equipe menor teria sido dominada, mas todos em *Excalibur* muniram-se de determinação e saíram atrás de *Phoenix*. As informações inestimáveis e individuais de Sammy tiveram início e foram importantes como sempre. Rafe não parecia nada perturbado com a peleja.

— Tem informações chegando, Mack. Recebemos o primeiro sinal de vento. Cinco graus.

— Cambar agora! — gritou Inky.

Todos olharam para *Phoenix*, esperando que seguisse sua cambada e mantivesse marcação sobre eles. Mas Jason Bryant deve ter achado que poderia fazer melhor do que Rafe, pois absteve-se de segui-los, claramente procurando por uma mudança branda de vento pela esquerda, e permanecendo em sua cambada original, enquanto *Excalibur* desaparecia.

Sir Edward espiava em seus binóculos, enquanto Colin ficava no bar, pois não conseguia assistir à competição.

— Eles estão dando cambada atrás de cambada. Rafe deve ter pressentido algum vento. *Phoenix* não está seguindo.

— Só peço a Deus que eles o alcancem — murmurou Colin, aproximando a boca do copo.

Mais uns minutos dolorosos se passaram até que Sir Edward disse, repentinamente:

— Quer dar uma olhada nisso?

— O quê? — perguntou Colin, virando-se e saindo correndo do bar. — O quê? — Arrancou os binóculos de Sir Edward, quase o atropelando pelo caminho, para focar *Excalibur*.

— Eles pegaram a mudança do vento. Aquele rapaz é um gênio! — disse Sir Edward, que se desvencilhou calmamente da alça do binóculo. — *Phoenix* deveria tê-los seguido.

Sir Edward empurrou Colin gentilmente na direção da silhueta enfraquecida de *Phoenix*. Era como se alguém do barco inglês tivesse ido até lá, roubado o vento deles, colocado-o dentro do bolso e o devolvido para *Excalibur*.

— Outro relatório, Mack. Vamos cambar de volta e nos unir a *Phoenix* — disse Rafe.

Os dois barcos estavam agora numa rota de colisão, rumo à marca. Difícil dizer quem exatamente estava na frente, mas *Excalibur* havia recuperado a maior parte da distância que havia perdido. Cada vez mais perto, eles convergiam.

— Fique pronto para cambar — disse Inky, calmamente, planejando chegar à marca com o direito de passagem. Mack teria de girar o timão com toda a força e equiparar *Excalibur* a *Phoenix*, num tipo de movimento deslizante gigantesco que os levaria a navegar paralelamente até a marca, mas que lhes daria o direito de passagem.

Fabian começou a informar a distância de *Phoenix*.

— Quatro barcos de distância, Mack.

— Dez ponto dois, dez ponto dois, dez ponto um... — disse Sammy.

— Mais velocidade, se quer o direito de passagem — disse Inky.

— Custard! — gritou Mack.

— Eu ouvi!

— Dois barcos de distância...

— Pronto para cambar...

— CAMBAR! — gritou Mack. O barco virou com esforço, Fabian pendurou-se o mais que pôde na proa e *Excalibur* partiu para cima de *Phoenix*, ultrapassando aos poucos e rodeando a marca, em primeiro lugar.

Nas pernas seguintes, a liderança se alterou umas oito vezes. Jason Bryant não cometeu o mesmo erro novamente e recusou-se a sair do lado de *Excalibur* durante toda a regata, o que estava enfurecendo a equipe. *Excalibur* liderava no início da perna seguinte.

— Precisamos de mais distância entre nós — disse Inky. — Eles são mais rápidos a sota-vento.

Mack olhou preocupado para a vela balão.

— Devemos trocá-la?

— Não, está bem assim — disse Rafe.

Mas nada havia que eles pudessem fazer. *Phoenix* bloqueou-lhes o vento e posicionou-se ao lado deles. O final era um dos mais próximos da história da Copa. Todos a bordo do *Mucky Ducky* prenderam a respiração, mas, no último minuto, *Phoenix* içou gentilmente sua vela balão, o que quis dizer que cruzou a linha na frente.

Ninguém suportou olhar para os rostos exultantes de *Phoenix* e principalmente para o de Henry Luter, que pulou até ficar ruborizado, dando socos no ar. Mesmo assim, Mack levantou a bandeira de protesto.

Tão logo a equipe voltou ao porto, todos se reuniram na sala comunitária para discutir e protestar contra *Phoenix*. Içar velas enquanto cruza a linha era estritamente ilegal. Aguardaram o vídeo oficial com a filmagem do incidente, que mostrava que *Phoenix* havia de fato içado a vela balão pouco antes de cruzarem a linha, mas o vídeo mostrou também que a proa deles estava poucos centímetros na frente de *Excalibur* quando isso aconteceu.

Sem mais discussão: estavam perdendo de 1-0.

CAPÍTULO 52

Custard havia catado um punhado de pedras de um dos vasos de palmeiras do lado de fora de Casa Fortuna e agora as colocava dentro do bolso, agitando-as nervosamente. Deu um boa-noite bem-humorado aos seguranças de plantão da marina de grandes iates, que o reconhecera, e caminhou até o píer. *Corposant*, de longe o maior dos superiates, estava tranquilo em sua majestade, numa das pontas da marina. Nervoso, Custard ficou olhando por cima do ombro, para ver se havia alguém se escondendo atrás de uma das palmeiras imensas, que pudesse atravessar correndo o píer para pegá-lo.

Deveria estar na cama agora. Jantara com Bee e com os pais, tomara banho, deitara e tentara ouvir um CD de relaxamento que Hattie dera a cada um. Ninguém estava conseguindo dormir e, como remédios para tal fim causavam reações, era preciso encontrar técnicas alternativas de relaxamento. Infelizmente, a única técnica de dormir que funcionava para Custard era Saffron.

Tentara desesperadamente se concentrar nas nuvens brancas e macias e nos campos de trigo, mas a voz do narrador o aborrecia, e tamanho era o seu desejo que se pegou vestindo a roupa e indo de bicicleta à vila da America's Cup.

Hesitante, atirou gentilmente algumas pedrinhas na janela da cabine de Saffron. Por sorte, sabia a localização exata de sua cabine em *Corposant*, desde que ela lhe dissera com frequência para que janela olhar no circuito da regata. A luz estava acesa e finalmente, após a quinta pedra, a cortina foi afastada e o rosto pálido de Saffron apareceu na janela. Custard estava esticando o pescoço para vê-la.

Após alguns segundos, ela conseguiu abrir a janela.

— O que está fazendo? — sussurrou ela, incapaz de conter o prazer em sua voz.

— Eu precisava te ver. Só por alguns minutos. Como posso subir?

Ela olhou ansiosa por cima do ombro.

— Não pode!

— Preciso subir... por favor.

— Ai, meu Deus... por ali — sussurrou e apontou para a direita. Logo Saffron apareceu no gradil e abriu um pequeno portão. — Não posso baixar a prancha, faria muito barulho. E é perigoso demais pular.

Custard não respondeu. Retrocedeu e pulou correndo, agarrando-se na grade inferior, ficando pendurado nela por um segundo, antes de subir, escalando-a com as mãos.

Saffron ficou sem fôlego, entre o pânico e a alegria.

— Não consigo acreditar que fez isso! Poderia ter morrido. — Olhou para os lados, para as águas escuras, logo baixo, onde, caso tivesse caído, teria sido esmagado pelo barco ou se afogado sob o píer.

— Venha cá. — Ele a beijou fervorosamente na boca e ela o puxou pela mão, virando para um canto, para o escuro relativo dos fundos do iate. A noite estava carregada e recaía sobre eles como um veludo negro. O porto estava relativamente abafado, nem mesmo uma brisa marítima agitava a superfície da água. Os ricos podiam pagar até mesmo para manter o vento distante.

— Achei que não iríamos nos ver hoje à noite — disse Saffron.

— Eu sei. Mas eu não conseguiria dormir sem te ver.

— Eu estava pensando em você quando ouvi as pedrinhas. Primeiro achei que estava imaginado coisas. Como soube que Henry não estava aqui?

— Dei uma espiada por cima da cerca do complexo dele quando vinha para cá. — Abriu um sorriso. — Não pude vê-lo, mas pude ouvi-lo gritando com alguém. As coisas estão tensas?

— Nunca o vi tão estressado.

O rosto dela contava uma história diferente, e o sorriso de Custard se esvaiu.

— Ele está descontando em cima de você?

— Um pouco. As latas de Coca-Cola estão sentindo mais do que eu. Ele as enfileira pelo menos dez vezes por dia. Elas estão exaustas — brincou.

Custard a abraçou com força, sabendo, pelo pouco que ela lhe contara, que as coisas deviam estar ficando difíceis.

— Ele costuma deixar a porta do escritório trancada. Fico imaginando se desconfia de que fui eu que te dei a informação.

Custard ficou preocupado, e ela acrescentou rapidamente:

— Mas com certeza não. — *Senão teria encontrado um jeito de me matar*, acrescentou só para si. — E quanto a você? — perguntou, mudando de assunto. — Ainda sem conseguir dormir?

Custard fez uma careta.

— Hattie está nos obrigando a beber aquele chá enjoado de camomila. Ela fica no nosso pé, e ninguém pode sair do complexo até tomá-lo, o que já é extremamente estressante por si só. Para ser franco, aquilo tem gosto de herbicida.

— Quer uma bebida? Vai te ajudar a dormir? — Saffron gesticulou para o pequeno bar e Custard, pela primeira vez, olhou direito à sua volta. A verdade é que nunca antes estivera a bordo do *Corposant*. Na proa do barco, havia um bar embutido e um sofá enorme, que ocupava toda a parte traseira.

— Só alguma coisa rápida. Não quero demorar e te expor a nenhum risco.

— A tripulação está dormindo, e Henry estará fora por pelo menos mais uma hora. Fique mais um pouco, por favor. É tão bom te ver — implorou.

Custard sentou-se hesitante no sofá, como se estivesse esperando que os alarmes disparassem, enquanto Saffron ia ao bar pegar uma bebida. Ela retornou com duas doses pequenas de conhaque.

— Então esta é a sua casa?

Saffron abriu a boca para dizer "minha prisão", mas a fechou. Não queria que Custard sentisse pressão da parte dela.

— É — respondeu apenas.

— Meio decadente.

— Eu sei, mas cada um faz o que pode.

Sorriram mutuamente.

— Vocês estão tomando cuidado, não estão? — perguntou Saffron. — Não sei do que ele é capaz.

— Estamos tomando cuidados extras, pode deixar — tranquilizou-a. — Todos temos que sair aos pares e temos seguranças em Casa Fortuna agora. Não se preocupe, ninguém irá nos machucar. Haveria muita publicidade.

— Como estão Hattie e Rafe? — Saffron acompanhava avidamente o romance deles.

— São carinhosos um com o outro. Ele carrega as coisas para ela.
— Acha que ficarão juntos?
— Não sei. Estamos sob tanta pressão no momento que é difícil dizer o que irá se manter no final. — Deu alguns passos sentindo-se desconfortável, dando-se conta, de repente, de que poderia estar falando sobre a situação deles também.

Saffron, para disfarçar seu constrangimento, levou rapidamente o copo à boca e, durante seu gesto, sua pulseira prendeu-se no copo de Custard. O copo soou como o badalar de um sino. Custard estendeu logo a mão para fazê-lo parar.

Olhou para Saffron, que o observava sem entender.
— Desculpe. Antiga superstição de meu avô.
— Qual?
— Nada. Nada.
— Qual é? — insistiu.
— É só uma superstição. Bobagem. Dizem que, se um copo soa dessa forma, soa como o dobre fúnebre que tocam no navio. Traz azar e...
— E? — quis saber Saffron.
— Dano. Ou morte.

No dia seguinte, a mesma multidão estava presente no lado de fora, embora um pouco mais calada e cautelosa. Custard teve sua atenção desviada para uma mulher de chapéu e óculos escuros, que estava quieta junto ao gradil, quase sem se mover. Ele logo a reconheceu.
— Só um momento! — gritou para o resto da equipe que saía e correu para a mulher.
— Saffron! — sussurrou alto. — O que é que está fazendo aqui? Podem te reconhecer.

— Por favor, não vá. Não veleje hoje.

— E por que não?

— Sinto muito, mas eu tive que vir. Fiquei a noite inteira acordada. Tive um pressentimento terrível durante toda a noite. Estou preocupada.

— Ficarei bem. Olha, tenho que ir.

— Por favor, Will.

— Preciso competir. — Tocou sua mão brevemente por entre o aramado e saiu correndo atrás dos colegas de equipe.

Jason Bryant optou timonear *Phoenix* no reboque, e Inky o viu acenando para a torcida, absorvendo os votos de sucesso e a atenção da imprensa. Se a chegada tinha sido sofrida no dia anterior, a entrevista coletiva à imprensa tinha sido mais ainda, com Jason determinado a enfraquecer e criticar Mack. Mack ficara tão furioso que Hattie teve certeza de que ele iria bater em Bryant.

Ninguém em *Excalibur* queria timoneá-lo no reboque de volta ao porto, e o fardo sempre recaía sobre Custard ou Fabian, pois ambos pareciam exercer algum tipo de fascínio sobre a flotilha de espectadores ou sobre Sir Edward. O restante da equipe fizera sua jornada de volta ao porto dentro do depósito de velas. Todos eles tentaram não olhar para o belo barco preto e laranja, que era rebocado na frente deles, mas a impressão que causara ficara gravada em seus olhos, quando se deitaram sobre as velas, abaixo do convés, tentando ficar inconscientes.

— Qual o problema com Custard?

Inky olhou para ele, deitado de costas, olhando para o teto, e encolheu os ombros.

— Deve estar nervoso.

— Mas ele não costuma sofrer assim.
— Estamos todos começando a sofrer.

No aquecimento da pré-largada junto com *Slayer*, Custard procurara *Corposant*. Por um momento, achou que o iate não apareceria, mas, possivelmente por causa dos movimentos pré-regata de Saffron, *Corposant* apareceu de repente atrás da flotilha de barcos de espectadores, mais tarde que de costume. Ele deu um suspiro de alívio e voltou aos seus preparativos.

Quando soou o tiro de largada, Saffron estava sentada na proa, nervosa, segurando um copo de bebida que ainda não havia tocado. Um pequeno grupo de clientes empresariais estava sendo dignamente tratado com champanhe e canapés, a serem seguidos, depois, por um suntuoso bufê. A assistente pessoal de Henry Luter, Jane, sobre quem recaía o fardo dessas organizações, andava ocupada de um lado para outro, certificando-se de que todos estivessem alimentados e bem-servidos de bebida. Contratara um comentarista ao vivo, um ex-atleta de *match race*, para explicar a regata em tempo real. Estava particularmente furiosa com Saffron Luter por tê-los feito sair atrasados do porto, mas Saffron explicara que estava cumprindo uma tarefa pessoal para o marido, e esperava que Jane nunca checasse se o que dissera era verdade ou não. A assistente tinha quase certeza de que não era verdade, assim como de que não haveria possibilidade de existir alguma coisa que Henry não a obrigasse a fazer. Mas ela sorriu docemente e disse que não havia problema.

BANG! O comentarista entrou em ação:

— E este é o tiro da pré-largada, que sinaliza que os competidores devem entrar no gate de largada por lados opostos. Faltam cinco minutos para a largada de fato. Lá, temos *Phoenix,* do lado esquerdo, e *Excalibur*, do lado direito. *Excalibur* terá vantagem inicial porque está com amuras a boreste e, portanto, tem direito de passagem. Uau! Este foi um belo movimento de John MacGregor, timoneiro e chefe de equipe *Excalibur*. Ele fez uma pausa no meio da cambada, forçando *Phoenix* a adivinhar qual rumo tomaria... como um goleiro defendendo gols numa cobrança de pênalti... e eles foram para o lado oposto. *Excalibur* mantém *Phoenix* preso agora e está tentando afastá-lo da linha de largada. John MacGregor é o mestre das pré-largadas. A simples menção de seu nome já causa medo aos corações mais implacáveis. Todos estavam imaginando se sua equipe teria experiência suficiente para levar algo assim adiante, mas está parecendo que... — O comentarista foi parando de falar quando a assistente de Henry Luter lançou-lhe um olhar sério. Não havia lhe pagado uma quantia abusiva para dar boas referências de *Excalibur*. Sabia que ele não deveria ter tomado aquela taça de champanhe.

O comentarista apressou-se e começou de novo:

— Mas Jason Bryant, o timoneiro extremamente talentoso de *Phoenix*, aprendeu com o próprio mestre e, portanto é fascinante assistir mestre e aluno se enfrentarem assim...

Saffron ouviu o locutor continuar a falar abobrinhas e segurou compulsivamente o copo. Deveria estar circulando e fazendo com que todos se sentissem confortáveis, mas não conseguia tirar os olhos dos barcos. Por fim, eles já haviam ultrapassado a linha de largada, com *Excalibur* na frente e aproximando-se rapidamente da primeira marca. Ela tentou relaxar, com certeza eles ficariam bem agora.

— Ó, MEU DEUS! — gritou o comentarista. — Parece que *Excalibur* está tendo problemas. A equipe está correndo por todo o barco. Parece que... sim, parece que há algum problema com a vela mestra. Esta é uma das glórias e angústias do *match race*. Alguma coisa sempre pode dar errado com estes barcos. Estão mandando alguém ao topo do mastro. Quem, eu não sei. Mal posso ver. Não é o proeiro, ainda posso ver seus cabelos louros na base do mastro. Deve ser um dos trimmers...

Saffron correu para a lateral do iate e olhou para *Excalibur*. Segurando firme os binóculos que Jane havia colocado estrategicamente nas laterais do barco, olhou novamente. Ele disse que era um trimmer. Era Custard quem eles estavam mandando lá para cima. Só podia ser. A voz do comentarista soou novamente:

— E com um vento a quinze nós, é muito perigoso ficar no alto do mastro. A uns bons trinta metros acima do convés, qualquer movimento amplifica-se no mastro causando muito enjoo.

Saffron não conseguia ver direito quem estava sendo precariamente içado ao topo do mastro de trinta metros, mas moveu o binóculo em sua direção.

— Por favor, consiga, consiga... — repetiu algumas vezes. Pareceu haver uma lufada de vento, e o vulto deve ter perdido o apoio no mastro, pois caiu voando como um pêndulo por cima das ondas. Bateu com braços e pernas prontos para o choque e ficou balançando. Ali, ficou pendurado como uma boneca de pano numa corda, enrolado nos cabos e batendo na vela mestra.

Seguiu-se um silêncio de pedra em *Corposant*. O comentarista ficou sem palavras. No momento em que ia abrir a boca para dizer alguma coisa, um grito incoerente foi ouvido e Saffron percebeu tardiamente que saía dela. Tentou fechar a boca.

— Tragam água — ordenou Jane, rispidamente. — Ela desmaiou.

CAPÍTULO 53

Excalibur perdeu a regata. O membro ferido da equipe foi levado de maca para fora do barco, depois que Rafe foi buscá-lo heroicamente. Precisou escalar o mastro com as próprias mãos nos últimos dezoito metros, pois era o único com experiência suficiente para fazê-lo. Sem saber, Hattie ecoava a fala de Saffron "Por favor, consiga; por favor, consiga", à medida que todos os olhos ali presentes recaíam sobre o rapaz moreno, mensageiro dos ventos; os olhos de *Phoenix*, com certeza, esperando que ele quebrasse o pescoço. Quando Rafe pegou o colega de equipe, viu que havia sangue saindo aos espirros de uma ferida em sua cabeça. Não sabia dizer se ele havia quebrado alguma parte do corpo, mas o principal era que ele estava vivo.

Todos pararam enquanto o rapaz era retirado do barco e depois continuaram com a regata, mas os atrasos e o fato de ainda terem uma vela mestra estropiada significava que, na volta, ficariam uns bons seis minutos e trinta segundos atrás de *Phoenix*. Mack achou as comemorações megaexuberantes de Bryant e Luter ligeiramente insossas, considerando as circunstâncias sob as quais haviam acabado de vencer. *Excalibur* foi rebocado de volta à terra firme com uma equipe totalmente subjugada a bordo, e o belo barco foi arrastado para o porto como um pássaro com uma asa quebrada.

A equipe de base começou a trabalhar imediatamente, enquanto os velejadores se dirigiam para a sala comunitária. Estavam liberados para irem para casa, mas ninguém queria estar em outro lugar.

Algumas famílias, chocadas, cumprimentaram a equipe quando de seu retorno.

— Meu Deus, que coisa horrível! — disse Bee a Mack. — Tim Jenkins levou os companheiros para o hospital. O que fará agora?

— Vamos aguardar.

A equipe entrou silenciosa na sala comunitária, deixando os familiares do lado de fora do hangar, sem saberem o que fazer. Milly espiou pela janela da sala.

— Devo entrar? — perguntou a Bee, que estava com ela.

— Não, deixe-os. Precisam ficar sozinhos. Somente eles.

Uma hora depois, Mack telefonou para o hospital pelo que parecia ser a centésima vez. Desta vez, havia notícias.

— Ele acabou de recuperar a consciência. Tem um corte muito extenso na cabeça, que acabaram de suturar, e o estão levando para tirar radiografia, mas ele vai ficar bem. Dougie vai ficar bem.

Colin Montague solicitara o dia seguinte de folga para todos, ficando a equipe aguardando impacientemente que o colega saísse do hospital, quando voltara às atividades normais. Cerca de uma e meia da tarde, Dougie apareceu na cantina improvisada, onde todos ainda almoçavam. A equipe inteira se reuniu em volta dele, maravilhada por vê-lo.

— Dougie! — gritou Custard, que foi o primeiro a vê-lo e logo pulara da cadeira. — Como está se sentindo?

Um a um, os colegas foram falar com ele. Inky deu-lhe um abraço forte e um beijo e logo temeu tê-lo machucado.

— Não me machucou, estou bem — tranquilizou-a. — A radiografia mostrou que está tudo bem. Só alguns hematomas e isso aqui, claro. — Apontou para a cabeça. Todos eles deram uma olhada cuidadosa. Metade da cabeça dele havia sido raspada para que pudessem suturar apropriadamente a ferida.

— Parece sério — comentou Fabian.

— Está tudo bem. Só um pouco de dor de cabeça. Acho que devo ter batido num dos cabos quando fiquei pendurado.

Viu Rafe reticente nos fundos da cantina e aproximou-se para lhe apertar a mão.

— Me disseram que você subiu para me soltar. Obrigado.

— Foi um privilégio para mim — disse Rafe, com sinceridade. — Todos se ofereceram, mas eu era o melhor na escalada. — Deixou de mencionar que a única coisa que o apavorara foi a falta de conhecimento do que iria encontrar. Quando vira que Dougie, pendurado pelo cinto de proteção, estava inconsciente, mas vivo, seu alívio foi indescritível.

Por um momento, ficaram todos perto um do outro, animados por estarem todos juntos novamente. Esse sentimento de solidariedade pegou Rafe, especialmente, de surpresa. Não pensara que sentiria a falta de um dos membros da equipe, quando havia dezessete deles, mas todos haviam ficado pensativos naquela manhã, sentindo-se completamente perdidos sem o contingente inteiro.

Carla, secando as lágrimas, trouxe uma fornada de seus "pãezinhos ingleses especiais".

— Fiz para o seu retorno do hospital — disse a Dougie.

— Meu Deus, Carla, obrigada!

— Deus nos ajude, o que há de especial neles? — Custard cochichou no ouvido de Inky. — Acha mesmo que ela os preparou especialmente para essa meia hora extra? — Apesar de seu comportamento, Custard cochichou muito, muito baixinho, pois todos ali gostavam muito de Carla.

Ouvindo toda aquela comoção, Mack entrara e agora acrescentava o próprio alívio ao ver Dougie entre eles.

— Competimos amanhã? — perguntou Dougie. — Estou em forma.

Com o placar de 2-0, a equipe estava desesperada para se manter na briga. Seguiu-se um silêncio palpável, assim que todos os olhos se viraram para Mack. O chefe de equipe tivera uma longa discussão com Sir Edward e Colin Montague sobre esse assunto na noite anterior, e, juntos, decidiram que se Dougie tivesse condições de competir, mesmo se estivesse com cinquenta por cento de sua capacidade, eles o deixariam trabalhar, em vez de arriscar a solidariedade do time, colocando alguém da segunda equipe no barco.

— Ontem à noite, Colin Montague pediu ao médico dele para vir para cá. Se ele disser que está tudo bem, então poderá competir. — Seguiram-se grandes urros de alegria e palmadinhas nas costas. Mack elevou a voz: — Agora, vá para Casa Fortuna e descanse um pouco, Dougie. Mandarei o médico subir quando ele chegar.

— Só preciso fazer uma coisa antes de ir.

— E o que é?

— Sair e raspar direito a cabeça. Estou ridículo só com uma metade raspada.

No decorrer da tarde, toda a equipe foi desaparecendo, membro a membro, para alguma ação secreta, retornando uma hora e meia depois, sem dizer nenhuma palavra. Por fim, Inky ficou de pé com um suspiro. A maioria deles estava no galpão de velas.

— Aonde vai, Inky? — perguntou Custard, que havia acabado de voltar.

— Aonde acha que vou?

— Inky, você não precisa fazer isso. Ninguém irá pensar mal de você.

— Eu sei que *não* preciso, Custard. Mas somos só nós aqui, não somos? Nós somos tudo com o que podemos contar. Portanto, farei mesmo assim.

Custard abriu um sorriso e a observou desaparecer. No mesmo instante, tirou o telefone do bolso e franziu a testa pelo que lhe pareceu a milionésima vez. Não tinha notícias de Saffron desde o dia anterior e estava preocupado. Nenhum recado, nenhuma mensagem de texto, nada. Estava quebrando a cabeça para encontrar uma forma de contatá-la. Tinham uma regra entre eles de que somente ela poderia iniciar o contato, quando fosse seguro, e nunca haviam ficado tanto tempo sem se falar. Esperava que nada tivesse acontecido com ela.

Saffron acordou totalmente vestida, deitada em sua cama, e se sentou, ereta. Henry estava sentado numa cadeira, de frente para ela, encarando-a. Estava brincando com um telefone celular nas mãos, e os olhos de Saffron logo se dirigiram para ele.

— Há quanto tempo está aqui? — Foi tudo o que pôde pensar em perguntar.

— A noite inteira.

Seguiu-se um silêncio quando o encarou, petrificada de repente.

— Quem é Will? — perguntou calmamente, momentos depois.

Depois de Saffron ter desmaiado a bordo do *Corposant*, Jane a levara para dentro e mandara vir um médico particular da costa.

Instruíra um membro da equipe para observá-la, enquanto dava instruções aos convidados, dizendo que a sra. Luter achara a regata muito chocante, provavelmente confundira *Phoenix* com *Excalibur* e temera que seu marido pudesse ter se machucado.

Depois de todos terem retornado à costa e os convidados descido cuidadosamente do barco, inclusive o médico que fora visitar Saffron, Jane correra para a cabine dela, para examiná-la por completo, até que encontrara o item que procurava.

Quando Henry voltou extremamente feliz e orgulhoso ao barco, ela lhe mostrara, com o semblante fechado, o que havia encontrado: um telefone celular cheio de mensagens.

— Quem é ele? — perguntara Luter, sério.

— Só tenho o número e o nome: Will.

— Espero que tenha aproveitado a vida dele até o momento, pois irei matá-lo.

— O que quer fazer agora?

Henry Luter pensara durante um segundo.

— Vou esperar que ela acorde. Quero a história completa.

Ficara sentado ali a noite inteira. O médico, achando que Saffron estava à beira da histeria, insistiu em lhe dar um sedativo. Era o que ela mais temia: dormir tão profundamente que qualquer pessoa pudesse fazer qualquer coisa com ela, sem ela saber, o que a deixara mais histérica ainda, fazendo com que o médico logo aumentasse a dosagem.

— Quem é Will? — repetiu de novo.

— Will? Não... não sei...

— Você está diferente — comentou. Fora a primeira vez que percebera o milagre gradual que acontecia na frente de seus olhos. Apesar do medo que Saffron sentia no momento, Luter viu os lugares nos quais seu rosto se enchera, ao ganhar peso; os olhos tinham mais brilho, e a pele mais cor. Ele se sentiu um perfeito idiota por não ter notado. E Henry Luter não gostava de se sentir idiota. — Quem é ele? — repetiu. — Não adianta continuar negando. Encontramos o seu telefone. — Exibiu-o. — Saiu e comprou um celular para você, não foi? Que engenhosa! Passei a noite inteira lendo as mensagens. Não conseguiu apagá-las, não é? Muito íntimas. O homem acha que está apaixonado por você. Bem, você o enganou direitinho. Como pode alguém se apaixonar por você?

— Não — respondeu rapidamente.

Luter levantou-se da cadeira.

— Não? Não o quê? Você é uma piranha mentirosa e ladra.

— Eu... eu não roubei... — Será que tinha descoberto sobre o francês?

— Não roubou? Rouba tudo o que tem aqui! — Gesticulou pela cabine decorada. — Cada dia que passa aqui. Nada disso é seu, é meu!

Saffron disse aliviada:

— Não quero nada seu.

— Quer só o seu amante? — retrucou, escarnecedor. — Bem, muito ruim isso, pois você me pertence. Há quanto tempo o conhece?

— Não há muito tempo.

— HÁ QUANTO TEMPO? — gritou com ela.

— Há alguns meses.

Empurrou o telefone para Saffron.

— Ligue para ele. Ligue para ele agora e diga que tudo acabou.

— Não vou ligar.

A voz de Luter baixou para um tom mais ameaçador.

— Saffron, sei coisas sobre você — disse com brandura, de forma quase atraente.

A cabeça de Saffron começou a rodar.

— O que... o que você quer dizer com isso?

— Acha mesmo que eu me casaria com alguém de quem não soubesse absolutamente nada? Tenho investigadores particulares. Sei tudo sobre os seus segredinhos. Sei por que as portas estão sempre fechadas, sei o que ele costumava fazer com você. Seu pai. Você gostava? Pedia?

Saffron fechou os olhos.

— Não contou para ele, contou? — Tinha a voz arrogante. Estava gostando disso. — Querido Will não vai mais querer saber de você quando descobrir. Não irá mais querer tocar em você. Você é carta marcada.

— Contaria para ele?

— Não só para ele. Contarei para todo mundo. Direi a todos como te resgatei de uma vida de abusos sexuais. Você fica aqui comigo. Pertence a mim.

— Não pode me forçar — disse Saffron, com a voz trêmula Parecia mais corajosa do que se sentia.

— Ah, não posso? O médico que acabou de sair... tenho certeza de que ele ficaria interessado em um emprego de longo prazo. Talvez você esteja chegando a um tal estado nervoso que mais sedativos seriam a resposta. E não acho que você gostaria de ser sedada, gostaria? Quem pode garantir o que acontece com alguém que está sedado?

— NÃO!

— Então ligue para ele.

Saffron o encarou, tinha os olhos arregalados de medo e a mente acelerada. Sabia o que Henry seria capaz de fazer com ela, mas e quanto a Custard? Ele iria matá-lo. Não poderia traí-lo.

— Não.

— Saffron, tenho um nome e um telefone celular. Posso rastreá-lo com os mesmos detetives que usei com você. Se quer que ele continue a viver e que aquele assunto do seu pai continue entre nós dois, ligue para ele e diga que está tudo acabado. Que você quer ficar com o seu marido. Que eu posso te dar coisas que ele não pode. Afinal de contas, Saffron, se me deixar, para onde irá? Ele não vai te querer mais. Não vai mais querer você e o seu segredinho nojento. Iria se encolher cada vez que puser a mão em você.

Luter segurava o telefone celular na frente dela, e ela o olhava, hesitante. Em seguida, balançou o braço e lhe bateu na cabeça com o aparelho.

Ela caiu na cama. Um fio quente de sangue lhe escorreu pela têmpora. Estava tão petrificada que não conseguia pensar. Tentou desesperadamente fazer o cérebro funcionar. Henry machucaria Custard, sabia disso. Talvez fosse melhor para Custard achar que ela simplesmente havia decidido dar fim ao relacionamento e pensar nela com carinho, em vez de se sentir revoltado. Faria a ligação para aplacar os ânimos de Henry e depois pensaria no que fazer. Sentou-se, sentindo-se tonta.

— Vou ligar, vou ligar — disse, começando a soluçar quando Luter aproximou-se de novo.

Desta vez, possessão era tudo o que ele tinha na cabeça.

CAPÍTULO 54

A multidão ficou em silêncio, surpresa, quando a equipe apareceu no dia seguinte. Cada membro havia raspado a cabeça. Todos os olhos se voltaram para Inky, no momento em que ela apareceu no final do grupo. Estava usando uma bandana. Havia pensado em retirá-la antes de saírem do porto, mas havia se esquecido da multidão que ficava nos portões. Retirou-a rapidamente para mostrar a cabeça completamente raspada e manteve os olhos baixos. Dougie ouviu-a murmurando atrás dele e, por um momento, achou que estava rezando até perceber o mantra: "Vai crescer, vai crescer, vai crescer." Retrocedeu e a abraçou.

— Você ainda tem pernas maravilhosas — sussurrou ele. Inky apertou-lhe o braço em agradecimento. Aplausos comedidos começaram a surgir da multidão.

No dia anterior, todos haviam saído um a um para raspar a cabeça no barbeiro da cidade, sem tecer um só comentário. Inky soube que, pelo bem da equipe, teria de fazer o mesmo. Até mesmo Mack aparecera, vira todos com o mesmo corte, exclamara alto "Ai, meu

Deus!" e desaparecera. Aparentemente, Inky não estava nem um pouco preocupada com relação ao novo visual, mas, quando retornou a Casa Fortuna naquela noite, chorou muito, muito mais do que no dia, dez anos atrás, em que chegara à conclusão de que velejadores de *match race* não usavam cabelos compridos e que ela deveria cortar os seus. A mãe ficou tão alarmada com sua histeria que desceu correndo as escadas para pedir ajuda a Bee, que ficou totalmente sem voz quando a viu. Então as duas sentaram-se juntas na cama para oferecer o tipo de conforto que só duas mães são capazes de oferecer. Como primeira atitude da manhã, Bee saíra correndo para comprar uma bandana e Mary fora à maior loja de departamentos da cidade para comprar o mais belo sutiã La Perla que pudera encontrar e que Inky usava agora, por baixo da camiseta de *Excalibur*. Era todo de renda preta com laços azul-turquesa e fez Inky sentir-se muitíssimo melhor.

Como uma jornalista daquelas que acordam cedo os vira tão logo chegaram à base, naquela manhã, Hattie logo recebeu ligações de quase todas as jornalistas de Valência, reclamando do novo visual da equipe. Elas estavam especialmente interessadas em Fabian e Rafe — normalmente considerados os dois membros mais bonitos da equipe —, enquanto Hattie sentia-se confiante o bastante para falar da reação de Rafe, não sabia o que dizer da reação de Fabian.

Certamente provocara alguma reação em Milly e Rosie. Rosie olhara para ele com seus olhos grandes e azuis e desatara a chorar. Fabian a pegara no colo e a abraçara, enquanto olhava por cima do ombro da filha e explicava tudo a Milly. Aguardou sua reação; Milly olhou-o por uns segundos, assentiu com a cabeça e continuou a lavar a louça do chá. Ele ficava estranho sem seus cabelos louros, sua marca registrada, e, como não era particularmente vaidoso, foi explorado para chamar atenção, principalmente do público feminino. Milly imaginou o que Daphne achara, caso já tivesse visto.

Inky estava tão preocupada com os próprios problemas naquela manhã que nem percebeu que Custard não estava o seu costumeiro eu. Estava muito fechado e todos sentiram falta das suas piadas usuais, quando deixaram o porto, mas acabaram atribuindo seu silêncio ao nervosismo. Afinal de contas, como Mack havia dito mais cedo à equipe:

— Perdemos ontem. Não fiquei nada satisfeito. Não vamos repetir o erro. *Temos* que marcar pontos hoje. — Não mencionara o fato (embora a maioria da equipe provavelmente já soubesse) de que ninguém jamais se recuperara de uma marca de 0-3 numa America's Cup.

Neste dia, Custard preferira ficar no convés, durante o reboque, ignorando o descanso no depósito de velas e a discussão sobre qual a melhor vela para servir de cama. Qualquer um que prestasse atenção nele teria percebido que segurava um telefone celular e ficava olhando para ele, como se desejando que tocasse, e olhando para a flotilha de espectadores, onde se sentia a ausência de *Corposant*. Até o momento, o superiate esteve sempre presente para assistir à regata. Alguma coisa estava errada. Custard simplesmente não podia entender. Saffron ligara para ele no dia anterior.

— Não quero mais te ver — foram suas primeiras palavras.

— Por quê? — gaguejara ele.

— Quero ficar com Henry... Ele tem mais a me oferecer.

— Encontre-se comigo — pedira ele. — Vamos conversar.

— Não. Aceite, Will. Não quero te ver de novo.

— Por favor, Saffron. Você não pode simplesmente...

O medo tornou-a cruel:

— Posso sim. Você não tem nada para me oferecer. Não tente mais telefonar para mim. — Desligara o telefone.

Custard ficou a noite inteira acordado. Não tinha ideia do que fazer. Nada disso lhe soara como verdade, e nenhum deles havia falado sobre futuro. Ele simplesmente não conseguia pensar no que aconteceria depois da America's Cup — mas, ao se encontrar deitado na cama na noite anterior, soube que não poderia viver sem Saffron. Não era só a sua beleza, era também o milhão de outras coisas que amava nela. Adorava seu interesse por todos os outros membros da equipe — queria saber tudo o que podia sobre eles. Enquanto ele falava, ela juntava seus pares de meias limpas, que nunca voltavam para a gaveta de meias, ou escovava Pipgin até seu pelo ficar brilhante. Sempre acabava descobrindo que ela lhe preparara um sanduíche e o deixara na geladeira, enquanto ele tomava uma chuveirada. Outro dia, ela lhe dissera que queria voltar a fazer tricô, o que o deixou rindo depois que ela fora embora. E pensar naquela mulher estonteante curvada em cima de um par de agulhas de tricô! Nunca falava de sua vida com Luter referindo-se a si mesma como vítima, mas ele juntava um pedaço aqui e outro ali e admirava sua coragem, quando ela voltava. Talvez ela precisasse mesmo da segurança do dinheiro de Luter mais do que ele podia imaginar. Para começar, devia haver uma boa razão para uma mulher como aquela se casar com Henry Luter. Começara a ter esperanças de que fosse algo que eles pudessem resolver juntos, mas talvez estivesse sendo ingênuo.

Enquanto permanecia ali, perdido em seus pensamentos, a imprensa mundial tirava fotos de um velejador solitário de *Excalibur*, sentado no convés e cercado pelas gaivotas de sempre.

O tiro de largada foi disparado e *Excalibur*, rumorejando agressivamente, avançou rumo à batalha. A equipe compunha uma bela visão com suas cabeças raspadas. Estavam tão empolgados que, por um momento absurdo, Mack perguntou-se se qualquer um deles tentaria invadir *Phoenix*, como se fosse um pirata. Após alguns círculos, Mack aproximou-se da proa do assustado Jason Bryant e, enquanto este conduzia o caminho à flotilha de espectadores ("Uma artimanha que eu te ensinei, seu filho da puta arrogante", pensou Mack), Mack fez uma curva bem fechada e colou na lateral do barco de um espectador, enquanto circulava.

Mack perseguiu Bryant até mar aberto e começou a conduzi-lo impiedosamente para fora da linha de largada.

— Rafe, você ainda indica o lado direito para a largada?

— Com certeza.

— Hoje a regata é nossa.

Com todo o zelo, empurrou *Phoenix* para fora. Não lhe deu nem um centímetro de espaço. A quarenta segundos da largada, Mack avançou rumo à linha. *Phoenix* atravessou-a dezessete segundos depois.

O comentarista no barco da imprensa estava passando o diabo ao tentar identificar os membros da equipe de *Excalibur*, até mesmo Inky. Dougie, graças a seu corte na cabeça, era o único que ele conseguia identificar. Por sorte, a equipe não brigava. Da mesma forma como se pode reconhecer o amante com uma venda nos olhos, eles podiam se reconhecer imediatamente pela forma dos ombros e o modo particular como se moviam, mesmo estando no lado extremo do barco, com as costas viradas. O comentarista parou, franziu os olhos para os diferentes membros da equipe e continuou seu trabalho.

— *Phoenix* parece entrar com o pé errado nas curvas, hoje. Todos estão muito felizes em ver o trimmer de *Excalibur*, Dougie, de volta à ação, embora sua cabeça certamente ainda esteja doendo. Mas acho que é a união da equipe *Excalibur* que está incomodando *Phoenix*. Não só eles estão parecendo extremamente ameaçadores com as cabeças raspadas, como a demonstração de sua união está enviando a mais forte das mensagens. Mensagem que diz que a equipe não se partirá. Até mesmo John MacGregor e Inky Pencarrow rasparam a cabeça.

Não havia dúvidas de que o investimento de milhões feito por Henry Luter em termos de velocidade superior de barco havia feito *Phoenix* recuperar a desvantagem. Estavam a uma distância menor que o comprimento de um barco, depois de rodearem a primeira marca. Após um início perfeito, a vela balão branca de *Excalibur* cobriu o céu; sua equipe estava começando a mostrar aquela combinação de ousadia e agressividade, que transbordava segurança. Mack percebeu que os trimmers de *Phoenix* preferiam formatos de velas diferentes dos de Custard. Suas velas eram mais cheias enquanto as de Custard eram mais angulares e chatas.

Custard leu sua mente.

— Assim como prefiro as minhas mulheres, Mack! — gritou rapidamente, pensando em Saffron.

O mar estava forte e agitado neste dia, causando uma sensação estranha, que fez Rafe manter os olhos fixos nas ondas. *Phoenix* os perseguia, tentando bloquear-lhes o vento, na verdade, eles estavam tão preocupados com o barco à frente que sua retaguarda deixara de perceber um detalhe vital, que surgia logo atrás. Rafe viu primeiro e murmurou para Mack.

— Tem uma onda imensa a caminho. *Phoenix* não viu.

Mack olhou para trás. A onda imensa iria levantá-los e lançá-los a bons e vitais comprimentos de barco à frente.

— Me diga a hora de dar um jibe. — Mack não precisou dizer mais nada além disso. Precisava jibar no momento certo, forçando *Phoenix* a jibar também, em vez de manter *Excalibur* em sua sombra e assim perder o impulso da onda.

Phoenix estava colado na popa de *Excalibur*, a segundos de bloquear todo o vento de suas velas; os trimmers já podiam sentir uma leve falta de movimento, assim que seu suprimento de ar começou a diminuir.

— Dê o jibe agora — murmurou Rafe.

— JIBAR! — gritou Mack.

Na mesma hora, Fabian balançou-se no mastro da vela balão, ficando de cabeça para baixo, como se fosse um macaco, e puxando o pino, antes de descer ao convés, virar o mastro para o outro lado e encaixar a vela de volta.

— PRONTO! — gritou, ao reencaixar o mastro.

Em Phoenix, Jason Bryant sorriu:

— JIBAR! — gritou para a equipe. — Não foge de mim fácil assim, Mack.

Mas na hora em que seu proeiro reencaixou o mastro, Mack deu outro jibe. Jason Bryant estava prestes a segui-lo quando sentiu *Phoenix* levantar-se numa onda imensa.

— Que porra é es...? — olhou confuso por cima do ombro. Mas *Phoenix* estava virado num ângulo totalmente errado e, após um segundo surfando, a onda passou por baixo dos dois veleiros e ergueu *Excalibur* no comprimento de dois barcos à frente e fora da ameaça de sombra de *Phoenix*.

— Você não viu? — Jason Bryant gritou desesperado para Henry Luter. A responsabilidade de Bryant era apenas timonear o barco. Tivesse sido qualquer outra pessoa, ele teria gritado palavrões.

— Não fale assim comigo! Achei que estavam de olho em nós, não na onda! — respondeu Luter, agressivo, furioso por ter sido questionado.

— Uma pena Jason ter perdido aquela onda. Eu lhe ensinei isso também, mas, claramente, ele não prestou atenção — Mack comentou com Inky.

— Vai ver ele prestou mais atenção desta vez. — Sorriram um para o outro.

Excalibur rodeou a marca na frente.

— Eles são mais rápidos nessas pernas — disse Inky a Mack. — Teremos que duelar para impedir que passem, a não ser que Rafe consiga pressentir o vento.

Rafe estava percebendo uma mudança de vento cruzar a água e escurecer a superfície do mar como uma nuvem carregada.

— Tem uma elevação a caminho, mas vamos deixar *Phoenix* pegá-la. Tem vento melhor vindo pela esquerda.

Inky olhou-o de relance, alarmada.

— Você está querendo dizer para deixá-los passar?

— Deixe-os passar. Aí podemos correr para a esquerda e pegar a outra mudança de vento, que é mais forte.

Inky trincou os dentes, *Phoenix* gritou uma cambada falsa, ela fingiu não vê-los e *Excalibur* deu uma cambada para a esquerda enquanto eles permaneceram na direita e pegaram a mudança. Logo *Phoenix* ultrapassou *Excalibur*, reduzindo brevemente a velocidade ao seu lado.

— Mulheres na direção! — gritou um dos membros da equipe *Phoenix*. — Seus neurônios saíram junto com o cabelo?

Inky mordeu o lábio com tanta força que chegou a sentir gosto de sangue. Aquele idiota deve ter gritado só porque ela se impôs repetidas vezes. *Excalibur* tomou a direção da esquerda, enquanto *Phoenix,* aparentemente, avançava à frente. Rafe ficara completamente indiferente ao confronto, os olhos focados na mudança de vento que chegava.

— A elevação está chegando em nove... oito... sete...

Inky sentia-se como se seu sangue estivesse fervendo, mas precisava admitir que se sentiu muito melhor quando viu o espanto no rosto dos oponentes, assim que todos eles convergiram novamente à marca, com *Excalibur* decididamente a uns cinco barcos à frente.

— Homens na direção! — comentou, olhando por cima do ombro. — São uns merdas. Nunca conseguem calcular a distância.

Phoenix não se recuperou mais. Para a alegria das cornetas que berravam alto dos barcos dos espectadores britânicos, *Excalibur* deslizou pela linha de chegada, nove segundos à frente de *Phoenix*.

— E assim — comentou Mack para ninguém em particular — é que se faz.

CAPÍTULO 55

Eles retornaram à costa com o canto de uma multidão de cinco mil pessoas exultantes:

— EX-CA-LI-BUR! EX-CA-LI-BUR! EX-CA-LI-BUR! — ecoava em seus ouvidos. Era o som mais mágico que qualquer um deles já havia ouvido.

Hattie apressou-se para mandar todos à habitual entrevista coletiva, na qual as perguntas urgiam, inevitavelmente, sobre as cabeças raspadas da equipe. Custard normalmente não se envolvia nessas questões, uma vez que Hattie achava melhor deixá-lo de fora. De qualquer jeito, estava preocupado com Saffron. Inspecionou ansiosamente a multidão, mas não viu nenhum sinal de seu belo rosto. Estava convencido de que alguma coisa estava errada. Talvez pudesse tentar visitar *Corposant* de novo à noite e vê-la. Posicionou-se de forma que pudesse ficar olhando para Henry Luter, desesperado por alguma pista de seu paradeiro.

Henry olhou-o de relance, e Custard desviou rapidamente o olhar, apenas para retorná-lo um segundo depois. A curiosidade de Luter aguçou-se, e ele começou a pensar. Este é o homem que eles chamam de Custard. Ele estava comigo em Auckland. Qual o nome dele mesmo? Stanmore, claro. Will Stanmore. Somente quando Custard deu um passo à frente para sair de vista, foi que Luter percebeu. Will. Claro. Esta era uma informação que seu detetive particular estava a poucas horas de descobrir.

Tão logo a entrevista coletiva chegou ao fim, Custard abriu caminho pela multidão. Olhou rapidamente para trás, na direção de Luter. Mas como presidente do sindicato, ele teria mais entrevistas para dar. Assim que se viu livre, correu para a marina dos superiates. Não gostou da expressão que viu nos olhos de Luter.

— Saffron! — gritou, assim que chegou ao iate. — SAFFRON, ONDE VOCÊ ESTÁ? SAFFRON!

Por fim, um dos empregados colocou a cabeça para fora.

— O que quer?

— Preciso ver Saffron Luter. Preciso vê-la agora.

— É urgente? Sra. Luter deu instruções de que não quer ser incomodada.

— É mais do que urgente, amigo. Preciso vê-la agora!

O tom desesperado da voz de Custard convenceu o homem de que deveria ter havido algum acidente. Ele desapareceu. Custard olhou nervoso para o píer. Dentro de alguns segundos, Saffron apareceu no convés superior. Tinha aparência pálida e cansada. Custard viu manchas roxas em sua têmpora. Ele se dirigiu ao topo da prancha.

— O que está fazendo aqui?

— Vim te buscar. Venha comigo.

Saffron hesitou.

— Não posso.

— Ele descobriu, não é? Venha comigo. Agora. Simplesmente venha.

— Não posso — repetiu ela, impotente.

— Independente da ameaça que ele tenha feito, Saffron, daremos um jeito. Prometo. Não tenho medo dele.

Saffron vacilou. Tinha os cabelos puxados para trás num rabo de cavalo apertado, enfatizando a palidez e a brancura de sua pele. O hematoma escuro se destacava em forte contraste com sua palidez. Sua beleza era um troféu para Luter e ele tinha nas mãos o poder de desfigurá-la.

Mas isso era algo que Custard não via. Via apenas que Saffron estava assustada e precisava que cuidassem dela.

— Tenho medo dele — sussurrou.

— Não precisa ter. Estarei com você.

Olhou para ele e soube que precisava dar um grande passo de fé. Confiaria a ele o seu passado, para lhe dar seu futuro?

Foi como se Custard tivesse lido seus pensamentos.

— Sei que há coisas que você não me conta e prometo que, seja o que for, ficará tudo bem. Nós ficaremos bem, prometo. — Estendeu a mão para ela. Seus olhos sustentaram os dela, e a força contida neles lhe deu coragem. Ficaria tudo bem. Eles ficariam bem. Foi o que Custard lhe dissera.

Ela deu um passo à frente.

Quando Henry Luter soube que Saffron, simplesmente, havia ido embora de *Corposant*, sua ira quase o cegou. Não conseguia entender. Sempre tivera controle de todas as rotas de saída para se proteger de seus adversários. Mas havia um fator do qual ele não havia tomado conhecimento, em toda a situação. Não havia percebido que Custard a amava de verdade.

Custard não conseguiu tirar muita coisa de Saffron no caminho de volta à Casa Fortuna e presumiu que ela estivesse em estado de choque. Quando chegaram ao seu apartamento, tentou abraçá-la, mas ela evitou seu toque. Confuso, ele a conduziu à sua poltrona predileta e puxou uma cadeira para perto dela, colocando as mãos de cada lado de seu rosto e observando-a ansiosamente. Assentiu com a cabeça diante do roxo e do corte no lugar em que Henry lhe batera com o celular.

— Foi ele quem fez isso? — perguntou.

Ela confirmou.

— Fez mais alguma coisa?

Saffron hesitou e negou. Não conseguiria lhe contar.

— Como ele descobriu? Descobriu, não foi?

Saffron confirmou e então lhe explicou:

— ...e então achou meu celular. Disse... disse que iria te matar e me fez telefonar para você.

Saffron baixou a cabeça e, quando Custard tentou pegar sua mão, ela a tirou.

— Mais alguma coisa? — perguntou, gentilmente.

Lágrimas começaram a correr de sua face e caíram gentilmente em seus joelhos.

— Conte-me — disse ele.

Ela negou.

— Não, Will, não posso te contar. Vou tomar um banho. — Levantou-se abruptamente e foi ao banheiro, trancando a porta assim que entrou. Recostou a cabeça na porta e deixou as lágrimas encharcarem pescoço e cabelos. Não conseguia suportar aceitar o amor de Will, mesmo que fosse a única coisa que quisesse. Henry contaria a todos sobre ela, e então Will não seria mais capaz de olhar em sua direção.

Sentindo-se confuso e precisando de conselhos, Custard subiu as escadas para ver Mack. O chefe de equipe podia dar um jeito em qualquer coisa.

— Deixa eu ver se entendi direito... — disse Mack, incríveis vinte minutos depois. — Você e Saffron Luter estão tendo um caso, você achou que Henry Luter havia descoberto, então entrou no barco dele, mandou que a esposa dele voltasse com você e ela está em seu apartamento neste exato momento.

— Isso.

— Seria possível a mandarmos de volta antes que ele perceba que ela foi embora? — perguntou, sem forças.

— Mack, isso não tem graça.

— Não estou achando graça. Pode acreditar, não estou mesmo. Meus Deus, rapaz, você tem um timing horroroso, sabe disso, não sabe? — Mack olhou-o atentamente por um momento. — Você a ama, não ama?

— Sim. Sim, eu a amo.

— Se a notícia de que um dos membros de *Excalibur* anda trepando com a mulher dele se espalhar, com perdão da expressão, então a cobertura da imprensa será enorme e ele fará papel de idiota, o que é algo que ele odeia com todas as forças... É melhor você trazê-la aqui para cima — disse Mack. — Se Henry Luter souber quem você é então certamente saberá onde mora. Espero apenas que saiba quem fez de inimigo. — Se já não estava determinado antes, Henry Luter agora faria tudo em seu poder para acabar com *Excalibur*. Não era mais uma questão da Copa. Era pessoal.

• • •

Saffron saiu do chuveiro e enrolou-se numa toalha, quando Custard retornou. No caminho, Custard pegara Pipgin, que estava agora ruidosamente feliz em vê-la.

— Meu amor! — exclamou, aproximando-se dela. — Está se sentindo melhor?

Saffron respondeu que sim. Havia decidido que teria de lhe contar a verdade. Ele não a tinha abandonado até então, tinha? Apegou-se a esse fato e o repetira para si durante o banho.

— Por favor, me conte.

— Você irá me odiar.

— Prometo que não. Seja o que for.

— Quando eu era criança... — Estava envergonhada. Era difícil dizer aquelas palavras. Custard pegou-lhe a mão e a apertou. — Meu pai — murmurou.

— Sim? — murmurou Custard.

— Meu pai costumava me tocar. Às vezes, mais do que isso. Ele costumava entrar no meu quarto, quando estava bêbado e... Abuso sexual é o termo oficial. — Os olhos dela estavam cheios de lágrimas. Custard a puxou para um abraço apertado e enterrou o rosto em seus cabelos. Estava chocado. Chocado porque era óbvio que ela achava que, de alguma forma, a culpa era dela, chocado porque ela deveria ter temido que ele a amasse menos por isso. Não havia muita coisa que pudesse abalar o costumeiro equilíbrio de Custard, mas isso lhe abalou as estruturas. — Henry vai contar para todo mundo. Disse que se eu o deixasse, ele se certificaria de que o mundo inteiro ficasse sabendo — continuou, hesitante. — Talvez você também não queira mais ficar comigo. Será horrível para você.

— Acha, sinceramente, que me importo com isso? A única coisa que seria horrível para mim é viver sem você. Gostaria de ter insistido que o deixasse antes. Mas estava ficando cada vez mais difícil pedir a você para abandonar todo aquele dinheiro. Você sabe, as roupas, as joias, as horas no salão de beleza...

— Faço tudo isso porque é o que esperam que eu faça — respondeu rapidamente. — Não significa nada para mim.

— Contou a Luter sobre o seu pai?

— Ele descobriu. Colocou detetives particulares atrás de mim.

— E você se casou com ele para fugir de seu pai?

Saffron assentiu.

— Achei que Henry seria uma rota de fuga. Com seu dinheiro, nada poderia me afetar, e eu nunca mais teria que colocar os pés na minha cidade de novo. Mas eu só troquei um homem controlador por outro. — Ela sorriu, mas havia um tom de tristeza em sua voz.

— Erro clássico.

— Não posso te oferecer dinheiro, mas eu e Pipgin podemos te dar outras coisas, se ficar conosco. Filhos também, se você quiser.

Saffron riu e enxugou as lágrimas.

— Eu gostaria muito. Acho que não tomarei mais chuveiradas, só banhos de banheira.

— Banhos de banheira? — perguntou Custard, um pouco confuso.

— Exatamente. Só banhos de banheira.

— Tudo bem, meu amor. Irei me certificar de que haverá apenas banhos de banheira. Banheiras de mármore, se você quiser.

Saffron riu. Após o fardo dos últimos dias, sentia-se leve o suficiente para voar.

Custard abraçou-a com força.

— Não acredito que nunca mais terei que te deixar de novo. Devo ser o homem mais feliz do mundo — cochichou em seus cabelos. Afastou-se de repente e encarou-a. — Poderia começar a usá-los soltos. Detesto-os presos.

Saffron começou a retirar os grampos que os mantinham presos.

— A propósito, o que fez com os seus cabelos? — perguntou, olhando para sua cabeça calva.

— Meu amor, eu não queria tirar a atenção de você. Está horrível, não está? Minha cabeça é tão branca que parece que estou usando um solidéu.

Entre risos e lágrimas de Saffron, Custard a beijou. Ela fechou os olhos e deixou-se acolher em seus braços. Ele a abraçou com força, e ela se sentiu segura, não sufocada. Tudo o que Custard queria era que nada jamais a machucasse de novo.

Saffron, Custard e Pipgin apareceram juntos à regata no dia seguinte. Mack havia avisado à equipe (Sir Edward, de tão perplexo, ficou repetindo alto "Saffron Luter?" e espichando os ouvidos, caso tivesse entendido mal), mas, mesmo assim, a sala comunitária se manteve em completo silêncio quando eles entraram. Ninguém sabia o que dizer. Eram todos tão unidos e agora descobriam que um deles dormia com o inimigo. Era como se eles, como equipe, tivessem sido enganados. Custard olhou para um e outro em busca de apoio. Ninguém queria encará-lo; todos desviaram os olhos. Nem mesmo Inky sabia o que dizer. Custard não tentaria lhes apaziguar os ânimos, dizendo que fora Saffron que os salvara com a informação sobre o especialista francês. O silêncio se prolongou até que, graças a Deus, Carla surgiu, apressada.

— A senhora precisa vir comigo e Bee ajudar no *Mucky Ducky*. Ajudar a servir a comida — disse, determinada, para Saffron, colocando as mãos nos quadris.

— Ob... Obrigada — gaguejou ela. — Será um prazer.

— Vamos agora — levantou a mão. — A equipe precisa se preparar para a regata. A senhora está segura comigo.

Custard, sentindo-se como se tivesse a palavra TRAIDOR marcada na testa, lançou um sorriso agradecido a Carla, que conduzia Saffron para fora da sala. Mas o estrago já havia sido feito.

O trabalho da equipe foi descuidado e a comunicação ruim. Perderam. Estavam perdendo de 3-1, e o cheiro da derrota pairava no ar.

Saffron ficara para trás, no sindicato, para ajudar Carla e Bee a arrumarem as coisas, mas, na conferência à imprensa, após a regata, o clima ainda era de tensão e animosidade. Hattie tinha a impressão exata de que se tratava de animais selvagens trancados juntos num mesmo quarto. A imprensa inteira achou que assistia a uma equipe em seu estágio final.

Henry Luter foi pernicioso em sua vitória. Nem sequer dirigiu um olhar a Custard quando entrou no salão, para deixar bem claro que não se importava com o fato de a esposa tê-lo deixado.

— Fale-nos sobre a vitória de hoje. — Foi o primeiro pedido.

— Ganhamos. Não sei o que aconteceu com o tal mensageiro dos ventos de *Excalibur*, que costuma ter premonições assustadoras... — Imitou urros de fantasmas, que despertou risos de seus fãs. Hattie segurou a caneta compulsivamente, desejando enfiá-la no coração dele. — Mas nós fizemos premonições perfeitas, utilizamos táticas perfeitamente corretas e ganhamos deles em velocidade e manobras. Acho que *Excalibur* e sua equipe já tiveram seu sucesso.

— As cabeças raspadas deles não os intimidaram como na última regata?

— Não nos intimidaram nem naquela. Tiveram sorte na última regata, e isso é tudo. Raspar a cabeça foi um tipo de brincadeira de criança, porque era óbvio que estavam ficando desesperados...

— Pelo menos, os *nossos* cabelos crescerão de novo! — gritou uma voz, dos fundos da equipe *Excalibur*. Os jornalistas riram. Mack achou que a voz deveria ter sido de Golly ou Dougie.

— E agora — continuou Luter —, eles estão partindo para insultos tolos porque não suportam perder para a melhor equipe. — Cometeu o erro de olhar, todo cheio de si, para a equipe *Excalibur* e deu de cara com os olhos enfurecidos de Custard. A frustração em virtude do dia, a culpa pela derrota da equipe e de sua reação com relação a ele e Saffron, junto com sua raiva pelo que Luter havia feito com ela vieram em dose dupla.

Custard levantou-se com tanta violência que sua cadeira caiu para trás.

— VENHA CÁ! — bradou Custard, aproximando-se rapidamente de Luter. Abaixou-se em frente à mesa em que ele estava sentado. — Sei que tudo isso tem a ver com você e comigo. Pois não desconte em cima da minha equipe! E então? É você que vai querer dizer para todo mundo do que realmente está falando ou eu é que vou ter que falar? — Cuspiu as palavras numa voz baixa, trêmula e desafiadora. Os microfones à volta captaram cada palavra e ressoaram por toda a sala.

O silêncio que se seguiu pesou de tanta apreensão. Todos seguraram a respiração. Ninguém, fora *Excalibur*, sabia do que ele estava falando.

Embora Luter tenha-o encarado, calou-se definitivamente e Custard soube, naquele momento, que ele jamais falaria uma palavra sequer sobre Saffron e seu passado. Prezava demais a própria reputação no circuito do iatismo. Protegeria a si mesmo e ao seu ego extremamente delicado. A imprensa nunca descobriria o significado daquela troca íntima de palavras.

Inky aproximou-se lentamente por trás de Custard e colocou a mão em seu braço, puxando-o com gentileza rumo à saída. Um a um, os membros da equipe se levantaram e os seguiram.

De volta à base, ninguém falou nem uma palavra sequer sobre o que havia acabado de acontecer, mas toda a equipe se aproximou para dizer olá e falar apropriadamente com Saffron. Inky logo se ofereceu para lhe emprestar algumas roupas para os próximos dias, até que ela pudesse sair para comprar alguma coisa.

— Obrigado, Inky — murmurou Custard.

— Bem, ela precisa de roupas — afirmou Inky.

— Não agradeci pelas roupas.

Carla entrou.

— Saffron magra demais — anunciou para todos. — Insisto que tome chocolate quente e coma um de meus pãezinhos especiais. Gosta deles, não gosta?

Seguiu-se um silêncio, enquanto a equipe aguardava sua reação.

— Sim, muito — respondeu ela. — Estavam uma delícia — acrescentou bravamente.

Bee inventou uma desculpa qualquer para o jantar da equipe acontecer naquela noite e não somente na quinta-feira. A desculpa foi terrivelmente esfarrapada, mas todos fingiram acreditar, pois estavam intimamente aliviados por poderem passar a noite juntos e em grupo novamente. Com a contagem em 3-1, a regata do dia seguinte poderia ser a última que fariam juntos. A ideia pairava conscientemente no ar, mas ninguém a mencionava. Por causa de Saffron e Custard, Sir Edward aumentara as medidas de segurança na base. Ninguém podia deixar de notar a presença de um estranho tentando ouvir conversas ou que *Mucky Ducky* estava passando por reformas emergenciais em consequência de problemas inesperados no motor. Colin chegara até mesmo a pedir uma varredura completa na parte do porto de *Excalibur* (e encontrou várias sacolas plásticas penduradas em linhas de pesca, com o propósito de se embolarem em torno da quilha ou da hélice). Todos estavam tentando afastar esses assuntos da mente, fofocando sobre Custard e Saffron.

Mack convidara Hattie para uma conversa, para falar com ela sobre as implicações de uma cobertura da mídia, se esta história vazasse. Hattie fechou os olhos quando as manchetes começaram a preencher sua mente (ESPOSA PULA O NAVIO! SEXCALIBUR! EXCALIBUR É A ESPADA!).

— Para ser franca, Mack, seria mesmo muito ruim se esta história vazasse?

— Ha-ttie... — advertiu-a Mack.

— É que seria tremendamente excitante. Imagine só! Custard e Saffron Luter...

— Você estaria tornando as coisas muito piores para nós e colocando a equipe sob forte pressão. Faz ideia de como esse tipo de notícia deixaria Henry Luter furioso?

— Acho que sim — murmurou ela, olhando para Custard.

Saffron foi ajudar Bee na cozinha.

— Caralho, cara! — exclamou Dougie. — Ela é maravilhosa! Como você conseguiu?

— Dougie, isso não está ajudando em nada — interferiu Mack, cansado.

— Não, eu sei. Faz alguma ideia de como conseguiu?
— Por que não me contou? — quis saber Inky, batendo no braço de Custard.
— Desculpe, mas eu não podia contar para ninguém. Não tive coragem. Achei que você iria tentar me fazer desistir.
— É claro que eu teria feito isso! — exclamou Inky, confirmando. — É o que qualquer bom amigo faria!
— Bem, aqui estamos nós.
— E eu estou duas vezes chateada com você: porque me enganou durante todo esse tempo, me fazendo de boba, e porque eu nunca vou mesmo me apaixonar!
— Apaixonar-se faz muito mal ao estômago — disse Sir Edward.

Bee, Inky, Hattie e Milly foram muito meticulosas naquela noite, com relação à limpeza dos pratos, só para que pudessem se enturmar na cozinha e levar uma boa conversa.
— Mack está insistindo para que eles fiquem no apartamento dele, porque está com medo do que Henry Luter possa fazer quando descobrir que ela fugiu com Custard — disse Inky.
— E onde Mack irá dormir? — perguntou Bee, franzindo a testa, pensando em seu pequeno apartamento de um quarto.
Inky encolheu os ombros.
— Sei lá, ele só disse isso. No sofá, acredito. Foi onde dormiu na noite passada.
Bee ficou olhando horrorizada para ela.
— Ele não pode fazer isso! O chefe de equipe dormindo no sofá na noite anterior à grande regata! Ele terá que vir para cá e ficar aqui. Eu é que dormirei no sofá.

— Ele pode dormir na cama de Rafe, e Rafe pode ficar comigo — disse Hattie, que logo ruborizou quando as três mulheres olharam para ela.

— Vocês dois...? — perguntou Inky, com um sorriso.

Hattie mordeu o lábio, concordou brevemente e depois, ainda ruborizada, saiu para lavar mais pratos.

— Não sei o que deu em Mack — resmungou Sir Edward para a esposa quando eles foram se deitar naquela noite. — Insisti o tempo todo para que ficasse aqui conosco, enquanto Custard e sua Saffron ficariam no apartamento dele, porque, com certeza, ele precisava dormir. Então Bee aparece dizendo que ele deve ficar com ela, e ele, fingindo que não ouviu meu convite, aceitou, todo satisfeito.

Mack teve mesmo uma boa noite de sono e, na manhã seguinte, liderou uma equipe estranhamente otimista. Seus habituais torcedores estavam nas docas, recusando-se a desistir. Sua fé foi justificada porque *Excalibur* realizou uma corrida de manual e voltou trazendo os vencedores. Eles não estavam acabados, ainda.

CAPÍTULO 56

O estresse da Copa estava particularmente evidente na residência da família Beaufort/Dantry.

Fabian tinha acabado de comentar alguns momentos da regata com Milly, quando Elizabeth entrou, querendo saber do jantar.

— Mas não é carne de porco, é? Você sabe que não sou muito fã de porco.

Milly resistiu à tentação de sair correndo e abater o primeiro porco que pudesse encontrar, apenas para que pudesse dá-lo a Elizabeth, mas, em vez disso, rangeu os dentes.

— Não, é frango e massa. Fabian competirá de novo amanhã — disse, enfática. — Precisa de bastante carboidrato. — Elizabeth parecia não entender a gravidade da ocasião.

Ela deveria nos deixar em paz, pensou Milly.

Para piorar a situação, Elizabeth passou o jantar inteiro perguntando a Fabian se ele havia se encontrado com a família Rochester, que também estava em Valência.

— Sei também que Alicia simplesmente adoraria te ver de novo, querido. Você devia ligar para ela.

— Acho que Fabian tem outras coisas em mente no momento, Elizabeth — disse Milly, com firmeza. Não podia ajudá-lo a não ser defendendo-o. Ficava enfurecida por Elizabeth ficar dando uma de alcoviteira na frente dela e de Rosie. Como podia ser tão rude? Quase chegara a piscar para Fabian, até se lembrar de como andava engasgada com ele. Então abrandou-se. Ele estava com uma aparência horrível, desesperado de tanto estresse e não comera nada. Milly pôs a mão em seu braço.

— Estou tão feliz, querido, que você finalmente está levando o nome Beaufort para o lugar a que ele pertence. — Elizabeth devaneou de novo.

Fabian finalmente rebateu:

— E acredito que você preferiria que Rosie fosse menino para poder dar continuidade a essa bela tradição.

Elizabeth olhou-o, surpresa. Como ele sabia o que ela pensava?

— E acho também que é muito grosseiro a senhora vir aqui e não comer a comida que Milly preparou. — Gesticulou para o prato da mãe, no qual ela havia, propositadamente, deixado a maior parte da comida.

— Querido, eu não posso fazer nada se massa não é exatamente a coisa de que mais gosto...

— Então não apareça mais aqui pedindo jantar. Para ser sincero, acho que a senhora não devia aparecer hora nenhuma até aprender um pouco de boas maneiras.

Elizabeth ficou estupefata. Fabian a encarava, ainda muito aborrecido.

Por ironia, foi Milly que veio para o resgate.

— Por que vocês não vão deitar? — foi rápida em interromper. — E levo um pouco de leite quente para cada um? Durmo aqui no sofá esta noite para lhe dar um pouco mais de espaço.

— Não — respondeu ele. — Não, não faça isso. Quero você comigo.

Milly encontrou certo consolo na expressão de Elizabeth.

Fabian estava se sentindo terrível. Num esforço supremo, apesar de tudo o que vinha acontecendo com ele, havia se focado na America's Cup. No entanto, nem sempre podia controlar seus pensamentos. Uma imagem estranha surgia em sua mente e ela começava a acelerar de novo, de tão preocupado que estava com o pai. Deitou-se na cama com a doçura do leite se prolongando em sua língua e lembrou-se da última vez em que havia visto David. Também se sentia péssimo por não ter contado a Milly sobre ele. Estava usando a America's Cup como desculpa, sabia disso. Sabia também, embora fosse quase impossível admitir, que estava terrivelmente envergonhado, não apenas por causa do pai, mas por causa da mãe também. Sabia que a mãe era uma megera, mas não havia percebido o quanto era particularmente má com Milly. E Milly merecia um tratamento melhor. Tinha de acertar as coisas com ela. Precisava fazer isso, pensou, quando caía no sono. Uma coisa que o pai lhe havia deixado claro nas últimas semanas era que ele não sabia a sorte que tinha por ter encontrado alguém como Milly.

Quando acordou no meio da noite com uma sensação assustadora de que caía do mastro da vela balão, encontrou conforto ao ver Milly deitada ao seu lado. Virou-se e puxou-a para perto de si. Ela não acordou, apenas murmurou suavemente e moldou-se ao corpo dele

• • •

Quando a reunião matinal chegou ao fim, as famílias e a equipe de base estavam lá para saudá-los. Milly e Rosie logo saíram correndo na direção de Fabian. Fabian abaixou-se, sorrindo para a filha.

— Vai ver o papai navegar hoje?

Rosie concordou solenemente.

— Na televisão — disse. Milly decidira assistir à regata junto com o pai, em frente a uma tela de plasma enorme, que fora montada no meio da vila da America's Cup.

— E o papai pode ganhar um beijo de boa sorte?

Ela esticou os bracinhos em seu pescoço e o abraçou. Fabian então levantou-se para olhar para Milly.

— Boa sorte — disse-lhe e beijou-o. Esperou junto com os outros familiares no píer e acenou, quando *Excalibur* preparou-se para se soltar das amarrações do ancoradouro. Perguntou-se se aquela seria a última vez que faria isso. Não apenas se aquela seria a última regata da America's Cup, mas se seria a última vez em que estaria ali como parte da família. A tristeza residia sob a superfície da certeza de que ela e Rosie ficariam muito bem sozinhas. Valência também lhe dera algo. Sabia agora que podia fazer dinheiro no mundo da moda. Sabia também que não podia mais suportar aquela indefinição. Tinha amigos, novos e antigos. Amy lhe dissera que ela e Rosie poderiam ficar com ela até que encontrassem uma casa, e Bee repetira a oferta. Simplesmente ficaria bem. Um coração partido não a mataria.

Ainda estava perdida nesses pensamentos quando Fabian, de pé na proa, começou a gritar alguma coisa. Os gritos aumentaram à medida que o barco se afastava, e Milly não conseguia ouvi-lo.

— O que disse?! — gritou de volta. Estava agora na beira do píer.

— EU DISSE: QUER CASAR COMIGO? — gritou Fabian da proa.

As palavras atingiram Milly como um tapa na cara. Aos poucos, foram sendo registradas. Como ousava pedi-la em casamento em público? Caíra nessa duas vezes antes. Bateu os pés e gritou de volta:

— NÃO, NÃO QUERO, SEU EGOÍSTA FILHO DA MÃE! VOCÊ ESTÁ TENDO UM CASO!

Incapaz de enfrentar seu choque e constrangimento, Milly jogou os cabelos para trás e passou pela multidão, indo na direção de Rosie, que parecia não ter ouvido nada daquela troca de palavras entre os pais, uma vez que ganhara um pirulito do avô.

— Está tudo bem? — perguntou Bill Dantry, com as sobrancelhas erguidas.

— Sim, está tudo bem, obrigada — respondeu Milly, que logo explodiu em lágrimas.

Fabian foi forçado a se concentrar no trabalho que tinha pela frente. O vento soprava a vinte nós, quando eles zarparam do porto, o mais forte que soprara durante toda a competição, e a jornada fora a mais instável possível. Sparky olhou preocupado para seu colega mais próximo. Presenciara aquela breve troca de palavras no porto. Assumiria qualquer negligência de Fabian, mas não sabia o quanto conseguiria fazer nas atuais condições. A água respingava na proa e, com o uniforme já molhado pelo tempo, a maior parte da equipe apareceu no convés, olhando para o mastro e torcendo para que se mantivesse intacto.

— Tudo bem, Fabian?! — gritou Sparky, acima do barulho.

Fabian concordou. No início, sua mente estivera em queda livre. Um caso? Como ela podia achar que estava tendo um caso? Isso era algo que ele poderia esclarecer quando voltasse, concluiu. Mas agora precisava tirar Milly da cabeça. A equipe toda dependia dele.

— Não sei se o barco foi projetado para aguentar esse tempo! — gritou Fabian em resposta, indicando *Excalibur*. Apesar de toda sua força, era um barco delicado, projetado com um mínimo de tolerância para ser o mais leve possível. Eles simplesmente não sabiam quanta pressão ele seria capaz de suportar. Era como correr com os olhos vendados para a borda de um penhasco e adivinhar onde parar.

— Está pronto?! — gritou Sparky. Neste dia, eles se colocariam à prova, uma vez que seriam os membros mais brutalmente expostos de toda a tripulação.

De volta à costa, todos os olhos se fixavam nos capitães. As câmeras de tevê mudavam para um e outro, à medida que as proas batiam nas ondas e os homens mergulhavam de cabeça. Fabian havia tirado quase toda sua roupa de chuva, de forma que ficasse mais fácil movimentar-se no fluxo permanente de água. Onda após onda batia em cima dele, deixando-o ávido por ar. O coração de Milly saltava pela boca cada vez que esperava a proa aparecer nas ondas com Fabian, encharcado, ainda agarrado a ela. Não parecia possível, mas a cada vez que a proa se erguia ele ainda estava lá.

— Ai, meu Deus — murmurou para o pai. — Eles ficaram para trás. — Cheios de sofrimento, observaram *Phoenix* cruzar a linha de largada em primeiro lugar, com *Excalibur* a quatro barcos atrás.

Os espanhóis já haviam circulado a primeira marca, quando a câmera focalizou Fabian e *Excalibur*, na hora em que ele se dependurara de cabeça para baixo no mastro, para encaixar a vela balão, retornando depois ao convés agitado. Milly ouviu os sussurros de admiração à sua volta, quando todos os olhos se voltaram para o belo proeiro da pobre equipe britânica, que dava asas à imaginação mundial. Quando ele saltou do mastro para a borda afiada do barco, Milly ouviu os espectadores ofegarem de prazer e achou que não haveria um só coração feminino ali que não estivesse batendo um pouco mais rápido. Seu próprio coração parecia prestes a se partir em dois.

— Papai! — Rosie gritou alto.

A bordo de *Excalibur*, Fabian, de tão concentrado, mal percebeu como estava o tempo. Estava com os pés firmes como os de um gato e vinha se destacando no desafio de atuar naquele nível. Era mais do que capaz. Quanto mais responsabilidade tinha, mais queria. Era puro fluxo de adrenalina. Gritou "MASTRO!" quando encaixou a vela balão e logo correu para içá-la. Franzindo os olhos por causa dos respingos d'água, ficou olhando, quando aquele imenso paraquedas branco elevou-se e rezou para que se desenrolasse corretamente. Graças a Deus, os fechos foram se soltando um a um.

— Muito bom, Fabian — chegou a voz de Mack pelo fone de ouvido. — Agora vamos acabar com esses babacas.

Excalibur não se saíra muito mal naquela primeira perna. Haviam conseguido recuperar um barco de vantagem com relação a *Phoenix*. Mack estava determinado a pegá-los, bloqueando-lhes o vento.

— O vento está um pouco melhor no lado esquerdo — disse Rafe. — Vamos pegá-lo.

— O que acha da vela balão? Devemos trocá-la?

— Não. Está boa.

Aos poucos e muito confiantes, eles foram se aproximando de *Phoenix*. O mar batia no barco, à medida que *Excalibur* perseguia *Phoenix* com determinação até suas velas murcharem, impotentes, anunciando que *Excalibur* havia se aproximado o suficiente para lhe bloquear o vento.

— Nós os pegamos — disse Mack. — Quero saber de todo mínimo movimento vindo em nossa direção, Rafe. Vamos passar deslizando por eles.

Naquele momento, *Excalibur* controlava *Phoenix* e, toda vez que Mack dava um jibe, eles tinham que dar outro para que eles não o ultrapassassem.

— Tem uma elevação chegando — anunciou Rafe, repentinamente. — Em dez... nove... oito...

No momento em que Rafe fazia a contagem regressiva, Mack ouviu o ruído longo e ensurdecedor de uma vela frouxa. A vela genoa estava dependurada. Dougie, cuja obrigação era ajustar as velas, já havia saído correndo. *Excalibur* estava perdendo velocidade.

— O lacre está quebrado! — gritou Dougie. — O cabo já era!

Mack sabia que aquele tempo era pesado demais para *Excalibur*. Fabian estava ao pé do mastro, quando ele passou o timão para Inky e atravessou o barco.

— Baixe a genoa! — gritou Mack. — Teremos que subir o mastro para pegar o cabo.

Fabian já estava colocando os cabos de segurança.

— Você está bem para subir? — perguntou Mack, em voz baixa. Deveria ou não deixar Fabian subir? Talvez não precisasse ir ao topo para pegar o cabo e, além do mais, Fabian já estava pronto. — O tempo está muito ruim.

Fabian foi rápido em concordar. Nem sequer pensou no que havia acontecido com Dougie.

— Só espere um pouco.

As condições estavam péssimas. O mastro balançava no convés, portanto, só Deus sabia como estaria lá em cima, a quase trinta metros de altura.

As pessoas na costa viam que alguma coisa estava errada com *Excalibur*, que agora se encontrava atrás de *Phoenix*. O primeiro indício de problema que puderam perceber, no entanto, foi quando Fabian foi içado no ar por aqueles primeiros metros.

— Estão mandando Fabian subir o mastro — murmurou Milly, aterrorizada. — Ele vai morrer e eu acabei de gritar que me recusava a casar com ele.

Fabian mal conseguia se segurar no mastro que agora balançava incontrolavelmente. Cada vez que paravam de içá-lo, o mastro escapava de suas mãos e ele ficava balançando por cima das ondas, cerca de cinco metros de altura, então batia de volta com um baque surdo. Tentou desesperadamente parar de ficar rodando, fazendo com que suas pernas conseguissem absorver o impacto na volta. A dor queimou seus membros frios e dormentes. Gesticulou para os grinders o içarem com mais rapidez. Continuou tentando gritar para eles, mas o vento levava suas palavras para longe. Por sorte, o cabo estava ao seu alcance, cerca de meio mastro acima, e ele logo o pegou. Fizeram-no descer o mais rápido possível.

— Ele está bem? — sussurrou Milly. Eles não podiam vê-lo direito. Sentiu vontade de chorar, mas não queria que Rosie visse como estava estressada. O pai lhe tomou a mão.

— Parece que sim. Veja, estão tirando os cabos agora. Ele está bem.

Dougie e Ho já estavam voltando a prender o cabo a uma nova genoa. Mack pôs a mão no ombro de Fabian. Sentiu-se muito mal por tê-lo exposto a tamanho risco.

— Você está bem?

— Estou.

— Sinto muito. Você poderia ter morrido. Mas salvou nosso dia. Fabian ergueu o olhar.

— Fiquei com medo de quebrar um braço e não poder ganhar a America's Cup junto com você. — Sorriram juntos. Por um momento único, voltaram o relógio do tempo para a época em que competiam juntos, mundo afora.

Demoraram mais três minutos para içar a nova genoa.

Perseguiram *Phoenix* por todo o trajeto até a marca e baixaram a vela balão em tempo recorde. Uma vez tendo rodeado a marca, começaram a aumentar a velocidade e, antes que *Phoenix* pudesse se dar conta, o barco britânico bloqueara seu vento e tinha a proa já avançando ao lado deles, com um proeiro careca e sorridente acenando, de passagem. *Excalibur* nunca desistira da liderança.

Uma hora e trinta minutos depois, o placar estava três a três.

De volta ao porto, Milly aconchegou-se aliviada ao pai. Fabian havia sobrevivido. Nunca temera tanto por ele. Não sabia se se sentia chateada ou orgulhosa por ele ter se controlado tão bem. Seu desempenho não fora prejudicado em nada com a discussão deles, mas, quando *Excalibur* chegou ao porto, Fabian logo saltou do barco, ignorando os berros dos colegas. Segurou Milly pelo cotovelo com um pedido de licença apressado ao pai dela e a puxou até a base.

— Bill, se importaria de tomar conta de Rosie por um minuto?

— Que diabo você quis dizer com aquilo? — perguntou, como se eles tivessem acabado de falar sobre o assunto. — Eu, tendo um caso?

Milly piscou. De repente, sentiu menos certeza.

— Exatamente — respondeu. — Com Daphne. Você fica o tempo todo enviando mensagens de texto, e acabei encontrando o nome dela num pedaço de papel, logo depois que você me contou aquela história ridícula sobre cair no sono no parque e... e... e sempre volta para casa com cheiro de menta na boca! — acrescentou, triunfante.

— Menta? — perguntou, confuso. — Mas eu gosto de menta.

— E não é só isso. Têm muito mais coisas. — Milly sentiu sua convicção retornar. Sabia que alguma coisa estava acontecendo. Fabian ficou olhando para ela, que nem sequer piscou. Então ele suspirou de repente e, nesse suspiro, liberou emoções que haviam ficado presas tempo demais.

— Eu estava mesmo com alguém — acabou admitindo.

— Viu? — rebateu Milly, triunfante, mas ao mesmo tempo arrasada.

— Eu estava saindo com o meu pai. Bem, não exatamente saindo. Estava no barco dele. E o nome do barco dele é *Daphne*.

Milly abriu a boca para dizer alguma coisa, mas nada saiu. Por fim, tentou novamente.

— Seu pai? — perguntou, quase sem forças. — Seu pai? Você quer dizer o seu pai? Por que não me contou?

— Não sei — murmurou ele. — Fiquei preocupado com o que você poderia pensar dele. Não sabia se era melhor achar que ele havia morrido. Você acharia que ele é um babaca. Poderia achar que sou um péssimo pai também.

Milly sentiu um sorriso enorme abrir-se em seu rosto — de alívio ou felicidade, não sabia direito.

— Mas estou feliz da vida por você, de verdade!

— Claro que está — murmurou ele. — Você é sempre tão gentil... Achou mesmo que eu estava tendo um caso? Há quanto tempo está achando isso?

— Quatro semanas. Desde a noite que você saiu com Dougie.

— Quatro semanas? E não disse nada?

— Eu estava esperando as competições acabarem. Na verdade, eu estava preocupada com a equipe.

— E depois?

— Depois eu pegaria Rosie e voltaria para Whitstable. — Milly ergueu o queixo, desafiadora. Fabian viu que ela falava sério e experimentou um sentimento de pânico ao imaginar como estivera perto de perdê-la, sem nem sequer ter ficado sabendo. — Por quanto tempo escondeu seu pai de mim? O que é quase tão ruim quanto ter um caso. É uma traição do mesmo jeito.

— Cinco semanas.

— Cinco semanas é muito tempo.

— Vai se casar comigo?

— Não sei. Você tem sido um tolo por completo. Eu devia dar o fora daqui e levar Rosie comigo por causa de tudo o que você me fez passar. Estou furiosa com você.

— Sinto muito — desculpou-se Fabian, humildemente. — Eu não percebi. Não sabia que achava que eu estava tendo um caso.

— Bem, você deve ser muito tolo então — Milly foi rápida em responder. — Que Deus te ajude, se um dia tiver mesmo alguém. Não servirá para nada.

— Eu sei. Não consegui inventar nenhuma outra desculpa a não ser a de que a pressão tem sido muito grande.

— As coisas terão que mudar.

— Elas mudarão.

— Quero outro filho.

— Eu ia insistir com relação a isso.

— Também quero voltar para casa e fazer meu curso de moda.

— Perfeitamente.

— E quero que você fale algumas coisas para a sua mãe.

— Eu ia fazer isso depois da America's Cup.

— Vovozinha não é provinciano, nem vulgar. Sorte a dela eu não ter ensinado Rosie a chamá-la de bruxa velha.

— Sempre achei vovozinha muito imponente.

— Se nós nos casarmos, e ainda existe um "se", então o casamento será organizado à minha moda.

— Prometo que sim.

Milly concordou.

— Então vou pensar sobre o assunto.

Fabian tirou o anel de sinete do dedo mínimo.

— Ficará com isso? Use-o na outra mão ou onde quiser, até se decidir. — Ofereceu-o para ela, colocando-o na palma de sua mão.

— Não posso aceitar — respondeu. — Foi, quer dizer, é do seu pai.

— Você representa mais para mim. Por favor, aceite. Quero que fique com ele, aconteça o que acontecer.

Sem saber o que dizer, Milly pegou-o e colocou-o no dedo da mão direita.

— Só até eu me decidir — disse, categórica. — Agora, me conte tudo sobre o seu pai. Quando posso encontrá-lo?

— Amanhã será a última vez que competiremos juntos — disse Mack, tristonho, para Bee. Estavam do lado de fora, em sua sacada em Casa Fortuna, tomando café com leite (descafeinado, é claro). Rafe estava com Tom, que se mantinha afastado, em seu barco. Apenas Salty permanecia ali, um tanto aborrecido porque seu colega, Pipgin, recusava-se agora a deixar a companhia de Saffron. — Só mais uma vez, precisamos vencer só mais uma vez.

Bee estava louca para perguntar o que aconteceria depois. Para onde Mack iria, o que faria. Mas ela sabia que para a equipe *Excalibur* havia apenas o amanhã e depois nada mais.

Estava difícil saber sobre o que conversar quando isso, normalmente, era tão fácil para eles. Bee não queria estressar Mack com nada que se relacionasse ao sindicato, portanto, não podia falar sobre isso. Sabia que ele não conseguiria falar sobre nada além do dia seguinte, portanto, deixara de lado qualquer linha de assunto. Sendo assim, ficou tenteando, fingindo despreocupação sobre como Rafe parecia feliz e o alívio que isso significava, tendo a triste consciência de que aquela poderia também ser a última vez que ela e Mack passariam um tempo juntos. Mordeu o lábio quando Mack disse que iria para a cama tentar dormir.

Desejaram-se boa-noite, e Bee ainda arrumou um pouco a sala, mas, sentindo-se terrivelmente deprimida, resolveu deixar o resto para a manhã seguinte. Pensou em tomar uma taça de champanhe (que achou que não poderia tomar antes, pois Mack não estava bebendo), ir para a cama e, talvez, ler um livro.

Sentindo-se uma perfeita cachaceira, ela e Salty foram para a cama e, recostada em vários travesseiros, tentou se concentrar, mas as palavras continuaram confusas à medida que sua mente só se focava num pensamento distante. Levantou bruscamente a cabeça quando ouviu uma batida à porta.

Vestindo o roupão japonês, abriu hesitantemente a porta.

— Não consigo dormir — disse Mack.

— Nem eu.

— Você está me distraindo.

— Estou?

— Estava pensando que eu dormiria melhor, se você voltasse para casa comigo depois da Copa.

— Ir para casa com você?

— É. Acho que poderíamos nos casar. O que acha?

— Acho que seria bom. — Bee ficou olhando surpresa para Mack. Às vezes, ele era mesmo o homem mais surpreendente de todos.

— Fiquei com medo de que Tom pudesse pegar você antes de mim.

Bee franziu a testa.

— Tom? Não, Tom não.

Ele concordou.

— Vou tentar dormir agora.

Ela sorriu gentilmente:

— É uma grande regata amanhã.

— Boa-noite, Bee.

— Boa-noite, Mack.

Ele deu as costas e a deixou. Ela fechou a porta com um clique gentil. Sim, ele era mesmo o homem mais surpreendente que já conhecera. E era exatamente isso o que Bee gostava nele.

CAPÍTULO 57

Enquanto a equipe *Excalibur* fazia o possível para dormir, eram feitos os preparativos para a última regata da America's Cup. No complexo de Excalibur, Griff Doug e seus fabricantes de vela recortavam os motores do barco.

Hattie estava no andar de cima, em seu escritório. Era meia-noite e ainda respondia telefonemas da imprensa e pedidos de entrevista de uma nação agora petrificada por causa da America's Cup.

Neste momento, a segurança reforçada que a cercava ocupava-se com os jornalistas de plantão e corria atrás de dois intrusos em torno do gradil, sem conseguir alcançá-los.

O café da manhã foi bastante tranquilo, com Carla derramando lágrimas sobre o pudim de arroz, diante da perspectiva do último dia de todos juntos. Naquela manhã, preparara um café completo para a equipe, cuja grande parte olhava horrorizada para Golly e Ho, que devoravam despreocupadamente dois pratos de salsicha, ovos e bacon cada um. Inky precisou sair correndo para o banheiro quando

Golly ameaçou levantar para devorar o terceiro. Fabian fez força para tomar um copo de suco de laranja e um pouco de granola, e Custard, ao menos, conseguiu engolir algumas torradas, embora tenha ficado olhando para sua xícara de café como se ela contivesse os segredos do universo. Mack e Rafe discutiam calmamente algumas táticas de largada (contando com a presença de Inky no intervalo de suas idas ao banheiro), enquanto Carla enchia novamente suas xícaras de café. Sendo aquele o último dia deles juntos, ela se tornara mais condescendente e lhes dera café "com água suficiente para cozinhar macarrão". Após dezoito meses no complexo, a geladeira ainda se sobressaía no centro do assoalho, com sua fiação aparente. Ninguém jamais pensara em questionar a razão.

Na reunião da equipe, Mack levantou-se e desejou a todos um bom-dia. Fez uma pausa de um segundo.

— Hoje é a última regata que faremos juntos. Tem sido um privilégio navegar com cada um de vocês. Se eu nunca mais colocar os pés num barco de competição, não será por nada que vocês tenham feito, apenas porque outra equipe terá me vencido.

A equipe se entreolhou e depois olhou de volta para Mack. Naquele momento, teriam feito qualquer coisa por ele. Teriam nadado o circuito dez vezes, se ele achasse que isso poderia ajudar.

Pela última vez, despediram-se dos familiares com um beijo. Hattie jogara os braços pelo pescoço de Rafe, agradecendo a Deus por aquela ser a última regata, pois ficava sempre preocupada com sua segurança nas séries contra Luter. Fabian, Milly e Rosie beijaram-se também. Bee levara Salty com um laço cor-de-rosa imenso no pescoço. Ela e Mack ficaram parados, e ele a beijou intensamente no rosto, apertando-lhe a mão antes de sair. Os pais de Inky estavam lá, murmurando palavras de encorajamento. Saffron e Carla estavam juntas, e era difícil dizer quem chorava mais.

Mack pediu ao pai de Dougie, que estava vestido a caráter, para liderar a saída de *Excalibur*, e eles se demoraram propositadamente, o mais que puderam, na caminhada até a rampa. A multidão era grande demais. Assim que as portas do complexo se abriram e surgiu o primeiro vestígio das camisas cor-de-rosa, um burburinho perpassou a horda de gente. A equipe saiu em fila, puxada pelo pai de Dougie e um segurança armado, rumo ao barco que aguardava por eles na água. Para onde quer que olhassem, havia rostos ávidos e ansiosos. Uma ponte enorme de guindaste havia sido montada no final da rampa, para acondicionar câmeras de tevê para que todos os momentos pudessem ser captados; havia até mesmo câmeras penduradas em helicópteros que voavam pelo local. Ouvia-se um rumor persistente de lanchas e botes infláveis, à medida que se lançavam com ímpeto pelo porto, em direções variadas, e mais de dois mil barcos aguardavam pacientemente por eles no fim do canal.

— Meu Deus, se minha mãe soubesse que seria assim, ela jamais teria me deixado vir — Custard cochichou para Inky.

Somente naquele instante conseguiram localizar os torcedores habituais: a senhora com a roupa de tweed verde e o homem tocando gaita de foles.

— Boa sorte, John MacGregor! — gritou a senhora. — Boa sorte!

Para o desespero da guarda de segurança, Mack foi apertar a mão deles.

— Obrigado! — respondeu.

Mack tocou brevemente *Excalibur* quando subiu a bordo, desejando que se mantivesse intacto por uma última vez, que ganhasse por uma última vez, sabendo que Valência para sempre se lembraria de seu nome se eles vencessem.

O reboque rumo ao circuito da regata foi insuportável. Todos faziam um silêncio mortal sob o convés, enquanto Sir Edward timoneava o barco. Ninguém conseguia falar. Rafe ouvia o iPod de Hattie. Fabian, vez por outra, secava as mãos nos shorts. Inky mordia todas as pelinhas dos lábios até ficarem em carne viva.

Quando todos se enfileiraram no convés, o barco preto e cor de abóbora surgiu ameaçador na frente deles. Mack viu Jason Bryant no timão, e o famoso boné de beisebol de Henry Luter. Bryant relanceou na direção deles, mas mal reconheceu sua presença.

— O circuito já está sinalizado — disse Inky, vendo a bandeira subir no barco da comissão. — Vamos aprontar *Excalibur*.

Aguardaram o tiro de dez minutos da pré-largada em completo silêncio. A multidão de sete mil pessoas na vila da America's Cup aguardava em silêncio. Dez milhões de telespectadores mundo afora aguardavam em silêncio.

O tiro de largada deu início à última regata da America's Cup de 2007.

Mack decidiu que não queria segurar *Phoenix* por mais de quatro minutos — ambos os barcos pareciam igualmente posicionados na linha de largada —, sendo assim, demorou-se em seu ataque e fez manobras circulares lentas, saindo rapidamente da área de conflito até Inky avisar a passagem dos quatro minutos. Não precisou sair à procura dos oponentes, porque lá estavam eles, à sua espera. Seguiu-se certa exaltação quando os dois timoneiros brincaram de gato e rato com barcos de três milhões de libras, aproximando-se repetidas vezes um do outro, depois dissimulando e se afastando apenas alguns centímetros. O mar estava surpreendentemente agitado quando os barcos singraram sua superfície, formando sulcos de água espumosa.

A multidão ofegou e gritou quando Mack usou um dos barcos da imprensa, que se aventurara perto demais, como obstáculo para pegar *Phoenix* pela popa. Estava perto o suficiente para ver o branco de seus olhos espantados, quando virou o monstro de vinte e cinco mil quilos a uma pequena distância deles, tendo *Phoenix* numa perseguição acirrada. A manobra os colocou para fora até Mack, mais uma vez, recuperar o direito de passagem e avançar sobre eles, tentando fazê-los cometer falta. No entanto, eles foram bem rápidos: alcançaram a marca juntos, dois segundos depois do disparo, com *Phoenix* um pouco à frente.

Sem que *Excalibur* percebesse, todo o sindicato Phoenix passara a maior parte da noite de pé. Ainda convencidos de que deveria haver algo no projeto de *Excalibur* que o estivesse ajudando a passar pelas séries, colocaram espiões durante toda a semana. Embora isso fosse estritamente ilegal, haviam também reduzido o peso da quilha de *Phoenix* e sua equipe de vela passara a noite trabalhando, tentando imitar o formato das velas de Griff Dow.

Jason Bryant e Henry Luter olharam triunfantes um para o outro quando seu barco começou a se afastar de *Excalibur*.

— Eles estão ficando para trás — disse o navegador. — Estamos mais rápidos e mais baixos. — Luter sorriu e imaginou quanto tempo levariam para perceber que estavam navegando um barco diferente.

De volta a *Excalibur*, Mack e Inky entreolharam-se surpresos.

— Estamos com a vela genoa errada? — questionou Mack.

— Acho que não.

Mack olhou para Rafe, esperando alguma mudança de vento milagrosa que pudesse salvá-los, mas Rafe limitou-se a balançar a cabeça.

— Fiquem onde estão.

— Vamos continuar do jeito que estamos — disse Mack. — Mas vamos elevar esses números. Fale comigo Sammy.

— Dez ponto seis, dez ponto seis, dez ponto sete...

Custard soltou quase nada a vela mestra.

— Subimos um ponto, Mack — disse Sammy. — Dez ponto sete, dez ponto sete...

Apesar dos melhores esforços durante todo o trajeto à primeira marca, *Phoenix* manteve a dianteira sobre *Excalibur* até a liderança de decisivos vinte e um segundos.

— Ainda podemos alcançá-los! — Mack gritou para a equipe quando se aproximaram da marca. *Phoenix* já a havia rodeado, a vela balão deles inflada na frente, à medida que aumentavam de velocidade. — Quero condições perfeitas agora. Código dois, vela balão! — gritou Mack para Ho.

Gritando com agressividade, Ho levantou sozinho a vela balão até o convés. Fabian pulou para encaixá-la no mastro, gritando "MASTRO!" e depois deixando descer a vela genoa encharcada, Ho e Fabian a carregaram sozinhos, ficando ofegantes por causa do peso e tentando desesperadamente evitar que tocasse a água. De tão rápidos, seus braços formavam um borrão.

Mack girou o timão de *Excalibur* e sentiu uma dor aguda nos quadris de tanto jogar-se sobre ele, alheio ao drama que se desenrolava com as velas.

Dougie havia saltado para a frente, para soltar com um chute uma vela que havia ficado presa. Passaram por cima de uma onda repentina e, perdendo ligeiramente o equilíbrio por causa do movimento, Dougie deu um passo para trás, pisando nos rolos de cabos, assim que Golly e Flipper começaram a içar o balão. Tudo aconteceu muito rapidamente. O pé de Dougie começou a ser puxado com tanta rapidez na direção de um dos guinchos que ele caiu com a cabeça para fora do convés, esmagando o ombro no casco do barco. Tudo isso em menos de um segundo. Ele gritou pouco antes de a cabeça afundar nas ondas. Por milagre, Fabian percebera o súbito movimento colorido pelo canto do olho, tão logo Dougie fora puxado para cima.

Fabian abaixou-se, segurou Dougie pela cintura e, com o fluxo de adrenalina que o acometia em tais situações, deu um jeito de puxá-lo de volta a bordo, sendo ironicamente ajudado pelo movimento das catracas de Golly e Flipper, que, embora lentos, puxavam com determinação os pés de Dougie para cima. Fabian sacou a faca que ficava permanentemente presa à sua perna, pronto para cortar a vela enroscada. Se cortasse a vela, eles perderiam a regata. Se não a cortasse, Dougie perderia o pé. A dor era lancinante, mas, por um momento enlouquecedor, o rapaz chegou a pensar seriamente em fazer o sacrifício. Os dois estavam gritando, Dougie desesperado de tanta agonia, embora fosse quase impossível para qualquer um ouvir alguma coisa acima do guincho das velas. Os olhos de Fabian e de Dougie se encontraram. Dougie balançou a cabeça, a agonia se fazendo visível em seus dentes. Fabian não tinha escolha. Estava para cortar os cabos quando Custard enfiou a cabeça pela vela mestra. Ouvira alguma coisa acima do barulho do barco.

— AFROUXE A PORRA DA VELA! — gritou Fabian.

Custard não conseguia ver o que estava acontecendo, mas, em dois passos, pulou para o outro lado do convés e afrouxou a vela, dando a Fabian uma abertura mínima para soltar o pé de Dougie. Ele e Fabian ficaram ofegantes por alguns segundos, a cabeça de Dougie ainda aninhada em seu colo.

— Obrigado — murmurou Dougie, fechando brevemente os olhos antes de se levantar e voltar a seu posto.

Uma vez que o acidente fora totalmente escondido de todos, exceto dos diretamente envolvidos, *Phoenix* percebeu que eles haviam ganhado mais alguns segundos vitais. Sua liderança agora estendia-se a trinta e cinco segundos.

— Estamos dando uma surra neles — disse Jason Bryant. — Estão muito mal.

A quase cinco quilômetros dali, a população britânica, que assistia a tudo pela televisão, desesperava-se ao testemunhar *Excalibur* cheio de problemas e *Phoenix* numa liderança significativa.

— Estávamos tão perto! — murmuravam. — Estávamos tão perto!

Em Rock, todos da escola de iatismo estavam paralisados. Quase não havia trânsito na água, nem barulho de cortadores de grama, apesar do sol de verão. Apenas turistas estrangeiros passeavam de barca para Padstow. As lojas da cidade haviam fechado na parte da tarde, e o antigo patrão de Rafe da escola de vela e sua esposa assistiam horrorizados a *Excalibur* perder distância. Alguns tapinhas de consolo eram dados por pessoas amontoadas em sua sala de estar, para verem a regata. Um deles suspirou e foi para a cozinha começar a guardar o banquete de comemoração da vitória e esconder a placa-surpresa que, num fluxo de otimismo, haviam preparado: "PARABÉNS RAFE E EXCALIBUR!"

A bordo do *Mucky Ducky*, Sir Edward tapou o rosto com as mãos, quase não ousando assistir.

— Não pode acabar assim! — disse. — Não pode!

De volta a *Excalibur*, Mack rangia os dentes.

— NÃO VAMOS PERDER! — berrava. — VOCÊS ESTÃO ME OUVINDO? NÃO VAMOS PERDER HOJE!

Juntos, todos concentraram suas atenções. Os trimmers estavam tão concentrados nos formatos das velas que chegaram a se esquecer da própria existência. Nada mais importava além de extrair a última medida de velocidade de *Excalibur*.

— Rafe, encontre algum vento para mim — implorou Mack. — Seu único propósito na vida é encontrar um pouco de vento para mim.

— A vela balão deles não está boa — disse Inky, que não havia tirado os olhos de *Phoenix*. — O vento deles está diminuindo.

— O vento está melhor na esquerda — confirmou Rafe, no mesmo ritmo de voz.

Mack cortou para a esquerda com as palavras de Sammy cantando em seus ouvidos.

— Solte um pouco, Custard! — gritou Mack, mas as mãos de Custard já estavam ocupadas.

— Para baixo, Mack! — gritou Custard. — Só um pouco para baixo. O ideal.

Inky olhou mais uma vez para as velas de *Phoenix*, que contrastavam com a perfeição das belas velas curvas de *Excalibur*. Elas estavam começando a falhar.

— *Phoenix* está perdendo velocidade. Estão olhando para nós. Estão ficando preocupados.

Em *Phoenix*, eles estavam mesmo virando as cabeças para trás.

— Que diabos está acontecendo? — gritou Luter. — Como *Excalibur* pode estar mais rápido depois de tudo o que fizemos com *Phoenix*?

Jason Bryant olhou para os lados, desesperado, em busca de respostas. O pânico começou a subir por sua garganta. Não sabia o que fazer. Como aquilo podia estar acontecendo com ele? Uma onda de raiva ameaçou dominá-lo. Não *podia* perder. Não os deixaria vencer. A equipe começou a olhá-lo em busca de respostas, e ele tentou pensar em alguma manobra audaciosa que pudesse tirá-lo do que previa.

O intervalo entre os veleiros foi diminuindo lentamente. Foram necessárias mais duas marcas para que *Excalibur* os avistasse bem de perto. Os dois barcos navegavam agora em paralelo, com *Excalibur* recebendo mais vento.

— Precisamos de mais velocidade, Mack. Precisamos bloquear completamente o vento deles — disse Inky. Do jeito que estava, *Excalibur* tinha alguns segundos de vantagem, mas ainda não havia conseguido lhes bloquear o vento.

— O vento está chegando — disse Rafe. — Em seis... cinco... quatro...

Demoraram apenas alguns segundos para *Excalibur* sentir o benefício do vento e deixar o barco negro e laranja no vácuo.

Inky sabia que um barco preso no bloqueio de outro barco instigaria um duelo feroz de cambadas até que o barco da frente, se Deus quisesse, cometesse um erro e seu oponente conseguisse passar para algum lugar de vento livre. Ela franziu a testa.

— *Phoenix* não parece com muita disposição para ir a lugar nenhum — comentou com Mack.

— Eles não querem um duelo — respondeu ele.

E então para Rafe.

— Como está? Cadê o vento?

— Teremos que dar uma cambada logo; o vento vai começar a morrer se ficarmos nesta posição.

Mack olhou para Inky; como tática, cabia a ela permanecer onde estava e bloquear o *Phoenix*, ou sair e acreditar no fato de que encontrariam vento melhor, antes do barco oponente, para velejar melhor.

Demorou um instante e decidiu:

— Cambar. Rafe vai encontrar o vento.

— CAMBAR! — gritou Mack. — Os braços dos grinders entraram em ação, manuseando as velas enormes, os braços de Pond agarrando repetidas vezes os cabos.

— Estão de olho em nós, Mack — disse Inky, calmamente. Mack relanceou para trás e viu as cabeças balançando para cima e para baixo, todas viradas para ele e depois para sua retaguarda. Rafe havia conquistado uma reputação de meter medo. Não gostavam da ideia de o barco britânico estar buscando um vento que eles não haviam percebido.

Rafe não encontrou nenhum vento milagroso, pois, como sabia, não havia vento algum para ser encontrado, mas *Phoenix* logo seguiu a cambada deles (Mack nunca ficou sabendo se foi por causa deles ou por causa do vento que começou a morrer em suas velas) e Rafe continuou a gritar as pequenas mudanças com tanta perfeição que Mack pôde velejar o barco usando ao máximo suas habilidades. Pela primeira vez, Custard ficou em silêncio. Não sabia dizer a Mack se ia para um lado ou outro. Mack timoneava no limite da perfeição.

Quando se aproximaram da primeira marca, Sammy gritou:

— CÓDIGO DOIS VELA BALÃO! — E Ho logo subiu com a vela para o convés. Fabian a encaixou na posição correta, e Ho correu para os cabos, desesperado para içá-la. Sozinho, levantou aquele paraquedas branco. A vela abriu as asas oito segundos depois de ter sido solicitada.

— Perfeito! — gritou Mack para a equipe. — Muito bem!

Phoenix rodeou a marca vinte segundos depois de *Excalibur*. Mack olhou por cima do ombro. *Excalibur* nunca fora tão rápido naquelas pernas. Mesmo assim, eles deram um jeito de segurá-los até a marca seguinte, embora a margem tenha diminuído para apenas alguns segundos.

— Eles vão começar um duelo de cambadas — disse Rafe, rapidamente, observando *Phoenix*.

— Vamos começar com as cambadas! — gritou Mack, para os grinders, insinuando que era melhor eles se prepararem, porque aquilo iria ser de doer. Inky lançou um olhar para os grinders de *Excalibur*: Golly, Flipper e Rump. Parecia que eles iriam rasgar *Phoenix* aos pedaços, se preciso fosse. Sabiam o que estava por vir. Ficaram de cócoras em cima de seus pedestais, músculos tensos, e sedentos por uma batalha.

— CAMBAR! — gritou Mack, a fim de impedir que *Phoenix* passasse.

Eles se debruçaram sobre as manivelas, os braços, meros borrões em ritmo perfeito enquanto a vela imensa de trinta metros balançava pelo convés.

— CAMBAR! — gritou novamente. E os grinders pegaram no pesado: esses camaradas não levantavam pesos de cento e vinte quilos à toa. Depois de dez cambadas, o suor lhes escorria pela testa, e eles ofegavam em busca de ar, a dor tão forte que parecia que iriam cair e se dissolver em ácido.

Repetidas vezes Mack pediu a eles para darem cambadas. Custard e Dougie tremiam de tanta adrenalina, cada vez que ajustavam as velas para cada virada. Fabian e Ho foram para a coberta de proa, dar aos rapazes o descanso por uma cambada. Inky percebeu que *Phoenix* já estava usando o proeiro deles e o controlador de velas para ajudá-los nas últimas cinco cambadas. Fabian, em particular, não havia sido treinado para dar cambadas, e o estresse que sentia devia estar sendo imenso, mas, mesmo assim, eles continuaram.

O barco espanhol voltou novamente, e Mack percebeu que eles não haviam ganhado nada com aquela cambada. O trabalho da equipe deles devia estar deixando a desejar. Parecia que Henry Luter estava berrando a plenos pulmões.

— CAMBAR! — gritou Mack e, mais uma vez, eles avançaram sob o sol escaldante. Os pulmões deles estavam cansados e os corações perto de explodir, mas eles continuaram. Rafe correu para cambar no lugar de Fabian.

Então Bryant começou o velho truque de dar falsas cambadas, e Mack passou a responsabilidade de administrá-las para Inky, para que a equipe pudesse responder mais rapidamente. Seus olhos não haviam abandonado *Phoenix*, mas ela estava começando a ficar nervosa quando se aproximaram da vigésima quinta cambada.

— Encontre a porra de um vento, Rafe, e mande-os para longe de nós — murmurou Inky, assim que a vela enorme ressoou de novo pelo convés.

— CAMBAR!... CAMBAR... NÃO, NÃO VÁ. É UMA CAMBADA FALSA!

— Só estamos aguardando a mudança certa de vento.

— CAMBAR! Dane-se a mudança certa, encontre qualquer mudança! *Excalibur* está perdendo velocidade com todas essas cambadas. Logo iremos morrer na água.

Phoenix estava colado na traseira deles. Uma fala americana arrogante veio da popa do barco deles.

— Saiam da nossa frente, *Excalibur*, vocês são lentos demais!

Era exatamente isso o que o impetuoso Golly precisava; ele virou em seu pedestal com o suor escorrendo pelo corpo.

— Eu estarei mijando no vento quando vocês cruzarem a linha de chegada, seus merdas! — gritou ele, balançando o punho no ar. Deu as costas e dirigiu-se para as manivelas, como um homem possuído.

Rafe não encontrou vento algum quando chegaram à marca, mas ainda conseguiram manter *Phoenix* fora dela. Os grinders saltaram de seus pedestais, o peito ainda agitado, quando Ho desceu em busca da vela balão. Haviam decidido usar a mesma vela da última vez, e Fabian e Ho exerceram sua mágica, assim que ela foi encaixada com perfeição. Os espanhóis não eram tão eficientes e perderam alguns segundos na troca de sua vela. Mesmo assim, essas pernas a sotavento eram das mais fortes deles, e não havia nada que Mack pudesse fazer com relação a isso. A vela balão de *Excalibur* estava tão inchada e tão estável quanto podia estar, Mack chegou até mesmo a trocá-la, mas nada adiantou: o superbarco dos espanhóis bloqueou-lhes o vento e os ultrapassou.

— Encontre um vento, Rafe — murmurou Mack para seu estrategista.

— Tem uma mudança chegando pela esquerda, mas será só de mais alguns nós. Nada que justifique uma mudança de direção. Não nos trará nenhum ganho.

— Quanto tempo?

— Dois minutos.

Mack refletiu. *Excalibur* não podia competir em força com eles, daquela forma. Tampouco tinham um vento o qual *Phoenix* não tivesse percebido.

— Me fale quando estiver chegando, Rafe. Vamos pegá-la.

— Mas não será suficiente.

— Talvez eles pensem de outra forma.

— Está chegando em trinta... quinze... dez... nove... oito... sete...

Mack virou *Excalibur* em trinta graus e pegou o vento como se fosse um trem expresso ribombando pelo caminho. Logo o barco ganhou velocidade.

Custard ergueu os olhos de seu posto.

— Seria ótimo se estivéssemos indo na porra da direção certa — murmurou.

— Olhem para a frente, todos vocês! Concentrem-se! — ordenou Mack. — Só Inky olhe para trás e nos diga o que eles estão fazendo.

— Estão nos observando — murmurou ela. — Estão discutindo.

De volta ao salão da imprensa, olhando para a tela da televisão com todo o poder da perspectiva e todo o respeito pelas habilidades de Mack como timoneiro, os jornalistas espanhóis pulavam e gritavam para a tela da televisão.

— Não olhem para os olhos dele, não olhem para eles! — gritavam, sabendo que o barco deles seria atraído pela estratégia maldosa de Mack. Eles podiam ver claramente que *Phoenix* estava na frente e que deveriam permanecer como estavam. Mas não adiantou. O barco espanhol alterou seu rumo e deu passagem.

— Eles estão vindo atrás de nós. Decidiram ficar conosco — disse Inky, calmamente.

Mack soltou um pouco o ar que estava segurando.

— Estamos de volta, Rafe. Informe qualquer movimento de ar que venha bater neste barco. Precisamos pegar qualquer mudança. Tudo o que precisamos é ficar na frente deles nesta perna. E quanto à vela? Precisamos trocá-la?

— Não — disse Inky. — Parece boa.
— Sammy?
— Eles estão quarenta segundos atrás de nós, e estamos prestes a segurá-los.

Um pensamento tentador e indizível ficou pairando no ar de que, talvez, eles pudessem ganhar mesmo a America's Cup. Todos tinham o mesmo pensamento, mas ninguém ousava mencioná-lo.

— Flipper! — disse Custard, repentinamente. — Você não está cantarolando. Por favor, comece a cantarolar.

Que o barco aguente firme, rezou Mack, segurando o timão com mais força. Precisavam de *Excalibur* inteiro.

Eles foram os primeiros a rodear a última marca, com *Phoenix* firme em seu encalço, mas Mack sabia que eles eram melhores naquelas pernas. Agora, era a última perna até o final.

Jason Bryant estava mesmo ficando desesperado. Deu jibe após jibe atrás deles, esperando que alguma coisa quebrasse em *Excalibur*. Era quase possível perceber cheiro de sangue nas mãos dos grinders e sentir sua tensão, quando todos sabiam que um único erro, um lance antecipado ou atrasado na catraca, poderia mudar o rumo da história.

Aos poucos, *Phoenix* foi se aproximando, à medida que eles chegavam cada vez mais perto da linha, com Fabian informando a distância.

— Merda, vai ser por pouco — murmurou Inky. — Seis barcos... cinco... — Fabian continuou informando. Logo à frente, Inky pôde ver todo o Valencia Yatch Club de pé no barco. Achou até que conseguira ouvir a mãe gritando de um dos barcos de espectadores.

— Quatro... três... dois... um...
E a arma disparou.

CAPÍTULO 58

— *Excalibur* ganhou! *Excalibur* ganhou! — gritou um comentarista pra lá de entusiasmado, e um coro triunfante de cornetas soou assim que o barco cruzou a linha. Eles haviam ganhado. Mack, incrédulo, relaxou a mão no timão e olhou à sua volta. Um sentimento enorme de alívio se estabeleceu, não euforia ou triunfo, mas um alívio puro e indissolúvel. Atlas sentiu os ombros se erguerem assim que o peso saiu de cima deles. Soprou um beijo para Bee no *Mucky Ducky*, que tinha lágrimas escorrendo pelo rosto.

O resto da equipe estava totalmente fora de si. O membro mais encantado foi o quase enlouquecido Colin Montague, que havia se levantado com um urro, de sua posição de décimo oitavo homem, mostrando a camiseta que usava por baixo de outra e que dizia: "*Excalibur* tira a espada da pedra", pulando em seguida para dentro da água. No *Mucky Ducky*, seguiu-se uma comoção para pescá-lo de volta a bordo. Hattie gritou para Mack:

— Juro que não pedi a ele para fazer isso! Juro!

No *Phoenix*, Mack viu uma agitação similar ocorrendo, mas que envolvia vários berros ferozes. Henry Luter soltava os cachorros em cima de todos e praguejava para cada membro da equipe. Saffron, com os cabelos soltos, flutuando na brisa, não olhou nem uma vez sequer para ele. Tinha olhos só para Custard, que achava o homem mais belo do barco, mesmo sem os cabelos.

O reboque de volta ao porto foi igualmente caótico, com quase dois mil barcos os acompanhando, todos se empurrando para irem ao lado da equipe, para tirar fotos e gritar parabéns. Dois barcos da retaguarda ladeavam *Excalibur* com as luzes piscando e tentando, praticamente sem sucesso, manter o controle da situação. Os pais de Inky, que estavam em outro tipo de barco de espectadores, aproximaram-se brevemente. Estavam explodindo de orgulho.

— Muito bem, minha querida! — gritou a mãe. — Que regata maravilhosa!

— Estamos tão orgulhosos de você! — gritou o pai. Inky achou que seu rosto iria se partir em dois de tanto que sorria para eles. Mack aproximou-se para abraçar a afilhada, sorrindo e acenando para os velhos amigos. O barco deles começou a adiantar-se.

— Nós nos vemos na costa! — gritou a mãe, mandando beijos efusivos.

— Muito bem, Inky! — cochichou Mack em seu ouvido. — Você mostrou para todos eles.

Inky sabia que ele não estava generalizando. Lançou um olhar para o pai e concordou.

— Graças a você.

— Graças a mim, nada. Eu só te dei a oportunidade. Certifique-se de que eles esvaziem aquela parede de troféus para você, lá na sua casa.

— Se dependesse da minha mãe... — disse Inky. — Mas não estou mais ligando muito para isso.

— Muito bom — disse Mack. — Muito bom para você.

• • •

Quando foram rebocados pelo canal que levava à vila da America's Cup, as margens estavam cheias da visão impressionante de milhares e milhares de pessoas. Havia champanhes sendo abertas em toda a parte e gente soltando fogos de artifício no céu ensolarado.

— O que todas essas pessoas estão fazendo aqui? — Rafe ficou perguntando, encantado.

Excalibur demorou pelo menos meia hora para aportar, abrindo caminho entre os barcos. Uma banda tocava, desafinada: "Deus salve a rainha." Por fim, Mack e sua equipe pisaram em terra firme e uniram-se novamente a Colin Montague, sujo e encharcado. A cerimônia de celebração não demorou muito. O comodoro do Valencia Yatch Club fez um discurso breve e carinhoso, presenteou Mack com uma garrafa de três litros de Moët & Chandon e então entregou a taça da America's Cup para Colin Montague. Seguiu-se enorme comoção, assim que Colin ergueu o troféu acima da cabeça, acompanhado por centenas de cliques de máquinas fotográficas.

Após um momento, ele passou a taça para Mack, que estava ocupado jogando champanhe na equipe. Mack olhou incrédulo para a taça. Sempre que a vira, pudera apenas vê-la detrás de um cordão de isolamento e de dois seguranças armados; agora, estava de fato tocando-a e segurando-a. Ficou encarando a taça por alguns segundos antes de passá-la para a equipe.

Sabe-se lá como, a equipe *Phoenix* dera um jeito de conseguir passar. Henry Luter não estava com eles. Não podia encarar a humilhação da derrota e já havia se retirado para *Corposant,* apesar das alegações de sua RP de que ele passaria a imagem de mau perdedor.

Jason Bryant apertou a mão de Mack.

— Parabéns — disse, tentando sorrir. — Fiz o melhor que pude.

— Eu sei — respondeu Mack. — Você fez boas regatas.

— Você é a única pessoa de quem importa ouvir isso. — Estava bem abatido. Com a equipe *Phoenix* atrás dele, passou lentamente pelo corredor, cumprindo a obrigação de apertar as mãos de Pond, Sparky, Ho e dos outros, como rezava a tradição. Aproximou-se de Inky: — Muito bem — disse, tenso.

— Obrigada — ela agradeceu e sorriu.

Mesmo com o cheiro da derrota em seu nariz, ele ainda a desejava. No entanto, não queria sua piedade.

Quase não conseguiu a atenção de Rafe, que beijava Hattie, para apertar sua mão.

— Parabéns — disse, contido. — Acho que todas as coisas que dizem a seu respeito devem ser verdade.

— Obrigado.

Bryant imaginou se Rafe fora o motivo de Ava ter terminado com ele, três dias antes, mas seu ego monumental não lhe permitiria pensar assim.

— Espero que você continue participando de *match races*.

— Talvez.

— Vou gostar de brigar com você de novo.

— Estou ansioso por isso.

Rafe voltou a beijar Hattie, que, de relance, viu Ava. Estava abatida, com a beleza luminosa abalada, sem conseguir passar pela multidão. Pela primeira vez, Hattie sentiu pena dela.

Depois de a taça da America's Cup ser beijada por todos, a equipe cumpriu um aspecto muito importante de um campeonato ganho: mergulhar o timoneiro na água. Pond e Custard seguraram um pé, cada um, com Sparky e Dougie segurando a cabeça. Mack então foi enfiado rapidamente na água e emergiu agitado. Bee esperou do fundo do coração não ser obrigada a acompanhar o ritual de perto. Isso seria levar as obrigações de esposa um pouco longe demais. Logo em seguida, todos haviam se jogado na água e brincaram alegremente.

— Sabe de uma coisa? — comentou o pai de Milly, pensativo, para Elizabeth, enquanto ficavam olhando o que acontecia. — Isso é algo que eu sempre tive vontade de fazer. Com um grito amedrontador dos índios moicanos, ele segurou Elizabeth pela cintura e se jogou na água. Milly ficou horrorizada.

— Ela sabe nadar? — gritou.

Por fim, Hattie fez com que todos saíssem da água e levou-os a uma entrevista coletiva. A caminho, encharcado e mancando, Dougie, que olhava hipnotizado para uma bela jornalista morena, de cabelos longos, tentava insistentemente telefonar para casa para falar com a mãe. Com certeza, ela não havia saído, não é? Mal sabia ele que estava sendo carregada no ombro do jardineiro, pela rua principal da cidade, com os sinos da igreja soando em seus ouvidos.

Na entrevista coletiva, os seguranças tentavam colocar ordem a todo custo. Estavam permitindo apenas a entrada da imprensa e dos familiares do *Excalibur*. Havia dúzias de microfones espalhados sobre a mesa. Todos, mundo afora, queriam ouvir o que Mack tinha a dizer.

— Mack! Mack! — gritavam centenas de vozes. — Como está se sentindo?

— Estou extremamente orgulhoso de ser o primeiro timoneiro a levar a taça da America's Cup de volta à Inglaterra. De volta para casa. De volta ao lugar onde tudo começou.

— Pode nos falar sobre a regata?

— A equipe foi maravilhosa, como sempre. Tivemos alguns momentos dramáticos. — Olhou para a mesa, para Dougie, cheio de cicatrizes e pontos. Ele e Fabian então começaram a reproduzir em palavras todo o ocorrido, incluindo os berros e os dentes tensos. A imprensa os achou hilariantes. Inky percebeu que a jornalista morena de Dougie parecia particularmente inebriada e olhava para ele com um tipo de adoração que mais parecia um transe. Sorriu e lembrou-se brevemente de Luca, perguntando-se se ele estaria assistindo à entrevista. Talvez não fosse capaz de suportar tudo aquilo.

— Fabian! — gritou um dos jornalistas. — Como proeiro, você foi o primeiro a cruzar a linha. Como se sentiu?

Fabian sorriu para a câmera de tevê. Esperava que alguém sentado em um bar percebesse que aquele sorriso era para ele.

— Foi um dos melhores momentos de minha vida. Sou um homem de sorte por ter alguns momentos assim, ultimamente.

— E quais foram os outros momentos?

Estava para abrir a boca e dizer que eram assuntos particulares, quando uma pequena agitação com os seguranças o distraiu. Ele franziu os olhos e reconheceu a silhueta pequena e musculosa.

— Não! — gritou, de repente. — Deixe-o entrar! É da família. É da minha família.

Os seguranças olharam rapidamente para ele e, com relutância, deixaram o homem entrar. O pai de Milly entrou triunfante na sala de entrevistas. Fabian continuou a responder às perguntas, enquanto Milly olhava, surpresa com uma declaração pública de tamanho calibre, dada por Fabian. Olhou para o anel de sinete no dedo de sua mão direita. Momentos depois, trocou-o para a mão esquerda.

As perguntas continuaram com força total até que os organizadores, tentando dar um fim à entrevista, pediram que um homem na frente, de gravata vermelha, fizesse uma última pergunta.

— Mack! Já pensou na próxima America's Cup? Onde será? Quando será?

— Ah — respondeu Mack, sério. — Aí está algo pelo que estou mesmo ansioso. E a promessa é de que será uma batalha *de verdade*.

Bee suspirou e ergueu os olhos para o céu.

EPÍLOGO

Inky Pencarrow passou um ano afastada do *match race*, como timoneira de uma equipe totalmente feminina na Volvo Ocean Race, para ver como seria. Essa fora uma arena que ela sentira se fechar em torno de si, por causa dos irmãos, mas agora as coisas estavam diferentes. Afinal de contas, conforme dissera aos jornais:

— Quem melhor do que uma mulher para disputar o jogo da Mãe Natureza? — A mãe pegava um avião para se encontrar com ela, onde quer que velejasse. Mary Pencarrow agora não só comia biscoitos de chocolate na praia, no jantar, como começara a plantar tulipas em seu jardim impregnado de sal.

Fabian e Milly casaram-se exatamente do jeito que Milly queria, com um vestido desenhado por ela e com etiqueta sua. Ainda viajavam pelo mundo por causa das regatas das quais Fabian participava, na companhia das duas filhas, Rosie e Poppy; Rosie carregando seu ratinho de borracha e procurando pelo fantasma de um barco chamado *Daphne*. Fabian ainda olha para Milly e imagina se ela sabe o quanto ele lutaria para ficar com ela.

Mack e Bee decidiram encarar a longa jornada para casa. Compraram um barco em Valência, levaram Salty, a porcelana de bolinhas de Bee, e saíram velejando pelo Mediterrâneo, parando apenas para se casarem em Nice. Às vezes, ele ainda acorda sobressaltado com a visão de um barco preto e laranja o ultrapassando, e segura um timão imaginário, mas Salty está sempre ali para lhe dar uma lambida reconfortante, antes de ele voltar a dormir.

Saffron dorme bem agora; para falar a verdade, Custard, às vezes, passa um trabalho danado para acordá-la. Encontram-se com Fabian e Milly nas regatas e mimam suas filhas.

O medo de Custard de que Henry Luter pudesse prejudicar sua carreira fora infundado: Luter decidiu voltar-se para regatas em mar aberto, e Custard foi fazendo muitos amigos ao longo dos anos, sendo a lealdade a ele muito maior do que seus medos de Luter. Apesar dos danos que Saffron sofrera na juventude, os médicos foram otimistas, dizendo-lhe que poderia ter filhos. No entanto, até a chegada deles, ficaram com Pipgin e com um pequeno Westie, chamado Holly. Também considerariam a adoção como uma opção bem-vinda.

A equipe só conseguia notícias de Rafe através de Hattie, que se tornou uma correspondente ativa. Conhecem o jeito dele e não levam seu comportamento para o lado pessoal. Rafe voltou à sua vida de velejador junto com Hattie, feliz em acompanhá-lo, no entanto, inquieto por um desafio — que foi uma das muitas coisas que *Excalibur* deixou em seu sangue —, pensa seriamente em voltar à vida de competição que um dia ele desprezou.

Apesar das agonias e das glórias, estão todos ansiosos pela defesa da Inglaterra na America's Cup.

OBSERVAÇÕES TÉCNICAS

Ao mesmo tempo que tentei ser o mais exata possível, houve algumas questões técnicas que precisei escamotear, a fim de não prejudicar as glórias das regatas e da Copa. A America's Cup é demasiadamente complicada, o que pode ser uma ousadia para uma novata. Para os puristas, listo abaixo algumas incongruências.

- Há apenas um desafiante na America's Cup. A America's Cup, atualmente, consiste apenas em séries de regatas entre o desafiante oficial e o detentor do título anterior. A fim de determinar quem será o desafiante, todos os sindicatos participam da Louis Vuitton Cup. Para evitar confusão, ignorei a Louis Vuitton Cup e me referi a tudo como America's Cup, com a final entre o desafiante e o detentor da taça.
- Durante a Copa de 2007 em Valência, houve uma mudança de regra, na qual, pela primeira vez, o detentor da taça pôde competir com outros desafiantes durante as séries de "ações" que conduziam a Louis Vuitton Cup.

- Não estive presente a nenhuma *round robin* nas rodadas preliminares.
- A verdadeira America's Cup consiste no melhor de nove regatas, e não de sete.
- Até bem pouco tempo, a fim de competir por um sindicato, era preciso ter a mesma nacionalidade dele.
- Se um velejador deixa um sindicato, não pode trabalhar para outro durante a vigência da Copa.
- O timing da Volvo Ocean Race e da World Match Tour talvez esteja ligeiramente fora de sincronia com o timing exposto ao longo do livro.
- Referi-me à Volvo Ocean Race como Volvo, mesmo que o personagem em questão a tenha velejado quando ainda tinha o nome de Whitbread.
- As saias dos barcos na America's Cup de 2007 eram retiradas antes da Louis Vuitton Cup.

A EQUIPE

PROEIRO; *Fabian*. Cuida das velas dianteiras e passa as informações para o timoneiro durante a largada. Escala o mastro da vela balão. Deve unir as velas e os cabos ou adriças às velas de proa e velas balão quando são trocadas, inclusive conectando velas à ponta da parte externa do mastro da vela balão, o que significa ficar dependurado acima e na frente do barco. Trabalha numa superfície não muito maior do que o espaço de uma pegada, sem cabos de segurança. Escala o mastro para resolver quaisquer problemas que surjam.

SEGUNDO PROEIRO; *Sparky*. Também sobe o mastro e ajuda o proeiro e o organizador de velas.

ORGANIZADOR DE VELAS; *Ho*. Cuida de todas as velas que ficam no depósito (a única parte do barco que fica sob o convés, chamado de "sewer" em inglês, com o sentido de "sarjeta", por causa da grande quantidade de água que corre pelas comportas), guarda-as depois de usadas e as retira para uso. Ajuda com as velas para içá-las e baixá-las. Precisa de um estômago em boas condições para não sofrer de enjoo.

PITMAN; *Pond*. Controla as adriças, a retranca e a boa regulagem do mastro. É o maestro das velas e de outras linhas de controle.

MASTMAN; *Jonny Rocket*. Posicionado na base do mastro, iça as velas, ajuda os grinders e auxilia a baixar as velas.

GRINDERS; *Flipper* e *Rump*. São a sala de máquinas do barco. Utilizam manivelas para subir e descer as velas. O restante da equipe depende de sua velocidade e eficiência durante as cambadas. Grandes unidades de velocidade podem ser perdidas se eles forem lentos demais. Passam por períodos de descanso e de força extrema.

TRIMMERS; *Dougie* e *Germ*. Movimentam as velas dianteiras, a vela balão e a genoa, ao regular vela e vento e extrair o máximo de velocidade do barco. Computadores de bordo também estão ali para ajudar, mas os melhores trimmers confiam mais nos próprios instintos.

GRINDER DA VELA MESTRA; *Golly*. Controla e vela mestra com uma única manivela enorme. Trabalho exaustivo, particularmente na pré-largada e na hora de rodear a marca, quando a vela mestra vai de cheia à completamente vazia em questão de segundos.

TRIMMER DE VELA MESTRA; *Custard*. Controla a vela mestra e, dessa forma, controla a direção do barco. Trabalha muito com o timoneiro. Assume responsabilidade imensa, uma vez que tem muitas toneladas na ponta dos dedos.

RUNNER; *Bandit*. Controla o estai volante de popa. Essa parte, estai de popa, é um cabo muito importante de controle de vela e tem um efeito direto na forma da vela mestra. Se o runner perde o controle em um jibe, então o mastro (mastro e velas) cai sobre a proa. Se ele demora a soltar o cabo, o timoneiro perde o controle do leme.

TRAVELLER; *Cherry*. Controla o traveller da vela mestra, que ajuda a controlar a velocidade em direção contrária à do vento.

TIMONEIRO; *Mack*. Dirige o barco e concentra-se em timoneá-lo o mais rápido possível. Deve ser capaz de responder rapidamente a situações de desenvolvimento tático.

NAVEGADOR; *Sammy*. Usa computadores de bordo e aparelhos eletrônicos para transmitir informações à retaguarda. Precisão é igualmente importante, e seu papel principal em um barco da America's Cup é oferecer estatísticas vitais para o timoneiro.

TÁTICO; *Inky*. Atua como os olhos do barco e deve ser de total confiança do timoneiro. É responsável por dar a posição correta do barco no circuito, levando em consideração o vento, a maré, as condições marítimas e o momento da regata.

ESTRATEGISTA; *Rafe*. O mensageiro dos ventos — procura constantemente por mudanças na velocidade e direção do vento e novas alterações. Age também como par de mãos extra durante as manobras.

18º HOMEM; *Colin Montague*. Tripulante acessório que fica na popa do barco, atuando somente como espectador. Não pode ter nenhuma participação, seja do tipo que for.

GLOSSÁRIO

PROA	Parte dianteira do barco.
A FAVOR DO VENTO	Navegar com o vento atrás do barco.
FOREDECK	Área do convés que fica na frente do mastro.
GENOA	Vela que fica entre o mastro e a proa do barco.
DAR UM JIBE	Alterar o rumo do barco de forma que vire para o lado que está recebendo o vento.
ADRIÇA	Cabo usado para içar uma vela.
CASCO	Corpo do barco.
VELA MESTRA	A vela maior que fica atrás do mastro.
BOMBORDO	Lado esquerdo de uma embarcação.
ESTIBORDO	Lado direito de uma embarcação.
POPA	Parte traseira do barco

VIRAR POR DAVANTE OU CAMBAR	Virar a proa do barco ao vento e trocar o lado das velas. Uma virada a bombordo ocorre quando o vento chega pelo lado esquerdo do barco e uma virada a estibordo ocorre quando o vento chega pelo lado direito.
BARLAVENTO	Velejar na direção de onde sopra o vento
SOTA-VENTO	Velejar na direção para onde sopra o vento

Impresso no Brasil pelo
Sistema Cameron da Divisão Gráfica da
DISTRIBUIDORA RECORD DE SERVIÇOS DE IMPRENSA S.A.
Rua Argentina 171 – Rio de Janeiro, RJ – 20921-380 – Tel.: 2585-2000